L'ANGE EXTERMINATEUR

Airy Routier

L'ANGE EXTERMINATEUR

La vraie vie de Bernard Arnault

Albin Michel

22, rue Huyghens, 75014 Paris
www.albin-michel.fr
ISBN 2-226-13550-2

« Le premier de mes principes consiste à ne jamais mentir, ce qui est d'ailleurs très important dans les affaires où la transparence est indispensable, déterminante même. »

Bernard Arnault, *La Passion créative*, entretiens avec Yves Messarovitch.

Avertissement

« Ce livre a été voulu, commandé et payé par François Pinault » : pendant près de deux ans, tout au long de mon enquête, ce refrain m'a été rapporté, parfois directement, plus souvent indirectement, seriné par les perroquets du Tout Paris de la médisance, relayé par bon nombre d'intermédiaires soi-disant informés et de prétendus faiseurs d'opinion. Mais aussi, ce qui est plus original, par quelques-uns des grands patrons français du CAC 40 – et non des moindres. Seule preuve de mon parti pris ? Le 7 avril 1999, je me suis rendu en Bretagne, aux obsèques privées d'Ambroise Roux, le vieux parrain du capitalisme français, dans le Falcon 900 de François Pinault. Ancien président de la Compagnie générale des eaux, Guy Dejouany était du voyage. Ambroise Roux était un ami commun. En attendant le début de la cérémonie, nous avons tous trois devisé sur la vie et la mort, en marchant le long de la plage de Trébeurden battue par le vent. La belle affaire !

Mais cela suffit : dans l'univers mental de Bernard Arnault, toute investigation sur lui-même ne peut qu'avoir été suscitée par son adversaire, l'homme qu'il hait le plus au monde depuis qu'il est venu le défier sur son propre terrain, en lui soufflant le contrôle du maroquinier italien Gucci, en mars 1999 : François Pinault. Ce conflit paroxystique va pousser chez lui jusqu'à l'absurde, une tendance générale de tous les hommes de pouvoir à la simplification abusive : il n'y a plus, en dehors de leur cercle d'amis et d'obligés, que des ennemis. Dès qu'il a appris, au printemps 2000, mon intention de lui consacrer une biographie, le patron de LVMH, premier groupe mondial de produits de luxe, a donc organisé la contre-offensive. Pour empêcher l'élaboration puis la sortie de ce livre et pour tenter, enfin, de le disqualifier, Bernard Arnault a activé ses réseaux et utilisé tous les moyens à sa disposition. Ce qui n'est pas rien venant d'un patron classé en l'an 2000, par le magazine *Challenge*, comme l'homme le plus riche de France. Par la bouche de Pierre Godé, son homme lige, le patron de LVMH nous a fait savoir qu'il refusait de participer de quelque manière que ce soit à ce livre et qu'il interdisait à ses collaborateurs de me rencontrer.

L'aversion de Bernard Arnault vis-à-vis de toute enquête approfondie sur lui-même ne date pourtant pas de son conflit avec François Pinault. Il s'est toujours battu pour empêcher l'expression de toute analyse, de tout regard différent du sien sur sa personne et son parcours. Déjà, en 1991, un éditeur connu avait refusé, après l'avoir commandé, un manuscrit qui retraçait la carrière du tycoon français de ses débuts jusqu'à la conquête de LVMH, au terme d'une terrible bataille qui avait divisé tout l'establishment français. Plus récemment, une biographie qu'il avait lui-même au départ suscitée est restée dans les cartons, à sa demande.

Convaincu qu'il ne pourrait, cette fois, empêcher la sortie de ce livre, désireux d'établir un contre-feu et de livrer sa vérité – la seule qui vaille, selon lui –, et aiguillonné par le succès de j6m.com [1], le premier ouvrage signé par Jean-Marie Messier, alors très médiatique président de Vivendi Universal, Bernard Arnault a décidé, lui aussi, de raconter sa vie. À sa manière. En quelques mois, avec le journaliste Yves Messarovitch, a donc été rédigé un livre d'entretiens,

1. j6m.com, *Faut-il avoir peur de la nouvelle économie ?*, Hachette Littératures, 2000.

publié en novembre 2000[1], vendu à quelques milliers d'exemplaires grâce à un énorme effort de publicité, dans lequel il se présente naturellement sous son jour le plus favorable.

Problème : loin d'assécher le sujet comme il l'espérait, le regard admiratif que porte Bernard Arnault sur lui-même et sur son œuvre ne fait que l'enrichir. En son temps, Marcel Dassault racontait sa vie à la manière d'une bluette, guidé par son « talisman », un trèfle à quatre feuilles... Alors que Dassault, on le sait, a bâti sa fortune en utilisant les méthodes les plus abruptes pour vendre ses Mirage à l'étranger, mais aussi en France, en se constituant des équipes de fervents supporters dans tous les partis politiques français, sans exception. Marcel Dassault était l'homme d'une autre époque : rien de commun, bien entendu, avec Bernard Arnault, si ce n'est ce grand écart entre le regard que porte ce dernier sur lui-même et la réalité. Il y a en effet des années-lumière entre ce que pense ou dit de lui-même ce patron efficace, financièrement si créatif, et le regard des autres : ennemis, concurrents, mais aussi employés, actuels ou anciens, et même amis. Lui se raconte comme un ange méconnu, d'autres décrivent un homme complexe, courageux et calculateur, introverti, aussi implacable que policé, psychologiquement instable, maladivement méfiant, un angoissé qui tue de peur d'être tué. Un ange exterminateur.

La muraille de Chine que dresse systématiquement l'empereur mondial du luxe autour de lui, comme de ses affaires, ajoute à l'intérêt de mieux cerner cette personnalité hors du commun et les méthodes qui lui ont permis d'atteindre les sommets de la fortune et du pouvoir. Mais elle ne facilite pas la tâche de ceux qui veulent, sans hostilité ni complaisance, approcher la vérité de ce fils de la petite bourgeoisie du Nord bousculant, à partir des années quatre-vingt, tous les stéréotypes français.

1. *La Passion créative*, Plon.

Un mot sur ma démarche. Contrairement à ce que craignait Bernard Arnault, je n'aborderai pas sa vie privée, sauf à évoquer les relations, significatives, avec ses parents et ses grands-parents ainsi que des détails anodins, mais éclairants, sur son enfance, ses études, comme sa passion pour le tennis ou son habitude de couche-tôt. Parce que je ne l'ai pas voulu : il a eu une femme, puis une autre, des enfants avec chacune d'entre elles, et cette sphère mérite, comme pour chacun, d'être préservée. Si j'ai souhaité m'entretenir avec sa première femme – ce qui l'a, m'a-t-on dit, choqué –, ce n'est pas pour recueillir quelques détails croustillants, mais pour m'informer sur sa personnalité et son parcours au début de sa vie professionnelle. Devant le refus, compréhensible, de celle-ci, je n'ai pas insisté, puisant mes informations à d'autres sources.

Au respect de la vie privée près, ma démarche est celle des biographies non autorisées, à l'anglo-saxonne. En relevant, sans a priori, les nombreux aspects positifs de ce personnage hors norme, mais aussi en tentant d'éclairer ses zones d'ombre, qui existent. De quel droit ? Derrière les démarches entreprises par Bernard Arnault pour empêcher la rédaction puis la publication de ce livre, il y a – ses proches nous l'ont dit – la volonté d'un homme de pouvoir de rester le seul maître de son histoire, de son image, de sa vie. À quel titre et pourquoi, s'est-il plaint, viendrions-nous nous mêler de ce qui ne nous regarde pas ?

Parce que, même s'il s'en défend, Bernard Arnault est un homme public et que son parcours – comment peut-on devenir, en vingt ans, dans un pays que l'on dit vitrifié, l'homme le plus riche de France ou passer pour tel ? – est une épopée moderne. À travers lui, c'est toute l'évolution de la France des affaires, de la justice et de la politique, au cours de ce dernier quart de siècle, qui apparaît en filigrane. Enquêter sur Bernard Arnault procède, à l'évidence, d'une curiosité légitime. Tout comme est légitime le souci de mieux cerner la réalité de sa fortune en démontant, autant que faire se peut, la véritable usine à gaz financière, sans cesse modifiée, qu'est son groupe, une entreprise cotée qui, à sa grande époque, fut la plus grosse valeur de la Bourse de Paris.

Changements de noms permanents, sociétés n'apparaissant pas dans les organigrammes officiels, opérations complexifiées à dessein, culte de l'opacité : tout cela traduit une volonté systématique de secret, en décalage manifeste avec l'image lisse, propre, voire exemplaire que veulent donner LVMH et son président.

Depuis l'effondrement retentissant du courtier américain en énergie Enron, le doute s'est instillé sur la véracité des comptes des plus grandes entreprises du monde et sur la réalité des contrôles et audits qui s'exercent sur elles : là encore, il est légitime de chercher à en savoir plus, au-delà de la vérité officielle. Après la faillite d'Enron, que le *Financial Times* a qualifiée de « rupture comparable à la crise bancaire des années trente », le prestigieux quotidien britannique a fait son mea culpa, suggérant entre autres qu'à l'avenir la presse traite les success stories avec plus de prudence, que les journalistes soient mieux formés et qu'ils disposent de davantage de temps pour mener leurs enquêtes. C'est, ni plus ni moins, la démarche qui m'a inspiré en cherchant à découvrir et dévoiler une partie des mystères de Bernard Arnault.

Prologue

Cette journée de fin d'hiver s'annonçait sous les meilleurs auspices, en dépit du vent frisquet qui battait les mornes plaines de l'est de Paris. Dans la grande salle des conventions d'Eurodisney Paris, Bernard Arnault, chemise blanche et costume gris, ouvre le séminaire annuel de Louis Vuitton Moët-Hennessy (LVMH) qui réunit les 450 principaux cadres du premier groupe de luxe mondial, venus de toute la planète. L'occasion, ce 19 mars 1999, de fixer une ligne commune, de donner le sentiment d'une certaine solidarité entre les différents métiers, pays et filiales d'une entreprise au fonctionnement décentralisé, même si, au sommet, le patron propriétaire voit tout, contrôle tout, surveille tout. Dans son discours d'ouverture, commencé à 8 h 30, Bernard Arnault célèbre justement l'unité et les atouts de LVMH et s'apprête à aborder le sujet sur lequel son auditoire l'attend : celui du développement du groupe, c'est-à-dire, concrètement, la prise de contrôle rampante du maroquinier italien Gucci, tombé au plus bas en 1995, au moment de l'assassinat de son ancien patron, Maurizio Gucci, aujourd'hui en plein redressement sous la houlette de deux Américains, le patron Domenico De Sole, avocat né en Sicile, et le créatif Tom Ford venu, lui, de l'Amérique profonde. La renaissance de Gucci est spectaculaire. La marque a moins souffert que Louis Vuitton ou Céline de la crise asiatique. Son chiffre d'affaires a continué de progresser. Elle est portée par les *fashion victims*, américaines, japonaises et européennes. « Ce joyau italien complète le portefeuille de marques trop exclusivement français de LVMH alors que Dior, Givenchy et Céline ont du mal à retrouver leur lustre d'antan et peinent à s'imposer outre-Atlantique[1] », a écrit un journal. L'auditoire, gourmand, attend de Bernard Arnault la description de toutes les synergies pouvant résulter de ce mariage transalpin.

Mais soudain, un homme sort prestement des coulisses, monte sur la scène et passe un mot à l'orateur que celui-ci regarde du coin de l'œil, sans rompre le fil de son discours. Sur le bout de papier que lui tend son chauffeur, en charge également de sa sécurité rapprochée, Bernard Arnault a lu : « Appeler Anne Méaux de toute urgence. » Le patron mesure aussitôt que quelque chose de grave s'est produit. Ses consignes sont en effet strictes et toujours respectées : il ne doit être dérangé sous aucun prétexte. L'impromptu, l'inattendu n'ont pas leur place dans une vie qu'il organise heure par heure, au travail comme en vacances, à Saint-Tropez, où les professeurs de tennis et les maîtres nageurs rythment sa journée. Sa secrétaire depuis toujours, Yvonne Rossi, sait écarter, poliment mais efficacement, tous les importuns. Elle seule a le numéro de téléphone de son chauffeur. Si elle a transgressé la consigne, dans des circonstances pareilles, alors qu'il planche devant les forces vives de son entreprise, c'est pour une raison impérieuse. De fait, Yvonne Rossi a, dans un premier temps, fait barrage à Anne Méaux :

— Est-ce vraiment urgent ? Il vient de commencer son discours.

— Yvonne, vous savez bien que je ne le dérangerais pas pour rien. C'est plus qu'urgent, c'est décisif.

Un instant, Bernard Arnault pense au pire : sa femme ou l'un de ses enfants aurait-il eu un accident ? Un enlève-

1. *Le Revenu français*, 22 janvier 1999.

ment ? Depuis qu'il fait la Une des journaux people, depuis qu'il est catalogué dans la presse économique comme l'un des hommes les plus riches de France, puis le plus riche tout court, c'est pour lui, comme pour bien d'autres dans son cas, une angoisse permanente : qu'on porte atteinte à sa famille, qu'on crève sa bulle, qu'on déchire son masque. Qu'on vole son bonheur si durement construit.

Tout en poursuivant son discours, Bernard Arnault aussitôt se rassure. En cas d'accident ou d'enlèvement, son chauffeur lui aurait demandé de rappeler Yvonne Rossi. Aucune raison de passer par Anne Méaux, sa conseillère en communication, patronne en vue de l'agence Image 7, ancienne conseillère d'Alain Madelin au ministère de l'Industrie, une femme qui fréquente tous les grands patrons français et connaît nombre de leurs petits secrets. Mais Anne est une vraie professionnelle et ce n'est évidemment pas pour lui raconter les derniers potins qu'elle a fait sauter le barrage d'Yvonne Rossi. C'est pour lui donner une information qui ne peut attendre. Laquelle ? Le grand patron, intrigué, écourte son discours, s'excuse, passe la parole à l'orateur suivant, sort de la salle et rappelle aussitôt Anne sur le portable que lui tend son chauffeur :

— Que se passe-t-il ?

— Bernard, pardonnez-moi de vous déranger, mais je vous appelle pour vous donner une nouvelle qui n'est bonne ni pour vous, ni pour moi, car je ne pourrai plus travailler avec vous.

— Comment cela ?

— Dans la matinée, François Pinault va annoncer qu'il entre en force dans le capital de Gucci, à un niveau plus élevé que vous, avec le soutien du conseil de surveillance et de Domenico De Sole. En plus, il achète Yves Saint Laurent pour en faire apport à Gucci. C'est une attaque en règle. Pour ce qui me concerne, je me trouve donc en plein conflit d'intérêts, puisque vous savez que François Pinault est aussi mon client.

Au bout du fil, un long silence de quelques secondes. Presque une éternité. Puis :

— Pinault reprendrait Gucci et Yves Saint Laurent ? Êtes-vous sûre de ce que vous dites ?

— Oui, je vous le confirme.

— Ce n'est pas possible. Je vais appeler Godé. Il est actuellement à Amsterdam. Il négocie avec eux !

— Je vous le confirme pourtant. Je vais diffuser le communiqué aux agences dans quelques minutes. Je voulais vous en faire part avant que cela devienne officiel.

— Bon. Je vous remercie.

Bernard Arnault raccroche, sans dire un mot de plus à Anne Méaux, avec laquelle il entretenait jusque-là des rapports toujours courtois, souvent confiants et parfois chaleureux. Mâchoires serrées, regard perçant, le patron de LVMH revient dans la salle, remonte sur scène. Il reprend la parole, s'excuse de devoir prendre congé et quitte son auditoire interloqué après avoir lancé, sans autres détails, un glacial : « Je viens d'apprendre une grande nouvelle pour nous tous, La Redoute se lance dans le luxe [1] ! »

Bernard Arnault rentre aussitôt à Paris, au siège de LVMH, avenue Hoche, où tous les dirigeants du groupe sont convoqués pour une réunion de crise. Le patron attendra impatiemment l'arrivée de Pierre Godé, son fidèle conseiller, l'artisan, depuis l'origine, de tous ses succès. Celui-ci était effectivement parti la veille à Amsterdam pour une réunion de conciliation demandée par la chambre des entreprises (tribunal de commerce). Le matin, à l'hôtel Krasnapolsky, accompagné de James Lieber, un avocat américain qui travaille pour Bernard Arnault, Godé préparait le rendez-vous, fixé à 11 heures, avec Allan Tuttle, *general counsel* de Gucci, lorsqu'il a reçu le coup de fil lui annonçant la trahison de De Sole et son accord avec Pinault.

— Qu'est-ce qu'on fait ? demande Lieber à Godé.

---

1. François Pinault est l'actionnaire principal de Pinault Printemps Redoute (PPR) qui possède le grand magasin parisien, la société de vente par correspondance, ainsi que la FNAC et Conforama, entre autres.

— On maintient le rendez-vous.

Il ne faut pas rater l'occasion de recueillir à chaud les explications de la partie adverse et de ramasser de plus amples informations. Mais Allan Tuttle fait celui qui n'est au courant de rien, provoquant la fureur de Godé, qui met un terme à l'entretien au bout d'une dizaine de minutes :

— Pour qu'un entretien soit fructueux, il faut que chacun y mette de la courtoisie et de la transparence. J'ai le regret de vous dire que vous ne montrez ni l'une ni l'autre.

Godé et Lieber tournent les talons et se précipitent à l'aéroport de Schipol où les attend un avion du groupe. Il n'y a pas une seconde à perdre pour organiser la contre-offensive.

Au même moment, les dirigeants de Kroll Associates en France, une entreprise américaine de renseignement économique, mobilisée par LVMH depuis plusieurs semaines pour trouver toutes les failles susceptibles d'être exploitées tant sur Gucci que sur De Sole et Ford, faxent à leur direction européenne, en Grande-Bretagne, les grandes lignes de la nouvelle, sans masquer leur surprise : « *We are voiceless* », écrivent-ils : Nous sommes sans voix. L'agence de renseignement n'était pas renseignée...

Dès leur arrivée à Paris, Godé et Lieber rejoignent le siège de LVMH, avenue Hoche, où Bernard Arnault préside un véritable conseil de guerre dans la salle de conférence du dernier étage. Les plateaux-repas ont à peine été touchés. S'il n'en laisse toujours rien paraître, Arnault est hors de lui. Le voilà dans la situation du rapace qui repère une proie, s'en saisit habilement et se la fait voler, dans ses propres serres, par plus rapide que lui. Le patron de LVMH s'estime ouvertement trahi. Début février, Pinault ne l'avait-il pas appelé personnellement pour l'inviter à visiter, en privé, l'exposition Mark Rothko qu'il sponsorisait au musée d'Art moderne, tout en l'assurant de « son soutien amical » dans sa tentative de prise de contrôle de Gucci ?

Comme un enfant trop gâté n'acceptant les règles du jeu que s'il est assuré de gagner la partie, Bernard Arnault n'admet pas l'intrusion de son rival capitaliste, qui lui a volé la vedette en lui disputant le titre d'homme le plus riche de France. Au-delà de la proximité de leur patronyme, Arnault et Pinault ont suivi une carrière à maints égards parallèle : tous deux ont gagné le gros lot aux crochets d'un État pressé et brouillon, qui les a choisis pour reprendre des entreprises en difficulté, Boussac d'un côté, La Chapelle Darblay de l'autre, sur les décombres desquelles ils ont bâti leur fortune ; tous deux ont profité des années de folie du Crédit lyonnais qui, en leur prêtant l'argent dont ils avaient besoin (ce qui, au demeurant, s'est révélé, dans les deux cas, un excellent placement pour la banque), leur ont permis de constituer et d'étendre leur empire. À travers leurs succès à répétition, vantés à longueur de colonnes aussi bien dans la presse économique que dans les magazines people, c'est toute l'histoire d'une France sortant de sa gangue de conventions et de protectionnisme pour entrer à reculons dans le monde capitaliste à dominante anglo-saxonne qui se dessine.

Les chemins de François Pinault et de Bernard Arnault étaient parallèles. Ce 19 mars 1999, ils se croisent. La bataille sera frontale. Pour la première fois, Arnault n'a pas eu le choix du terrain. C'est son adversaire qui a osé le défier, après l'avoir endormi. Il ne saurait y avoir de compromis, autre que tactique, lorsque l'honneur – c'est-à-dire l'ego – est atteint. Dès lors, au risque de tout perdre, Bernard Arnault n'aura plus qu'un objectif : battre, dépasser, confondre et humilier son adversaire. L'accord finalement conclu sur Gucci, d'autant plus favorable à Arnault qu'il a été signé le 10 septembre 2001, la veille des attentats du World Trade Center et du Pentagone qui entraîneront un effondrement des valeurs de luxe, ne change rien sur le fond. Les deux hommes refuseront de se rencontrer : il n'y aura pas de paix des braves. Car, depuis l'irruption de François Pinault dans son jardin à la française, Bernard Arnault n'est plus le même homme. Les observateurs, les analystes s'étonneront longtemps des étranges erreurs de jugement, des diversifications hasardeuses et des risques insolites pris par le patron de LVMH après mars 1999. Vision étriquée : à cinquante ans, Bernard Arnault a enfin trouvé un adversaire à sa mesure. Il est entré de plain-pied, en toute connaissance de cause, avec une sorte de joie sauvage, dans le monde de l'irrationnel, où la loi des chiffres s'efface devant la violence, l'amour et la haine.

CHAPITRE PREMIER

À Croix

Il y a Lille, il y a Tourcoing, et puis il y a Roubaix, villes jadis séparées qui composent aujourd'hui une conurbation incohérente et imprévisible. Au détour d'une rue, d'une route, d'un carrefour, on y passe d'un monde à un autre, d'une ville branchée et universitaire à des quartiers de pauvreté extrême. Étrange métropole où les immigrés ne côtoient pas les bourgeois, où les bourgeois se regardent en chiens de faïence, en fonction de codes précis qui délimitent entre eux une stricte hiérarchie. Au milieu de tout cela, il y a Croix, perle enchâssée dans Roubaix, aux portes de Lille, où s'isolent et prospèrent la petite et grande bourgeoisies locales. Depuis l'après-guerre, cette petite ville résidentielle a changé, mais pas tant que cela. Elle ne s'éveille toujours que le week-end. Le samedi, les turfistes affluent vers l'hippodrome du Croiset-Laroche. Et le dimanche matin, c'est la sortie de la messe à l'église Saint-Martin qui crée l'animation. Aujourd'hui comme en 1949, lorsque y naît Bernard Arnault, de Jean Arnault et de Marie-Josèphe Savinel, qui se sont mariés deux ans plus tôt, chacun y a sa place et nul ne déroge. Parmi les paroissiens, les familles Arnault et Savinel côtoient Jean-Pierre et Régis Willot, mais sans les fréquenter. Les frères Willot sont des voisins, tout comme les Mulliez (qui, plus tard, fonderont Auchan), mais on ne les salue qu'à la dérobée. On quête en revanche un signe de reconnaissance, voire une invitation des

Tiberghien, Prouvost, Masurel, Dewavrin et autres grandes familles. Souvent en vain.

Sur l'échelle des hiérarchies sociales des familles du Nord, celle dans laquelle vient de naître Bernard Arnault est intermédiaire. Une famille de petits industriels : le père, Jean Arnault, descendant d'une lignée de militaires alsaciens, diplômé de l'École centrale, s'apprête à prendre les rênes de Ferret Savinel, une entreprise spécialisée dans la construction de bâtiments industriels. Mais Ferret Savinel n'est qu'une grosse PME dont l'activité consiste à construire les usines des autres. Et Jean Arnault n'a pas les manières d'un grand bourgeois. Costaud et fort en gueule, il ne s'économisera pas pour faire tourner l'entreprise. Capable de secouer ses contremaîtres sur les chantiers. Capable de passer un savon à un employé en le regardant droit dans les yeux. Mais, en privé, c'est en réalité un brave homme, trop gentil, longtemps sous l'influence de sa femme, de sa belle-famille et, plus tard, de son propre fils. Jean Arnault est un notable de province, bardé de certitudes, soucieux de tenir son rang social, assidu à la messe, membre du Rotary local. Incongruité dans le contexte provincial de l'époque : sa femme travaille, par souci de garder son indépendance.

À Croix, Jean Arnault ne pèse pas très lourd car il est d'abord un monsieur gendre : il ne possède pas une seule action de Ferret Savinel, entreprise créée en 1926 par son beau-père Étienne Savinel, qui détient toujours les deux tiers du capital. Le tiers restant appartient à un certain M. Ferret qui, trois ans après la création de l'entreprise, a apporté les capitaux qui manquaient cruellement. Étienne Savinel va confier des responsabilités puis la direction de Ferret Savinel à son gendre, en 1950, au moment où naît le deuxième enfant du couple Arnault, Dominique, sœur cadette de Bernard. Mais il garde, avec sa femme, le contrôle de l'entreprise. Les Savinel ? Pas plus que les Arnault, ils ne peuvent se targuer de faire partie de la grande bourgeoisie du Nord. Parce qu'ils sont d'origine auvergnate, parce que Ferret Savinel est une affaire comme il en existe des dizaines de milliers, ni grosse ni prestigieuse, et surtout parce que cette famille est classée à gauche, dans cette terre de tradition socialiste – à l'exception de quelques îlots comme Croix. Le docteur Savinel, oncle de Bernard Arnault, ne se contente pas en effet d'être encarté à la SFIO : pendant de longues années, il fut l'adjoint au maire de Roubaix, le socialiste Victor Provo.

Étienne Savinel, le grand-père, n'est pas socialiste. Catholique pratiquant, cet homme généreux affiche des idées paternalistes. Il ne roule pas sur l'or et vit même plutôt chichement. Accolée aux bureaux de Ferret Savinel, face à un de ses dépôts de matériels, la maison des grands-parents de Bernard Arnault est simple. La priorité, c'est l'entreprise. Au point qu'un jour, Étienne Savinel décidera d'agrandir les bureaux au détriment de la maison ! Seul luxe de cet homme par ailleurs rustique et économe : il dispose d'un chauffeur, homme à tout faire qui conduit sa Peugeot 203. Mais il y a une bonne raison à cela : il n'est jamais parvenu à passer son permis de conduire.

Les parents de Bernard Arnault se sont installés dans la même rue, en face, un peu plus loin que ses grands-parents. Une centaine de mètres séparent les deux maisons qui, très vite, ne souffriront pas la comparaison. Jean et Marie-Jo Arnault se font construire une piscine, ce qui n'est pas fréquent, surtout à l'époque et sous cette latitude. La maison s'enrichit régulièrement de meubles de prix et d'objets d'art, tandis que les murs se couvrent de tableaux de valeur, essentiellement des petits hollandais ainsi que des impressionnistes de second rang. Rien d'ostentatoire, mais simplement l'aisance désormais affichée d'une famille bourgeoise et plutot conventionnelle qui profite, comme tant d'autres, de l'expansion économique des années d'après-guerre.

Dans cet univers bourgeois, Bernard Arnault déroule une enfance sans histoire, du moins telle qu'il la décrit dans *La Passion créative.* « J'ai toujours été très heureux, sans problème particulier, explique-t-il à Yves Messarovitch. Je n'ai pas de souvenir désagréable, ni la moindre frustration qui serait liée à mon enfance. » Il est vrai que sa scolarité, ses loisirs se déroulent comme dans un livre d'images pour enfants sages. Concession aux engagements politiques de la famille : il fait ses études primaires et secondaires dans un établissement public de pointe, récemment créé, le lycée de Roubaix qui sera rebaptisé lycée Maxence-Van-der-Meersch, ce qui est loin d'être la norme dans son milieu. Il se dépeint dans son livre comme un « lycéen puis étudiant studieux, avec un certain sens des responsabilités ». Mais ses camarades se souviennent de lui comme d'un enfant solitaire, mélancolique et secret. Ne s'insérant dans aucune bande, il fréquente des gens plus âgés. Les enfants de sa classe gardent de lui une image lointaine, hautaine. Certains le décrivent comme un snob, d'autres le croient simplement timide. Excellent élève, toujours parmi les premiers, il est bien vu par ses professeurs qui donnent en exemple ce sujet brillant, travailleur et réfléchi. En réalité, le jeune Bernard dispose d'un atout décisif, tant dans sa scolarité que, plus tard, dans les affaires : une capacité de concentration hors du commun. À quoi s'ajoute un grand sens de l'organisation. Lui assure qu'il n'a jamais été un bosseur invétéré. Pas même un polar. Qu'il étudiait simplement bien les matières qui lui plaisaient, en particulier le français, en dévorant tous les livres inscrits au programme et où il avait toujours les meilleures notes. Son point faible : les sciences naturelles, qu'il détestait. Son point fort : le grec, sans qu'il ait jamais su pourquoi. Cette scolarité lisse et heureuse, Bernard Arnault en garde précieusement la flamme, se souvenant, dit-on, du nom de tous ses professeurs. Sa grand-mère Savinel a conservé avec dévotion tous ses carnets scolaires, sans exception. Lui-même en est aujourd'hui le gardien : à plusieurs reprises, il les a montrés en exemple à ses propres enfants.

Sa vie est sage, bien réglée. Il se couche tôt, n'est autorisé à regarder la télévision que pour voir Jean Nohain et ses *Trente-six chandelles* le samedi, Roger Lanzac et la *Piste aux étoiles* le mercredi. Le dimanche, un dîner de famille réunit les trois générations. Seuls exutoires : le sport et la musique. Bernard est inscrit dans un club de tennis de Roubaix où il joue chaque semaine, toujours avec les mêmes partenaires, alterne parties de château chez les uns ou les autres et petits tournois locaux. Sur les courts, une autre personnalité apparaît : Bernard se bat jusqu'au bout de ses capacités physiques, dispose d'un excellent mental, déteste perdre, conteste les points, se montre parfois mauvais joueur. Mais sans excès : rien qui le différencie, sur ce plan, des adolescents de son âge. Plus tard, il s'inscrira dans un club hippique, à Roubaix. Il apprécie le contact des chevaux, le sentiment de maîtriser l'animal. Il participe à des concours d'obstacles, aime aussi les chevauchées solitaires.

Mais c'est à travers la musique, plus que dans le sport, que cet adolescent aisé, aux allures romantiques, aura le sentiment de découvrir de nouveaux horizons sans limites. Pas n'importe quelle musique, évidemment : il refuse obstinément d'aller écouter les chanteurs yé-yé de passage à Lille ou à Roubaix, laissant avec hauteur ses camarades s'y précipiter. Il aime la musique classique, Mozart, Chopin, Liszt. Ses dons sont précoces, au point que la famille croit avoir engendré un prodige : rien ne doit brider un tel talent. Aussi sa mère lui offre-t-elle, pour ses six ans, son premier piano droit, un Pleyel. À douze ans, il reçoit son premier piano à queue, qu'il faut hisser par la fenêtre au premier étage de la maison de ses grands-parents. Très vite, Bernard exprime son talent. Il interprète avec brio, mais un peu mécaniquement, les vingt-quatre *Études* de Chopin. Il fait la joie de sa famille en donnant de petits récitals, en toute occasion, devant les invités, avec son air grave d'enfant sage, pantalon de flanelle, blazer, chemise blanche et cravate club. À quinze ans, en 1964, il tient l'orgue à Notre-Dame de Roubaix et obtient le premier prix d'un petit concours.

Un séisme vient bouleverser cette enfance bien encadrée : la mort du grand-père, le 26 juin 1959. Étienne Savinel n'avait que soixante-quatre ans. Bernard Arnault se souvient de cet événement douloureux, dans les moindres détails : c'était pendant la foire de Roubaix ; le jour de sa mort, dans l'après-midi, il était allé voir son grand-père à l'hôpital ; celui-ci lui avait dit qu'il allait mieux, qu'il commençait à se lever ; le soir, tard, alors qu'il dormait chez ses parents, il a entendu le téléphone sonner ; il a été pris d'un doute mais ne s'est pas levé ; le lendemain matin, personne ne lui a rien dit ; sa mère a attendu l'après-midi pour lui annoncer la nouvelle. À maintes reprises, Bernard Arnault a raconté comment, lors de la mise en bière, il avait déposé lui-même, du haut de ses dix ans, dans le cercueil de son grand-père, son bulletin de notes, avec une mention spéciale du jury, qu'il avait reçu la veille du décès.

L'enterrement est lui aussi resté gravé dans son esprit. Il est solennel. Les grandes orgues se déchaînent dans une église pleine à craquer : Étienne Savinel était une personnalité à Roubaix, de par sa forte présence, son côté charismatique, mais aussi à cause de l'engagement politique du docteur Savinel aux côtés du maire Victor Provo. Bernard Arnault est au premier rang, la gorge serrée mais refoulant ses larmes. Le décès d'un grand-père, pour un garçonnet, est toujours une épreuve douloureuse, qui confronte pour la première fois l'enfant avec la mort. Généralement, la douleur de ses propres parents ajoute à l'affliction mais en même temps étonne, car on sent confusément qu'elle est plus forte et d'une autre nature que celle que l'on éprouve soi-même. Tel n'est pas l'état d'esprit de Bernard Arnault, qui entretient avec ses grands-parents des liens fusionnels. Ce n'est pas par délégation qu'il souffre. Plus tard, arrivé au faîte de la puissance, à ceux qui lui demanderont quels ont été les événements les plus marquants et les plus douloureux de sa vie, il n'hésitera jamais à répondre : la mort de mon grand-père, en 1959, et celle de ma grand-mère, en janvier 1985. « Je la revois sur son lit d'hôpital, lisant des articles parlant de moi », confie-t-il à Yves Messarovitch dans son livre.

En réalité, et c'est bien l'énigme de cette enfance sans histoires, sans doute la clé de sa personnalité future : sur le plan affectif, les vrais parents de Bernard Arnault, ce sont ses grands-parents Savinel. Tout petit, il partage son temps entre leur maison et celle de ses parents, où il dispose d'une chambre et d'un bureau. Alors que sa sœur cadette Dominique reste à la maison, Bernard, dès la mort du grand-père, va s'installer définitivement chez sa grand-mère. Cette femme droite et mince, toujours habillée de sombre, croit aux valeurs du travail et de l'exemple. « Je lui suis redevable pour beaucoup des choix pris dès ma petite enfance, notamment de la certitude qu'elle m'a inculquée sans relâche que seul le travail payait », dira plus tard Bernard Arnault. Mais leurs liens vont bien au-delà : les grands-parents ont voué à leur petit-fils, depuis sa naissance, un véritable culte. Ils vont l'élever en lui assurant, en toute occasion, qu'il est le plus beau, le plus intelligent et le plus fort. Rien n'est jamais assez bien pour lui. Sa grand-mère lui donne des habitudes qu'il gardera toujours : le goût pour la cuisine raffinée, mais aussi pour le chocolat, le besoin de se coucher tôt (dont jamais il ne se départira), le sens de l'efficacité, dont elle fait la discrète apologie. « Elle m'a donné des principes de vie équilibrée, rangée, dans laquelle il y a part pour tout mais où on essaye de voir l'essentiel », résumera un jour Bernard Arnault. Cette femme à la volonté inflexible, qui brûle d'amour et d'ambition pour son petit-fils, lui inculque surtout l'évidence de sa propre supériorité. Celle-ci le guidera à toutes les étapes importantes de sa vie et expliquera cette forme de culot qui frise souvent l'inconscience.

Bernard habite, déjeune, dîne et travaille chez sa grand-mère. « Ce qui ne voulait pas dire que j'avais de mauvais contacts avec mes parents, bien au contraire », affirmera-t-il plus tard. De fait, il n'est pas en situation de rupture ouverte avec ses parents, qu'il va embrasser tous les soirs, en traversant la rue. Officiellement, il a lui-même fait le choix d'habiter chez sa grand-mère, « volontairement, pour qu'elle ne soit pas toute seule ». Ce n'est jamais naturellement que des parents, qui ne sont ni dans la peine ni dans le besoin, confient à une grand-mère le soin d'élever leur fils aîné. Le prétexte de cet arrangement familial est simple : Marie-Jo Savinel-Arnault, la mère de Bernard, n'a ni l'intention ni la vocation de devenir femme au foyer après la naissance de son fils. Indépendante, autonome, exubérante et d'un naturel extraverti, cette femme a décidé de travailler, ce qui fait encore jaser, à Croix, dans son milieu, dans les années cinquante. Pendant longtemps, elle tiendra une pharmacie. Entre la maison confortable de ses parents, qui travaillent tous les deux, et le havre de paix, plus simple, mais tout entier consacré à la célébration de sa petite personne, Bernard Arnault a fait son choix. Un choix motivé, de plus, par la complexité des relations avec ses propres parents, en particulier avec sa mère, aujourd'hui âgée, mais qui dégage toujours une vitalité étonnante. Peut-être est-ce là son *rosebud*. Un seul constat : lorsqu'il évoque sa jeunesse, dans les différentes interviewes qu'il a accordées, Bernard Arnault parle volontiers de sa grand-mère mais fait généralement l'impasse sur ses propres parents. Plus édifiant encore : dans son livre d'entretiens avec Yves Messarovitch, dans lequel il évoque ses amis et tous les membres de sa famille, sa mère est la grande absente. En 202 pages, son nom n'apparaît pas une seule fois.

Mère extravertie et exubérante, père fort en gueule sur les chantiers mais discret à la maison, grand-père mythique, soucieux d'inculquer à son petit-fils, dès l'enfance, le goût du pouvoir et des affaires, et enfin grand-mère aimante, attentive, admirative et pétrie d'ambition pour lui : le jeune Bernard Arnault a été, quelle que soit la nature profonde de ses relations avec les uns et les autres, soumis à des influences fortes et diverses qui peuvent expliquer, en partie, les paradoxes de l'homme qu'il est devenu : à la fois verrouillé, au point de pouvoir passer tout un repas et même une journée entière sur un bateau avec ses invités sans desserrer les dents[1], affichant cette

1. Un éditeur en vue, convié sur le yacht que Bernard Arnault loue à Saint-Tropez, n'en est toujours pas revenu : son hôte ne lui a pas adressé la parole de toute la journée !

froideur ennuyée, perçue comme du mépris, qui glace ses collaborateurs ; et en même temps habité par le goût du risque, tenté par le feu, tout en violence maîtrisée, avec ce penchant insolite à s'afficher aux côtés des personnalités les plus exubérantes et les plus déjantées, à l'image d'un John Galliano ou d'un Alexander McQueen – sans jamais toutefois entretenir avec eux des rapports autres que strictement professionnels.

Généralement, les grandes réussites financières sont le fait soit d'héritiers qui, disposant au départ d'une véritable fortune, ont intégré et développé les ingrédients du succès, soit de self-made-men, dont le principal moteur est la rage et le culot. Bernard Arnault n'est ni l'un ni l'autre. De ce point de vue, sa réussite est exceptionnelle. Ce n'est jamais chez les petits-bourgeois que naissent les grand prédateurs. Dans ce genre de familles, les enfants sont généralement programmés pour, selon leur caractère et leur talent, dilapider l'héritage familial ou au contraire le faire gentiment prospérer, descendre ou monter une marche, peut-être deux, dans la nomenklatura française. Pas pour tout faire exploser !

CHAPITRE 2

Prise du pouvoir en famille

— Hugues, ne ménagez pas Bernard. Au contraire, je vous demande instamment de faire tout ce qu'il faut pour le dégoûter de l'entreprise.

Est-ce par calcul, pour tester la détermination de son fils, ou bien sincèrement, pour s'en débarrasser, que Jean Arnault donne cette instruction à Hugues Motte, son directeur technique, alors que Bernard, au sortir de Polytechnique, fait ses premiers pas chez Ferret Savinel ? Craint-il secrètement d'être marginalisé par son propre fils qui bénéficie du soutien aveugle de sa belle-mère, c'est-à-dire de l'actionnaire principal ?

À la fin de l'adolescence, Bernard Arnault rêve tout haut, pour lui-même et pour la galerie, d'une carrière de musicien mais, en réalité, il sait parfaitement ce qu'il veut faire : devenir, dès que possible, le patron de l'entreprise familiale. Dès son plus jeune âge, avec son grand-père comme mentor, il a été attiré par les affaires : avec lui, il visite les chantiers, le jeudi et parfois le samedi, alors qu'il n'a pas sept ans. Il monte à l'arrière de la 203. Le grand-père construisait des entrepôts et des usines, en particulier des usines textiles, pour Marcel Boussac et pour Jean Prouvost. Les rapports avec ces grands capitaines d'industries, monuments de l'après-guerre, sont strictement professionnels : un Boussac ne fraye pas avec un Savinel. Même s'il fait appel à ce dernier pour reconstruire au plus vite une usine incendiée. Comment Marcel Boussac aurait-il pu imaginer que, vingt-cinq ans plus tard, c'est tout son empire, tombé en ruine, qui sera repris par le bambin, bien propret, sagement assis à l'arrière de la 203 ? Que celui-ci le revendra, sans le moindre état d'âme, au plus offrant ? Et qu'il fera fortune sur ses décombres ? Et le garçonnet, de son côté, a-t-il secrètement rêvé, alors, de devenir un jour l'égal de Marcel Boussac ?

Pour s'imposer à la tête de Ferret Savinel, Bernard Arnault dispose d'un atout essentiel : l'amour de sa grand-mère qui, n'ayant pas eu de fils, le considère comme le seul héritier légitime de la famille. Elle préfère ouvertement son petit-fils, qui est de son sang, à son gendre, qui ne l'est pas. Mais le privilège du sang ne suffit pas.

Bernard doit acquérir sa légitimité. Son père ayant fait Centrale, Bernard, en accord avec sa grand-mère maternelle, s'est donc fixé pour objectif de réussir Polytechnique, cette école mythique, en particulier dans les milieux industriels de la France profonde. Il intègre aisément les classes préparatoires au lycée Faidherbe de Lille. Mais on ne le voit que rarement au Moderne, le café branché de la Grand-Place (rebaptisée place du Général-de-Gaulle) où la jeunesse dorée de la métropole lilloise a ses habitudes. Encore moins dans les boîtes de nuit de Tournai et de Courtrai. Il ne participe pas à ce chassé-croisé amusant où, de part et d'autre de la frontière, les jeunes Français vont s'amuser en Belgique tandis que les jeunes Flamands viennent s'encanailler en France !

Mai 68 survient alors que Bernard Arnault termine Maths spé au lycée Faidherbe, en pleine préparation des concours. Pas question d'y participer, comme les colonnes d'étudiants de l'École supérieure de journalisme de Lille qui rejoignent Paris tous les soirs, à six dans une 2 CV. Pas question non plus de participer aux happenings non-stop qui se tiennent, en particulier dans la salle Roger-Salengro où les mandarins de la fac et des écoles de commerce se couvrent publiquement la tête de cendres, côtoyant des prostituées qui viennent dénoncer les méfaits de la société de consommation, concurrentes imprévues d'étudiantes soudain libérées et le criant très fort, tout cela tranchant heureusement avec les cohortes de barbus à pipe qui n'en reviennent pas de trouver enfin un auditoire attentif à leurs discours fumeux. Bernard Arnault travaille. Il rentre chez lui tous les soirs. La révolte étudiante, la poésie des mots, l'incongruité des situations, la révolution culturelle lui passent au-dessus de la tête. Il regarde d'un œil distrait les manifestations à la télé qui, dira-t-il plus tard, « faisaient peur à tout le monde ».

Les élucubrations des étudiants ne l'intéressent ni ne l'amusent, mais la révolte ouvrière qui s'y ajoute le surprend et l'inquiète. Surtout quand elle fait irruption dans le giron familial, au cœur d'une sphère qu'il croyait parfaitement protégée. Jamais il n'y avait eu le moindre problème social chez Ferret Savinel. Ni grève ni récrimination, rien. Le paternalisme y fonctionnait à merveille. Et puis soudain, la grève. Totale. Radicale. Conduite par le délégué CGT, un certain Maquet, jusque-là fort peu dérangeant. Bernard Arnault n'a jamais effacé de sa mémoire l'image de son père, désemparé devant l'entrée des bureaux, empêché d'y pénétrer par les syndicalistes, en confrontation directe avec eux. Bernard regarde, de loin, ce monde qui s'écroule, cet autre qui va naître. Il est à Roubaix, il prépare toujours ses concours.

Les épreuves de Polytechnique, des Mines, de Centrale se déroulent pendant les événements. Reçu deuxième aux Mines, Bernard se présente à Polytechnique. Mais la rébellion est arrivée jusque-là. Le concours d'entrée est organisé dans un hôtel, le Soleil-d'Or, sur une petite place de Saint-Cyr-l'École. La famille ne connaît personne à Paris, les transports ne fonctionnent pas. Son père l'accompagne. Bernard Arnault est admis à passer le grand oral. Mais il ne se présente pas, car il ne peut passer les épreuves physiques, éliminatoires, à cause d'un bras cassé. Sur la cause de cet accident, le patron de LVMH, devenu un homme célèbre, donnera plusieurs versions différentes, en fonction de ses interlocuteurs : chute de cheval ou mauvaise réception en jouant à sauter en hauteur au-dessus d'un fil tendu entre deux arbres, dans le jardin. Sa troisième version est sans doute la bonne : il est tombé bêtement en trébuchant dans l'entrée de la maison de ses parents. Le résultat, de toute façon, est le même : il ne passe pas l'oral de juin. C'est dans un hôtel du boulevard Montparnasse où, faute de relations familiales à Paris, il est descendu qu'il entend les résultats des élections : il se félicite du raz-de-marée gaulliste, sans plus. Il est bien loin de la politique et des mouvements du monde.

Cet échec à Polytechnique est sans conséquence. Ce n'est que partie remise. L'année suivante, Bernard Arnault intègre l'École. Dans la même promotion figure Bruno Mégret. Les bouillonnements de Mai 68 ne se sont pas calmés. Il lui faut choisir son camp. Il fait partie de ceux qui se déclarent hostiles au mouvement, il se dit plutôt gaulliste, mais n'en rajoute pas, s'engage le moins possible. Il aura Gérard Worms comme professeur d'économie. « Il était très brillant et son cours passionnant, confie-t-il dans son livre d'entretiens, mais c'était de l'économie à base de grands travaux matriciels qui forçaient à une réflexion intensive. » Peu nombreux sont ses camarades de Polytechnique qui se souviennent de lui ; quelques-uns seulement, à cause de sa voiture : la première année, il se balade en Fiat 500, dans laquelle il se plie en quatre pour entrer et qu'il conduit parfois en passant la tête à travers le toit ouvrant. L'année suivante, on le verra au volant d'un petit coupé Peugeot 204.

Le jeune homme à l'allure romantique porte avec élégance l'uniforme. Il fait partie du club hippique de l'école. Il est grand, mince, l'air toujours un peu triste. Mais ce beau parti, doté de prestance et de séduction, est devenu un élève moyen. Non par incapacité mais tout simplement parce que son intérêt pour les études s'est émoussé. Il voulait absolument faire Polytechnique pour être pris au sérieux dans son milieu familial. Mais, à la différence de tant d'autres, il ne voit pas l'intérêt de sortir dans la botte, de faire les Mines, les Ponts ou les Télécoms, pour embrasser une carrière de haut fonctionnaire ou entrer dans une entreprise publique, avec l'espoir incertain de la diriger un jour. Car l'entreprise familiale l'attend, dont il pense qu'elle lui permettra de brûler les étapes. Polytechnique était un viatique nécessaire pour y entrer en conquérant. Mais à quoi bon aller plus loin ? Il quittera d'ailleurs l'École, six mois avant la fin officielle des études, dans les profondeurs du classement. Dès 1968, alors que ses camarades sont tentés de refaire le monde, il ne leur cache pas son intention de rejoindre l'entreprise familiale. Une PME de province ? Ses proches, à Polytechnique, sont surpris. Ils le considèrent comme un anormal, lui qui n'a pas compris ce qu'il fallait faire pour réussir dans la vie — directeur de cabinet d'un ministre par exemple. Un fils-à-papa qu'ils ont croisé en passant, qui retourne s'enfermer dans sa province et dont ils sont sûrs au moins qu'ils ne le retrouveront pas sur leur chemin bien bordé.

Bernard Arnault n'en a cure. Ses stages l'ont dégoûté à jamais du monde de l'entreprise administrée. Il est vrai qu'il s'est retrouvé dans... les entrepôts de la SNCF ! Un monde endormi, encaserné, totalement déresponsabilisé. De cette expérience, il ne tirera qu'un seul enseignement : emballer parfaitement les colis fragiles que l'on envoie par la poste, tant ils sont traités sans aucun ménagement ! Son autre stage, au cabinet de conseil en entreprise McKinsey, le déçoit tout autant. Il considère que les consultants se contentent généralement d'appliquer des recettes toutes faites, sans prendre en compte la spécificité des problèmes posés, sans mesurer la complexité des situations. De ce constat, il tire au moins un enseignement : seul le patron est responsable, lui seul décide. Et lui, Bernard Arnault, sera patron.

C'est pourtant avec le simple titre d'ingénieur qu'il entre dans l'entreprise familiale Ferret Savinel. En attendant. L'affaire n'est pas gagnée d'avance car le jeune Bernard, avec son physique d'asperge, son allure frêle et son air trop sage, n'est pas totalement crédible aux yeux de son père, en dépit de sa peau d'âne. Vis-à-vis de son fils, Jean Arnault a des sentiments mêlés. Comme tout le monde, il pense qu'avec ses capacités, Polytechnique peut le conduire plus haut que la simple gestion de l'affaire familiale. Lui aussi estime, à l'époque, que la puissance et la gloire se trouvent dans la haute administration et les grandes entreprises publiques. Par surcroît, il pense que son fils n'a pas le physique de battant qui lui permettra de s'imposer sur les chantiers. Mais il sait, en même temps, que Bernard a un mental d'acier. Confusément, Jean Arnault craint que le film ne soit déjà écrit : l'arrivée de son fils va déranger son univers confortable ; entre les deux, la cohabitation ne sera pas simple ; et finalement, celui-ci prendra sa place.

Bernard Arnault entame ses vies personnelle et professionnelle à pleines dents. Le 5 mai 1973, à vingt-quatre ans, il se marie en frac et en grande pompe dans la cathédrale de Roubaix avec Anne Dewavrin, une jeune femme simple et naturelle qui porte un nom : celui d'une de ces grandes familles du Nord qui ont marqué de leur sceau deux siècles d'industrie française. Avec elle, il aura deux enfants : Delphine et Antoine. Le jeune marié est rayonnant. Mais dans sa vie professionnelle, il sait aussi se montrer glacial, sûr de lui et méprisant. Si ce n'est le fond de son caractère, c'est en tout cas la carapace derrière laquelle il se protège pour se faire respecter. Michel Lefebvre, un géant débonnaire qui dirige alors la filiale du Crédit lyonnais à Lille et qui deviendra son proche collaborateur, jusqu'à sa mort prématurée, en 1997, a longtemps décrit – affectueusement – le Bernard Arnault d'alors comme un « jeune pète-sec, prompt à la ramener ». En 1989, alors que son ami, en pleine bataille pour le contrôle de LVMH, est en butte aux critiques de la presse qui dénonce sa froideur et son insensibilité, Lefebvre affirme même le trouver « détendu par rapport à ce qu'il était il y a quelques années ». Sa première rencontre avec le « jeune homme pas facile » est restée gravée dans sa mémoire. Bernard Arnault l'appelle et lui donne rendez-vous à propos du développement de la promotion immobilière chez Ferret Savinel, une activité qu'il souhaite créer et pour laquelle son père, croyant le marginaliser, lui a donné carte blanche. Bernard reçoit aimablement cette force de la nature (deux mètres sous la toise), lui expose ses intentions, lui demande d'étudier son dossier. Et, avant même que la conversation s'engage, il se lève, tourne autour de son bureau et serre la main de son interlocuteur, mettant un terme à l'entretien. Durée : sept minutes ! Lefebvre est interloqué. Et furieux. Ce n'est pas ainsi, dans les années soixante-dix, que le fils d'un patron de PME traite un banquier. Aussi, lorsque Bernard Arnault le rappelle une seconde fois pour le convoquer à nouveau, Lefebvre refuse tout net : « Ce n'est pas la peine ; la dernière fois, j'ai fait près d'une heure de route à l'aller, autant au retour, pour un entretien de sept minutes. » Bernard Arnault change immédiatement de ton. Il insiste, Michel Lefebvre cède. Cette fois-ci, l'entretien durera une heure un quart. Le rapport de force est établi, chacun s'est jaugé. Et les deux hommes travailleront ensemble dans des relations fructueuses. Au début, le Crédit lyonnais, à travers Michel Lefebvre, monte des opérations de promotion avec Ferret Savinel, dont il commercialise les produits, via une centrale de vente. Et, en 1978, Michel Lefebvre rejoindra Bernard Arnault chez Ferret Savinel.

Dès 1974, année de la naissance de Delphine, son premier enfant, Bernard Arnault prend la réalité du pouvoir dans l'entreprise que préside toujours son père et qui compte alors un millier de salariés. Une évolution facilitée par le fait qu'il se retrouve actionnaire, grâce à sa grand-mère, qui lui a confié une partie de ses parts. Des proches affirment en outre que Bernard Arnault a joué un rôle important dans le rachat, un peu plus tôt, à un prix intéressant, des actions encore détenues par la famille Ferret, ce qui permet aux Savinel et à lui-même de récupérer la totalité du capital. Il aurait joué sur la crainte de voir François Mitterrand emporter l'élection présidentielle de 1974. Mais il aurait aussi trouvé les arguments adaptés à la situation personnelle de l'actionnaire minoritaire. Dans son livre d'entretiens avec Yves Messarovitch, Bernard Arnault ne s'égare pas dans ces détails. Il dit toute sa reconnaissance pour son géniteur : « J'avais vingt-cinq ans, écrit-il. Il y a peu de pères qui auraient eu à la fois l'audace, la sagesse (peut-être) et l'esprit suffisamment ouvert vis-à-vis d'un enfant pour agir ainsi. Et pourtant, je faisais alors des choix qui n'étaient pas du tout ceux qu'il aurait faits à ma place. »

En effet, dès 1976, année de la naissance d'Antoine, son deuxième enfant, Bernard Arnault convainc son père de vendre, pour 40 millions de francs, le secteur bâtiments industriels et travaux publics de l'entreprise à Quillery (du groupe Rothschild), et de ne plus se consacrer qu'à la promotion immobilière et à une activité alors embryonnaire, la construction de maisons individuelles et d'appartements, constituée sous le nom de Ferret Savinel MIA. C'est une véritable rupture, qui va modifier la nature de l'entreprise et renverser le rapport de force entre Bernard Arnault et son père. Elle marque l'abandon de l'activité historique de Ferret Savinel qui va désormais, par contraction, s'appeler Férinel. Changement de nature ? Les mille salariés ne sont plus que vingt. La promotion est plus financière et plus lucrative que la construction industrielle où l'on est aux ordres et à la merci de ses grands clients et où les marges sont petites. On craint les intempéries, on surveille le ciel, on se coltine les chantiers, on se frotte avec les ouvriers. Dans la promotion, c'est tout le contraire : il faut acheter les terrains, monter des financements, trouver des clients, et les marges sont nettement plus élevées. Et surtout, on commande, on mène le jeu. On est libre. Dans cette nouvelle activité, Bernard donne la mesure de son talent. Il travaille avec acharnement et bouscule les habitudes. Il ne prend pas de gants, casse des promesses de vente sur des terrains qu'il convoite, trouve des failles juridiques, multiplie les procès. « Pour se faire une place dans son nouveau métier, il n'a pas hésité, à ses débuts, à troubler le climat de concurrence paisible qui s'était peu à peu instauré entre les entreprises de la région », témoigne un de ses anciens concurrents.

Les 40 millions de francs recueillis par la vente de l'activité principale de Ferret Savinel au groupe Rothschild permettent de redistribuer le capital familial, devenu liquide, au profit du fils Arnault, désormais associé à 50/50 avec son père dans les nouvelles activités de promotion de construction de maisons individuelles. Jean Arnault n'est pas naïf. Il mesure parfaitement ce que cette réorganisation signifie pour lui. Mais il n'a guère le choix, compte tenu de la pression de sa belle-mère en faveur de son petit-fils. Il est en outre impressionné par la pugnacité froide et l'efficacité de ce dernier. Admiratif, conscient de sa propre faiblesse, il se sent dépassé. Aussi accepte-t-il la vente, à contre-cœur. « *Too good to resist* », commentera un jour Bernard Arnault devant l'un de ses amis. À partir de ce moment, Jean Arnault, qui reste président en titre, va prendre du champ. Il se rend de plus en plus souvent dans sa maison de Nice puis à Vence. Il s'intéresse aux tableaux de maître. Il se rapproche beaucoup de sa fille Dominique, qui a épousé Marc Watine et va entamer une carrière de commissaire-priseur.

Alors que les affaires prospèrent, Bernard Arnault prend la décision de se lancer dans l'immobilier de loisir, essentiellement de maisons de vacances. C'est pour mettre en place cette activité, baptisée Férinel Loisir, qu'il a demandé à son banquier, Michel Lefebvre, de le rejoindre. Dès lors, les ondes des radios périphériques vont être inondées de messages publicitaires vantant les charmes de « Férinel, propriétaire à la mer ». Ces maisons s'adressent, confie-t-il alors, « aux miteux enrichis ». Une façon de bien cibler des clients issus des classes populaires, disposant d'un petit capital et prêts à s'endetter. Après l'accession à la voiture, c'est la possibilité d'acheter un logement, un cran au-dessus de la caravane de luxe. Les premiers programmes de vente au public d'appartements ont été lancés dans le Nord. En 1978, une seule maison Férinel est construite dans le Nord. C'est la maison témoin pour attaquer le marché des résidences secondaires dans le Midi. Dès l'été 1979, 100 logements sont commercialisés, 1 000 à l'été 1980. En 1989, l'entreprise emploiera 900 personnes. Le succès est spectaculaire : pour beaucoup de clients, qui ne sont pas propriétaires de leur résidence principale, c'est le premier achat immobilier. « La conjoncture déclinait dans le bâtiment, risquant de nous faire perdre notre indépendance, et j'ai pensé qu'il était plus rentable d'être en contact direct avec le client final », dira plus tard Bernard Arnault. Ce changement de stratégie est significatif de sa démarche ultérieure. On y perçoit déjà la volonté de rester maître de son affaire et d'être près du consommateur final, afin de capter la totalité de la marge.

C'est en 1980, fort de son succès, que Bernard Arnault prendra un ascendant définitif sur son père qui, selon Michel Lefebvre, « n'existera plus dans l'entreprise à partir de cette date ». La prise du pouvoir est devenue patente lorsque Bernard décide d'acheter un avion Piper Cheyenne pour se déplacer, sans demander l'autorisation à son père. Celui-ci, lorsqu'il l'apprend, est furieux. Il interpelle Bernard :

— Pourquoi a-t-on acheté un avion ?

— C'est Michel Lefebvre qui m'a dit qu'il fallait en acheter un, parce que c'est commode et économiquement justifié.

Jean Arnault se précipite dans le bureau de Michel Lefebvre :

— C'est vous le spécialiste des avions ?

— Non, mais nous avons pensé, avec Bernard, que c'était un investissement judicieux en raison de l'accroissement de notre chiffre d'affaires et des nombreux déplacements que nous devons effectuer dans toute la France.

Jean Arnault n'est pas convaincu :

— Il faut que je vous voie ensemble, tout cela n'est pas admissible.

Une confrontation est organisée sur-le-champ. Jean Arnault prend la parole, en s'adressant exclusivement à Michel Lefebvre et sans jamais croiser le regard de son fils qui, lui, le fixe intensément :

— Il faut que les choses soient bien claires et comme il semble qu'elles ne le soient pas pour vous, je vais mettre les points sur les i. Dans cette société, c'est moi le président et personne d'autre.

— C'est évident, répond Lefebvre.

— Pas si évident que ça. En tout cas, je vous interdis d'acheter un avion. C'est une dépense inutile. Vous m'entendez : c'est fini !

Bernard Arnault n'a rien dit. Et le Piper Cheyenne, déjà commandé, sera livré quelques semaines plus tard...

En 1980, Férinel tourne bien mais le jeune entrepreneur se lasse de l'immobilier. Il ne parle que d'expansion et de diversification. Que faire d'autre ? Il est tenté par les chaînes de restaurants, alors en plein développement. Après avoir fait appel à des consultants américains pour tester la pertinence d'un nouveau concept de restaurant, Crocus, il ouvre à Lille le premier de ce qu'il croit être une longue série. Mais l'opération est sans lendemain et il revendra rapidement sa minichaîne à la famille Pollet, propriétaire de La Redoute. La presse le tente. Non pas celle qui permet d'avancer ses idées ou de compter dans le microcosme, mais celle qui rapporte. On est alors en pleine faillite de la Manufacture des armes et cycles de Saint-Étienne, reprise par un inconnu qui défraie la chronique : Bernard Tapie. Dans le fatras d'activités que possède Manufrance, il y a *Le Chasseur français*, un magazine à succès rédigé par une rédaction famélique qui n'hésite pas à reproduire d'une année sur l'autre les mêmes sujets, parfois les mêmes articles. Son lectorat populaire, estime Bernard Arnault, est le même que celui qui achète les maisons Férinel. Il va se l'approprier d'une façon qui montre son aplomb et sa totale indépendance vis-à-vis de son père. Président de Manufrance, sous la surveillance du tribunal de commerce, Tapie ne peut se porter lui-même acquéreur du *Chasseur français*. Pas question, toutefois, de laisser échapper cette belle pièce. C'est alors qu'intervient Bernard Arnault. Il offre à Tapie d'acheter le titre pour 80 millions de francs, à charge pour lui de le lui revendre plus tard, au prix d'achat majoré d'une commission. Selon Tapie, une convention de portage, confiée à un intermédiaire, est signée par les deux parties. Mais le flambeur, une fois n'est pas coutume, se fera rouler par plus malin que lui ! En effet, à l'échéance prévue, Bernard Arnault n'a pas revendu *Le Chasseur français* à Tapie. « Quel accord ? » lui dit-il. L'intermédiaire ne se souvient plus d'avoir jamais détenu une telle convention et Arnault affirme qu'elle n'a jamais existé. Pas question, pour Tapie, de porter plainte puisque la convention de portage, dans l'hypothèse où elle a existé, était illégale, compte tenu de sa situation juridique. Et Arnault revendra lui-même *Le Chasseur français*, avec une jolie plus-value.

Plus tard, en 1984, les chemins des deux hommes se croisent encore pour la reprise de Boussac et Tapie, à nouveau, se fait coiffer sur le poteau. À deux reprises, Bernard Arnault a battu Bernard Tapie. Ils ne sont pas nombreux dans ce cas ! Entre le bourgeois provincial, qui ne salit jamais son costume, et le prolétaire banlieusard, voyou et chaleureux, le choc est frontal et le mépris réciproque absolu. « Depuis, Tapie voue une haine féroce, irrépressible, au jeune homme bien né, toujours tiré à quatre épingles, aux allures si convenables, devenu par des jongleries financières inouïes le président de LVMH, le premier groupe de luxe du monde », écrivions-nous en 1994[1], en rapportant les propos du flambeur : « Il a fait fortune avec les subventions publiques. De lui, on accepte tout. À lui, on pardonne tout. Alors qu'on me montre toujours du doigt, moi qui n'ai pas fait le dixième de ce qu'il a fait. » Question : comment Bernard Arnault, à son âge et avec son cursus, ose-t-il faire un coup comme celui-là à Tapie ? Est-il conscient des risques ? N'a-t-il pas plutôt, mieux que personne et avant tout le monde, cerné la personnalité du flambeur qui intimide, tente des coups, se contente de faire peur mais sans jamais passer à l'acte ?

1. Airy Routier et Valérie Lecasble, *Le Flambeur, la vraie vie de Bernard Tapie*, Grasset, 1994.

C'est en écoutant la radio, à Nice, que Jean Arnault apprend que Bernard a acheté *Le Chasseur français*. Il est furieux. Il l'appelle mais son fils, entre-temps, est parti aux États-Unis. Il se rabat sur Michel Lefebvre qui lui trouve aussitôt une excuse : tout s'est passé très vite, Bernard n'a pas eu le temps. Jean Arnault, une nouvelle fois, s'incline. Ainsi, face à son père, avec le soutien de sa grand-mère, en sachant se rendre indispensable, en travaillant dur, en masquant son jeu, à l'abri derrière ses airs de premier communiant, en prenant des risques, en analysant les situations loin des modes du moment, en utilisant la corde affective, en maîtrisant les rapports de force, en jouant trois coups d'avance avec une froide détermination, Bernard Arnault a réussi sa prise progressive du pouvoir, dans le cadre familial. Un schéma qu'il reproduira par la suite à l'identique, en l'adaptant aux circonstances, et qui lui permettra, en quelques années, d'atteindre les sommets du pouvoir et de la fortune.

Bernard Arnault n'en est pas là. Férinel est florissante mais il n'a aucune intention de passer sa vie à se mesurer à Merlin « l'enchanteur » et autres Ribourel. Les opérations comme *Le Chasseur français* ou la restauration ne vont pas très loin et ne l'amusent guère. Il ne se voit ni en journaliste ni en restaurateur. Il a l'impression de jouer petit alors que l'environnement politique devient dangereux. Ses projets s'enlisent et ceux du parti socialiste l'inquiètent. Une inquiétude qui se transforme en panique lorsqu'il apparaît que la candidature de Valéry Giscard d'Estaing à l'élection présidentielle de mai 1981 s'essouffle. La victoire désormais probable de François Mitterrand va-t-elle remettre en cause tous ses projets ?

CHAPITRE 3

Amérique

Le pire n'est jamais sûr et pourtant, pour les gens comme les Arnault, il est bien arrivé. Le 10 mai 1981, trois minutes avant vingt heures, le visage de François Mitterrand apparaît sur les écrans de TF1, aussitôt suivie par Antenne 2. Pendant que la France de gauche, écartée du pouvoir depuis un quart de siècle, s'en va fêter la victoire, pendant qu'une foule de Parisiens se rue place de la République, la France de droite est sous le choc. Incrédule. Tétanisée. Car le nouveau président s'est fait élire sur un programme radicalement socialiste, avec l'appui des communistes qui s'apprêtent à envoyer des ministres au gouvernement, pour la première fois depuis l'après-guerre. En juin, les élections législatives confirment en effet le vote des Français : le pays, de façon claire, a basculé. Involontairement comique, la mise en scène du président sortant Valéry Giscard d'Estaing, faisant pompeusement ses adieux télévisés avant de laisser les Français face à une chaise vide et un maigre pot de fleurs, traduit le désarroi d'une droite soudain ringardisée : plus rien ne sera jamais comme avant.

Face à ce séisme, les patrons se divisent en deux camps. Une minorité d'entre eux pense que cette alternance n'est qu'un mauvais moment à passer ; que François Mitterrand, bien qu'élu par la gauche, reste un homme raisonnable, doté du sens de l'État et culturellement de droite. Après avoir donné les gages indispensables à ses électeurs, il saura éviter les débordements et gouverner au centre. Certains font contre mauvaise fortune bon cœur : cette alternance était inévitable, elle aurait dû avoir lieu en 1974, l'aura personnelle de Valéry Giscard d'Estaing ayant seule permis de retarder l'échéance ; elle lève une hypothèque, fait baisser la pression après tant de frustrations accumulées, réconcilie des Français avec la politique et peut donner un nouveau souffle de croissance au pays. D'autres, encore, se demandent si la période de flottement qui s'annonce, l'impréparation et parfois la naïveté des nouveaux dirigeants ne vont pas ouvrir des possibilités d'enrichissement à ceux d'entre eux qui sauront garder leur sang-froid.

C'est ainsi que raisonne François Pinault. Le 10 mai 1981, patron breton alors à peu près inconnu, il est à Rennes, où il a voté. Dès les résultats connus, il descend dans la rue et passe la soirée à observer la foule en liesse, à humer l'air des temps nouveaux. Dubitatif mais intéressé. Et le lundi matin, il s'en va acheter cash une BMW haut de gamme, à la fois pour « conjurer le sort » et pour mettre du baume au cœur de son concessionnaire qui se désespère à l'idée de ne plus jamais vendre une seule belle voiture...

François Pinault possède alors un pied-à-terre à Paris, dans un hôtel particulier rénové, au 7, rue de la Chaise, dans le VIIe arrondissement, près des ministères. Dans la même rue, au même numéro, mais dans l'autre aile du bâtiment, Jean Arnault occupe, lui aussi, un appartement, acheté depuis peu à l'industriel Antoine Riboud. Jérôme Seydoux, alors patron des Chargeurs et de la compagnie UTA, habite là, ainsi que quelques autres célébrités : l'adresse est alors l'une des plus chics de Paris. François Pinault y croise Jean Arnault et sans doute Bernard, en voisin. Ils ne se connaissent pas.

Tout les sépare : les Arnault appartiennent, en effet, à une autre catégorie de patrons, largement majoritaire, pour lesquels la victoire de François Mitterrand est vécue comme un drame collectif et... individuel. Ils font partie de ces cohortes de banquiers et de chefs d'entreprise, petits ou grands, pour qui les communistes ont toujours le couteau entre les dents, qui sont persuadés que ceux-ci, comme après la guerre, plumeront la volaille socialiste, qui sera disqualifiée avant d'être balayée. L'image de Maquet, le délégué CGT soudain déchaîné de Ferret Savinel, obsède Jean Arnault. Bernard, lui, n'a pas vraiment peur des rouges. Il n'est pas de cette génération et ne pose pas le problème en ces termes. Il l'aborde de façon plus pragmatique. La politique, le souffle de l'Histoire lui passent au-dessus de la tête. Il ne les connaît pas. Il s'en fiche.

En revanche, il a étudié le programme de François Mitterrand, déploré son intention de nationaliser des pans entiers de l'industrie française et la totalité de son système bancaire, d'accorder les trente-cinq heures hebdomadaires et une cinquième semaine de congés payés, de créer un impôt sur les grandes fortunes. Autant d'engagements qui lui semblent parfaitement inadaptés à la situation du pays et aux intérêts des entrepreneurs, et dont, de ce fait, il a peine à croire qu'ils pourront être tenus. Ou même que Mitterrand ait seulement l'intention de les tenir. Pragmatique, Bernard Arnault veut juger sur pièces. Mais il se rend vite à l'évidence. Mois après mois, Pierre Mauroy met en œuvre, une à une, la plupart des mesures promises par François Mitterrand. Son père avait raison : le pire est en train d'arriver. Bernard Arnault choisit alors l'exil. Faire partie de cette curieuse cohorte de patrons émigrés, craintifs ou hostiles à la gauche, lui collera longtemps aux semelles. Il s'en justifiera en avançant des critères économiques plus que politiques : « La tournure économique des choses telle qu'elle se présentait en 1981 avait des côtés assez inquiétants, expliquera-t-il plus tard. Je me suis dit que ce n'était peut-être pas le moment d'investir et comme je ne voulais pas rester inactif, je suis allé voir ailleurs. »

Plus tard, il écrira dans *La Passion créative* : « Je suis parti aux États-Unis [...] parce que la France entrait à l'époque dans une phase où, avant d'investir, il fallait bien voir ce qu'allait donner l'application des idées Mitterrand qui avait été élu, je vous le rappelle, sur un programme consistant à changer radicalement le système économique libéral en France. Au bout de deux ans, heureusement, la réalité a refait surface et cela s'est calmé. Le Premier ministre a changé. Laurent Fabius est arrivé et les choses ont repris un cours normal, explique-t-il dans son livre d'entretiens, en précisant : Je n'ai jamais envisagé de m'établir définitivement aux États-Unis. »

Il avait découvert, pour la première fois, les États-Unis après Polytechnique, avant d'intégrer Ferret Savinel. En complément de sa formation, il y avait fait un stage, dans un cabinet de consultants et dans une banque. Il y avait aussi passé des vacances. Mais, cinq ans plus tard, avant les élections législatives de 1978, alors que tous les sondages donnaient gagnant le programme commun de la gauche, il avait, une première fois, éprouvé la nécessité de prendre du champ, pour des raisons politiques. Mais aussi familiales : c'était l'époque où il prenait son autonomie vis-à-vis de son père et cherchait à développer ses propres affaires. Il est donc parti au Québec pour créer, à Montréal, une filiale qui doit se spécialiser dans la construction de maisons individuelles. C'est d'ailleurs pour cette filiale québécoise que le nom de Férinel est inventé. Mais c'est finalement tout ce qui restera de cette aventure qui se termine par un fiasco. Ses maisons sont étrangères à la culture locale : au Québec, elles sont en bois, le plus souvent livrées en kit et assemblées sur place par les propriétaires, avec l'aide de tout le voisinage, selon les indications et sous la surveillance d'un professionnel. Les maisons Férinel sont surtout inadaptées au climat canadien : elles ne sont pas surélevées et la neige, en hiver, arrive à mi-hauteur des portes et des fenêtres ; aucun espace vide, sous les planchers, n'est prévu pour évacuer cette même neige lorsque souffle le blizzard. Ce n'est pas tout : Bernard Arnault n'a pas de chance avec les élections. Car au Québec, elles sont encore plus tendues qu'en France ! La percée du francophone indépendantiste René Lévêque fait fuir les Canadiens anglophones de Montréal vers Toronto, provoquant un effondrement du marché. Tabernacle ! Maudite province. L'expérience québécoise sera de courte durée. En France, en effet, déjouant tous les pronostics, la droite reste au pouvoir, sauvée, entre les deux tours, par une mobilisation des abstentionnistes. Bernard Arnault revient aussitôt, le contexte politique soudain dégagé lui permettant de tirer un prix inespéré de la vente de Ferret Savinel.

En 1981, en revanche, la gauche est bel et bien au pouvoir. En mai 1982, juste un an après l'élection de François Mitterrand, alors que sont mises en œuvre les nationalisations, Bernard Arnault, comme des milliers de patrons et de familles riches, connues ou non, se retrouve donc aux États-Unis, nouvel eldorado qui sort à peine de la grande torpeur de la fin des années soixante-dix à la suite de l'humiliation de la défaite au Viêt-nam. On est au tout début de la révolution libérale de Ronald Reagan : une période faste pour les Européens qui franchissent l'Atlantique. Car le dollar, alors, ne vaut rien : à peine plus de 5 francs (76 centimes d'euro). Les touristes disposent aux États-Unis d'un important pouvoir d'achat et les hommes d'affaires étrangers peuvent y investir.

Bernard Arnault quitte donc Croix pour New York. Il s'installe, dès la fin de l'année scolaire, avec Anne, Delphine et Antoine, à New Rochelle, près de Larchmond, au nord de la métropole, où vit une importante colonie française. Il achète une belle maison de style méditerranéen, sur un bras de mer, à Long Island Sound. Son voisin est John Kluge, multimilliardaire américain, célèbre pour avoir été initiateur d'une énorme OPA sur Metromedia. Pour lancer ses affaires, Bernard Arnault ouvre un bureau au 45e étage du prestigieux Rockefeller Center. À New York, comme à Paris, le jeune patron ne connaît personne. C'est un banquier français qui va lui mettre le pied à l'étrier : Antoine Porcher, directeur de la Société générale aux États-Unis. On dépasse vite les relations d'affaires. Les deux couples se reçoivent souvent. Les Porcher présenteront tous leurs amis et relations aux Arnault, à commencer par Alain-Dominique Perrin, qui deviendra patron de Cartier, puis de tout le groupe Richmond, principal concurrent de LVMH dans le luxe. Grâce aux Porcher, Arnault rencontre aussi Claude Gros, qui préside la filiale américaine de l'Institut pour le développement industriel (IDI), une structure publique d'investissement, inventée par des énarques et gérée par des fonctionnaires. L'IDI détient la majorité des actions de la Compagnie Boussac Saint-Frères, qui défraye la chronique en France... Les Arnault et les Porcher sont inséparables. Nicole Porcher et Anne Dewavrin-Arnault deviendront même les meilleures amies du monde et le resteront. Tandis que Bernard Arnault, avant même son propre divorce, rompra toute relation avec Antoine Porcher, victime de revers professionnels.

Sur sa période américaine, le roi du luxe est toujours resté fort discret. Il déclare tout au plus : « Quand on n'a pas fait d'études aux États-Unis, on a du mal à se faire accepter [...] c'est difficile pour un Français de réussir là-bas. » Doux euphémisme. Sa carrière américaine sera tout sauf une partie de plaisir. Il commence par recruter une petite équipe dirigée par Michael Burke, un Franco-Américain, diplômé de l'université de Lille. En accord avec Arnault, celui-ci jette son dévolu sur la Floride. Le choix est logique. Cet État est devenu l'eldorado de l'immobilier en Amérique. Entre 1976 et 1980, le marché de la construction y a triplé. De quoi séduire les amateurs de fortunes rapides. Burke déniche un terrain dans l'île d'Hutchinson, Arnault le visite et décide d'y construire une tour de dix-neuf étages comportant 199 appartements devant être livrés en 1986. Il la baptise Princess. Coût : 21 millions de dollars financés par un emprunt de 17 millions à la Barnett Bank, premier établissement américain de crédit local. Mais Arnault et Burke se sont fait avoir comme des bleus. Personne ne leur a parlé de la centrale nucléaire qui crache ses fumées à une quinzaine de kilomètres de là. La construction, de son côté, révélera de nombreux défauts : chambres trop petites pour recevoir les immenses lits *king size* qu'adorent les Américains, balcons trop étroits, douches mal équipées, etc. Par surcroît, le programme enregistre une dérive de ses frais généraux et de ses coûts salariaux. Des modifications devront être opérées. Une nouvelle équipe de vendeurs est embauchée avec, à sa tête, un Français, Jacques Brion. Bernard Arnault affirmera avoir retiré un bénéfice de l'ordre de 3 millions de dollars de ce programme de 30 millions. Affirmation contredite par l'un de ses anciens collaborateurs qui parle, lui, d'une perte de 3,5 millions de dollars.

Parallèlement, un second projet est lancé. Il s'agit de l'opération Royal Forest à West Palm Beach, toujours en Floride. Férinel Incorporated y bâtit 115 maisons individuelles. Bernard Arnault espère une marge de 6,5 millions de dollars mais le dérapage des taux d'intérêt et des frais généraux la mangera entièrement. Le promoteur affirme pourtant avoir réalisé une marge nette de 5 %.

À l'inverse, il reconnaîtra les difficultés qu'il a éprouvées sur sa troisième affaire, Sago Palm, à Banyon Club, un ensemble de maisons individuelles construites à proximité de l'aéroport de Palm Beach. Un fiasco. Le projet avait été initié par un groupe allemand tombé en faillite. Arnault le racheta pour 1,3 million de dollars. Une première tranche de 148 maisons fut lancée, d'un coût total de 6,5 millions de dollars, financés par emprunt. Les investisseurs s'étaient garantis auprès d'une compagnie d'assurances, Tycor. Or celle-ci fit rapidement faillite. Les administrateurs judiciaires ne voulurent pas libérer les fonds nécessaires. Arnault obtint juste assez d'argent d'une petite banque locale, Sun Bank, pour couvrir cette première phase. En juin 1984, il transmet le bébé à son collaborateur Jacques Brion, avec mission de régler les contentieux judiciaires devant les tribunaux de Floride. Ceux-ci constateront une perte de 1,5 million de dollars et Brion, pour finir le programme, devra créer une nouvelle société avec des partenaires suisses dans laquelle Arnault ne prendra aucune part. Mise en sommeil, la Férinel Inc. sera définitivement fermée l'année suivante.

Ces échecs ne sont guère surprenants. Au pays de la libre

entreprise, Bernard Arnault est loin d'avoir trouvé ses marques. D'emblée, il a la tête ailleurs. « Férinel, la promotion en Floride, les affaires familiales dont je m'occupe, ce n'est pas ma *cup of tea* », dit-il à un autre banquier de ses amis, François Polge de Combret. Ancien secrétaire général adjoint de l'Élysée sous Valéry Giscard d'Estaing, il a été repêché par la banque Lazard, mais envoyé faire ses classes dans son établissement de New York. Tous deux ont la trentaine et ne savent guère ce qu'ils font là. Ils se sentent en exil, dans ce monde où ils ne sont rien. Où personne ne les attend. En réalité, ils s'ennuient ferme. Pour tuer le temps, ils courent les salles de ventes. C'est d'ailleurs chez Christie's que les deux hommes se rencontrent pour la première fois : le banquier habitait au-dessus de la maison d'enchères, dans le gratte-ciel Delmonico. Et les bureaux de Lazard sont eux aussi situés dans Rockefeller Center. François de Combret apprécie ce copain fortuné et charmant, un peu gauche, juvénile et provincial : rien à voir, croit-il, avec les requins de la politique et des affaires qu'il avait rencontrés à l'Élysée. Ils déjeunent souvent ensemble pour parler, entre Français, de choses et d'autres. Mais rarement de politique.

Ou alors pas directement. Les deux jeunes gens discutent plutôt de politique industrielle, en particulier des erreurs de pilotage des gouvernements successifs. La conversation revient souvent sur ce qu'on appelle alors « l'affaire Boussac ». Un dossier que François de Combret connaît bien, car il l'avait surveillé de près à l'Élysée. Et auquel s'intéresse Bernard Arnault, parce qu'il est du Nord, parce qu'il connaît les Willot. Et enfin parce que ce dossier lui paraît exemplaire des errances économiques de la gauche au pouvoir.

Le voile s'est déchiré le 30 mai 1978, lorsque les vingt et une sociétés du groupe Boussac sont mises en règlement judiciaire. Le gouvernement Barre, qui tenait Boussac sous perfusion, à coups de crédits accordés par les banques publiques, l'a lâché au lendemain de la victoire de la droite aux élections législatives de mars. Objectif : éliminer Marcel Boussac, fatigué et dépassé, pour le remplacer par des dirigeants mieux à même, espère-t-on, de redresser le groupe. En août, le tribunal de commerce de Paris écarte la proposition de reprise de Maurice Bidermann, le roi du Sentier, au profit de l'offre des quatre frères Willot – Bernard, Antoine, Jean-Pierre et Régis. Tout s'était noué entre René Monory, ministre de l'Économie et des Finances de Raymond Barre, et Antoine Willot, devant la porte des toilettes d'un Concorde qui volait vers les États-Unis ! Le ministre des Finances de Raymond Barre avait demandé à l'industriel de s'asseoir un moment à ses côtés :

— Vous n'avez pas trop de misères dans le textile ?

— La situation n'est pas très bonne, il faudrait faire quelque chose.

— Cette affaire Boussac n'a que trop duré. Seriez-vous intéressé à l'idée de la reprendre ?

— A priori, non, a répondu, finaud, Antoine Willot. Nous souhaitons plutôt acquérir des affaires hors textile. Mais s'il s'agit d'un problème national, vous pourrez faire appel à nous.

Pour Antoine Willot, la proposition est inespérée. En vingt-cinq ans, à partir d'une petite société familiale de pansements, le Crêpe Willot, les quatre frères ont constitué un véritable empire dans le textile et la distribution avec trois enseignes phare, Le Bon Marché, Conforama et La Belle Jardinière. « Ce sont des hamsters », a dit d'eux Georges Hereil, l'un de leurs anciens collaborateurs. Bien vu : il y a du hamster, en effet, dans ces visages triangulaires s'évasant vers le bas, ces b joues et ces bras très courts. Surtout, les quatre Willot gèrent leurs affaires comme des petits rongeurs, amassant sans relâche usines, terrains, immeubles, appartements, parkings, forêts. Mais l'establishment du Nord les regarde de haut : ce sont des parvenus. On les tient en lisière. On les dédaigne car ils n'ont pas fait d'études. Ils n'ont pas de manières. Bon pères, bons époux et bons chrétiens, ils se comportent en affaires comme des paysans madrés désireux de s'enrichir. La presse les a pris comme têtes de turcs. On les appelle les « Frères Dalton ». René Monory, lui-même ancien garagiste et fier de l'avoir été, aime bien, en revanche, ce genre de personnages. Eux sont au nirvana : avec Boussac et sa pépite Dior, d'un seul coup, les quatre frères vont atteindre la notoriété à Paris, devenir des gens respectables à Croix et, sans doute, faire le meilleur coup financier de leur vie.

En désignant les frères Willot, le tribunal de commerce a fonctionné comme une chambre d'enregistrement. Les décisions ont été prises ailleurs. C'est ainsi, on l'a oublié, que fonctionnait la France « libérale » de Valéry Giscard d'Estaing et de Raymond Barre. Tout s'est joué la veille, au ministère des Finances, entre René Monory et les principaux banquiers de la place : ceux-ci estiment qu'ils ont plus de chances de recouvrer leurs 350 millions de francs de créances sur Boussac avec les Willot qu'avec Bidermann, car leur groupe, en forte croissance, consomme beaucoup de crédits sur lesquels ils se rémunèrent grassement.

Les Willot achètent donc Boussac sans bourse délier. Le prix (700 millions de francs) est réglé par plusieurs cessions d'actifs, dont le quotidien *L'Aurore*, vendu à Robert Hersant. Pour le reste, la proie finance son prédateur. En trois ans, Boussac leur rapportera plus de 600 millions de francs. Ils sont riches. Ils pavoisent. Avec Dior, ils habillent les princesses et les stars. L'establishment ne peut plus les mépriser. Ils pourraient en rester là, faire de leur groupe un modèle de bonne gestion comptant plus sur les bénéfices d'exploitation que sur les plus-values exceptionnelles, arrêter de faire de la corde raide et de vivre à crédit. Mais a-t-on jamais vu un hamster s'arrêter de grignoter ? Jean-Pierre Willot, le plus ambitieux du quatuor, décide de frapper un nouveau coup. Deux mois après Boussac, il rachète aux États-Unis la chaîne de grands magasins Korvettes. Le Crêpe Willot est devenu une multinationale.

Le réveil sera brutal. En moins de deux ans, leur conquête de l'Ouest tournera en retraite de Russie. Korvettes était un chien crevé. Jean-Pierre Willot a heurté les banquiers américains. Les 600 millions de francs engloutis ont asséché leur trésorerie. Du coup, leurs banquiers français ont demandé des garanties, en particulier des nantissements sur Dior et Conforama, et ont enjoint les Willot de vendre des actifs. C'est ainsi qu'ils ont proposé, en vain, Dior à Cartier pour 300 millions de francs. Ils sont aux abois. Ils demandent aux pouvoirs publics une aide de 200 millions. À la veille de l'élection présidentielle de 1981, le Trésor leur accorde tout juste un report fiscal de 60 millions de francs. Pour éviter le drame et passer la patate chaude à la prochaine équipe.

Patate ? C'est, en réalité, une grenade dégoupillée qui va exploser au visage des socialistes, avant même qu'ils aient pu ouvrir leurs dossiers. Le jour même de l'installation de Pierre Mauroy à Matignon, Jean-Maxime Lévêque, patron du Crédit commercial de France (CCF), annonce aux frères Willot qu'il les lâche. Alors que les actifs d'Agache-Willot (le nouveau nom de Boussac) sont bien supérieurs au passif, le CCF refuse d'honorer un chèque de... 283 000 francs. C'est un coup politique, bien dans la manière de ce patron militant qui n'avait pas hésité à envoyer une lettre personnelle à tous les clients du CCF pour les dissuader de voter pour François Mitterrand ! Lévêque s'est bien gardé de prévenir les pouvoirs publics, rompant avec la pratique selon laquelle, lorsqu'une grande entreprise bat de l'aile, il y a concertation entre les principaux partenaires économiques. Après son départ du CCF, Lévêque entrera à visage découvert dans la mêlée politique en fondant UNIR, un groupuscule de droite extrême.

Le coup est imparable. Le 24 juin, Antoine Willot dépose le bilan d'Agache-Willot, que le tribunal de commerce place en règlement judiciaire le surlendemain : 30 000 emplois sont menacés dans les Vosges et dans le Nord, fief du tout nouveau Premier ministre. Plus question de trouver un nouveau repreneur. Impossible, politiquement, de prononcer une liquidation. Les Willot sont d'autant plus désemparés que, deux jours plus tôt, le 20 juin, Michel Delebarre, bras droit de Pierre Mauroy à Lille, les avait rassurés : « Je m'occupe de vous, tout ira bien. » Ils le seront plus encore lorsqu'ils se rendront compte que les dirigeants socialistes, au lieu d'identifier le vrai coupable, Jean-Maxime Lévêque, les désigneront, eux, à la vindicte publique. Au point que Pierre Dreyfus, ministre de l'Industrie, lancera devant l'Assemblée nationale, le 10 juillet 1981, cette phrase historique qui polluera longtemps le dossier : « Nous ferons rendre gorge aux frères Willot[1]. » Ceux-ci n'en reviennent pas. Ils avaient cru être dans les petits papiers de Pierre Mauroy, Premier ministre et maire de Lille, tout simplement parce qu'ils l'aidaient en sponsorisant, via Peaudouce, l'équipe de foot locale !

Le dossier est lourd. De 1981 à 1984, il va faire la Une de l'actualité et devenir totalement inextricable, en raison d'une incroyable succession d'erreurs du gouvernement socialiste. On en est là lorsque Bernard Arnault et François Polge de Combret en discutent, une nouvelle fois, dans un restaurant de Manhattan, à New York. Cette fois, le jeune banquier de chez Lazard se fait plus précis :

— Toi qui es du Nord, demande le banquier, tu dois bien connaître les Willot ?

— Oui, je les connais un peu.

— L'affaire Boussac t'intéresse ?

— Je ne sais pas, le dossier est compliqué, je ne le connais pas. Mais pourquoi pas ? Il faut voir.

Pas question, pour Arnault, de se découvrir. Et pourtant, tous ses sens sont en éveil. Car le dossier Boussac, il l'étudie déjà discrètement. Claude Gros lui en a longuement parlé, sur les conseils d'Édouard Silvy, l'un des dirigeants de l'Ins-

---

1. Cette menace restera dans le florilège des stupidités prononcées par les socialistes, au même titre que le « vous avez juridiquement tort parce que vous êtes politiquement minoritaires », d'André Laignel ou le « il ne faut pas seulement dire que des têtes doivent tomber, il faut dire combien et lesquelles », de Paul Quilès au congrès de Valence.

titut pour le développement industriel (IDI). Car l'IDI cherche un repreneur. Mais ce n'est pas le seul. Il y a aussi Nicholas Clive Worms. Celui-ci est dans la panade. Il s'est refait une santé financière avec les 600 millions de francs touchés lors de la nationalisation de sa banque, la banque Worms, devenue filiale de l'UAP. Mais il a pris beaucoup de risques, trop. Il a notamment fait acheter à ses clients des actions Société financière et foncière Agache-Willot (SFFAW), la société des quatre frères, et tremble à l'idée d'une possible liquidation qui les ruinerait, en même temps que son propre crédit. C'est de Nicholas Clive Worms que viendra l'idée, transmise à Bernard Arnault par Claude Gros, d'acheter une partie des actions de SFFAW directement aux frères Willot, avant tout contact avec les pouvoirs publics, pour enlever au dossier son côté politique et irrationnel.

Combret ? Gros ? Nicholas Clive Worms ? Selon Bernard Arnault, c'est de sa propre initiative qu'il se serait penché sur le dossier Boussac. Depuis les États-Unis, Arnault aurait demandé à des proches de défricher le terrain pour lui trouver une nouvelle affaire qui lui permette de se relancer en France. L'émigré a des exigences précises : « Je cherche une marque connue, qui ait un potentiel de développement et peu d'effectifs », aurait-il expliqué à différents interlocuteurs. Son principal rabatteur s'appelle Pierre Godé. Immense, réfléchi, séduisant et distingué, cet agrégé de droit a connu le jeune héritier, de cinq ans son cadet, à sa sortie de Polytechnique. Avocat d'affaires et professeur à la faculté de Lille (de 1973 à 1980), il était alors le conseil de Ferret Savinel. Né en décembre 1944, d'un père fonctionnaire et d'une mère enseignante, ce juriste hors pair – et hors norme – est devenu le plus jeune agrégé de droit de France. C'est Pierre Godé qui aidera Bernard Arnault à prendre le contrôle de l'entreprise familiale ; c'est lui qui le poussera à faire le choix d'abandonner la construction pour se consacrer à la promotion ; c'est lui enfin qui négociera la vente de Ferret Savinel à Quillery. Curieusement, dans son livre[1], Arnault occulte le rôle que Godé a tenu auprès de lui, avant 1984. « Je dois dire que son aide a été déterminante pour monter mon groupe [*sic*] depuis quinze ans, affirme-t-il, en rappelant néanmoins : J'avais été frappé par son talent dès notre première rencontre en 1973 ; l'entente entre nous fut immédiate. » Bernard Arnault couvre d'éloges son double : « C'est aussi un confident et un ami hors pair [...], il n'y a rien qui remplace le fait d'avoir auprès de soi un talent de cette envergure, en qui je sais pouvoir faire une confiance totale. »

Leurs rapports sont en réalité complexes. Godé a toujours voulu, su et pu garder ses distances. En 1980, il quitte la fac de Lille pour enseigner le droit à celle de Nice, jusqu'en 1985. Il ne reviendra à Lille puis à Paris que quelques jours par semaine, sauf lorsque l'actualité l'exige. Une distance longtemps nécessaire au maintien de ses bonnes relations avec Arnault. Car tout n'est pas si simple entre les deux hommes. À plusieurs reprises et même devant témoins, chaque fois que Bernard Arnault soupçonnera Pierre Godé d'agir de façon trop autonome, parfois sur des détails[2], il lui rappellera qui est le patron. Il est vrai qu'à l'inverse, Pierre sera conduit à s'occuper des affaires personnelles de Bernard, notamment après l'échec de son premier mariage, à une époque où les dirigeants de LVMH souffriront du mélange de sa vie privée et de sa vie professionnelle. Beaucoup de ceux qui connaissent bien les deux hommes assurent que leurs relations sont faites d'admiration et d'estime, mais aussi de secrets partagés et de frustra-

1. *La Passion créative.*

2. À une époque où Pierre Godé était président de Christian Lacroix, il avait embauché comme vendeuse une jeune femme, germano-iranienne, quittée par son mari alors qu'elle dépensait jusque-là, comme cliente, plus de 3 millions de francs par an chez Dior. Quand Arnault a appris cette embauche, il l'a vertement reprochée à Pierre Godé. Celui-ci a aussitôt évincé son éphémère protégée.

tion réciproque : Pierre Godé mesure parfaitement le rôle décisif qu'il a joué pour faire de Bernard Arnault l'homme le plus riche de France ; il a été rémunéré en conséquence, sa propre fortune est faite, mais il sait qu'il restera un deuxième couteau, aussi affûté et brillant soit-il ; Bernard Arnault, symétriquement, sait tout ce que sa réussite doit à Godé et son ego en souffre. Parfois, comme dans certains couples en apparence exemplaires, fusent de part et d'autre des phrases assassines, proférées devant des tiers, qui laissent entrevoir un subconscient bridé par l'habitude, la peur ou l'intérêt, mais chargé d'un lourd contentieux. En tout cas, les apparences sont là : depuis vingt-huit ans, les deux hommes font la paire.

Confiance totale ? Certes. Mais au printemps 1984, toujours selon la version officielle, lorsque Pierre Godé appelle Bernard Arnault pour lui révéler le nom de l'entreprise cible qu'il a dénichée, celui-ci se demande s'il n'a pas pété les plombs. Boussac ne correspond à aucun des critères qu'il a posés. Le nom est certes connu, mais c'est pour le pire ; personne ne croit au potentiel de développement d'un groupe en faillite et qui part à vau-l'eau ; quant aux effectifs, qu'Arnault souhaitait les plus faibles possible, ils approchent les 30 000 personnes. Des salariés légitimement agités : pour sauver leur emploi, les Boussac se mettent régulièrement en grève, coupent des arbres et bloquent les routes des vallées vosgiennes où sont concentrées les usines...

C'est l'administrateur judiciaire d'Agache-Willot qui aurait soufflé l'idée à Pierre Godé, au hasard d'une rencontre au tribunal de commerce. « Pourquoi n'étudiez-vous donc pas ce dossier ? » lui aurait demandé Albert Chassagnon, qui cherche lui aussi une issue à l'impasse dans laquelle est enfermée cette affaire. Dubitatif, Godé a contacté l'avocat d'Antoine Willot, dont il est l'intime et à qui il a demandé de jouer les intermédiaires. Au téléphone, Antoine a été aimable mais évasif. Mais il a tout de même lâché, à la fin de la conversation : « Une solution de gens du Nord, ça me plairait bien. »

Cette petite ouverture suffit à Bernard Arnault. D'abord parce qu'il sait qu'au milieu du bric-à-brac Agache-Willot, il y a de belles affaires, comme Peaudouce, Conforama ou La Belle Jardinière, mais aussi une véritable pépite, Dior, dont le nom est vénéré partout dans le monde, sauf aux États-Unis où son image est faible, Boussac n'ayant jamais voulu s'y implanter vraiment. Et puis sans doute aussi parce qu'il sait, par ses différents informateurs, que Boussac est loin d'être ce cheval mort que les journaux décrivent ; que le dossier a été ruiné par les embrouilles et l'incompétence politique. Dès cet instant, il va s'y plonger, y concentrer toute son énergie sans, dans un premier temps, se découvrir. Exactement le contraire de Maurice Bidermann, déjà écarté de la reprise de Boussac en 1978, qui vient souvent à New York où sa sœur Régine est installée et qui fait, lui, ouvertement le siège de François de Combret : « Aide-moi sur ce dossier, je suis le seul qui puisse le démerder. »

Quelle version est la bonne ? Quel rôle a joué François Polge de Combret dans ce qui apparaîtra plus tard comme la mise sur orbite de Bernard Arnault ? Aucun, si l'on en croit son livre d'entretiens. « Je le voyais de temps en temps à déjeuner, écrit sobrement le patron de LVMH. Quand j'ai étudié le dossier, je lui en ai parlé. Il m'a conseillé d'aller voir Michel David-Weill qui m'a aiguillé sur Antoine Bernheim[1]. » Difficile d'être plus sec. En réalité, le jeune banquier a bel et bien soupesé les deux propositions, celle de Bidermann et celle d'Arnault, avant de faire son choix. Un choix en faveur du fils de famille, dicté par l'amitié mais aussi par les préjugés de classe et l'intérêt personnel. Car le truculent Bidermann, qui n'hésite pas à manger dans votre assiette quand il a fini la sienne, a toujours été un repoussoir pour les bourgeois, a fortiori pour les aristocrates[2]. Combret est convaincu que Bidermann est prêt à

---

1. Respectivement président et principal associé-gérant de la banque Lazard.

2. Une quinzaine d'années plus tard, Bernard Polge de Combret, le frère de François, sera de ceux qui, à la direction d'Elf, s'élèveront contre l'aide à Bidermann apportée par Loïk Le Floch-Prigent, lorsque celui-ci était président de la compagnie. Ce fut le point de départ de la tentaculaire affaire Elf.

promettre la lune en matière d'emplois et qu'il ne respectera pas sa parole. Tandis que Bernard Arnault... Malgré ses airs de premier communiant, celui-ci lui apparaît beaucoup plus crédible que Bidermann. Il a fait, comme lui, Polytechnique, il est issu d'une bonne famille, il présente bien et il est tellement moderne : son ami est « un ange du siècle », dit-il alors tout simplement. Combret n'imagine pas une seconde qu'il pourrait ne pas tenir ses promesses...

Un autre élément va jouer en faveur d'Arnault, dans l'esprit de Combret en particulier. Bidermann est connu de tout le monde, il fait partie de ces vautours qui tournent systématiquement autour des affaires en difficulté. Il ne déplaît pas au jeune banquier, qui a besoin de faire son trou chez Lazard, de sortir du néant un inconnu plutôt que cet éternel revenant. Une façon de se faire remarquer et apprécier de son patron Michel David-Weill. Et peut-être l'occasion de réaliser lui-même sa première grosse opération. Au cours de leurs rencontres, Combret se jette à l'eau :

— Je pense qu'avec Agache-Willot, il y a un énorme coup à jouer.

— Comment ?

— Je ne sais pas, poursuit Combret. L'image de cette affaire est épouvantable, mais elle recèle de véritables perles. C'était vrai lorsque j'étais à l'Élysée, ça l'est toujours.

— Mais elle est gangrenée par la politique, objecte Arnault.

— Oui, mais justement. Les politiques veulent en sortir à tout prix. Quelqu'un comme toi, d'extérieur, mais qui a le contact avec les frères Willot, peut peut-être gagner la mise.

— Tu me vois proposer aux socialistes de leur racheter l'empire Boussac sur ma bonne mine ? Je ne connais personne à Paris. Il me faut tout de même un minimum de soutiens.

— Je peux t'aider en t'introduisant auprès de mes associés parisiens, propose enfin Combret.

— Pourquoi pas ?

Bernard Arnault, sans la demander, s'est vu ainsi offrir la clé de la banque Lazard que réclamait en vain Maurice Bidermann, banque sans laquelle une opération de cette dimension était difficilement envisageable. Combret prend donc contact avec Michel David-Weill qui, à sa grande surprise, se dit intéressé. Normal : entre les associés-gérants de Lazard, Boussac était devenu le sujet de conversation principal. Certains flairaient la grosse affaire, d'autres, dont David-Weill, n'y croyaient guère. Un jour, en comité de direction, Antoine Bernheim a élevé la voix :

— Arrêtez ! Cela ne sert à rien de tourner en rond. Cette affaire, on va la prendre et on va la gagner.

Michel David-Weill met alors un terme à la discussion :

— Je reste dubitatif sur la possibilité de redresser Boussac et de gagner de l'argent avec. Mais la seule façon d'y voir plus clair, c'est de la confier à Antoine.

Dès qu'il est informé des intentions de Bernard Arnault par François de Combret, le patron de Lazard le rappelle : « Nous avons parlé de tout cela en comité de direction. Il faut que vous présentiez votre ami à Antoine Bernheim. » Ce qui fut fait. Bernard Arnault va alors venir à Paris une semaine tous les quinze jours pour faire avancer son dossier. En juin, il quitte définitivement New York, regagne la France et s'installe à la Ferme de la Vigne, à Bondues. C'est de là qu'il va réussir la première de ses opérations vertigineuses qui lui apporteront gloire et fortune. Une opération dont son ami banquier ne profitera pas. Quelques mois plus tard, pendant les vacances de Noël 1984, à Courchevel, alors qu'il s'apprête à aller skier en famille, au milieu des skis et des chaussures, Combret reçoit un coup de fil d'Arnault :

— François, il y a un problème.

— Lequel ?

— Antoine Bernheim ne veut pas te voir sur le dossier Agache-Willot.

— Tu en es sûr ? Pourquoi ne me le dit-il pas lui-même ?

— Je ne sais pas, mais sa position est claire. La partie va

être difficile. Il exige d'être seul et d'avoir toutes les cartes en main.

Combret n'est pas en situation de s'opposer à Bernheim, une des figures de Lazard où prévalait une règle simple : pas de gros coups pour les seconds couteaux. Il s'efface donc, un peu estomaqué de voir que tout lui passe désormais au-dessus de la tête. Hormis à la télévision, pendant quinze ans, jamais plus François Polge de Combret ne reverra son copain d'Amérique.

CHAPITRE 4

Boussac

La maison de Jean-Pierre Willot, à Croix, s'appelle Le Croquet. Bernard Arnault s'y rend, accompagné de Pierre Godé et de Michel Lefebvre, le 15 juillet 1984 à 8 heures du matin. Antoine Willot, qui habite à Villeneuve-d'Ascq, est déjà là. Les Arnault et les Willot avaient déjà été en relation d'affaires, les premiers rachetant aux seconds une usine pour construire des logements à la place. Mais cette fois-ci, il s'agit de tout autre chose. Bernard Arnault vient chercher la clé qui lui permettra, espère-t-il, de reprendre Boussac et ses trésors cachés. Agité comme à son habitude, Jean-Pierre vante sa marchandise. Il griffonne sur un bout de papier les valeurs qu'il attribue aux actifs de son groupe : Dior, Conforama, les immeubles, les châteaux, etc. Tout en discutant dans le grand salon orné de meubles du XVIIIe, Arnault observe les scellés posés sur les tableaux de maîtres. Il y a là des flamands, dont une belle collection de Bruegel. Jean-Pierre suit le regard de son interlocuteur :

— Oui, ce sont bien des scellés. Certains de mes tableaux ont été donnés en garantie en cas de faillite.

— Cela doit être très désagréable.

— Vous ne pouvez pas imaginer à quel point.

Quelques semaines auparavant, Bernard Arnault s'était rendu à Paris, au siège, surprenant de banalité, de la toute-puissante banque Lazard, un immeuble passe-partout du boulevard Haussmann. Il avait sagement attendu dans le sas d'entrée, avant qu'un huissier le conduise, par l'ascenseur, dans la salle du conseil. C'est ici, ou dans d'autres salons plus modestes, que les associés-gérants reçoivent les visiteurs inconnus, avant, si tout se passe bien, de leur faire l'honneur de leur propre bureau. Assis sur un des nombreux fauteuils en cuir fauve, tout au bout de l'immense table qui a vu se nouer, pendant cent cinquante ans, les deals les plus fous et les plus secrets, le jeune entrepreneur au look provincial, toujours en pantalon de flanelle grise, blazer à boutons dorés et cravate club, poireautera une demi-heure, avec pour seule compagnie les grands ancêtres de la banque, à commencer par André Meyer dont le portrait trône sur le mur principal. C'est la mise en condition habituelle. À 15 h 30 enfin, Antoine Bernheim entre. Massif et buriné, crâne dégarni, joueur de poker et de bridge émérite, ce carnassier respire la puissance. Il fascine les chefs d'entreprise dont il monte les projets de fusion, dans leur intérêt, celui de la banque et le sien. Mais, depuis le virage de la rigueur, en 1983, il est aussi écouté par le gouvernement socialiste à qui il prodigue des conseils – personne n'a oublié que la nationalisation du secteur bancaire, en 1981, a été taillée sur mesure pour épargner la maison Lazard.

Tout sépare les deux hommes, à commencer par leur quart de siècle de différence d'âge. Mais lorsque le puissant Bernheim voit le frêle Arnault, c'est le banquier qui aura un choc. Il discerne très vite, au-delà des apparences, « une belle et implacable mécanique intellectuelle au service d'une ambition sans limites ». À l'inverse, paradoxalement, Arnault ne paraît pas impressionné. Il dévoile son projet, sans fioritures. « Je l'ai trouvé très intelligent, décidé et convaincant », se rappelle Bernheim. En ajoutant, l'air entendu : « Il avait le sens du pouvoir, le goût du risque et de l'argent. » Le visiteur expose sa stratégie de conquête de Boussac, lui annonce son intention de traiter, en secret, avec les frères Willot.

— Je pense que rien ne pourra se faire sans eux. Mon intention est de leur acheter leurs actions, tout en les intéressant au redressement de l'entreprise. C'est, à mon avis, la seule solution, pour eux comme pour moi.

— Quelles sont vos relations avec eux ?

— Je les connais. J'ai le contact. Je pense qu'ils ont été injustement, en tout cas excessivement, diabolisés. Mais il faut que les négociations soient secrètes, car leur image est telle que la seule évocation de leur nom pourrait tout faire capoter.

— Vous avez raison. La France est un pays curieux. Aux États-Unis, Michel David-Weill n'hésiterait pas à déjeuner avec des gens comme les Willot.

Le banquier passe aux choses sérieuses :

— Quel est, à votre avis, le montant de l'investissement nécessaire ?

— Quatre ou cinq cents millions de francs.

— Et quel serait votre apport personnel ?

— Quatre-vingt-dix millions.

— J'en mets autant ! À condition évidemment qu'ensemble nous parvenions à constituer un tour de table.

— C'est exactement pour cela que je suis venu vous voir.

Un peu plus tard, François de Combret, qui n'a pas encore été évincé, appelle son copain Bernard. Il est euphorique :

— Tu as fait très bonne impression sur Antoine. Tu l'as bluffé. Il t'a trouvé très distingué...

Bernard éclate de rire :

— Arrête, je ne crois pas que ce soit le critère essentiel de l'intérêt qu'il porte à mon projet !

— Non, bien sûr, mais ça compte. En tout cas, ça c'est bien passé. Il a l'air intéressé.

— Tu crois ?

Les Willot, Bernheim : pour conquérir Boussac, l'outsider Bernard Arnault a adopté une démarche incongrue, surtout dans le contexte de l'époque. Il fait, dans un premier temps, l'impasse sur les pouvoirs publics qui ont pourtant, en apparence, toutes les cartes en main. De toute façon, il aurait été bien en peine puisqu'il ne connaissait strictement personne dans les cercles du pouvoir. S'il avait été tenté de choisir cette voie, son dîner avec René Mayer l'aurait douché. Il avait, toujours en juillet, invité le patron en titre de Boussac au Fouquet's, sur les Champs-Élysées. Par souci de discrétion, le dîner avait eu lieu dans un petit salon, au premier étage. Arnault et Godé étaient tombés de très haut. Ils ne s'attendaient pas à voir le patron, nommé par le gouvernement, d'une entreprise de cette taille dans un tel état. Ils ont découvert un type épuisé, déprimé, ne parlant que de ses problèmes conjugaux. Un personnage fantasque, qui leur a semblé totalement étranger à Boussac. Ils ne sont pas arrivés à lui tirer la moindre information ni une quelconque analyse.

Ce dîner inutile conforte Bernard Arnault dans l'idée qu'il ne faut pas faire la roue devant le gouvernement mais lui présenter, clés en main, une solution crédible qui mettra fin à des années d'atermoiements, de nominations saugrenues et de décisions ineptes. L'imprécation de Pierre Dreyfus illustre en effet l'incroyable aveuglement du nouveau pouvoir socialiste sur les grands dossiers industriels chauds. Ceux-ci sont appréhendés à travers le seul prisme politique, en privilégiant les problèmes sociaux – ce qui est légitime pour un gouvernement de gauche – mais aussi les stéréotypes idéologiques et les questions de personnes. La force de Bernard Arnault, à ce stade, réside dans sa totale imperméabilité au petit monde du pouvoir parisien, à ses codes et à ses connivences. Le provincial émigré étudie le dossier Boussac comme on dissèque une grenouille : au scalpel, sans émotions ni complexes. Très vite, il s'aperçoit que celui-ci a été totalement pollué par la politique, par l'irrationnel, par la dispersion des responsabilités et par des couches superposées d'incompétences.

Dans la confusion des premiers mois, obligé de parer au plus pressé, le gouvernement Mauroy a commis trois erreurs de débutant. Obnubilé par le souci de sauver le maximum des 30 000 emplois de Boussac, il a pris des décisions de court terme qui vont l'enfermer dans une véritable nasse.

Première erreur : comme un saucisson, Agache-Willot est coupé en tranches. Par l'intermédiaire de l'IDI, l'État prend à sa charge les activités textiles, tandis que Dior, Le Bon Marché et Conforama restent sous l'autorité des Willot. En clair, ce découpage socialise les pertes et privatise les profits, une pratique habituelle de la droite, fortement dénoncée par François Mitterrand lorsqu'il était dans l'opposition. Moralement contestable, ce découpage est aussi techniquement inepte puisqu'il empêche d'adosser le redressement du textile aux profits du luxe et de la distribution.

Deuxième erreur : alors qu'en décembre 1982, Pierre Mauroy, par lettre, avait chargé Dominique de La Martinière, président de l'IDI, de « mettre en place une nouvelle direction générale » de Boussac, c'est par-dessus sa tête qu'il choisit le patron ! Il est vrai que le cursus de René Mayer est pile-poil dans l'idéologie du moment. Fils d'ouvrier, major de Polytechnique, patron de l'association des Ponts, directeur de l'Institut géographique national depuis six ans, ce franc-maçon a tout pour plaire aux nouveaux dirigeants du pays : ayant décidé de lancer l'IGN dans la commercialisation de ses propres cartes, il avait été renvoyé par Valéry Giscard d'Estaing, à la demande de François Michelin. Normal : Michelin monopolisait alors la vente de ses cartes, à partir des relevés que l'IGN lui fournissait gratuitement ! Autre fait d'armes, si l'on peut dire, de Mayer : il est resté neuf jours directeur de cabinet de Jean-Jacques Servan-Schreiber au ministère de la Réforme, dans le premier gouvernement Giscard, en 1974. Par sa faute : c'est lui qui avait poussé JJSS à critiquer les essais nucléaires, provoquant son éviction immédiate. Mayer a été propulsé à la tête de Boussac par Alain Boublil, en charge des affaires industrielles à l'Élysée, et par Jacques Séguéla, le publicitaire préféré du président. Il a été nommé comme un préfet. « Le prochain train qui passe est pour vous », lui avait promis Pierre Dreyfus, en mars 1982, alors que Mayer venait de se faire souffler la présidence de Sacilor. Personne ne se soucie du fait qu'il n'a aucune expérience industrielle. Alors que Boussac perdait des dizaines de millions tous les mois, sitôt nommé, Mayer part aux États-Unis pendant deux mois pour « prendre du recul ». À son retour, il réunit les cadres, leur explique qu'on va faire des réunions, qu'on va impliquer les syndicats. Un dirigeant se lève :

— C'est très bien, mais ne croyez-vous pas que le plus important et le plus urgent est de faire des profits ?

— Le profit est un mot que je ne veux pas entendre, répond Mayer aussi sec. Ce n'est pas notre priorité. Notre priorité est de restaurer les relations sociales et la confiance des salariés dans leur entreprise.

La troisième erreur est la plus incroyable : alors même que Dreyfus les clouait au pilori devant l'Assemblée nationale, personne n'a dessaisi les Willot de leurs titres de propriété. Pour une raison stupéfiante : nul, dans la mouvance publique, n'a osé racheter leur part, de peur d'être montré du doigt comme celui qui a versé de l'argent aux frères Willot. En 1982, ceux-ci étaient prêts à céder leurs actions à l'IDI pour 64 millions de francs. Une bouchée de pain. Mais c'est non. La politique prime : il ne saurait être question de pactiser avec le diable. Pour contourner cet obstacle, un montage invraisemblable est alors inventé, dont seuls les énarques ont le secret. L'État va mettre l'entreprise sous perfusion, sans en prendre le contrôle juridique. C'est à ce moment qu'est créée la Compagnie Boussac Saint-Frères (CBSF), de droit privé, pour prendre en location-gérance les actifs industriels d'Agache-Willot.

Plus tard, en juillet 1983, profitant du changement de climat politique qui se dessine, René Mayer cherchera enfin un accord avec les frères Willot. Ceux-ci ont repris du poil de la bête. Non seulement ils réclament 364 millions de francs pour céder leurs titres, mais ils demandent et obtiennent plus : Jean-Pierre et Régis seront réembauchés comme cadres sup. Antoine, toujours dans la place comme ingénieur, est confirmé. On rachète les points de retraite de Bernard. Et on passe l'éponge sur ce qui n'est pas net. Mais l'accord est mal ficelé : Mayer ne songe pas à leur faire signer les bordereaux de transfert de leurs titres de propriété ! La presse est alertée. Sous le titre « Le novice et les quatre vieux requins », *Libération* raconte comment René Mayer s'est fait berner. Les syndicats clament que les ouvriers ne travaillent pas pour rembourser les 80 millions de francs d'amendes dues par les Willot et pour acheter leurs actions. Quant aux banquiers, ils sont furieux car, dans ce scénario, les Willot seraient dédommagés avant eux. La justice, alors aux ordres, s'agite soudain : les frères Willot sont convoqués une dizaine de fois par le juge d'instruction dans les jours qui suivent. Les voilà, à nouveau, sur le banc d'infamie. Grondé par le pouvoir, Mayer fait aussitôt machine arrière. Le protocole n'aura pas de suite.

En juillet 1984, quand Bernard Arnault revient en France, tout a changé. Au plus bas dans les sondages, contraints au recul sur l'école libre et venant de subir un échec aux élections européennes, les socialistes sont en plein désarroi. Après de longues hésitations, François Mitterrand a choisi la voie de la raison et décidé de ne pas sortir le franc du serpent monétaire européen. Dès lors, le pouvoir socialiste va mettre en œuvre une politique orthodoxe : austérité pour les salariés, allégement des charges des entreprises et diminution des subventions dans le cadre d'une chasse au gaspillage des deniers publics.

Chaleureuse, dispendieuse et incompétente, la gauche populaire cède la place à la gauche techno froide, efficace et parfois corrompue – on ne le découvrira que plus tard. Le dossier Boussac est transféré de l'Élysée à Matignon, où arrive Laurent Fabius. Celui-ci veut mettre un terme à la politique de subventions aux canards boiteux, sauf lorsqu'il s'agit de La Chapelle Darblay, qui est dans son fief électoral du Grand-Quevilly. La mécanique, la sidérurgie, la construction navale et Boussac sont visés. « Je ne veux plus entendre parler de cette affaire ; vous avez six mois. » Le

24 juillet, le nouveau Premier ministre donne le ton dans son discours d'investiture devant l'Assemblée nationale : « Le combat contre le chômage sera sans doute long et difficile car la modernisation, il faut avoir l'honnêteté de le dire, peut coûter des emplois avant d'en créer. » Une phrase qui marque un important changement de cap. Comme lorsque Fabius a dit : « Les entreprises publiques doivent gagner de l'argent. » Non sans mal, les socialistes ont désormais adopté le principe de bon sens selon lequel les profits d'aujourd'hui permettent les investissements qui font les emplois de demain. Et ils l'assument.

La rupture avec la politique du gouvernement Mauroy ne se fait pas attendre. La liquidation du groupe sidérurgique Creusot-Loire, qui emploie 20 000 personnes, est prononcée le 12 décembre 1984. C'est la plus grande faillite de l'histoire industrielle française, un choc terrible ; c'est aussi un signal clair envoyé au monde patronal. Louis Schweitzer, directeur de cabinet de Laurent Fabius, n'a pas cédé au chantage à l'emploi et aux subventions du patron de Creusot-Loire, Didier Pineau-Valencienne.

Avec Fabius, la compétence entre à Matignon. Il décide d'arrêter les frais. Depuis 1981, Boussac a déjà englouti un milliard de francs de subventions et de prêts publics. Peu importe au nouveau Premier ministre que Mayer ait ses entrées à l'Élysée où il jouit de la protection d'Alain Boublil. Matignon veut trouver un industriel qui permette à l'État de se désengager. Le temps presse car l'opposition veut se servir de cette affaire pendant la campagne des élections cantonales prévues pour mars 1985 afin de dénoncer la gabegie de la gestion socialiste. Fabius n'a pas mis longtemps à comprendre que les Willot sont incontournables puisqu'ils sont toujours propriétaires en titre de la Société foncière et financière Agache-Willot (SFFAW) qui contrôle Boussac mais aussi Dior, Le Bon Marché, Conforama. Comment faire pression sur eux ? Le gouvernement Mauroy s'était contenté d'effets de tribune pour leur faire rendre gorge, celui de Fabius ne dit rien mais les menace au portefeuille. Il demande à un banquier de gauche, Georges Plescoff, de lui faire des propositions. Dans une note succincte d'à peine cinq feuillets, celui-ci préconise de faire sauter le verrou Willot en mettant la SFFAW en liquidation judiciaire. Dans ce cas, ils n'auront plus rien à dire, leurs sociétés seront vendues au plus offrant et le produit de la vente servira à rembourser les créanciers. Au début de l'été, les Willot paniquent. Ils risquent de tout perdre. Il leur faut réagir sans tarder. L'astuce serait de trouver un tiers, agréé par le gouvernement, à qui ils pourraient vendre une partie de leurs titres de propriété. Quelqu'un pouvant réaliser sur son nom le consensus des pouvoirs publics, des banquiers et des syndicats. Alors, en ce mois de juillet, les Willot consultent.

Les pouvoirs publics aussi. Tous les vautours sont là. Tous veulent Dior. Mais Fabius a posé une condition : l'acquéreur doit reprendre le tout. Politiquement compréhensible – il veut se débarrasser au plus vite du dossier –, cette décision est coûteuse car l'État s'interdit ainsi de tirer le meilleur prix en vendant par appartements. Certes, le gouvernement est mal armé pour faire ce genre de travail de banque d'affaires. Mais de là à laisser la plus-value à l'acquéreur qu'il aura choisi...

Matignon et le ministère de l'Industrie contactent les grands industriels du textile. On commence par sonder Julien Charlier, un homme à poigne qui a réussi à sauver de la faillite, en deux ans, le groupe cotonnier DMC. Formé à l'école américaine de General Electric, ce Belge est arrivé chez DMC à la demande de Pierre Mauroy. Il estime qu'il n'a « pas le temps ni les moyens financiers de s'occuper de deux entreprises à la fois ». Peut-être espère-t-il la mort naturelle de Boussac dont la concurrence, aiguisée par les subventions de l'État, lui pose de gros problèmes. Léon Cligman est également approché. Obsessionnel de la discrétion, ce fils d'émigré roumain a la plus belle carte de visite du textile français. Son groupe produit les chemises Lacoste, les robes Saint Laurent et les jeans Newman. Il est aussi le principal actionnaire des Nouvelles Galeries. Dans cette affaire, seul Dior l'intéresse. Christian Derveloy, le patron de Prouvost, est lui aussi pressenti. Inévitable puisque son groupe est le leader du textile en France. La possibilité d'ajouter le coton de Boussac, consommé surtout l'été, à la laine de Prouvost, qui se vend essentiellement l'hiver, est une perspective qui le séduit. Ses actionnaires sont moins ravis. Boussac sent le soufre. Aucun ne voudra le suivre et il devra renoncer. Fort de l'amitié du président de la République, Pierre Bergé est lui aussi sur les rangs. Il rêve de réunir Dior, Saint Laurent et... Vuitton. Rien de moins.

Reste Bidermann. Alain Boublil l'appelle aux États-Unis, où il vit une grande partie de l'année. Celui-ci est bien renseigné sur Boussac par son bras droit, Georges Jollès, qui a passé une année entière, en 1982, comme conseiller de l'IDI, sur le dossier. Il en connaît les plus-values potentielles, ce qui renforce son désir de prendre sa revanche sur le passé. Aux yeux du gouvernement, Bidermann a deux qualités essentielles. D'une part, il connaît l'industrie textile. D'autre part, son groupe peut offrir à Boussac une base internationale puisqu'il est solidement implanté aux États-Unis où il fabrique, sous la griffe Ralph Lauren. Problème : sa société n'est pas assez solide pour l'autoriser à faire l'opération seul. Georges Plescoff, le banquier mobilisé par Fabius pour faire avancer le dossier Boussac, va l'aider à monter un tour de table très éclectique. On y trouve Bouygues, alléché par l'immense patrimoine immobilier de Boussac d'une valeur d'au moins 700 millions de francs, une compagnie d'assurances publique, l'UAP, que dirige l'ancien préfet Yvette Chassagne, très en cour au Château, une banque, elle aussi nationalisée, et un groupe alimentaire américain, Seabord. Ces divers associés lui promettent 600 millions de francs pour l'aider à racheter Boussac. En réalité, Bidermann jouera exclusivement la carte politique. Il n'a prévu aucun accord avec les Willot. Pas la peine, pense-t-il, l'État, tenant la clé de la caisse, a les moyens d'imposer aux frères l'acquéreur de son choix.

Les pouvoirs publics ne menacent-ils pas d'ailleurs le quatuor d'une liquidation judiciaire au cas où il ferait de la résistance ?

Le tour des prétendants ne serait pas complet sans Bernard Tapie. Le « flambeur » est, lui aussi, sur les rangs. Comme les autres, il a compris qu'il y a des milliards à gagner pour qui profitera des subventions publiques et vendra par appartements. Face à Arnault, il pense avoir ses chances. Il a soif de revanche. Son mentor, Claude Colombani, qui lui a mis le pied à l'étrier en lui permettant d'acheter sa première entreprise avec... l'argent de celle-ci[1], a repris du service et l'a mis sur le coup. Les deux hommes ont imaginé un montage compliqué, via La Belle Jardinière, qui possède 18,5 % des actions de la SFFAW. Jean Lemonnier, patron de La Belle Jardinière, doit proposer à l'assemblée la création d'un directoire et d'un conseil de surveillance à la tête de la holding. Il vise la présidence du conseil de surveillance, Colombani et Tapie entrant au directoire. Il faut l'aval des frères Willot. Rendez-vous est pris entre Jean-Pierre et Antoine Willot, René Mayer et Bernard Tapie au domicile de ce dernier, Villa Saïd. La discussion est si constructive que René Mayer se rappellera à la fin au bon souvenir du repreneur prévu :

— Monsieur Tapie... Il faut aussi penser à moi.

La réponse du flambeur arrachera un sourire aux deux frères Willot présents :

— Vous connaissez ma réputation : je garde tout le monde, même les plus mauvais. Vous avez toutes vos chances !

Claude Colombani aura sa récompense : « Je vous ai préparé un paquet de bonbons », lui dira Jean-Pierre Willot pour l'informer que son chèque d'honoraires est prêt.

Bernard Tapie claironnera dans les médias qu'il est aussi de la partie, il se prévaut du soutien de la CGT qui dénonce les risques de démantèlement du groupe avec Arnault, de

1. *Le Flambeur, la vraie vie de Bernard Tapie, op. cit.*

celui de Jacques Attali, conseiller de François Mitterrand, et même d'Yvette Chassagne, qui soutient pourtant Bidermann. Mais l'entrevue avec les Willot n'aura pas de suite. Tapie ne sera d'ailleurs jamais vraiment dans le coup, ailleurs que dans les médias. Il ne présentera même jamais un plan en bonne et due forme.

Face à cette cohorte hétéroclite, Bernard Arnault est sur une autre planète. Il poursuit son offensive parallèle. Sitôt l'entretien au domicile de Jean-Pierre Willot terminé, il fonce à Paris pour rendre compte au comité exécutif de Férinel et plaider l'intérêt du dossier. Son père affiche ses réserves mais n'est pas en mesure d'opposer un veto. Nullement démonté par cet accueil peu enthousiaste, Bernard reprend en août les conversations avec les quatre frères. Il passe ses vacances à Saint-Tropez, Jean-Pierre Willot à Cannes. L'aéroport de Mandelieu servira de terrain neutre. « Les Willot, on ne les a pas lâchés », se souvient Pierre Godé. La discussion n'est pas commode. Car malgré les inculpations d'abus de biens sociaux et de banqueroute frauduleuse dont ils sont l'objet, malgré la liquidation judiciaire dont le gouvernement les menace, les hamsters n'ont pas encore abandonné l'espoir de revenir aux affaires. Leur idée est de prendre un partenaire minoritaire, faisant office de paravent, pour obtenir un concordat au tribunal de commerce. Ils savent qu'on ne les laissera pas agir seuls. Ils proposent donc 20 % de leurs actions au jeune homme qui fait leur siège pour en faire, soit un homme de paille, soit un « cinquième frère » qui leur permettra de garder la haute main sur leur groupe.

Cinquième frère ? Cette position ne convient pas à Bernard Arnault. Ce qu'il veut, c'est être le patron. Et pour cela, il lui faut prendre le contrôle du groupe. Il veut procéder à une augmentation de capital à laquelle les Willot ne souscriraient pas, ce qui aurait pour conséquence de faire tomber leur participation à un pourcentage (42 %) qui ne leur donnerait plus voix au chapitre. Les Willot ne veulent pas lâcher. La situation est bloquée. Pierre Godé sort alors de son code civil une disposition juridique tombée en désuétude : le prêt de consommation. La nouvelle proposition est la suivante : les Willot prêtent, provisoirement, leurs actions à Bernard Arnault. Celui-ci monte alors une augmentation de capital, évite la liquidation, pilote le redressement de l'entreprise, redressement dont ils profiteront, en tant qu'actionnaires minoritaires, lorsqu'ils auront récupéré leurs titres.

Les Willot sont méfiants. Mais un banquier d'affaires ami, Alain Clarou, les pousse à accepter. Directeur général adjoint de la banque Louis Dreyfus, il a le même problème que Worms & Cie : il a fait acheter au printemps 1984 à certains de ses clients des paquets d'actions de la SFFAW et panique à l'idée d'une liquidation judiciaire qui spolierait complètement ces investisseurs de la dernière heure, bien mal avisés. Le 9 octobre, devant la menace de liquidation qui doit être prononcée le 16 novembre par le tribunal de commerce de Lille, les frères cèdent. Dans l'imposante bibliothèque lambrissée de la SFFAW, au rez-de-chaussée d'un vieil immeuble, face à la gare de Lille, ils signent un accord provisoire portant sur la cession de leurs 129 904 actions à Bernard Arnault, qui, pour la première fois, se met à croire en ses chances d'aboutir.

Reste à trouver les fonds pour l'augmentation de capital. Alain Clarou d'un côté, Antoine Bernheim de l'autre prennent leur bâton de pèlerin. Arnault avait assuré Bernheim qu'il pourrait mettre sur la table 90 millions, mais il ne dispose en réalité que de 40 millions, issus de la vente des activités de construction de Férinel. Le Crédit lyonnais, dans lequel Michel Lefebvre a gardé d'excellents contacts, est prêt à avancer 50 millions. De toute façon, 90 millions, c'est, de loin, insuffisant. La banque Lazard va totalement s'impliquer pour réunir un tour de table solide.

Antoine Bernheim est de plus en plus convaincu d'avoir tiré, avec Bernard Arnault, une carte maîtresse. Il organise un rendez-vous avec Michel David-Weill. Plus question de salle de réunion. C'est dans son bureau (petit, par coquetterie) orné d'un Vuillard que le grand patron de la banque Lazard reçoit son jeune interlocuteur. Il l'écoute défendre son projet, de façon un peu trop technique, apprécie sa maîtrise mais l'interrompt :

— Vous savez, moi, ce qui m'intéresse dans ce dossier, c'est de montrer au grand jour que le privé est mieux armé pour redresser une affaire en perdition que le public. C'est la raison pour laquelle notre maison envisage de vous soutenir. Mais je ne vous cache pas que le chemin qui vous reste à faire est considérable.

Michel David-Weill a toujours une vision politique des choses. D'autres affirment qu'il a le chic pour enrober de considérations générales ses intérêts les plus prosaïques. Bernard Arnault sort étonné et à moitié convaincu de ce premier entretien : ainsi, constate-t-il, la politique se glisse au cœur même de la banque Lazard. Un deuxième rendez-vous est pris. Pour, cette fois-ci, parler argent. La banque Lazard s'est mise en mouvement. C'est le meilleur sésame dans les milieux financiers, d'autant qu'Antoine Bernheim va lui-même convaincre plusieurs investisseurs d'épauler le projet. À Nicholas Clive Worms, il explique que c'est lui le vrai dépositaire du nom de Worms et puisque la banque Worms, nationalisée, soutient Bidermann, il doit aider Arnault. Mais c'est Arnault lui-même qui trouve Finial Holdings, une mystérieuse société financière libanaise à capitaux syriens, un temps actionnaire de Novotel : celle-ci apporte 45 millions. Les groupes pétroliers Elf et Total mettent chacun 47,5 millions de francs au pot, via des filiales financières. La banque britannique Charterhouse dépose une carte de visite de 5 millions de francs. Même le pépiniériste Truffaut est de la partie !

Des banques d'affaires privées, deux groupes pétroliers, des capitaux arabes et anglais ont été rassemblés : 400 millions de francs sont prêts à s'investir dans un groupe en dépôt de bilan sur lequel personne ne voulait miser un franc en 1981 ! La qualité du tour de table qu'a réussi à monter Bernard Arnault impressionne les Willot, comme les pouvoirs publics : fin 1984, le fait que Lazard, Louis

Dreyfus et Worms & Cie soient privées n'est plus une tare, mais un atout.

Pourtant, le 13 novembre, les frères Willot reprennent leur parole. Ils rompent les ponts avec Arnault. Mais le lendemain, avant-veille de la décision du tribunal de commerce, sous la pression de leurs avocats qui ne cessent de les mettre en garde contre le danger de liquidation judiciaire s'ils s'accrochent à leurs actions, ils font à nouveau volte-face. Le 14 novembre, ils signent un protocole d'accord avec Arnault aux termes duquel ils lui vendent ferme 20 % de leurs titres SFFAW, au prix unitaire de 250 francs, soit 32 millions de francs payables dans sept ans. En outre, ils lui prêtent les actions qui leur restent, pour un an, jusqu'au 15 décembre 1985, avec tous les pouvoirs qui y sont attachés. En contrepartie, Bernard Arnault s'engage à faire accepter par le gouvernement un plan de redressement du groupe et à présenter un concordat. Pour atteindre ces objectifs, il prévoit de réaliser une augmentation de capital de 400 millions, dont les Willot acceptent d'être exclus.

Que s'est-il passé ? Les Willot auraient été informés que s'ils ne signaient pas avec Arnault, la liquidation judiciaire de leurs biens ne ferait aucun doute. Mais comment ont-ils eu le droit de signer cet accord ? Divers indices témoignaient déjà de l'engagement discret des pouvoirs publics en faveur d'Arnault. En particulier la présence d'Elf et Total, entreprises publique et semi-publique dans son tour de table. Soudain, les choses deviennent plus évidentes : en raison des inculpations dont ils faisaient l'objet, les Willot n'avaient pas la libre disposition de leurs actions, placées sous le double séquestre des syndics de faillite de Boussac et du président du Crédit national. Or tous les deux ont accepté de lever le séquestre. Sur ordre ? Les syndics relèvent du tribunal de commerce, alors sous l'influence de l'État, en tout cas pour des affaires de cette importance. Quant au président du Crédit national, il est nommé par le gouvernement et prend ses ordres auprès de lui. Sa décision témoigne donc des soutiens dont bénéficie Bernard Arnault en haut lieu. Simplement en raison de sa bonne présentation, de sa peau d'âne de polytechnicien et de sa parfaite connaissance du dossier ? C'est la plus favorable des hypothèses.

Les trente-cinq ans du candidat plaident aussi en sa faveur, auprès d'un gouvernement dont le chef n'a pas encore atteint la quarantaine. En tout cas, lorsque l'« ange du siècle » présente son accord avec les Willot, les collaborateurs de Fabius à Matignon jugent aussitôt qu'il a les meilleures cartes en main. En s'assurant la maîtrise de leurs titres de propriété, il a réussi, en effet, là où tout le monde avait échoué jusqu'à présent. Les Willot ayant abandonné leurs droits sur le groupe, il sera ainsi plus facile de procéder à sa cession sans risquer de se salir les mains et de les voir mettre des bâtons dans les roues, tout du moins pendant l'année où court le prêt de consommation qu'ils ont accordé à Arnault sur leurs actions. Au-delà de toute autre considération, cet exploit mérite qu'on accorde de l'attention à ce jeune promoteur immobilier, même si sa connaissance de l'industrie textile reste toute théorique. Et puis, quel aplomb ! Dans l'introduction de son plan où il a tout consigné – emploi, investissements, politique de commercialisation, etc. –, il affirme, tranquille : « Le groupe Férinel se propose de prendre en charge l'avenir du groupe Agache-Willot ; il offre une solution pour le redresser durablement et en assurer la pérennité. » Mais la révélation de l'accord entre Bernard Arnault et les frères Willot, le 19 novembre 1984, provoque une tempête. Tapie exige que le gouvernement s'y oppose. Il contre-attaque par voie de presse : « La mise de fonds de 400 millions que propose Bernard Arnault est insuffisante. C'est 1,5 milliard qu'il faut remettre dans Boussac [1]. » Tout s'était jusque-là passé dans les coulisses. Pour la première fois, le jeune entrepreneur fait les gros titres des journaux. Et le voilà qui déboule dans le champ

1. Patrick Lamm, *Enquête sur l'affaire Boussac*, Robert Laffont, 1985.

médiatique sans aucun complexe apparent. « J'arrive dans cette affaire non pas comme un financier mais comme un industriel, affirme-t-il à l'AFP. Mon plan de redressement devrait avoir le mérite d'être plus satisfaisant sur le plan social que les solutions proposées par MM. Derveloy ou Bidermann. » D'emblée, la polémique, vis-à-vis de l'extérieur. Et, en interne, une petite comédie familiale. Bernard revient à Roubaix. Devant son père et Michel Lefebvre, il affecte d'être las et découragé :

— L'affaire est trop risquée. Il y a trop de chausse-trapes politiques. Tout cela est ingérable. C'est dommage, mais je crois que je vais laisser tomber.

Jean Arnault a vu avec plaisir l'irruption de son fils à la Une de l'actualité. Il s'attendait à le voir triomphant. Il n'en croit pas ses oreilles :

Tu n'y penses pas. Tu ne vas pas abandonner maintenant !

Bernard se laissera facilement convaincre de ne pas renoncer. Et Jean Arnault soutiendra désormais son fils sans la moindre réticence.

Bidermann a flairé le danger. Il fait le forcing, soutenu à l'Élysée par Jacques Attali et par Alain Boublil, conseiller industriel. Il s'appuie beaucoup sur l'influence de Robert Mitterrand, le frère du Président. En face, Édith Cresson, ministre de l'Industrie, et Hélène Ploix, conseillère de Laurent Fabius pour les questions industrielles (qu'Antoine Bernheim a vue, à plusieurs reprises, pour la convaincre), optent pour Arnault. Tout comme les collaborateurs de Robert Badinter au ministère de la Justice, qui voient dans son plan la possibilité de mettre un point final à toutes les difficultés juridiques. Les personnalités politiques s'en mêlent. Pierre Dreyfus sort de sa retraite pour faire campagne pour Bidermann, à qui il a remis la Légion d'honneur. Pierre Mauroy, chtimi comme lui, plaide en faveur d'Arnault. Insensiblement, la cote du patron de Férinel progresse. Même les syndicats qui, au début, voyaient en lui un faux-nez des Willot, ont rangé leur préjugé défavorable. Il leur a fait un numéro de charme, leur promettant de sauver plus d'emplois que ne le prévoit le plan de son rival[1].

Mais Arnault garde un talon d'Achille : il n'est pas un spécialiste du textile. Comment justifier, aux yeux de l'opinion, le choix d'un promoteur immobilier pour diriger un groupe de textile ? L'opposition va sauter là-dessus pour dénoncer l'incohérence de l'action gouvernementale. Matignon suggère donc à Arnault de s'assurer le concours d'un professionnel, susceptible de remettre de l'ordre dans la branche malade du groupe et de crédibiliser de la sorte sa solution. « Allez donc voir Charlier », lui conseille-t-on.

Le 14 décembre, avant-veille de la décision gouvernementale, Julien Charlier reçoit Bernard Arnault chez lui, rue de la Faisanderie. Le jeune homme est fatigué mais toujours aussi déterminé. Il met les cartes sur la table : « Si vous n'acceptez pas de devenir mon conseiller, je risque de perdre la partie. » Charlier n'est pas long à saisir la perche qui lui est tendue. En devenant le consultant de Boussac, il pourra voir les cartes de son concurrent avant d'abattre les siennes et il barrera la route à son ennemi Bidermann. Il pose ses conditions : commission de 0,75 % sur le chiffre d'affaires de Boussac (soit près de 10 millions de francs) et possibilité d'acheter Boussac (si Arnault est vendeur) 20 % au-dessous du prix des autres offres. Le patron de Férinel accepte ces conditions hors norme, dont il se souviendra plus tard lorsqu'il imposera à son futur associé, Guinness, une clause identique. Il tient désormais le dernier atout qui lui manquait.

Le lendemain, Bidermann et Arnault planchent devant les syndicats de la Compagnie Boussac Saint-Frères (CBSF). Selon un délégué, « le seul qui apparaissait vraiment passionné par son sujet et désireux de reprendre Boussac, c'était Arnault ». C'est le sprint final. Le dimanche 16 décembre, Bernard Arnault adresse à Laurent Fabius

1. Les plans d'Arnault et de Bidermann ne diffèrent pourtant qu'à la marge : tous deux ont été rédigés par les mêmes cadres dirigeants de Boussac !

une dernière lettre dans laquelle il exprime ses engagements[1]. Il promet notamment de « maintenir la survie du groupe en évitant son démantèlement » à condition que l'État apporte 750 millions de francs afin de reconstituer ses fonds propres.

Un comité interministériel se réunit à l'Hôtel Matignon. Le Premier ministre et les ministres concernés ont délégué des membres de leur cabinet. Il y a là notamment Hélène Ploix, Robert Léon pour les Finances, Patrice Léopold pour l'Industrie et Alain Boublil pour l'Élysée. La discussion ne sera pas longue. La consigne a été donnée de choisir la solution qui écarte toute nouvelle contestation juridique. Dès lors, le plan Arnault l'emporte facilement parce qu'il permet d'en finir immédiatement avec une affaire qui traîne depuis trois ans et demi alors que la désignation de Bidermann équivaudrait à repartir pour un tour : il faudrait annuler les accords passés entre les Willot et le patron de Férinel. À 22 heures, Hélène Ploix appelle les intéressés et leur promet une réponse pour 10 heures le lendemain.

Mais à l'heure dite, rien. Matignon attend le feu vert de l'Élysée, qui ne vient pas. Car les choses ne vont pas de soi. Lorsque Laurent Fabius annonce au Président son choix en faveur de la solution Arnault, François Mitterrand fronce les sourcils, en pensant, sans doute, à ce que lui a dit son frère Robert :

---

1. Bernard Arnault écrit : « J'assurerai personnellement la direction de CBSF et je procéderai à la mise en œuvre du plan industriel et social tel qu'il a été communiqué aux administrations compétentes. Je bénéficierai du concours de M. Julien Charlier qui sera à la fois mon conseiller et membre du conseil d'administration de la CBSF. M. Charlier ne pourrait le cas échéant devenir mandataire social de la CBSF que s'il cessait d'être mandataire social de DMC. Un contrat de coopération technique sera conclu entre DMC et CBSF. Enfin, MM. Willot ne prendront, bien entendu, aucune part à la gestion de CBSF et n'y exerceront plus aucune fonction de direction à l'intérieur de la société, ni d'ailleurs dans le groupe. »

— Mais pourquoi n'avez-vous pas choisi la meilleure solution industrielle ?

— Parce que la solution Bidermann était trop fragile sur le plan financier. C'était reculer pour mieux sauter. Le projet le plus crédible est celui de Bernard Arnault.

— Mais il nous est hostile, rétorque le Président qui a toujours tout regardé à travers le prisme politique.

— Oui, il est parti aux États-Unis en 1982. Mais justement, le retour des émigrés, c'est un peu une victoire pour les socialistes. Un signe fort de crédibilité et d'apaisement.

— Bon, si c'est le choix du gouvernement...

Le Président ne fera pas d'autres commentaires.

En attendant le feu vert élyséen, Bernard Arnault et Pierre Godé tournent en rond dans l'appartement parisien de Jean Arnault, rue de la Chaise. À 12 h 30, enfin, Hélène Ploix appelle. Le Président a entériné la décision de Laurent Fabius. Édith Cresson, ministre de l'Industrie et du Commerce extérieur, et Pierre Bérégovoy, ministre de l'Économie et des Finances, confirment aussitôt la décision par une lettre dans laquelle ils indiquent à Bernard Arnault que son plan « reçoit, dans ses grandes lignes, l'accord des pouvoirs publics ».

Bernard Arnault a gagné. Avec une mise de 40 millions de francs, il devient le patron de Boussac, revenu dans le privé, qui vaudra 8 milliards trois ans plus tard. Le soir même, il invite ses collaborateurs à dîner chez Laurent, un des plus grands restaurants de Paris. Il est ravi mais ne le montre guère. La retenue est dans son caractère. Surtout, l'agonie de sa grand-mère Savinel chérie, qui s'éteint à Lille, gâche son plaisir.

À l'annonce de la décision, le microcosme parisien se déchaîne. Obnubilés par les Willot, peu portés à croire à la prise de risque d'un jeune capitaliste, les journaux de gauche affirment qu'Arnault est un faux-nez. « La reprise par Bernard Arnault a un peu trop le profil d'un retour des Willot », écrit stupidement *Libération*. Chacun fantasme. D'autres parlent de connexions secrètes entre le jeune Lillois et Pierre Mauroy. Certains vont même jusqu'à suggérer que la décision a été prise à l'instigation de Serge Weinberg, ancien du cabinet de Fabius au Budget et neveu de Sammy Weinberg, concurrent de Bidermann [1]. Plus sérieusement, les journaux économiques font observer que la cession d'un groupe de 10 milliards de francs de chiffre d'affaires à une société, Férinel, pesant à peine un milliard constitue un pari très risqué. Ils reconnaissent toutefois à Arnault une bonne dose de courage et une belle inconscience. Avec son air juvénile, le voilà aussitôt affublé du sympathique sobriquet de Tintin. Il ne le gardera pas longtemps.

Dans sa lettre à Fabius, Bernard Arnault s'engage en effet à respecter le plan qu'il a présenté au gouvernement, qui promet en particulier la « pérennité » du groupe Boussac et prend des engagements fermes en matière d'emploi. En contrepartie, il présente la facture à l'État : 940 millions, en partie (380 millions) sous forme d'abandons de créances, le reste (560 millions) sous forme d'aides nouvelles [2]. L'argent sera versé mais

---

1. Serge Weinberg, qui était alors chez Havas, n'a été mêlé ni de près ni de loin à l'affaire Boussac. Il deviendra le patron de Pinault Printemps Redoute, le concurrent direct de LVMH, contrôlé par François Pinault.

2. Bernard Arnault a écrit au Premier ministre : « Les concours financiers sollicités de la puissance publique se limiteront à : l'incorporation au capital de la CBSF des avances de la Sopari, à concurrence de 380 millions de subventions ou équivalents ; l'octroi à la CBSF d'un prêt du FDES de 100 millions aux meilleures conditions. Par ailleurs, je compte sur l'appui des pouvoirs publics pour obtenir le prêt participatif de 160 millions prévu par le protocole financier de juin 1982 dont le versement devrait intervenir par anticipation. » En contrepartie, Bernard Arnault promet à l'État de le faire participer aux bénéfices qu'il pourrait retirer de l'affaire : « Les concours financiers consentis par l'État bénéficieraient à hauteur de 300 millions d'une clause de retour à meilleure fortune : ils seraient remboursés à concurrence de 25 % des dividendes distribués annuellement par la SFFAW, ou une personne morale qui lui succéderait, de l'année 1991 incluse à l'année 2005 incluse. »

les promesses ne seront pas tenues : Bernard Arnault peut se féliciter d'être rentré en France six mois plus tôt. Les socialistes, ces épouvantails, viennent de lui offrir le plus beau Noël de sa vie.

CHAPITRE 5

Redresser à tout prix

Le jeudi 20 décembre 1984, Bernard Arnault est nommé administrateur directeur général de la Compagnie Boussac Saint-Frères. À trente-six ans, l'inconnu de la dernière heure prend les commandes d'une myriade d'entreprises, parmi lesquelles la perle qui fait vibrer tout Paris : Dior, « un mot magique », dont il écrira avec emphase en 2000, dans *La Passion créative*, qu'il « évoque à la fois "Dieu" et "Or" ». Mais, début 1985, on n'en est pas là. D'emblée, il y a même comme un malaise. Le 20 janvier, un dîner de prestige est organisé chez Maxim's pour fêter la sortie de la collection d'été, dessinée par le styliste Marc Bohan. Dior est alors la maison de couture emblématique de la famille Grimaldi. Le nouveau propriétaire s'est accordé la place de choix. Il a placé Caroline de Monaco [1] à sa droite tandis que Stéphanie est à la droite de Paul Audrain, le président de Dior. Mais Stéphanie, qui s'est mise à la chanson, vient de sortir son tube : *Comme un ouragan*. Elle est la vedette du moment. Tous les photographes vont se concentrer sur elle et donc sur son voisin Paul Audrain. Il n'y en a que pour eux. Récemment découvert par la presse économique, Bernard Arnault rate ainsi lamentablement

1. Plus tard, la princesse se fâchera avec Bernard Arnault lorsque celui-ci écartera Marc Bohan.

son entrée dans le monde très particulier de la presse people. Il est furieux.

Arnault réagit d'autant plus mal qu'il est alors dans un état second. Il vient de perdre sa grand-mère, celle qui l'a élevé et chéri à la place de sa propre mère, une période dont il dira plus tard que ce fut « le pire moment de sa vie[1] ». Seul réconfort : avant de mourir, sa grand-mère a eu connaissance de sa victoire. « Je la revois sur son lit d'hôpital, lisant les articles parlant de moi, notamment ceux de *Nord Éclair* », écrira-t-il plus tard dans *La Passion créative*. Elle était à la fois assez fière de voir son petit-fils dans les journaux [...] et curieuse de connaître mes motivations [...]. Mon grand regret est de n'avoir pas pu lui raconter la suite. C'est une vraie frustration. » Bernard Arnault vit un drame. Quelque chose s'est brisé en lui. Blessé, meurtri, son caractère va soudain s'endurcir. Paul Audrain va le comprendre très vite, après la soirée ratée chez Maxim's. Bernard Arnault entre dans son bureau. Mi-figue, mi-raisin, Audrain lui dit :

— Peut-être souhaitez-vous que je vous laisse ma place ?

— Je pense en effet que c'est une bonne idée.

Et voilà Arnault qui s'installe aussitôt dans le fauteuil du président. Dior, c'est lui et il va falloir que ça se sache.

Le jeune patron a pris les leviers de commande, mais on peut encore les lui retirer : tant que le concordat n'a pas été voté, son pouvoir peut être remis en question. La réussite de sa démarche dépend en effet, en ultime ressort, du quitus des créanciers du groupe Boussac. Car le choix du gouvernement a simplement fait d'Arnault le PDG de la Compagnie Boussac Saint-Frères (CBSF), c'est-à-dire d'une entreprise toujours en dépôt de bilan. Pour devenir définitivement le patron de la Société foncière et financière Agache-Willot (SFFAW) qui contrôle les pépites du groupe, Arnault doit obtenir un concordat en remboursant les créanciers.

---

1. *Paris Match*, 14 octobre 1999.

Or c'est une montagne de dettes qu'ont laissée les gestions successives de Marcel Boussac, des Willot et de René Mayer. Pas moins de 3,6 milliards de francs. Avant de savoir comment il les remboursera (c'est-à-dire quels actifs il devra vendre), le premier souci d'Arnault est de dégonfler cette masse en obtenant des abandons de créances et un différé de paiement. Il va donc demander aux créanciers de faire des sacrifices. Avec un argument massue : je ne mettrai effectivement 400 millions dans l'affaire, dit-il en substance, que si mes propositions concordataires sont votées ; en cas de rejet, il n'y aura plus d'autre issue que la liquidation judiciaire. Sous-entendu : dans ce cas, les créanciers n'auront plus que leurs yeux pour pleurer.

Soucieux de ne pas affaiblir d'emblée celui qu'ils ont choisi, les pouvoirs publics acceptent d'étaler leurs recouvrements (554 millions d'impôts à récupérer) sur trois ans. Quant aux créanciers privilégiés (la sécurité sociale et les banques disposant de garanties) à qui le groupe Boussac-Willot doit 955 millions, ils autorisent Arnault à échelonner les remboursements sur treize ans. Restent les autres créanciers, dit chirographaires, à qui Boussac doit 2,1 milliards de francs. Avec eux, la tâche d'Arnault est à la fois plus simple et plus compliquée. Plus simple parce que, privés de garanties, ces créanciers ne sont pas en position de force pour discuter. Le nouveau patron leur propose de récupérer 60 % de leurs créances sur huit ans ou 15 % immédiatement, ce qui revient à peu près au même, compte tenu de la forte inflation que connaît la France à cette époque.

La difficulté est ailleurs, dans les règles de majorité requises. Pour qu'un concordat soit adopté, il faut qu'il soit voté par la moitié des chirographaires détenant, en valeur, les deux tiers des créances. Avec l'aide de Lazard, Arnault les a contactés, les uns après les autres, pour leur proposer de leur racheter leurs créances. Le travail est énorme : on n'en compte pas moins de 7 000. Il se complique lorsque Arnault s'aperçoit que quelqu'un d'autre s'est mis en chasse des précieuses créances : Maurice Bidermann. Battu en 1984 comme en 1978, Bidermann ne veut pas abdiquer. Dans les premiers mois de 1985, il tente une dernière manœuvre. Sa tactique est la suivante : racheter suffisamment de créances pour être en mesure de s'opposer aux propositions d'Arnault en assemblée concordataire. Selon ses calculs, dès lors, il n'y aurait plus d'autre solution que la liquidation judiciaire. Et il pourrait alors se porter candidat au rachat à forfait des actifs du groupe qu'il convoite, c'est-à-dire essentiellement le textile de Boussac et Dior. Dans sa nouvelle offensive, Bidermann a entraîné ses partenaires de l'année précédente, Bouygues et la banque Worms.

Il cherche l'appui d'autres banques nationalisées. Mais, très vite, il se rend compte qu'elles préfèrent s'entendre avec Arnault plutôt qu'avec lui. Consigne gouvernementale ? Maurice Bidermann doit se résigner à abandonner son projet de torpiller le concordat. Il est vaincu une troisième fois et ne réapparaîtra plus que fortuitement dans cette affaire.

Bidermann écarté définitivement, Arnault croit pouvoir préparer tranquillement la tenue, pour le 24 mai 1985, de l'assemblée générale des actionnaires de la SFFAW, la holding qui contrôle le groupe, au cours de laquelle il doit faire adopter l'augmentation de capital de 400 millions de francs qui lui assurera le contrôle du groupe. Il ne sait pas que Bernard Tapie va tenter, une dernière fois, de prendre sa revanche.

Une voix discordante s'élève subitement, dont on commence à trouver l'écho dans la presse. Se présentant comme un petit actionnaire de la SFFAW, Claude Colombani, soixante-deux ans, le mentor de Tapie, affirme que tout cela n'est pas très légal. Il conteste en particulier la validité de l'accord conclu entre Arnault et les Willot et émet des doutes sur les garanties réelles apportées à la masse des créanciers. Volontiers gouailleur derrière ses petites lunettes ovales, Claude Colombani se croit autorisé à parler haut et fort à deux titres. D'une part, il est socialiste et ses amis sont au pouvoir. Venu du PSU, il a rejoint le PS en 1981 dans les rangs des rocardiens. D'autre part, c'est un homme de l'art puisqu'il est conseiller juridique depuis quarante ans. Avec l'aval de Tapie, par l'intermédiaire de Jean-Pierre Willot, Claude Colombani entre en contact, en janvier, avec l'équipe Arnault. Il rencontre Pierre Godé à qui il propose de jouer le rôle de consultant auprès du groupe afin d'aider à résoudre les multiples difficultés juridiques qu'il a décelées. Celui-ci l'écoute poliment mais l'éconduit.

Le vendredi 17 mai, une semaine avant l'assemblée générale du 24, Claude Colombani, qui a acheté 30 actions de la SFFAW, appelle Hughes de Lasteyrie, directeur général de la Compagnie Boussac Saint-Frères et parent, par alliance, de Valéry Giscard d'Estaing :

— Je vous appelle pour vous mettre en garde. Vous allez commettre une illégalité.

— Laquelle ?

— L'augmentation de capital que vous allez faire voter est assortie d'une condition : que les petits porteurs de la SFFAW renoncent à leur droit d'y souscrire et donc d'en profiter puisque la situation financière de la société va s'en trouver améliorée.

— Et alors ?

— Je vous rappelle que la loi de 1966 sur les sociétés stipule que toute personne qui bénéficie d'un avantage particulier – en l'occurrence Bernard Arnault qui verra sa participation croître considérablement au détriment des autres actionnaires – ne peut pas prendre part au vote sur une telle augmentation de capital.

— Que proposez-vous ?

— De faire mon métier. Je me tiens à votre disposition pour faire en sorte que cette augmentation de capital soit réalisée dans le respect de la loi.

Claude Colombani fixe alors le prix de son intervention : ses honoraires s'élèveront à 1,5 million de francs.

— C'est bien trop cher, lui répond aussitôt Lasteyrie. Nous n'avons pas besoin de vos services.

— Comme vous voulez, conclut Claude Colombani.

Mais sachez que je me réserve la possibilité de contre-attaquer en justice. En tout cas, je peux vous promettre que vous entendrez la voix des petits actionnaires et la mienne, lors de l'assemblée générale de la semaine prochaine à Lille. Je vous rappelle en outre que j'ai le soutien de la CGT.

La réponse de l'équipe de Bernard Arnault ne sera pas celle qu'espérait Claude Colombani. Celui-ci n'atteindra jamais Lille. Le 22 mai, à 17 h 30, il est arrêté par la police, à Orly, alors qu'il se rend à Marseille pour participer à un forum sur la création d'entreprises, en compagnie d'Édith Cresson, ministre de l'Industrie, et du délégué interministériel aux PMI[1]. Cette interpellation fait suite au dépôt d'une plainte déposée contre lui par Hughes de Lasteyrie pour « tentative d'extorsion de fonds et de signatures ». Les dirigeants de Boussac avaient enregistré la conversation téléphonique du 17 mai. Déposée le jour même, la plainte a été enregistrée le lundi. La garde à vue a été demandée par Pierre Lyon-Caen, procureur à Nanterre, un ancien du cabinet de Robert Badinter. Elle a été confirmée et prolongée par le premier juge d'instruction Jean-Pierre Michaud. Colombani sera retenu en garde à vue pendant 48 heures à la Conciergerie. « Dans la même cellule que celle qu'avait occupée ma propre fille en Mai 68 », se souvient-il.

Le vendredi 24 mai, le juge Jean-Pierre Michaud lui rend sa liberté. À 18 heures, il quitte le Palais de justice de Paris sans être mis en examen. Au même moment s'achève, à Lille, l'assemblée générale de la SFFAW qui vient d'autoriser Bernard Arnault à prendre le contrôle de la société, grâce à l'augmentation de capital. Aussitôt, Claude Colombani va alerter la presse. Dans *Libération*, il déclare : « Si vraiment on craignait que je fasse pression sur d'éventuels témoins ou que je détruise on ne sait quelles preuves, ce

1. Voir, sur cet épisode, Jean-Michel Quatrepoint, *Histoire secrète des dossiers noirs de la gauche*, éd. Alain Moreau, 1986, et *Le Flambeur, la vraie vie de Bernard Tapie*, *op. cit.*

qui est la justification de ma garde à vue, on devait m'interpeller dès lundi, quand la plainte a été déposée. Mais le délai légal étant de 48 heures, on m'aurait relâché à temps pour que je puisse me rendre à Lille ! [...] La France est un État de droit. En principe. Or, on nage en pleine illégalité. En m'arrêtant, ils viennent de montrer à quel point ils avaient peur. » Et dans *Le Monde*, il menace : « Je souhaite que M. de Lasteyrie comprenne son erreur et m'adresse des excuses. Faute de quoi, j'en tirerai les conséquences judiciaires par une dénonciation calomnieuse. »

Ces cris d'orfraie n'effraient pas Hughes de Lasteyrie et encore moins Bernard Arnault. Claude Colombani disparaîtra très vite de la scène. Tapie était-il derrière lui ? Pour « le flambeur », le bilan est de toute façon cuisant. Parce qu'il n'a pas voulu entrer, comme il l'affirme, dans le jeu des subventions publiques dont on reverse en douce une partie à l'un de ceux qui vous les a accordées ? Rien ne permet de le dire et Tapie est mal placé comme professeur de morale. La haine qu'il porte à Arnault va devenir obsessionnelle. Sans doute parce qu'il a trouvé plus fort que lui. En beaucoup plus chic !

L'épisode Colombani éclaire en tout cas d'un jour singulier les méthodes auxquelles les nouveaux maîtres de Boussac n'hésitent pas à recourir pour écarter ceux qui, quelles que soient leurs motivations, veulent se mettre en travers de leur chemin. Il montre aussi jusqu'où peut aller le soutien dont Bernard Arnault bénéficie déjà dans l'appareil d'État et jusqu'au sein même de l'institution judiciaire.

Peu à peu, d'autres comportements vont apparaître. Bernard Arnault n'a pas attendu d'être le propriétaire définitif de la SFFAW pour entamer le grand ménage chez Boussac. Le jour même de son installation dans le fauteuil de PDG de la Compagnie Boussac Saint-Frères, le 2 janvier, il va signer la vente de deux usines, à Beauvais et Saint-Quentin. Deux petites unités employant 134 personnes et produisant des couvertures et couvre-lits. L'acheteur est une société créée pour la circonstance, l'Internationale lainière, dirigée par Gilbert Benattar, Alexandre Saban et Jean-Yves Delanoë. Ceux-ci paient à crédit et bénéficient de subventions de Boussac équivalant à 45 000 francs par personne employée, soit 6 millions au total. À quoi s'ajoute une subvention de 2,5 millions de la Région Picardie. Benattar, Saban et Delanoë sont si liés à Boussac qu'ils ont installé leur quartier général au 2, rue du Pont-Neuf, dans l'une des filiales du groupe, La Belle Jardinière.

Ce sont là les premières cessions d'une longue série qui conduira Bernard Arnault à vendre toutes les activités de Boussac, à l'exception de Dior, Conforama et Le Bon Marché, loin des engagements pris auprès des pouvoirs publics. Dans le document qu'il leur a soumis, page 26, il a écrit, en effet, que « le souci du plan Férinel est de maintenir l'emploi », même s'il prévoit l'arrêt ou la cession de plusieurs activités très déficitaires, notamment la confection, les articles de sport et de détente ainsi que les produits de décoration de la maison. Le nouveau patron situait alors sa stratégie dans le prolongement de celle de son prédécesseur : « Le plan proposé ne prévoit pas de réductions d'effectifs autres que celles correspondant aux mesures déjà décidées par la Compagnie. » Selon son programme, les effectifs du groupe Boussac, qui étaient de 14 933 personnes au 1er janvier 1985, devaient descendre à 12 182 en 1986 pour remonter à 12 252 l'année suivante.

Pour réduire le personnel, Arnault va recourir à la méthode qu'avait utilisée son prédécesseur : céder les activités déficitaires à de prétendus industriels aux airs de chasseurs de primes, qui s'en débrouilleront comme ils voudront. Cette méthode est vieille comme la grande industrie. C'est elle qui sera suivie par un groupe comme Alcatel qui, en juillet 2001, a annoncé son intention de vendre la plupart de ses usines à des sous traitants. Son nom : externalisation. Une façon de se libérer des usines, des salariés, des licenciements et, plus généralement, de tous les problèmes. Dans le cas de Boussac, à la différence d'Alcatel, il ne s'agit pas seulement de confier à d'autres des activités déficitaires en interne et de gérer la diminution nécessaire des effectifs. Il s'agit alors de se débarrasser d'activités et d'usines dans un plan prévu à l'avance dont l'objectif final est, tout simplement, de sortir du secteur textile.

Tout cela coûte cher car les pseudo-industriels à qui on cède des usines non rentables ne sont pas des philanthropes. Les fossoyeurs veulent être payés. Subventions, livraison des stocks à moindre prix, étalement des créances remboursables, etc. : la panoplie des aides est large. Dès le départ, Arnault évalue à quelque 250 millions de francs le coût des cessions. Heureusement pour lui, malheureusement pour les salariés et les contribuables, l'argent qu'il va employer pour se délester des usines déficitaires vient des aides accordées par le gouvernement Fabius. On ne peut faire à Arnault, sur ce point, un reproche d'hypocrisie. Dans son plan, il a été clair : « Les pertes à venir, nécessaires pour achever la restructuration, qui s'élèvent à environ 400 millions de francs, doivent être couvertes par un apport nouveau. Il permettra de financer les pertes sur cessions (250 millions), les coûts de restructuration complémentaire (50 millions), les pertes d'exploitation (100 millions) prévisibles. Ce financement doit prendre la forme d'aide des pouvoirs publics afin de maintenir la situation nette à zéro. »

Le problème est ailleurs : ces cessions d'actifs vont se faire dans un contexte bien particulier. Côté vendeur, c'est l'oubli des engagements pris en contrepartie des aides publiques reçues. Côté acheteurs, c'est un peu n'importe quoi. Fils d'un avocat de Tunis, Gilbert Benattar, le commerçant de l'équipe, a le bagout et l'entregent de celui qui connaît le Sentier comme sa poche. Alexandre Saban, le financier, impressionne par son train de vie et ses connaissances. Il roule en Porsche, flambe beaucoup, se rend fréquemment en Suisse et ne cesse de faire état de ses relations haut placées. Une affirmation que la présence à ses côtés de Jean-Yves Delanoë permet d'étayer. Ce conseiller municipal socialiste de Saint-Maur, député suppléant de Créteil, est le frère de Bertrand Delanoë, élu maire de Paris en 2001, après avoir été l'un des hiérarques du PS. Il rassure tout le monde et facilite les contacts avec les élus locaux. Avec de pareilles références, pourquoi chercher à en savoir plus sur les dirigeants de l'Internationale cotonnière ?

Si Bernard Arnault se pose des questions, il ne le montre pas. En février 1985, il vend au trio Benattar-Saban-Delanoë une usine de 140 personnes à Fécamp qui produit sous licence le prêt-à-porter féminin du couturier Ted Lapidus. Les repreneurs créent, pour l'occasion, une nouvelle société, l'Union textile de Normandie (UTN). Ils paient toujours à crédit et reçoivent de Boussac une aide de 2,8 millions de francs ; soit 20 000 francs par personne employée.

Au printemps, cependant, la sécurité sociale s'inquiète de voir que la société Cyclone à Fougères, qui appartient à l'Internationale cotonnière, ne paie jamais ses cotisations. L'Urssaf assigne la société devant le tribunal de commerce de Rennes qui alerte à son tour le procureur de la République de Paris. Le 29 mai, celui-ci prescrit à la brigade financière d'effectuer une enquête.

Les investigations de l'inspecteur principal Pierre Maurin et de son adjoint Éric Pizana vont être longues et difficiles. Les deux policiers doivent plonger dans un écheveau de sociétés dont certaines ne sont même pas immatriculées au registre du commerce et dont d'autres ne servent que de prête-noms. Ils découvrent un certain nombre de pratiques illicites, établissent que l'Internationale cotonnière réalise des ventes sans factures. Aucune des sociétés de Saban et Benattar ne paie les impôts ni les cotisations sociales. Ce qui intrigue particulièrement les enquêteurs, c'est de voir que chez Boussac, qui héberge ces personnages, on ne semble s'être aperçu de rien pendant ces longs mois. Plus étrange : lorsque Saban, Benattar et Delanoë ne peuvent rembourser leurs crédits, Boussac leur consent de nouvelles facilités.

Un homme est aux petits soins pour eux : il est chargé

chez Boussac de trouver des industriels voulant reprendre les usines condamnées. Entré dans le groupe du temps de Marcel Boussac, il a servi avec zèle les frères Willot comme directeur de Boussac Formation, une association loi de 1901 qui gère la politique de formation permanente du groupe financée par la taxe de 1 % sur les salaires. Cet argent, auquel s'ajoute le produit de la taxe d'apprentissage, sert pour partie à aider, avec les subventions publiques, les industriels qui rachètent à crédit les usines. L'homme a sa propre société qui intervient comme prestataire de services pour le compte de Boussac Formation. Grâce à un jeu subtil de vases communicants, cette société se constitue une tirelire qui, non seulement rémunère son patron, mais rend aussi service au groupe, tantôt en se portant caution des repreneurs, tantôt en leur accordant des crédits. En juin 1985, elle accorde ainsi des prêts à l'Internationale cotonnière pour lui permettre d'assurer ses échéances.

Escroquerie, infractions à la loi sur les sociétés, ventes sans factures, détournements de biens sociaux ? Le rapport que remettent, le 23 septembre 1985, les inspecteurs Maurin et Pizana est à charge pour Saban, Benattar et Delanoë. Quatre jours auparavant, le trio a encore acheté à crédit de nouveaux actifs de Boussac. Il s'agit de quatre magasins d'usine situés à Paris, Lunéville, Roubaix et Blainville, dans les Vosges. Le protocole a été signé par Hughes de Lasteyrie et Jean-Yves Delanoë.

Ce sera la dernière reprise opérée par les dirigeants de l'Internationale cotonnière. Le 5 novembre, le juge Jean-Pierre Michaud délivre quatre mandats d'amener à l'encontre de Gilbert Benattar, Alexandre Saban et deux de leurs complices, qui sont écroués. Jean-Yves Delanoë ne sera pas mis en cause. La presse s'empare de l'affaire. « Des chasseurs de primes inculpés[1] », titrent *Les Échos*. Pendant que les 1 500 salariés des différentes sociétés de Saban et

1. *Les Échos*, 8 novembre 1985.

Benattar découvrent du jour au lendemain qu'ils n'ont plus d'employeurs, une violente polémique s'engage entre Bernard Arnault et ses prédécesseurs. Mis en cause par *Les Échos*, Gérard Bélorgey, ancien préfet, ex-directeur général de la CBSF, contre-attaque : « M. Arnault est bien concerné, alors qu'il avait été mis en garde par la précédente direction générale contre le risque de transférer à un même repreneur de faible surface financière et n'ayant pas fait ses preuves, un ensemble excessif d'activités », écrit-il dans une lettre ouverte publiée par *La Tribune*[1]. Il poursuit : « La légèreté est bien le seul fait manifeste de la nouvelle direction. L'ancienne a découvert peu à peu un dossier dont la nouvelle n'a pas tenu compte [...]. La nouvelle direction générale aurait, elle, pu faire machine arrière. Bien que mise en garde, elle fit au contraire largement machine avant. C'est non seulement légèreté mais diabolisme [...]. La cabale continue contre les anciens mandataires sociaux. Les passions ne peuvent-elles pas cesser et faut-il ajouter, dans les affaires comme celle des reprises par l'Internationale cotonnière, le mensonge à l'injustice ? On en voit l'intérêt : exonérer M. Arnault pour qu'il puisse réussir, voire – pourquoi pas – devenir manager de l'année prochaine et, pour ce faire, garder les mêmes bons boucs émissaires. »

Bernard Arnault riposte : « À aucun moment, l'ancienne direction générale ne nous a avertis, écrit-il dans *Le Monde*[2]. Oui, nous avons signé le 2 janvier, à notre arrivée, la cession à ce groupe (l'Internationale cotonnière) des usines de Beauvais et Saint-Quentin. Mais tout était prêt. Nous nous sommes contentés d'entériner [...]. Nous n'avions pas de raisons de nous méfier. Les créances que nous avions sur l'Internationale cotonnière étaient honorées [...]. 80 % du travail a été fait par M. Bélorgey. »

Faut-il croire Arnault lorsqu'il dit ignorer à qui il avait affaire ? Selon les journaux de l'époque, il avait été mis en

1. *La Tribune*, 10 novembre 1985.
2. *Le Monde*, 14 novembre 1985.

garde par le cabinet du garde des Sceaux. S'abstenant de rompre avec ces étranges repreneurs qui le débarrassent d'actifs, il s'est contenté de durcir les conditions qui leur étaient faites.

Les dépositions de plusieurs membres de la direction de la CBSF, y compris Hughes de Lasteyrie, montreront que le programme de cession a été accéléré à partir de l'arrivée de la nouvelle direction. Ainsi, les tentes Raclet, qui devaient être initialement vendues en 1987, le seront dès 1985.

Ces opérations douteuses réveillent les syndicats. La CGT affirme qu' « il est urgent de stopper toute cession, tout licenciement, tout arrêt de production, comme il est urgent de mettre un coup d'arrêt définitif aux cadeaux financiers du gouvernement à la direction du groupe ». Pour sa part, la CFDT « dénonce violemment l'attitude irresponsable et scandaleuse » de la direction de CBSF qui « considère n'avoir aucune responsabilité dans cette affaire [...]. À côté de ce scandale, d'énormes inquiétudes planent sur d'autres activités récemment cédées [...]. La direction actuelle de la CBSF ne peut en aucun cas prétendre récupérer ce qui est juteux et se désintéresser du sort de milliers de travailleurs ».

Ces protestations syndicales n'émeuvent guère les pouvoirs publics. Les élections législatives sont pour le mois de mars suivant. Le gouvernement veut, à tout prix, éviter un grand déballage susceptible de démontrer une part de responsabilité d'Arnault dans le recours à des tiers contestables pour nettoyer son groupe, mais aussi sa propre impéritie dans la restructuration d'une grande affaire industrielle : c'est Fabius qui a lui-même choisi Arnault. Politiquement, à ce moment, leurs sorts sont liés.

Bernard Arnault doit-il craindre la nouvelle alternance ? Le 16 mars 1986, en effet, la droite revient au pouvoir, même si le raz-de-marée a été évité par le recours à la proportionnelle qui a permis l'émergence parlementaire du

Front national. Toutes les cartes sont redistribuées. En apparence, le nouveau patron de Boussac va avoir la partie moins facile qu'avec les socialistes. Le 4 juin, Alain Madelin, nouveau ministre de l'Industrie, tient des propos inquiétants pour lui, à la tribune de l'Assemblée nationale : « L'affaire Boussac illustre au même titre que la sidérurgie, La Chapelle Darblay, Renault, les erreurs, les illusions, les mensonges et les trous financiers laissés par la politique précédente. » Madelin poursuit en affirmant qu'il va « faire toute la lumière pour mesurer les effets bénéfiques des interventions de l'État et leurs effets inutiles et pervers ». Et d'annoncer qu'il a demandé à ses services de « préparer rapidement le chiffrage des erreurs majeures de politique industrielle ». Pour ce pourfendeur de l'État envahissant, Boussac est pain béni. Ce libéral militant ne sera pas pour Bernard Arnault un interlocuteur facile.

Philippe Séguin non plus. Nouveau ministre des Affaires sociales, maire d'Épinal et député des Vosges, où est concentrée une bonne partie des usines Boussac, il ordonne à l'Inspection générale des affaires sociales(Igas) une « mission d'enquête sur l'utilisation de l'ensemble des aides du Fonds national pour l'emploi et des crédits de la formation professionnelle allouée à l'ex-groupe Boussac ». Mais, heureusement pour la nouvelle direction, les deux spadassins bouche d'or n'ont que les apparences du pouvoir. Celui-ci se situe à Matignon et rue de Rivoli, où officie le nouveau ministre des Finances et de la Privatisation, Edouard Balladur. Auprès de lui, Jean-Marie Messier conduit les privatisations et prend en charge le secteur des entreprises. Avant d'être sacré président de la Générale des eaux, qu'il rebaptisera Vivendi puis Vivendi Universal, avant d'être affublé du surnom de J6M, Messier passera par la case Lazard, qui ne cessera de couvrir Bernard Arnault de sa sollicitude.

Face à Madelin et à Séguin, Edouard Balladur tranche en faveur de Bernard Arnault qui associe, selon lui, jeunesse et efficacité économique. C'est, à ses yeux, un chef d'entreprise emblématique. Politiquement correct, qui fait la démonstration, comme l'avait bien senti Michel David-Weill, des capacités d'un entrepreneur privé à régler un dossier que la gestion étatique avait totalement pollué. Madelin sera vite condamné au silence. Quant à l'enquête commandée par Philippe Séguin, elle finira au fond d'un tiroir. Dès lors, Bernard Arnault aura les mains libres pour nettoyer son groupe. Il continuera de céder des usines et de faire fondre les effectifs comme neige au soleil. Alors que le plan de décembre 1984 prévoyait 12 182 salariés en 1986, ils seront moins de 10 000, au 31 décembre de cette même année.

Quant aux affaires judiciaires, elles n'iront pas loin. La Compagnie Boussac Saint-Frères publiera un communiqué affirmant que Boussac Formation se déclare victime d'un important détournement de fonds et a décidé de se constituer partie civile contre l'homme qui assurait la liaison avec Benattar et Saban. Mais lorsque celui-ci avait proposé sa démission, en novembre 1985, la direction de CBSF l'avait refusée. Plus aucune inculpation ne sera prononcée dans cette affaire. L'homme de Boussac comparaîtra en correctionnelle au mois de novembre 1986 dans le même box que Saban, Benattar et leurs complices. Le 5 mai, Bernard Arnault a, lui-même, dû répondre aux questions des policiers de la brigade financière. Bien sûr, il n'y aura ni garde à vue ni passage dans les locaux décrépits de la brigade financière, rue du Château-des-Rentiers, ni nuit passée au dépôt, au milieu des drogués et des prostituées, ni menottes, comme le subiront, coupables ou innocents, tant de patrons après lui. Ce n'étaient pas les mœurs de l'époque. L'interrogatoire policier – une simple déposition en qualité de témoin – a lieu en fin d'après-midi chez Dior. Il n'aura jamais de suite. Bernard Arnault en conserve néanmoins un très mauvais souvenir.

CHAPITRE 6

Une affaire en or

Il n'y a pas eu tromperie sur la marchandise. L'aveuglement a été collectif. Chacun connaissait l'existence des bijoux, mais aux yeux de tous, le boulet du textile, le poids des salariés en surnombre constituaient des obstacles à peu près insurmontables. Seul Bernard Arnault, cavalier émérite, lucide et volontaire, a sauté toutes les barrières sans trébucher. Dès qu'il a eu course gagnée, dès qu'il s'est définitivement installé aux commandes, le groupe Boussac pouvait enfin apparaître tel qu'il était : un trésor. Dès le départ, rien que sur la bonne mine du nouveau patron, l'horizon se dégage. Les fournisseurs exigeaient de René Mayer d'être payés comptant ? Ils acceptent désormais un règlement à cinquante jours. De leur côté, les banquiers lui ouvrent une ligne de crédit de 340 millions de francs. Les chefs de file de ce prêt sont la Société générale et le Crédit commercial de France, la banque qui avait délibérément assassiné les Willot, en 1981. Toutes deux sont nationalisées.

Les créanciers, de leur côté, ont avalé leur chapeau. C'est à l'écrasante majorité de 99,35 % que les 3 370 créanciers présents ou représentés votent, le 30 septembre 1985, les propositions de Bernard Arnault qui entraînent une remise de dettes de près de 1 milliard de francs. Le montant à rembourser ne s'élève plus qu'à 2,7 milliards sur les 3,6 exigibles au départ. Mais comme le remboursement est étalé sur plusieurs années, la valeur actualisée de cette somme tombe à 1,7 milliard.

En regard, les actifs du groupe apparaissent considérables. À lui seul, selon une évaluation alors fondée sur les indications de la société et qui se révélera largement sous-estimée, Dior vaudrait environ 1 milliard de francs. Suivent Conforama (entre 600 et 800 millions), l'ensemble Bon Marché-Belle Jardinière (600 à 700 millions), les immeubles (600 millions) et Peaudouce (300 millions). Sans compter les stocks évalués à 1 milliard. Au total, pas loin de 5 milliards de francs, soit près de trois fois le montant du passif et deux fois plus que ce qu'Arnault avait chiffré dans son plan de 1984 !

La bonne affaire commence à prendre forme. Les boursiers avertis la flairent : dès la reprise, le 4 décembre 1985, de la cotation des différentes sociétés du groupe, ils se ruent littéralement sur les titres. Sur le marché au comptant de Paris, 400 000 actions SFFAW sont demandées à 400 francs pour un dernier cours coté à 271 francs, avant la suspension, le 14 décembre 1984. Sur le hors-cote, La Belle Jardinière est vainement recherchée à 900 contre 732 et, à Lille, Boussac Saint-Frères est incotable à 50 francs contre 16 francs.

Les boursiers votent Arnault. Ils se contrefichent des 90 millions de francs de pertes d'exploitation de Boussac, préférant prendre en compte les plus-values potentielles que renferme la SFFAW qui, dès l'exercice 1985, affiche un bénéfice de 635 millions de francs atteint essentiellement grâce aux économies réalisées sur les dettes. Le cours de l'action ne cesse de s'apprécier. En quelques semaines, il grimpe à 650 francs. Et en mai 1986, il dépasse allégrement les 800 francs C'est alors que les frères Willot se rappellent au bon souvenir de Bernard Arnault : le prêt de consommation est terminé. Ils viennent réclamer leur dû, eux qui détiennent encore 16 % du capital de la société, après l'augmentation de capital qu'ils n'ont pas suivie.

Le 14 juin 1986, à 8 h 30, au siège lillois de la SFFAW, Bernard Arnault rencontre les frères Willot. Leur nom figure encore au frontispice de l'immeuble, rue Faidherbe. Leurs 520 000 actions représentent désormais beaucoup d'argent : 400 millions de francs, sur la base du cours de Bourse. Celui qui n'a pas voulu être leur cinquième frère les a dépouillés de leur pouvoir mais il a bien, comme promis, fait fructifier leur patrimoine. Pourtant, les Willot sont préoccupés. Surtout Antoine, l'industriel à qui, un jour, Valéry Giscard d'Estaing avait proposé, on ne sait trop pourquoi, l'ambassade de France au Centrafrique. Il est le plus solide du quatuor : sérieux, compétent, travailleur. Entre 1981 et 1984, c'est grâce à lui que la Compagnie Boussac Saint-Frères n'a pas sombré totalement. En ce printemps 1986, Antoine s'inquiète : le nouveau gouvernement dirigé par Jacques Chirac ne va-t-il pas de nouveau mettre feu au dossier ? Beaucoup d'argent public a été englouti. Et une odeur de scandale flotte après l'arrestation des dirigeants de l'Internationale cotonnière. N'est-ce pas le moment pour lui et ses frères de prendre leur bénéfice ? Sur un plan personnel, il y est d'autant plus incité qu'il vient de se relancer dans l'industrie en créant, avec l'un de ses fils, une petite entreprise de textiles non-tissés destinés aux produits d'hygiène. Il l'a installée à deux pas de la société de couches pour bébés Peaudouce, filiale de Boussac, qu'il avait lui-même développée avec succès.

Pour se dégager de l'emprise d'Arnault, Antoine Willot a contacté d'autres acheteurs potentiels. Il a pris langue avec Maurice Bidermann, l'ennemi juré avec lequel il était hors de question de signer quoi que ce soit en 1981. « Nous sommes prêts à vous céder notre paquet d'actions pour 600 millions », a-t-il proposé au roi du Sentier ébahi. Était-il sincère ? Il a aussi approché David de Rothschild ; celui-ci rêve d'un grand coup qui donnerait un peu plus de lustre à sa modeste banque Paris-Orléans. Les Willot ont également pris langue avec Nicholas Clive Worms, le propre associé d'Arnault. Le PDG de Worms & Cie est intéressé. Il a investi jusqu'à présent 80 millions dans l'affaire, ce qui ne lui confère que 10 % environ de la SFFAW. Vu les perspectives de valorisation de la société en Bourse, il aimerait bien accroître sa participation. À ses yeux, dans la durée, Arnault ne fera pas le poids. Il veut donc se mettre en position d'actionnaire incontournable pour, le moment venu, récupérer le tout. Un émissaire de la banque rencontre les deux frères à deux reprises : la négociation est engagée.

Le hasard va alors servir Bernard Arnault. C'est du moins ce qu'il affirmera plus tard. Selon la version officielle, c'est l'un de ses amis qui a surpris dans un train une conversation où un représentant de Worms & Cie dévoile à son interlocuteur l'opération projetée dans le dos d'Arnault. En l'occurrence, le hasard a bon dos : il pourrait habiller une politique de renseignement très organisée que le groupe Arnault, comme bien d'autres, va affiner au fil des ans, jusqu'à en faire une véritable arme de guerre dans le conflit qui l'opposera, plus tard, à François Pinault. Anticipant des pratiques qui se généraliseront au cours de la décennie suivante dans de nombreuses grandes entreprises, Bernard Arnault, dès cette époque, fait appel à des cabinets spécialisés dans ce qu'on appelle aujourd'hui l'intelligence économique, c'est-à-dire la recherche de renseignements, concernant ses concurrents comme au sein de son propre groupe. De moralité inégale, ces cabinets collectent toutes les informations qui peuvent être utiles à leur client, avec des moyens légaux (documentation, enquêtes de voisinage, récupération des papiers dans les poubelles, etc.) et parfois avec d'autres qui ne le sont pas, au premier rang desquels les écoutes sauvages et les recherches bancaires grâce à des taupes internes dans les banques ou au sein des services fiscaux. Des réseaux d'informateurs sont activés au sein même des sociétés clientes, comme dans leur environnement direct : clients, fournisseurs, banques, etc. Rien ne permet de dire que les cabinets ayant travaillé pour Bernard Arnault aient utilisé des méthodes illégales.

À cette époque, on n'en est pas là. Dans ce domaine comme dans les autres, le jeune patron se montre efficace et rigoureux, jusque dans les moindres détails. C'est ainsi qu'il a obtenu la preuve que l'un de ses principaux banquiers s'apprêtait à le lâcher. La situation est sérieuse car c'est son contrôle sur le groupe qui est en jeu si Nicholas Clive Worms parvient à racheter les 16 % d'actions des Willot.

S'il est méfiant et parfaitement organisé, Bernard Arnault est également rapide. Face aux Dalton, il décide de jouer Lucky Luke, le cow-boy qui tire plus vite que son ombre. Ces actions détenues par les frères Willot, c'est lui qui va les acheter. Il n'a pas l'argent nécessaire ? Il demande à Antoine Bernheim de l'aider, mais celui-ci se dérobe : il n'a pas obtenu l'aval de Michel David-Weill pour s'engager plus avant. Lui-même n'est pas très chaud : pourquoi dépenser tant d'argent pour récupérer ces actions inutiles ? Elles n'ont en vérité d'intérêt que pour Bernard Arnault, dans un contexte patrimonial. Qu'importent les réticences de Lazard ! Arnault va se tourner vers le Crédit lyonnais, toujours prêt à l'aventure. Encore présidée, pour quelques semaines, par Jean Deflassieux, la banque nationalisée finance depuis toujours Férinel. Elle s'apprête à accueillir un nouveau président en la personne de Jean-Maxime Lévêque, l'ex-PDG du CCF, le tombeur des Willot qui, pour avoir été pendant longtemps leur banquier, sait mieux que quiconque les trésors cachés de leur ancien groupe.

Le Lyonnais mettra ce qu'il faut sur la table. Lucky Luke peut appeler les frères Dalton. Lorsque le jeune PDG de Boussac arrive dans la salle du conseil de la SFFAW, il trouve, en face de lui, quatre visages fermés. On ne lui fera pas de cadeau. Les frères engagent la négociation sur des bases élevées, lancent le chiffre de 600 millions, soit 1 140 francs par titre. Arnault leur rappelle l'accord de 1984 et le prix de 250 francs. La discussion de marchands de tapis durera deux heures, pendant lesquelles tous les arguments, voire les menaces voilées, vont être utilisés de part et d'autre, sur la base d'informations qu'ils sont seuls à connaître. Finalement, à 8 heures du soir, on tope à 760 francs, c'est-à-dire au cours de l'action en Bourse, soit 400 millions de francs pour leurs 16 %. Restait pour les frères Willot à se faire payer. Cela n'ira pas sans mal. « D'aucuns prétendent qu'ils allèrent jusqu'à évoquer le sort assez mystérieux de l'important patrimoine immobilier que Marcel Boussac possédait aux États-Unis et au Brésil », écrivent Claude Vincent et Philippe Monnin [1]. Finalement, c'est Jean Arnault qui signera le chèque, assurant aux Willot une retraite dorée qu'ils auraient eu du mal à envisager cinq ans plus tôt, lorsqu'ils étaient au ban de la nation. Les hamsters auront des réserves de grain pour l'hiver. Leur ténacité a fini par payer.

Désormais, Arnault est vraiment seul maître à bord. Les 16 % d'actions qu'il a récupérés, il ne les partagera pas, en effet, avec ses associés, comme le prévoyaient les accords initiaux. Lazard s'est elle-même dérobée. Après sa tentative avortée, Nicholas Clive Worms ne peut plus prétendre à rien. La participation d'Arnault dans la SFFAW grimpe même à 36 %, compte tenu d'achats supplémentaires qu'il a réalisés en Bourse. Si l'on y ajoute l'autocontrôle – c'est-à-dire les actions de la société détenues par ses propres filiales –, il contrôle 51 % des titres et détient donc un pouvoir sans partage. Il ne le lâchera plus. Désormais, « Arnault sort sans sa bonne », résume alors, de façon imagée, Antoine Bernheim.

Arnault rebaptise aussitôt la SFFAW en Financière Agache, ce qui vaudra bientôt à Pierre Godé le surnom de... tueur Agache. C'est le grand ménage. Arnault se débarrasse de divers collaborateurs, dont Hughes de Lasteyrie, devenu envahissant. Il recevra un chèque de 2,3 millions de francs et vit aujourd'hui à Londres, comme tant de Français fortunés. Arnault embauche à sa place Patrick Neiertz, quarante-deux ans, PDG des chaussures Charles Jourdan et mari de Véronique Neiertz, alors député et porte-parole du parti socialiste. Mais, jugeant sa pointure

---

1. Claude Vincent et Philippe Monnin, *Guerre du luxe, l'affaire LVMH*, François Bourin, 1990.

insuffisante, il s'en sépare très vite. Pour remplacer Lasteyrie, « l'ange du siècle » embauche Robert Léon, trente-sept ans, dont il fera son principal collaborateur avec le titre de directeur général adjoint de la Financière Agache. Il lui a été présenté par l'avocat Jean-Michel Darrois, alors conseil de Boussac, aujourd'hui de Pinault[1]. C'est une recrue de poids : par ses qualités, son intelligence, sa maîtrise des techniques financières, mais aussi pour sa connaissance du dossier qu'il a traité pour le compte de l'État.

Sa nomination est saluée par un article au vitriol de Jeanne Villeneuve dans *Libération*. En effet, énarque, Léon a commencé sa carrière comme administrateur civil au ministère de l'Industrie, avant de passer au ministère des Finances. À l'initiative de Gérard Mestrallet, alors conseiller industriel de Jacques Delors au ministère de l'Économie et des Finances, il est nommé chargé de mission au Comité interministériel pour les restructurations industrielles (CIRI), « l'infirmerie des entreprises en difficulté », qui a subventionné Lip, Manufrance et... Boussac. C'est là qu'il a traité le dossier Boussac, dont il connaît tous les recoins. C'est lui qui a instruit les demandes d'aides présentées par René Mayer. Il était à Matignon, le 17 décembre 1984, lorsque Arnault a emporté la partie. Il a négocié avec lui les concours financiers de plusieurs centaines de millions de francs octroyés par le gouvernement. Mais il a aussi obtenu d'Arnault, pour l'État, une clause de retour à meilleure fortune de 400 millions de francs. Autant dire que son embauche par Bernard Arnault contrevient clairement à la loi[2]. Il est vrai qu'à l'époque cette loi était rarement respec-

1. Depuis cette époque, Darrois a toujours entretenu de bonnes relations avec Pierre Godé.

2. L'article 175 alinéa 1 du code pénal dispose, en effet, que « tout fonctionnaire public, tout agent ou préposé d'une administration publique, chargé à raison même de sa fonction de la surveillance ou du contrôle d'une entreprise privée [...] et qui, pendant un délai de cinq ans à compter de la cessation de sa fonction, prendra ou recevra une participation par travail, conseils ou capitaux, dans une quelconque des entreprises visées ci-dessus [...] sera puni

tée. Entre autres, Noël Forgeard, actuel patron d'Airbus, conseiller de Jacques Chirac à Matignon de 1986 à 1987, rejoindra Matra, quelques mois après la désignation par le gouvernement de cette entreprise pour reprendre la très convoitée entreprise de télécommunications CGCT. En charge des privatisations, au ministère des Finances, sous Edouard Balladur, Jean-Marie Messier sera embauché chez Lazard, alors que la banque a été partie prenante à plusieurs d'entre elles.

Avant de sauter le pas, en cette période de cohabitation, Robert Léon se garde à gauche comme à droite, demande et obtient le feu vert de Daniel Lebègue (directeur du Trésor) et de Jean-Claude Trichet, alors directeur de cabinet d'Edouard Balladur aux Finances. Ceux-ci lui donnent, par écrit, leur autorisation [1]. Il aura ensuite l'intelligence de se faire oublier. On ne verra jamais sa photo. Pas plus qu'on ne lira la moindre déclaration de sa part dans la presse. Discret mais efficace et créatif, il apportera à Bernard Arnault, pendant douze ans, outre sa parfaite connaissance du dossier, sa compétence financière, sa pratique des relations avec les fonctionnaires ainsi que sa fine connaissance des rouages de l'État.

Cette compétence va s'exprimer tout de suite dans une série d'opérations visant à se protéger contre la remise en cause, par Bruxelles, des aides versées à Boussac entre 1982 et 1985. Car les eurocrates ont fait leurs calculs : ils estiment qu'il y en a au total pour 1 milliard de francs. Ils veulent bien passer l'éponge sur les deux tiers, reconnais-

---

d'une peine d'emprisonnement de six mois au moins et de deux ans au plus et de 360 000 à 800 000 francs d'amende ».

1. Alors que Robert Léon voulait répondre à l'article de *Libération*, Bernard Arnault l'en dissuade : « Laissez pisser, dans une semaine, personne n'en parlera plus. » Léon regrettera d'avoir écouté son nouveau patron, car sa probité sera longtemps mise en cause par la rumeur parisienne.

sant que l'argent a bel et bien été utilisé pour faciliter la fermeture d'usines condamnées et réduire ainsi les surcapacités globales de production. Mais ils ne veulent rien savoir sur 338 millions de francs dont ils considèrent qu'ils ont faussé le jeu de la libre concurrence au sein de l'Union européenne en « prorogeant artificiellement l'activité de Boussac alors que celui-ci se trouvait dans une situation de faillite ». Bruxelles ordonne donc au gouvernement français d'obtenir de cette société le remboursement des 338 millions de francs qu'il lui a versés. Arnault, on s'en doute, n'est pas d'accord. Il affirme avec aplomb que « les aides en question ont été reçues par la Compagnie Boussac Saint-Frères lorsqu'elle dépendait des pouvoirs publics, avant que le groupe Financière Agache ne la rachète ». Il fait donc comme s'il n'était en rien concerné par cette affaire. Et pour l'être encore moins, il va faire disparaître la CSBF, que le gouvernement socialiste avait créée en 1982 pour prendre en location-gérance les activités des Willot en faillite. Le 1er novembre, Arnault vide la CSBF de toute substance. Son nom disparaît même purement et simplement. Rebaptisée Augefi, ses actifs transférés à d'autres sociétés, la CSBF voit son chiffre d'affaires tomber d'un coup de 5 milliards à 1,5 million de francs. L'année suivante, il revendra cette coquille vide à l'ancien PDG de Revillon, Daniel Lebard. « On s'est mis à l'abri [1] », dira plus tard Pierre Godé. Jacques Chirac, lui, se sent piégé. Premier ministre, il risque de se faire condamner par Bruxelles sur un dossier géré par la gauche. Un comble ! Que

1. À l'abri ? Pas vraiment. Car en févier 1990, le Trésor obligera le groupe Arnault à rembourser à l'État 338,5 millions de francs, conséquence de la décision de Bruxelles. Auparavant, Arnault et l'État ont utilisé tous les moyens de procédure, mais seront finalement condamnés par la Cour européenne de justice. Il faudra attendre le 7 juin 1994 et la confirmation par le tribunal administratif de l'arrêt exécutoire du Trésor pour que, finalement, le groupe Arnault rembourse sa dette à l'État.

faire sinon soutenir Arnault, bon gré mal gré ? Bernard Arnault, une nouvelle fois, a su forcer la chance.

Mais la réorganisation juridique du groupe obéit à des objectifs plus vastes. Il s'agit, les Willot évincés, de marquer la rupture avec le passé tout en permettant à Bernard Arnault de rembourser sa dette auprès du Crédit lyonnais, grâce à l'argent de nouveaux investisseurs. Sa participation de 36 % dans la Financière Agache est détenue par Férinel qui change, pour la première fois, de nom (la pratique qui contribue à brouiller les cartes deviendra systématique) pour s'appeler Arnault et Associés SA. Puis il propose à des financiers d'entrer pour 49 % dans cette nouvelle société. À cette fin, il procède à une augmentation de capital de 530 millions de francs, entièrement souscrite par les nouveaux partenaires. Un demi-milliard d'argent frais entre ainsi dans ses caisses. Arnault peut donc rembourser le Crédit lyonnais. Et il reste maître de la manœuvre en gardant la majorité de Arnault et Associés SA, laquelle contrôle Financière Agache. C'est ce que les spécialistes appellent l'effet de levier : il permet de lever des capitaux sans perdre le pouvoir. De Vincent Bolloré à Carlo De Benedetti en passant par Jean-Charles Naouri et François Pinault, ils sont nombreux ceux qui, au cours des années quatre-vingt, ont épuisé ainsi les charmes d'un capitalisme sans capitaux. Mais l'orfèvre est sans conteste Arnault. Celui-ci va chercher des minoritaires dont il est sûr qu'ils ne viendront pas lui manger la laine sur le dos : les principaux actionnaires de Arnault et Associés, ex-Férinel, sont trois établissements alors publics : le Crédit lyonnais, la BNP et le GAN. Deux privés complètent le tour de table : Raymond Wibaux, industriel du Nord, PDG d'une entreprise de vente par correspondance, et la banque Duménil-Leblé, étoile montante au firmament de la finance depuis qu'elle est dirigée par un ancien fonctionnaire des finances, ami de Robert Léon, qui n'a pas froid aux yeux : Jacky Letertre, qui se fait appeler Jacques pour faire plus sérieux. Se faufilant avec habileté dans les mailles de la réglementation, utilisant la moindre faille, sa banque a gagné beaucoup d'argent en jouant sur les différences de taux, empruntant sur le marché monétaire à 9 % pour prêter ensuite sur le marché des obligations à 11 %. Il s'est fait également une spécialité du *greenmail*, une technique importée des États-Unis qui consiste à acheter un paquet d'actions d'une société convoitée et susceptible de faire l'objet d'une OPA. Sous la menace de le céder à un acquéreur potentiel, on peut ensuite négocier le rachat des titres, à un prix plus élevé. Pendant quelque temps, ce corsaire de la finance sera pour Bernard Arnault un allié précieux.

Notamment pour faire des coups de Bourse.

Première opération, en janvier 1987. Le titre La Redoute s'envole en Bourse tandis que 21 % du capital changent de mains. Les journaux se perdent en conjectures. On croit que l'acheteur est Carlo De Benedetti, les Trois Suisses, la Compagnie bancaire ou Carrefour. En réalité c'est le tandem Arnault-Letertre qui est à l'œuvre. Opération de *greenmail* ou changement stratégique ? Les deux. Car chacun poursuit des objectifs distincts mais complémentaires. Arnault a choisi de se diversifier dans la distribution, un secteur où il dispose d'une bonne base avec les magasins de meubles Conforama et Le Bon Marché. Le choix de La Redoute est cohérent avec ses critères habituels : la vente par correspondance est un secteur en croissance, le contact avec les consommateurs est direct, la marque dispose d'une forte notoriété et la société donne accès au marché financier pour lever de nouveaux capitaux. Par surcroît, le siège de La Redoute est à Roubaix... Autant dire chez Arnault. Mais Patrick Pollet, le PDG de La Redoute, a identifié les attaquants. Il prend peur et se jette dans les bras de Jean-Jacques Delort, patron du Printemps, pour leur échapper. Ainsi naît Printemps-Redoute qui tombera plus tard dans l'escarcelle de François Pinault. Arnault a raté sa cible : « On s'y est très mal pris, concédera-t-il. On a démarré trop tard et on n'a pas eu suffisamment de contacts avec Patrick Pollet. Jean-Jacques Delort, lui, a bien joué en criant "au loup". » Arnault se consolera cependant en empochant une plus-value de plus de 60 millions de francs sur la revente de ses titres Redoute au Printemps. Sa tentative de diversification a échoué. Mais le *greenmail* avec Jacky Letertre a réussi.

Ses ambitions de diversification dans la distribution ainsi douchées, c'est dans le luxe que Bernard Arnault va tenter de se développer, avec le succès que l'on sait. Pourtant, là encore, il commence par un échec : il jette son dévolu sur une petite maison de haute couture à l'équilibre précaire, Ted Lapidus, dont l'usine de Fécamp a suscité les convoitises de l'Internationale cotonnière. Au dernier moment, Arnault refuse de signer, affolé par les articles de presse qui ont eu vent de la transaction et ricanent des difficultés de Ted Lapidus. L'opération n'est pas à la mesure d'Arnault. Il lui faut viser plus haut et plus solide. Depuis Londres, la banque Duménil-Leblé achète jusqu'à 5 % des actions Moët-Hennessy, l'un des plus jolis noms de la cote. À ce stade, ce n'est pas tant la devanture – le champagne et le cognac – qui est en ligne de mire que sa pépite, les parfums Dior. Depuis que Boussac les a vendus à la fin des années soixante, Dior est en effet coupé en deux et la partie la plus juteuse appartient à Moët : 1,8 milliard de francs de chiffre d'affaires et 274 millions de bénéfices avant impôts en 1986. Voilà pourquoi Bernard Arnault s'endort la nuit en rêvant de réunifier la maison Dior sous son aile et à son profit. Alors que les cadres de Dior n'ont jamais admis cette séparation, il lance un jour, comme une boutade, à l'un d'entre eux :

— Ne vous inquiétez pas, nous allons tout regrouper bientôt.

— Comment cela ?

— Je vous rassure, ce ne sont pas les parfums qui vont nous acheter, mais nous qui allons acheter les parfums.

En fait, Arnault rêve de Moët depuis le premier jour où il s'est installé chez Boussac. Mais pas question, bien entendu, d'exposer ses vues au camp d'en face qui ne lâchera jamais le filon des parfums. Une seule solution. Se lancer discrètement à l'abordage. Arnault monte donc avec Jacky Letertre une nouvelle opération dont l'objectif est le même que pour La Redoute. En cas de succès, ils seront en position de force dans une négociation avec Moët pour obtenir la cession des parfums Dior. En cas d'échec, il y aura une jolie plus-value à la clé. Bernard Arnault est alors loin d'imaginer jusqu'où cette opération va le conduire.

En attendant, à l'instar de Marcel Boussac qui avait créé Dior, Bernard Arnault rêve de créer sa propre maison de haute couture. Le pari est difficile. Cela fait des années que personne n'ose plus le relever. Car cette activité prestigieuse, qui permet de fréquenter les grands de ce monde, de côtoyer les mannequins et d'avoir sa photo dans les magazines, est gourmande en capitaux, toujours peu rentable et souvent même très déficitaire. Pour gagner de l'argent, il faut pouvoir vendre sous le même nom toute la gamme des produits de complément, parfums, cosmétiques, accessoires (sacs, foulards, etc.). Ce qui exige des années d'efforts et d'investissement. Dénicher un couturier talentueux capable de faire se pâmer les journalistes de mode, surtout américaines, est indispensable mais pas toujours suffisant pour rencontrer le succès. Car à la qualité de la création il faut allier la rigueur de la gestion. Après Dior, seul Saint Laurent a vraiment réussi cette alchimie. Et Dior couture, aussi éclatant que soit son nom, n'a pas des résultats extraordinaires : 41 millions de bénéfice en 1986 pour un chiffre d'affaires de 611 millions.

Arnault s'agace d'entendre chuchoter dans son dos ou de lire parfois dans la presse qu'il est seulement doué pour reprendre des affaires et réaliser des plus-values, mais qu'il n'a jamais rien créé par lui-même. Il ne supporte pas d'entendre qu'il est moins industriel que financier et surtout qu'il n'est pas un véritable entrepreneur. Le pari est donc excitant. Réussi, il peut être la meilleure réponse à ses détracteurs. Oui, mais quel couturier va-t-il lancer ? Aura-t-il la main aussi heureuse que Marcel Boussac avec Christian Dior en 1947 ? Saura-t-il trouver un jeune susceptible d'enflammer cette presse féminine si blasée ? Il lui faut dénicher un talent sûr, mais encore en devenir. Une étoile montante. Pour qu'il puisse s'attribuer le mérite de sa découverte. Il se renseigne. Hésite. « Oui, l'oiseau rare existe, il s'appelle Christian Lacroix, il est modéliste chez Jean Patou », lui indique Colombe Nicolas, alors responsable de Dior aux États-Unis [1].

Le conseil est judicieux. Lacroix, trente-cinq ans, arlésien, dé d'or 1986, est depuis deux ans la coqueluche des journalistes. Avec son style hispanisant et ses couleurs agressives, il apporte le renouvellement dans le petit monde des falbalas que les Yves Saint Laurent, Marc Bohan ou autres Pierre Cardin ne parviennent plus à étonner. Mais ce n'est encore qu'un succès d'estime. Suffisant toutefois pour que le jeune créateur commence à se sentir à l'étroit dans la maison Jean Patou où il opère depuis cinq ans. Christian Lacroix est mûr pour tenter l'aventure que lui propose Bernard Arnault. L'accord se fait immédiatement, à leur première rencontre, le 21 décembre 1986. Dès le lendemain, le principal collaborateur de Christian Lacroix, Jean-Jacques Picart, qui joue le rôle d'imprésario, fonde une SARL au capital de 50 000 francs ayant pour objet la création d'une maison de couture. Au moment même où le modéliste achève la nouvelle collection printemps-été de Patou, présentée du 24 au 30 janvier 1987 à l'hôtel Intercontinental. Le dernier jour des défilés, la Financière Agache dépose les statuts de la société Christian Lacroix au capital de un million. Le couturier vend son nom pour quatre-vingt-dix ans et se voit offrir une rémunération annuelle de 1,5 million de francs, le triple de ce qu'il touchait chez Patou. Le lendemain samedi, Christian Lacroix informe verbalement la direction de Patou de son intention de démissionner. Pour Jean de Moüy, le PDG, le

---

1. Bernard Arnault, dans son livre, affirme qu'au départ « c'est une amie journaliste, Hebe Dorsey », qui lui a « conseillé cette aventure ».

coup est rude car, avec l'annonce du départ de son créateur, l'échec commercial de sa dernière collection est assuré. Il demande donc à Christian Lacroix un peu de temps, pour qu'il puisse se retourner et lui trouver un successeur. Mais le lundi suivant, il reçoit la lettre de démission de Christian Lacroix et apprend au même moment que le créateur tiendra le lendemain une conférence de presse en compagnie de Bernard Arnault pour annoncer officiellement la création de sa propre société.

Du jamais vu dans le monde jusque-là policé de la haute couture française ! Jean de Moüy croit au malentendu. Il téléphone aussitôt à Bernard Arnault, persuadé que le patron saura faire revenir Lacroix à la raison. Mais Arnault ne veut rien savoir :

— Christian Lacroix est bourré de talent. Je lui donne une chance que vous n'avez pas voulu lui offrir et qu'il ne peut pas refuser. Les temps ont changé, aujourd'hui c'est chacun pour soi, à tous les niveaux. Au nôtre aussi.

— Mais il ne s'agit pas que d'une question de bienséance. En aidant Lacroix à créer sa propre maison au moment même où il présente la collection Patou, vous me causez un préjudice extrêmement grave. Ce sont des choses qui ne se font pas.

— Que proposez-vous ?

Jean de Moüy se sait battu. Sa demande est minimale. Elle ne manque pas d'une certaine élégance, entretenant la fiction d'un monde de la haute couture française solidaire :

— Je vous propose de participer à la conférence de presse, dans des conditions que nous déterminerions ensemble. Il y aurait comme un passage de témoin. Je ferais un éloge appuyé de Christian Lacroix, ce qui servirait vos intérêts, mais j'expliquerais aussi que Jean Patou continue et conserve ses atouts, ce qui servirait les miens. De toute façon, cela aurait de la gueule.

— Je suis d'accord, répond Arnault, mais à une condition.

— Laquelle ?

— Puisque vous souhaitez que nos maisons expriment leur solidarité, je vous suggère d'aller plus loin. Autorisez-moi donc à prendre une participation dans votre capital !

— Jamais !

C'en est trop pour Jean de Moüy qui n'a jamais su si, ce jour-là, Bernard Arnault était sincère où s'il s'était ouvertement foutu de lui. Il réagit en traitant Arnault, dans les journaux, de tous les noms d'oiseau. Il n'a rien à perdre. De toute façon, les ponts sont coupés. Non seulement le patron de Patou ne sera pas invité à la conférence de presse, mais Christian Lacroix refusera obstinément d'effectuer son préavis de trois mois. Fini les ronds de jambe : le PDG de Jean Patou saisira la justice. En réaction, Bernard Arnault attaquera Jean de Moüy pour diffamation.

Le mardi 3 février 1987, sous les lustres de l'hôtel Plazza-Athénée, Bernard Arnault lâche sa bombe : la création, sous son aile, de la maison de couture Christian Lacroix. Les journalistes se pressent pour écouter ses explications. Il annonce qu'il va investir 50 millions de francs en quatre ans. Dior fournira son appui logistique. C'est d'ailleurs l'un de ses anciens PDG, Paul Audrain, qui s'occupera de la gestion. La première collection sera présentée dès juillet, grâce à une première mise de fonds de 5 millions de francs. Le prêt-à-porter suivra un an plus tard. Les journalistes prennent des notes. Mais ils ne sont pas les seuls. Dans la salle, un huissier de justice relève scrupuleusement tout ce qui se dit.

Un an plus tard, le 18 février 1988, le tribunal de commerce de Paris condamnera la Financière Agache et Christian Lacroix à verser une indemnité provisionnelle de 10 millions de francs à Jean Patou, pour concurrence déloyale. Dans ses attendus, le tribunal souligne notamment que « l'extrême rapidité des décisions [...] montre à l'évidence que toute cette construction a été réalisée pour permettre [à Christian Lacroix] ce qu'il n'aurait pu faire s'il n'avait été libre que le 2 mai, à la fin de son préavis, de présenter sa première collection dès le mois de juillet, avançant de six mois la réalisation d'un chiffre d'affaires et

de bénéficier à plein de l'impact de la coll
bien accueillie par la critique, en la transforma
rement en une collection Lacroix [...] tout en empêcha
Patou d'en assurer le succès commercial ».

Jean de Moüy aura toutes les peines du monde à se faire payer ces 10 millions de francs. Après plusieurs démarches infructueuses, il sera obligé d'envoyer un huissier chez Lazard pour toucher son dû. En juin 1990, la cour d'appel confirmera le jugement de première instance. Christian Lacroix, Jean-Jacques Picart et la Financière Agache seront condamnés définitivement. La cour soulignera notamment que « la Financière Agache a été le maître d'œuvre d'une opération qui a été conduite au mépris des obligations qu'avait Lacroix envers Patou et dans des conditions de nature à causer à cette dernière un affaiblissement de son image et à perturber la marche de son entreprise ».

Quant à la plainte en diffamation d'Arnault contre de Moüy, elle n'aboutira pas : un jeune avocat du cabinet de Jean-Michel Darrois, alors conseil d'Arnault, s'est fait avoir comme un bleu par Georges Kiejman, qui défendait le PDG de Patou. Le futur garde des Sceaux de François Mitterrand lui dit :

— Vos conclusions sont impressionnantes, jeune homme, je ne m'y attendais pas. J'ai besoin d'un peu plus de temps pour rebâtir ma défense. Me l'accorderez-vous ?

Rose de plaisir d'être ainsi flatté par un tel personnage, le jeune avocat ne peut qu'accéder à la requête de son illustre confrère.

— Bien sûr, mon cher confrère. Je vous remercie de votre appréciation.

Et c'est ainsi que les délais de prescription, de trois mois en matière de diffamation, seront dépassés et Arnault débouté ! Celui-ci est furieux : il écartera aussitôt Jean-Michel Darrois, l'un des plus grands avocats d'affaires français, qui se retrouvera plus tard contre lui, aux côtés de François Pinault et de Serge Weinberg.

Ce ne sont pas ces péripéties judiciaires qui vont décourager Arnault. La découverte de Christian Lacroix l'a mis en joie. Il exulte. Pourtant, il va vite devoir en rabattre. Car en dépit du soutien sans faille des journalistes de mode, le succès n'est pas au rendez-vous. Deux ans après sa création, Christian Lacroix enregistre 69 millions de pertes pour un chiffre d'affaires d'à peine 37 millions de francs ! Pour Arnault, l'objectif est pourtant en partie atteint : il a démontré qu'il était capable de fonder une entreprise... Faisant le parallèle avec Saint Laurent qui, selon Pierre Bergé, a perdu de l'argent pendant quatorze ans à partir de 1962 pour déclencher une avalanche de profits à partir de 1976, il déclare à l'*International Herald Tribune* : « Lacroix pourrait devenir bénéficiaire très rapidement, mais ce n'est pas notre stratégie de rechercher les bénéfices à court terme [1]. » Mais à court comme à long terme, jamais Christian Lacroix, avec Arnault, ne présentera autre chose que des espagnolades et des déficits. En 1990, Lacroix lance le parfum *C'est la vie* qui, espère Arnault, va enfin permettre de gagner de l'argent, comme Dior, quarante ans plus tôt. Mais ce sera l'un des plus grand flops de l'histoire de la parfumerie. Et l'un des rares échecs que reconnaît personnellement Bernard Arnault. En 1993, une nouvelle chance est offerte à Lacroix : le prêt-à-porter. Un accord est conclu avec la société Mendès qui fabriquera tous les vêtements pour son compte. Mais le succès est mitigé. L'année suivante, Lacroix essaye de rebondir avec la sortie de Bazar, une ligne de prêt-à-porter 30 % moins chère que la collection boutique. Il lance aussi une collection de jeans : les deux paris sont perdus. En 1997, deux autres licences viennent s'ajouter : avec Christofle pour les arts de la table et Pronuptia pour les robes de mariées. Mais le succès et l'équilibre financier se font toujours attendre, en dépit de la popularité persistante de Christian Lacroix auprès du microcosme des critiques de mode. Peu à peu, en raison de tous ces échecs, le climat interne se détériore : on assiste à une valse des stylistes, à la zizanie

1. *The International Herald Tribune*, 20 octobre 1990.

chez les managers, au doute chez les distributeurs. Plus possible de se voiler la face. En 1999, sous le titre « L'ambition s'effiloche », un article de Béatrice Peyrani, dans *Le Journal du dimanche*, affirme qu'en 1998 la maison de couture aurait connu le plus lourd déficit de ses dix ans d'histoire : près de 60 millions de francs pour un volume d'affaires « très inférieur » aux 400 millions réalisés en 1997. L'article parle de quarante licenciements sur 130 salariés et ajoute qu'au cours des quinze derniers mois, six membres du comité de direction sur huit ont quitté Christian Lacroix, dont le PDG, Robert Bensoussan-Torrés. « À la stupeur des rédactrices de mode, Jean-Jacques Picart, l'homme de confiance de Christian Lacroix, n'orchestrait pas les défilés en coulisse, mais y assistait avec les invités [1]. » Les spécialistes se surprennent à affirmer que Christian Lacroix n'arrive pas à se renouveler, que son look castagnettes, ses couleurs vives et son sens du baroque sont démodés, ce qui, dans ce métier, est un comble. Deux jours plus tard, *Les Échos* en rajoutent : « La crise couvait depuis des mois. Les défilés l'ont révélée au grand jour la semaine passée, où chacun a pu noter la baisse du nombre de modèles présentés par Christian Lacroix. Le Tout Paris bruisse de rumeurs sur la restructuration mise en place par Bernard Arnault, qui se solderait par des licenciements et des fermetures de boutiques. À l'usine d'Angers de la société Mendès, où l'on fabrique sous licence le prêt-à-porter de YSL et de Christian Lacroix, l'inquiétude est patente. Depuis la crise asiatique, aucune commande du Japon n'aurait été enregistrée. Or ce pays compte pour 80 % dans le travail de l'usine. Résultat : les salariés ont connu deux semaines de chômage partiel en novembre dernier [2]. » Plus tolérant avec lui qu'avec quiconque, Arnault ne lâchera pas Lacroix. Promis chaque année, le retour à l'équilibre n'est jamais atteint. Aucun chiffre officiel n'est disponible, mais des sources internes affirment que le déficit cumulé de

---

1. *Le Journal du dimanche*, 31 janvier 1999.
2. *Les Échos*, 2 février 1999.

Christian Lacroix, depuis sa création, atteint désormais le milliard de francs. Jamais Bernard Arnault n'arrivera à renouveler l'aventure de Marcel Boussac avec Christian Dior.

Christian Lacroix devait montrer aux détracteurs la capacité d'Arnault à créer, à partir de rien, une entreprise brillante. Mais l'histoire de Lacroix, en dépit de ses mérites, en dépit de la ténacité d'Arnault, se résumera à celle d'une impuissance affichée. C'est un échec flagrant, en tout cas par rapport aux objectifs initiaux, mais celui-ci ne sera jamais admis. « Aujourd'hui, Lacroix s'impose dans le monde avec son prêt-à-porter, ses accessoires, son style », écrit Arnault dans *La Passion créative*. Le patron de LVMH assure que l'entreprise est enfin parvenue à l'équilibre mais ses propos marquent une certaine distance avec son créateur chéri : « Christian Lacroix ne s'est [...] pas suffisamment intéressé à la vente de ses produits. Depuis, il a évolué. Il sait maintenant que le vrai succès est forcément commercial et que le succès auprès des critiques de mode, c'est bien, mais cela ne suffit pas, écrit Arnault dans son style inimitable : LVMH n'a pas vocation à être uniquement un mécène. »

À la tête de la Financière Agache, Bernard Arnault, en 1987, ne rêve plus que du luxe, une activité plus valorisante, à titre personnel, que le textile et qui, par surcroît, offre des marges tellement plus élevées ! Mais il n'a pas achevé la transformation de son groupe, qui possède encore les trésors hérités des frères Willot. Pour s'en débarrasser, il va être servi par la chance. En octobre 1987, à la veille du premier grand krach boursier de l'après-guerre, il vend Peaudouce à Mölnlycke, filiale de l'énorme conglomérat papetier Svenska Cellulosa, pour un prix astronomique : près de 2 milliards de francs (300 millions d'euros). De cette affaire, Bernard Arnault fera un résumé succinct dans son livre : « Nous voilà partis en Suède avec l'un de mes collaborateurs pour signer la transaction. La nuit suivant la signature officielle, l'hôtel où nous résidions a brûlé. Nous avons pu descendre à toute vitesse dans le hall de l'hôtel, en pyjama, avec tous nos dossiers ! » La négociation fut pourtant remarquable. L'affaire était en vente depuis plus d'un an. En octobre 1986, l'Anglais Smith & Nephew proposait 800 millions de francs. Puis, en janvier 1987, Mölnlycke surenchérit à 1,5 milliard de francs. Pas mal pour une société encore inscrite dans les livres pour 300 millions ! Conseillé par son collaborateur Christophe Mujagic, Arnault demande 2,5 milliards. Les Suédois ne veulent pas aller au-delà de 1,7 milliard. Finalement, on tope à un peu moins de 2 milliards. Ténacité de l'homme d'affaires ? Sans doute. Arnault a su vendre en haut du cycle boursier. En outre, il avait décidé deux ans plus tôt, contre l'avis de ses collaborateurs, d'augmenter les prix des couches pour afficher un résultat financier flatteur. Le pari était risqué car si le grand concurrent Pampers (groupe Procter & Gamble) n'avait pas suivi les hausses, Peaudouce pouvait brutalement sortir du marché. Par surcroît, grâce à ses réseaux de renseignement de plus en plus efficaces, Bernard Arnault avait appris que le PDG de Mölnlycke, après une carrière terne, voulait faire un gros coup avant son départ en retraite. Et finalement, il a profité de l'euphorie boursière : tout s'est joué à quelques jours près.

Ce joli coup financier va pourtant avoir des conséquences terribles en termes d'image. Car Arnault n'a pas mesuré à quel point Peaudouce faisait partie du patrimoine national et combien étaient nombreux ceux qui l'attendaient au coin du bois. Annoncée en janvier 1988, son opération soulève aussitôt un concert de protestations. Les syndicats s'insurgent contre la cession à un étranger d'un des fleurons de l'industrie française. Ils affirment que les aides publiques ont été injectées, à hauteur de 1 milliard de francs, dans Peaudouce, au lieu d'aller dans le textile. Ils en profitent pour rappeler à Arnault ses promesses de 1984. En particulier son plan dans lequel il écrivait que « la branche hygiène constitue actuellement un élément majeur du développement du groupe Boussac Saint-

Frères ». Et encore que « l'emploi sera consolidé dans les activités conservées, notamment grâce à la part prépondérante que prendra l'activité hygiène au sein de la société [...]. Dans cette branche, une seule activité sera cédée, la Ouatose ».

Silencieuse en 1984, la CFDT crie cette fois au « scandale ». Arnault, dit-elle, « a pris le contrôle de la totalité du groupe pour 90 millions en 1984 et vend Peaudouce aujourd'hui pour 2 milliards [...]. L'amélioration de la situation de la Compagnie Boussac Saint-Frères, au moment de sa reprise, a été réalisée grâce à des fonds publics de un milliard de francs ».

Les syndicats s'adressent au gouvernement pour qu'il bloque la vente aux Suédois. Et, surprise, la droite reçoit bien leur message. L'opération coince, en effet, sérieusement dans les ministères. Notamment à l'Industrie où Alain Madelin pique une colère. Réduit par Chirac et Balladur à faire de la figuration, le ministre saute sur l'occasion pour demander des comptes à Arnault. Il fait dire par l'un des membres de son cabinet : « Bernard Arnault a réalisé des plus-values sur des cessions d'actifs recapitalisés par l État et qu'il utilise dans le luxe et la distribution. Pas un centime de l'augmentation de capital de 400 millions qu'il a réalisée n'est allé dans le textile. »

La vente de Peaudouce est suspendue et le patron de Dior sommé de s'expliquer. Il présente un argumentaire mais son plaidoyer ne convainc guère [1]. Une campagne de

---

1. « La compagnie Boussac Saint-Frères est parvenue à la conclusion que le développement à long terme des activités de Peaudouce exigeait l'intégration de celles-ci dans un ensemble international d'une taille et d'une solidité suffisantes pour amortir les fluctuations des prix de revient et étaler sur une base plus large les dépenses de recherche-développement et les frais d'approche des nouveaux marchés, écrit Arnault dans un document. Malgré sa forte présence hexagonale, Peaudouce ne bénéficie pas d'une implantation européenne suffisante [...]. D'autre part, compte tenu de l'enveloppe de ses ressources financières et du poids de son endettement, BSF souhaite concentrer son effort d'investissement sur ses activités industrielles d'origine : le textile (Boussac) et les produits de protec-

presse se développe. *Libération* est particulièrement virulent : « Trois ans après la reprise de Boussac, le secteur textile du groupe est toujours noyé sous les pertes. Les pouvoirs publics peuvent-ils laisser le jeune PDG céder Peaudouce, un des rares îlots de bénéfices ? » Arnault est coincé. Il engage des négociations avec le gouvernement. Ni Madelin ni Séguin et encore moins Balladur ne sont prêts à bloquer l'accord avec Mölnlycke. Ils veulent simplement des garanties sur l'usage qu'Arnault fera de son butin. Là-dessus, chacun a des idées bien à lui. Élu des Vosges, Séguin entend qu'il consacre une partie des 2 milliards à moderniser les usines de Boussac dans sa région. Balladur, pour sa part, veut qu'il place sous séquestre les 338 millions de francs que réclame l'Union européenne à la France. Le ministère des Finances exige aussi une caution sur les 270 millions de prêts participatifs qu'il avait reçus début 1985. Au passage, on rappelle à Arnault sa promesse de faire bénéficier l'État d'une clause de « retour à meilleure fortune » à hauteur de 300 millions de francs à partir de 1991. Madelin cherche à obtenir des assurances sur l'avenir du textile de Boussac qui emploie encore 5 300 personnes. On est à la veille de l'élection présidentielle et mieux vaut se prémunir d'un éventuel drame social.

Des garanties, Arnault se résout finalement à en donner, par écrit qui plus est. En mars, il envoie une lettre à Edouard Balladur, Philippe Séguin et Alain Madelin dans laquelle il promet que « toute nouvelle cession d'activité au sein du groupe Boussac [aura] un caractère exceptionnel ». Alors qu'au même moment il négocie dans le plus grand secret la vente de toute l'activité textile ! Mais l'élection présidentielle approche et son issue ne fait guère de doute : François Mitterrand va être réélu et l'équipe Chirac

tion et d'emballage (Saint-Frères) qui nécessitent encore d'importantes dépenses de modernisation. De ce point de vue, le transfert de Peaudouce permettrait à BSF de disposer de moyens financiers garantissant la réalisation de ces investissements sans alourdir la structure de son bilan. »

vit ses dernières semaines au pouvoir. Sans le moindre complexe, Arnault précise donc, usine par usine, les investissements qu'il s'engage à réaliser dans le textile. Parallèlement, il fait monter au créneau l'un des administrateurs de Dior, Jacques Kosciusko-Morizet. Cet ancien ambassadeur de France est l'un des caciques du RPR. Tant et si bien que le gouvernement donne, fin mars, son feu vert à la vente. Bernard Arnault peut encaisser son chèque. Compte tenu de l'impôt sur les plus-values, son gain net se monte à 1,6 milliard. Son trésor de guerre s'arrondit.

Il s'arrondira nettement plus au lendemain de l'élection présidentielle, gagnée, sans surprise, par François Mitterrand. La nouvelle équipe n'est pas encore en place que le 23 mai, en dépit de sa promesse écrite du 23 mars, Arnault vend la plupart des activités textiles de Boussac Saint-Frères au groupe Prouvost. En retour, Boussac reçoit 27 % du capital de la Lainière holding, évalué à 300 millions. Pour noyer le poisson, Arnault investira 250 millions (21 % du capital) dans Vitos Établissements Vitoux (VEV), la holding qui contrôle Prouvost. Ce qui lui permettra de dire : « Nous ne vendons pas. J'investis 250 millions et deviens le deuxième actionnaire de ce qui est devenu l'une des plus grandes entreprises textiles européennes ». Mais c'est bien d'un désengagement qu'il s'agit. Et ces 250 millions s'apparentent, à plus grande échelle, à l'argent donné à l'Internationale cotonnière pour acheter les usines dont Boussac voulait se débarrasser : dans les deux cas, c'est le vendeur qui paie l'acheteur ! Tout n'est qu'une question d'emballage.

D'ailleurs, Arnault ne tardera pas à vendre sa participation résiduelle dans le groupe textile[1]. Bernard Arnault a

1. Le 9 octobre 1989, trois mois après avoir vendu les dernières activités industrielles de Boussac à Prouvost, la presse révélera qu'Arnault a retiré ses billes de VEV. Les 21 % du capital détenus depuis mai 1988 par Boussac Saint-Frères, holding intermédiaire, ont été cédés discrètement et avec une moins-value, la semaine précédente, à des institutionnels, en accord avec Prouvost.

attendu le moment opportun, dans le tourbillon de l'alternance, pour vendre toutes ses activités textiles, mais ce projet était inscrit dans sa stratégie depuis longtemps. En tout cas, dès janvier 1986, il avait été évoqué au cours d'un déjeuner chez Lazard qui réunissait Arnault, Bernheim et Mujagic. Il avait été clairement fait mention de cette hypothèse : « Une fois que l'on aura vendu Peaudouce et le textile... » avaient dit les participants. En avril de la même année, Bernard Arnault avait invité Julien Charlier à déjeuner chez Dior, pour lui indiquer que son contrat de consultant ne serait pas renouvelé et pour lui proposer de racheter toutes les activités textiles du groupe. Charlier avait refusé, tout en lui donnant un conseil sans équivoque : « Quittez le secteur. » L'année suivante, Arnault reviendra à la charge. Julien Charlier demandera au cabinet de consultant Telesis d'étudier le dossier, société par société. Les conclusions sont négatives et Charlier réitérera son refus.

Arnault a eu plus de chance avec Christian Derveloy, le patron de Prouvost. Les deux hommes se ressemblent. Leur physique agréable de quadragénaires sportifs crée une prédisposition favorable chez leurs interlocuteurs. Ils sont tout à fait représentatifs d'une nouvelle race de patrons en odeur de sainteté dans la France socialiste. La reprise du textile de Boussac, qui pèse 1,4 milliard de francs, donne à Christian Derveloy l'occasion de se remplumer après sa victoire à la Pyrrhus sur Jérôme Seydoux, patron des Chargeurs, qui voulait lui ravir le contrôle de VEV. Pour autant, il n'a pas fait une bonne affaire. Boussac terminera l'année 1988 avec un déficit de 189 millions. Cela n'empêchera pas Derveloy de reprendre l'année suivante à Arnault ses dernières activités industrielles, le lin et l'emballage, soit 1 milliard de francs de chiffre d'affaires supplémentaire. Les temps ont changé : le gouvernement de Michel Rocard n'a pas bronché et ni la presse ni les syndicats ne sont montés sur leurs grands chevaux. L'heure est au fatalisme. La deuxième gauche n'a pas, comme la première ou comme les gaullistes, le nationalisme et la défense de l'État chevillés au corps. Voilà en tout cas Bernard Arnault libéré de sa promesse de 1984 de redresser Boussac et d'y maintenir l'emploi. Il n'a plus d'usines sur les bras. En revanche, sa cagnotte s'élève alors à 4 milliards de francs. C'est énorme, lorsque l'on sait d'où il vient. Mais ce n'est rien pour atteindre son objectif, dont il s'est ouvert à plusieurs reprises auprès d'Antoine Bernheim : devenir un grand dans le luxe et, pourquoi pas, le n° 1 en France et dans le monde, en prenant le contrôle de LVMH.

CHAPITRE 7

Sus à LVMH

Le luxe. Et tout ce qui l'entoure. Le 20 mars 1987, Bernard Arnault célèbre le quarantième anniversaire de Dior. Cette cérémonie est une consécration. Le jeune patron est devenu la coqueluche du Tout Paris. Ce soir-là, il accueille Claude Pompidou, veuve de l'ancien président de la République, et Bernadette Chirac, épouse du Premier ministre. Ainsi que Sophia Loren, Sylvie Vartan et bien d'autres. Avenue Montaigne, le trafic est bloqué. De somptueuses tentes entourent l'immeuble dont la façade est couverte de muguet. Bernard Arnault veut que Dior devienne « la plus belle marque du monde ». Avant de nettoyer le nom de toutes ses scories (en supprimant les licences accordées un peu à n'importe qui), il a décidé de faire de l'immeuble de l'avenue Montaigne le symbole du renouveau de la marque et de sa propre réussite. Celui-ci a été entièrement rénové et décoré dans toutes les nuances de gris. Comble du raffinement : il y a des fleurs partout mais elles ne sont que blanches. La seule touche de couleur, les jours ordinaires... c'est la cravate d'Arnault. Un signe ne trompe pas. Pour atteindre ses bureaux du quatrième étage, qui donnent sur une rotonde, avec ses salles à manger privées, le jeune patron a fait installer un ascenseur privé, pour lui et ses invités. Celui-ci rejoint directement la boutique, si l'on peut appeler ainsi cet immense espace, temple du luxe, qui doit servir de modèle pour tous les magasins appelés à s'ouvrir dans le monde entier.

Qu'il est loin, le temps où le jeune provincial mal fagoté se promenait avec un imperméable et, à la main, un éternel carnet à spirale pour prendre des notes ! C'était... il y a deux ans. Ce soir, dans son smoking Dior, Bernard Arnault est triomphant. À trente-huit ans, sa réussite est insolente. La veille, il a reçu François Mitterrand, président de la République, pour l'inauguration de l'exposition *40 ans de Dior*. On ne prête qu'aux riches : le Tout Paris qui se presse à sa réception bruisse de rumeurs sur la volonté de l'« ange du siècle » de s'attaquer à Moët-Hennessy, la maison de champagne qui possède les parfums Dior. Ce soir-là, Arnault laisse dire.

Mais le lendemain, il niera être à l'origine des achats sur Moët-Hennessy : « Il existe des entreprises non contrôlées, mais nous ne souhaitons pas faire d'opérations inamicales [1] », affirme-t-il au *Monde*. C'est faux, mais de bonne guerre. En effet, deux semaines plus tôt, le vendredi 5 mars, Bernard Arnault a lancé avec Jacky Letertre sa première attaque sur Moët-Hennessy. Le secret est bien gardé. Personne ne sait qui achète.

Chez Moët-Hennessy, c'est la panique. Pour Alain Chevalier, son président, c'est l'heure de vérité. À cinquante-six ans, il réalise qu'il va devoir montrer qu'il n'est pas seulement le beau parleur, apparatchik des cercles patronaux, que les médias chérissent, mais qu'il a la trempe d'un vrai patron. Car le chasseur est devenu gibier. Il n'ignore rien de sa fragilité. À force de vendre leurs actions à mesure que le titre montait en Bourse, les familles fondatrices n'ont plus que 22 % du capital de la société et 33 % des droits de vote en assemblée générale. Chevalier, lui, n'a rien. Les stock-options n'existent pas encore et il ne serait pas venu à l'idée des actionnaires de lui donner une part du capital, ne serait-ce que des miettes. Chevalier est un patron salarié. Il a fallu des circonstances exceptionnelles pour qu'il accède à la présidence : en 1982, après l'arrivée

1. *Le Monde*, 21 mars 1987.

des socialistes au pouvoir, au moment où Bernard Arnault filait aux États-Unis, Frédéric Chandon de Briailles, affolé, émigrait en Suisse en lui confiant son poste et les clés de la maison.

Pour Bernard Arnault, un patron salarié comme Alain Chevalier ne compte pas. L'actionnaire principal de la Financière Agache est, sur ce plan, en avance sur son temps. La mode n'est pas encore au patron propriétaire. Mais encore au patron manager parmi lesquels, en 1987, Chevalier est certainement le plus en vue. Il est le plus brillant archétype de la technostructure française. Avec des amis partout, à la fois chez ses pairs (il a été vice-président du CNPF) et dans le personnel politique. Il est en particulier très lié à Jacques Chirac qui l'avait pressenti, l'année précédente, pour faire partie de son gouvernement. Bien que patron salarié, il incarne son entreprise autant qu'un Francis Bouygues ou un François Michelin. Grâce à lui, une petite société de champagne réalisant 250 millions de chiffre d'affaires s'est métamorphosée en un groupe puissant et admiré.

Tout a commencé en 1969 dans un dîner chez un banquier. Alain Chevalier, alors secrétaire général de Sacilor, fait la connaissance du comte Robert de Vogüé, PDG de Moët-et-Chandon. Il lui dessine les contours d'une stratégie de diversification dans des secteurs voisins dont le dénominateur commun serait le luxe. Robert de Vogüé est séduit. Il lui propose la direction générale.

Dès lors, les rachats vont s'enchaîner. En 1970, c'est la reprise du champagne Mercier. En 1971, ce sont les parfums Dior et surtout la fusion avec le cognac Hennessy. En 1973, le champagne Ruinart et, en 1977, le porto Rozès sont annexés. En 1978, c'est le tour des cosmétiques Roc. Parallèlement, de multiples investissements sont réalisés dans des vignobles étrangers (États-Unis, Australie, Brésil). Mais il y a aussi des échecs, comme la société horticole Delbard ou la tentative de prendre pied dans l'audiovisuel par le biais de la Compagnie luxembourgeoise de télévision.

Toutes ces entreprises étaient contrôlées par des familles jalouses de leur indépendance. Chevalier saura les convaincre de perdre leur majorité en gardant leur identité, avec la promesse de dividendes accrus. Il a de vraies capacités de conviction et le goût des palabres : né en Algérie, où il a vécu jusqu'à l'âge de seize ans, il fait de la recherche du consensus le raffinement intellectuel suprême. Il s'est aussi frotté aux responsabilités politiques quand, frais émoulu de l'ENA, il passait pour le poulain de l'ancien président du Conseil Félix Gaillard. Bref : dans la France de l'époque, encore plus allergique au pouvoir de l'argent qu'elle ne l'est aujourd'hui, ce sont les patrons salariés comme Chevalier – on disait les managers – qui avaient la légitimité. Ils parlaient et agissaient dans l'intérêt de l'entreprise, prise comme un tout, et non dans le leur ou dans celui de ses seuls actionnaires. C'est du moins ce qu'ils laissaient croire.

Chevalier s'interroge. Qui le vise ? Qui le traque ? Grand Metropolitan ? Par ses contacts dans le monde des vins et spiritueux, il sait que le groupe anglais est à la recherche d'une grande marque de cognac. Duménil-Leblé ? Oui, puisque la main de Jacky Letertre a été identifiée. Mais il ne roule pas pour lui directement. Alors pour qui ? On parle de Carlo De Benedetti, qui a lancé l'assaut sur la Société générale de Belgique. L'hypothèse est crédible. Le condottiere a pris peu de temps auparavant une participation chez le couturier Yves Saint Laurent et lui a ainsi permis de racheter ses propres parfums. À vrai dire, l'identité du raider embusqué est secondaire pour Chevalier. Quel qu'il soit, il sait qu'il perdra son siège s'il ne réagit pas rapidement. Il court donc chez Lazard, sans imaginer que la banque défend les intérêts de son assaillant en même temps que les siens ! À chacun son associé-gérant : Chevalier est traité par Bruno Roger, Arnault par Antoine Bernheim. Entre les deux, la muraille de Chine dont se prévalent toujours les banquiers est, comme souvent, en contreplaqué. Une solution est rapidement trouvée. Pour protéger le capital de Moët-Hennessy, Bruno Roger propose à Alain Chevalier d'émettre 800 millions de francs (122 millions d'euros) d'obligations à bons de souscription d'actions (OBSA). Il s'agit de titres à revenus fixes pouvant se transformer ultérieurement en actions. Les détenteurs de ces OBSA pourront ainsi contrôler 24 % de Moët-Hennessy, au moment choisi par ses dirigeants. C'est une superbe pilule empoisonnée. Dont Lazard garde jalousement l'ordonnance. Car il y a un hic : alors que ces OBSA devaient, selon les engagements de Moët-Hennessy et de la banque Lazard, être dispersés auprès d'actionnaires individuels étrangers, ils vont, en réalité, rester groupés et confiés à des amis : Caisse des dépôts, UAP, Worms, BNP, Crédit agricole et... Lazard. La banque de Michel David-Weill va donc détenir la clé du coffre Moët-Hennessy. En cas d'attaque, elle peut, comme promis, récupérer ces OBSA pour le compte de Chevalier qui, d'un seul coup, avec les familles, flirtera avec la majorité. Mais Lazard peut aussi garder ces titres au chaud pour, le moment venu, trahir Chevalier en les cédant au prix fort et au plus offrant dans un de ces coups de billard dont cette banque a le secret. C'est exactement ce qu'elle fera.

Alain Chevalier a paré au plus pressé. Il lui faut maintenant chercher un allié pour contrer l'attaque qui se prépare dans son dos. C'est André Battestini, banquier chez Paribas, en charge de Louis Vuitton, qui lui fait rencontrer Henry Racamier, le 15 avril, autour d'une table. Ce Corse ne paye pas de mine, derrière ses lunettes à monture d'écaille : c'est un deuxième couteau de Paribas qui, avant de partir à la retraite, aimerait frapper un grand coup pour entrer au panthéon de la finance. Cela fait une bonne année qu'il mijote son idée, fracassante, de marier Moët-Hennessy et Louis Vuitton, pour en faire un phare aux yeux des investisseurs internationaux. Il sait qu'Henry Racamier voudrait assurer l'avenir de sa société en diversifiant ses activités au-delà du seul bagage et en l'adossant à un groupe bien géré. Chevalier et Racamier se connaissent peu. Ils se sont rencontrés pour la première fois le 18 septembre 1986. Tous deux étaient... en costume marin. C'était à l'occasion d'une « Nuit marine » chez Castel, organisée par Bruno Troublé, qui réunissait les deux sponsors de l'*America's Cup*, Moët-Hennessy et Louis Vuitton. Les discussions s'étaient engagées peu après mais elles s'étaient enlisées sur l'évaluation des actifs de Louis Vuitton. Chevalier n'avait pas donné suite.

Racamier s'était consolé en rachetant le champagne Veuve Clicquot, qui lui apportait également le contrôle des parfums Givenchy, soit deux diversifications en une. Mais Moët-Hennessy, c'est tout autre chose. Une aubaine. À soixante-quatorze ans, le patron de Louis Vuitton continue de mordre dans la vie avec des dents plus acérées que celles d'un jeune Rastignac. Peut-être parce qu'il a découvert le véritable charme des affaires à l'âge où la plupart de ses pairs dételient. Il a pris la présidence de Louis Vuitton, alors simple PME de luxe, en 1977, à la mort de son beau-père. Il a déjà soixante-cinq ans et a accompli l'essentiel de sa carrière dans la sidérurgie à la tête d'une petite société de négoce international vendue, en 1976, à l'allemand Thyssen. Fondée au siècle dernier, Louis Vuitton emploie moins de 100 personnes, réalise à peine 70 millions de francs de chiffre d'affaires, possède une usine à Asnières et deux magasins dont un à Paris, avenue Marceau, où se bousculent les touristes japonais pris de fièvre à la vue de cette toile marron glacé, enduite de polyester et de plastique et frappée du sigle LV. « Louis Vuitton n'est qu'une affaire de snobs où se fournissent en bagages Lucchino Visconti et Louise de Vilmorin parce qu'ils ont les mêmes initiales », résume alors Pierre Bergé, le PDG de Saint Laurent, au magazine *Challenge*.

Mais le snobisme Vuitton ne se limitera pas à Louise de Vilmorin : il contaminera la planète entière. Le chiffre d'affaires a été multiplié par plus de trente pour atteindre 2,2 milliards de francs. Dans le même temps, l'entreprise a ouvert une centaine de magasins dans le monde et créé quelque 2 000 emplois. Une croissance champignon d'autant plus surprenante qu'elle est fondée sur un seul produit, le bagage, quand tous les grands stratèges en gestion ne jurent alors que par la diversification. Parmi les raisons qui expliquent cette success story, l'engouement des Japonais tient une place essentielle. Racamier a très bien perçu la montée en puissance de l'Empire du Soleil levant sur la scène économique et tous les fruits qu'il pourrait en recueillir en ouvrant, parfois en association avec des partenaires locaux, des boutiques ou des *corners* dans les grands magasins. En 1987, 45 % des ventes de la société étaient réalisées dans la zone Asie-Pacifique, avec des marges folles. Sur le seul Japon, les bénéfices affichés atteignent le tiers du chiffre d'affaires qui s'élève à 9 milliards de francs ! Des magasins, Louis Vuitton en créera aussi aux États-Unis et en Europe. La stratégie de Racamier est claire : directement du producteur au consommateur. Pour gagner plus d'argent, le PDG de Vuitton veut cumuler les marges du fabricant, du grossiste et du détaillant.

Facteur important de la réussite : une intense politique de communication. Publicité, relations publiques et presse, parrainage et mécénat : rien n'est négligé pour véhiculer l'image de prestige et de haute qualité que revendique la marque. Racamier, extraverti et mondain, paie largement de sa personne dans ce domaine qu'il se réserve jalousement. Il est vrai que le vieux monsieur porte beau. C'est un parfait ambassadeur de sa marque.

Les boursiers ont fait leur miel de Louis Vuitton, coté depuis 1984. Seul souci : la dépendance vis-à-vis d'un seul produit et d'un seul marché. Avec Veuve Clicquot, la société a pris une première assurance contre une éventuelle brutale désaffection des Japonais pour ses sacs plastique et cuir. Avec Moët-Hennessy et Alain Chevalier, l'avenir, pense Racamier, est assuré. Car le vieil homme ne voit personne autour de lui pour prendre sa succession. Trouver l'oiseau rare est devenu l'une de ses obsessions. Ses dernières préventions tombent lorsqu'il voit que la fusion va faire gagner d'un coup 800 millions de francs aux six descendants du petit malletier d'Asnières, à leurs cinq conjoints, leurs seize enfants et leurs trente-quatre petits-enfants. Instigateurs de la fusion, Paribas et Lazard ne seront pas oubliés. Le premier touchera une commission de 15 millions, le second de 12,5 millions. Les agapes sont complètes.

3 juin 1987 au matin : l'hôtel Plazza-Athénée a l'air d'une ruche bourdonnante. Prévenus au dernier moment d'une conférence de presse, les journalistes font les malins et échafaudent des pronostics. Signe de l'importance de l'annonce : les télévisions françaises, mais aussi étrangères, sont présentes. Avec son air lunaire habituel, Alain Chevalier arrive, précédant Henry Racamier, raide et souriant. Tous deux s'installent sur une petite estrade, mitraillés par les photographes. Chevalier parle le premier. Il annonce d'emblée la fusion des deux sociétés. C'est l'acte de naissance de LVMH. « Nous avons décidé de nous rapprocher afin de constituer un nouvel ensemble de taille très importante à l'échelle mondiale dans le domaine des produits de haute qualité et de prestige à forte vocation exportatrice », explique-t-il. Henry Racamier, soixante-quatorze ans, enchérit : « L'un avec l'autre nous serons plus solides. » En réponse aux questions, Alain Chevalier égrène les superlatifs. Avec 13 milliards de francs de chiffre d'affaires, le nouveau groupe se situera au premier rang mondial dans les industries du luxe : 1,3 milliard de francs de bénéfice, 25 milliards de capitalisation boursière, voilà de quoi impressionner les adversaires.

Chose curieuse pour des maisons bien nées comme celles-ci, le mariage s'est décidé à la va-vite. Il n'a été précédé d'aucunes fiançailles. En conséquence de quoi il ne sera jamais consommé. D'emblée, les époux annoncent leur répugnance à coucher ensemble. Car il ne s'agit pas seulement de séparation de biens, comme il sied dans la grande bourgeoisie, mais aussi de séparation de corps, ce qui est plus rare ! Pas question de tout mélanger, chacun restera maître chez soi. Le protocole d'accord stipule que

« chacun des deux sous-groupes conservera son identité et sa personnalité propres ainsi que son autonomie de gestion dans tous les domaines [...]. Chacune des marques sera développée dans le respect de son identité, de sa personnalité et de sa tradition ». Tout a d'ailleurs été prévu dans les moindres détails pour ne froisser personne. Jusqu'au nom du groupe qui introduit une savante inversion : LVMH Moët-Hennessy Louis Vuitton. Même souci dans la détermination des responsabilités : si Alain Chevalier est PDG, Henry Racamier s'est fait attribuer la présidence du Comité stratégique chargé de « définir et suivre la politique générale du groupe ».

En réalité, ce mariage n'est même pas un Pacs avant l'heure ! Alain Chevalier en administre immédiatement la preuve. Au cours de la conférence de presse, il annonce tout de go que Moët-Hennessy vient de passer une alliance avec le groupe anglais Guinness pour mettre en commun la distribution de leurs vins et spiritueux. Première conséquence : aux États-Unis, les filiales commerciales de l'Anglais et du Français sont regroupées pour former une seule entité réalisant 500 millions de dollars de chiffre d'affaires. Paradoxe : Moët-et-Chandon ignore Veuve Clicquot (qui appartient à Louis Vuitton) pour entrer dans la même organisation commerciale que le whisky Johnny Walker et le gin Gordon ! Bref : Moët-Hennessy annonce son mariage avec Vuitton mais, le jour même, installe un grand Anglais dans son lit.

Personne ne relève le piquant de la situation. Tous font pratiquement l'impasse sur l'accord franco-anglais, préférant célébrer, avec leur conformisme habituel, les noces franco-françaises. « Un mariage de première classe », titre *Le Monde*. « Naissance de la première multinationale du luxe », annoncent *Les Échos*. « Le nouveau géant », s'enflamme *Le Figaro*. Pendant que les rotatives impriment ces évidences, les actionnaires familiaux de Moët-Hennessy et de Louis Vuitton se réunissent chez Maxim's pour fêter l'événement. « Nous étions environ une centaine. Ce fut vraiment une soirée réussie. Tout s'est très bien passé », racontera Frédéric Chandon de Briailles, ancien patron et toujours chef de file du clan Moët-Hennessy. Pourtant, les plans de tables n'ont pas été faciles à faire. Pas aisé, en effet, de faire voisiner un Ghislain de Vogüé, dont les ancêtres avaient le droit de pénétrer à cheval dans l'église de leur village champenois, avec un Vuitton, descendant d'un artisan malletier d'Asnières. Les familles se détestent. « Les Moët-Hennessy considéraient les Vuitton comme des boutiquiers », affirmait Agnès Rebattet, ancienne porte-parole de LVMH. « Ce sont les Vuitton qui nous méprisaient ouvertement », rectifie aujourd'hui Gilles Hennessy. En 1987, la mondialisation n'a pas encore imposé la prééminence des critères d'efficacité. On en est encore à comparer son pedigree. Pas question de mélanger les aristocrates et les roturiers. C'est essentiellement pour cette raison que la première grande OPA française, celle de BSN (devenue Danone) sur la Compagnie de Saint-Gobain avait échoué. En 1968, l'establishment s'était soudé contre Antoine Riboud, lyonnais, gouailleur et iconoclaste, qui avait eu l'impudence de s'attaquer à un Arnaud de Vogüé ! Vingt ans plus tard, rien n'a vraiment changé. Début 1988, Carlo De Benedetti s'en rendra compte à son tour. Il partira à l'assaut de la Société générale de Belgique, une vieille dame respectable mais desséchée sur pied. Là encore, le roturier sera battu, la vieille aristocrate préférant rendre son dernier soupir dans les bras de la Compagnie financière de Suez plutôt que de céder à un Italien, juif par surcroît. On peine à le croire aujourd'hui, mais ce genre de haine recuite sera au cœur de l'alliance ratée de Moët-Hennessy et de Louis Vuitton.

Pour l'heure, chez Maxim's, le champagne se chargera momentanément d'abattre préjugés et préséances. Les familles savourent avec le même ravissement leur bonne fortune car ensemble elles contrôlent 35 % du nouveau groupe et, grâce aux droits de vote double, la moitié des voix. Et les OBSA sont toujours là, en cas de besoin. Ainsi, sans aucun apport d'argent frais, quelques familles bien nées ou industrieuses ont pris solidement en main LVMH, premier groupe mondial du luxe. Difficile de faire la fine bouche dans le décor Belle Époque de Maxim's, même si parfois on surprend un regard en coin un peu ironique.

Dans les vignobles du Champenois et des Charentes, c'est le soulagement. Car depuis plusieurs mois on y vivait dans la hantise d'une OPA sur Moët-Hennessy. Une proie de choix avec sa collection de grandes marques, dont le premier champagne, Moët-et-Chandon (30 millions de bouteilles), un des deux grands cognacs, Hennessy (46 millions de flacons), un parfum prestigieux, Dior, et des produits de beauté réputés, comme Roc. Mais ce que n'ont mesuré ni les familles, ni Chevalier, ni Racamier, c'est que la taille n'est plus, en elle-même, une défense anti-OPA.

Aussi impressionnante qu'elle soit, LVMH est une forteresse d'autant plus prenable que la zizanie y règne. « Nous n'étions pas mariés depuis huit jours que Racamier était dans mon bureau pour me dire qu'il fallait absolument changer la couleur du papier à lettres qui n'était pas assez marron à son goût », se plaindra Alain Chevalier. Les deux patrons se chamaillent pour des riens. Le choix du siège social donne lieu à de nouvelles bisbilles. Chevalier choisit un hôtel particulier fin XIXe près du parc Monceau. « Trop près de Moët », juge Racamier. Finalement, on s'installe à équidistance des deux sociétés, boulevard de La Tour-Maubourg. Mais de nouvelles dissensions sur la décoration feront que le bâtiment restera toujours plus ou moins en chantier : les deux présidents préféreront rester chacun chez soi. De part et d'autre, les récriminations s'accumulent. Explication de Racamier : « Les gens de Moët-Hennessy ont vécu la fusion comme une absorption de Louis Vuitton et non comme ce qu'elle était vraiment, c'est-à-dire une association. » Version de Chevalier : « Racamier est un homme difficile qui veut tout contrôler jusqu'au moindre détail ; on ne peut pas diriger une affaire avec lui. » La désillusion est grande pour Chevalier, qui pensait pouvoir mettre la famille Vuitton dans sa poche comme il avait fait précédemment avec les Moët, Chandon, Hennessy et autres Mercier. Elle ne l'est pas moins pour Racamier, le chef de file du clan Vuitton, qui croyait, en tant qu'actionnaire, pouvoir imposer ses vues au manager Chevalier.

Les divergences ne portent pas que sur la décoration. En septembre 1987, Henry Racamier propose de racheter Lanvin. Le couturier a un joli nom, un bel hôtel particulier à deux pas de l'Arc de Triomphe, un prêt-à-porter masculin renommé, mais perd des sommes énormes. Chevalier dit non. Ses priorités sont ailleurs : il est en train de signer la dernière mouture de son accord avec Guinness, qui prévoit la création de sociétés communes, notamment dans le Sud-Est asiatique. Les accords sont contraignants : pas moins de dix ans de préavis pour rompre le contrat ! Racamier se plaint d'être tenu à l'écart de cette négociation.

Un nouveau conflit naît quelque temps après. La pomme de discorde s'appelle cette fois Michel Piétrini. Ce Corse austère vient de quitter son poste de directeur général de Chanel, qu'il a sorti de sa torpeur, grâce à la magie du couple formé par Karl Lagerfeld et Inès de La Fressange. Racamier n'a qu'une envie : en faire son successeur et, en attendant, le mettre dans les pattes de Chevalier. Il lui propose la direction générale de LVMH. Fureur de Jean-Louis Masurel, dauphin de Chevalier. Une discrète campagne est alors organisée pour dissuader Piétrini, qui préfère renoncer. Son talent ne sera pas perdu pour tout le monde. Bernard Arnault l'enrôle comme conseiller. C'est Piétrini qui apprendra à Arnault les industries du luxe. Il le charge de suivre les activités de Christian Lacroix et surtout de Céline, une PME de 100 personnes qu'il a rachetée au début de l'été, pour 450 millions de francs. Le couple Vilpiana, qui avait créé cette petite société de prêt-à-porter BCBG, a réalisé son rêve en vendant à Dior. Arnault avait même promis à Mme Vilpiana qu'elle resterait pour superviser le style. Richard Vilpiana sera licencié un mois plus tard, ainsi que sa femme, débarquée au bout de deux mois au profit d'une jeune Américaine, Nan Legeai, proche du patron de la Financière Agache. « Mme Vilpiana faisait des jupes dix centimètres au-dessous des genoux alors que la mode était dix centimètres au-dessus ! se défend Arnault dans *La Passion créative.* Il fallait rajeunir le style. » La cure de jouvence réussira bien à Céline qui triplera ses résultats en deux ans.

Le 17 octobre 1987, dans tous les grands dîners parisiens, les maîtresses de maison ne savent plus où donner de la tête. Les convives passent leur temps au téléphone, parfois même s'éclipsent. Ce soir-là, on ne parle que du Dow Jones, l'indice de la Bourse de New York, qui perd 508,33 points en une seule séance. Le lendemain, toutes les places boursières du monde s'effondrent. Il s'agit d'un vrai krach boursier mondial. Edouard Balladur est pris à contre-pied, qui avait fait des privatisations et de l'actionnariat populaire l'axe principal de sa politique au ministère de l'Économie, des Finances et... de la Privatisation. Le 28 octobre, la Bourse de Paris sombre littéralement : devant l'afflux massif des ordres de vente à tout prix, plus de la moitié des 180 principales valeurs ne peuvent être cotées. Le titre LVMH est particulièrement affecté. Il perd 40 % de sa valeur et tombe à 1 200 francs, ce qui ramène la valeur du groupe à 13 milliards de francs (2 milliards d'euros). Pour Racamier et Chevalier, tout est à refaire. La baudruche s'est dégonflée. Aux cours actuels, LVMH redevient une cible. Tout est de nouveau possible.

Pour Arnault, en revanche, le krach est un nouveau coup de pouce du destin. L'occasion est inespérée. D'autant que, depuis des mois, il amasse des munitions. En septembre, un mois avant le krach, il a mis 13 % des actions de Conforama en Bourse, ce qui lui a rapporté près de 300 millions de francs. Un peu plus tard, c'est Arnault et Associés, la société de tête, qui est introduite sur le second marché. Et, en novembre, la Financière Agache obtient d'un consortium bancaire conduit par le Crédit lyonnais un crédit à long terme de plus de 800 millions de francs. Que fait Arnault de ce trésor de guerre ? Avec le soutien de la banque Lazard, il ramasse des actions LVMH, à la fois à titre personnel et via la Financière Agache. Mais il veut aller plus loin. Il s'en ouvre à Antoine Bernheim :

— Pourquoi ne pas profiter de la zizanie, jouer Chevalier et Racamier l'un contre l'autre pour entrer en force ?

Bernheim l'en dissuade :

— C'est trop tôt. Tous les deux se ligueraient contre vous. Votre légitimité n'est pas suffisante. Il faut laisser le poison agir. Attendez qu'on vienne vous chercher !

Arnault n'aura pas longtemps à attendre. Il suggère à Michel Piétrini de prendre langue avec Racamier, comme s'il le faisait de sa propre initiative. L'ancien patron de Chanel va jouer le rôle du messager innocent. Courant mai 1988, il n'a aucun mal à organiser un rendez-vous à son domicile entre Racamier et Arnault. Celui-ci prend son air de premier communiant, empreint d'admiration pour le grand-père gâteau qui le couvre de sa sollicitude. Il jubile quand Racamier lui offre d'entrer dans le capital de LVMH, se gardant bien de lui dire qu'il en détient déjà 3 %. Lorsqu'ils se quittent, Racamier est aux anges, persuadé d'avoir enfin trouvé un associé pour consolider son pouvoir chez LVMH. Il est convaincu d'avoir bien cerné Arnault, compétent, clair et franc. Un jeune homme bien sous tous rapports et surtout respectueux des anciens. Dear Henry n'a rien compris au film.

Pendant que Racamier va chercher Arnault, Alain Chevalier décide, lui, de demander son soutien à Anthony Tennant, le patron de Guinness. Son idée est de consolider leurs accords de distribution dans le monde par des liens croisés en capital. Tennant est ravi de l'aubaine. Mais cette initiative déplaît fortement à Racamier. Le patron de Louis Vuitton, que Chevalier a tenu au courant de sa démarche (ce qui n'est pas réciproque), craint d'être un peu plus marginalisé face aux vins et spiritueux, lui qui estime déjà que ses malles n'ont pas la place qu'elles méritent dans le groupe. Il accepte toutefois de négocier. On se retrouve donc à sept, fin mai, chez LVMH : autour de la table, il y a Racamier et son beau-frère Ogliastro, pour Vuitton, Chevalier et Masurel, pour Moët-Hennessy, Tennant et son second Greener pour Guinness, auxquels s'ajoute Jean-Paul Parayre, PDG de Dumez et administrateur de la holding familiale des Vuitton (VIG), qui sert de juge de paix. Les positions ne sont pas très éloignées, l'accord est à portée de main, mais la discussion tourne court lorsque les Anglais, qui réclament 12 % du capital de LVMH, se font bloquer par Racamier qui refuse d'envisager plus de 8 %.

Une position que Racamier sait bien ne pas pouvoir tenir longtemps. Il lui faut donc, au plus vite, contrer cette opération. Sitôt la réunion achevée, il se précipite au Crédit lyonnais où il pénètre par une porte dérobée pour rejoindre Bernard Arnault et Jean-Maxime Lévêque, qui l'attendent. Lévêque sait qu'il va bientôt être débarqué par les socialistes de retour au pouvoir. Désireux de frapper un grand coup avant son départ, il a décidé de parrainer l'alliance secrète Arnault-Racamier en ouvrant à son poulain une première ligne de crédit de 2 milliards de francs. Celui-ci pourra mobiliser plus de 5 milliards pour prendre 20 % de LVMH. En réalité, le Crédit lyonnais offre ce jour-là à Bernard Arnault un droit de tirage pratiquement illimité. Arnault poursuit donc ses achats en Bourse, ce qui a pour conséquence d'affoler Chevalier qui ne sait toujours pas d'où vient l'attaque. Le 31 mai, 100 000 titres LVMH sont échangés, 98 000 le 1er juin, 169 000 le 2 juin, contre 25 000 en temps normal. Le groupe danse sur un volcan.

Le piège a fonctionné. Le 9 juin, à 9 h 30, Alain Chevalier réunit son conseil d'administration, boulevard de La Tour Maubourg. D'emblée, il crée la surprise :

— Mes amis, vous savez que notre titre est actuellement l'objet d'importants achats en Bourse, dont l'origine est imprécise. Nous sommes vraisemblablement la cible d'un ou de plusieurs prédateurs. Je vous ai donc réunis aujourd'hui pour étudier avec vous nos moyens de défense. Et pour vous faire une proposition.

— Qu'envisagez-vous ? demande un administrateur.

— Nous avons entamé des négociations avec Guinness. L'idée est d'échanger des participations entre LVMH et Guinness, chacun prenant 20 % du capital de l'autre. En dehors de l'intérêt stratégique et financier d'une telle opération avec ce groupe dont les activités sont complémentaires des nôtres, ce rapprochement équilibré favoriserait les systèmes de défense de LVMH.

Henry Racamier prend alors la parole :

— Je suis désolé de vous contredire, Alain, mais de mon point de vue, un tel rapprochement, à un tel niveau, me paraît avoir plus d'inconvénients que d'avantages, en particulier à cause de la mauvaise interprétation que la presse pourrait lui donner.

Chevalier interrompt :

— Il ne s'agit pas de la presse, Henry, mais d'une attaque boursière hostile qui se prépare et à laquelle nous devons faire face.

— Peut-être, mais je considère que, dans ces circonstances, il nous faut maîtriser nos nerfs. Car, à mes yeux, le risque de succès d'une attaque hostile est limité.

Une discussion s'engage sur ce point. Chevalier, qui masque son énervement sous ses airs affables, demande à Racamier :

— Que proposez-vous ?

— Je pense que nous devrions, tranquillement, chercher des alliés solides, mais exclusivement en France.

— À qui pensez-vous ?

— Je n'ai en vue aucun investisseur potentiel précis, mais deux ou trois noms pourraient être approchés à très court terme, répond Racamier.

Suit un échange entre les administrateurs qui montre la division du conseil sur l'entrée de Guinness. Chevalier clôt alors les débats :

— Je constate et déplore que les conditions de l'entrée de Guinness ne sont pas actuellement réunies. Aussi je vous propose de poursuivre les contacts nécessaires pour trouver une solution acceptable par tous.

La séance est levée. Il est 11 heures. « Deux ou trois

noms approchés à très court terme » ? avait dit Racamier. Sacré bonimenteur ! Il n'a qu'un nom en tête et il est plus qu'approché. Devant l'immeuble, le moteur de sa grosse BMW grise tourne au ralenti. Pas question de perdre une minute. Le chauffeur se tient prêt à démarrer pour conduire son patron à son nouveau rendez-vous : à la Muette, rue d'Andigné, dans le XVIe arrondissement. C'est une rue calme dans un des quartiers les plus chers et les plus huppés de Paris. Une rue sûre en raison de la présence, dans le voisinage, de nombreuses ambassades. Racamier descend de sa voiture, monte prestement les marches de l'hôtel particulier et sonne. Il est attendu. « Je vais prévenir M. Arnault de votre arrivée », lui dit le maître d'hôtel.

En cette fin de matinée frisquette, le vieux monsieur trop malin vient de se jeter dans la gueule du loup. Un peu plus tôt, à l'heure où démarrait le conseil d'administration de LVMH, Bernard Arnault était entré en coup de vent dans le bureau de Béatrice Bongibault, embauchée la veille comme directrice générale de Dior, et lui avait dit : « Si ça se trouve, je ne vais pas avoir le temps de m'occuper de vous, car je suis sur un gros coup. » Et, contrairement à ses habitudes, il avait éclaté de rire. Un rire carnassier.

Il y avait de quoi : Antoine Bernheim lui avait conseillé d'attendre. Il a attendu. Et voilà qu'Henry Racamier lui-même, principal actionnaire de LVMH, vient, jusque chez lui, dérouler le tapis rouge ! Les deux hommes ne se connaissent guère : seul le hasard les a réunis un jour dans une des calèches du Prix de Diane. Tout les sépare et d'abord une génération : Racamier est né deux ans avant la Première Guerre mondiale, Arnault quatre ans après la seconde. L'un est protestant, l'autre catholique. Mais leurs intérêts convergent : c'est du moins ce que croit Racamier. Le patron de Louis Vuitton et celui de la Financière Agache signent donc un protocole en six points pour prendre, ensemble, le contrôle de LVMH. Le document n'existe qu'en deux exemplaires et ne comporte que quatre pages. Chaque terme a été pesé. Il pose en préambule que « compte tenu du projet, en voie de réalisation, d'introduire un actionnaire étranger à une hauteur importante dans le capital de LVMH, projet porteur d'un très grand danger, à terme, pour l'unité et l'intégrité de la société, MM. Racamier et Oligastro ont estimé nécessaire, pour la protection de l'entreprise et de ses actionnaires, notamment de la famille Vuitton, de se rapprocher du groupe Arnault [...]. L'intention des deux parties est de conserver l'appartenance du groupe LVMH au domaine typiquement français de la haute qualité et du prestige, ainsi que de le protéger contre les risques de démantèlement [1] ».

Ce document a un mérite : il montre bien que c'est Henry Racamier qui est allé chercher Bernard Arnault. Et il donne à ce dernier la légitimité pour mettre au moins le pied chez LVMH, sans préjuger des trahisons et contre-trahisons des uns et des autres par la suite. « Dès le départ, j'ai été trompé [2] », affirmera plus tard Bernard Arnault. Les principes sont posés : l'exécution prendra la forme d'une OPA amicale sur 30 % du capital de LVMH, comme la loi

1. L'article 1 expose sans détour le but de la manœuvre : « Les deux parties présentes ont décidé de s'associer dans cette opération pour aboutir à une détention, directe et indirecte, du contrôle de LVMH sur un parfait pied d'égalité [...]. Le groupe Arnault s'engage à ne pas faire l'opération sans le groupe Vuitton. Le groupe Vuitton, quant à lui, s'engage à former une alliance avec le groupe Arnault et à l'aider à prendre une participation, directe ou indirecte, de même niveau que celle du groupe Vuitton dans le capital de la société LVMH afin de donner au groupe Arnault et à ses alliés une participation au capital identique à celle du groupe Vuitton. » L'article 2 marque la prééminence d'Henry Racamier dans le tandem : « Dans le cas d'un succès de l'opération, il est convenu que M. Henry Racamier sera le représentant premier des deux parties au sein de LVMH et que M. Bernard Arnault lui succédera. Les modalités de cette succession, de même que la composition des conseils de surveillance, directoire et/ou conseil d'administration de la société LVMH et de toute autre société commune, seront précisées ultérieurement, dans une recherche de parité entre le groupe Vuitton et le groupe Arnault et dans le respect de la préséance ci-dessus. »

2. *L'Express*, 20 avril 1990.

le permet à cette époque. Les titres seront achetés par la Financière Agache au prix de 3 000 francs et apportés à une société commune détenue à part égale par les deux alliés. Le jour de l'assaut est fixé au lundi 27 juin. Cette OPA a été concoctée par André Battestini, de Paribas, qui conseille Racamier. Lazard n'est pas dans le coup. Ce crime de lèse-majesté (et de lèse-intérêts) sera lourd de conséquences.

Dès le 13 juin, *Le Point* écrit : « Bernard Arnault ramasserait, bien qu'il s'en défende, de façon systématique, selon nos informations, les titres de Moët. » Mais personne n'imagine qu'il a trouvé avec Racamier son allié dans la place. Chevalier, lui-même, ne se doute de rien. Les deux hommes font assaut d'hypocrisie, lors de l'assemblée générale de LVMH, le 22 juin. À un actionnaire qui lui demande ce qu'il faut penser des rumeurs de mésentente au sein du groupe, Chevalier répond : « Tout va très bien. » Il prend à témoin Racamier : « N'est-ce pas, Henry ? » L'autre lui confirme, avec un large sourire complice : « Mais bien entendu, Alain. »

Sacré Henry ! Dès le lendemain, il retrouve Bernard Arnault pour signer leur accord définitif en vue de lancer leur attaque. Ils se serrent la main. Un an plus tard, lorsque les deux hommes se déchireront, Racamier évoquera cette scène. « Je croyais trouver une main vigoureuse et j'ai trouvé un chiffon entre mes doigts, confie-t-il au *Point*. J'ai compris que je m'étais trompé d'homme [1]. » Pourtant, tout ce qu'on peut reprocher à Arnault, à ce moment-là, c'est d'acheter des titres LVMH en jurant le contraire, ce qui est dans la nature des choses. Le félon, pour l'heure, c'est bien Racamier, parfait dans son rôle d'idiot utile. Aveuglé par son aversion pour Chevalier, il n'a aucune envie de l'avertir de ce qui se trame. Il va pourtant s'y résoudre, sur l'insistance d'Arnault. Jean-Maxime Lévêque a été clair : il ne faut à aucun prix que le projet apparaisse comme une

1. *Le Point*, 20 août 1990.

déclaration de guerre à Chevalier : une attaque frontale contre l'un des plus brillants représentants de la technostructure française risquerait de dresser l'establishment contre eux.

Racamier est donc envoyé en mission par Arnault. Le samedi 25 juin, avant-veille du lancement prévu de l'OPA, Chevalier est à Megève, dans son chalet. Le téléphone sonne. C'est Racamier, pressant et énigmatique : « J'ai des choses importantes à vous dire, mon avion est prêt, je viens vous voir tout de suite. » Pour lui éviter un trop long déplacement, Chevalier lui propose un rendez-vous à Genève. À 13 heures, les deux hommes se retrouvent à l'hôtel Richmond, proche de l'aéroport. Le temps est lourd, le climat de la conversation le devient vite. Henry Racamier se donne des airs de médiateur :

— Voilà, comme je m'y étais engagé lors de notre dernier conseil, j'ai trouvé une solution à nos problèmes.

— Laquelle ?

— Bernard Arnault. Il est l'un de ceux qui achètent des titres LVMH. Il envisageait une opération hostile, mais je l'ai amené à la raison. Nous avons tout intérêt à le faire entrer dans notre capital. Il conduit de main de maître un groupe de luxe dont les activités sont complémentaires des nôtres, il est français. Son soutien amical nous sera précieux.

— À quelle hauteur envisage-t-il d'entrer ? Et qui lui fera de la place en lui vendant ses actions ?

— Le marché, les petits porteurs. La bonne solution passe par une OPA amicale portant sur 30 % du capital environ.

Après un long silence, Chevalier demande, en allumant nerveusement une Rothman rouge :

— Dans votre schéma, qui va piloter l'entreprise ?

— Vous, bien entendu. Vous êtes le gestionnaire incontesté de LVMH. Ce sont là des problèmes d'actionnaires. Bernard Arnault me l'a explicitement confirmé : vous avez son soutien et sa confiance.

Paroles, paroles. En dépit des assurances que Racamier

lui donne sur sa future situation personnelle, Chevalier comprend qu'il a toutes les chances d'être éliminé lorsqu'il aura cessé d'être utile. La bataille a changé de dimension. Les autres ont des milliards, lui n'a qu'un contrat de travail. Soit il négocie, soit il entre en guerre seul, avec la certitude de perdre. Aussi cherche-t-il à gagner du temps :

— Cette opération présente à mes yeux beaucoup de risques. Lorsqu'on lance une OPA, on n'est jamais à l'abri d'une contre-OPA. Dans ce genre de bataille boursière, tout le monde risque de sortir perdant.

— Non, vous vous trompez. Tout ira très vite, tout est sous contrôle.

— Quand cette OPA doit-elle être lancée ?

— Lundi.

— Ce lundi ? Ce n'est pas possible ! Il faut que j'en discute avec les familles Moët et Hennessy. Il faut un délai.

— Je vous comprends. Je vous rappelle que notre démarche est amicale. Nous pouvons parfaitement décaler l'OPA d'un jour ou deux.

Racamier est tout miel. Il croit dominer la situation. Il est loin d'imaginer que sa belle OPA est déjà morte. Car deux heures plus tôt, en fin de matinée, alors que l'avion de Racamier quittait Le Bourget pour Genève, Bernard Arnault sortait, décontenancé, du domicile d'Antoine Bernheim, avenue Henri-Martin, dans le XVIe arrondissement de Paris. Il était venu en voisin et avait annoncé, tout fier, à son mentor :

— Vous m'avez demandé d'attendre qu'on vienne me chercher, eh bien voilà, c'est fait, on est venu me chercher.

— Comment ça ?

— Henry Racamier me propose d'entrer à hauteur de 30 % dans LVMH.

— Parfait. Mais de quelle manière ?

— En lançant une OPA, que nous présenterons comme amicale. Il est d'ailleurs parti pour Megève prévenir Chevalier.

La réponse lui a fait l'effet d'une douche froide :

— C'est une folie de se lancer dans une OPA sur LVMH.

Celle-ci conduira d'autres groupes à entrer dans la bagarre et les surenchères seront ruineuses.

— Mais elle aura un caractère amical !

— Personne ne croira à cette fable. Sur le plan de la communication, vous ne faites pas le poids avec Chevalier. Il réagira. Il sera soutenu. Nous risquons de perdre des plumes à nous attaquer de front à ce manager chéri de l'establishment. De plus, Chevalier dispose d'une carte maîtresse : les OBSA.

— Mais celles-ci n'ont-elles pas été dispersées auprès d'investisseurs étrangers ?

— ...

— Vous me lâchez ?

Pas question, pour la maison Lazard, d'être ainsi mise devant le fait accompli et de se faire doubler par Paribas ou le Crédit lyonnais. Et pour Bernheim, d'être à la remorque d'un Battestini ou d'un Lévêque. Pas question, non plus, de retrouver Lazard dans les deux camps d'une bataille qui opposerait Arnault à Chevalier, avec les OBSA entre les deux !

— Non, mais il est clair que Lazard ne pourra s'associer à une telle opération. Il faut étudier autre chose.

— Mais s'il n'y a pas d'OPA, où trouverai-je les titres LVMH ? Qui me les vendra ?

— Il y a peut-être une solution. Mais elle passe par Alain Chevalier. Il n'est pas impossible que nous puissions récupérer les OBSA. Mais il nous faut l'accord de Chevalier, puisqu'elles ont justement été émises comme pilule empoisonnée en cas d'OPA hostile. Réfléchissez. Mais le mieux serait que vous vous entendiez plutôt avec Chevalier. Notre maison serait alors unie fermement derrière vous.

Le jeune homme quitte l'avenue Henri-Martin ébranlé. Pourquoi pas un retournement d'alliances ? Pas idiot : Chevalier a la légitimité et les clés de LVMH. Le soutien de Lazard est indispensable. Le seul problème est celui de son âge. Avec Chevalier, le schéma d'un passage naturel de relais, comme avec Racamier, n'est pas envisageable. Mais il n'est qu'un simple manager et aura donc, à terme, moins de défenses. Puisque Lazard a fait son choix, Arnault décide donc, dans l'heure et sans états d'âme, de changer de cheval.

Changer de cheval ? Le lendemain, au Grand Prix de Longchamp qu'il préside, Henry Racamier ne se doute de rien. Il rend compte à Arnault de son entrevue avec Chevalier :

— Il est évidemment hostile à notre opération. Mais il ne m'est pas apparu très pugnace. Il m'a présenté ses objections et m'a demandé un délai afin de voir s'il n'était pas possible d'associer les Moët et les Hennessy. Je ne lui ai pas dit non. Je propose que nous reportions de vingt-quatre heures notre OPA.

— Je n'y vois aucune objection.

Racamier est un peu surpris de cette attitude accommodante. Arnault ne lui a pas fait état de l'opposition d'Antoine Bernheim, encore moins du renversement d'alliances auquel il a donné son accord le matin même. Aussitôt, Bernheim et Bruno Roger, les deux associés gérants de Lazard, ont mis au point leur stratégie de rechange. Roger a appelé Chevalier en début d'après-midi, dans son chalet de Megève où il était retourné :

— Alain, vous êtes au courant de ce qui se prépare. Nous sommes convaincus, comme vous, que l'OPA, plus ou moins amicale, n'est pas la solution. Nous en avons parlé à Bernard Arnault. Il faut mettre au point une solution de rechange. Il n'est pas question que cela se fasse à votre insu ou en dehors de vous. C'est pourquoi je vous suggère de rentrer très vite à Paris pour y rencontrer, dès ce soir, Bernard Arnault.

— Racamier sera-t-il présent ? demande Chevalier.

— Non. Je vous demande même de ne rien lui dire. Il ne doit absolument pas être au courant[1]. Dès votre arrivée à Paris, nous nous retrouverons chez Antoine Bernheim.

Plus tard, Chevalier expliquera avoir eu tort d'accepter

1. Henry Racamier n'apprendra la tenue de cette réunion qu'un an plus tard...

ce rendez-vous : « J'aurai dû laisser faire l'OPA et alors, on aurait bien vu ce qui se serait passé. » Facile à dire après coup. Mais ce dimanche soir, Chevalier est passé de l'abattement à l'euphorie. Il n'a pas eu de nouvelles de Racamier. Il croit toujours que l'OPA est prévue pour le lendemain. Il faut à tout prix l'éviter. Il file à Genève prendre son avion pour Paris.

C'est une réunion au sommet qui se tient avenue Henri-Martin. La banque Lazard s'est mobilisée tout entière. Outre Bernheim et Roger, un troisième associé-gérant est là : David Dautresme, ancien président du Crédit du Nord. C'est lui qui détient la clé des OBSA. La chaleur est épouvantable. En présence de Chevalier, qui boit du petit-lait, les trois banquiers tiennent le même discours à Arnault, qui joue parfaitement son rôle, en faisant semblant de se laisser convaincre : « Vous ne pouvez pas faire une OPA contre Alain, qui incarne l'establishment des affaires », lui répète Bernheim. « Par surcroît, ne vous faites pas d'illusions, ajoute Roger : dans cette affaire, vous n'êtes que le chausse-pied de Racamier. »

Arnault répond, plus premier communiant que jamais : « Si les actionnaires des familles Moët-Hennessy sont d'accord pour me faire une place et s'il m'est possible de prendre 20 % au minimum du capital par d'autres voies qu'une OPA, je suis d'accord pour y renoncer car je n'ai pas l'intention de casser les vitres. » Chevalier est aux anges, mais pose comme condition l'entrée en même temps de Guinness au capital de LVMH, par le biais de participations croisées. Arnault accepte : l'entrée d'un crocodile de plus dans le marigot sert ses desseins. Le patron de LVMH est subjugué. Il déclarera, peu de temps après : « J'ai trouvé Bernard Arnault intelligent, constructif, avec de grandes vues stratégiques. C'est un manager tout à fait exceptionnel. »

Mieux vaut avoir affaire au bon Dieu qu'à ses saints. Le clan Moët-Hennessy réagit comme Chevalier : puisque Racamier a ouvert la porte à Arnault, autant s'entendre directement avec lui ! Une voie royale s'ouvre ainsi devant le patron de la Financière Agache. D'autant que David Dautresme récupère 12 % du capital de LVMH, rien qu'en passant quelques coups de fil. Ces titres sont, en effet, entre les mains des six investisseurs auprès desquels avaient été placées les OBSA émises par Moët-Hennessy en 1987. Depuis lors, ces titres sont discrètement restés garés dans ces six parkings : l'UAP, la Caisse des dépôts, le Crédit agricole, la banque Worms, la BNP et... Lazard, chef de file de l'opération. Dautresme négocie donc avec ces établissements les conditions de cession de ces OBSA à Bernard Arnault. Mais les vendeurs ne doivent pas apparaître, car il était stipulé que ces titres devaient être placés dans le grand public. Aussi, une fois les termes de la transaction arrêtés, ceux-ci seront invités à passer par un discret intermédiaire belgo-luxembourgeois, Belmavobel International Securities.

Parallèlement, Lazard cimente une association entre Arnault et Guinness, conformément au projet arrêté chez Antoine Bernheim. Problème : le brasseur britannique est un groupe énorme auprès duquel la Financière Agache fait figure de nain. Pourtant, ce lion, Bernheim va réussir à le mettre en cage. La cage s'appelle Jacques Rober, une petite société qui dormait dans la galaxie Dior et dont le seul actif était un magasin de fourrures dans le VIIIe arrondissement de Paris. La Financière Agache en aura 60 % et Guinness 40 %. Et c'est cette société aux couleurs franco-britanniques qui rachètera en Bourse les actions de LVMH. Aucun des deux partenaires ne pourra acquérir des titres sans l'accord de l'autre.

La construction Jacques Rober est admirablement ficelée. Elle donne à Arnault, dans son offensive, l'appui financier des gros bataillons de Guinness, tout en lui laissant la maîtrise d'œuvre puisqu'il en est l'actionnaire majoritaire. Comment le brasseur anglais a-t-il pu ainsi accepter de se retrouver pieds et poings liés ? Il voulait à tout prix participer au capital de LVMH pour consolider son accord de distribution mondiale dans les vins et spiritueux signé en 1987, qui lui rapportait le quart de ses bénéfices, soit plus de 1 milliard de francs. Anthony Tennant, le patron de

Guinness, s'est laissé convaincre qu'il n'avait aucune chance de réussir seul à entrer en force chez LVMH en raison des réactions nationalistes de l'opinion et des pouvoirs publics français, pour qui le groupe de luxe fait partie du patrimoine national. Avec la caution de Chevalier, Arnault lui aurait fait valoir qu'il disposait du soutien des pouvoirs publics et que le moyen le plus efficace d'entrer dans LVMH était de s'associer avec lui. Ce que lui a confirmé sa propre banque conseil, qui n'était autre que... Lazard Brothers à Londres.

En réalité, pour comprendre le profil bas adopté par Guinness, cette société longtemps arrogante, qui a fondé sa réputation sur la bière Stout, il faut remonter à l'OPA, lancée en 1986, sur l'Écossais Distiller's, producteur du whisky Johnny Walker et du gin Gordon, dont une partie sera payée en actions Guinness. Peu de temps après, Ivan Boesky, l'un des financiers les plus en vue de Wall Street, est arrêté à New York. Il révélera qu'Ernest Saunders, le patron de Guinness, avec ses banquiers, a fait monter artificiellement les cours pour rendre l'achat de Distiller's moins coûteux. Ce déballage provoque un énorme scandale à la City. Saunders est contraint de démissionner. L'establishment britannique est sous le choc. Véritable institution outre-Manche – la reine Victoria avait ordonné qu'on rajoutât du Stout dans les verres de champagne servis à Buckingham Palace en signe de deuil à la mort du prince Albert –, Guinness est mis au ban du Stock Exchange. Pour restaurer sa crédibilité et son image, on fait appel à Anthony Tennant. Passé par la célèbre école d'Eaton, cousin de lord Gloucester, propriétaire de l'île Moustique, Tennant est alors unanimement respecté pour son intégrité, ce qui peut faire sourire aujourd'hui, compte tenu de ses pratiques, condamnables et condamnées, cinq ans plus tard, à la tête de la célèbre maison de ventes aux enchères Christie's[1]. Quelle que soit la nature du personnage, sa mission est claire : redorer le blason de Guinness.

---

1. Selon la justice américaine, dès sa prise de fonction, en 1993, Sir Anthony Tennant (il a été anobli par la Reine), organisera un

Tennant n'est donc pas en situation de pousser les enchères. Est-ce une raison suffisante pour se livrer à Bernard Arnault pieds et poings liés ? Sa seule échappatoire : une clause lui permet de sortir de Jacques Rober en revendant ses titres à Arnault à compter du 1er juillet 1991 – mais à 80 % de leur valeur en Bourse. Ce qui signifie qu'Arnault pourra facilement emprunter pour racheter les actions détenues par Guinness, si Tennant veut les vendre. Il aura une plus-value garantie.

En fin d'après-midi, le mardi 28 juin 1988, Arnault rappelle enfin Racamier, qui l'avait inondé de messages pour savoir où en est leur projet d'OPA :

— Henry, les choses ont bougé : il n'y a plus besoin de faire une OPA.

— Comment cela ?

— C'est formidable, Guinness s'associe avec moi, en minoritaire, pour racheter des actions de LVMH. De plus, un petit courtier belge débrouillard a pu récupérer un million d'OBSA qu'avait lancées Moët en 1987.

Le PDG de Vuitton fait mine de croire aux déclarations d'Arnault. Mais il comprend aussitôt qu'il s'est fait doubler. Arnault se serait entendu avec Chevalier, en reprenant son projet de participations croisées avec Guinness ? Il décide

---

« complot » avec Alfred Taubman, président de Sotheby's, la maison concurrente, pour limiter la concurrence, en fixant des taux de commission sur les mises aux enchères d'objets d'art. Les deux hommes se rencontreront ainsi une douzaine de fois en secret pour s'entendre sur les prix. Alfred Taubman sera jugé coupable le 6 décembre 2001 par le tribunal fédéral de New York. Inculpé pour les mêmes charges, Sir Tennant choisira de ne pas se présenter à la justice américaine. Objet d'un mandat d'arrêt international, il ne pourra plus quitter le territoire britannique. Repris en 1998 par François Pinault, Christie's coopérera complètement avec la justice américaine, bénéficiant en échange d'une « amnistie conditionnelle ». À la suite d'une procédure civile, Christie's et Sotheby's dédommageront leurs clients à hauteur de 547 millions de dollars.

de tenter de retourner une nouvelle fois la situation en sa faveur. Deux jours plus tard, il appelle celui qu'il présentait jusque-là comme le diable, Anthony Tennant :

— Bernard Arnault me dit que vous souhaitez entrer avec lui dans le capital de LVMH ?

— C'est exact. Notre démarche est amicale. Il s'agit de consolider nos accords de distribution.

— Je ne vous comprends pas bien, répond Racamier. Pour entrer dans le capital de LVMH, vous prenez appui sur quelqu'un qui n'en est pas actionnaire. C'est pittoresque.

— Que proposez-vous ?

— Vous feriez mieux de prendre une participation dans notre holding familiale VIG, qui contrôle déjà 23 % du groupe. Vos chances de succès seraient plus importantes.

— Votre proposition est intéressante. Je vais l'étudier.

En réalité, Tennant ne fait aucune confiance à Racamier qui a trop affiché, fin mai, sa détermination à barrer la route au brasseur anglais. Il prévient aussitôt Alain Chevalier de la proposition. Et une heure et demie plus tard, Bernard Arnault est, lui aussi, au courant. Le contre-feu est immédiat. Chevalier n'a aucune peine à rallier les familles Moët et Hennessy au panache d'Arnault : elles ne pardonnent pas à Racamier d'avoir cherché à les marginaliser.

Ainsi, par ses initiatives, Henry Racamier a créé un front uni contre lui. Ce dont profite habilement Bernard Arnault pour rafler la mise. Car tous, désormais, lui sont redevables : Chevalier dont il préserve la situation, les Moët et Hennessy qu'il sauve de la marginalisation, Guinness à qui il permet de prendre une part significative, quoique indirecte, du capital de LVMH. Jusqu'à Racamier lui-même qui croit toujours que leurs intérêts, ceux du luxe, finiront par converger face au camp des vins et spiritueux. Il se voit toujours comme l'incontournable principal actionnaire.

Il ne l'est plus ! Avant même la mise en forme du montage Jacques Rober, Financière Agache et Guinness commencent à ramasser des actions LVMH en Bourse. Les 4 et 5 juillet, ils raflent plus de 10 % du capital sous les yeux des boursiers médusés qui ne savent pas ce qui se passe. En ajoutant les OBSA, le tandem franco-anglais détient déjà potentiellement 24 % de LVMH.

L'entrée conjointe de la Financière Agache et de Guinness dans le capital de LVMH est annoncée le vendredi 8 juillet. La veille, le conseil d'administration de LVMH avait pris acte de l'arrivée de Jacques Rober comme nouvel actionnaire et donné pouvoir à la direction d'acquérir 12 % de Guinness. Cet événement laisse les observateurs perplexes. Car l'arrivée simultanée de deux nouveaux actionnaires dans un groupe déchiré par la querelle Chevalier/Racamier pose plus de questions qu'elle n'en résout, en particulier sur les objectifs d'Arnault. Lequel des caïmans finira par manger les autres ? Les commentateurs sont pourtant unanimes à dire que Bernard Arnault a touché provisoirement son bâton de maréchal, que le jeune homme est là pour apprendre, pour se frotter aux grands et qu'il s'installe dans une position d'attente pouvant durer plusieurs années.

En privé, pourtant, le langage d'Arnault ne laisse planer aucune ambiguïté. N'est-il intéressé que par les parfums Dior ? « C'est l'ensemble qu'on va récupérer », explique-t-il. Et il précise ses intentions : « On va évidemment monter dans le capital. Dans un premier temps, on va arriver à 30 %. Mon objectif est de contrôler totalement. » Il parle déjà comme le patron. Il fixe la stratégie. Ainsi sur Dior : « Il n'y aura pas de regroupement à court terme entre la couture et les parfums. Mais il y aura coordination dans plusieurs domaines : communication, lancement de produits, ouverture de boutiques par exemple. » Concernant l'opportunité de nouvelles acquisitions, question qui a si souvent opposé Racamier à Chevalier : « On peut racheter des marques mais sans payer trop cher. » Et pour lever toute équivoque, il confie : « Je n'ai pas besoin de la présidence pour faire entendre ma voix. C'est l'actionnaire principal qui décide, si un différend s'élève au sein du groupe. » Le chef des caïmans, c'est lui. Le 28 juillet 1988, il annonce qu'il contrôle déjà 20 % du capital de LVMH et même 28 % en tenant compte des futures actions que sont les OBSA. Pour parvenir à ses fins, il a fait cependant une concession majeure à Henry Racamier : LVMH sera dirigé par un directoire et un conseil de surveillance, une organisation plus collégiale qui, pour Racamier, doit apporter plus d'autonomie aux différentes composantes du groupe. Chevalier ne peut s'opposer à cette nouvelle organisation, souhaitée par ses actionnaires, mais il n'apprécie pas. Il pressent que ces deux capitalistes vont le contraindre, lui le manager salarié, à exécuter leurs choix. Pour la première fois depuis qu'il a accédé, en 1982, à la présidence de Moët-Hennessy, il découvre qu'il a des actionnaires.

Sur ce, tout le monde part en vacances pour souffler. Mais tandis que Racamier et Chevalier vont ruminer leurs aigreurs ou préparer de nouvelles offensives, c'est l'esprit serein que Bernard Arnault s'envole vers sa maison dans le domaine des Parcs de Saint-Tropez, où il côtoie François Dalle, l'ex-PDG de l'Oréal, qui s'apprête à s'illustrer, à titre personnel, dans le raid de Georges Pébereau contre la Société générale et Albert Frère, un puissant industriel belge reconverti dans la finance à la tête de la banque Bruxelles-Lambert qui deviendra son plus fidèle soutien. Et son seul ami dans le business.

Près de sa femme Anne et de ses enfants Delphine et Antoine, Arnault peut décompresser. Mais à sa manière, méthodique et organisée. En mer, il se fait accompagner d'un professeur de natation. Au tennis, il prend des cours particuliers mais s'épuise aussi, le soir venu, dans des parties sans fin où il se bat sur chaque balle. Les parties de château et les civilités, ce n'est pas son truc.

CHAPITRE 8

Le patron de LVMH, c'est moi

La rentrée sera chaude ? En cette matinée du 22 septembre 1988, la foule des actionnaires se bouscule dans le salon Aiglon de l'hôtel Intercontinental, où se tient l'assemblée des actionnaires de LVMH qui doit entériner la création d'un directoire et d'un conseil de surveillance. La presse est là, à l'affût : va-t-il y avoir du sang sur les murs ? Car ce qui apparaissait comme une formalité est devenu, au fil des jours, l'occasion d'une nouvelle empoignade. Juste avant son départ en vacances, Henry Racamier avait d'ailleurs allumé les hostilités : « Nous devons éviter de nous séparer mais il faut trouver une autre manière de vivre ensemble et de fonctionner [1] », déclarait-il au *Wall Street Journal.* Insistant sur les différences de culture de Moët-Hennessy et de Louis Vuitton, il proposait de distendre les liens en réduisant la participation de LVMH dans Vuitton, de 98 à 90 %.

Surtout, quelques jours avant l'assemblée, l'action LVMH s'est, à nouveau, envolée en Bourse. Qui achète ? Racamier a commencé. Aussitôt, Arnault a réagi, en prenant 10 % du capital. Il fait parler la grosse Bertha face au chassepot de son rival. « C'était une attaque, il était tout à fait légitime que nous y répondions sans tarder », expli-

1. *The Wall Street Journal,* 28 juillet 1988.

quera le PDG de Dior pour justifier cet investissement de 4,1 milliards de francs réalisé en trois jours, sans que son associé Guinness ait été consulté, contrairement aux termes de leur accord, ce qui provoquera l'ire d'Anthony Tennant, contraint d'en financer 40 %. L'Anglais commence à trouver que le jeune Arnault exagère. Mais peut-il pour autant aller jusqu'à mettre en danger l'accord de distribution mondiale conclu entre les deux groupes ? Pas vraiment. Et la présence d'Alain Chevalier contribue à le calmer.

Si Arnault a lancé ce *blitzkrieg*, c'est pour renforcer sa main dans l'optique de l'assemblée générale : il dispose désormais d'une participation de 29,4 %, sans compter les actions virtuelles que sont les OBSA. Problème : ses actions, achetées récemment, ne jouissent pas du droit de vote double. Le clan Vuitton, tout en ayant une part de capital moindre (près de 24 %), contrôle 30 % des voix.

En vérité, au moment où se déroule l'assemblée générale, nul ne connaît la part du capital de LVMH que contrôle réellement Arnault. Chacun pense que le théâtre d'ombres chinoises de LVMH va enfin dévoiler ses mystères. Il n'en sera rien. L'assemblée se passe sans heurts. Les résolutions transformant les statuts sont adoptées dans l'indifférence. Bernard Arnault, minoritaire en voix, face au clan Vuitton, n'avait aucun intérêt à se découvrir. Assis pour la première fois aux côtés de ses deux illustres partenaires, il donne même un coup de chapeau remarqué au management : « Je fais confiance aux hommes en place. Alain Chevalier conserve toute latitude pour diriger la société. On ne change pas une équipe qui gagne. »

L'animation va venir de la salle. Un petit actionnaire s'inquiète de la présence en masse des banquiers au nouveau conseil de surveillance. La moitié des sièges leur revient, proportion inhabituelle dans une entreprise industrielle. Ils sont six : Antoine Bernheim et Bruno Roger de Lazard, Michel François-Poncet et André Battestini pour Paribas, Nicholas Clive Worms et enfin Jean-Maxime Lévêque, en qualité de président d'honneur du Crédit lyonnais à la tête duquel il vient d'être remplacé par Jean-Yves Haberer. Quoi de plus naturel : LVMH a été inventé et construit par les banquiers et ceux-ci veulent surveiller de près la croissance de leur progéniture. D'autant qu'ils sont financièrement associés aux principaux protagonistes. Leur intérêt jaloux et la concurrence à laquelle ils se livrent entre eux – parfois au sein du même établissement comme Lazard – sont significatifs de la tendance de plus en plus marquée des banques à fidéliser leur clientèle d'entreprises en investissant dans leur capital. C'est à cette époque que le gouvernement socialiste de Michel Rocard va chercher à développer et à théoriser les liens entre banque et industrie, en se référant au modèle allemand, dans un souci de protection des entreprises françaises face aux appétits étrangers. Le phénomène ne prendra jamais la même ampleur qu'outre-Rhin et il explosera, quelques années plus tard, avec le drame du Crédit lyonnais.

C'est le 26 septembre, quatre jours après l'assemblée, que la foudre s'est abattue. Le conseil de surveillance de LVMH se réunit boulevard de La Tour-Maubourg, pour la première fois, afin d'élire son président. Henry Racamier arrive serein : les principaux actionnaires se sont mis d'accord au cours de négociations préalables sur le nom d'Henry-Louis Vuitton, quatre-vingts ans, arrière-petit-fils du fondateur de l'entreprise. À la demande de Racamier, Frédéric Chandon de Briailles, chef présumé du clan Moët-Hennessy, s'était déplacé en personne pour lui demander d'accepter le titre et l'assurer de son soutien. Racamier tombe d'autant plus de haut. Dès que s'ouvre la séance, Bernard Arnault, sourire aux lèvres, d'une voie posée, dans laquelle ne perce pas la moindre émotion, déclare : « Je vous propose d'élire sans tarder M. Jean Arnault à la présidence de notre conseil. »

Jean Arnault ! Le père de Bernard qui sort, pour la première fois, de l'anonymat, est aussitôt élu, avec l'appui des familles Moët et d'Anthony Tennant. Henry Racamier est livide. En cette fin d'après-midi, ses dernières illusions sur la possibilité d'une union équilibrée avec Arnault se sont définitivement envolées. À la fin du conseil, il fait un amer constat : « Cela ne correspond pas à ce qui était attendu mais la décision est prise, on ne peut l'annuler, c'est une situation de fait que nous constatons et regrettons. » En privé, le patron de Vuitton sera moins nuancé.

Le temps des ronds de jambe et des coups par en dessous est terminé. Le voile est déchiré. Bernard Arnault s'est enfin découvert. La nomination surprise de son père – c'est-à-dire, par délégation, de lui-même – montre aux yeux de tous qu'il a pris l'ascendant sur les représentants des familles Moët et Hennessy, en lieu et place d'Alain Chevalier, en jouant la carte de la solidarité des actionnaires face aux managers. Le patron de Dior vient d'affirmer sa prééminence au sein de l'actionnariat. « Avec tout l'argent que j'ai investi dans cette affaire, je ne vais pas me contenter d'un strapontin [1] », commente-t-il alors, de façon laconique mais significative. Son ami Michel Lefebvre, qui lui a succédé à la tête de Férinel, confirme ce qui est désormais prévisible : « C'est un bulldozer. Il a décidé de prendre le contrôle de LVMH ; il ira jusqu'au bout. »

Bien que confirmé comme président du directoire, Alain Chevalier est plus désabusé que jamais. Trois ans plus tôt, il s'était déjà découvert : « J'éprouve une certaine incapacité à être complètement concerné. Peut-être parce qu'entre le pouvoir et la liberté, j'ai choisi la liberté [2]. » Officiellement, il parle de « parfaite symbiose entre le management et l'actionnariat », mais il commence à étaler ses états d'âme. Ainsi cette confidence significative : « Si j'avais trente-cinq ans, je ne ferais pas la même carrière, déclare-t-il à *La Tribune*. J'essaierais de monter mon affaire personnelle, comme le font les jeunes. » En voyant se

1. Le montant exact de la participation d'Arnault ne sera dévoilé qu'un mois plus tard... De toute façon, pour l'instant, il s'agit avant tout de l'argent du Crédit lyonnais.

2. *Le Nouvel Observateur*, 4 juillet 1986.

déployer la mécanique Arnault, le mondain Chevalier, manager sans capital, si à l'aise avec l'argent des autres que, tel un ministre, il ne partait pas en voyage sans une suite d'une vingtaine de personnes, a compris qu'il était un *has-been*. Le nouveau directoire de LVMH, du reste, ne se réunira que deux fois. La première pour choisir des plaquettes publicitaires ! La seconde afin d'entériner le rachat de Givenchy par Louis Vuitton, signé en juin.

Arnault va utiliser cette affaire Givenchy pour asseoir son pouvoir. Henry Racamier, qui possédait déjà les parfums Givenchy, avait profité de l'agitation de la fin du printemps pour acheter la haute couture au marquis Hubert de Givenchy qui avait chèrement vendu son indépendance : 225 millions de francs. Chevalier était contre cette acquisition mais n'avait pu l'empêcher. Arnault s'en étonne :

— Je ne comprends pas que vous ayez laissé faire cette opération.

— J'y étais opposé. Je l'ai dit à Racamier. Mais il a passé outre.

— Je vous rappelle que Louis Vuitton est une filiale de LVMH. Ce manque de transparence est inadmissible.

— Je suis entièrement d'accord avec vous, affirme Chevalier.

— Alors je vous demande de mettre Racamier au pas, conclut Arnault.

Pour Chevalier, l'heure de vérité vient de sonner. Il se trouve, pour la première fois, en face d'un actionnaire, un vrai, qui lui demande d'agir selon ses directives et exige un rapport. Et, comble de malchance, cet actionnaire a une personnalité aux antipodes de la sienne. Il pratique les oukases alors que lui-même n'aime rien tant que les circonvolutions et les motions nègre blanc de son passé radical-socialiste. Arnault lui demande l'impossible. Comment lui, homme de dialogue et de consensus, pourrait-il mettre Racamier au pas ? Arnault lui demande de se griller, pour lui, auprès de l'establishment, qui est parfaitement au courant de l'ultimatum. Même s'il déteste Racamier, il n'a ni la volonté ni le pouvoir de lui dicter sa conduite. Il sait qu'à mains nues, face à Arnault, il va à l'échec. Il lui faut un actionnaire allié pour le contrer. Son ami Anthony Tennant est tout désigné. Mais il est ficelé dans Jacques Rober. En outre, il ne sera pas simple de justifier aux yeux des pouvoirs publics et de l'opinion le recours à un cheval de Troie anglais.

Que faire ? Pourquoi pas une ultime volte-face ? Une Sainte-Alliance contre Arnault, avec l'autre actionnaire, Racamier, l'insupportable Racamier, celui à propos duquel il répète qu'« on ne peut pas gérer une affaire avec lui » ? Pour sauver son fauteuil, il accepte de faire éclater LVMH, son propre enfant ! Car il sait très bien que Dear Henry n'a qu'une idée en tête : reprendre ses billes et redevenir l'actionnaire majoritaire de Vuitton. Ils tombent d'accord : mieux vaut une séparation à l'amiable qu'un mariage raté. Racamier se met aussitôt au travail et concocte un plan destiné à « apporter à la structure de LVMH un certain nombre d'aménagements ». Le groupe ferait descendre au-dessous de 50 % sa participation dans ses deux principales filiales, Vuitton et Moët-Hennessy, qu'il possède, pour l'heure, respectivement à hauteur de 98 et 100 %. Les Vuitton rachèteraient leur société à travers une nouvelle holding et Moët-Hennessy passerait sous la coupe de Guinness et des familles. Arnault ne serait pas oublié. Fort généreusement, ils décident de lui laisser Dior (couture et parfums) ainsi que le contrôle d'un LVMH croupion, transformée en actionnaire minoritaire de ses filiales Moët-Hennessy et Louis Vuitton ! Racamier insiste sur le fait que ces différentes opérations feraient rentrer 17 à 20 milliards dans les caisses de LVMH, « ouvrant de nombreuses possibilités de développement dans des directions nouvelles ».

Chevalier et Masurel, directeur général de LVMH, vont prendre des contacts avec quelques-uns des principaux banquiers de la place pour examiner la possibilité d'une OPA. Parmi eux, Gérard Eskénazy, chassé de Paribas par la nationalisation de 1982, qui s'est relancé en montant une nouvelle banque d'affaires, Parfinance, avec le soutien d'Albert Frère, le voisin d'Arnault à Saint-Tropez. René

Thomas, le PDG de la BNP, est lui aussi invité aux agapes. Il peut trouver là l'occasion rêvée d'évincer de l'affaire son concurrent, le Crédit lyonnais, qui est le principal soutien financier d'Arnault. Chevalier contacte également Tennant qui se fait fort de convaincre son conseil d'administration de participer à un éventuel assaut.

C'est Henry Racamier qui, en décembre 1988, se charge de présenter son plan à Bernard Arnault, car il n'est pas question pour ce dernier de parler de modification du capital avec le manager qu'est Chevalier. Arnault ne monte pas sur ses grands chevaux. Il fait la moue, tergiverse. Alerté, les sens en éveil, il va attendre le faux pas. Celui-ci ne tardera pas. Le 29 décembre, les opposants se retrouvent avenue Hoche. Le projet d'OPA visant à faire exploser LVMH est concocté : il coûterait entre 60 et 70 milliards de francs. Entre les fêtes de fin d'année, Jean-Louis Masurel et les banquiers mettent au point les détails de l'offensive. Pendant ce temps, les big boss partent au ski passer les vacances de Noël en famille. De Verbier, Racamier téléphone à Chevalier à Megève. « J'ai commencé à agir, lui dit ce dernier. Dans huit jours, je pourrai vous en dire plus. » Mais déjà, Arnault est au courant. Il a vu le titre s'emballer en Bourse, à partir du début décembre. Il a écouté Racamier. Il a ses « oreilles » partout. Il est désormais informé, en temps réel, de ce qui se trame. Ses informateurs ont constaté beaucoup d'allées et venues au siège de Moët-Hennessy, avenue Hoche. Il s'aperçoit que, pour les vœux du Nouvel An, LVMH a invité tout le monde sauf lui. Il s'en étonne. Il demande à voir Chevalier pour obtenir des éclaircissements. En vain. Ce n'est que le mercredi suivant que Chevalier le rappelle. Rendez-vous est pris pour le lendemain, au petit déjeuner. Selon le compte rendu de cette réunion qu'ont fait Nadège Forestier et Nazanine Ravaï[1], Chevalier aborde son interlocuteur avec une mâle assurance, tempérée par un zeste de condescendance :

1. *Bernard Arnault ou le goût du pouvoir*, Olivier Orban, 1990.

— Quoi qu'il arrive, Bernard, il faut que vous sachiez l'estime que j'ai pour vous, déclare-t-il d'entrée de jeu.

— J'en suis ravi, c'est tout à fait réciproque, mais, si vous me permettez, que va-t-il arriver ?

— Nous sommes dans une impasse, vous le constatez comme moi. Notre intérêt à tous, et le vôtre en particulier, est d'accepter le plan que vous a proposé Henry Racamier. C'est la seule façon d'en sortir la tête haute et sans dégâts pour la place de Paris.

— Vous savez bien qu'il s'agit d'un plan de démantèlement. La place de Paris, comme vous le dites, ne comprendrait pas que l'on brise l'un de ses plus beaux fleurons pour régler des histoires de personnes qui ne parviennent pas à s'entendre après avoir décidé de fusionner leurs entreprises. Pour ma part, il est hors de question que je m'inscrive dans un tel schéma.

— Dans ces conditions, il arrivera ce qui doit arriver, conclut Chevalier, sentencieux et énigmatique.

Il ne fallait pas être grand clerc pour voir que Chevalier, la sueur au front, fumant Rothman rouge sur Rothman rouge, préparait un nouveau coup fourré. Il a tenté de jouer les matamores et a trouvé les mots justes. Il arriva ce qui devait arriver : une réponse fulgurante. Le jeune Arnault a compris que les explications alambiquées de Chevalier cachaient un plan pour le virer. L'emballement du titre LVMH à l'ouverture de la Bourse le lui confirme. L'importance des ordres est telle qu'ils ne peuvent provenir que de Guinness, qui achète en dépit des accords Jacques Rober. Arnault en est informé par Lazard. Une fois de plus, il saisit l'occasion pour habiller son offensive en contre-offensive. Un coup de fil à Antoine Bernheim pour s'assurer que les batteries sont prêtes et, à 12 h 30, c'est l'attaque : Lazard achète pour son compte toutes les actions présentées à la vente. Le titre LVMH s'envole : il atteint 4 700 francs, mettant la valeur de la société à plus de 50 milliards de francs (7,62 milliards d'euros). Du jamais vu. En même temps, Bernard Arnault, par ses avocats, somme Guinness de cesser ses achats, en vertu de l'accord avec Arnault et Associés qui l'empêche d'acheter des actions LVMH en dehors de leur société commune Jacques Rober. Des administrateurs sont prévenus des risques juridiques personnels qu'ils encourent. On n'hésitera pas à les accuser de délit d'initiés, très à la mode en raison de l'affaire Pechiney. Ceux-ci comprennent vite. Pas question de voir Guinness montré à nouveau du doigt. Aussi, à 13 heures, sur ordre de son conseil d'administration, Tennant ordonne l'arrêt des achats. Une nouvelle fois, l'attitude erratique du futur patron de Christie's pose question. Chevalier est loin de tout cela. Il fait état de son désarroi : « Les Anglais m'ont lâché en vingt-quatre heures. »

Sans l'appui de Guinness et aux niveaux fous des prix atteints par LVMH, Chevalier et Racamier sont pris à contre-pied : ils ne pourront pas lancer une OPA ayant la moindre chance de succès. Il faut absolument arrêter l'envolée des cours, empêcher Arnault de renforcer sa position. Une seule solution : provoquer une suspension de la cotation. Dans l'après-midi, Jean-Louis Masurel fait diffuser un communiqué annonçant une croissance exceptionnelle des profits du groupe en 1988. C'est une manœuvre visant à faire croire aux autorités boursières que des initiés – Bernard Arnault est implicitement désigné – sont à l'origine des achats en Bourse et qu'il est donc impératif, pour le bon fonctionnement du marché, de suspendre la cotation.

Arnault a compris le danger. Dès le lendemain matin, avant l'ouverture, il fonce à la Bourse pour voir son ami Régis Rousselle, le président de la Société des bourses françaises, l'autorité de tutelle du marché. Comme lui, c'est un homme du Nord et la charge d'agents de change qu'il preside, Meeschaert-Rousselle, a été chargée de l'introduction en Bourse d'Arnault et Associés. Il décide de ne pas suspendre les cotations. Arnault peut poursuivre son *blitzkrieg* : en deux séances, avec l'argent emprunté au Crédit lyonnais, il met la main sur 7,5 % du capital de LVMH.

Il ne lui reste plus qu'à parachever son triomphe. Il décide de convoquer un directoire de LVMH le jour même, vendredi 6 janvier 1989, à 18 heures, boulevard de

La Tour-Maubourg. Alain Chevalier a perdu. Il quitte la scène en lançant à Arnault, qu'il croisera quelques jours plus tard dans un couloir, un très médiatique : « J'ai joué et j'ai perdu, je démissionne. » Voilà pour la galerie. En réalité, lors d'un tête-à-tête avec Arnault, il obtiendra un parachute doré de 15 millions de francs officiellement, 46 millions selon d'autres sources (7 millions d'euros), somme modeste, si l'on peut dire, par rapport à ce qui se pratique aujourd'hui mais qui a été jugée considérable à l'époque. Pour cela, les deux parties iront en arbitrage. La sentence du professeur Viandier, rendue le 20 février suivant, ne laisse pas la part au doute : « La démission de M. Chevalier est la conséquence des pressions exercées sur lui [...] et elle doit être qualifiée de révocation. » Avec cet argent, et des emprunts, Chevalier ira acheter Balmain pour 600 millions de francs. Qu'il sera obligé de revendre, plus tard, à son propre vendeur, pour éviter le naufrage...

Henry Racamier, lui, a fait une excellente affaire. Dès qu'il a vu que les cours s'envolaient, il a vendu au plus haut (4 720 francs) 80 000 actions LVMH qu'il détenait, ce qui lui a rapporté 350 millions de francs. En fait, Racamier a indirectement vendu ses titres à Arnault ! C'est un joli coup de Bourse puisque, après le raid, le cours retombera juste au-dessus de 3 000 francs. Mais ces positions traduisent parfaitement les attitudes de chacun : Racamier est un velléitaire tandis qu'Arnault, encore à ce moment-là, n'est motivé que par le culte du pouvoir, quel qu'en soit le prix. Celui de l'argent viendra plus tard.

Pouvoir ? Chevalier l'a perdu. Le 12 janvier 1989, il réunit quelques journalistes dans les locaux de Publicis, avenue des Champs-Élysées, car Arnault ne lui a pas permis de le faire au siège de LVMH. Les traits tirés – il ne dort plus depuis plusieurs semaines –, il lit la lettre de démission qu'il a adressée à Jean Arnault, président du conseil de surveillance[1], et répond à quelques questions. « Avec mon

1. La lettre comporte le passage suivant : « Monsieur le président et ami, [ma] décision est motivée par le fait que le groupe LVMH a connu depuis plusieurs mois de profondes divergences de vues

départ, dit-il, les problèmes entre actionnaires devraient se simplifier. » Il paraît soulagé. Il n'était pas de taille. Avec lui, c'est toute une époque qui va disparaître : celle du capitalisme sans capitaux, mondain et étatique, où l'entregent tient lieu de compétence.

Pouvoir ? Il ne reste plus à Arnault qu'à verrouiller le sien. Les membres du directoire et du conseil de surveillance de LVMH sont convoqués le lendemain pour une réunion extraordinaire. En attendant, Bernard Arnault va passer une journée marathon. Dans la matinée, il convainc Henry Racamier de l'appuyer. Celui-ci, sonné, mais enrichi et débarrassé de Chevalier, n'offre pas de résistance. Au déjeuner, avec Alain de Pracomtal, il obtient le soutien des familles Moët et Hennessy qui n'ont guère le choix[1].

Son rendez-vous le plus difficile a lieu le soir, au cours d'un dîner avec Anthony Tennant. Entre les deux hommes, le contentieux est considérable. Tennant a été sur le point de trahir Arnault au cours des derniers jours. Chacun des deux, l'un après l'autre, ont acheté en solo des actions LVMH, en violation de leurs accords qui les lient au sein de Jacques Rober. Pour cela, par lettre, Tennant avait même menacé Arnault de poursuites judiciaires. Et Arnault, de

---

entre les différents groupes d'actionnaires qui sont de nature, si elles se poursuivaient, à entraver le bon fonctionnement et le développement du groupe. Le directoire que je préside depuis septembre 1988, où figurent deux des actionnaires les plus importants, exigeait à mon sens, pour son bon fonctionnement, une unité de vues qui ne paraît pas aujourd'hui exister. Mon devoir, dans ces conditions, est de laisser à l'actionnariat de LVMH le soin de définir et d'appliquer des règles de gestion qui protègent l'avenir du groupe, ce que je ne suis pas, pour ma part, en mesure de faire. »

1. Au micro de RTL, Alain de Pracomtal avait déclaré que Bernard Arnault devrait maintenir les cours de LVMH pour que les actionnaires puissent tous sortir aux mêmes conditions. Ce qui revenait à demander une OPA qu'Arnault ne pouvait pas assumer financièrement. Mais le nouveau patron veille au grain. Il connaît les faiblesses des uns et des autres. Et allie la qualité de ses informations à un vrai sens de la persuasion. Pracomtal se ravisera vite.

son côté, avait fait cesser la dernière attaque en brandissant, auprès des administrateurs, l'accusation de délit d'initié. Le dîner se poursuit jusqu'à 5 heures, aux petites lueurs de l'aube : inouï s'agissant d'un couche-tôt comme Arnault ! C'est dire l'importance, pour lui, de cette négociation. L'accord finalement conclu prévoit que Guinness augmentera sa participation dans Jacques Rober de 40 à 45 % et disposera d'un siège au directoire de LVMH. Coup de maître : Arnault s'assure 5 % supplémentaires de son financement sans perdre une once de son pouvoir. Il permet également à Guinness d'acheter 16 % de Christian Dior, mais il s'agissait de titres que le Crédit lyonnais avait sur les bras ! Dans les deux cas, Arnault présente habilement son avancée comme une concession. Tennant, ainsi, ne perd pas la face alors qu'il a dû céder au jeune Français. Il est ligoté par le passé de Guinness et par le milliard de francs de profits que son groupe retire de l'accord de distribution avec LVMH. Est-ce tout ? S'est-il simplement fait rouler, sous-estimant Arnault en raison de son âge et de sa nationalité, comme cela arrive parfois aux Anglo-Saxons vis-à-vis des Latins ? Ou bien s'était-il mis en faute et Arnault, de ce fait, aurait-il eu barre sur lui ? Y avait-il entre eux des accords secrets et quels étaient leur nature ? Ces questions sans réponses méritent d'être posées, compte tenu de l'étrangeté des relations entre les deux hommes et à la lumière des pratiques que mettra en œuvre, cinq ans plus tard, Sir Anthony Tennant chez Christie's. En tout cas, il s'est rendu à l'aube, en bure et la corde au coup, comme un bourgeois de Calais.

Cette nuit, pour Arnault, sera courte. Le vendredi 13 janvier, depuis 9 h 30, une quinzaine de personnes attendent au siège fantomatique de LVMH le nouveau patron pour son intronisation. Seuls Jean Arnault, Pierre Godé et Antoine Bernheim jubilent. Les autres subissent. Ils vivent, en spectateurs, la victoire de l'« ange exterminateur ». Un seul manque à l'appel : Henry Racamier. À 10 heures, Bernard Arnault arrive au 5 boulevard de La Tour-Maubourg dans une Renault 25 aux vitres fumées. Il est vêtu d'un costume Dior gris clair, son pas est presque nonchalant. Jusqu'au moment où il se rend compte de l'absence de celui qu'il appelle déjà « le vieux sénile [1] ». Racamier a attendu, dans sa voiture, qu'arrive Arnault pour être sûr d'apparaître en dernier. Il se confond en excuses, ce qui ne trompe personne. Arnault le fusille des yeux. Toute la haine du monde est dans ces regards croisés.

La séance commence, à 10 h 20, par la démission d'Alain Chevalier de la présidence du directoire. Le conseil de surveillance l'accepte et révoque, dans la foulée, Jean-Louis Masurel, le directeur général. Exit le tandem qui a dirigé LVMH. À peine quelques mots de remerciements et Bernard Arnault se fait élire à l'unanimité président du directoire. Les deux partants sont remplacés par Pierre Godé et Anthony Greener, n° 2 et futur successeur de Tennant à la tête de Guinness.

Aussitôt le conseil expédié, Arnault quitte l'immeuble du boulevard de La Tour-Maubourg pour se rendre avenue Hoche, au siège de Moët-Hennessy, la principale filiale, qui deviendra celui du groupe. Ce changement de lieu est une rupture symbolique avec le passé. Toujours accompagné de Pierre Godé, le nouveau patron arrive à 11 h 30, en conquérant. Le hall est encombré de cartons : ce sont les affaires personnelles des partants. Les deux hommes montent au sixième étage pour vérifier les communiqués qui ont été préparés. Arnault élimine sans hésiter celui qui rend un hommage appuyé à la précédente direction pour choisir le plus sobre, qui fait néanmoins un bref éloge d'Alain Chevalier et de Jean-Louis Masurel. Masurel ? C'est trop pour Arnault qui raie la phrase d'un trait de feutre : il ne fait pas bon être issu d'une grande famille du Nord. Arnault déteste Masurel chez qui il a toujours discerné un zeste de condescendance à son égard. En revanche, à côté de « Bernard Arnault, élu... », il ajoute : « à l'unanimité ». Et il faudra que les services de communication de Racamier

1. Nadège Forestier et Nazanine Ravaï, *Bernard Arnault ou le goût du pouvoir, op. cit.*

insistent pour qu'in fine, Arnault accepte que figure dans le communiqué définitif son titre de vice-président du directoire. À travers ces détails, ceux qui en doutaient encore comprennent que l'« ange du siècle » est, en réalité, un tueur-né, qui ne connaît que les rapports de force et se montre sans merci pour ceux qu'il a vaincus. Un ange exterminateur.

À midi, Alain de Pracomtal et Kilian Hennessy, le patriarche du clan familial, rejoignent Arnault pour aller à la rencontre des cadres dans l'auditorium de l'immeuble. Le premier discours du nouveau patron est sans fioritures. Sans aucun ménagement, il met en garde les bavards après, il est vrai, six mois de cacophonie. « Le patron, c'est moi. Dès lundi matin je serai là et je dirigerai personnellement l'entreprise. Il n'y aura pas de vacance du pouvoir. Je veillerai désormais moi-même à la communication du groupe. » En quelques jours, le climat dans l'entreprise changera du tout au tout. « Dans les couloirs et les bureaux, la suspicion est de rigueur, écrivent Nadège Forestier et Nazanine Ravaï. On s'épie. Dans les restaurants du quartier, on évite de s'afficher avec ceux qui se sont trop marqués auprès de l'ancienne direction. Plus personne ne parle. » La prudence et la peur retranchent les salariés du groupe dans leurs entreprises d'origine. Le malaise est là. Pourtant, Bernard Arnault n'a menacé personne et s'est montré fort civil.

Un homme de belle prestance prend alors la parole. C'est Kilian Hennessy, quatre-vingt-trois ans. « Merci, monsieur Arnault, de vous engager à maintenir l'esprit, la culture et le mode de fonctionnement de nos entreprises plus que centenaires et de garder les gens qui ont fait le nom de notre maison, dit le patriarche dans un silence religieux. Eh bien ! Monsieur Arnault, nous en prenons bonne note. » « On aurait dit une statue du Commandeur, se souvient un des participants. Comme s'il lui donnait rendez-vous au tribunal de Dieu. »

Six mois ont suffi. Bernard Arnault a gagné. Mieux : il a fermé la porte derrière lui. À cause de son offensive à la hussarde, la Commission des opérations de Bourse imposera désormais à tout acheteur de plus de 33 % des actions d'une société cotée de lancer une OPA sur au moins 66 % du capital, pour préserver les intérêts des actionnaires minoritaires. Personne ne pourra plus conquérir une entreprise de la valeur de LVMH sans y mettre le prix. Porte fermée derrière lui ? En France, oui, mais pas partout. Car cette réglementation n'existe pas aux Pays-Bas. Ce qui permettra à François Pinault, dix ans plus tard, de faire à Arnault, avec Gucci, le même coup qu'Arnault avait fait à Racamier et Chevalier !

CHAPITRE 9

Roi des cascades

Comment celui qui n'était, cinq ans plus tôt, qu'un obscur patron de PME a-t-il pu, avec 40 millions de francs de mise initiale, devenir le patron et l'actionnaire principal de la première entreprise de luxe française ? Pour attaquer LVMH et prendre 28 % de son capital, la Financière Agache a mis sur la table plus de 21 milliards de francs ! Alors que ses caisses étaient vides, quoi qu'il ait été dit à l'époque. Sur sa bonne mine, grâce à ses succès passés et fort de l'appui de Lazard, ces 21 milliards de francs ont été empruntés au Crédit lyonnais qui lui a ouvert des lignes de crédit massives et immédiates, pratiquement à la demande. Mais ces prêts, il faut maintenant les rembourser. Et c'est là que Bernard Arnault, avec la créativité financière de Robert Léon, va donner toute sa mesure. Généralement, dans des situations analogues, la solution la plus fréquente est de fusionner la société attaquante et la société conquise tout en vendant les actifs, jugés inutiles, de cette dernière. Ce qui revient à se payer sur la bête, à la manière d'un Bernard Tapie de la grande époque. Mais Arnault n'est pas dans cette logique. Il n'a aucune envie de vendre ce qu'il vient d'acquérir, en se contentant d'une plus-value. Le temps des *greenmails* avec Jacky Letertre est bien révolu. Il veut être l'empereur mondial du luxe, pas un milliardaire anonyme. Autre solution naturelle pour rembourser ses dettes : l'augmentation de capital. On fait appel à de nouveaux actionnaires qui vous font confiance, achètent de nouvelles actions et se substituent ainsi aux créanciers. Cette solution, la plus conforme aux principes du capitalisme, a l'avantage d'apporter des fonds propres à l'entreprise mais l'inconvénient de diluer la participation de l'actionnaire majoritaire, si celui-ci n'a pas les moyens de suivre. De cela, il ne peut être question pour Bernard Arnault qui veut être complètement maître chez lui. L'un de ceux qui l'ont accompagné durant cette période confirme qu'il privilégiait alors la croissance et le contrôle des entreprises sur son enrichissement patrimonial à court terme.

Arnault va donc utiliser la troisième solution, celle des cascades. Il s'agit d'empiler les unes sur les autres des sociétés de contrôle et d'ouvrir leur capital à des actionnaires minoritaires, qui souhaitent s'associer au succès présumé. Soit des petits porteurs anonymes, soit des partenaires extérieurs, clairement identifiés. Il l'a déjà pratiquée en 1986 lorsqu'il lui a fallu payer cash les dernières actions des Willot. Pour trouver les 400 millions de francs, il a vendu une fraction du capital de Arnault et Associés, l'ex-Férinel, sa société de tête, au Crédit lyonnais et à Duménil-Leblé. Et l'année suivante, il a récolté des fonds en mettant 13 % de Conforama en Bourse. Il a fait entrer Guinness à 40 %, puis 45 %, au sein de Jacques Rober, la coquille qui détient désormais les titres LVMH. Les cessions sont, bien entendu, toujours partielles. Car la règle d'or de Bernard Arnault est de conserver, en toute hypothèse, 51 % du capital de ses sociétés, pour être sûr d'en garder le contrôle.

Pour le patron, les cascades ont un avantage majeur : elles permettent de détenir le pouvoir absolu avec une petite fraction du capital. Propriétaire de la société A, je contrôle 51 % de la société B qui contrôle 51 % de la société C qui, elle-même... « Avec seulement trois holdings successives, on dispose du pouvoir sur la société qui est en bas de l'édifice en engageant des capitaux égaux à environ 13 % de l'actif net », écrivait, en 1985, Jean Peyrelevade dans la revue *Banque*. L'actuel président du Crédit lyonnais présidait alors l'UAP et dénonçait les méfaits du « capitalisme sans capitaux » qui aboutit à donner le pouvoir à des dirigeants qui n'ont de comptes à rendre à personne. Il est aujourd'hui un administrateur particulièrement discret de LVMH. Pour le roi des cascades, il y a tout de même un hic : lorsqu'ils remontent le courant, les dividendes sont, dans l'autre sens, divisés par deux à chaque étage ! Quant aux partenaires minoritaires, on ne voit guère les avantages qu'ils trouvent à se ligoter ainsi, sauf à considérer que le cheval auquel ils s'attellent surclassera tous les autres et leur permettra de s'enrichir avec lui.

Ce système a aussi un inconvénient majeur : il laisse la porte ouverte à toutes les suspicions. Car la tentation est grande de faire venir comme actionnaires minoritaires, à tous les niveaux, des sociétés dirigées par des amis ou des obligés à qui l'on offrira des compensations par ailleurs. La tentation est encore plus grande de s'enrichir, par la magie des cessions internes. Il suffit de faire acheter par des sociétés du haut de la cascade, à d'autres sociétés situées plus bas, des actifs que l'on aura sous-évalués. Ou bien de vendre, cette fois-ci du haut vers le bas, des actifs surévalués. Ainsi, le haut de la cascade, c'est-à-dire le patron, s'enrichit, tandis que le bas, c'est-à-dire la grosse société industrielle, avec ses millions de petits actionnaires, s'appauvrit relativement.

Toutes ces pratiques sont, bien entendu, interdites par la loi. Le droit exige que toutes les transactions entre des sociétés ayant des administrateurs communs apparaissent dans les comptes annuels. Les commissaires aux comptes doivent se porter garants de l'évaluation juste des actifs vendus et achetés au sein d'un même groupe. Mais la marge d'interprétation reste considérable. Aussi les différentes autorités de contrôle, pendant des années, ont-elles fait preuve d'une large tolérance vis-à-vis des grands groupes. Moins aiguillonnées par les actionnaires minoritaires qu'aujourd'hui, elles ne se mettaient en branle, en général, que lorsque les actionnaires majoritaires s'enrichissaient au détriment des minoritaires, quand ceux-ci s'appauvrissaient. Mais elles détournaient volontiers le regard lorsque tout le monde y trouvait plus ou moins son compte, même si les gros étaient avantagés par rapport aux petits.

À la fin des années quatre-vingt, les cascades de holding ont été une spécialité française et italienne, avec pour modèle la réussite, aussi phénoménale qu'éphémère, du condottiere Carlo De Benedetti qui, à partir de l'entreprise familiale de machines à écrire Olivetti, a bâti en un temps record un conglomérat où cohabitaient l'informatique, l'équipement auto, les assurances, la finance, le luxe et l'édition, pesant en tout plus de 60 milliards de francs. Jusqu'à l'échec cuisant de sa tentative de prise de contrôle de la Société générale de Belgique qui a fait tomber le château de cartes : le capitalisme sans capitaux ne tolère pas l'échec. En France, des hommes à l'histoire et à la stature aussi différentes que Jean-Luc Lagardère, Vincent Bolloré, Jean-Charles Naouri, François Pinault et bien d'autres ont bâti leur pouvoir et leur fortune en utilisant toutes les ressources de l'ingénierie financière. Mais le champion est sans conteste notre héros.

C'est au cours de l'été 1988 qu'il va donner la mesure de son talent – et de celui de Robert Léon, qui le conseille. Cette fois-ci, en effet, ce ne sont plus 400 millions pour les Willot qu'il s'agit de drainer, mais 7,7 milliards qu'il doit rembourser à court terme. C'est une partie de la somme qu'il a dépensée pour passer de 3,5 % du capital de LVMH, le niveau de sa participation au 30 juin, à 28 % fin juillet. Pour cela, il a ramassé des actions en Bourse à un coût unitaire moyen de 2 810 francs, soit un prix total de 4,6 milliards. S'y est ajouté le rachat des OBSA de Moët-Hennessy pour 3,1 milliards.

Certes, comme la Financière Agache est associée avec Guinness dans Jacques Rober, Arnault sait que son partenaire prendra à sa charge 40 %, puis 45 % du coût. Mais, pour l'heure, le brasseur anglais est bloqué par les autorités françaises qui examinent la conformité de son opération aux règles en vigueur concernant les investissements étrangers. Arnault doit donc faire l'avance des fonds.

C'est Jacques Rober qui détient les titres LVMH. Cette coquille est donc riche de 28 % des actions du leader mondial des industries du luxe, soit plus de 7 milliards de francs. Arnault pourrait augmenter son capital en faisant entrer de nouveaux partenaires ou en l'introduisant en Bourse. Mais cette solution souffre d'un double inconvénient, aux yeux d'Arnault : d'une part, Jacques Rober, qu'il contrôle à 60 % puis 55 %, ne lui permet guère d'accueillir de nouveaux partenaires sans en perdre le contrôle ; d'autre part, cette société, inconnue, risque de laisser de marbre les financiers.

En revanche, il a dans son groupe une entreprise beaucoup plus sexy : Christian Dior. Arnault estime qu'il pourra mieux convaincre les investisseurs en les emmenant faire un tour de côté du magasin de l'avenue Montaigne. Reste un problème : Dior est certes un nom magique, universellement connu, mais c'est une petite affaire qui ne réalise alors que 600 millions de chiffre d'affaires et 50 millions de profits. On l'estime à 1 milliard tout au plus. On est donc loin du compte pour en lever 7. Qu'à cela ne tienne : Arnault va gonfler la valeur de Dior de la participation de Jacques Rober dans LVMH. Du coup, la maison de couture devient une holding dont la valeur est supérieure à 8 milliards. Pour la première fois, on utilise le prestige d'une marque, transformée en holding, pour attirer les investisseurs. Arnault procède alors à une augmentation de capital de 7,3 milliards de Dior pour financer l'apport des titres LVMH. Sur cette somme, 4 milliards sont injectés par Boussac Saint-Frères, qui contrôle Dior à 100 %, 2 milliards provenant immédiatement de la vente de Peaudouce et les 2 autres par le biais d'une opération ultérieure qu'Arnault se refuse pour l'instant à dévoiler.

Qu'importe : le groupe Arnault s'assure de garder 58 % de Dior. Il peut, dès lors, lever 3,3 milliards sur le marché, offrant 42 % du capital de Dior, en particulier aux investisseurs institutionnels français et étrangers. Bernard Arnault a ainsi bouclé son financement sans perdre le contrôle de sa maison de couture, qui possède elle-même les titres LVMH.

Ainsi, avec une mise de fonds personnelle limitée, Bernard Arnault a réussi à devenir le premier actionnaire de LVMH. Il a su utiliser à merveille la kyrielle de sociétés dont il a hérité des Willot, qu'il a d'ailleurs lui-même enrichie et dont la complexité est celle d'une véritable usine à gaz. Cette construction permet « d'entasser à chaque étage les amis et connaissances qui apportent leur écot à l'une ou l'autre des poupées russes inventées pour les besoins de la bataille », écrit alors *La Vie française*[1]. Entre Arnault, trônant au sommet de l'édifice, et LVMH, on ne compte pas moins de cinq cascades. Ce qui lui permet de détenir 28 % de LVMH et d'en être le patron en ayant engagé directement des capitaux correspondant seulement à 5 % des 30 milliards de francs (4,57 milliards d'euros) que vaut alors cette entreprise.

Et pourtant, le montage autour de Dior ne va pas se passer aussi bien que prévu. Lorsqu'il l'organise, Arnault ne doute pas un seul instant que les actions de Dior émises vont s'arracher comme des petits pains. Certes, elles sont chères, mais le nom de Dior, avec le contrôle de LVMH, est, croit-il, suffisamment magique pour délier la bourse des investisseurs français et internationaux à qui elles sont proposées. La ficelle pourtant est un peu grosse. De fait, à la surprise générale, ils rechignent. Le Crédit lyonnais, chef de file du placement, rencontre plus de difficultés qu'il ne le pensait. En dehors de l'assureur japonais Nippon Life, « champion de la colle » (c'est-à-dire du ramassage des titres ne parvenant pas à trouver preneur sur les marchés), qui en prend pour 500 millions de francs, les financiers étrangers restent à l'écart. Le reliquat des actions reste sur les bras du Crédit lyonnais qui devra patienter quelque temps encore avant de rentrer dans ses fonds. C'est finale-

1. Devenue *La Vie financière.*

ment Guinness, dans le cadre de la négociation globale, qui débarrassera la banque des 16 % du capital de Dior dont elle n'avait que faire.

Grâce au dévouement du Crédit lyonnais, qui a prêté l'argent et croule désormais sous les titres Christian Dior, Arnault a trouvé 3,3 milliards de francs dans la poche des autres. Mais il lui faut en sortir 2 de la sienne pour boucler l'augmentation de capital en gardant 58 % de Dior. Où va-t-il les trouver ? Robert Léon suggère de vendre l'une de ses sociétés de distribution, soit Conforama soit Le Bon Marché. Mais une telle éventualité ne rentre pas du tout dans la stratégie d'Arnault qui déteste céder des actifs. D'autant plus que ces deux sociétés sont cotées en Bourse et qu'elles offrent par conséquent la possibilité de pouvoir lever des capitaux.

Il y a sans doute quelque chose de plus astucieux à imaginer. Il se met à la tâche, aidé par Lazard, et il tombe sur l'idée de génie : plutôt que de vendre Conforama ou Le Bon Marché, pourquoi ne pas les fusionner pour créer un grand groupe de distribution de 7 milliards de chiffre d'affaires et 300 millions de profits ? Dans une deuxième phase, on pourrait augmenter le capital pour faire rentrer l'argent des autres dans les caisses. Le 26 octobre, Arnault fait approuver son projet par le conseil d'administration de la Financière Agache qui, directement et indirectement, contrôle les deux distributeurs.

Simple dans l'esprit, l'opération est en réalité bien plus compliquée dans la pratique[1]. Pour garder son contrôle

---

1. Dans un premier temps, la Financière Agache apporte sa participation de 86,5 % dans Conforama à l'une de ses filiales non cotée, la société IPS, dont le principal actif était jusque-là une part de 20 % dans La Belle Jardinière. Puis IPS est absorbée par Le Bon Marché qui, de ce fait, devient la maison mère de Conforama et l'actionnaire très majoritaire (75 %) de La Belle Jardinière. Ainsi se trouve constitué un groupe « alliant à la fois le dynamisme commercial et le contrôle d'importants actifs immobiliers », selon les termes du communiqué de la Financière Agache, un groupe devant lequel les investisseurs ne devraient pas faire la fine bouche. Arnault attend d'eux qu'ils souscrivent par la suite à une augmentation de capital

sur Le Bon Marché, il est impératif que, préalablement, Arnault conforte sa majorité sur cette société. Comment ? Le Bon Marché, qui absorbe Conforama, doit rémunérer cet apport par des actions nouvelles remises à l'apporteur, c'est-à-dire la Financière Agache. Or plus l'apport est gros par rapport à la société absorbante, plus l'apporteur reçoit de titres et donc plus sa participation dans la nouvelle société est élevée.

Ainsi, l'opération se base sur les évaluations de Conforama et du Bon Marché. Au premier on donne une valeur flatteuse correspondant à un prix de l'action multipliant par 17,5 les bénéfices alors que la norme dans le secteur de la distribution se situe plutôt aux alentours de 13-14. Le second, en revanche, fait pâle figure. Ses immeubles, qui constituent sa principale richesse, sont évalués sur la base d'un prix au mètre carré pessimiste, de l'ordre de 20 000 francs, ce qui paraît faible pour le quartier de Sèvres-Babylone où ils sont situés. Selon l'expert mandaté par la Financière Agache, leur valeur totale serait de 1,2 milliard. Pourtant, quelques semaines auparavant, Bernard Arnault lui-même, dans une interview au magazine *Fortune*, avait été plus optimiste au sujet du Bon Marché : « Les 100 000 m² de plancher dans le VIIe arrondissement de Paris valent au moins 2 milliards de francs. » Quoi qu'il en soit, le mode de calcul retenu lui permet désormais de contrôler Le Bon Marché non plus à 65,53 % mais à 89,96 %.

Le problème, c'est que Le Bon Marché a aussi des actionnaires minoritaires. En général, à l'époque, dans ce genre d'affaire, ils ne réagissaient guère, dans l'incapacité où ils se trouvaient de faire procéder à des contre-expertises. Mais voilà que parmi ceux du Bon Marché, il y avait un certain Jean-Marie Lattès qui s'était fait une réputation d'« empêcheur de restructurer en rond ». Déjà, quelque temps auparavant, ce responsable d'une société de porte-

---

de 2,4 milliards de francs du Bon Marché, dont le produit sera réinvesti dans Christian Dior.

feuille avait contesté l'absorption des Trois Quartiers par le groupe Bouygues.

Cette fois-ci, l'évaluation des immeubles du Bon Marché lui apparaît immédiatement contestable. Il pose des questions. « On me répond qu'il a fallu tenir compte du fait que ces immeubles sont loués et que les locataires payent mal [...] qu'on a dû provisionner 300 millions pour le cas où le magasin viendrait à fermer [...] que l'immobilier, ce n'est plus ça et que les prix à Paris ne vont pas tarder à s'effondrer. »

Mais Jean-Marie Lattès est têtu. Il ne se le tient pas pour dit. Avec quelques petits porteurs qu'il a mobilisés, il intente une action en référé pour faire reporter l'assemblée générale des actionnaires du Bon Marché qui, le 8 décembre, doit approuver l'opération Arnault. Par deux fois il est débouté. Mais la presse, qui garde Arnault dans son collimateur, se saisit de l'affaire. « Arnault restructure à bon marché », titre *Le Quotidien de Paris*. *Libération* frappe plus fort : « Bernard Arnault, Machiavel de la finance », titre le quotidien, qui affirme : « L'une des clés des nouvelles opérations annoncées, c'est que les actionnaires minoritaires sont lésés. » Très chatouilleux dès qu'il est attaqué sur ce thème, le PDG de la Financière Agache déposera une plainte contre l'auteur de l'article.

Arnault n'est pas là lorsque s'ouvre, le 8 décembre en fin d'après-midi, à la Maison de la chimie, l'assemblée des actionnaires du Bon Marché. C'est Philippe Vindry, le PDG du Bon Marché, qui est chargé de défendre le projet de fusion. Il s'est fait assister de l'expert immobilier désigné par la société, François Paulhac. Ils se sont réparti les rôles. L'expert joue les Cassandre. Il présente un tableau peu glorieux des immeubles : « Toiture abîmée [...] vieilles structures nécessitant de très lourds investissements. » Le PDG, lui, dépeint un avenir radieux : alors que vos actions correspondaient jusque-là à un seul grand magasin, dit-il en substance, leur valeur sera désormais garantie par « la croissance de l'industrie du luxe, la sécurité immobilière et la stabilité de la distribution ». Et il conclut : « Le Bon Marché change de dimension. »

Les petits porteurs trouvent que pour eux il aurait plutôt tendance à rabougrir. Une femme se lève et tente d'allumer la contestation : « Il y a une sous-estimation flagrante du patrimoine immobilier », lance-t-elle. Un autre lui succède : « Malgré la transformation du groupe, allons-nous, nous autres actionnaires, pouvoir bénéficier encore du rabais de 5 % sur nos achats dans le magasin ? » demande-t-il. Philippe Vindry se gratte le menton, réfléchit et, au bout d'un long silence, lâche : « Je crois que je pourrai obtenir le maintien de votre rabais. » La salle applaudit, il a gagné.

Quand on passe au vote, il n'y a que 7 000 voix sur plusieurs millions pour s'opposer au projet de fusion. À vrai dire les jeux étaient faits d'avance car l'un des gros actionnaires du Bon Marché, CCI, est une filiale cotée de la Financière Agache et son PDG est... Robert Léon.

Pourtant, Jean-Marie Lattès et ses amis n'abdiquent pas. Ils demandent à un expert près la Cour de cassation, Jean Tourin, d'évaluer à son tour le patrimoine immobilier du Bon Marché. Six mois plus tard, ils sont en possession de son rapport. Or, que dit M. Tourin ? D'abord que les immeubles ne valent pas 1,2 milliard mais le double. Ensuite, que les petits actionnaires ont été lésés de 1,3 milliard par l'accroissement de la participation de la Financière Agache à 89,9 %. Enfin, qu'« il est permis de se poser la question de savoir s'il n'y a pas, en l'espèce, un abus de majorité ou de pouvoirs et de voix, des biens ou du crédit de la société ». Qui a raison ?

Forts des conclusions du rapport Tourin, les opposants engageront, en juin 1989, une procédure devant le tribunal de commerce en prenant pour cible Robert Léon, accusé d'avoir ruiné ses actionnaires de la CCI, et en demandant la désignation d'experts pour déterminer si des abus ont été commis. Léon se défendra en mettant en cause les commissaires aux apports qui eux-mêmes s'abriteront derrière François Paulhac. Les manœuvres dilatoires se poursuivront avec la mise en cause de la compétence du tribunal de commerce. Tant et si bien que le fond du problème ne sera jamais abordé. Dans son rapport, Jean Tourin avait déjà tiré la morale de l'histoire : « L'épargnant, petit ou moyen, commence aujourd'hui à comprendre, grâce au travail de la presse écrite, mais avec beaucoup de retard par rapport à l'antériorité de certaines pratiques, que des personnes initiées aux mécanismes financiers parviennent, parfois dans un laps de temps de quelques années, à renforcer leur situation personnelle au sein d'une société dans laquelle ils détenaient déjà une part significative du capital tout en limitant leur apport d'argent. Pour réaliser leur ambition personnelle, ces managers savent habilement mettre en avant l'intérêt social, celui du groupe ou, mieux encore, de "l'entreprise". Leur discours est d'autant mieux accepté qu'il contient généralement sa part de vérité quant à l'intérêt que peuvent présenter les opérations telles qu'elles doivent se réaliser pour le développement futur de l'entreprise. Or, que ne ferait-on au nom de l'efficacité de l'entreprise, gage de prospérité collective [...]. Mais l'intérêt social ne se confond pas avec l'intérêt strict de l'actionnaire majoritaire. Quant au groupe, il n'est pas, contrairement à la société, un concept démocratique. Enfin, les intérêts des majoritaires et des minoritaires sont souvent opposés. » Et la lutte qui les oppose, à l'évidence, ressemble toujours à celle du pot de terre contre le pot de fer.

Cette affaire du Bon Marché ne redore pas le blason du jeune entrepreneur qui a tout réussi jusque-là, sauf à se faire aimer. Il fait mine de n'y attacher aucune importance et brode volontiers sur le thème : les chiens aboient, la caravane passe ; mais, en réalité, il est à la fois surpris et agacé. Son explication est toute trouvée : parce que la France véhicule une idéologie profondément égalitaire et qu'elle entretient un rapport malsain avec l'argent, tout succès individuel dérange, a fortiori dans la sphère financière. Ce qui n'est pas faux : un parcours comme le sien, celui d'un homme qui, à moins de quarante ans, a réussi à prendre le contrôle financier du premier groupe de luxe mondial, au nez et à la barbe de capitalistes chevronnés, de professionnels reconnus et de parangons de l'establishment, serait célébré, sans aucune réticence, aux États-Unis ou en Grande-Bretagne. Alors qu'en France, une bonne partie de la presse, tout en reconnaissant ses mérites, guette le moindre de ses faux pas et ne lui pardonne rien. Mais si la jalousie, sport national français, est certainement à l'origine d'une partie des critiques qui visent Bernard Arnault, elle est loin de pouvoir expliquer, à elle seule, le déficit d'image dont souffre le jeune entrepreneur. En réalité, l'opinion publique, mais aussi ses pairs, ont senti confusément que, derrière le personnage impeccable au visage d'enfant de chœur, se dissimulait un autre Bernard Arnault, beaucoup moins lisse. Un double angoissé et fragile, torturé et vindicatif. Un Bernard Arnault des profondeurs que celui de la surface ne veut, sous aucun prétexte, laisser apparaître. Un signe ne trompe pas. En ce début 1989, Bernard Arnault est souvent mis en cause dans la presse. Mais ses réactions seront généralement maîtrisées. Sauf une fois, en avril, lorsque *L'Expansion* lui consacre un article, titré à la Une : « Arnault tombe le masque. » Le dessin montre un personnage qui retire effectivement un masque de Bernard Arnault. Son vrai visage est celui d'un loup. La réaction d'Arnault à cette caricature, au demeurant dessinée sans arrière-pensées, sera terrible : la publicité sera retirée des journaux du groupe Expansion, Arnault fera une enquête pour savoir d'où vient la manipulation et poursuivra très longtemps les dirigeants du groupe de sa hargne.

Tout simplement parce que le dessinateur de *L'Expansion* avait peut-être vu juste. Et la bataille qui va l'opposer, en 1989 et 1990, à Henry Racamier, va en apporter l'intrigante démonstration. Jusque-là parfaitement rationnel, Bernard Arnault va se projeter dans un conflit d'une violence sans précédent qui, en révélant une partie de sa face cachée, va ravager son image.

CHAPITRE 10

Le vieux fait de la résistance

C'est un exercice de haute voltige. Ouvertement soupçonné d'avoir été le bénéficiaire final de l'énorme délit d'initié réalisé à l'occasion du rachat d'American Can par l'entreprise publique Pechiney, François Mitterrand s'explique, face à Anne Sinclair, sur TF1. Ce *7 sur 7* du dimanche 12 février 1989 est crucial pour lui. Pierre Bérégovoy, ministre des Finances, a grillé, comme un fusible, son directeur de cabinet Alain Boublil, acculé à la démission, mais la rumeur a continué d'enfler, venant battre jusqu'à la grille de l'Élysée : Roger Patrice Pelat, l'ami du Président qui garait sa Rolls-Royce dans la cour du palais, a été pris la main dans le sac. Mitterrand commence par faire pleurer Margot sur l'amitié que rien ne peut ni ne doit détruire. Il connaît Pelat depuis la guerre et les camps de prisonniers où ils « survivaient [...] les pieds enroulés dans des chiffons ». Rien ne les a séparés depuis[1]. Le Président en fait des tonnes puis, sachant mieux que quiconque que la meil-

1. François Mitterrand passe évidemment sous silence la façon dont, à partir de 1981, Pelat a construit sa fortune à l'ombre et sous sa protection après avoir financé sa carrière politique. C'est en particulier François Mitterrand qui a contraint la Compagnie générale d'électricité, alors nationalisée et présidée par Georges Pébereau, à racheter son entreprise Vibrachoc dans des conditions fort avantageuses.

leure défense, c'est l'attaque, il se met à dénoncer « l'argent gagné trop facilement » pour mettre en garde les Français contre « la manie des OPA, contre le gangstérisme et la loi du plus fort ». Plus c'est gros, plus ça marche. « Il y a en ce moment, affirme-t-il, quatre grandes affaires soumises à la COB qui est responsable de la moralité et de la régularité de la Bourse : Pechiney, la Société générale, Béghin-Say et LVMH. Je demande que la justice soit sévère, comme vous, et je fais ce qu'il faut pour cela. Mais je dois attendre car je ne suis pas juge. »

LVMH ? En l'espace d'une petite phrase, Bernard Arnault devient l'otage de la politique, lui qui avait su jusque-là éviter les récifs de la vie publique et même tirer habilement parti des différentes alternances pour renier ses promesses en changeant d'interlocuteurs. Victime indirecte du syndrome Pechiney, il se retrouve soudain dans la ligne de mire d'Henry Racamier, qui n'en attendait pas tant. Celui-ci va immédiatement s'engouffrer dans la brèche ouverte par le chef de l'État. Dès le surlendemain, Racamier fait une déclaration à l'AFP, lourde de sous-entendus à l'encontre de Bernard Arnault. « Le président Mitterrand a raison de privilégier les affaires qui créent de la valeur ajoutée plutôt que la spéculation purement financière ou boursière. » Il poursuit : « Il serait souhaitable que le rapport de la COB sur LVMH soit rendu public comme cela a été fait pour Pechiney. » Il enfonce le clou : « Une des questions qu'apparemment se pose la COB est de savoir s'il n'aurait pas dû y avoir une OPA ou un maintien de cours à la suite du changement de contrôle. »

Racamier tape là où ça fait mal. En effet, si la COB conclut que le contrôle du groupe a changé, les 5 et 6 janvier, elle doit obliger Bernard Arnault, via la Financière Agache, à lancer une OPA sur le reste du capital qu'il ne possède pas, ou bien à proposer aux autres actionnaires de leur racheter leurs titres au même prix que ceux qu'il a acquis en janvier. Dans les deux cas, la note est salée : elle approche les 30 milliards de francs. Arnault ne pourra l'honorer, sauf à laisser Guinness prendre la main. Mais dans ce cas il perdra le pouvoir et Racamier pourra en profiter pour négocier la sortie de Louis Vuitton de LVMH. « Reprendre ses billes » est désormais l'unique objectif de Dear Henry. Depuis quelques semaines, celui-ci cherche à faire pression sur la COB. Un jour où il se rendait au siège de l'organisme de contrôle, Robert Léon a croisé Jean Loyrette, l'ancien avocat d'Alain Chevalier, en compagnie de Racamier. Que préparent-t-ils ?

Dans le combat qui s'engage, Racamier dispose d'un atout dû aux hasards du calendrier. Peu avant la déclaration de François Mitterrand, le 8 février, le conseil de surveillance de Louis Vuitton a en effet élu pour quatre ans un directoire composé de trois représentants du clan Arnault (Pierre Godé, Robert Léon et Guy de La Serre) et de quatre de l'ancienne équipe : Henry Racamier, Jean Ogliastro, Michel Missoffe et André Sacau. Par souci d'apaisement, Arnault a accepté que Racamier soit majoritaire dans le directoire de Louis Vuitton. Une concession qu'il va vite regretter.

Lorsqu'on vient leur apporter la dépêche, Bernard Arnault et Pierre Godé tombent des nues. Ils sont d'autant plus sidérés que, le matin même, lors de la réunion des dirigeants des filiales, Racamier leur avait affirmé sans ciller : « Quelle bonne chose qu'il n'y ait plus de communication divergente pour le groupe et comme il est heureux de ne plus se parler par médias interposés. » « Avec son sourire de grand-père et ses manières de prélat repenti, le vieux nous a complètement bluffés », reconnaîtra Godé en privé.

Bluffé, Arnault ? Ce n'est pas son genre. La situation lui est insupportable. Il entre dans une rage froide. Car Racamier a fait état de l'enquête qu'a ouverte la COB le 17 janvier, sur les ramassages d'actions LVMH qui ont permis à Arnault d'accéder à la présidence. Devant l'excitation du Tout Paris, la COB avait aussitôt minimisé son intervention : « Des enquêtes de ce type, avait-elle affirmé dans un communiqué, nous en ouvrons une dizaine par an. On en parle peu et, le plus souvent, elles ne révèlent pas d'irrégularités. » Mais après le discours du chef de l'État et la dénonciation publique de Racamier, l'enquête de routine de la COB devient une mission d'intérêt national. Racamier demande « que toute la lumière soit faite ». S'appuyant sur l'autre enquête en cours à propos d'éventuels délits d'initié ainsi que des irrégularités qui auraient pu être commises au moment de l'émission des OBSA, Henry Racamier lance une procédure pour annuler ces obligations, afin de remettre en question le contrôle de LVMH.

Bernard Arnault est ulcéré par cette démarche. Voir agir ainsi le patron d'une filiale (même s'il est le deuxième actionnaire du groupe) est une transgression de toutes les règles du capitalisme, à quoi s'ajoute un affront personnel, sur lequel il ne peut transiger. Le président du directoire de LVMH va donc enclencher un processus juridique pour éliminer Racamier de Louis Vuitton en demandant la réunion immédiate d'une assemblée générale de la société. Grisé par la victoire, aveuglé par le ressentiment, Bernard Arnault n'a pas eu la patience d'attendre quelques mois l'assemblée générale ordinaire, prévue en juin 1989, au cours de laquelle il aurait pu sans coup férir déboulonner le vieux. Alors que ses procédures pénales vont, au contraire, retarder l'échéance ! Arnault s'est bel et bien laissé piéger. Il n'a pas d'autre solution que de réunir une AG pour dissoudre le directoire qu'il vient de nommer, lui-même !

Les deux hommes se retrouvent, pour la première fois, le vendredi suivant, lors de la réunion du directoire de LVMH. Bernard Arnault expédie la séance en une demi-heure et, à la sortie, apostrophe Racamier :

— Vous vous êtes livré à une attaque infamante contre moi en me traitant de bandit et de gangster. Ce que vous faites est extrêmement mal ressenti dans la société.

— Je n'ai fait aucune attaque. Je n'ai fait qu'une déclaration objective, rétorque Racamier, sans se démonter.

— Vous portez de graves dommages à la société LVMH elle-même, dont vous êtes administrateur.

— Si nous reprenions l'ensemble de ce qui s'est passé depuis juin ! Les attaques sont venues de vous.

— C'est faux, interrompt Bernard Arnault, livide.

— Dès l'origine, vous aviez un plan concerté pour prendre le contrôle de LVMH et vous nous avez complètement abusés. Entre autres, ce n'est pas nous qui avons procédé à des ramassages massifs.

La rupture est consommée. Bernard Arnault décide d'accélérer l'élimination de son adversaire. Il fait convoquer aussitôt, pour 12 h 30, le directoire de Louis Vuitton. But de la réunion ? Convoquer une assemblée générale extraordinaire pour transformer les statuts et revenir à une simple société à conseil d'administration.

Dès l'ouverture de la séance, Racamier hausse le ton :

— Ce conseil a été réuni à la hâte et à mon insu. Le délai de convocation et le procédé sont contraires à tous les usages. Ceci n'est pas régulier.

— Notre directoire a été régulièrement convoqué par la majorité de ses membres, répond aussitôt Godé.

— La majorité ? Je voudrais savoir quels sont les quatre membres qui l'ont convoqué. Et dans quel but.

— Selon les souhaits de notre actionnaire majoritaire, nous vous proposons de modifier les statuts et de fixer à soixante-dix ans la limite d'âge des administrateurs et dirigeants, répond Godé.

Cette fois, l'attaque est frontale. Cette mesure éliminerait aussitôt Henry Racamier (soixante-seize ans) et son beau-frère Jean Ogliastro, d'un an son cadet. Vient le moment du scrutin. Surprise : la modification des statuts demandée par Pierre Godé est votée par quatre membres du directoire sur sept. André Sacau, l'un des plus anciens collaborateurs de Racamier, directeur général de Louis Vuitton, a voté avec les représentants d'Arnault. Racamier est abasourdi. Il demande à Sacau de s'expliquer. D'une voie basse, hésitante, Sacau prend la parole :

— Je suis salarié d'une société détenue à 98 % par LVMH et j'ai, de ce fait, obéi aux consignes qui m'ont été données. Mais, dans une telle situation, j'ai remis ma démission à M. Bernard Arnault.

— C'est une démission effective ? demande Godé.

— C'est une démission verbale, répond Sacau.

Ivre de rage, accompagné des deux autres administrateurs acquis à sa cause, Racamier quitte alors la salle. Il a compris la situation cornélienne de son collaborateur. André Sacau sera d'ailleurs victime, dans la soirée, d'un malaise cardiaque. Racamier a perdu ? C'est mal le connaître.

Le lundi 20 février au matin, un fax arrive avenue Hoche. Il est signé Racamier. Une nouvelle réunion du directoire est convoquée au début de l'après-midi dans le salon Malmaison de l'hôtel Bristol. Ordre du jour : annulation des décisions adoptées le vendredi. Ce fax fait l'effet d'un coup de tonnerre. Pierre Godé cherche aussitôt à joindre André Sacau. Il n'y parvient pas. À 14 heures, celui-ci traverse le hall de l'hôtel, entouré de Racamier et de Michel Missoffe. Dans le salon qui leur est réservé, les administrateurs de Louis Vuitton découvrent la présence d'un huissier, Me Marie-Louise Blondet. Procédure exceptionnelle qui montre à quel degré d'acharnement on est arrivé. C'est le prétexte du premier incident. Godé, qui connaît son code par cœur, cherche à savoir si une ordonnance a été signifiée par le tribunal pour autoriser sa présence. C'est bien le cas. Alors, Godé demande une suspension de séance pour consulter un avocat. Il en profite surtout pour s'assurer qu'André Sacau n'a pas changé d'avis. Prostré, Sacau refuse de lui répondre.

Lorsque la séance reprend, Godé tente aussitôt de le neutraliser :

— Je voudrais faire mentionner que M. André Sacau, ici présent, a offert, d'après le texte du procès-verbal du 17 février, sa démission du groupe, c'est-à-dire à M. Bernard Arnault, président de la société LVMH. Je précise que M. Arnault, que j'ai informé de cette demande, est d'accord pour accepter cette démission pour votre qualité de membre du directoire de la société Louis Vuitton.

— J'ai dit que je démissionnerais ultérieurement, répond André Sacau.

— Oui, c'est ce que je vous dis, reprend Godé. M. Bernard Arnault m'a indiqué qu'il acceptait la démission du directoire de la SA Louis Vuitton de M. Sacau – je tiens à ce que cela figure dans le procès-verbal.

— C'est sans valeur. Cette démission ne peut être donnée au président du directoire de LVMH, intervient Jean Ogliastro.

— Je tiens à ce que, de notre côté, il soit entendu que cette démission est valable, définitive et irrévocable, s'entête Godé.

— Elle ne peut l'être, conteste Racamier, étant donné qu'elle n'a jamais été donnée par écrit à l'autorité qui peut la recevoir, à savoir le président du conseil de surveillance de Louis Vuitton.

— Je répète que cette démission a été offerte par écrit puisqu'elle figure au procès-verbal du directoire de vendredi, s'acharne Godé. Cela a été signé par tout le monde, en tout cas par les personnes présentes, dont M. Sacau.

— Elle n'a pas été offerte par écrit, répliquent d'une même voix Racamier et Sacau.

— Vous n'avez pas demandé votre démission ? demande encore Godé.

— Je l'ai donnée en disant très exactement que j'envisageais de démissionner et que je la donnerais ultérieurement, ce qui était apparemment souhaitable, répond Sacau en s'emberlificotant quelque peu.

Le petit homme aux cheveux gris gominés a bel et bien changé de camp. Il vote avec les gens de Racamier. Officiellement, sa fidélité à Racamier finit par prévaloir sur son sens du devoir envers le patron du groupe LVMH. Quelle pression a exercée sur lui Bernard Arnault, avant le vendredi ? Puis, pendant le week-end, Racamier ? C'est lui qui a inventé le concept de magasins détenus en propre et jeté ainsi les bases du succès phénoménal de Louis Vuitton, en développant un réseau de boutiques dans les meilleurs emplacements du monde. Il est au cœur d'un système de ventes en Asie particulièrement opaque, avec des bénéfices qui, dans les comptes, approchent... le tiers du chiffre d'affaires. Sacau en savait-il trop ? Ou bien était-il vulnérable ?

— De toute façon, sachez-le, la raison de l'actionnaire majoritaire est toujours la raison qui l'emporte, prévient Godé en quittant la séance.

Il a cent fois raison mais encore faut-il respecter les délais et les formes. Arnault paiera cher son impatience et sa volonté de briser la résistance de Racamier devant les tribunaux : l'ange exterminateur va momentanément ruiner son image dans cette vaine bataille qui apparaît, rétrospectivement, comme une répétition de celle qui l'opposera, dix ans plus tard, à François Pinault.

Le premier procès a lieu le lundi 6 mars, sous une lumière radieuse. Arnault intente un référé devant le tribunal de commerce de Paris. Objet : faire nommer un administrateur provisoire chez Louis Vuitton, chargé de convoquer l'assemblée générale qui, seule, peut changer les statuts. Le patron de LVMH ne sait pas qu'il vient de mettre le doigt dans un engrenage judiciaire qui va durer quatorze mois, pendant lesquels se succéderont 26 actions devant les tribunaux. Il le sait d'autant moins que tout démarre bien pour lui. Trois jours plus tard, le tribunal de commerce de Paris tranche en sa faveur et fait droit à la demande : il nomme un mandataire de justice chez Louis Vuitton, chargé de convoquer une assemblée générale pour changer les statuts. Dans ses attendus, le président Philippe Grandjean se justifie, avec l'argument massue déjà soulevé par Arnault et Godé : « Il n'est pas sain de laisser diriger la société par une équipe en sursis et en désaccord avec 98 % de son actionnariat. » Racamier ne s'avoue pas battu. Il fait aussitôt appel.

Commence alors, au vu de tous, une bataille de patrons que la France n'avait jamais connue, même en 1969, au plus fort de l'OPA entre Antoine Riboud (BSN) et Arnaud de Vogüé (Saint-Gobain). Deux hommes tombent le masque pour se cracher leur haine à la figure. Dans le monde policé des affaires, c'est une vraie transgression. Et pour les journalistes, une aubaine. Cette bataille de chiffonniers dans le luxe, ces patrons qui se déchirent pour le pouvoir, voilà qui amuse les uns, conforte les autres dans leur vision de l'entreprise, portée aux nues depuis quelques années. L'opinion se réveille. On veut du sang.

Aussi, tous les regards se tournent-ils vers New York où le comité Colbert (qui réunit alors soixante-dix entreprises de luxe françaises) organise, le 30 mars, un fastueux dîner à l'occasion d'une exposition *L'Art de vivre à la française* au sein du musée Cooper-Hewitt. Dior d'un côté, Louis Vuitton de l'autre, sont évidemment de la partie. Dès 20 h 30, détendu, presque princier, Henry Racamier arrive avec, à son bras, sa femme Odile Vuitton-Racamier, habillée en Givenchy. Une heure plus tard, c'est le tour de Bernard Arnault, sourire crispé, qui est là sans sa femme, dont il s'est séparé depuis quelque temps. Il est accompagné de Béatrice Bongibault, la directrice de Dior, et de son attachée de presse, Alexandra Tchernoff. Visage serré, fuyant micros et caméras, il se dirige rapidement vers sa table où l'attend Donald Trump, alors l'un des hommes les plus riches des États-Unis, auquel beaucoup le comparent. Et à qui lui-même semble parfois s'identifier. Ce soir-là, Arnault est convaincu que Racamier se moque ouvertement de lui et que le monde entier s'en amuse. Or il ne supporte pas la contestation, encore moins d'être nargué. « Le jeu des journalistes était de voir qui était à la table de Racamier et qui était à la mienne. C'est un peu énervant d'avoir comme ça une épine dans le pied », explique-t-il alors.

Le retour à Paris sera catastrophique. Le 10 avril, la cour d'appel infirme le jugement de première instance. Gain de cause est donné à Racamier. L'assemblée générale est renvoyée aux calendes grecques. Pour le patron de LVMH, le coup est d'autant plus rude qu'il ne s'y attendait pas. Jusque-là, tout lui avait toujours souri. Il a toujours imposé sa loi et voilà qu'il trouve en face de lui un adversaire qui lui impose la sienne. Cet échec provisoire, Bernard Arnault ne le supporte pas. Il apparaît soudainement désemparé. Il est choqué, miné. Ses yeux se creusent, son teint devient blême. Cet anxieux commence à tenir un discours obsessionnel. Aux nombreux journalistes qu'il invite à déjeuner chez Dior, il répète à l'infini le même discours : « On n'a jamais vu l'actionnaire à 98 % d'une société être empêché de la diriger à sa guise, c'est tout simplement inacceptable. » Dans ses propos, nulle trace d'autocritique. Jamais il ne confessera à quiconque l'évidence, à savoir qu'il a eu tort de se presser et qu'il n'en serait pas là s'il avait laissé jouer le temps en sa faveur. Il préfère mettre ses ennuis au compte d'un complot politique ourdi par Racamier avec l'aide de divers complices. Il voit des ennemis partout dans les allées du pouvoir. Tel haut fonctionnaire du Trésor aurait été chargé de monter Pierre Bérégovoy contre lui. Tel avocat proche de son adversaire utiliserait sa femme, qui occupe un poste important dans la magistrature, pour influencer les juges.

Paranoïa ? Fureur feinte pour emporter la conviction de ses interlocuteurs ? Ou bien crainte de l'évolution du rapport de force dans une affaire qui a pris, avec l'intervention de François Mitterrand, une dimension politique ? Cette crainte, pour une fois, est parfaitement justifiée. Car la politique revient en force. Jusque-là, il l'avait ignorée mais elle l'avait servi. La configuration n'est désormais plus la même.

Henry Racamier a choisi ce terrain-là. N'hésitant pas à s'appuyer sur les propos tenus par François Mitterrand, qu'il exècre, cet homme de droite va s'allier de bon cœur avec le diable socialiste. Il a engagé comme secrétaire général un jeune énarque, obstiné et astucieux. De lui, il dira, en l'embauchant : « Il est énarque, catholique et socialiste, tout ce que je déteste. » Il n'aura pourtant qu'à se louer de ses services. Rejeton d'une grande famille textile du Nord, celui-ci a travaillé auprès de plusieurs ministres socialistes, dont Charles Hernu. Il est chargé de faire la tournée des cabinets ministériels pour instiller le poison, démontrer que le parcours du nouveau PDG de LVMH comporte de nombreuses zones d'ombre et qu'il agit trop souvent à la limite de la légalité. Habilement, il rappelle aussi que Bernard Arnault ne renvoie jamais l'ascenseur, ce qui est la pire chose que puisse entendre un homme politique. Chez les mitterrandistes, Racamier peut aussi compter sur un allié de poids : Pierre Bergé. Le PDG d'Yves Saint Laurent supporte mal de voir Louis Vuitton tomber dans les rets d'Arnault, lui qui avait envisagé se réunir Dior, Yves Saint Laurent et Vuitton, dès 1983. Autoritaire, charmeur, grand amateur d'art, ami de Jack Lang qui a fait de lui le patron de l'Opéra-Bastille, cet intime de François Mitterrand fera bénéficier Racamier de ses entrées au Château.

Troisième personnage clé dans le dispositif de défense de Racamier : Michel Frois. Haut comme trois pommes, ridé comme une quatrième qui aurait été oubliée dans un grenier, cet ancien lieutenant-colonel de l'armée française exerce dans le landernau patronal une influence considérable, acquise au cours des longues années passées auprès de François Ceyrac et d'Yvon Gattaz, patrons du Conseil national du patronat français (CNPF, prédécesseur du Medef) dont il dirigeait la communication. Décédé en octobre 2000, à quatre-vingt-six ans, Frois, épaulé par Michel Calzaroni, a été un élément moteur dans l'amélioration de l'image des patrons dans l'opinion, grâce à son travail patient et construit auprès des médias. Son intervention sur ce dossier ne sera pas moins efficace. Habilement, Frois va jouer sur une corde sensible : le respect dû aux ancêtres, en opposition à l'impatience, l'outrecuidance et l'absence de scrupules du jeune loup aux dents trop longues, qui ne respecte pas les manières de l'establishment français. Le microcosme n'aime pas l'humiliation et admet mal la mise à mort programmée d'un « vieux sage africain », ce que Racamier, au reste, n'est pas. Mais qu'importe : l'art de la communication est d'imposer à l'opinion des stéréotypes, sur lesquels il est ensuite impossible de revenir. Cette stratégie fonctionnera d'autant mieux qu'elle s'appuie sur une part de vérité : pour Bernard Arnault, la jeunesse – surtout la sienne – est un atout et l'âge avancé – celui des autres – un handicap insurmontable. Souvent, pour convaincre ses interlocuteurs de le rejoindre, il s'appuiera sur cet argument d'âge : pourquoi perdre son temps avec un adversaire dont les jours sont comptés ? Cet argument, il l'emploiera même plus tard, sans complexes, contre François Pinault, de treize ans son aîné...

Face à l'offensive de Racamier, Bernard Arnault doit, lui aussi, réagir sur le terrain politique. Il a senti que le vent a tourné. Il ne comprend rien aux coteries parisiennes et son entourage ne l'y aide guère : Pierre Godé est un provincial, tout comme Jean Geosits, l'homme de confiance de la famille. Tous deux manquent de relations haut placées. Une recrue de choc s'impose. Pour contrer l'offensive de Racamier dans les médias et les cercles du pouvoir, Arnault songe d'abord à Hélène Ploix, qui a le triple mérite d'être femme, fonctionnaire et socialiste. Mais celle qui fut la conseillère de Laurent Fabius à Matignon et avait, à l'époque, soutenu le projet Arnault de reprise de Boussac, déclinera l'offre. Plutôt que de travailler pour celui qu'elle a soutenu alors qu'elle était fonctionnaire, elle préférera rejoindre la Caisse des dépôts. Fin avril, sur les conseils d'Antoine Bernheim, Arnault embauche Jean Dromer. Ce choix étonne. Dromer a cinquante-neuf ans ; il n'est ni jeune ni socialiste. Il est même connu pour son engagement au RPR et sa proximité avec Edouard Balladur, ce qui lui a valu d'être débarqué près d'un an auparavant de la présidence de l'UAP par Pierre Bérégovoy. « L'establishment, outré par les malheurs de cet inspecteur des finances, lui ouvrira les portes de plusieurs conseils d'administration où il se consolera en remplissant ses poches de jetons de présence [1] », écrit Nazanine Ravaï. Cela ne prédispose pas à être le meilleur ambassadeur dans les ministères socialistes. Mais dans le petit monde des élites politico-financières françaises, rien n'est jamais si simple et les cliva-

1. *La République des vanités*, Grasset, 1997.

ges politiques ne sont pas les plus significatifs. Car Dromer est un ami personnel de Michel Rocard, Premier ministre. Celui-ci a tenté de le dédommager de son congédiement de l'UAP – un choix présidentiel auquel il n'a pu s'opposer – en lui offrant l'ambassade de Grande-Bretagne. Dromer, pur produit de l'establishment, s'était pris pour un vrai patron : il n'en a pas voulu. Vexé ! Inspecteur général des finances, comme il se doit, cet homme de réseaux a derrière lui une longue carrière qui lui a donné une parfaite connaissance des rouages de l'État et des connivences entre dirigeants bancaires. Ce « parfait homme de cour, rond, obséquieux et ambitieux », selon Nazanine Ravaï, a été le conseiller du général de Gaulle, de Maurice Couve de Murville et de Valéry Giscard d'Estaing. Sans emploi, fort de son excellente réputation, il est tout disposé à se mettre au service du plus offrant. Cet esprit très politique, à l'échine souple, est un homme de pouvoir, du moins tel qu'on l'entendait dans les années quatre-vingt. Son caractère manœuvrier fera merveille pendant la période des nationalisations de 1982, à son poste de président de l'Association française des banques (AFB) qui le mettra en première ligne face au gouvernement Mauroy. Évaluant bien les rapports de force, il négociera habilement, en se focalisant sur l'ampleur – inespérée – des indemnisations au profit des anciens propriétaires de banques privées qui lui en sauront gré. Il aura moins de succès en tant que gestionnaire, notamment comme PDG, entre 1975 et 1986, de la BIAO, filiale africaine de la BNP, liquidée après son départ. Tout oppose Jean Dromer et Bernard Arnault, à commencer par le côté bon vivant du premier, qui ne commence jamais sa journée de travail sans une bonne bière et un cigare. Qu'importe : armé de son sens aigu des relations et de son épais carnet d'adresses, Dromer va aider son nouveau patron à entreprendre une campagne de séduction pour que lui soient enfin grandes ouvertes les portes de l'establishment.

CHAPITRE 11

Mort au vieux

Pour l'heure, c'est le verdit de la COB que le patron de LVMH doit affronter. Il a tout à en redouter, en raison des déclarations de François Mitterrand qui ne peuvent qu'influencer un organisme dur avec les petits, doux avec les gros, révérencieux vis-à-vis de tous les pouvoirs et, on le verra plus tard, aveugle puis indulgent devant ses propres turpitudes. Aussi, le 16 mai 1989, c'est la divine surprise : la COB n'a relevé aucun délit d'initié lors des achats de titres les 5 et 6 janvier et affirme que ces ramassages se sont déroulés dans la plus stricte légalité. Les déclarations de franchissement de seuil ont été effectuées normalement et il n'y a pas eu d'acquisition de blocs de contrôle. Le gendarme de la Bourse conclut, par conséquent, qu'un maintien de cours ne se justifie pas. « Je suis totalement blanchi[1] », se réjouit aussitôt Bernard Arnault. Il a de quoi être content : la COB vient de lui faire économiser... 30 milliards de francs. Quelques semaines plus tard, l'Assemblée nationale votera le projet de loi du gouvernement rendant les OPA obligatoires dès qu'un actionnaire veut monter dans le capital d'une société au-delà des 33,3 %.

Dans son euphorie, Arnault n'a guère prêté attention aux critiques que la COB formule à l'encontre des OBSA

1. *La Tribune*, 17 mai 1989.

émises en 1987 par Moët-Hennessy qui étaient censées protéger Alain Chevalier et qui ont finalement abouti entre ses mains. Pourtant, c'est là que tout va se jouer. La COB relève que les dirigeants de Moët et leurs banquiers n'ont pas respecté le mandat donné par les actionnaires : les nouveaux titres n'ont pas fait l'objet d'un placement public à l'étranger, condition posée par l'assemblée générale extraordinaire. Ils sont majoritairement restés dans les coffres de différents organismes financiers français, souvent publics : BNP, UAP, Caisse des dépôts, etc. Dès 1987, la COB avait ouvert une enquête et constaté des irrégularités sans obtenir la preuve formelle d'une préméditation. Chevalier et la banque Lazard, qui avaient organisé toute cette opération, avaient pu convaincre les autorités boursières de ne pas faire trop de bruit. Au prétexte que cette affaire était gênante pour le renom de la société (et pour celui de Lazard), mais vitale pour son indépendance. Mais lorsque la COB a ouvert son enquête sur LVMH début 1989, elle est tombée sur la preuve que le placement des OBSA en France, auprès de mains amies et non dispersées à l'étranger, était prémédité : une convention liait les institutionnels[1]. La COB ouvre ainsi aux actionnaires minoritaires de Moët-Hennessy (devenus, après la fusion, ceux de LVMH) la porte à une action en justice visant à faire annuler l'émission des OBSA. Or, en cas d'annulation, Arnault perdra la majorité en droits de vote dont il dispose avec l'appoint des familles Moët et Hennessy. Son contrôle sur le groupe risque d'être remis en question.

Les remarques de la COB n'ont pas échappé à Racamier. Celui-ci s'engouffre aussitôt dans la brèche : « Il y a bien une affaire LVMH [...] elle repose sur l'émission des OBSA

---

1. « Dans l'émission objet du présent litige, le papier a été directement placé en France pour une part essentielle et au profit de bénéficiaires préalablement choisis et ayant pris des engagements particuliers, écrit Jean Farge, président de la COB, dans son rapport du 16 mai : ceci justifie [...] qu'en soit contestée la régularité au regard de l'autorisation donnée par l'assemblée générale. »

qui a été l'un des éléments essentiels de la prise de contrôle de fait du groupe [par Bernard Arnault] », déclare-t-il, avant d'inviter les petits actionnaires à agir pour « obtenir en justice leur annulation et leur mise immédiate sous séquestre ». Le vieil homme a trouvé un nouveau motif sérieux pour attaquer son actionnaire et ennemi. Il s'associe à l'action qu'enclenchent des petits porteurs pour demander la mise sous séquestre des OBSA. Désormais, la guerre va être totale entre les deux hommes, atteignant un degré de violence et de férocité jamais vu jusque-là dans le monde des affaires en France. Toutes les armes seront employées. À son âge, Racamier n'a plus rien à perdre. Et Arnault tant à gagner...

Le 23 mai, le combat reprend devant le tribunal de commerce. Objet : demande de mise sous séquestre des OBSA. Quelques membres de la famille Hennessy se sont associés à cette action. Mauvaise nouvelle pour Arnault car il a besoin du soutien du clan familial Moët-Hennessy, avec ses 18,5 % de droits de vote, pour contrôler le groupe. Il fait chaud dans le prétoire lorsque, à 17 heures, la représentante de la COB, Marie-Charlotte Piniot, prend la parole. Son intervention est très attendue. Sans ambiguïté, elle affirme que l'émission d'OBSA a constitué un « détournement de procédure préjudiciable aux actionnaires minoritaires ». Puis elle se fait sévère pour Arnault, estimant qu'il était au courant de cette irrégularité au moment où, en juillet 1988, il a utilisé ces bons pour entrer dans le capital de LVMH. Au passage, elle égratigne la banque Lazard : « En deux journées, M. Dautresme a ainsi pu ramasser 78 % du total de l'émission au profit de M. Arnault », relève ainsi Mme Piniot.

Celui-ci va-t-il être confondu ? Marie-Charlotte Piniot n'en a pas fini. Elle ajoute que « l'ensemble du conseil d'administration de LVMH » a été informé, le 8 juillet 1988, de l'attribution des OBSA à Arnault. Or Henry Racamier n'avait, à l'époque, émis aucune objection. Ce qui laisse entendre qu'il se sert aujourd'hui de cette question comme d'un prétexte pour attaquer son jeune rival. Sur le plan juridique, cela ne change rien : la faute de l'un ne peut effacer celle de l'autre.

Aussi, chacun attend qu'à 18 heures l'avocat général assène à Bernard Arnault le coup fatal. Il n'en sera rien. Étrange réquisitoire en vérité, d'une justice à la sévérité sélective en particulier dans le monde des affaires, à l'époque plus encore qu'aujourd'hui, ce qui n'est pas peu dire : celle qui s'attaque avec violence aux faux puissants, aux marginaux de la réussite, aux usurpateurs du succès et ménage avec servilité le vrai pouvoir, celui du nom, de la fortune et des grands corps. Au moins cet avocat général a-t-il un immense mérite : il ne cache pas son jeu, il n'avance pas masqué. Le voilà qui déclare, publiquement : « Je m'apprêtais à soutenir la position de la COB [...] mais j'ai changé d'avis en fonction d'éléments extérieurs. » Le parquet se contente donc de demander le report de l'assemblée générale de LVMH dans l'attente du jugement des OBSA. Il est aux ordres et il le clame ! Est-ce par inconscience, ou pour sauver la justice d'une ignominie, qu'il assume sa propre servilité ? Finalement, peu importe. Le rapport de force est désormais publiquement affiché : dans un dossier aussi emblématique, la justice reconnaît se laisser influencer par des « éléments extérieurs ».

Quels sont-ils ? L'attitude de l'avocat général a-t-elle été dictée par le ministère de la Justice engagé dans une sourde rivalité avec la COB, comme on le laisse entendre à l'époque ? Aujourd'hui, on poserait les questions plus crûment : y a-t-il eu des pressions et de quelle nature ? Jean-Paul Huchon, directeur de cabinet de Michel Rocard à Matignon, aurait pris fait et cause pour Arnault ; Antoine Bernheim serait intervenu auprès de Jacques Attali, pour l'Élysée, et de Tony Dreyfus, secrétaire d'État sans affectation précise, de Rocard, pour Matignon. *Le Canard enchaîné* écrira quelques jours plus tard : « Quand la COB a chargé Bernard Arnault, l'un de ses adjoints est alors sorti de la salle. Pour alerter, dans l'ordre, Antoine Bernheim et Jean

Dromer. » Jean Dromer dont on connaît les liens avec Michel Rocard. À partir de ce jour, le ministère public se rangera toujours aux thèses d'Arnault. Y a-t-il eu financement politique et renvoi d'ascenseur, alors que l'entourage de Rocard cherchait presque ouvertement des fonds pour financer les ambitions politiques – vaines – du Premier ministre ? À l'époque, ce sont des questions que l'on ne posait pas. Les révélations de ces dix dernières années sur les mœurs de ce monde permettent juste de dire qu'elles auraient dû l'être.

Nouvelle victoire pour Arnault, le 3 juillet. Le tribunal de commerce, qui rend son jugement sur le fond dans l'affaire des OBSA, désavoue la COB. Contre toute évidence, le président Philippe Grandjean affirme que l'émission a bien revêtu le caractère d'une opération internationale publique et non pas à personne dénommée. « Il n'y a donc pas lieu de prononcer les nullités invoquées et en conséquence de statuer sur leur opposabilité à quiconque », tranche le tribunal. Jugement immédiatement frappé d'appel par Henry Racamier et les petits actionnaires. Le patron de LVMH ne parvient toujours pas à réunir l'assemblée générale de Louis Vuitton qui lui permettrait de débarquer son PDG. Les magistrats se réfugient derrière le sort toujours incertain des OBSA, et donc sur la précarité du contrôle du capital de LVMH, pour repousser à chaque fois cette assemblée.

Dans ces conditions, ne vaut-il pas mieux négocier pour trouver une issue honorable à un conflit qui, s'il fait la fortune des avocats et les délices des journalistes, commence à lasser la communauté financière ? La banque Lazard pousse au compromis : cette histoire d'OBSA lui fait une mauvaise publicité. Au plus fort des chaleurs estivales, des négociations s'ouvrent par avocats interposés. Ceux-ci ont élaboré un accord garantissant à Vuitton son indépendance au sein de LVMH, en contrepartie d'un départ de Racamier à la fin de l'année. Le 12 septembre, une rencontre est organisée entre Arnault et Racamier pour signer un protocole d'armistice et prononcer la paix des braves. Mais, alors qu'Arnault voulait naturellement obtenir le retrait des plaintes en échange de sa signature, Racamier lui a objecté qu'il ne pouvait pas prendre d'engagement pour les petits actionnaires. La ficelle est grosse. Tout vole en éclats. Il ne reste rien, en cette mi-septembre, de la volonté d'apaisement de la fin juillet.

Ce sera donc à la justice de trancher. Le 4 octobre, la cour d'appel se penche sur la propriété définitive des OBSA. Un profond malaise envahit la salle d'audience lorsque le bâtonnier Mario Stasi, défenseur des petits porteurs, déclare : « J'ai subi des pressions personnelles pour m'empêcher de plaider librement [...], je ne prends pas ma robe pour une livrée [...]. Certains capitaines d'industrie croient que l'argent est roi, est loi. » Par la suite, le bouillant bâtonnier ne voudra jamais expliciter ses allusions. Il se contente de rappeler qu'il est le frère de Bernard Stasi, alors député centriste d'Épernay, fief de Moët-et-Chandon.

L'avocat général est le même qu'en première instance. C'est encore une des incongruités de la justice à la française, déjà remarquée dans d'autres affaires. Celui-ci demandera naturellement que la cour d'appel confirme le jugement du tribunal de commerce. Au nom de la réputation internationale de la place financière de Paris et pour la bonne marche de LVMH. Dans la presse, Bernard Arnault avait indiqué à maintes reprises que l'annulation des OBSA obligerait le groupe à sortir 3,5 milliards de ses caisses pour les rembourser, ce qui le mettrait dans une situation difficile en le privant pratiquement des fonds nécessaires pour poursuivre sa politique d'investissements. À quoi Henry Racamier avait répliqué qu'il suffisait de faire une augmentation de capital pour redonner à LVMH ses moyens financiers. Solution qui présentait surtout l'avantage pour lui de rendre son rival minoritaire.

Le jugement est fixé au 2 novembre. Bernard Arnault affiche la plus grande sérénité. Le jour venu, il va tomber de haut. À la surprise générale, la cour d'appel de Paris déclare irrégulière l'émission des OBSA, infirmant partiellement le jugement du 3 juillet 1989. Lorsque le premier président de la cour d'appel de Paris commence, dans l'après-midi, la lecture de l'arrêt, personne ne croit vraiment que les magistrats vont prendre le moindre risque. La surprise est d'autant plus grande d'entendre Mme Myriam Ezratty infirmer le jugement de première instance. Mais il y a des limites. Sous prétexte que les plaignants ont mal formulé leur action, les obligations ne sont pas annulées. Il reste que la porte est ouverte à une nouvelle plainte mieux ficelée. Papy va pouvoir continuer à faire de la résistance. Les avocats de Racamier y voient un encouragement à mieux formuler leur demande. Ils vont demander l'annulation de l'ensemble de l'émission. La presse ne s'y trompe pas, qui parle de victoire pour le chef de file du clan Vuitton. Le coup est rude, en revanche, pour Bernard Arnault qui pensait pouvoir en finir enfin et se retrouve englué plus que jamais dans cet horripilant litige juridique dans lequel il s'est imprudemment engagé. L'opiniâtreté du vieux l'exaspère. Quelques jours plus tard, il va reprendre la main en portant le litige sur le plan pénal.

L'attaque vient de là où on ne l'attendait pas. Le missile s'envole depuis la Côte d'Azur, le 9 novembre. Jean Sornay, illustre inconnu, petit actionnaire de Louis Vuitton, filait une retraite sans histoires. Et le voilà qui porte plainte contre Henry Racamier pour abus de biens sociaux. Sornay a été opportunément découvert par Pierre Godé, qui habite lui aussi Nice. L'accusation est grave. Elle rappelle le temps des frères Willot. Sornay est-il téléguidé par Arnault ? Tout le monde en est convaincu. Lui s'en défend : « Non, ce qui m'intéresse, dit-il, c'est de gérer au mieux les intérêts de ma famille. » Il les porte à un niveau si considérable qu'il n'hésite pas à déposer 500 000 francs cash (76 224 euros), somme requise par le tribunal pour seulement recevoir son action.

Sornay lance trois accusations principales (qui n'aboutiront pas). Primo, la société Louis Vuitton supporterait indûment les frais de salaires de Vuitton Investissement

Gestion (VIG,) la holding des familles Vuitton. Il y en aurait pour 12 millions de francs. Secundo, des sociétés écran, domiciliées dans des paradis fiscaux, s'interposeraient dans les facturations en Asie, permettant de détourner des sommes importantes (on parle du chiffre de 20 millions pour les années 1987 et 1988). Tertio, des avantages exorbitants auraient été consentis à l'associé minoritaire de Louis Vuitton à Hongkong, M. Michaël Goemans.

Michaël Goemans ? Cet homme est alors totalement inconnu. Patron de la société Bluebell International, domiciliée à Hamilton, capitale des Bermudes, et dont les bureaux sont à Hongkong, est pourtant à l'origine et toujours au cœur du succès de Louis Vuitton en Asie : détenue à 51 % par Louis Vuitton et à 49 % par Bluebell, une filiale commune, Louis Vuitton Hongkong (LVHK) a été créé en 1979. Louis Vuitton réalise alors un chiffre d'affaires de 62 millions de francs dans l'ancienne colonie britannique. Dix ans plus tard, le chiffre d'affaires dépasse le milliard, pour des résultats (officiels) de 550 millions de francs ! Or, le 24 mars 1988, Louis Vuitton et Bluebell ont renouvelé leurs accords dans des conditions inouïes. Une clause prévoit en effet que LVMH s'engage à acquérir à tout moment, jusqu'au 31 décembre 1994, les parts détenues par Bluebell Asia (tombé à 27 %) dans leur filiale commune, sur simple demande de Michaël Goemans. À un prix estimé ainsi : « onze fois le bénéfice net réalisé par le partenariat au cours des trois derniers exercices » avant la date du rachat. Soit plus de 1 milliard de francs. Alors que le retour de Hongkong à la Chine, prévu pour 1997, inquiète tous les investisseurs ! Plus bizarre encore : cet accord, apparemment léonin, n'est pas provisionné. Il ne figure ni dans les comptes de l'exercice 1988 ni dans le rapport spécial des commissaires aux comptes de Louis Vuitton.

Cet accord est d'autant plus étrange que Bluebell International, comme Michaël Goemans, sont particulièrement mystérieux. Dix ans plus tard, la journaliste Francine Rivaud parviendra à lever un coin du voile, dans un article de *Challenge*[1]. On y apprend que Bluebell International a été créée en 1954 par Pierre Goemans, le père de Michaël. Après un contrôle fiscal, celui-ci s'est juré de ne plus jamais avoir le moindre contact avec les inspecteurs des impôts. Il domicilie sa société à Monaco et au Liechtenstein. Pierre Goemans possède alors quelques parfumeries sur la Côte d'Azur à l'enseigne Bluebell, fréquentées par les marins de la VIe flotte. Un officier américain, qui doit rejoindre la VIIe flotte en Asie, l'encourage à se lancer là-bas. Depuis Yokohama, il lui confirme qu'il y a d'énormes possibilités. En 1967, Pierre et son fils unique Michaël installent des bureaux de représentation en Corée, à Hongkong, à Singapour, en Thaïlande, en Indonésie, aux Philippines. Catherine, la femme de Michaël, ouvre des magasins qui proposent une excellente sélection du prêt-à-porter français et italien. Sous l'enseigne Catherine, le premier ouvre à Guam, d'autres suivent au Japon, à Singapour, toujours dans les basques de l'armée américaine. Une diversification avec Naf Naf échoue : Goemans paye plusieurs millions de dollars pour se dégager de ce partenariat. Le groupe Bluebell va alors se spécialiser comme agent commercial des entreprises de luxe européennes – surtout françaises – en Asie. C'est un métier qui rapporte gros, mais les bases sont fragiles. Car plus un marché se développe, plus il est rentable, moins on a besoin d'un agent commercial. Une fois leur marque installée, connue et appréciée, les fabricants souhaitent reprendre en direct leur distribution et sont tentés de congédier leur poisson pilote. L'agent commercial peut être poussé à faire feu de tout bois pour conserver son fournisseur, au terme du contrat en cours. Quoi, par exemple, de plus « attachant » que de ristourner, aux dirigeants ou à certains décideurs, à titre personnel, une partie des superbénéfices réalisés sur place ? D'autant que l'absence de législation stricte en Asie autorise toutes les initiatives. C'est un soupçon permanent pour toutes les grandes

1. *Challenge*, juillet-août 2000.

entreprises exportatrices, pas seulement dans le luxe. Dans le cas de Michaël Goemans, il est d'autant plus naturel que le personnage est insaisissable. On ne connaît qu'une photo de lui, en compagnie de l'actrice Joan Chen, prise lors d'un défilé de mode à Pékin (publiée dans *Challenge*). En Europe, il n'a qu'une secrétaire, basée à Monte-Carlo. Lui-même vivrait en Suisse, mais personne n'en est sûr. Personne, non plus, ne peut dire s'il a gardé sa nationalité française. On sait qu'il pesait, en l'an 2000, jusqu'à 5,6 milliards de francs (850 millions d'euros). Il aurait une résidence parisienne dans le Marais, un château dans le Luberon, une villa à Nice, un yacht, le *Bluemar*, qui mouille en baie de Cannes, en particulier lorsque se tient le salon des duty-free. Son hobby : les trains électriques miniatures. Sa spécialité : la défiscalisation.

Jean Sornay a ouvert la voie à Bernard Arnault. Le rouleau compresseur est lancé. Pour la première fois, LVMH fait appel à Kroll Associates, un cabinet de recherche américain, spécialiste du renseignement économique. Ordre de mission : percer les secrets de Racamier. Mais les résultats ne sont pas à la hauteur et le temps presse. Aussi, en novembre, Pierre Godé se rend lui-même à Hongkong pour mener son enquête et rassembler les preuves à charge. Dès son retour, le 23, Bernard Arnault porte plainte, au pénal, contre X pour « abus de gestion et faux documents comptables » chez Louis Vuitton. La fiction du petit actionnaire fureteur et procédurier disparaît. L'ange exterminateur attaque désormais à visage découvert. Au risque de susciter un haut-le-cœur dans tout l'establishment, car le code des affaires en France veut qu'on ne s'attaque pas au pénal entre patrons, qui plus est au sein d'une même société. Cette fois, le point de non-retour est franchi entre les deux hommes.

Parallèlement, fin novembre 1989, une feuille de chou confidentielle, baptisée *De Facto*, se met à distiller des indiscrétions assassines. « Henry Racamier conserve une apparente sérénité, écrit-elle notamment. Il semble ignorer que certains petits actionnaires commencent aussi à vouloir sa peau. L'un d'entre eux a même fait procéder à une enquête en Suisse sur les sociétés écran LSI et LSM, constituées en catimini par Racamier pour écrémer les royalties perçues par sa société hors de France et les reverser en partie sur les comptes suisses de la famille Vuitton. » Aucune preuve n'est évidemment avancée.

L'attaque est violente, vicieuse, mais crédible. Car la rumeur de ce type de détournements dans l'industrie du luxe court depuis des années. Celle-ci réalise un chiffre d'affaires considérable en vendant ses produits dans des pays à la législation extrêmement lâche, quand elle est appliquée. Ce qui est rarement le cas en Asie, du moins à cette époque. Pourquoi faire remonter l'intégralité du chiffre d'affaires et des bénéfices dans les comptes de la société mère, en France ou en Italie, alors que celle-ci devra payer des impôts à différents stades ? Rien de plus simple que d'organiser des circuits parallèles permettant aux dirigeants des entreprises concernées de prélever directement une partie des bénéfices engrangés dans les boutiques à travers diverses sociétés écran aux fonctions incertaines. Difficile de faire la part des choses entre le vrai grossiste et l'intermédiaire de circonstance, dont la seule fonction est de faciliter l'évasion fiscale. Les sommes ainsi détournées peuvent aboutir dans des sociétés domiciliées en Suisse ou ailleurs, appartenant en totalité à ces dirigeants. Mais le fisc n'est pas le seul à être lésé par ce genre de pratiques : les actionnaires minoritaires le sont tout autant. Lorsque les dirigeants mettent en place des pyramides financières qui leur permettent d'avoir le pouvoir grâce à des holdings intermédiaires en cascade dont ils possèdent plus de 50 % à chaque étage, les actionnaires ne reçoivent qu'une fraction minime des dividendes, eux aussi dilués à chaque étage. Pourquoi ne pas mettre en place des courts-circuits, c'est-à-dire des circuits courts, avec des sociétés détenues en propre par les dirigeants ? Jamais personne n'avait évoqué jusque-là cette face cachée de l'industrie du luxe, qui explique pourtant l'attrait qu'elle exerce sur un certain nombre de gens...

Pour Henry Racamier, mis en cause dans son honneur, c'en est trop. Dear Henry commence à perdre son flegme. « Cette affaire me scandalise. Je me donne les moyens de poursuivre en diffamation les instigateurs de cette action mensongère », déclare-t-il dans *Le Quotidien de Paris.* Racamier va rendre à Arnault la monnaie de sa pièce. Il l'attaque à son tour, au pénal, sur deux points : les accords passés avec Guinness et le lancement par Christian Lacroix d'un parfum, avec le concours de Dior. Henry Racamier estime que ces actes de gestion n'ont pas été faits dans l'intérêt social de LVMH et de ses actionnaires. Concernant Guinness, une clause dans les statuts de Jacques Rober permet au brasseur britannique de sortir de la société à partir de juillet 1991. Si tel est le cas, LVMH devra rassembler plus de 12 milliards de francs pour lui racheter sa participation. Le pourra-t-il sans être pour cela obligé de céder à l'Anglais l'une de ses activités, plus précisément les vins et spiritueux ? La plainte de Racamier sous-entend l'existence d'accords secrets entre Bernard Arnault et Anthony Tennant. Sur les parfums Lacroix, Racamier conteste que le patron de LVMH puisse engager l'une des sociétés du groupe, Parfums Christian Dior, dans un soutien financier et logistique à l'une des filiales de la Financière Agache. « Cette opération recèle un transfert de charges commis au préjudice des actionnaires de LVMH et au profit du groupe de M. Bernard Arnault », peut-on lire dans la requête adressée au tribunal.

Le déchaînement judiciaire est à son comble. Chaque semaine apporte son lot de nouveaux recours, référés ou jugements. Les deux duellistes se paient des pages entières de publicité dans les journaux pour y affirmer leur bon droit. Ils multiplient les interviews où se mêlent phrases assassines et vibrants plaidoyers. En privé, on perçoit encore plus la haine qu'ils entretiennent l'un pour l'autre. Racamier raconte les pires horreurs sur Arnault qui, de son côté, va partout répétant qu'il dispose d'« un dossier en béton » et qu'Henry Racamier « sera inculpé et emprisonné ».

Racamier s'en moque : il se délecte de voir Arnault perdre son sang-froid. Et pendant que ce dernier trépigne, il lui mitonne en secret une... OPA sur LVMH. Dear Henry n'a peur de rien. Il a demandé à André Battestini, le banquier qui avait eu la si riche idée de fusionner Louis Vuitton et Moët-Hennessy, de prendre des contacts afin de réunir les 30 milliards de francs nécessaires pour mener à bien le projet. Les attaquants possibles ne manquent pas. On trouve parmi eux Gérard Eskénazi, qui a déjà eu l'occasion de s'intéresser à LVMH en décembre 1988. Elf se montre également intéressé, ce qui peut paraître surprenant dans la mesure où l'une de ses filiales est dans le tour de table de la Financière Agache. Mais l'allié choc de Racamier est L'Oréal. Le leader mondial des cosmétiques observe avec inquiétude la montée en puissance de LVMH qui, avec ses marques Dior et Givenchy, risque de menacer ses positions dans les parfums. Pourquoi ne pas regarder ? se dit son président, Lindsay Owen-Jones, un Gallois à la mâchoire carrée et à l'œil bleu. Paribas et la Banque de gestion privée (BGP) sont chargés d'étudier un plan d'attaque. Tout simple : on procédera à un ramassage d'actions en Bourse étalé sur deux à trois mois afin de ne pas faire monter le titre. Cette première phase débouchera sur le lancement d'une OPA sur 66 % du capital. Un compte rendu de cette réunion est envoyé aux dirigeants de L'Oréal. Mais ceux-ci se dégonflent. Le succès de l'OPA implique que les OBSA soient annulées et que les familles Moët et Hennessy acceptent de céder leurs titres à un roturier comme L'Oréal. Une hypothèse hautement improbable. Le projet d'OPA est mort-né. Arnault n'apprendra son existence que plusieurs mois plus tard.

Il faut désamorcer l'affaire Bluebell. Le 11 décembre 1989, cinq cent quatre-vingt-six jours après la signature du contrat, dix-huit jours après le dépôt de plainte de LVMH, Michaël Goemans, depuis Hongkong, envoie aux dirigeants de Louis Vuitton une lettre, publiée dans *L'Express*[1], dans laquelle... il renonce au milliard de francs qu'il a à portée de main. « Compte tenu des problèmes d'interprétation qui sont en ce moment soulevés à propos de ce contrat, écrit-il, je vous prie de noter, pour couper court à toute discussion nouvelle, que Bluebell Asia renonce purement et simplement, par la présente, à tous les engagements de LVSA au profit de Bluebell Asia mentionnés dans ce contrat à un titre quelconque... » Au même moment, la famille Vuitton se substituera à Louis Vuitton dans une des sociétés asiatiques de la mouvance Bluebell[2]. Impossible d'y voir plus clair : en matière financière, l'Asie est un monde aussi impénétrable que rentable...

Certains, pourtant, veulent en savoir plus. Il fait nuit noire, à 6 h 15 du matin, le 25 janvier, lorsque deux officiers de police sonnent au domicile d'Henry Racamier, boulevard Émile-Augier dans le XVIe arrondissement de Paris, à quelques pas de celui de Bernard Arnault. C'est une perquisition. Une autre a lieu simultanément chez son gendre, Jean-François Bentz.

Aujourd'hui, la plupart des chefs d'entreprise se sont préparés à ce genre d'éventualité. Beaucoup d'entre eux ont même suivi des stages pour savoir comment se comporter, comment s'habiller, quoi dire et ne pas dire, qui prévenir lors d'une perquisition et au cours d'une garde à vue de quarante-huit heures. Surtout, la fréquence des perquisitions chez les patrons, justifiées ou non, est telle que le banc d'infamie apparaît maintenant plutôt vermoulu. Bon nombre d'entre eux ont même préparé leurs proches, en particulier leurs enfants, à une telle éventualité. Quant à leurs pairs, ils attendent de voir la substance des accusations formulées contre ceux qui sont ainsi mis en cause par

---

1. *L'Express*, 5 janvier 1990.
2. Le capital de Luxury Store Investments se retrouve contrôlé par Bluebell Asia (25 %), CPIH, filiale d'Elf-Gabon et d'Elf (5 %), et Vuitton Investissement Gestion (VIG), société de la famille Vuitton (70 %).

la justice pour forger leur opinion, sans trop se fier aux informations, au départ toujours uniquement à charge, publiées dans la presse.

Mais tel n'est pas le cas à l'époque. La réaction d'Henry Racamier à cette violence judiciaire n'en est que plus remarquable. Le vieil homme ne s'est pas laissé impressionner, en tout cas il n'en a rien laissé paraître. Dear Henry, qui n'est guère matinal, a tout juste le temps de passer une robe de chambre en satin fauve. Les policiers, impressionnés, ne sont pas à leur aise. Bon prince, il les retient pour un petit déjeuner improvisé. La conversation sera courtoise. Les deux enquêteurs posent quelques questions et se font remettre des documents. Leur but est clair : ils recherchent des papiers susceptibles d'éclairer les liens exacts entre Louis Vuitton et Michaël Goemans. Le vieil homme sait maintenant que tout sera fait pour saper sa résistance. Loin de le démoraliser, cette constatation va décupler son énergie. D'autant plus qu'il reçoit de ses pairs de nombreux témoignages de soutien, tandis que la presse fait de lui son héros.

Alors, forcément, il se grise. Le 17 février 1990, Racamier lance une bombe : la création d'un nouveau groupe de luxe, Orcofi, en association avec plusieurs industriels et financiers de renom. Le tour de table comprend, en effet, les assurances AGF, Paribas, une filiale d'Elf, David de Rothschild, Parfinance de Gérard Eskénazi, la Mutualité agricole Groupama et surtout L'Oréal. Le leader mondial des cosmétiques, qui avait renoncé quelques mois plus tôt à lancer une OPA sur LVMH, soutient Racamier et investit 1 milliard de francs sur les 2 milliards que lève immédiatement Orcofi. Le quart de cette somme servira, dans la foulée, à racheter la couture et les parfums Lanvin.

« M. Racamier ne crée pas un second pôle du luxe mais l'hôpital du luxe [1] », daube aussitôt Arnault en public. Mais

1. L'avenir lui donnera raison. Comme Chevalier avec Balmain, Racamier ne parviendra jamais à faire d'Orcofi une entreprise rentable, ni même crédible. Elle s'éteindra discrètement, après avoir payé ses dettes, coûtant plusieurs milliards à la famille Vuitton-Racamier.

au conseil de LVMH, l'affaire est prise au sérieux. Arnault interpelle violemment l'indéboulonnable patron de Vuitton : « Votre position est inadmissible. Orcofi a pour objectif affiché la constitution d'un pôle de luxe séparé et donc concurrent. Il a été monté en association avec L'Oréal, le premier concurrent de LVMH dans le domaine des parfums et des cosmétiques. Comment pouvez-vous être à la fois chez Orcofi et au directoire de LVMH parfaitement au courant de toutes les options stratégiques du groupe ? »

Désormais, tous les moyens sont utilisés pour disqualifier le vieux et le faire craquer. *Le Canard enchaîné* publie, sous le titre « Le Pen pris la main dans le sac », une lettre de remerciements adressée par le leader du Front national à Henry Racamier : « Je tiens à vous remercier pour votre importante contribution à la campagne électorale de Jean-Marie Le Pen. Depuis longtemps vous êtes l'un des plus fidèles soutiens de la droite nationale au sein du patronat français. Ceci vous honore et je saurai m'en souvenir[1]. » Aussitôt le patron de Vuitton diffuse un communiqué soulignant qu'il n'a « évidemment jamais reçu » cette lettre et qu'il s'agit d'« un document complètement fabriqué ». Le Pen dément lui aussi quelques jours après et parle d'un « faux dont la grossièreté orthographique et politique est évidente ». *Le Canard enchaîné* a été victime d'une vraie manipulation.

L'idée était de faire passer Racamier pour un extrémiste de droite, mais aussi pour un ancien collaborateur affairiste, dans la perspective du prochain jugement de la cour d'appel, présidée par Myriam Ezratty, une magistrate présumée viscéralement hostile à ce genre de personnage. On fait diffuser dans les rédactions de vieilles photos datant de la guerre, où, sur la façade de la boutique Vuitton, figure la pancarte : « Interdit aux Juifs. » Mais il s'agit de mettre directement Racamier en cause. C'est ainsi qu'Yves Cochnech, alors journaliste au *Point*, au cours d'un entre-

1. *Le Canard enchaîné*, 28 février 1990.

tien avec un ministre de Michel Rocard, a pu voir sur son bureau une lettre de la Kommandantur, datée de 1943, faisant état d'un tableau de Gauguin vendu à Nice par l'intermédiaire d'un industriel du nom d'Henry Racamier. Qui manipule, qui est manipulé ? Car tous ces documents sont, bien entendu, entièrement fabriqués pour les besoins de la cause. Par qui ? Michel Calzaroni qui, au sein de l'équipe de Michel Frois, pilote la stratégie médiatique de Racamier, cherche d'où viennent les coups. Un jeune énarque, Jean-Olivier Tadescot, est montré du doigt. Spécialiste des gestions de crise et de conflit, à travers sa société RMR [1], celui-ci, sur les conseils de Concetta Lanciaux, la directrice des Ressources humaines, a été embauché par Arnault, qui cloisonne strictement son dispositif de défense et le rencontre, soit en tête-à-tête, soit en compagnie de Pierre Godé. Mais tandis que Tadescot écrit des notes pour le patron de LVMH, l'un de ses collaborateurs les transmet en douce à Michel Calzaroni, qu'il avait côtoyé au cabinet de François Léotard. Cet informateur au cœur du dispositif ennemi permet à Calzaroni de diaboliser Tadescot. Celui-ci serait pourtant resté sur une ligne prudente : persuadé que l'enjeu de la bataille n'était que juridique, il aurait surtout conseillé à Arnault de... ne rien faire sur le plan médiatique [2]. Publicis, qui gère la communication d'Arnault, n'est pas directement en cause. Le groupe de Marcel Bleustein-Blanchet a délégué Seth Goldschlager, un Américain expert en communication de crise, aujourd'hui salarié de Publicis Consultants. Logé dans une suite au PLM de la

1. Pour Réflexion Médiation Riposte, mais aussi, phonétiquement, pour Air et Mer...

2. Sur plainte d'Henry Racamier, Jean-Olivier Tadescot subira plusieurs perquisitions et sera interrogé, à deux reprises, par la juge Marie-Paule Moracchini, qui lui dit avoir subi de fortes pressions pour l'inculper, mais s'y refusera, estimant qu'on voulait en faire un bouc émissaire. Déstabilisé, Tadescot renoncera à la communication pour se consacrer à la banque d'affaires, à la tête de Bourbon Finances.

rue Balzac, à Paris, il est alors payé 100 000 francs par mois, avec un voyage en Concorde par semaine pour retourner voir sa femme. Seth vient à LVMH tous les jours à 7 heures du matin. L'agence de renseignement américaine Kroll Associates a, elle aussi, été appelée à la rescousse, mais fabriquer des faux de cette nature n'entre pas dans le champ de ses compétences.

Pourtant, les faits sont là. Après les plaintes au pénal et les descentes de police, les faux : le royaume du luxe est en train de devenir l'empire du milieu. Désormais, dans la rue, Racamier se retourne. Il est convaincu d'être suivi et écouté. Avec sa conseillère en communication, Christine Fontanet, il ne parle plus, au téléphone, que par mots et phrases codés, extraits du « Je vous salue Marie », ce qui est un comble pour un protestant. Certains chasseurs de têtes menacent Christine Fontanet, la mettent en garde sur son avenir professionnel ; d'autres lui proposent des jobs, dans le seul but de lui faire quitter Racamier. Mais les pressions ne sont pas à sens unique. Arnault est lui aussi convaincu d'être suivi et écouté. Mieux : il travaille dorénavant dans un bureau les stores baissés. « On ne prend jamais assez de précautions contre les micros directionnels », explique-t-il à ses interlocuteurs.

« Accablés sous la procédure, les magistrats sont las de cette bagarre entre “un jeune voyou et un vieillard qui s'accroche” », comme dit l'un d'eux. Cet article publié dans *L'Express*[1] sous le titre « Pourquoi tant de haine ? » traduit bien le ras-le-bol général. Face à l'opinion qui ricane, c'est toute la crédibilité du patronat français, toute l'image de l'industrie du luxe qui sont en cause. Il faut en sortir. C'est ce que va décider l'institution judiciaire, le 26 avril 1990, dans ses jugements finaux. D'un côté, l'honneur de Racamier est sauf : le tribunal de commerce de Paris affirme que

1. *L'Express*, 20 avril 1990.

la coopération avec Michaël Goemans est l'une des clés du succès de Louis Vuitton dans la région et qu'elle n'a pas à être remise en question[1]. De l'autre, Racamier est débouté des procédures qu'il a engagées contre Bernard Arnault.

Reste à la cour d'appel de Paris à valider l'attribution des OBSA et donc à donner la victoire définitive à Bernard Arnault. Quelques jours avant le verdict, sa cote est remontée. Personne, mis à part Henry Racamier et quelques petits actionnaires pugnaces de LVMH, ne souhaite vraiment l'annulation des OBSA dont nul ne sait, si elle était prononcée, jusqu'où elle pourrait conduire. C'est la politique du fait accompli, fréquente en la matière. La COB se satisfait du premier jugement en appel qui, conformément à ses conclusions, a déclaré l'émission des bons irrégulière. Son pouvoir sortira de toute manière renforcé de cette passe d'armes. L'État de son côté veut éviter de fragiliser Arnault, ce qui risquerait d'ouvrir un peu plus la porte de LVMH, « patrimoine national », à Guinness. Arnault s'est beaucoup servi de cet argument au cours des derniers mois tout en répétant que le brasseur britannique était un excellent partenaire ! Racamier lui-même ne se fait plus guère d'illusions. Quelques heures avant le verdict, il entraîne ses visiteurs de l'avenue Montaigne dans un petit tour du propriétaire comme s'il voulait qu'ils s'imprègnent de ce que fut l'œuvre qu'on s'apprête à lui retirer. Il montre son bureau sous les combles, insiste sur la simplicité du décor et s'inquiète soudain, en feignant de s'en amuser, de voir un ouvrier cheminer sur une corniche de l'autre côté de la rue. Encore un espion d'Arnault ? demande-t-il.

Le jugement sera conforme aux prévisions[2] : la cour

1. Bernard Arnault ne la remettra d'ailleurs plus en question puisque Louis Vuitton s'appuie toujours, à notre connaissance, sur le réseau et le savoir-faire de Michaël Goemans en Asie... C'était en tout cas toujours vrai en 1997.

2. « Considérant, à titre surabondant, que les appelants ne rapportent pas la preuve, dont la charge leur incombe, de la mauvaise foi des possesseurs des bons de souscription et des actions découlant

rejette la demande d'annulation des OBSA. Il est 14 heures lorsque tombe la sentence. Deux heures après, Henry Racamier a démissionné de la présidence de Louis Vuitton et du directoire de LVMH. En laissant l'entreprise au zénith : 1,3 milliard de francs de bénéfice net pour 6,75 milliards de chiffre d'affaires en 1989, soit une marge de près de 20 % – un record en profit dans le petit cercle des entreprises milliardaires.

Plutôt que d'être congédié, il a préféré avoir l'élégance de partir de lui-même. Il publie un dernier communiqué : « Depuis un an, nous avons mené avec détermination un dur combat pour défendre notre vision de ce qu'est une marque de luxe et notre conception de sa vie et de son développement dans le long terme [...]. C'est enfin une certaine éthique des affaires que nous avons voulu faire respecter. » À 17 heures, après avoir pris congé du personnel, il quitte l'avenue Montaigne. Certains de ses collaborateurs essuient une larme. À la même heure, Bernard Arnault offre le thé et des petits fours à quelques journalistes, dans son bureau insonorisé au septième étage de LVMH. « Je ne veux plus entendre parler de procès, maintenant, je veux m'occuper de gestion », dit-il. Le lendemain, un déjeuner de victoire est organisé chez Dior avec tous les patrons du groupe. Bernard Arnault a les clés du siège de Louis Vuitton à la main. Il les triture, il les montre, il les met sur la table, les fait passer de main en main. Ce sont des clés en or, tant les résultats sont brillants. Pourtant, le 30 avril, la nouvelle direction de Louis Vuitton nommée par Arnault avec, à sa tête, Jean Dromer, refusera d'approuver les comptes de l'exercice 1988 et de voter le quitus au directoire. Un coup de pied de l'âne inutile.

Bernard Arnault a gagné. D'autres que lui, dans sa position, tendraient la main à l'adversaire d'hier pour cicatriser

---

de l'exercice de ces bons, à l'égard desquels ils poursuivent la nullité, à savoir les sociétés du groupe Arnault. »

les blessures. C'est une loi fondamentale du monde des affaires que le vainqueur ménage le vaincu. Mais c'est mal connaître l'ange exterminateur que de l'en croire capable. Pour lui, la victoire n'est totale que s'il peut faire rendre gorge à ses opposants. Il va en administrer la preuve le 6 juin 1990, lors de l'assemblée générale des actionnaires de LVMH, à l'hôtel Intercontinental. La réunion tire à sa fin. Les 250 participants ont déjà l'esprit dirigé vers le buffet qui les attend lorsqu'un des membres du clan familial Moët-Hennessy, M. Jean Couten, se lève et provoque ce qu'il est convenu d'appeler un incident de séance : « Peut-on faire en même temps des procès à une société et s'allier à l'un de ses concurrents tout en siégeant dans ses organes dirigeants ? Non. » Jean Couten propose d'exclure sur-le-champ André Battestini, Jean-Paul Parayre et les deux censeurs, représentants des Vuitton, du conseil de surveillance de LVMH, et de les remplacer par un Hennessy et un Moët-et-Chandon. Arnault, à la tribune, ne dit mot mais tout le monde a compris que l'initiative venait de lui.

Henry Racamier n'est évidemment plus à la tribune. Assis au milieu de la salle, comme le simple actionnaire qu'il est devenu, il prend alors le micro. « Aujourd'hui, nous constatons une nouvelle agression, sournoise et retorse, de Bernard Arnault contre l'actionnariat de Vuitton : un pseudo-incident de séance, absolument pas spontané mais complètement organisé, avec pour seul objectif d'évincer quatre représentants de VIG du conseil de surveillance. Cette machination est mise au jour et démontrée par le procès-verbal d'huissier que j'ai enregistré dès hier. Le résultat est que le premier actionnaire totalement français de LVMH et, de toutes les façons, le second actionnaire du groupe, est écarté de tous les organes de gestion et de surveillance. En dehors de LVMH, il n'y a pas d'exemple en France qu'un grand conflit d'actionnaires ne se règle pas par un accord négocié. »

De maigres applaudissements ponctuent son intervention. André Battestini demande à son tour la parole. Bille en tête, il attaque le président de LVMH. « Vous ne manquerez pas de trouver piquant avec moi que Bernard Arnault, à la fin de la semaine dernière, m'ait pris à part à l'issue d'une réunion pour m'affirmer avec une conviction feinte combien il souhaitait que le nécessaire soit fait de part et d'autre pour que cessent les hostilités. Il s'est bien gardé de me dire, durant le quart d'heure qu'il m'a consacré ce soir-là, l'intention concoctée la veille de s'efforcer de me retirer mon poste avec son appui. Voilà tout l'homme. »

Battestini s'en prend ensuite à la banque Lazard : « Le 2 novembre 1989, la cour d'appel de Paris [...] déclare que l'émission d'OBSA dont vous avez tous entendu parler a été irrégulière dès sa création, en raison de dispositions occultes prises pour accaparer de façon durable plus de la moitié de l'augmentation de capital [...]. Le véritable responsable de ce coup fourré financier est bien connu de tous et la cour d'appel ne s'y est pas trompée non plus puisque, très significativement, elle l'a condamné aux dépens du procès [...]. À ma connaissance, en France, un tel comportement est sans précédent [...]. Mais ce qui est sans doute encore plus surprenant et proprement inouï, c'est que deux représentants de cette banque sont restés membres de votre conseil de surveillance en toute quiétude apparente et en plein accord avec Bernard Arnault et ses alliés. À quel état de dégradation morale des affaires ne sommes-nous pas en train de descendre ! Tant que les représentants de la banque responsable de l'irrégularité de l'émission des OBSA occuperont des fonctions dans notre société, celle-ci, hélas, sera souillée d'opprobre ! »

« À bas Lazard ! » lâche un petit actionnaire, qui déclenche un concert de huées à l'encontre de la banque d'affaires. Battestini a réussi à chauffer la salle, mais c'est tout. Assis au premier rang de l'assistance, Antoine Bernheim et Bruno Roger encaissent sans sourciller. Leur poulain Arnault a pris LVMH. Et Lazard a écrasé Paribas.

CHAPITRE 12

Enrichissez-moi !

Gagnant, mais brisé. Vainqueur, mais isolé. Célèbre, mais nu. L'affaire LVMH a consacré la toute-puissance de Bernard Arnault mais a forcé son caractère et fait exploser son image publique. Il est devenu le patron de la première entreprise mondiale de luxe et, au lieu de s'en réjouir, la presse française le traîne dans la boue. Pire : en avril 1990, au moment exact où les juges de la cour d'appel lui donnent les clés de LVMH, paraît un livre ravageur qui épouse, pour l'essentiel, les thèses et la cause de Racamier et ne le ménage pas [1]. Voulant tourner la page, craignant de retourner les fers dans ses plaies, il s'abstiendra de poursuivre ses auteurs. Bien que plus équilibré, un autre livre, publié en mai, le premier qui lui soit consacré, ne trouve pas non plus grâce à ses yeux [2].

Le nouveau patron de LVMH flotte. Il ne craint pas seulement les micros directionnels : il s'inquiète de tout. Pendant quelques mois, de peur d'un coup fourré, il refusera tout déplacement en dehors de Paris. Il lui faudra ainsi une bonne année pour qu'il prenne la mesure de sa victoire définitive sur Henry Racamier et retrouve ses marques.

1. Claude Vincent et Philippe Monnin, *Guerre du luxe, l'affaire LVMH, op. cit.*

2. Nadège Forestier et Nazanine Ravaï, *Bernard Arnault ou le goût du pouvoir, op. cit.*

Une année pendant laquelle il se montrera profondément perturbé, inquiet, aux aguets, méfiant avec son entourage, persuadé qu'il allait faire l'objet de nouvelles attaques, convaincu de l'hostilité radicale de l'establishment et de la presse à son égard. Une année pendant laquelle Bernard Arnault se cherche. Certains le décrivent plus dur, plus secret, plus méfiant et encore plus centré sur lui-même qu'avant. Alors que d'autres, en revanche, le disent plus détendu, plus apaisé, presque heureux.

L'ange exterminateur, en cette année 1991, a besoin de se refaire une virginité. C'est pour cela qu'il va chercher et trouver, auprès de la presse féminine spécialisée, le soutien qui lui a fait défaut dans la grande presse – ainsi que dans les journaux économiques. La presse féminine parle de ses marques – il adore – en termes positifs, admire ses collections, vénère ses créateurs et renvoie de lui une image lisse et propre. Comme dans les bonnes maisons de luxe où ils sont souvent amincissants, le miroir de cette presse renvoie à Bernard Arnault une image édulcorée. Bien sûr, il sait pertinemment que les journaux de mode égratignent rarement ceux qui les font vivre. Il sait aussi qu'avec toutes ses marques, LVMH est le premier annonceur d'un grand nombre de « supports » qui vivent, pour l'essentiel, de la publicité. Il n'est pas dupe. Mais la bataille avec Racamier l'a trop fait souffrir. Il a besoin de voir dans la presse une image positive de lui. Même si elle est factice. C'est presque une thérapie : les apparences lui suffisent.

Sa rencontre, en novembre 1990, avec Hélène Mercier, une pianiste québécoise qu'il épousera, dans l'intimité, le 23 septembre 1991, n'est pas étrangère à ce flottement d'un homme jamais avare de contradictions : il est d'autant plus inquiet qu'il est désormais comblé sur tous les plans ! Merveilleuse rencontre, organisée par deux des plus proches collaborateurs du patron de LVMH : le fidèle Robert Léon, l'homme de tous les montages financiers, et Gilles Hennessy, fils de Kilian, le patriarche, qui a joué sans ambiguïté la carte d'Arnault, face à Chevalier et à Racamier, et qui, aujourd'hui encore, figure dans l'organigramme comme le dernier représentant des familles disposant d'un poste opérationnel au sein de LVMH. C'est en homme seul, sur le plan affectif, qu'il a mené son combat contre Henry Racamier. La disponibilité apparente du vainqueur, nouveau roi du luxe, élégant, jeune et riche, fait chavirer bien des cœurs, de la petite main à la directrice de création, en passant par les mannequins, dans ce monde très féminin et très concurrentiel de la haute couture. S'installe alors, autour du chef, une manière de garde rapprochée féminine, dominée par Concetta Lanciaux et Nan Legeai.

Il y a un mystère Concetta Lanciaux : l'inoxydable directrice des ressources humaines a bénéficié très longtemps de la confiance totale et du blanc-seing de Bernard Arnault, alors même que tout son entourage, y compris ses banquiers, n'a jamais cessé de le mettre en garde sur le tort qu'elle était censée lui porter. Italienne d'origine, après un diplôme de communication à l'université de Milan, Concetta s'est exilée très tôt aux États-Unis parce qu'« il n'y avait pas de chances pour les femmes en Europe à la fin des années soixante[1] ». Au bout de six ans, elle décroche un MBA, entre chez Intel, d'abord dans la Silicon Valley, puis en Europe où elle s'occupe des ressources humaines. Bernard Arnault l'embauche en 1985, sur les conseils de Julien Charlier, pour diriger les ressources humaines de Boussac. Elle a été longtemps le bouclier d'Arnault. Elle a même été mise en cause par la justice, en même temps que le repreneur Ljubo Susac, à l'occasion de la reprise d'une usine du Pigeon voyageur à Béthune. Concetta Lanciaux a mis en musique les suppressions d'emplois, les départs forcés et les ventes d'actifs à des repreneurs de circonstance. « Elle avait une expérience incomparable de la gestion des ressources humaines d'un grand groupe moderne [...], écrit Bernard Arnault dans *La*

1. Interview à *L'Express*, 12 mars 1998.

Passion créative ; il fallait avant tout arrêter la consommation de cash de Boussac qui perdait près de 100 millions de trésorerie par mois ! » Pendant une quinzaine d'années de pouvoir sans partage, Concetta Lanciaux ne s'est fait que des ennemis : ceux-ci l'accusent d'abuser de son pouvoir, d'isoler Arnault, de le conforter dans sa tendance à voir le mal partout et même de « dégager des ions négatifs ». Robert Léon demande son départ au patron, qui le lui refuse. Mieux : embauchée par la Lyonnaise des eaux en 1991, il parviendra à la faire revenir sur sa décision. Dix ans plus tard, en 2001, pour « prendre du recul et s'occuper de l'Italie », Concetta Lanciaux sera finalement remplacée à son poste par Cathy Kopp, présidente depuis quelques mois d'IBM France. Celle-ci aura eu le tort de croire aux promesses d'Arnault, qui s'est mis en quatre pour la convaincre de lâcher IBM : elle ne tiendra pas six mois ! Concetta Lanciaux, en effet, aura sa peau. « Elle lui aurait consciencieusement savonné la planche, gardant les dossiers clés, comme celui des rémunérations des cadres dirigeants, et laissant entendre que Cathy Kopp, pourtant ex-conseillère de Lou Gerstner à la tête d'IBM World, connaissait mal le monde des ressources humaines[1] ! » écrit *Challenge.* Cathy Kopp n'a rien compris au film. Elle se demande encore quel secret lie Bernard Arnault et Concetta Lanciaux, d'où vient l'ascendant qu'elle exerce sur lui.

Avec Nan Legeai, ancienne secrétaire du responsable de l'Asie chez Dior, c'est une autre histoire. Bernard Arnault avait acheté Céline, dit-on, pour lui donner un poste à sa mesure. Mince, cheveux crêpés, cette Américaine partageait avec Bernard Arnault au moins deux passions : les chiffres et le pouvoir. Pendant plusieurs années, Nan Legeai exercera sur Bernard Arnault une influence déterminante. Pour le pire, disent ceux qui lui sont hostiles, en particulier lors de la bataille avec Henry Racamier ; pour

1. *Challenge*, 21 mars 2002.

le meilleur, plaident les autres qui affirment que c'est grâce à elle, à son aplomb, à ses introductions dans le milieu de la mode, que Bernard Arnault s'est émancipé. Que le jeune bourgeois de province, en blazer à boutons dorés, cravate rayée et pull en V, a changé d'allure, en prenant une dimension parisienne et enfin internationale.

Concetta Lanciaux et Nan Legeai rivalisent d'influence sur le patron, mais elles se liguent aussitôt qu'apparaît une rivale possible. Françoise Monard en fera vite l'expérience. Venue de Peugeot Citroën dont elle dirigeait la communication, cette femme extravertie s'était forgé une réputation solide pour avoir su encadrer Jacques Calvet, qui n'était pas un patron facile, sans jamais le trahir ni mentir aux journalistes. Embauchée avec un pont d'or pour faire le même travail auprès d'Arnault, elle va tomber de haut. En accord avec Jean Dromer, elle a voulu élargir aux banquiers, aux industriels et aux grands journalistes économiques la liste des invités aux manifestations de prestige sponsorisées par le groupe, comme le Grand Prix de Longchamp. Mal lui en a pris. Nan Legeai lui a aussitôt volé dans les plumes : il faut s'en tenir aux rédactrices de mode, aux vedettes de pacotille et aux nobles désargentés qui gravitent dans les milieux du luxe, lui a-t-elle fait savoir. Il est vrai que les people forment une population moins dérangeante et plus docile. Pourquoi risquer de se faire du mal ? Françoise Monard a vite mesuré l'étendue du pouvoir de Nan Legeai. Et elle a quitté le gynécée sur une divergence de fond. Pas question, pour elle, de travestir la réalité devant les journalistes. Elle estimait que son métier était de convaincre, Bernard Arnault lui disait qu'il fallait d'abord intimider. Quand elle a décidé de partir, celui-ci a fait faire une enquête pour évaluer sa capacité de nuisance, avant de lui verser ses indemnités contractuelles.

Avec Béatrice Bongibault, les choses se sont nettement plus mal passées. Débauchée de Chanel où elle avait débuté une carrière brillante, cette jeune femme a été nommée directrice générale de Dior le 8 juin 1988, veille du jour de la première offensive d'Arnault sur LVMH. De ce fait, pendant deux ans, elle a eu les mains complètement libres. Mais lorsque la victoire sur Racamier a été acquise, Arnault est revenu dans le jeu. Les gardiennes du temple ont mis en garde le patron : « Bernard, méfie-toi, Béatrice t'a barboté Dior. » C'est un point sensible. Il ne faut jamais rien barboter à Bernard Arnault, et surtout pas Dior, la maison de tous les fantasmes, à la tête de laquelle il a usé nombre de créateurs et encore plus de dirigeants. Béatrice Bongibault, dont la mission, qu'elle croyait avoir bien accomplie, était de gérer et de développer Dior, ne tiendra pas longtemps face à la cabale et son départ aura lieu dans des conditions épouvantables, montrant que les méthodes utilisées dans la bataille avec Racamier n'ont pas disparu après la victoire. Le 17 décembre, elle est renvoyée pour faute lourde. Elle est priée de quitter le jour même la maison qu'elle a dirigée deux ans, tandis que le standard annonce sèchement : « Christian Dior fait savoir que Béatrice Bongibault n'exerce plus de fonctions dans la société [1]. »

Bref : l'ambiance, en cette année 1991, est devenue particulièrement tendue à la tête de LVMH. À ce moment-là, un certain nombre de personnes, dans la maison comme à l'extérieur, notamment dans les banques actionnaires, reçoivent des lettres anonymes évoquant les prétendues liaisons de Bernard Arnault avec les unes ou avec les autres (Nan Legeai portera plainte). Antoine Bernheim est sur la liste des destinataires. Il n'en revient pas. Lui-même est un temps soupçonné d'en être l'auteur. Pierre Godé aussi. Et bien sûr Racamier. Chacun se demande qui est le corbeau et quels sont ses véritables objectifs. Les bornes, cette fois,

1. Béatrice Bongibault attaquera Bernard Arnault en diffamation pour avoir dit, en comité de direction, qu'elle s'était rendue coupable de malversations. Après avoir été entendu par un juge, il acceptera, in fine, de lui verser ses indemnités contractuelles, contre l'abandon des poursuites.

paraissent franchies. La gestion du groupe s'en ressent. Des décisions prises le vendredi avec les principaux collaborateurs sont remises en cause le lundi. L'irrationnel est entré dans la maison. Nan Legeai cherche en toute occasion à faire valoir sa préséance. Concetta Lanciaux assume son pouvoir. Bernard Arnault semble dépassé, seul et malheureux.

C'est d'abord pour le sortir de sa solitude que Robert Léon et Gilles Hennessy décident de chercher la perle rare qui pourrait devenir la future femme de sa vie. Mais aussi dans ce qui leur semble l'intérêt de l'entreprise. Ils la trouveront avec Hélène Mercier, une jeune femme ravissante, issue d'une famille bourgeoise et stricte de Montréal, amie du grand chef d'orchestre et pianiste Daniel Barenboïm et elle-même pianiste. Un dîner est organisé, auquel Bernard Arnault et Hélène Mercier sont conviés séparément. Dès qu'Hélène est entrée, Bernard a été subjugué par le charme et la distinction de cette ravissante jeune femme au léger accent québécois, qu'on lui a aussitôt présentée comme une pianiste de talent. Il l'a raccompagnée. Ils ont parlé musique. Ils se sont revus. Ils ont joué du piano. Coup de foudre réciproque. « La première fois que je l'ai entendu, il a interprété l'étude révolutionnaire de Chopin, racontera Hélène. Et je me suis dit qu'il était le contraire de l'image qu'il donnait[1]. » Un mois après cette rencontre, Bernard Arnault se présentera avec Hélène pour la première fois en public, lors du récital du violoniste Mstislav Rostropovitch au Grand Louvre, organisé par les fondations Pompidou et Grace de Monaco. C'est le début d'une nouvelle grande aventure. Hélène Mercier lui donnera trois autres enfants, Alexandre, Frédéric et Jean. Bernard Arnault ne cessera de la mettre en valeur, aussi bien dans les magazines que dans les milieux musicaux, jouant de toutes ses relations pour lui faire obtenir des contrats dignes du talent de pianiste qu'il lui trouve. C'est ainsi

1. *Paris Match*, 14 octobre 1999.

qu'Hélène aura le privilège de jouer au festival de musique d'Évian, où s'est longtemps retrouvée, sous l'égide d'Antoine Riboud (Danone), autour de Mstislav Rostropovitch, la fine fleur de la politique, des affaires et de la presse, parmi lesquels Hubert Védrine, Serge July, Jean Daniel ou Patrick Poivre d'Arvor.

Est-ce pour Hélène, pour ses futurs enfants, que l'« ange exterminateur » a décidé de devenir un homme riche et, pourquoi pas, le plus riche ? Ou bien pour se rassurer ? En tout cas, il change de cap. Sa créativité financière (et celle de Robert Léon) avaient été jusque-là mises au service du développement de son groupe, à la seule condition qu'il en garde le strict contrôle. Dans ce cadre, pour atteindre ses objectifs, Bernard Arnault avait même pris des risques insensés qui, en bonne morale capitaliste, justifient sa victoire et sa prospérité car ils auraient aussi bien pu le mettre à terre et le faire disparaître dans le néant des affaires comme tant d'autres jeunes ambitieux. Quand il est parti à l'assaut de LVMH, le groupe n'avait pas un sou devant lui. Qui, comme lui, aurait osé emprunter 25 milliards de francs (3,81 milliards d'euros), sans aucune garantie sur les résultats ! Et comment aurait-il remboursé ces 25 milliards s'il n'avait pu se frayer un chemin entre Alain Chevalier et Henry Racamier, en jouant l'un contre l'autre ? Mais Bernard Arnault a osé. Il a gagné. Et il a remboursé, en particulier en vendant Conforama à François Pinault, pour 4,25 milliards de francs (650 millions d'euros) dans des conditions que l'on verra plus loin.

La page est tournée. De 1986 à 1991, Bernard Arnault a développé une logique de puissance, au détriment de ses intérêts patrimoniaux immédiats. Il a monté des cascades, qui donnent le pouvoir mais diluent l'argent. À partir de 1992, il va s'orienter vers un autre objectif : s'enrichir. Bien entendu, son enrichissement passe d'abord par le développement industriel et commercial de LVMH qui, aux mains de Chevalier et de Racamier, n'était jamais devenu un vrai groupe. Arnault va serrer la gestion, choisir les créateurs, valoriser les marques, ouvrir des boutiques dans les meilleurs emplacements du monde. Il va réussir la synthèse entre l'autonomie des marques et la centralisation des frais fixes, de la publicité, de l'administration. Les créateurs et les dirigeants des principales marques jouissent d'une véritable autonomie au quotidien mais, simultanément, des décisions essentielles peuvent être prises en une heure par Bernard Arnault, après discussion avec les seuls Pierre Godé et Robert Léon. LVMH fonctionne comme un agrégat de grosses PME, piloté par une autre PME, avec la vitesse de décision et la personnalisation des choix que cela implique. C'est la principale clé du succès de LVMH et de l'enrichissement de son principal actionnaire. Enrichissement, sur ce plan, parfaitement légitime.

Mais pour s'enrichir au-delà de l'imaginable, le chef d'orchestre Arnault va faire intervenir d'autres instruments : il va jouer simultanément avec les dividendes, les stock-options, les montages financiers, les opérations de cessions et d'acquisitions. Et, plus tard, lorsque la loi le permettra, il utilisera la faculté accordée aux entreprises de racheter leurs propres titres... pour les détruire. Ce qui a pour effet mécanique de renforcer la part des actionnaires restants, à commencer par lui-même, sans que cela lui coûte rien[1].

Le plus simple, ce sont, bien entendu, les dividendes. Alors que le taux de distribution (pourcentage du bénéfice distribué aux actionnaires) était de 28,1 % en 1991, il atteindra 41,4 % en 1996, soit 1,68 milliard de francs. Dans la durée, cette croissance des dividendes, en volume et en pourcentage des bénéfices, poussera mécaniquement, par

---

1. Le 15 mars 1999, la COB accorde son visa au programme de rachat d'actions de LVMH qui, selon le vote de l'assemblée générale du 9 juin 1998, pourra servir à l'ouverture d'un nouveau plan de stock-options, à la régularisation des cours ou à leur annulation. Bien que l'autorisation ait porté sur 9,6 milliards de francs, la COB indiquera que LVMH se limitera à 5 milliards.

effet de levier, le titre LVMH à la hausse, en tout cas jusqu'en 1996 où il connaît son plus haut historique à 1 327 francs : avec 110 milliards de francs (16,77 milliards d'euros), LVMH devient la première entreprise française, en termes de valeur boursière, devant Elf et Carrefour, qui suivent au coude à coude à 100 milliards.

Premier actionnaire, Bernard Arnault est, bien sûr, le premier à en profiter, d'abord directement par les dividendes que lui versent LVMH et Christian Dior, mais aussi par le gonflement de la capitalisation boursière de ces deux principales sociétés : selon Pierre Godé [1], la valeur d'une action LVMH, acquise en 1988, était multipliée par 7,68 en 1999, une affirmation démentie par l'historique des indices boursiers.

Jusque-là, Bernard Arnault est dans le jeu normal du capitalisme : lorsqu'une entreprise gagne beaucoup d'argent, qu'elle est leader sur le marché et que les besoins d'investissement sont limités, augmenter le volume des dividendes est une démarche naturelle. Mais il va aussi s'aventurer sur des terres moins souvent labourées. C'est ainsi qu'il va profiter massivement de la législation, alors très laxiste, sur les stock-options. Après une montée progressive en puissance, il aurait pris sur sa seule tête, selon nos informations, près de 90 % des stock-options distribuées par LVMH en 1994. Soit 500 000 actions de l'époque, qui sont devenues 3 millions d'actions d'aujourd'hui [2].

---

1. Entretien avec l'auteur, le 16 novembre 1999. On ne sait pas d'où Pierre Godé sort ce chiffre. En tenant compte de toutes les opérations intervenues depuis sur le capital de LVMH (division de la valeur de l'action, distribution d'actions gratuites, passage à l'euro, etc.), le titre, qui valait 6 euros en 1988, est monté à près de 100 euros en l'an 2000, avant de retomber autour de 40 euros. Et entre 1990, date à laquelle Bernard Arnault en a pris le contrôle, et janvier 1999, la valeur du titre LVMH n'est passée que de 25 à 30 euros.

2. Entre-temps, LVMH a procédé à deux distributions gratuites d'une action pour dix détenues et a réalisé un split, c'est-à-dire la transformation d'une action ancienne en cinq actions nouvelles.

Soit un gain de 1,5 milliard de francs en 1994, qui se serait renouvelé au cours des années suivantes, mais pour des montants moindres. Nous ne savons pas si, pendant ces années, Bernard Arnault a reçu également des stock-options des autres sociétés de son groupe, cotées (Christian Dior, Bon Marché, etc.) et non cotées, comme la législation lui en offrait la latitude. Légalement, ces attributions d'actions à des prix préférentiels sont votées par le conseil d'administration dans son ensemble. Mais en réalité, dans la plupart des grandes sociétés françaises, elles sont décidées par quelques administrateurs, réunis dans un comité des rémunérations, et avalisées ensuite par le conseil. C'est exactement ce qui s'est passé chez LVMH dont le comité des rémunérations était composé de Jean Arnault et d'Antoine Bernheim : son père et son « parrain » ! Contrôle on ne peut plus confortable. Bernheim reconnaît que, chez LVMH comme dans de nombreux grands groupes français, il est de bon ton, aux yeux de certains membres du comité des rémunérations, de signer sans barguigner la rémunération du patron. À tous les étages de LVMH, Bernard Arnault est bien chez lui.

C'est d'ailleurs ce qui pose problème. Car les stock-options, dans leur principe, ont été inventées – et fiscalement aidées – pour faire participer les cadres salariés au capital de leur entreprise et donc les intéresser à sa bonne marche. Par extension, elles permettent à des patrons salariés d'acquérir progressivement une partie du capital de l'entreprise qu'ils président. C'était le cas de Claude Bébéar chez AXA, qui s'était fait verser plus de 1 milliard de francs de stock-options cette même année 1994, lui aussi presque sur sa seule tête. Mais, à sa décharge, Bébéar avait créé lui-même AXA, devenue l'une des plus grandes compagnies du monde, en agrégeant des sociétés de bric et de broc, sans se soucier, comme Arnault, d'en être l'actionnaire de contrôle.

Mais a-t-on jamais vu un Bouygues se faire verser des

stock-options de Bouygues, un Bolloré de Bolloré, un Peugeot de Peugeot ? Et un Pinault de Pinault-Printemps-Redoute ? C'est-à-dire un actionnaire de contrôle, bénéficiant d'une fraction significative du capital et du pouvoir absolu de décision, augmenter, par le biais des stock-options, sa propre part au détriment des autres actionnaires ? Car c'est bien de cela dont il s'agit. Dans le cadre normal de l'attribution des stock-options, les actionnaires acceptent de se défaire d'une partie de leur richesse au profit des cadres dirigeants, en tablant sur le fait que leur plus grande motivation enrichira chacun davantage. Mais dans le schéma d'Arnault, il ne peut y avoir de motivation supplémentaire. Le versement de stock-options se résume donc bien à l'enrichissement – légal – du dirigeant actionnaire majoritaire au détriment des minoritaires.

Dividendes, stock-options : cela ne suffit pas à expliquer comment Bernard Arnault, qui détenait 3,6 % de son groupe en 1990, en possède aujourd'hui autour de 20 %. Et comment sa fortune personnelle, avec une mise initiale de 40 millions de francs, a atteint 1,9 milliard en 1990 pour, neuf ans plus tard, être estimée, dans différents journaux, à près de 100 milliards de francs (15 milliards d'euros). Autant le dire d'emblée : ces chiffres n'ont qu'un lointain rapport avec la réalité. En 2001, le magazine américain *Forbes* évaluait la fortune de l'« empereur du luxe français » à 10,7 milliards de dollars ; *Challenge* la fixait, avec une précision diabolique, à 97,7933 milliards de francs (14,9085 milliards d'euros) tout en affirmant que « la valeur de ses participations dans LVMH et Bouygues a baissé d'un tiers » et que celle « dans Europ@web, sa holding Internet, s'est effondrée ». En 2000, *Challenge* avait classé Arnault au premier rang des fortunes françaises, devant Liliane Bettencourt (L'Oréal, Nestlé) et François Pinault, en lui attribuant un patrimoine de 134 milliards de francs (20,43 milliards d'euros) ! Le record, pour 2001, est détenu par *Le Nouvel Économiste* qui crédite notre héros d'une fortune de 97,81 milliards de francs (14,93 milliards d'euros).

En réalité, la fortune d'Arnault se situe dans une large fourchette, plus modeste, allant de 13,3 à 22 milliards de francs (2,03 à 3,35 milliards d'euros). À travers les holdings Groupe Arnault, Montaigne participation et gestion et Financière Agache, Bernard Arnault et sa sœur Dominique Watine-Arnault détiennent une participation indirecte dans Christian Dior comprise entre 49,3 et 53 % (entre 20 et 21,5 milliards de francs sur la base d'une capitalisation boursière, au 14 novembre 2002, de 6,16 milliards d'euros), soit une participation indirecte dans LVMH comprise entre 21,2 et 22,8 %. Pour Bernard Arnault seul, sa participation dans Dior est comprise entre 44,6 et 48,3 % (entre 19,2 et 20,8 % de LVMH), soit de 20 à 22 milliards de francs[1]. Ces calculs ne tiennent pas compte de la dette de 5 milliards de francs supportée par la Financière Agache, qui contrôle Christian Dior.

Autre méthode : celle dite du patrimoine réévalué par transparence. Celui de la Financière Agache est égal à 61,63 % de Dior, soit 28,3 milliards de francs, diminués des 5 milliards de dettes et gonflé par la valeur des autres actifs (Internet, Château Cheval-Blanc, Bon Marché, Bouygues) évalués, au 30 août 2001, à 4,35 milliards de francs. Soit, au total, 27,65 milliards de francs. Le capital de Montaigne participation et gestion, holding de la Financière Agache, étant détenu à 76 % par Bernard Arnault (aux côtés des 8,6 % de sa sœur et des 12,6 % du groupe sino-britannique Jardine), son patrimoine réévalué est alors de 21 milliards de francs, sans décote de holding. En appliquant la décote de 25 % choisie lors de la vente au groupe Jardine, la valeur de Montaigne participation et gestion tombe à 18,4 milliards de francs et celle de Bernard Arnault à 13,3 milliards : dix fois moins que l'évaluation de *Challenge* en 2000 !

Qu'il soit évalué à 22 ou 13,3 milliards de francs, le patri-

1. Dans l'hypothèse basse, les minoritaires non identifiés sont extérieurs à la famille Arnault ; dans l'hypothèse haute, ce sont des faux-nez.

moine de Bernard Arnault est en diminution constante, depuis quelques années, à cause de ses mauvais investissements dans Internet, dans Bouygues et dans l'art. S'il a, un moment, manqué cruellement de liquidités disponibles, s'il connaît toujours des difficultés, sa fortune reste néanmoins considérable. Et son ampleur énigmatique en un si court laps de temps.

Par quels moyens le patron de LVMH a-t-il pu s'enrichir à ce point ?

« En lésant ses actionnaires minoritaires », répondra sans ambages, en 1999, Antoine Gaudino, l'ex-policier découvreur de l'affaire Urba, dans un « rapport d'enquête sur les conditions de gestion des sociétés contrôlées par M. Bernard Arnault ». Conclusion de ce rapport de trente-cinq pages, assorti d'annexes, jusque-là resté secret : « Les éléments réunis et constatés sur un ensemble de 200 sociétés révèlent, au travers du caractère répétitif de certaines opérations, l'existence d'un système très élaboré tendant à favoriser l'accroissement du patrimoine financier et personnel du dirigeant [...] au détriment d'actionnaires minoritaires. » Le cabinet Gaudino poursuit : « Le principe appréhendé consiste à défavoriser des sociétés cotées en Bourse, tant en leur faisant supporter de lourds déficits, qu'en les privant d'importantes plus-values, au profit d'autres sociétés au sein desquelles les pourcentages d'intérêt du dirigeant sont les plus forts. Dans cette stratégie, le total des préjudices enregistrés se situerait entre 8 et 10 milliards de francs. » Accusation lourde. Pourtant, il faut le souligner ici, aucun actionnaire minoritaire de Bernard Arnault ne l'a jamais fait condamner. Il n'y a même jamais eu une seule plainte d'actionnaire minoritaire entre 1989 et aujourd'hui[1]. Même pas de Racamier !

1. On a vu qu'il y en avait eu une, déposée en 1987, sur les conditions d'acquisition du Bon Marché mais celle-ci, à notre connaissance, n'a jamais abouti.

Quelle crédibilité accorder à Antoine Gaudino ? Cet ancien inspecteur de police judiciaire à Marseille a fondé en 1993 la Brigade financière privée (BFP), une équipe d'une dizaine d'enquêteurs spécialistes des questions financières. Il affirme « se limiter à un travail de bureau [...] sur la base de documents accessibles au public ». C'est lui qui, contacté par plusieurs grandes banques françaises, a mis au jour une gigantesque opération frauduleuse en décryptant les comptes de près de 200 sociétés. Transmis à la justice, son rapport de synthèse a permis d'instruire l'« affaire du Sentier », qui a entraîné la condamnation d'un grand nombre d'hommes d'affaires et, indirectement, la mise en examen de grands banquiers, parmi lesquels Daniel Bouton, président de la Société générale. Fort de sa réputation acquise lorsqu'il était policier et qu'il débusquait les turpitudes du financement du PS, Antoine Gaudino dispose d'assez de savoir-faire pour monter des dossiers à charge, dans le sens souhaité par ses commanditaires. Gaudino ne se cache d'ailleurs pas d'être, le cas échéant, instrumentalisé : « Nous fournissons des rapports que nos clients peuvent intégralement utiliser pour déposer plainte, explique-t-il au *Monde.* Ils peuvent aussi engager une transaction avec la partie adverse ou ranger notre travail au coffre-fort[1]. »

Or ce rapport, à charge contre Arnault, n'est évidemment pas tombé du ciel. Il a bel et bien été commandé et payé par... François Pinault, à hauteur de 2 millions de francs, selon le journaliste Olivier Toscer[2], dans le cadre de la guerre sanglante qui va l'opposer à Bernard Arnault, après le 19 mars 1999, lorsque les deux milliardaires se déchireront pour la prise de contrôle de Gucci. Tandis que Bernard Arnault, comme on le verra, va mobiliser l'agence de renseignement Kroll Associates pour dévoiler tous les petits et grands secrets de son adversaire, François Pinault, lui, va faire appel à Antoine Gaudino pour découvrir et, si

1. *Le Monde,* 24 septembre 2000.
2. *Argent public, fortunes privées,* Denoël, 2002.

possible, faire connaître, les pratiques qu'il suppose diaboliques de l'« ange exterminateur ».

Le paradoxe est que ce document, qui date de 1999, n'a jamais été publié, alors que François Pinault et Bernard Arnault, au plus fort de leur bataille pour Gucci, pour des raisons inverses, souhaitaient tous deux qu'il soit rendu public. Il est arrivé, sans mention du commanditaire, à la rédaction du *Nouvel Observateur* et rapidement identifié. Entre l'intérêt propre du document, celui de dévoiler le nom de celui qui l'avait commandé et la nécessaire protection des sources, un conflit interne est apparu au sein de la rédaction. Celui-ci, banal, aurait sans doute été réglé simplement s'il n'avait été attisé par l'intervention du clan Arnault, à qui le journal avait naturellement demandé de répondre point par point aux accusations formulées. Mais quelle n'a pas été ma surprise de voir Pierre Godé sommer la rédaction, par lettre, de publier le rapport Gaudino dans *Le Nouvel Observateur* en en révélant le commanditaire ! « Je vous ai informé que M. Gaudino avait agi à la demande du groupe Pinault qui lui avait commandé cette mission il y a quelques mois et qui avait rémunéré ce travail par des honoraires d'environ 6 millions de francs [...] il s'agissait donc d'une commande exclusivement destinée à nuire à notre groupe, écrit ainsi Pierre Godé : il ne me paraît donc pas imaginable que *Le Nouvel Observateur* ne fasse pas une relation détaillée de cette opération de désinformation menée au détriment de notre groupe, suivant des méthodes qui sont susceptibles de qualifications juridiques. »

Ainsi, Pinault souhaitait la publication du rapport Gaudino, sévère pour Arnault, mais Arnault aussi ! Le contenu du rapport lui importait moins que l'aubaine de pouvoir démasquer son adversaire et le poursuivre ! Tout cela devenait très – trop – compliqué. Destinataire premier du document, las de ces tentatives de manipulation en tous sens, j'ai alors décidé de ne pas le publier dans le contexte du moment mais dans le cadre, plus approfondi, de ce livre.

Commandé par Pinault, il faut prendre ce rapport pour ce qu'il est : un document à charge. À la différence de

Kroll, Antoine Gaudino ne travaille que sur les documents officiels, rapports d'activités, notice COB, etc. Or l'organigramme, sans cesse modifié, du groupe de Bernard Arnault, est une vraie jungle. D'autant plus difficile à défricher que les noms des différentes sociétés de tête changent sans cesse, renaissent en couvrant des réalités différentes, avec un systématisme qui pousse à y voir une volonté de dissimulation. Cette opacité pose en elle-même problème à un moment où, depuis la faillite d'Enron, les investisseurs s'interrogent sur la véracité des comptes des grandes entreprises, y compris celles qui étaient considérées jusque-là comme les plus sérieuses. Tout travail d'éclaircissement est donc bienvenu. Même orientées, les informations que recèle le rapport Gaudino méritent donc d'être prises en considération.

Que dit-il ? Il part du constat suivant : Bernard Arnault détient, au départ, le contrôle de LVMH par une cascade de sociétés. Si on les fusionnait toutes, sa participation finale serait ramenée à 3,6 %. « Suite à différentes cessions et acquisitions de sociétés, les participations vont sensiblement évoluer et permettre à M. Bernard Arnault de faire passer son pourcentage d'intérêts de l'ordre de 3 % en 1988 à 19 % en 1998, écrit Antoine Gaudino : ainsi [...] la valeur de la participation de M. Bernard Arnault au sein de LVMH a considérablement augmenté au cours des dix dernières années, puisqu'elle est passée de 1,5 à 22 milliards de francs. »

Comment une telle culbute a-t-elle été possible ? Le rapport Gaudino fait d'abord l'inventaire des sociétés directement ou indirectement détenues par Arnault et qui ont été reprises par LVMH et Christian Dior, les deux sociétés cotées du bas de la pyramide : Kenzo et Christian Lacroix en 1993, Fred en 1995, Céline en 1996, Bon Marché Expansion et La Belle Jardinière en 1998. À cette occasion, des plus-values de 43,6 millions (pour Christian Lacroix), de 10,28 millions (pour Fred), de 2,2 milliards (pour Céline), de 1,3 milliard (pour Bon Marché Expansion) et de

550 millions (pour La Belle Jardinière) ont été réalisées par les sociétés de tête de Bernard Arnault.

Le rapport analyse en premier lieu les cessions internes de Christian Lacroix et de Céline. Christian Lacroix a perdu de l'argent, chaque année, de 1988 à 1998. Appartenant au départ à Financière Agache et La Belle Jardinière, majoritairement détenues par Bernard Arnault, la société s'est retrouvée, à partir de 1993, propriété de Louis Vuitton, qui a acheté 80 millions de francs cette machine à pertes. « Par la suite, de 1993 à 1998, Louis Vuitton a supporté les pertes de Christian Lacroix pour un montant global de 270 millions de francs, affirme le rapport qui poursuit : l'opération Christian Lacroix se traduit par un profit de BSF, société de M. Bernard Arnault, au travers de différentes holdings, au détriment des actionnaires minoritaires de LVMH, société cotée en Bourse, le tout pour un montant de l'ordre de 300 millions de francs. »

Deuxième angle d'attaque : Céline, détenue par la Financière Agache, cédée à une filiale hollandaise et au Bon Marché, avant d'être vendue à Louis Vuitton, en avril et juillet 1996. Le rapport Gaudino affirme que « certaines anomalies concernant la situation financière et l'actionnariat paraissent s'apparenter à des procédés utilisés pour dissimuler les véritables bénéficiaires de la cession de Céline ». À partir de 1996, au moment même où Céline est vendue à une société cotée en Bourse, elle ne publie plus ses comptes de résultats consolidés, comme les années précédentes. Le rapport affirme que « les résultats comptables des filiales, en France et à l'étranger, révèlent un accroissement des pertes de l'ordre de 20 millions de francs dès l'exercice 1996 et qui n'a fait que se confirmer durant les années suivantes [...]. Dans un tel contexte, il semblait aisé de pouvoir favoriser l'actionnariat des sociétés de tête, au détriment des sociétés dans lesquelles le pourcentage d'intérêt de M. Bernard Arnault est considérablement réduit. C'est ce qui semble s'être réalisé, puisque les titres Céline ont été cédés dans une période d'activité décroissante, qui pourrait avoir été masquée par un manque de sincérité des chiffres portés dans les comptes sociaux ».

Résumant l'évolution de l'actionnariat, le rapport Gaudino note qu'en 1991 les cessions des titres Céline par BM Holding et la Financière de la Madeleine (en haut de la cascade) « se sont opérées pour un prix global de 1,075 milliard de francs et représentent plus du double de la valeur d'acquisition (524 095 000 francs), soit une plus-value de 100 % au profit de Financière Agache[1] ». Grâce à ce double transfert de propriété des titres, « BM Holding, une des structures liées à M. Bernard Arnault, a réalisé une plus-value de 577 397 000 francs », écrit Gaudino qui, dressant le récapitulatif des plus-values, affirme qu'elles sont inexistantes ou relativement faibles lorsque les transactions ont lieu sur les sociétés de tête, mais qu'à l'inverse, « lorsque les cessions s'adressent aux sociétés du bas, les plus-values sont de toute évidence anormalement fortes ». Cette surévaluation de Céline à hauteur de 2,7 milliards de francs, « dans des conditions qui n'ont pu être entièrement élucidées, conclut le rapport, est à l'origine de la plus-value exceptionnelle réalisée dans des conditions pour le moins contestables pour un montant total de 2 202 397 000 francs au détriment des actionnaires minoritaires ».

Autre dossier épluché par le rapport Gaudino : les conditions du dénouement des liens entre le groupe Arnault et Guinness qui, on s'en souvient, détenait 45 % de Jacques Rober (holding de contrôle de LVMH) et 16,98 % de Christian Dior, société elle-même actionnaire à 55 % de

---

1. En 1996, Céline est cédée à Louis Vuitton, filiale de LVMH, pour 2,7 milliards, dont 1,155 milliard en numéraire et 1,251 milliard sous forme d'une augmentation de capital de Louis Vuitton de 710 000 actions d'une valeur de 1 760 francs. Or, deux ans plus tard, lors d'une offre publique de rachats d'actions, la valeur des titres Vuitton ressort à 2 575 francs. « Ainsi, en l'espace de deux ans et alors même que Céline avait perdu près de la moitié de son chiffre d'affaires, les actions qui ont servi à régler sa cession ont été reprises par Louis Vuitton avec une majoration de près de 47 %, soit au prix total de 1,828 milliard de francs », écrit Antoine Gaudino.

Jacques Rober. Le 29 avril 1994, les titres Christian Dior et LVMH sont cédés par Guinness à Financière Agache pour 11,7 milliards de francs, alors que leur valeur en Bourse était, ce jour, de 16,911 milliards, soit un manque à gagner, pour Guinness, de plus de 5 milliards ! En réalité, ce manque à gagner n'est qu'apparent. Guinness a reçu 3,7 milliards en cash mais aussi 34 % de Moët-Hennessy, jusque-là filiale à 100 % de LVMH, pour une valeur estimée à 8 milliards de francs. Or cette participation, elle aussi, a été « obtenue de manière largement sous-évaluée », affirme le rapport Gaudino qui, faute de documents comptables, établit une évaluation de Moët-Hennessy, en comparant les résultats opérationnels avec ceux de LVMH et sa valeur en Bourse. De ces calculs, il résulte que Guinness a bénéficié d'une minoration du prix des titres Moët-Hennessy pour un montant total de 7 milliards de francs. « Cette moins-value s'est de toute évidence réalisée au détriment des actionnaires minoritaires de LVMH détentrice des titres Moët-Hennessy cédés. » En clair : en vendant à Financière Agache au-dessous de leur prix ses actions LVMH et Christian Dior d'un côté et, de l'autre, en acquérant à LVMH des actions Moët-Hennessy, elles aussi sous-évaluées, Guinness aurait fait une opération neutre, mais aurait massivement enrichi Bernard Arnault (actionnaire de Financière Agache). Cette opération contestée a donné lieu au quasi-doublement du pourcentage d'intérêts de Christian Dior dans LVMH, lequel est passé de 24 % à 40,75 %.

Dans la conclusion, abrupte, du rapport, signée de l'enquêteur Olivier Peschard et d'Antoine Gaudino, on peut lire que ces agissements « pourraient s'analyser comme relevant d'infractions à caractère pénal ». Il nous semble au contraire que tout le génie de Bernard Arnault est justement d'avoir évité ce risque : il s'approche des zones interdites en prenant garde de ne pas y entrer.

« Amalgames spécieux, volonté de nuire, éléments disparates présentés hors contexte économique » : Pierre Godé n'a pas eu de mots assez durs pour qualifier le rapport Gaudino lorsque nous lui en avons présenté les principaux points, le 16 novembre 1999, afin de recueillir ses commentaires. Celui-ci, en préambule, s'est déclaré choqué par le procédé qui consiste à « payer très cher une œuvre de destruction », ce qui ne manque pas de sel lorsque l'on verra l'engagement total de ce dernier, aux côtés de Kroll Associates, pour déstabiliser François Pinault.

Sur le fond, Pierre Godé estime que « ce document n'est ni pertinent ni concluant [et que] chacune des opérations citées par Antoine Gaudino a fait l'objet de rapports des commissaires aux comptes ou des banques conseil, tant pour la partie qui achète que pour la partie qui vend ». Le bras droit d'Arnault a rappelé que les actionnaires minoritaires ont toujours été consultés et que toutes les règles relatives à l'article 101 du droit des sociétés ont été respectées[1]. La ligne de défense principale de Pierre Godé, partagée par l'un de ceux qui ont participé, aux côtés de Bernard Arnault, à plusieurs de ces opérations, est de soutenir que l'analyse d'Antoine Gaudino, purement comptable, ne tient pas compte des réalités économiques du moment. Pour Christian Lacroix, l'argument de Pierre Godé est le suivant : « S'il est vrai, explique-t-il, que le groupe espérait atteindre plus rapidement le seuil de rentabilité, il faut comptabiliser les pertes comme des investissements, car la haute couture et la pub, c'est un peu la même chose. » Et d'expliquer que la transaction a été évaluée par le cabinet Robert Mazard, côté vendeur, et par Honoré Finances, côté acheteur ; que le prix, 40 % du chiffre d'affaires, était au milieu de la fourchette du secteur (30 à 50 %) « alors qu'aucune des sociétés étudiées n'a la jeunesse et le dynamisme de Christian Lacroix » ; et que la vente de Christian Lacroix à Louis Vuitton avait du sens, les deux sociétés étant appelées à travailler ensemble.

1. Cet article oblige à faire état, en détail, dans le rapport annuel, de toutes les opérations réalisées entre des sociétés qui ont des administrateurs communs.

Pierre Godé a oublié d'ajouter l'argument fiscal : loger une filiale déficitaire au sein d'une autre qui croule sous les bénéfices permet de diminuer ses impôts. Conclusion optimiste de Godé : Louis Vuitton et les actionnaires de LVMH ont fait une bonne affaire car « la haute couture, principal foyer de pertes de Christian Lacroix, a été éliminée, le chiffre d'affaires a doublé pour atteindre 400 millions de francs aujourd'hui [novembre 1999], pour moitié dans le prêt-à-porter et pour moitié dans les accessoires, et le parfum va cartonner ».

S'agissant de Céline, pour réfuter l'analyse de Gaudino, Pierre Godé plaide le concours de circonstances : la crise asiatique, alors que Céline sous-traitait toute son activité en Extrême-Orient à un Japonais. En 1997, le yen s'effondre. C'était la situation la pire que l'on pouvait imaginer : les approvisionnements se payaient en lires, les ventes en yens. L'année suivante, le partenaire japonais, qui avait 140 points de vente, fait faillite. Céline reprend l'ensemble du réseau en 1998, constate la dépréciation des stocks, ferme une quarantaine de points de vente. Argument massue : « En 1996, lorsqu'on a fait entrer Céline dans Louis Vuitton, aurions-nous dû anticiper la crise asiatique pour complaire à Antoine Gaudino ? » demande Godé. Celui-ci reconnaît que le passage par une société hollandaise, filiale à 100 %, visait à loger aux Pays-Bas les plus-values réalisées, pour des raisons fiscales. Il se borde en rappelant que l'acheteur a été conseillé par la Compagnie financière Edmond de Rothschild et l'acheteur par Worms ; que la Société générale, appelée à se prononcer, a donné sa bénédiction ; que le montage financier compliqué a été avalisé, le 2 février 1996, par un comité ad hoc du conseil d'administration, auquel participaient Antoine Bernheim et Michel François-Poncet, allant jusqu'à attirer « l'attention du conseil sur l'intérêt de payer une partie en actions pour limiter les sorties de trésorerie ».

Troisième dossier : celui du débouclage des liens entre le groupe Arnault et Guinness. Pierre Godé fustige encore le parti pris comptable d'Antoine Gaudino, qui ne prend pas en compte la valorisation différente, en Bourse, de l'activité vins et spiritueux et de la maroquinerie de luxe. La rentabilité des capitaux investis est faible dans le vin, alors qu'elle est élevée dans le luxe et la maroquinerie. Godé reproche en outre à Gaudino d'avoir basé ses calculs sur la valeur de LVMH au 29 avril 1994, juste après l'achat de Guerlain qui avait fait monter le cours, alors que les négociations avec Guinness, à leur demande, avaient commencé en 1993. Il se couvre en rappelant qu'il y a eu une enquête approfondie de la COB, portant sur 1994 et 1995, signée par son président, Michel Prada, et que celle-ci n'a relevé aucune irrégularité.

Une autre personnalité, étroitement associée à ces opérations, confirme que Céline n'a jamais tenu ses promesses de résultats et que Lacroix n'a jamais pu être redressé, mais que ces contre-performances n'étaient pas prévisibles, pas prévues, encore moins voulues. « On ne peut donc pas dire que les prix de cessions internes ont été surévalués. » Ce dirigeant rappelle qu'il y a eu un mouvement inverse avec l'acquisition par Vuitton du siège de La Belle Jardinière, filiale du Bon Marché. Évalué au prix du marché, le prix de l'immeuble s'est envolé par la suite. Si Bernard Arnault l'avait gardé au sommet de ses cascades, il aurait fait une meilleure affaire.

Serait-ce donc par l'opération du Saint-Esprit que la fortune de Bernard Arnault a été multipliée par 200 en dix ans ? Sinon, comment s'est-il enrichi ? L'explication de Pierre Godé est courte : Bernard Arnault, avance-t-il, a « fait des opérations personnelles au-dessus de LVMH » et a « acheté des titres directement ». Mais avec de l'argent qui venait d'où ? Les montages sophistiqués de la galaxie Arnault dans les années quatre-vingt-dix sont-ils aussi nets que l'affirme Godé ? Ou bien aussi noirs que l'écrit Gaudino ?

Pas question de trancher. On se bornera à constater que la sophistication inouïe des montages et l'absence de transparence ne peuvent qu'instiller le doute. Un seul exemple : la Compagnie financière du Nord (anciennement Société européenne de bâtiment et de participation), constituée en novembre 1978, est alors le nom de la société de tête de Bernard Arnault, qui possède plus de 90 % de son capital. Il en préside le conseil d'administration où, en dehors de lui, ne figurent que son père, sa mère et Pierre Godé ! Cette société, non cotée en Bourse, publie régulièrement ses bilans, à l'exception de ceux de 1992 et 1993 qui n'ont fait l'objet d'aucun dépôt légal en temps utile, en dépit des obligations prévues par la loi. Or c'est justement pendant ces deux années, selon le rapport Gaudino, que la valeur nette des actifs financiers de la Compagnie financière du Nord a été multipliée par 20 et celle des capitaux propres par 10 !

Pour comprendre les causes de cet enrichissement, Antoine Gaudino a donc décortiqué les opérations qui ont eu lieu en 1993 et 1994 entre la Compagnie financière du Nord et le groupe Worms, qui lui a vendu pour 800 millions de francs sa filiale Financière Truffaut. Par un montage compliqué, comprenant des fusions, des réductions de capital, des transferts d'actifs de Jacques Rober, de Guinness France entre Financière Agache d'un côté, Christian Dior de l'autre, des moins-values latentes auraient été logées chez Christian Dior (en bas de la cascade) et les plus-values chez Financière Agache (en haut), affirme Antoine Gaudino. Celui-ci évalue à 573,6 millions de francs « la plus-value qui aurait dû être constatée en faveur de [...] Christian Dior » et affirme qu'elle « a été détournée par Financière Agache, lors de son intervention, durant la journée du 29 avril 1994, juste avant la reprise de Guinness France par Christian Dior ».

En outre, dans le cadre de ces opérations, 5 280 000 actions Christian Dior ont été cédées par Guinness France au Bon Marché pour 1,689 milliard de francs alors que leur valeur boursière était de 2,175 milliards. Préjudice apparent : 486,36 millions de francs, selon Gaudino qui résume : « Si des cessions de titres Christian Dior se sont traduites avec des moins-values pour les actionnaires minoritaires, en revanche, celles concernant les mêmes actions et durant la même année ont été réalisées avec profit par des sociétés dans lesquelles M. Bernard Arnault disposait d'un pourcentage d'intérêts important. » En 1994, en effet, Sèvre participation et gestion, une société proche de Bernard Arnault, a cédé 7 % de Christian Dior avec une plus-value de 303 millions de francs...

Absence de transparence ? Antoine Gaudino n'a pas tout vu. Il n'a pas découvert, en particulier, que les sociétés de tête du groupe Arnault recèlent des actionnaires inconnus. Au 31 décembre 1999, le capital de la Compagnie financière du Nord était officiellement détenu par « la famille Arnault » (71,38 %), Scheffer Participation (6,08 %) et Héliantis (22,54 %). Qui est Scheffer Participation ? Quel est ou quels sont ses actionnaires ? Impossible à dire : la société, qui apparaît dans les documents de la Compagnie financière du Nord à partir de 1997, ne figure pas aux registres du commerce français, belge ou luxembourgeois. Quant à Héliantis, héritée des opérations autour de la Financière Truffaut et de Worms, elle ressemble à une simple société d'autocontrôle. Mais elle abrite un autre actionnaire, à 19,51 %. Contrôlant 20 % d'une société qui détient 22,54 % de la Compagnie financière du Nord, cet actionnaire en possède donc indirectement 4,5 %. Or cet actionnaire, lui aussi, est inconnu. Il a même échappé au regard perçant d'Antoine Gaudino ! Avec Scheffer Participation, c'est donc 10,5 % du capital de la société de tête du groupe Arnault qui est entre les mains de personnes non identifiées.

Mais il y a plus intrigant encore, si l'on passe au niveau immédiatement inférieur de la cascade, où se trouve la société Montaigne participation et gestion. Aux côtés de la Compagnie financière du Nord (40,8 %), de Bernard Arnault (20,3 %) et de sa sœur Dominique Watine-Arnault (8,56 %), à hauteur de 25,71 %, figure Nelfi, une holding luxembourgeoise dont le capital est détenu à hauteur de 51 % par la Compagnie financière du Nord et à hauteur de 49 % par Connaught Investors, un fond d'investissement domicilié aux Bermudes, dont l'actionnaire est le groupe sino-britannique Jardine Matheson [1]. Basé à Hongkong, ce groupe de distribution et de services est entré en 1995, à l'occasion de la vente, par le CDR (la société poubelle chargée de liquider les actifs du Crédit lyonnais), des 23,15 % qu'il détenait dans Montaigne participation et gestion. Jardine a investi 699 millions de francs et bénéficie d'actions de classe B donnant droit à un dividende prioritaire.

Problème : le groupe Jardine n'apparaît pas dans les rapports de LVMH autrement que comme société distributrice de ses vins et spiritueux en Asie. À aucun moment, ni dans les notices COB ni dans les documents fournis à la SEC et aux autorités de marché américaines, il n'est fait mention de la participation, à hauteur de 12,6 %, du groupe Jardine [2], dans le capital de Montaigne participation et gestion, sa propre société pivot. D'où la question que l'on est en droit de se poser : comment éviter les conflits d'intérêts, alors que Jardine distribue les produits Moët-Hennessy en Asie ?

Un an plus tôt, la vente des actions que détenait le CDR dans son groupe avait permis à Bernard Arnault de réaliser une superbe opération, à titre personnel. Avant octobre 1994, Sophiz SA, une obscure société luxembourgeoise lui appartenant, achète au CDR 5,83 % d'Arnault et Associés (future Montaigne participation et gestion) à 296 francs par action. Elle en revend un peu plus de la moitié, deux mois plus tard, à une filiale du Bon Marché, pour 475

---

1. Après restructuration de Connaught Investors, en fin d'année 2000, les actions de Nelfi seront distribuées aux trois actionnaires du fond au prorata de leur participation. Jardine Strategic et Hongkong Land en détiennent chacune 22,05 % et Jardine Matheson 4,9 %.

2. Jardine Strategic : 5,67 % ; Hongkong Land : 5,67 % ; Jardine Matheson : 1,26 %.

francs : pour Bernard Arnault, la plus-value, non soumise à l'impôt, est de 32 millions de francs. Le solde sera vendu au même prix en septembre 1995 à cette discrète société luxembourgeoise, Nelfi SA, ce qui offrira au patron de LVMH une nouvelle plus-value, toujours défiscalisée, de 29 millions de francs. Et lui permettra de transférer une partie de ses actifs hors de France.

Partout, où qu'on aille, où qu'on fouille, on trouve des traces de ces opérations extrêmement complexes mais qui se résument à une évidence : Bernard Arnault est devenu multimilliardaire parce qu'il s'est retrouvé le plus souvent gagnant, à titre personnel, dans les incessants ventes et achats internes de sociétés, du haut en bas de sa cascade. Rien n'interdit d'avoir du nez en affaires.

CHAPITRE 13

Appétit

Des questions, il n'y en a pas. Pendant les années quatre-vingt-dix, tous les exercices de haute voltige financière d'Arnault, entrevus plus tard par Antoine Gaudino et quelques spécialistes, plus discrets, passent à peu près inaperçus. Les journaux relèvent bien, de temps à autre, les aspects originaux d'une opération, s'interrogent sur le bien-fondé d'une autre, spéculent sur la prochaine, mais les mettent rarement en perspective, en tout cas n'abordent guère de front le sujet de la défense des intérêts des actionnaires minoritaires, dès lors qu'il s'agit de Bernard Arnault. Toutes les institutions sont comme au garde-à-vous. Après la justice, les banques, les commissaires aux comptes, les analystes financiers, les institutions de contrôle du marché, pendant toutes ces années, font à leur tour preuve d'une immense bienveillance vis-à-vis du patron de LVMH. Jusqu'à Colette Neuville, la pasionaria de la défense des petits actionnaires, qui s'est attaquée, souvent légitimement et avec succès, aux pratiques des grands groupes français, de Bouygues à Vivendi en passant par Paribas ou Pinault : elle rentre ses griffes dès que Bernard Arnault est en cause ! Son seul contentieux, à propos des conditions du retrait de la banque Lazard de Financière Agache, en décembre 1996, a été réglé en quinze jours. À sa demande, après un week-end de discussion, Lazard sortait au même prix que les autres minoritaires. Colette Neuville a apprécié que ses demandes aient été prises en considération. Bernard Arnault, avec elle, a sans doute trouvé les bons arguments : elle ne lui causera plus jamais le moindre souci. Au moment de l'affaire Gucci, elle ira jusqu'à prendre ouvertement parti pour lui, contre Pinault. En 1998, Bernard Arnault est aussi parvenu à déminer le cabinet Deminor dont un employé, Fabrice Sergent, s'apprêtait à l'accrocher sur des opérations relevant de l'article 101 et qui ne figuraient pas, selon lui, dans le rapport annuel. Une intervention d'une haute personnalité belge auprès du grand patron, lui aussi belge, de Deminor aurait été couronnée de succès[1]. Les analystes financiers eux-mêmes seront, comme on le verra plus loin, très encadrés.

Des accusations, jamais étayées, ont été proférées sur les raisons de la bienveillance du Conseil des marchés financiers (CMF) ou de la COB vis-à-vis d'Arnault. On peut toujours s'interroger sur les liens éventuellement tissés par le patron de LVMH avec tous ceux qui peuvent avoir de l'influence sur ses affaires, mais les faits sont là : c'est toute la place financière qui, désormais, ne voit plus que son côté positif et ne jure plus que par lui. Comme si la bataille avec Racamier et sa victoire finale avaient, là aussi, laissé des traces : plus question, pour l'establishment, de s'acharner contre Bernard Arnault. La page est tournée : il faut le laisser en paix pour développer le grand groupe de luxe qui portera le génie français au-delà des mers.

Consécration symbolique : en novembre 1994, dix ans après la reprise de Boussac, Bernard Arnault reçoit l'insigne de chevalier de la Légion d'honneur des mains mêmes du Premier ministre Edouard Balladur auquel, emporté

1. Le 15 mai 2000, le cabinet Deminor saisira néanmoins la COB à propos de conventions signées un an plus tôt entre LVMH et Montaigne participation et gestion, autorisant cette société de tête à facturer jusqu'à 57 millions de francs par an à LVMH au titre de prestations fournies dans les domaines des fusions-acquisitions, juridiques et immobiliers. Entre mai et décembre 1999, 43 millions de francs ont été ainsi facturés.

dans sa courte allocution, il prédit un peu légèrement sa prochaine victoire à l'élection présidentielle. Balladur qui, dix ans plus tôt, ne l'aurait jamais reçu ! Bernard Arnault mesure le chemin parcouru. Mais, si l'on en juge à l'aune de ceux qu'il a invités pour cette cérémonie, c'est encore un homme qui se tient – ou qui est tenu — en marge de l'establishment : il y a là Nicolas Sarkozy, son nouvel ami, Antoine Bernheim, son banquier, Hélène et ses enfants, son père, sa mère, quelques parents, et c'est tout.

Ce qui se passe dans les coulisses du groupe Arnault intéresse finalement d'autant moins de monde que le patron sait focaliser les attentions sur ce qui se passe sur la scène où le spectacle, nul ne le conteste, est de qualité. Et l'on ne parle pas ici du climat d'intérêt et d'adhésion que Bernard Arnault sait entretenir autour de ses créateurs vedettes, de leurs collections, toujours brillantes et imprévues, avec sa noria de rédactrices de mode passionnées, jalouses de leurs prérogatives, qu'il sait parfaitement flatter. Qu'importe si, rejoignant Robert Léon ou Jean Dromer, après un défilé qui a mis toute la presse en émoi, il est capable de leur tenir des propos de comptable, en évoquant le coût avantageux, en termes de publicité, de ce genre de manifestation, par rapport à l'achat direct d'espace dans les journaux ou les télévisions. Non : le vrai spectacle de Bernard Arnault est celui qui se joue sur la scène économique et dont il est l'acteur unique. C'est le one-man show des acquisitions. Comme Bernard Tapie, François Pinault, Vincent Bolloré et quelques autres, Bernard Arnault a eu la chance d'avoir un imprésario prodigue : le Crédit lyonnais[1]. Mais à la dif-

---

1. Au printemps 1992, le Crédit lyonnais bat pratiquement monnaie. Il a avancé 500 millions de francs à Tapie pour acheter Adidas, 600 millions à Bolloré, il a pris 20 % d'une des holdings de tête d'Arnault pour 520 millions et, entre autres largesses, a volé au secours de Pinault en achetant pour 1,3 milliard l'ancien siège de la CFAO.

férence des autres, qui n'ont jamais hésité à acheter comme à vendre en fonction des opportunités, le patron de LVMH, pendant toutes les années quatre-vingt-dix, achètera, encore et encore, mais ne cédera rien, comme un écureuil qui amasse. C'est un trait psychologique fort : Bernard Arnault accumule et n'arrive pas à vider ses greniers. Et comme il n'achète pas toujours la meilleure qualité au meilleur prix, il va peu à peu se retrouver à la tête d'un bric-à-brac. Dans ses innombrables acquisitions réalisées de 1993 à 1999, le meilleur va côtoyer le pire. Mais la communauté financière ne s'en rendra compte – et n'en tirera les conséquences – que tard. Pendant longtemps, elle applaudira à deux mains le numéro d'artiste.

Bref survol. En 1990, LVMH achète pour 3,1 milliards de francs à BSN (devenu Danone) les champagnes Pommery et Lanson. Sept ans plus tôt, Antoine Riboud les avait achetés pour 600 millions à Xavier Gardinier, autre émigré des années Mitterrand. En 1993, Arnault acquiert Kenzo, Fred (une bijouterie parisienne qu'il confiera à sa sœur) et le chausseur Berlutti qui, plus tard, deviendra célèbre pour avoir fourni les bottines à 12 000 francs que Christine Deviers-Joncour a offertes à Roland Dumas. En 1994, c'est l'achat de 58 % du capital de Guerlain, une forteresse familiale que l'on disait jusque-là inexpugnable. En 1995, c'est Franck et Fils, un magasin de la rue de Passy, à deux pas de chez lui, qui tombe dans son écurie. Puis, début 1996, c'est le tour du maroquinier espagnol Loewe, dont LVMH détenait 30 % et avec lequel il avait déjà créé une filiale commune. C'est la première fois que LVMH achète une marque non française. C'est aussi une jolie victoire car Cartier était venu jouer les trouble-fête.

Toutes ces acquisitions sont saluées comme il se doit par les journaux. C'est pourtant l'une des moins coûteuses qui fera le plus parler d'elle. En juillet 1993, Bernard Arnault achète *La Tribune*. Ce quotidien économique et financier, concurrent des *Échos*, était au bord du dépôt de bilan, après quelques années de gestion tumultueuse sous l'égide de Georges Ghosn, un homme d'affaires audacieux et imprévisible, qui avait obtenu du Crédit national un crédit relais de 70 millions de francs que le journal ne pouvait rembourser. Yves Lyon-Caen, le patron du Crédit national qui s'était imprudemment engagé, avait alors fait le tour de la place, utilisant l'argument nationaliste : « Face aux *Échos*, contrôlés par les Anglais, et à *Capital*, dont les actionnaires sont allemands, il faut absolument conserver un journal économique et financier à capitaux français. » Jean Dromer avait convaincu Arnault du bien-fondé de cet argument de place. Pour Arnault, cet achat d'un quotidien résulte bien d'un « concours de circonstances ». « Lorsque je suis arrivé chez LVMH, j'ai trouvé une participation dans *La Tribune*, raconte-t-il à Yves Messarovitch [1]. Un jour, on m'a demandé si je préférais renflouer cette affaire ou perdre la mise qui y avait été investie. Après avoir regardé le dossier, j'ai estimé qu'il était préférable de renflouer cette affaire, d'autant que cela ne coûtait pas énormément d'argent et qu'il paraissait y avoir une possibilité de redressement [...]. Mais ce n'était pas au départ une vocation. »

Sur le moment, personne ne croit au concours de circonstances. L'achat de *La Tribune*, aux yeux des observateurs, est d'abord une bonne manière de Bernard Arnault au nouveau Premier ministre de la deuxième cohabitation. Car Edouard Balladur, lorsqu'il était ministre de l'Économie et des Finances, lors de la première cohabitation, avait tout fait, en vain, pour empêcher Jacqueline Beytout de vendre *Les Échos* au groupe britannique Pearson, éditeur du *Financial Times*. Pour un certain nombre d'hommes de pouvoir comme Balladur, la presse économique ne pouvait sortir de la sphère d'influence de l'establishment politique et patronal français.

Bonne manière à Balladur ? Surtout à l'égard de lui-même, pense le Tout Paris, pour qui l'acquisition de *La*

---

1. *La Passion créative, op. cit.*

Tribune, en même temps que de l'hebdomadaire *Investir* et de *L'Agence économique et financière* (*Agefi*), un quotidien ultra-spécialisé, est le premier pas de Bernard Arnault dans la presse. Un galop d'essai qui l'entraînera, le moment venu, vers *France Soir*, *Le Figaro*, un grand magazine ou une chaîne de télévision. Car le contrôle de journaux ou de télévisions devient presque la norme pour les grands capitaines d'industrie français, à l'instar de ce qui se passe en Italie, autour de Giovanni Agnelli (Fiat) et surtout de Silvio Berlusconi. À quoi s'ajoute, pour Bernard Arnault, un tropisme particulier : Marcel Boussac, dont il suit les traces dans la réussite et peut-être, un jour, dans l'échec, n'était-il pas un grand patron de presse, avec *L'Aurore* ?

Surtout, bien qu'il s'en défende, Bernard Arnault est un fou de presse. Son image, telle qu'elle apparaît dans les journaux, est son bien le plus précieux. Toute critique lui est insupportable. Un de ses proches va jusqu'à dire qu'il vit sa vie privée à travers les médias. Au plus fort de l'affaire Gucci, il s'affiche dans tous les magazines avec sa femme, se fait photographier dans sa cuisine où, raconte Hélène, « ils ne mettent jamais les pieds sauf lorsque le personnel est en congé ». Un conseiller lui dit alors qu'on le voit trop avec sa femme ? Il se montre aussitôt avec son fils. Comme l'image reflétée par les journaux, aussi bien disposés qu'ils soient, n'est jamais celle que l'on attend, la tentation est grande de vouloir les contrôler directement, comme jadis Marcel Dassault avec *Jours de France*, dont il était le pointilleux rédacteur en chef. C'est en tout cas celle que l'on prête alors à Bernard Arnault, suspecté de vouloir se venger du traitement qu'il a subi lors de sa bataille avec Henry Racamier.

Et pourtant, comme patron de presse, Bernard Arnault va déjouer les pronostics les plus pessimistes. Bien que son nom ait été avancé chaque fois qu'un journal était réputé à vendre, il n'agrandira son petit empire qu'à la marge, en rachetant Radio Classique à la Sagem, en juin 1999, pour, dit-on, faire plaisir à sa femme. Tout comme le magazine *Connaissance des arts* qu'il arrache à François Pinault et qui lui coûtera cher. Entre-temps, il aura fait sortir l'*Agefi* du périmètre de ses activités, en l'offrant, débarrassée de toute dette, à son gestionnaire qui, plus tard, revendra ce journal à... François Pinault. Quant à ses relations avec la rédaction de *La Tribune*, elles ne seront ni meilleures ni pires que celles entretenues par la plupart des patrons de presse. Pendant des années, la rédaction avale les couleuvres sans trop se rebiffer. En 1996, après deux jours de grève et de non-parution, elle s'oppose à l'arrivée prévue, comme rédacteur en chef, de Jean de Belot, un journaliste des *Échos* réputé de droite, qui deviendra plus tard directeur de la rédaction du *Figaro*. Arnault cède. Il faudra attendre 1998 pour que survienne le second clash avec l'actionnaire. À l'origine, un article dont le titre est positif, manifestement trop : « LVMH table, malgré l'Asie, sur une hausse de ses résultats en 1998. » Les inters sont de même facture : « Une année record au Japon », « La confiance est de mise[1] ». Déjà, fin janvier, un éditorial d'Ivan Levaï, alors directeur de l'information (il deviendra directeur délégué) avait agité la rédaction. Intitulé « Diorissime », il tressait des lauriers à Dior et à John Galliano à l'occasion des défilés de haute couture.

La rédaction trouve que le journal en fait trop, Arnault pas assez. Un article de *Libération* déchire le voile. « Le récit régulier des malheurs boursiers de LVMH, malmené par la crise asiatique, a provoqué l'ire du patron. Du coup, la direction du journal a entrepris, il y a deux semaines, de resserrer les boulons. Les journalistes des services entreprise et marché ont eu droit à une série de tête-à-tête avec la direction, afin de "clarifier" les relations avec l'actionnaire[2]. » Sans pincettes, Philippe Mudry a ainsi expliqué à ses troupes que LVMH « est ici chez lui » : « Sans lui, *La Tribune* serait morte [...]. » Tout en jugeant Bernard Arnault « très coulant », il a estimé que « nulle part les relations avec l'actionnaire ne sont normales » et que son intérêt

1. *La Tribune*, 18 mars 1998.
2. *Libération*, 6 mai 1998.

« ne doit pas être remis en cause par le journal qu'il contrôle ». La note de la société des journalistes, qui date du 15 avril et que publie *Libération*, ajoute que Philippe Mudry a « revendiqué le droit d'intervenir sur le traitement de l'information concernant LVMH, même au détriment du lecteur [...] ». La fin de la note est, elle aussi, éloquente : « [le bureau de la société des journalistes] a estimé qu'un directeur de la rédaction ne doit pas, par nature, se comporter comme un directeur classique de filiale. Sur ce dernier point, Philippe Mudry s'est dit en désaccord avec le point de vue exprimé par le bureau. » Réaction d'Ivan Levaï dans *Le Monde* du 8 mai : « Il y a eu des maladresses et des enfantillages, mais il m'est arrivé d'avoir l'État pour actionnaire, d'avoir des actionnaires privés. Celui-là est exemplaire. » Le 23 avril, lors d'une assemblée générale extraordinaire, les journalistes de *La Tribune* votent l'élaboration d'une charte déontologique encadrant notamment l'indépendance rédactionnelle. En revanche, un vote à main levée a rejeté le principe d'une motion de défiance à l'égard de la direction de *La Tribune*. Dans l'heure qui suit, Arnault sera informé des votes de chacun des rédacteurs. Mais aucune sanction ne sera prise contre les plus récalcitrants. Bernard Arnault n'a jamais voulu prendre le risque de mater ou de dissoudre la rédaction de *La Tribune*, l'une des plus rebelles de la presse française. Il s'en accommodera plus ou moins, se contentant de l'apparence du pouvoir, marquant de temps à autre son agacement de ne pas être traité avec les égards dus au propriétaire : « *Le Figaro* a fait une demi-page sur les résultats de LVMH, alors que vous vous êtes contenté d'un quart de page, c'est votre choix », s'étonne-t-il auprès de Fabrice Larue, patron de Desfossés International, la société qui regroupe les activités de presse d'Arnault. Qui répercute à la rédaction en chef et passe à autre chose... Larue se fera finalement débarquer en 2001, avec 60 millions de francs d'indemnités, mais c'était pour avoir voulu faire le calife à la place du calife : un jeu qu'Arnault ne supporte pas.

Après les journaux, les châteaux. À l'instar de beaucoup de grands patrons, en particulier de François Pinault, qui possède Château-Latour, ou d'Alain Wertheimer, propriétaire de Chanel et du premier cru classé Saint-Émilion Château-Canon, Bernard Arnault va s'offrir un grand bordeaux. Sans doute le plus mythique d'entre eux. Il annonce, le jeudi 28 novembre 1996, la prise de contrôle de Château-d'Yquem, premier cru supérieur de Sauternes. Moelleux sans mollesse, onctueux et subtil, ce vin au fruité extraordinaire est cueilli non pas par grappes, mais grain à grain. Chaque cep de vigne nécessite une cinquantaine d'interventions par an et ne donne que quelques verres. Quand l'année n'est pas bonne, comme en 1992, le vin est déclassé, vendu au négoce ou distillé... Autant dire que la mainmise d'un capitaliste comme Bernard Arnault suscite immédiatement une levée de boucliers. Personne n'imagine, à Bordeaux, que le patron de LVMH respectera les strictes règles qualitatives de Château-d'Yquem, dont les rendements, 7 hectolitres à l'hectare, sont très faibles. La défiance vis-à-vis d'Arnault est d'autant plus grande qu'il est entré par la petite porte. Il a acheté la majorité des actions auprès de 40 membres de la famille Lur Saluces, qui possède Château-d'Yquem depuis 1785, mais à l'insu d'Alexandre de Lur Saluces, qui gère le domaine depuis vingt-huit ans, alors qu'il ne détient que 8 % des titres. C'est au Japon, à une réunion du comité Colbert où il aurait dû retrouver Bernard Arnault, qu'Alexandre de Lur Saluces a pris connaissance du communiqué. Il rentre aussitôt à Paris et va ruer dans les brancards, engageant Arnault dans un combat imprévu.

Un combat qu'aurait pu écrire François Mauriac dont l'ancienne propriété, Malagar, est dominée par le château d'Alexandre de Lur Saluces. Comme ces grandes familles bordelaises décrites par l'auteur du *Nœud de vipères*, les Lur Saluces se sont déchiré l'héritage dans le plus grand secret. L'héritage du marquis Bertrand de Lur Saluces, oncle d'Alexandre et d'Eugène. Mort en 1968, sans enfants, il avait rédigé en 1925 un testament en faveur d'Eugène de Lur Saluces, l'aîné de ses neveux. Dans les années soixante, il le fait venir pour gérer le domaine mais se rend très vite compte qu'il en est incapable. Personnage instable, célibataire, Eugène de Lur Saluces adopte les comportements les plus imprévus [1]. L'oncle fait donc appel à Alexandre et affirme alors à son entourage avoir changé son testament en faveur de ce dernier. Mais, à sa mort, on ne retrouvera que le testament de 1925. Aussi, le 28 décembre 1968, un accord est signé devant notaire qui stipule que 47 % des titres seront mis en indivision. Et Alexandre prend en charge le domaine, paie les droits de succession de tout le monde, règle les notes de téléphone, d'électricité, les impôts et toutes les charges de son frère Eugène, investit, mais ne distribue aucun dividende. Les cousines et leurs nombreux enfants doivent se contenter de bouteilles de Château-d'Yquem, qu'ils reçoivent chaque année en cadeau.

Tenu au courant de cette situation familiale compliquée par ses réseaux habituels, Bernard Arnault a trouvé en Louis Haingerlot, cousin d'Alexandre, le fédérateur de toutes ces frustrations. Il achète 55 % des actions pour 550 millions de francs, ce qui valorise Château-d'Yquem à 1 milliard de francs. C'est beaucoup pour des actionnaires qui ne touchaient aucun dividende. Mais c'est peu pour une propriété de 110 hectares seulement, qui commercialise pourtant 100 000 bouteilles par an, à des prix variant entre 1 000 et 1 500 francs — jusqu'à 7 000 francs pour le millésime 1931. Rien que le stock, qui approche le million de bouteilles (au lieu des 600 000 annoncées), vaut ce prix.

La bataille juridique s'engage. Les avocats d'Alexandre de Lur Saluces, François Tosi et Danyèle Palazzo, font bloquer, sous séquestre, les fonds et les actions concernés et déposent plainte pour abus de faiblesse et extorsion de signature d'Eugène de Lur Saluces. Mais leur dossier est

1. Par négligence, il a laissé mourir le bétail d'une ferme que sa grand-mère lui avait confié.

difficile car les deux frères n'ont jamais confirmé par écrit leur accord d'indivision. La bataille juridique se double d'une bataille d'influence. Alexandre de Lur Saluces se rend vite compte qu'il est un enfant de chœur face à Bernard Arnault qui s'est attaché les services d'une agence de communication à Bordeaux pour influencer tous ceux qui comptent. Le thème décliné est simple et répétitif : les intentions de Bernard Arnault sont bonnes, il n'y a aucune raison de dégrader un produit exceptionnel comme Château-d'Yquem et il gardera évidemment Alexandre de Lur Saluces pour gérer le domaine comme il l'a toujours fait. « Nous tendons la main à Alexandre de Lur Saluces », affirme publiquement Pierre Godé, en soulignant que celui-ci est assuré de rester aux commandes. Mais Danyèle Palazzo et François Tozi restent inflexibles : « LVMH exerce des pressions sur des personnalités bordelaises pour nous faire céder », affirment-ils. Alexandre de Lur Saluces et ses avocats se rendent vite compte que les dirigeants de LVMH savent tout d'eux, de leurs points de force, de leurs points de faiblesse, y compris dans leur vie privée.

La bataille durera deux ans et demi, mettant tout Bordeaux et le monde viticole en émoi. Au printemps 1988, dans le plus grand secret, Alexandre de Lur Saluces a rencontré Bernard Arnault, dans son château de Fargues, car il avait refusé de le recevoir à Yquem. Le patron de LVMH, qui était demandeur, était venu avec son Falcon, en compagnie d'Hélène. À la grande surprise d'Alexandre, il l'avait laissée dans la voiture, pendant leurs trois quarts d'heure de discussion. Mais l'entretien, entre ces deux timides, n'avait rien donné. Chacun était resté sur ses positions. C'était une question de principe, mais aussi de prix. Et celui auquel se fera l'accord final, signé le 19 avril 1999 à 17 heures par Pierre Godé, reste secret. Alexandre a vendu très cher, dit-on, son acceptation de dénouer la commandite qui lui permettait de garder le pouvoir. Et Alexandre de Lur Saluces lui-même vendra les 8 % qu'il détient avec son fils Bertrand. Alexandre affirme alors : « Les assurances reçues de Bernard Arnault et des dirigeants du groupe

LVMH me paraissent garantir que les valeurs auxquelles je suis attaché seront maintenues. » Le comte qui, contrairement à ce qui a été dit, n'a jamais été menacé par Bernard Arnault, sera nommé président du conseil d'administration de la nouvelle société anonyme Château-d'Yquem et gérant de la société civile propriétaire du foncier. Une décision inattendue, compte tenu des pratiques habituelles d'Arnault. D'autant plus qu'en cours de négociation, voyant qu'il ne pourrait en sortir vainqueur, Alexandre de Lur Saluces lui avait ouvert la porte. Il avait dit à ses conseils : « S'il veut que je m'en aille, dites-lui que c'est d'accord, je tournerai la page. » Mais Arnault avait écarté cette hypothèse.

Sitôt l'accord conclu, Bernard Arnault se rend à Bordeaux, avec Hélène, dans son avion personnel pour célébrer avec Alexandre de Lur Saluces l'accord qui assure à LVMH le contrôle de 64 % de Château-d'Yquem. Un dîner, au château, réunit le couple Arnault, Pierre Godé, Alexandre de Lur Saluces et leurs avocats : Jean-Pierre Grandjean et Bernard Kuhn, côté LVMH, Danyèle Palazzo et François Tosi, côté Lur Saluces. Alexandre fait ouvrir un Château-d'Yquem 1899. Mais Bernard se contentera d'y tremper ses lèvres et ne mangera presque rien. Il a de la peine à masquer le peu d'intérêt qu'il a à dîner avec ces personnages de second rang que semblent être à ses yeux les avocats, parle vaguement politique, fait même un peu d'humour, mais il est manifestement en représentation. Son esprit est ailleurs. Un mois plus tôt, jour pour jour, François Pinault est venu le défier. Il ne décolère pas. Yquem est devenu un sujet secondaire. Par la suite, il ne se rendra qu'une seule fois au Château. Pierre Godé, en revanche, viendra à plusieurs reprises et passera de nombreux coups de fil à Alexandre pour se tenir au courant.

En tout cas, contrairement à ce que craignaient les adorateurs du Château-d'Yquem et les détracteurs de Bernard Arnault, celui-ci respectera scrupuleusement tout ses engagements. Ceux-ci n'avaient pas pris en compte un élément essentiel : Bernard Arnault n'a pas acheté ce grand cru pour gagner de l'argent mais par une manière d'investissement personnel dans l'un des joyaux du patrimoine national français, un symbole de la perfection. Un peu comme on achète une œuvre d'art dont on n'attend aucun rendement direct. Seuls les grincheux diront que, dans ce cas, il aurait pu se payer lui-même Château-d'Yquem et non le faire acheter par LVMH.

Au moment où il engageait les discussions avec les cousins Lur Saluces pour prendre Château-d'Yquem, Bernard Arnault va lancer LVMH dans une aventure bien moins prestigieuse et beaucoup plus coûteuse. Le 30 octobre 1996, cinq ans après avoir vendu Conforama à François Pinault, LVMH revient dans la distribution. Un protocole d'accord en vue de l'achat de 58,75 % de Duty Free Shoppers (DFS) est dévoilé. L'opération est étonnante par sa taille : atteignant 12,8 milliards de francs, c'est une des plus grosses acquisitions menées par une entreprise française outre-Atlantique ; et par son principe : le premier fabricant mondial de produits de luxe prend le contrôle du premier distributeur mondial de ces mêmes produits. La Bourse, comme d'habitude s'agissant de LVMH, ne voit rien venir. Elle applaudit des deux mains : le titre progresse de 8,4 %, à 1 347 francs.

C'est une décision que Bernard Arnault a prise seul, malgré les réticences de Robert Léon. Tous les samedis matin, les deux hommes parlent stratégie, coups, montages financiers autour d'un petit café qu'en sept ans, Bernard Arnault, faute d'argent sur lui, n'a pas payé une seule fois, à la manière de François Mitterrand et de beaucoup d'hommes de pouvoir. Robert Léon avait une autre idée, pour utiliser le cash de LVMH :

— Il vaut mieux faire une OPA sur Guinness. On garderait les alcools forts et on revendrait aussitôt la bière à un Anglais. C'est un symbole, la seule chose à laquelle ils sont attachés. On aurait tout le reste pour pas cher. Il y a un énorme coup à faire.

— Peut-être, mais cela ne m'intéresse pas, pour une raison simple : je n'aime pas les vins et spiritueux. Ce qu'on a nous suffit. Et c'est dans la distribution que l'on trouve la rentabilité la plus élevée.

— Mais c'est un raisonnement purement financier !

— Oui, et alors ?

Léon met son patron en garde :

— Cela va être un sac d'embrouilles. On va entrer en conflit d'intérêts avec nos concurrents. Si on est neutre vis-à-vis de toutes les marques distribuées, cela ne sert à rien ; si on favorise un peu les nôtres, les clients s'en iront et nos concurrents hurleront.

C'est, bien sûr, le patron qui aura gain de cause. Son tropisme pour DFS ne date pas d'hier. Lorsqu'il a racheté Céline huit ans plus tôt, il s'est vite rendu compte que DFS captait l'essentiel de la marge réalisée au Japon et en Asie, et qu'il en allait de même avec la plupart des marques de luxe européennes, à l'exception de celles ayant mis en place leur propre réseau de distribution intégré. Pourquoi lui, le roi du luxe, ne prendrait-il pas le contrôle du premier distributeur de produits de luxe en Asie ? L'acquisition de DFS permettra à LVMH d'accroître de moitié ses ventes et de 30 % son résultat opérationnel, explique-t-il. Elle l'aide à s'imposer dans la zone Asie-Pacifique, « où la demande d'articles de luxe reste la plus soutenue [1] », tout en misant sur une logique d'intégration verticale. Vis-à-vis des concurrents, Arnault fait valoir que le contrôle du premier réseau de distribution en duty-free, qui absorbe 20 % de la production (pour 21,5 milliards de francs) des marques de luxe françaises, permettra, grâce à sa vigilance, de faire un barrage efficace aux contrefaçons. Un argument de circonstance qui n'empêche pas Chanel ou Hermès de hurler. Vice-président de Sonia Rykiel, Simon Burstein affirme alors que LVMH va favoriser ses propres marques. C'est un déchaînement d'hostilités.

1. *La Tribune*, 19 décembre 1996.

En réalité, en n'écoutant pas les mises en garde de Robert Léon, Bernard Arnault va commettre une véritable erreur stratégique. Aussi nombreuses qu'elles soient, les marques de LVMH ne représentent que 10 % des ventes dans les 180 boutiques – principalement d'aéroports – de DFS. Surtout, il a de DFS une vision déformée. Ce n'est pas une société de distribution de produits de luxe et de beauté : dans les magasins, ceux-ci sont minoritaires en chiffre d'affaires comme en surfaces de vente. Il s'agit de supermarchés pour voyageurs dont l'essentiel de l'activité est réalisée avec du tabac, des alcools, de la confiserie, des jouets, du matériel photo, hi-fi et vidéo, des articles de voyage, des gadgets et toute la quincaillerie que l'on voit dans les aéroports du monde, en particulier en Asie, où la nourriture et les bonbons occupent une place prépondérante. Autant dire que DFS est beaucoup plus loin des produits LVMH que ne le croyait Arnault, qu'il s'agit d'une activité commerciale plutôt éloignée du luxe, avec sa propre logique et ses propres marchés, soumise en permanence aux diktats du renouvellement des concessions accordées par les aéroports. Et surtout terriblement dépendante de la bonne santé de l'économie locale et du trafic aérien...

L'achat de 58,75 % des parts de DFS, auprès de Charles (Chuck) Feeney, son cofondateur, et d'Alan Parker, conseiller fiscal de l'entreprise, ne va pas de soi. Un recours suspensif est déposé par Robert (Bob) Miller, l'autre cofondateur (39 %), et Anthony Pilaro (2 %). Le 15 novembre, KKR, l'auteur de la plus grande OPA du siècle (le rachat de RJR Nabisco), vient perturber le jeu en exprimant son intérêt pour DFS, mais se fait aussitôt contrer par Bernard Arnault. La transaction est soumise à l'arbitrage d'un médiateur. Celui-ci donne son aval à condition que LVMH garantisse l'autonomie à long terme de DFS, n'exige aucune condition commerciale avantageuse pour ses propres marques et assure la confidentialité des informations détenues sur les marques concurrentes. On lui demande, en clair, de dresser une muraille de

Chine entre ses activités de producteur et de distributeur, à la manière de ce que promettent les banques entre leurs différentes activités. On sait ce que valent ce genre d'engagements. Aussi Arnault signe-t-il des deux mains, le 18 décembre 1996, le rachat de 58,75 % de DFS pour 2,47 milliards de dollars (2,72 milliards d'euros). Le pire, pour lui, a été évité car il a proposé aux deux minoritaires, initialement opposés à la vente, de racheter leurs 41,5 % du capital. LVMH a donc pris le risque de mettre 21 milliards de francs (3,2 milliards d'euros) sur la table, alors que son chiffre d'affaires 1995 est de 30 milliards de francs (4,57 milliards d'euros) ! Mais les capacités de persuasion d'Arnault sont sans limites. Il a retourné l'aimable Robert Miller comme une crêpe. Celui-ci n'a même pas levé, à l'échéance, son option de vente (*call*) : il a préféré, pour son malheur, rester actionnaire minoritaire de Bernard Arnault !

En achetant DFS au plus haut, juste avant la crise asiatique, Arnault s'est-il « fait rouler comme un bleu par Chuck Feeney », selon l'appréciation du directeur général d'un groupe de luxe concurrent ? Feeney est un Américain original, qui connaît bien la France et les Français pour avoir épousé Danièle, une charmante pied-noir qui lui a donné plusieurs enfants. Mais il l'a quittée pour sa secrétaire et passe désormais une grande partie de son temps à apprendre à nager aux aveugles. Opposé à la notion d'héritage, décidé à ne laisser à ses enfants que le nécessaire, Chuck Feeney donne son argent pour diverses causes humanitaires mais aussi pour l'IRA, l'armée secrète irlandaise, dont il est l'un des financiers[1]. Chuck a promis à Bernard que la vente de DFS lui permettrait de financer la recherche médicale. Mais seul le Dieu des catholiques sait, avec Chuck Feeney, à quoi a été utilisé l'argent de LVMH !

1. Il a été dénoncé pour cela, à plusieurs reprises, dans la presse britannique.

Arnault a préféré acheter DFS plutôt que de lancer une OPA sur Guinness ? Il n'est pas payé de retour. En juin 1997, c'est en participant à un conseil d'administration de Guinness qu'il apprend, autour de la table, la décision de fusionner avec Grand Metropolitan, l'autre grand producteur d'alcool britannique, avec plus de cent marques, dont la vodka Smirnoff, le whisky J&B, la tequila José Cuervo, mais aussi le maïs Géant vert et la chaîne de restauration rapide Burger King. Anthony (Tony) Greener, l'ancien n° 2 de Tennant, devenu patron de Guinness, grand et élégant, pur produit de la distinction britannique, et George Bull, celui de GrandMet, se sont entendus dans son dos, le tenant sciemment dans l'ignorance de leur projet de fusion qu'ils préparaient depuis plusieurs mois. C'est un véritable défi lancé au froggy par les deux rosbifs. Car, dans le cadre d'une fusion entre Guinness et GrandMet dans un nouvel ensemble baptisé GMG Brands, Moët-Hennessy serait complètement marginalisé. Au-delà des intérêts de LVMH, à titre personnel, Bernard Arnault se sent profondément humilié. Il n'en revient pas. Pour la première fois de sa vie, lui le chasseur, l'agresseur, est devenu agressé.

Sa réaction va être immédiate et spectaculaire. Il va aussitôt acheter en Bourse des paquets de titres GrandMet, pour se constituer des munitions, puis va tout faire pour bloquer la fusion entre Britanniques et promouvoir une union à trois, dont... il serait le leader ! Le mercredi 16 juillet 1997, Arnault transmet par écrit aux deux groupes britanniques sa proposition de fusion à trois de leurs trois activités vins et spiritueux au sein d'une nouvelle société cotée à Paris et à Londres. Il lui a même trouvé un nom : Drinksco. La réunion de Moët-Hennessy (LVMH), United Distillers (Guinness) et IDV (GrandMet) donnerait naissance, affirme-t-il, au leader mondial des vins et spiritueux avec un chiffre d'affaires de 7,4 milliards de livres. Cette société virtuelle disposerait d'un « réseau mondial de distribution inégalé et de marques prestigieuses ». Bernard Arnault affirme que la fusion à trois « permettra de mettre en œuvre des synergies supplémentaires substantielles ». En échange de ses 66 % dans Moët-Hennessy, de ses 14,2 % dans Guinness et de ses 6,4 % dans GrandMet, ramassés fin juin pour près de 8 milliards de francs, LVMH entend recevoir une participation de l'ordre de 35 % dans Drinksco, soit plus que la minorité de blocage.

La réaction de Tony Greener et de George Bull à une proposition qui, selon eux, « donnerait à M. Arnault un contrôle de facto sans en payer le prix », est glaciale. Ils ajoutent que les autres actionnaires n'y auraient aucun intérêt. « M. Arnault propose un bouleversement coûteux et compliqué de GrandMet et de Guinness dans le but d'offrir une position dominante à LVMH, affirment-ils, tandis que la création de valeur issue de la fusion GMG Brands est claire et accessible. » Pour les analystes, Arnault a été trop gourmand : « Il va trop loin en demandant 35 % de la nouvelle société, rapporte Mark Puleikis, de Merrill Lynch [1] : selon nos calculs, il ne pourrait en obtenir plus de 27 %. »

Cette fin de non-recevoir ne décourage pas le Français qui annonce sa démission du conseil d'administration de Guinness « afin de défendre la solution alternative qu'il a présentée ». En même temps, il vend des titres Guinness (il tombe à 12,2 %) et achète des GrandMet (il monte à 11,4 %). Sa stratégie est claire : il veut faire arbitrer son différend par les actionnaires, car la loi britannique permet à un actionnaire qui contrôle plus de 10 % du capital d'un groupe de demander la convocation d'une assemblée générale. Il cherche même à se rapprocher des 25 % qui lui permettraient de tout bloquer. Car les modalités prévues pour la fusion obligent GrandMet à obtenir l'assentiment d'au moins 75 % de ses actionnaires. Compte tenu des absents aux assemblées générales, la barre des 25 % peut être atteinte avec à peine plus de 15 % du capital.

Pour mener sa contre-offensive, Bernard Arnault va

1. *Les Échos*, 17 juillet 1997.

d'abord chercher à s'informer sur les failles de ses adversaires. Il fait à nouveau appel à Kroll Associates, le plus grand cabinet d'intelligence économique du monde. Cette entreprise américaine est réputée proche de la CIA. Elle s'est constituée, en effet, sur les décombres de l'agence américaine lorsque Jimmy Carter, dans un naïf assaut de pureté, en a chassé la plupart de ses agents.

Kroll est présente dans le monde entier où elle dispose de 35 bureaux, dont cinq en Europe, les activités étant centralisées à Londres. Elle a aussi récupéré de nombreux fonctionnaires du Trésor et du fisc. Implantée depuis 1990 à Paris, elle y est dirigée à la hussarde par Nicolas Waldmann, trente-six ans, diplômé d'une école de commerce française et d'un MBA américain. Comme d'autres entreprises de luxe, LVMH a travaillé à plusieurs reprises avec Kroll, officiellement pour débusquer, dans le monde entier, les contrefaçons ou les ventes parallèles, et évaluer tous les moyens pour y mettre un terme ; ou bien pour surveiller les réseaux de distribution, les agents locaux et vérifier que ceux-ci ne réalisent des opérations pour leur propre compte. Mais cette fois, il ne s'agit pas de cela, comme le montre la lettre qu'a adressée, le 30 juillet 1997, Nicolas Waldmann à LVMH, « à l'attention de Pierre Godé ». « Dans le cadre d'un désaccord stratégique avec deux de vos partenaires étrangers [1], vous souhaiteriez obtenir toute information [...] susceptible d'être utilisée par vos soins en vue d'orienter ce conflit vers une issue qui vous soit favorable », écrit le directeur de Kroll France qui couche, par écrit, les propos tenus au cours d'un précédent rendez-vous. Le but de l'enquête est, notamment, « d'étayer des critiques précises sur la gestion de ces deux sociétés et de mettre en cause la réputation de leurs dirigeants » ; et dans un dernier temps, « en collaboration avec votre agence de communication, vous assister dans l'utilisation et la formulation la plus efficace de ces critiques ». Le

1. Il s'agit, à l'évidence, de Guinness et de GrandMet.

budget d'honoraires de la seule première phase est fixé par Kroll entre 300 000 et 400 000 francs. Ce projet, pour des raisons de confidentialité, reçoit un nom de code : Tango.

Le budget dépassera largement les 400 000 francs initialement demandés. Mais ces dépenses ne comptent pas : depuis le début des hostilités, Bernard Arnault a engagé, sans états d'âme, plus de 12 milliards de francs en Bourse. Et il multiplie les aller-retour à Londres pour y rencontrer les investisseurs de poids et les journalistes britanniques à qui il accorde, sans exclusive, des entretiens de vingt minutes en tête à tête. Loin de devoir se battre pour combler son *gap* de notoriété outre-Manche, par rapport à Tony Greener et George Bull, il joue sur du velours. Car la presse britannique, lasse du conformisme ambiant, se passionne pour ce jeune et fringant Frenchie qui tient tête à deux des plus hautes figures de l'establishment. Bernard Arnault joue habilement sur un autre registre : celui qu'adore la presse people. Jusque-là confidentielles, ses relations amicales avec Lady Diana, qui n'hésite pas à s'afficher avec des accessoires Dior ou Vuitton, apparaissent soudain dans les journaux de façon plus appuyée. Fin juillet, Hélène et lui déjeunent avec la princesse et ses enfants. Au même moment, le patron de LVMH se découvre légèrement dans une longue interview au *Sunday Telegraph*[1] dans laquelle il évoque les visites des chantiers de l'entreprise familiale, lorsqu'il avait six ans, avec son grand-père Savinel et révèle que son livre préféré est *La Chartreuse de Parme* de Stendhal.

Aux différents investisseurs qu'il rencontre, à Londres et à Édimbourg, où se trouvent les *scottish widows*, ces veuves écossaises qui font la loi dans les fonds d'investissement britanniques, Bernard Arnault reste ferme sur la fusion à trois mais se montre arrangeant sur le montant de la participation de LVMH. De leur côté, Guinness et GrandMet continuent d'opposer une fin de non-recevoir à Arnault,

1. *Sunday Telegraph*, 27 juillet 1997.

mais entrouvrent néanmoins la porte. Ils se disent ouverts à la discussion, « à condition que l'opération crée de la valeur et que celle-ci soit équitablement distribuée à tous les actionnaires ». Que s'est-il passé ? Arnault dispose d'une botte secrète. Il fait savoir aux investisseurs qu'en annonçant 175 millions de livres de synergies, le projet de Guinness et GrandMet tient pour acquise l'utilisation par les marques de GrandMet des réseaux communs à LVMH et Guinness, alors que celle-ci est subordonnée, juridiquement, à l'accord du groupe français...

Le 31 août, à minuit et demi, la Mercedes de location de Lady Diana et de son compagnon Dodi al-Fayed, conduite par l'étrange M. Paul, bourré de pastis et de tranquillisants, s'écrase sur le treizième pylône du souterrain du pont de l'Alma, à Paris. Lady Di décédera dans l'ambulance qui la conduit à l'hôpital de la Pitié-Salpêtrière. Ce sont des funérailles immenses, portées par une nation en plein désarroi, qui vont être organisées à l'abbaye de Westminster et diffusées dans le monde entier. Tout le monde est en larmes lorsque Elton John entame la chanson *A Rose,* sur l'air de son tube *A Candle in the Wind.* Au premier rang dans la partie de la nef réservée aux personnalités de marque, juste devant Valéry Giscard d'Estaing et des centaines d'autres invités plus célèbres que lui, se tient Bernard Arnault. Sa peine est réelle. Mais sa présence, ici, à ce moment-là, qui témoigne de sa proximité avec la princesse vénérée, sera aussi un atout dans sa campagne d'Angleterre.

Quinze jours plus tard, Bernard Arnault manie à nouveau le chaud et le froid. D'un côté, il abaisse officiellement ses prétentions, affirmant se satisfaire de 25 % (au lieu de 35 %) dans la nouvelle Drinksco qu'il appelle toujours de ses vœux. De l'autre, il brandit la menace de faire jouer la clause qui lui donne droit, en cas de changement de majorité dans le capital de Guinness, de reprendre à son compte leur dizaine de filiales communes de distribution — précisant même que, dans cette hypothèse, Guinness devra y maintenir la distribution exclusive de ses produits pendant dix ans ! — et de racheter à un prix avantageux pour lui les 34 % que son partenaire détient dans Moët-Hennessy. Ce qui inquiète beaucoup les Anglais, c'est que l'affaire est entre les mains de la chambre de commerce internationale de Paris, qui ne doit rendre son verdict qu'à la fin de 1998. L'arbitrage par la chambre de commerce de Paris avait été accepté et signé par Anthony Tennant en son temps. Alors que l'affaire doit être jugée à Paris selon le droit français et sans possibilité d'appel, les Anglais sont convaincus que les dés sont pipés, que Bernard Arnault tient la justice française. LVMH laisse planer le doute. « On voit mal Guinness et GrandMet lancer leurs actionnaires dans une fusion avec une telle épée de Damoclès au-dessus de leur tête[1] », affirme un dirigeant du groupe français. Les craintes des Anglais s'intensifient, le 6 octobre, lorsque la chambre de commerce internationale désigne trois arbitres dans le différend qui oppose LVMH à Guinness et GrandMet : tous trois sont... français.

À tort ou à raison, les Anglais craignent le traquenard franchouillard. Alors ils craquent. Les discussions reprennent. Et dans la soirée du samedi 11 octobre, un accord est trouvé. Guinness versera 250 millions de livres (380 millions d'euros) à LVMH en échange de son soutien à la fusion avec GrandMet. Arnault revient au conseil d'administration de la nouvelle société GMG Brands qui sera, plus tard, baptisée Diageo. LVMH et Guinness ouvriront leurs réseaux de distribution communs aux marques de GrandMet, notamment aux États-Unis, au Japon et en France. « C'est la victoire du bon sens pour le bénéfice de tous les actionnaires », affirme George Bull. « Dans les affaires, il ne faut pas s'entêter[2] », reconnaît Bernard Arnault. Et d'ajouter que « son pragmatisme » l'a conduit à opter pour une « troisième voie ». LVMH se retrouve avec 11 % du futur Diageo, dont il contestait jusque-là le bien-fondé. Et

1. *Le Monde*, 27 septembre 1997.
2. *La Tribune*, 14 octobre 1997.

touchera encore 250 millions de livres (380 millions d'euros) sous forme de superdividendes, à l'issue de leur fusion. Ce sont donc 5 milliards de francs, au total, que va toucher LVMH, ce qui lui permettra de réduire son endettement, qui atteignait 29 milliards de francs (4,42 milliards d'euros) en 1997.

Bernard Arnault a récupéré de l'argent et a sauvé les apparences. Les journaux saluent sa réussite. Mais le monde cruel des affaires, en France comme en Grande-Bretagne, a compris qu'il s'agissait d'une défaite. « Cet accord est une réussite pour le financier, une claque pour le capitaine d'industrie et pour l'homme », commente un banquier de la City. Pour la première fois, en effet, Bernard Arnault a perdu son *chicken out* (« trouillard dehors »). C'est un jeu connu de tous les Anglais, qui date de la Première Guerre mondiale, lorsque les aviateurs alliés, dans leurs biplans, sans parachute, se défiaient avec les as allemands et leurs triplans Fokker en se fonçant dessus face à face : le gagnant était celui qui ne déviait pas de sa trajectoire, le perdant celui qui décrochait au dernier moment. Lorsque les deux étaient aussi courageux l'un que l'autre, ils mouraient ensemble. Un jeu dangereux repris par les jeunes de banlieue avec leurs voitures. Et auquel Bernard Arnault s'essayera moins de deux ans plus tard, cette fois avec François Pinault.

La Bourse n'entre pas dans ces subtilités : elle applaudit l'accord en faisant monter de 7 % le titre LVMH. Elle salue l'artiste qui, au plus fort de l'affaire, deux jours après sa démission du conseil d'administration de Guinness, s'est offert, comme en passant, la chaîne de distribution de parfums Sephora (54 magasins, 1,37 milliard de francs de chiffre d'affaires) pour 1,6 milliard de francs, alors que Pinault, lui aussi sur les rangs, s'était arrêté à 1,3 milliard. À cinquante ans, Dominique Mandonnaud, qui a créé la chaîne en 1973, a voulu se retirer pour s'adonner à la peinture et à la sculpture. Commentaire de Christian Schlumberger, PDG de Marie-Jeanne Godard, troisième chaîne de parfumerie française : « Dans l'univers de la parfumerie,

Bernard Arnault a cassé un tabou. L'idée selon laquelle un fabricant doit rester un fabricant et n'a pas à entrer en concurrence avec ses clients[1]. » Moins d'un an plus tard, Marie-Jeanne Godard passe à son tour sous la coupe de LVMH, pour 800 millions de francs. Très rapidement, la décision est prise de lancer Sephora aux États-Unis puis au Japon. Un premier magasin de 1 000 m² sera ouvert à New York. « Il sera suivi de 10 à 15 ouvertures en 1998, l'objectif étant que Sephora atteigne un chiffre d'affaires aux États-Unis de l'ordre d'un milliard de dollars d'ici 2001-2002[2] », explique Bernard Arnault au *Monde*.

En réalité, avec Sephora, acheté trop cher comme DFS, Bernard Arnault a pris les mêmes libertés et commis la même erreur. On ne peut, impunément, mélanger les genres. Il persistera dans l'erreur puisqu'il affirmera encore, en novembre 2000, dans son livre d'entretiens : « C'est à Daniel Piette, un dirigeant à l'esprit très imaginatif, [...] que revient cette idée, un peu en dehors de nos recherches habituelles. Le potentiel était là, c'est l'un des seuls concepts de distribution sélective qui est complètement exportable, que l'on peut, presque à l'identique, étendre sur la planète. Nous avons commencé à construire sur ce formidable potentiel, puisque, depuis notre investissement, le nombre de magasins est passé de 57 à 430. Et Sephora est devenue une marque entière aujourd'hui. » Mais le concept très visuel de Sephora – qui nécessite un renouvellement permanent pour ne pas s'essouffler – ne fonctionnera jamais correctement en dehors de la France. Pour l'imposer, Bernard Arnault va pourtant pousser de toutes ses forces, en engloutissant des centaines de millions pour ouvrir des magasins dans le monde entier. Il ira jusqu'à se mettre à dos les grandes chaînes qui vendent du parfum mais aussi des produits de luxe et les grandes marques de couture. Comme Sachs ou Bloomingdale aux États-Unis, Rinascente en Italie ou Corto Inglès en Espagne. Les pertes

1. *La Tribune*, 25 juillet 1997.
2. *Le Monde*, 18 mars 1998.

vont s'accumuler aux États-Unis et au Japon où il faudra même, brutalement, mettre la clé sous la porte, en décembre 2001.

Cette fois-ci, la magie ne fonctionne plus. La crise asiatique touche de plein fouet les industries du luxe et affole les analystes financiers qui brûlent sans complexes ce qu'ils avaient adoré. Le 28 octobre 1997, le titre LVMH touche un plus bas, à 874 francs contre 1 600 francs au début de l'été. Depuis le début de l'année, la chute est de 30 % : 35 milliards de francs se sont évaporés !

La presse française est toujours indulgente. Le premier coup viendra des États-Unis. Sous le titre « LVMH : la vie n'est pas toujours champagne et caviar », *Business Week* écrit : « Bernard Arnault n'est pas habitué aux défaites [...] [Il] vient d'encaisser une surprenante série de revers. LVMH a été frappé par la chute des marchés asiatiques où l'entreprise réalise 45 % de ses ventes. L'achat de DFS a été, au mieux, réalisé à contre-temps : les profits de DFS ont baissé de 50 % au cours des six premiers mois de 1997. À quoi s'ajoute l'échec de la tentative de polluer la fusion Guinness GrandMet. L'activité parfums recule et les ventes de cognac s'effondrent au Japon. » *Business Week* ajoute : « Selon des sources internes, un management fondé sur la terreur a fait chuter le moral de l'entreprise. » Il est vrai que Bernard Arnault a viré de nombreux fidèles managers et les a remplacés par des cadres de Procter & Gamble, Unilever et Orangina. C'est l'année de la toute-puissance de Concetta Lanciaux, pour beaucoup le mauvais génie de Bernard Arnault : elle le convainc que certains de ses barons le volent, organisent des ventes parallèles, que des cadres prennent de l'argent dans la caisse. Parfois elle a raison, le plus souvent ce sont des accusations infondées dont les victimes sortent brisées. Des officines de détectives privés sont mobilisées pour démasquer les voleurs ou les traîtres. Un climat de suspicion et de surveillance va se généraliser, loin de l'image nette et lisse que veut donner de lui-même le groupe LVMH. Un front de résistance commence même à s'organiser, en particulier chez les chasseurs de têtes qui voient affluer les candidatures de cadres de LVMH. L'un de ces chasseurs de têtes, spécialisé dans le luxe, Michaël Boroian, ira jusqu'à affirmer plus tard au *Journal du textile* : « Je ne veux pas de mission pour LVMH [...] : j'ai beaucoup plus à gagner pour mes autres clients en chassant les meilleurs éléments du groupe [1]. »

En partie à cause de ce climat, du soutien sans faille apporté à la toute-puissante Concetta Lanciaux et des choix stratégiques, qu'il juge erronés, de son patron, Robert Léon va quitter Bernard Arnault, à la mi-1997. Cet homme de l'ombre a fait passer le groupe de la mise en œuvre du déclin de Boussac à la croissance de LVMH, et c'est probablement pour cela qu'Arnault, persuadé d'être devenu le roi du monde, ne l'a pas retenu. Bien sûr, tout n'est pas si simple : depuis 1994, Léon, colonne vertébrale des montages financiers du groupe LVMH, avait développé, en parallèle, ses affaires personnelles, en accord avec Arnault qui lui a laissé, pendant trois ans, mener ses deux activités de front. Jusqu'à ce que celui-ci lui demande de choisir. En tout cas la séparation, contrairement à ce qui a été dit, ne s'est pas bien passée. Et Arnault s'est un peu plus isolé.

Mais c'est surtout la mort, en février, de Michel Lefebvre, emporté par un cancer, qui va contribuer à faire perdre au patron de LVMH le contact avec la réalité. Lefebvre avait continué à gérer l'ex-Férinel, rebaptisée Immobilière George V. Il était resté l'ami très écouté d'Arnault depuis l'époque où il lui avait mis le pied à l'étrier, du temps où le jeune patron de Ferret Savinel avait voulu se lancer dans la promotion immobilière. Pour Bernard, ce drame est à la fois professionnel et intime : Michel Lefebvre était l'une des rares personnes qui aimaient Bernard Arnault non pour son argent ou son pouvoir mais... pour lui-même. Et surtout, il était le seul à pouvoir lui dire ses quatre vérités.

1. *Le Journal du textile*, 16 novembre 1998.

CHAPITRE 14

Kroll contre Gucci

L'industrie du luxe se croyait blindée, en vertu du principe simple selon lequel les crises économiques n'affectaient guère ses clients fortunés. Cela avait bien été le cas jusqu'à présent et particulièrement en 1993. Mais l'appétit croissant des classes moyennes pour les produits de luxe – ou présentés comme tels – au cours de la décennie quatre-vingt-dix a accru la vulnérabilité du secteur. Surtout, sa dépendance vis-à-vis du Japon et de l'Asie en général lui a fait prendre de plein fouet la grave crise qui a affecté, en 1997, toute cette région, jusque-là réserve de croissance pour le monde entier.

Premier à sonner le tocsin, Domenico De Sole, président du directoire de Gucci, annonce, le 27 septembre 1997, une croissance moindre au cours du deuxième semestre, à cause de la crise asiatique. Mal lui en prend : l'action Gucci, qui avait atteint 80 dollars en novembre 1996, plonge de 60 % la semaine suivante, pour tomber à son plus bas : 31,7 dollars. Au même moment, LVMH minimise l'impact de cette crise. Le vendredi 30 janvier 1998, les cours de LVMH et de Christian Dior bondissent de 8,3 %, en réaction à l'annonce d'une augmentation du chiffre d'affaires de 54 % en 1997. Personne ne s'attarde sur le fait que cette performance résulte de la politique d'achats tous azimuts conduite par Bernard Arnault et qu'à périmètre constant, la hausse du chiffre d'affaires de LVMH est ramenée à 9,5 %. Il faudra attendre un an après la mise en garde de De Sole pour que LVMH reconnaisse officiellement que l'augmentation de son chiffre d'affaires a été obtenue au détriment de sa rentabilité. L'exemple du cognac est parlant : avec la crise japonaise, les ventes de produits haut de gamme à énormes marges payées par les entreprises à leurs cadres, pour finir la journée dans les boîtes de nuit, ont disparu. Moët-Hennessy se retournera habilement vers les États-Unis, pour y chercher des volumes, mais n'y retrouvera jamais les mêmes marges. Petit coup de pied intragroupe : c'est *La Tribune* qui, la première, déchire le voile en titrant : « LVMH s'attend à une baisse de ses résultats en 1998. » L'article ajoute : « Alors qu'il avait indiqué une hausse à ses actionnaires[1]. » Et le 12 octobre, LVMH dévoile un chiffre d'affaires en baisse de 13 % au troisième trimestre 1998. Pour DFS, la chute atteint 35 % depuis le début de l'année et 40 % au troisième trimestre. Plus symbolique : Louis Vuitton subit la première baisse de chiffre d'affaires de son histoire.

C'est le moment que choisit Bernard Arnault pour faire racheter par Vuitton les actions de ses minoritaires[2]. Cette opération permet à BM Holding, détenu à 100 % par la Compagnie financière du Nord, donc par Bernard Arnault, d'empocher 1,8 milliard de francs, qui lui permettront de renforcer son contrôle sur LVMH.

C'est une des forces d'Arnault : quand le titre LVMH baisse, quand les investisseurs doutent, il en profite pour renforcer ses positions personnelles à bon compte. Et il ne cache pas son jeu, en tout cas sur son optimisme quant aux capacités de redressement à court terme. En cette année

1. *La Tribune*, 25 septembre 1998.

2. Curieusement, ce n'est pas LVMH qui lance une offre publique de retrait sur les 3 % qu'il ne contrôle pas, mais Louis Vuitton qui rachète ses propres titres... pour les détruire. C'est une façon habile, parce que fiscalement intéressante, d'imputer les 2,1 milliards de francs que coûte ce rachat à Louis Vuitton plutôt qu'à LVMH.

1998, malgré le plongeon de son cours de Bourse, malgré la crise, Bernard Arnault affiche sa confiance. Et ne supporte pas qu'on la conteste.

Jean-Noël Vieille en fera la douloureuse expérience. Arrivé 14 950e sur 32 000 concurrents alignés au départ du marathon de New York 2000, cet analyste financier de la charge Meeschaert-Rousselle fait preuve de courage et d'une véritable indépendance d'esprit : en novembre 1998, il publie une note mettant sévèrement en cause la stratégie de LVMH [1]. Auparavant, il avait été reçu par Bernard Arnault, sur l'insistance du directeur financier Patrick Houël. Mais Arnault, très proche, on l'a vu, de Régis Rousselle, avait traité Vieille avec une immense condescendance, en éludant toute question précise, estimant peut-être que le seul fait de recevoir un analyste français suffirait à son bonheur et garantirait sa bienveillance. Or Vieille, en rien convaincu, a maintenu sa note et l'a présentée telle quelle aux grands investisseurs. On y lit, en termes mesurés, une critique radicale des choix de Bernard Arnault qui se traduisent par une baisse structurelle de la rentabilité et qui se sont réalisés « au détriment de la valeur [...] de LVMH ». Jean-Noël Vieille s'engage : il prévoit une sous-performance au cours des deux années suivantes et recommande... de vendre. Malheureusement pour lui, c'est exactement à ce moment-là que le cours de LVMH, qui a touché son plus bas, repartira à la hausse ! Une erreur d'appréciation que Bernard Arnault, on va le voir, fera payer cher à Jean-Noël Vieille.

Arnault mesure parfaitement les difficultés du moment. Il entend en sortir par le haut : en relançant ses activités, d'une part, en préparant une nouvelle grosse acquisition, comme Boussac en 1984 ou LVMH en 1989, d'autre part. Cette fois, sa proie ne peut être qu'étrangère. D'abord

1. Jean-Noël Vieille, « LVMH : la stratégie et le contexte sectoriel pèsent sur la rentabilité », Meeschaert-Rousselle.

parce qu'en France, où ses méthodes sont connues, il ne peut plus jouer ni de la séduction ni de l'effet de surprise. Mais surtout parce que LVMH a une faille : c'est un groupe qui vend dans le monde entier, mais dont les marques sont toutes françaises, à l'exception du maroquinier espagnol Loewe, qui fabrique notamment pour le compte de Cartier, mais que Bernard Arnault est arrivé à arracher au groupe Richemont en 1996. L'année précédente, le patron de LVMH avait pourtant eu l'occasion de s'implanter en Italie. Le groupe Investcorp, qui possédait la maison Gucci, l'avait proposé, fin 1994, à deux acheteurs potentiels : Bernard Arnault et le Sud-Africain Johan Ruppert, propriétaire de Richemont, le groupe de luxe concurrent. Mais en dépit des perspectives de ventes favorables – pour la première fois depuis trois ans, Gucci sortait du rouge en gagnant 380 000 dollars en 1994 –, la présentation n'avait rien donné. Alors qu'Investcorp exigeait au moins 500 millions de dollars, les offres n'avaient pas dépassé 300 millions. Arnault avait proposé 200 millions. Nemi Kirdar, le patron d'Investcorp, songe alors à demander au sultan de Brunei – qui a acheté une série de vingt-sept bagages – de faire un effort supplémentaire et de reprendre l'ensemble de la société, révèle Stéphane Marchand dans *Les Guerres du luxe.* Tous les dirigeants de LVMH étaient favorables à l'achat de Gucci, à commencer par Yves Carcelle, patron de la mode et de la maroquinerie de LVMH, mais pas Bernard Arnault qui, au lieu de monter son offre, a demandé un rabais de 50 millions de dollars en tranchant : « On arrête tout, cette marque est morte. »

Ce n'est qu'en 1997 qu'il va, à nouveau, se pencher sur la marque italienne. De Sole vient d'annoncer l'impact de la crise asiatique sur les ventes de Gucci dont le cours s'est effondré : le groupe ne vaut plus que 2 milliards de dollars, ce qui est tout de même dix fois plus que ce qu'aurait pu payer Arnault deux ans plus tôt. Mais ces 2 milliards ne seront vite qu'un souvenir. Car les cours explosent sur des rumeurs de rachat d'OPA. Le 21 novembre, le *Financial Times* annonce que LVMH achète Gucci en Bourse. Le groupe français ne confirme ni ne dément. Les cours de Bourse montent d'autant plus vite qu'en dépit d'un lobbying actif de Domenico De Sole, les actionnaires de Gucci ont écarté, au cours d'une assemblée générale, la mise en place d'une pilule empoisonnée qui aurait limité le droit de vote d'un seul actionnaire à 20 %, quelle que soit sa participation. Ce qui aurait été une mesure ouvertement anticapitaliste. Cette défaite du management laisse Gucci encore plus vulnérable à une attaque extérieure. « C'est aux actionnaires de décider, commente De Sole. J'ai fait mon devoir. » « De Sole a survécu à la bataille de la famille Gucci comme un champion conduisant la conquête de nouveaux territoires, écrit Sara Gay Forden dans *The House of Gucci*. Mais comme tous les conquérants, il aurait voulu assurer ses arrières. »

L'attaque de 1997 est restée dans les limbes, tout simplement parce que l'annonce de la fusion Guinness GrandMet a obligé Bernard Arnault à se détourner provisoirement de sa cible. La véritable offensive aura lieu un an et demi plus tard. Elle est décidée fin décembre 1998. En témoigne la rupture soudaine des négociations que mène Arnault pour acheter Yves Saint Laurent : il a trouvé une proie plus excitante. Le 10 décembre, à la suite de son rapprochement avec Synthélabo, le laboratoire Sanofi, filiale d'Elf, déclare vouloir céder sa branche hygiène-beauté qui réalise 4 milliards de chiffre d'affaires à travers les marques Yves Saint Laurent et les licences des parfums Oscar de la Renta, Van Cleef & Arpels, Roger & Gallet, Krizia et Fendi. LVMH se porte aussitôt acquéreur. Ami de Chirac, Jean-François Dehecq, le PDG de Sanofi, est un patron dinosaure qui s'enveloppe encore dans le drapeau tricolore. Il appelle François Polge de Combret, toujours banquier, toujours chez Lazard, et administrateur de Sanofi. Il confie à l'ancien copain de Bernard Arnault à New York le mandat de vente, assorti d'une seule condition : « François, je te demande de donner la priorité aux acheteurs français. » Condition diablement restrictive : en France, il n'y a qu'Arnault, que Combret revoit donc pour la première fois depuis quinze ans. Sans effusion. Le principe d'une négociation exclusive est accepté. Combret se met d'accord avec Godé, y compris sur le prix : 6,2 milliards de francs (950 millions d'euros). Les avocats travaillent. Tout est au point, les documents sont prêts. La presse est au courant. Elle fait d'ailleurs la fine bouche : « Les analystes, écrit *La Vie française*, attendaient une opération externe de plus grande envergure. D'où une certaine déception qui se lit dans l'érosion récente du cours de LVMH. » Le 14 décembre, le titre LVMH a en effet chuté de 5,2 %.

Tout devait être signé le 24 décembre, veille de Noël. Mais soudain, tard dans la soirée du mercredi 23, Combret reçoit un coup de fil de Pierre Godé :

— Je suis désolé, François, ça ne va plus.

— Que veux-tu dire ?

— Ça ne passe plus, on ne peut plus faire le deal.

— Mais pourquoi ? Que se passe-t-il ?

— On s'est aperçu que Raymond Ortal, le patron de Sanofi Beauté, ne s'entend pas avec Patrick Choël, le patron de Dior. Or le prix convenu était basé sur les synergies. S'il n'est pas possible de fusionner les deux affaires, pour nous, Saint Laurent vaut 1 milliard de moins.

— Mais ce n'est pas possible, on s'est déshabillé, vous connaissez tout de nos comptes.

Combret raconte alors à Godé une blague juive américaine. « C'est un mariage arrangé : le fils de Moïse est présenté à la ravissante fille de David. Tu es jolie, dit-il, mais je voudrais que tu enlèves ton pull. La promise obtempère. Ton pantalon aussi. Et ton soutien-gorge. Et ta culotte. Quand la jeune fille est nue, le fiancé la regarde puis fait la moue. Non, papa, ça ne va pas : je n'aime pas la forme de son nez. » Il interpelle Godé :

— Cela s'appelle mater à l'œil et c'est ce que tu as fait.

L'histoire ne fait pas rire Godé, ou alors il n'en laisse rien paraître :

— De toute façon, vous ne trouverez pas d'autres acheteurs. Je suis désolé, François, c'est à prendre ou à laisser.

— Si c'est ça, connaissant Dehecq, il va laisser.

Combret appelle aussitôt Dehecq qui, ivre de rage, lui confirme sa décision de laisser tomber.

Le lendemain, jeudi 24 décembre, LVMH assume officiellement son retrait : « Les discussions ont révélé des difficultés d'intégration des marques concernées au sein de la branche parfums du groupe LVMH », indique le groupe dans un communiqué. Raymond Ortal était d'accord pour rejoindre Dior, Guerlain, Kenzo et Givenchy, mais à condition que Saint Laurent conserve une large autonomie, c'est-à-dire constitue la cinquième branche de LVMH. Cette volonté d'indépendance a fait capoter les négociations, affirment *Les Échos*.

Bavardages et langue de bois : si LVMH a rompu si brutalement les négociations, c'est tout simplement que Bernard Arnault a renoncé à Saint Laurent au profit de Gucci. L'opération est engagée secrètement au même moment et la cible en sera informée dans les premiers jours de l'année 1999, alors que Domenico De Sole, le patron de Gucci, est en vacances chez lui, aux États-Unis. Le 6 janvier, Yves Carcelle cherche à joindre son confrère et concurrent, qui vient de rentrer en Europe dans son jet privé. Il appelle en vain à Florence, mais c'est un jour férié en Italie et personne ne peut lui dire où se trouve le boss. Il tombe finalement sur lui dans sa maison de Knightsbridge, à Londres, alors qu'il est sous la douche.

— Désolé de te déranger, Domenico.

— Que se passe-t-il de si grave, Yves ?

— Je voulais absolument te joindre pour te prévenir personnellement, avant que tu ne l'apprennes par ailleurs, que nous avons acquis des actions Gucci. Nous venons de franchir la barre des 5 % de ton capital.

— À quel niveau êtes-vous monté ?

— Je ne suis pas en mesure de répondre, pour le moment, à cette question.

— Jusqu'où comptez-vous monter ?

— ...

— Quelles sont vos intentions ?

— Amicales, bien entendu. Il n'y a aucune ambiguïté là-dessus. L'objectif est de travailler ensemble, avec ton accord bien entendu, pour dégager des synergies et améliorer la rentabilité de nos deux affaires.

La conversation se poursuivra un moment car Domenico De Sole cherche à en savoir plus. Mais il ne tirera rien d'autre d'Yves Carcelle, dont il a compris immédiatement qu'il a été envoyé en service commandé. L'entrée de LVMH dans Gucci allait de toute façon être rendue publique puisque les réglementations des Bourses, aussi bien américaine que française, où sont cotées Gucci et LVMH, obligent à déclarer tout franchissement du seuil de 5 % dans le capital d'une entreprise.

Bien entendu, Bernard Arnault a obtenu l'aval de son conseil d'administration, avant de lancer sa nouvelle offensive, qui peut coûter 8 milliards de dollars. Celui-ci ressemble généralement à une chambre d'enregistrement. Mais ce jour-là, un administrateur, le plus important d'entre eux, prend ouvertement ses distances : il s'agit d'Antoine Bernheim, l'associé-gérant de Lazard, celui-là même qui a cru en Bernard Arnault, lui a mis le pied à l'étrier, l'a toujours soutenu. Robert Léon était opposé à l'achat de DFS, le vice-président du conseil d'administration exprime cette fois ses réserves sur l'acquisition de Gucci. Pour des raisons essentiellement personnelles.

— Je pense que cette opération est très, peut-être trop risquée.

— Pourquoi dites-vous cela ? demande Arnault.

— Je suis blindé sur l'Italie. Lorsque l'on est étranger, dans ce pays, on ne peut pas suivre. Tout ce que je peux vous dire, c'est de vous méfier de Gucci. En Italie, on vous assassine moralement et psychologiquement, comme j'en ai fait l'expérience, mais aussi réellement.

Le simple fait d'exprimer des réserves, autour de la table du conseil de LVMH, pourrait passer pour un crime de lèse-majesté. Mais Arnault les met sur le compte des problèmes personnels qu'a rencontrés Bernheim en Italie, à la tête de Generali[1]. De toute façon, celui-ci apportera bien vite, comme les autres administrateurs, son soutien à l'attaque projetée.

Celle-ci se précise, lorsque LVMH annonce officiellement avoir acheté au maroquinier italien Prada les 9,5 % qu'il détenait dans Gucci, ce qui porte sa participation à 14,5 % au moins. En réalité, les 20 % ont déjà été franchis avec le rachat des titres détenus par Miuccia Prada, styliste et propriétaire de Prada, femme du directeur général Patrizio Bertelli. Avant de se découvrir en achetant en Bourse, Arnault s'est assuré du soutien de différents actionnaires, ravis de sortir avec une belle plus-value : 121,5 millions d'euros pour Prada qui est entré chez Gucci, fin 1997, à 40 euros et sort à 60 euros.

Prédateur ? Jamais ! Fidèle à une stratégie qui, jusque-là, lui a toujours réussi, l'ange exterminateur s'efforce de présenter son intrusion comme amicale. Il déclare : « Notre entrée dans Gucci est une marque de confiance du groupe LVMH dans Gucci, ses dirigeants et son styliste [...]. Tom Ford est un créateur extraordinaire. Quant à Domenico De Sole [...], nous le considérons comme un excellent manager. Il a fait un travail remarquable[2]. »

C'est alors que Jean-Noël Vieille va à nouveau se faire remarquer, avec sa musique discordante. L'analyste financier suggère que l'offensive de Bernard Arnault est en réalité inamicale. Que n'a-t-il pas dit ! La foudre va s'abattre sur lui. Son correspondant chez LVMH l'appelle : « Vous ne comprenez rien. » Un message lui est transmis par le directeur financier, agissant, dit-il, sur ordre personnel d'Arnault : « Vous êtes blackboulé. » Un coup de fil de confirmation sera passé à Michel Jollant, le PDG de Meeschaert-Rousselle. Jean-Noël Vieille ne sera plus invité

1. Nommé président de la grande compagnie d'assurances italienne Generali, Antoine Bernheim en sera viré sans ménagements, au terme d'une cabale mettant en jeu les plus beaux crocodiles du capitalisme transalpin. Avant d'y revenir plus tard.

2. *Le Monde*, 14 janvier 1998.

aux réunions d'analystes organisées par LVMH. Mais la mise en quarantaine ira au-delà, puisque Bernard Arnault fera pression sur la Société française des analystes financiers (SFAF) pour empêcher Vieille de participer à une réunion organisée par elle sur LVMH [1]. Jean-Noël Vieille a ainsi pu mesurer la réalité des rapports de force et la faible marge de manœuvre dont jouissent, en France, les analystes financiers que Bernard Arnault n'hésitera pas, plus tard, à attaquer publiquement. D'autant que Meeschaert-Rousselle était l'une des rares sociétés qu'on aurait pu croire capables de résister à ce genre d'oukases, puisqu'elle se cantonne à l'analyse financière, à la différence de beaucoup de ses concurrentes, qui sont en même temps clientes des grandes entreprises dont elles parlent : une situation qui devrait conduire à prendre avec des pincettes les analyses favorables qu'elles produisent régulièrement.

Pourtant, cette fois-ci, Jean-Noël Vieille avait raison. Et au-delà de tout ce qu'il aurait pu imaginer ! En effet, au moment même où, côté cour, Bernard Arnault couvre d'éloges Domenico De Sole et Tom Ford, explique que Gucci est la plus belle entreprise de luxe italienne et affirme, à qui veut l'entendre, que sa démarche est amicale, côté jardin, il va lancer en direction de l'entreprise et de ses deux dirigeants une vaste opération de renseignement et de déstabilisation. Pour cela, il va à nouveau faire appel à Kroll Associates.

---

1. En septembre 1999, la SFAF organise une réunion avec LVMH. Apprenant que Jean-Noël Vieille s'est inscrit, LVMH appelle : « S'il vient, on ne vient pas. » Lorsqu'elle avait été confrontée à ce genre de situations, la SFAF n'avait jusque-là jamais cédé. Son président d'alors, Jacques Larebouillet, hésite, cherche un compromis quand l'ordre de ne pas se rendre à la réunion est venu de la direction de Meeschaert-Rousselle. Vieille n'a pu qu'obéir. Mais il a renoncé à suivre le dossier LVMH et, pour marquer sa réprobation, a donné sa démission de son poste de directeur de la recherche, pour redevenir simple analyste. Plus tard, il rejoindra la société de Bourse Aurel Leven comme directeur de la recherche.

À la mi-février 1999, Pierre Godé et James Lieber, l'avocat du groupe pour les affaires sensibles, rencontrent à Paris Nicolas Waldmann, accompagné de Thomas Helsby, le patron du bureau de Londres de Kroll Associates. Objectif de la réunion : lancer une enquête sur Gucci ainsi que sur ses deux principaux dirigeants, Domenico De Sole et Tom Ford. Une lettre de Kroll, adressée aux dirigeants de LVMH, datée du 16 février, est limpide : « Votre groupe détient à ce jour une participation importante au capital d'une société étrangère, écrit Nicolas Waldmann à Pierre Godé. Des informations troublantes mais non confirmées concernant notamment le statut des principaux dirigeants de cette société ont été portées récemment à votre connaissance [...]. Vous souhaiteriez vérifier la réalité de ce qui vous a été rapporté [...] en vue d'orienter vos négociations en cours avec ces derniers vers une issue favorable. » Le patron de Kroll en France précise alors les axes des recherches qu'il se propose d'entreprendre. Il s'agit « de clarifier la structure de management de la société et d'identifier ses hommes clés ; de collecter tout élément relatif au mode de rémunération des principaux décideurs et, notamment, les conditions d'attribution des stock-options ; d'évaluer la qualité des relations professionnelles entre le principal animateur de la société et ses cadres, ainsi que ses actionnaires et administrateurs ; d'établir un profil personnel et professionnel détaillé (antécédents, patrimoine, sources de revenus, activités extérieures, réseau relationnel, réputation, etc.) de Domenico De Sole et de Tom Ford et, le cas échéant, de relever toute information concernant leur intégrité professionnelle ; d'obtenir tout document financier ou commercial disponible sur la société et ses dirigeants dans les juridictions appropriées ; de rassembler toute information utile à une compréhension approfondie de l'activité de la société (exploitation, licences, etc.) dans les principales zones géographiques où celle-ci réalise la majeure partie de son chiffre d'affaires et d'identifier éventuellement tout problème, passé ou présent, lié à ses activités ; de tenter de cerner la stratégie envisagée par vos adversaires dans le cadre des négociations en cours. » Le premier budget prévisionnel est de 500 000 francs (76 224 euros) hors taxes.

Cette lettre d'intention sera suivie, le 19 février, d'une lettre de confirmation, insistant sur le caractère confidentiel des études entreprises, cosignée du patron de Kroll Europe et de Pierre Godé. La cible, c'est-à-dire Gucci et ses dirigeants, est affublée d'un nom de code : Valse. Tous les autres contrats qui suivront recevront d'ailleurs des noms de code, eux aussi puisés dans le répertoire musical (Opus, Concert, Orchestre, Symphonie), petit clin d'œil au hobby commun du président de LVMH et de son épouse. Mais celui-ci, il faut le souligner, n'apparaît ni de près ni de loin dans quelque document que ce soit, contrat, note ou fax, échangé entre Kroll et LVMH.

Ces contrats sont passionnants car ils montrent bien les méthodes aujourd'hui employées par certaines grandes entreprises, dans ces luttes de titans dont se délectent la presse et les actionnaires. Bien sûr, LVMH n'est pas la seule à recourir à ce genre de méthodes. Mais elle le fait avec un esprit de système et une précision qui sont la marque d'un véritable professionnalisme. Car le groupe ne se contente pas de lancer des enquêtes sur des sociétés étrangères, comme Gucci, dont elle vise à prendre, sinon le contrôle, du moins une part significative du capital. Sa soif de renseignement va bien en amont : elle touche aussi des sociétés qui n'ont aucun lien, autre que de concurrence, avec LVMH. Par exemple, Kroll a en effet réalisé, pour LVMH, une étude sur le groupe Chanel sous le nom de code Ombrelle. Cette étude peu confraternelle est lancée trois mois à peine après que Bernard Arnault avait déclaré, là encore avec un zeste de duplicité, que Chanel « est une marque formidable avec laquelle nous entretenons, bien que concurrents, d'excellentes relations[1] ». Le projet

1. *Le Figaro Madame*, 2 décembre 2000.

Ombrelle, selon les termes du contrat, vise pourtant à « déterminer la structure de contrôle actuelle de la société française Chanel SAS [...], les bénéficiaires ultimes de la société Chanel Ltd, immatriculée à Hongkong, ainsi que son rôle opérationnel au sein du groupe en Asie [1] ».

De la même manière, Kroll a été mandaté par LVMH pour obtenir des renseignements sur d'autres concurrents, comme Hermès, Versace, Ferragamo ou Armani.

S'agissant de Domenico De Sole, les investigations qu'engage Kroll à la demande de LVMH vont bien au-delà. L'objectif est de déstabiliser voire de disqualifier le patron de Gucci. En témoigne un mémorandum interne, adressé le 24 février par Kroll Paris à Kroll Londres, qui fait l'inventaire des points de faiblesse possibles de De Sole et des investigations à entreprendre pour chacun d'entre eux. Il s'agit de tenter de démontrer que William Franz, son prédécesseur, « est plus responsable du redressement de Gucci que De Sole » ; que ce dernier « n'est pas digne d'être le patron d'une société cotée » ; qu'il « est responsable de la faillite de Gucci » pour avoir refusé d'honorer une dette vis-à-vis de la maison mère, à l'époque où il présidait sa filiale américaine ; que « De Sole a utilisé l'argent de la compagnie pour ses activités personnelles », en particulier comme propriétaire et skipper de grands voiliers ; qu'il « commerce avec des groupes criminels organisés » en accordant des franchises en Russie et en Extrême-Orient ; qu'il entretient « de mauvaises relations avec ses fournisseurs et se comporte mal avec ses petits distributeurs ». Le

1. Pour établir ce rapport de dix-sept pages, Kroll affirme avoir mené ses recherches en France, en Suisse, aux Pays-Bas, au Luxembourg, à Hongkong, au Panama et dans les Caraïbes, notamment aux îles Caïmans et aux Antilles néerlandaises. La société précise que « les informations [...] ont été recueillies au sein des banques de données commerciales, juridiques et de presse, auprès des archives publiques appropriées, ainsi que par le biais d'entretiens confidentiels avec différentes sources locales et de vérifications physiques sur les lieux concernés ».

mémorandum va plus loin : il faut, entre autres, « chercher des preuves pour mettre en question la morale et l'intégrité du management » ; démontrer que « De Sole est un champion pour créer de la valeur pour lui plus que pour ses actionnaires » ; que « ses autres activités sont en conflit avec celles de Gucci ». Et sur chacun de ces points, les enquêteurs de Kroll sont mis sur plusieurs pistes possibles !

Domenico De Sole et Tom Ford vont être vite informés de l'attention toute spéciale que leur porte Kroll mais attendront quelque temps avant de le faire savoir[1]. Reste à savoir qui paie Kroll. Le piège le plus simple fonctionnera à merveille. L'un des avocats de Gucci téléphone à un dirigeant européen de Kroll :

— Je vous appelle en tant que représentant d'une importante entreprise européenne, pour voir dans quelle mesure elle pourrait faire appel à votre organisation.

— Nous en serions enchantés, bien entendu. Envisagez-vous une enquête ponctuelle, ou bien une coopération plus globale ?

— Mon client souhaite négocier un contrat à long terme, regroupant différentes facettes de ses activités. Le seul problème est donc celui d'un éventuel conflit d'intérêts.

— De qui êtes-vous le concurrent ?

— De LVMH, répond l'avocat de De Sole.

La réponse du dirigeant de Kroll fuse alors, sans précaution :

— Aïe ! LVMH ? Malheureusement, cela nous pose un vrai problème. Je suis désolé de devoir vous dire que nous ne pourrons pas travailler ensemble.

Rustique, mais efficace : De Sole a eu la confirmation de ce qu'il pressentait et son aversion pour Bernard Arnault, à partir de ce moment, sera sans limites. Dans la salle de

1. En juillet 1999, le journal britannique *Vanity Fair* affirmera que « Tom Ford est suivi en permanence par des détectives de Kroll Associates ». Aussitôt – en contre-feu ? – l'assistante de Bernard Arnault affirmera de son côté « avoir reçu un coup de fil menaçant d'un correspondant anonyme à l'accent italien ».

réunion qui jouxte son bureau, Grafton Street, plusieurs originaux de caricatures publiées dans la presse italienne et américaine en portent témoignage : sur l'une d'elles, on voit un De Sole en chasseur de fauves, short long et chapeau colonial sur la tête, fusil en main, le pied posé sur un Bernard Arnault répandu sur le sol, les bras en croix ; sur une autre, Domenico De Sole danse un tango de feu avec un Bernard Arnault travesti, maquillé, jupe fendue, boucles d'oreilles et talons hauts, en lui envoyant un énorme coup de genoux entre les jambes ! Soigneusement encadrées, les autres caricatures sont de la même veine. Elles donnent la mesure de la mégalomanie de De Sole et démentent, à elles seules, tout ceux qui affirmaient que le patron de Gucci faisait part égale entre Pinault et Arnault, jouant ses deux actionnaires les uns contre les autres dans son seul intérêt de manager !

CHAPITRE 15

Gucci contre-attaque

L'attaque d'Arnault est rondement menée, sur tous les fronts. Dix jours après son premier communiqué, LVMH annonce détenir désormais 26,7 % de Gucci. La veille, dans une « déclaration d'intention » remise à la Securities & Exchange Commission (SEC), LVMH avait exprimé son souhait de ne pas lancer d'OPA sur la totalité du capital « dans les circonstances actuelles ». On comprend Bernard Arnault. Gucci est un gros morceau. Pourquoi dépenser des fortunes alors que l'entreprise n'est pas soumise aux lois françaises, plus exigeantes, et qu'il peut donc envisager d'en prendre le contrôle au prix minimum, en devenant l'actionnaire de référence face à un capital dispersé entre de nombreux fonds d'investissement ? Une rencontre entre Bernard Arnault et Domenico De Sole est organisée, à l'initiative du président de LVMH, qui affirmera avoir voulu inviter le patron de Gucci à dîner et s'être vu « convoqué chez Morgan Stanley[1] ». L'entretien se passe effectivement rue Balzac mais les comptes rendus qu'en feront les deux hommes seront totalement divergents. De Sole affirmera qu'Arnault l'a traité comme un domestique, lui proposant des augmentations de salaire pour lui faire entendre raison, tandis qu'Arnault dira que De Sole lui a

1. *Vanity Fair*, juillet 1999.

demandé avec précision et insistance de quel volume de stock-options lui et Tom Ford bénéficieraient en cas d'accord. De Sole, en tout cas, ne supporte pas les leçons de gestion que lui donne Arnault. D'autant qu'il reçoit alors, de Paris, plusieurs coups de fil émanant d'interlocuteurs différents, qui lui disent que son attaquant n'est pas blanc bleu, qu'il ferait de l'évasion fiscale via Nauru, une petite île du Pacifique[1]. Rien n'est étayé, rien ne sera vérifié. Mais le poison fait son effet.

Pendant les malentendus, les achats continuent. Le 25 janvier, LVMH annonce avoir acquis 7,7 % supplémentaires de Gucci, dont 6 % auprès du fonds Capital Research. LVMH a payé 1,9 milliard de francs, s'ajoutant aux 6,2 milliards de francs déjà dépensés. Pour 8,1 milliards de francs (1,23 milliard d'euros), sa participation atteint désormais 34,4 %. Soit la minorité de contrôle qui permet de s'opposer, en assemblée générale, à toute opération hostile sur le capital. Pourquoi Arnault ne franchit-il pas le seuil des 35 % ? Sans doute De Sole l'a-t-il prévenu que Tom Ford disposait, dans son contrat, d'une clause lui permettant de lever ses 2 millions de stock-options si un seul actionnaire dépasse la barre des 35 %. Ce qui, compte tenu du prix d'acquisition de 45 dollars et du cours atteint de 85 dollars, permettrait au designer vedette de partir en empochant 80 millions de dollars. Or sans Tom Ford, Gucci n'est plus Gucci. En tout cas ne vaut pas le même prix.

---

1. Avec ses 450 banques off shore pour 12 000 habitants, ce micro-État est un paradis fiscal qui figure sur la liste des 19 États non coopératifs du Groupe d'action financière sur le blanchiment des capitaux (Gafi). Laurent Fabius, alors ministre des Finances, avait envisagé de signer un décret mettant Nauru à l'index. Une première en France, qui aurait inauguré la mise en application d'une disposition de la loi sur les nouvelles régulations économiques.

Arnault, en restant à 34,4 %, ne donnera pas à Tom Ford l'occasion de choisir. L'affaire paraît pliée. Après Boussac et Dior au début des années quatre-vingt, après LVMH à la fin de la même décennie, après quinze ans de succès, Bernard Arnault s'attend à tourner une nouvelle page, glorieuse, de sa vie : celle qui voit le premier groupe mondial du luxe mettre la main sur le n° 1 en Italie, qui dispute à la France le leadership dans le monde du luxe.

Il adore ces moments de tension extrême où la presse parle de lui, où l'adversaire faiblit, où la victoire se dessine. « Si l'adversaire se soumet, il est prêt à se montrer magnanime ; impitoyable si l'impudent lui résiste trop, écrit Stéphane Marchand dans *Les Guerres du luxe* ; il est le Gengis Khan du luxe ! » Bernard Arnault pense que Domenico De Sole, devant l'évidence, viendra lui présenter les armes, comme tout bon manager doit le faire devant son nouvel actionnaire. D'autant que le patron de Gucci est américain et connaît les règles du jeu. Il réagira ? Sans doute. Mais pour un baroud d'honneur qui s'arrangera avec la prise en compte de sa situation personnelle et celle de Tom Ford. Pour Bernard Arnault, tout a un prix, à commencer par les grands managers. Il est d'autant plus ouvert à une négociation que les deux Américains, aux talents complémentaires, sont à l'origine du redressement spectaculaire de Gucci. Il souhaite sincèrement les garder, dans son propre intérêt. De Sole refusera-t-il d'entendre raison ? Qu'importe. Cela apportera un peu de piquant à la situation. Un manager, si bon soit-il, ça se remplace. Le rôle de Tom Ford est plus décisif. Mais les deux hommes sont-ils aussi solidaires qu'ils le proclament ? Sont-ils jaloux l'un de l'autre ? Comment rompre le tandem ? Arnault s'amuse. Il est le chat, De Sole est la souris.

Mais c'est un chat qui va se révéler particulièrement malhabile. Alors que Tom Ford a déjà repéré un individu qui dort dans sa voiture, en bas de l'appartement qu'il occupe avec son compagnon Richard Buckley à Paris ; alors qu'il sait que LVMH a demandé à Kroll Associates de s'intéresser à lui, il ne va pas arrêter, pendant quelques semaines, d'être approché par Bernard Arnault, qui souhaite le détacher de De Sole. Une journaliste française, amie de Ford, vient de Paris dîner avec lui à Milan. Au milieu du repas, il lui fera avouer qu'elle est venue de la part d'Arnault qu'elle doit appeler dès la fin du repas... « Il m'a approché par tous les canaux imaginables, sauf le bon, c'est-à-dire le contact direct[1] », s'étonnera Tom Ford devant Sara Gay Forden. Plusieurs semaines plus tard, Ford acceptera finalement de déjeuner avec Arnault à Mosimann's, un club sélect de Londres. Mais le matin même, Tom Ford découvre dans le *Financial Times* un article qui révèle ce déjeuner ainsi que son plan de stock-options – deux millions d'actions recelant une plus-value latente de 80 millions de dollars. Il prend aussitôt son téléphone pour insulter Arnault et annuler le déjeuner. Les tentatives pour séparer Ford de De Sole se sont révélées si maladroites qu'elles ont soudé les deux hommes.

Le double langage est permanent. Tandis que, le 3 février, Arnault écrit à De Sole une lettre dans laquelle il s'engage à le traiter sur un pied d'égalité, « de management à management », huit jours plus tard, LVMH demande officiellement au conseil d'administration de Gucci d'accueillir en son sein Umberto Guida, l'ancien n° 2 du groupe Promodès[2]. À cette occasion, il envoie une nouvelle brassée de fleurs : « Je renouvelle toute ma confiance dans le talent de Tom Ford et dans la politique de développement définie et mise en œuvre par l'équipe de direction de Gucci », réaffirme Bernard Arnault. Le 17 février, au moment exact où LVMH passe son contrat avec Kroll Associates pour tout savoir sur ses modes de

1. *The House of Gucci, op. cit.*

2. Un peu plus tôt, lorsque les avocats de LVMH avaient proposé Yves Carcelle comme administrateur de Gucci, De Sole avait répondu qu'il était impossible que le patron du principal concurrent de Gucci siège à son conseil. Plus tard, De Sole sera sidéré d'entendre Arnault lui dire, les yeux dans les yeux, qu'il n'avait jamais rien demandé de tel.

rémunération et son intégrité professionnelle, Bernard Arnault envoie une nouvelle lettre à De Sole dans laquelle il lui donne toutes les garanties souhaitées. Tout en lui rappelant que Gucci, il y a peu, était quatre fois plus petit et deux fois moins rentable que Louis Vuitton.

C'est alors que, le 18 février, Domenico De Sole va envoyer une double gifle magistrale à Bernard Arnault, qui valent toutes celles d'Henry Racamier, Anthony Greener et George Bull réunis. D'un côté, il refuse sèchement de nommer un quelconque administrateur représentant LVMH au conseil d'administration de Gucci. « La présence au conseil de l'œil et l'oreille d'un de nos principaux concurrents entraînerait un conflit d'intérêts grave et inacceptable », tranche De Sole. Il rappelle avoir donné son accord à l'arrivée de Bernard Arnault à condition que celui-ci lance une OPA, à 85 dollars l'action, sur la totalité du capital. Mais, au nom de la défense des actionnaires – que n'a-t-on fait en leur nom ! –, il s'oppose à toute prise de contrôle de Gucci sans en payer le prix.

Mais surtout, le même jour, Domenico De Sole sort un invraisemblable lapin de son chapeau. Gucci annonce l'émission immédiate de 20 millions d'actions nouvelles, uniquement réservées aux salariés, en vertu de quoi la participation de LVMH retombe de 34,4 % à 25,6 % ! Baptisé ESOP *(Employee Stock Ownership Plan)*, ce « plan d'actionnariat salarié » est une invention diabolique, utilisant les ressources inépuisables du droit hollandais des sociétés, pour empêcher LVMH d'imposer ses vues sans prendre le contrôle majoritaire de Gucci. C'est Michel Zaoui, patron des fusions-acquisitions en Europe de Morgan Stanley (la banque conseil de Guinness face à Bernard Arnault), qui l'a mis au point. Une fondation est créée, pour l'occasion, par Gucci, au bénéfice de ses employés. C'est cette fondation qui achète les actions, en leur nom, avec de l'argent emprunté à... Gucci. Mais si ces actions nouvelles sont, en théorie, réservées aux salariés, ceux-ci n'en verront en réalité jamais la couleur. Car elles sont incessibles et ne seront jamais transformées en actions individuelles. C'est une protection provisoire. Au terme de l'opération, il est prévu que Gucci détruise ces actions qu'il a lui-même créées et financées, en se contentant de payer une prime forfaitaire aux salariés : celle-ci pourra atteindre, au maximum, 13 millions de dollars au total. De Sole et Ford exultent : « Nous avons le soutien des salariés, des fournisseurs et des actionnaires indépendants », clame De Sole. Ford n'est pas en reste : « J'apporte mon soutien inconditionnel aux mesures prises par le conseil pour sauvegarder notre indépendance. »

Bernard Arnault tombe des nues. Car ses avocats avaient affirmé, par écrit, à Pierre Godé, qu'une telle opération n'était pas possible. En janvier, un avocat américain, qui jouait sur les deux tableaux, avait prévenu James Lieber, autre avocat américain chargé, officiellement, des *corporate affairs* de LVMH, que Gucci préparait des mesures de défense. Lesquelles ? Lieber sait qu'en droit américain une société cotée ne peut émettre plus de 20 % de son capital au profit d'un investisseur extérieur. Pierre Godé demande néanmoins confirmation à la fois à Davis Polk & Wardwell, le cabinet qui représente LVMH aux États-Unis, et à Goldman Sachs. Tous deux confirment. Or ces avocats et ces banquiers payés à prix d'or par LVMH ont tous commis la même erreur : la loi des 20 % ne s'applique qu'aux sociétés américaines. Alors que les étrangères, comme Gucci, ne supportent pas ce genre de contraintes...

Arnault est furieux de l'incapacité de ses propres conseils qui lui ont fait perdre la face. Il est d'autant plus vexé qu'il avait bridé son orgueil pour chanter les louanges de Tom Ford, le créatif, et de Domenico De Sole, le gestionnaire. Il a été pris par surprise alors qu'il était sûr d'avoir gagné la partie et qu'il ne lui restait qu'à négocier les modalités d'un accord inévitable. Et sa colère, il ne la cache pas : « Nous sommes stupéfaits qu'ils puissent penser utiliser un procédé aussi grossier, déclare-t-il au *Monde.* À l'approche de l'an 2000, il est insensé qu'une société qui se sent soi-disant menacée puisse ainsi spolier ses actionnaires[1]. » Il exprime un espoir : « Aux États-Unis, la protection des actionnaires n'est pas un vain mot. » Bernard Arnault annonce donc qu'il va saisir toutes les autorités, boursières et judiciaires, néerlandaises, américaines et même européennes, pour dénoncer ces « manœuvres frauduleuses ». Il affirme que l'opération projetée permettra d'enrichir le management, ce qui n'est pas vrai puisque, à ce stade, De Sole et Ford s'en sont explicitement exclus[2]. Ils ont assez de stock-options comme ça ! La presse évoque d'ailleurs, pour la première fois, ce sujet. « De Sole et Tom Ford toucheraient de confortables indemnités en cas de changement de contrôle actionnarial, sans parler de leurs stock-options qui se transformeraient en actions, écrit *Le Monde*. Le PDG de Gucci disposerait ainsi d'un pactole latent de quelque 100 millions de dollars[3]. »

Commentaire acerbe et juste de Pascal Galinier, dans le même numéro du *Monde* : « En d'autres circonstances, M. Arnault aurait pu apprécier la beauté du montage [...] [mais il] est contraint de se montrer à nouveau sous son plus mauvais profil, celui du raider procédurier, alors qu'il souhaite par-dessus tout prouver qu'il est devenu un authentique industriel du luxe. »

Dès le 25 février, Arnault passe de la parole aux actes. Il intente une action en justice devant la chambre de commerce de la cour d'Amsterdam, l'équivalent de nos tribunaux de commerce. Pour s'opposer à la création de la fondation et à l'augmentation de capital réservée aux salariés de Gucci. Par ailleurs, LVMH demande, cette fois par la voie officielle, que soit diligentée une enquête sur les pratiques de gestion de Gucci. « Il s'agit de paralyser la décision prise par Gucci d'émettre de fausses actions dans

1. *Le Monde*, 18 février 1999.

2. « Ni moi ni Tom Ford, dans cette affaire, n'a agi pour son intérêt personnel et celui qui dit le contraire dit une bêtise », affirme aussitôt De Sole au quotidien économique *Il Sole 24 Ore*.

3. *Le Monde*, 20 février 1999.

le but exclusif de priver LVMH de ses droits de vote », affirme alors Pierre Godé, qui se déclare optimiste sur l'issue de cette première procédure.

Il va s'ensuivre, devant la justice hollandaise, tout au long des années 1999 et 2000, une série de procès et d'appels, avec des bulletins de victoire diffusés par les deux parties à chaque rebondissement qui rappellent étrangement cette année 1990 où Arnault et Racamier se battaient dans les prétoires et à coups de communiqués de presse. Première décision, conservatoire : le 3 mars, les juges hollandais privent temporairement aussi bien LVMH que les salariés de Gucci de leurs droits de vote et reportent au 22 avril leur décision sur le fond. Aussitôt, Bernard Arnault « se félicite de cette décision qui est une reconnaissance que le montage est illégal ».

Fort de ce qu'il pense être une victoire, Bernard Arnault souffle le chaud et le froid. Le lendemain 4 mars, il écrit aux administrateurs de Gucci pour calmer le jeu. Il propose un gel de sa participation à 34,4 % et promet de « préserver l'indépendance de son management ». LVMH, auparavant, avait confirmé qu'il retirait sa proposition de nommer un « candidat indépendant » au conseil de Gucci. Peut-être ces bonnes dispositions sont-elles aussi liées aux conclusions de la première étude Valse sur Domenico De Sole, Tom Ford et Gucci, qu'a commandée LVMH à Kroll Associates. Écrite en anglais, cette étude de dix-neuf pages, intitulée *Project Valse*, est remise le 5 mars à « Mr J. Lieber, LVMH », mais on peut penser que son contenu a été livré oralement plus tôt. Or les enquêteurs ont pratiquement fait chou blanc : on y apprend que De Sole a un frère cadet au Zimbabwe, qu'il a épousé sa femme Eleanore six mois après l'avoir connue, on découvre que Tom Ford et Richard Buckley, son compagnon depuis douze ans, louent un appartement de 220 m² quai Conti, à Paris, pour 23 000 francs par mois. On apprend que ni De Sole ni Ford ne paient d'impôt en Italie, mais c'est le plus légalement du monde puisqu'ils les paient aux États-Unis ! Facturée 958 770 francs (146 163 euros), dépassant de plus de

300 000 francs le budget initial, la phase 1 de l'étude Valse[1], qui reprend beaucoup d'informations déjà parues dans la presse, ne contient rien qui puisse donner corps aux rumeurs qui courent sur Gucci, sur l'origine opaque, voire mafieuse, de ses capitaux et sur la personnalité de ses deux principaux dirigeants. Au contraire, sa lecture laisse l'impression de deux managers parfaitement professionnels et réguliers ! Les dirigeants de LVMH sont évidemment très déçus de constater que Kroll n'a rien ramené d'utile dans ses filets. Les patrons de l'agence se justifient en évoquant le manque de temps. Onze avenants au projet Valse seront dès lors signés, ainsi que de nouveaux contrats.

Le temps presse. Domenico De Sole et Michel Zaoui, de Morgan Stanley, savent à quel point est fragile l'attribution plus ou moins fictive d'actions aux salariés qui réduit de 34,4 % à 25,6 % la participation de LVMH au capital de Gucci. Les juges hollandais ne pourront entériner un tel montage, sauf à discréditer la place d'Amsterdam, au moment où celle-ci accueille à bras ouverts les sièges sociaux d'entreprises européennes parmi les plus grandes, de EADS, le constructeur d'Airbus, à Renault-Nissan. Car si les entreprises apprécient ce havre économique à la fiscalité minimale et au pragmatisme de bon aloi, elles ne peuvent accepter la loi de la jungle et le déni affiché des intérêts des petits actionnaires. Leur cours de Bourse s'en ressentirait. L'ESOP n'était, dans l'esprit de ses inventeurs, qu'une solution bancale et provisoire, le temps de trouver un chevalier blanc capable de contrer LVMH tout en garantissant à Gucci son indépendance. L'erreur de Bernard Arnault est de n'avoir pas anticipé le deuxième acte de la pièce. D'avoir, à juste titre, estimé que l'ESOP ne

1. Celle-ci comprendra douze phases, facturées au total 2 890 018,57 francs (440 580,48 euros).

tiendrait pas le choc devant les juges hollandais et que, dès lors, Gucci tomberait tout chaud dans la gueule de LVMH.

Pour trouver ce chevalier blanc doté de moyens financiers importants, disposé à se lancer dans la maroquinerie, prêt à s'affronter à LVMH et à Bernard Arnault, des émissaires sont envoyés dans le monde entier, coordonnés par Morgan Stanley qui, après avoir travaillé pour Guinness face à LVMH, se spécialise, par la force des choses, dans les opposants à Arnault. Parmi d'autres, Johan Ruppert, le propriétaire du groupe sud-africain Richemont, est contacté. Il ne dit pas non : l'achat de Gucci lui permettrait de dépasser LVMH au classement mondial des industries du luxe. Mais De Sole n'est pas chaud : avec Richemont, Gucci perdrait peu ou prou son indépendance.

Avec François Pinault, le problème ne se posera pas dans les mêmes termes puisque le milliardaire français n'existe pas dans le luxe. C'est Joseph Perrella, ancien patron de la banque Wasserstein-Perrella, qui pense le premier à lui et l'appelle, depuis New York, le 23 février. Dans le cadre d'un tour européen des chevaliers blancs possibles, Perrella prend rendez-vous, début mars, au siège d'Artémis, boulevard de La Tour-Maubourg. Pinault demande à Patricia Barbizet, directrice générale de sa holding personnelle, d'assister à l'entretien. Dans ces grandes occasions, le patron breton fonctionne au flair. Il a besoin de sentir les réactions de Patricia, qu'il nommera plus tard à la présidence du conseil de surveillance de PPR, parce que c'est une femme intelligente, simple et intuitive, avec une propension naturelle à simplifier les problèmes plutôt qu'à les compliquer. Immédiatement, Perrella voit qu'il a touché juste. Pinault, qui brûlait d'entrer dans le monde du luxe, masque une intense excitation. Est-ce la perspective d'un nouveau juteux coup financier ? Est-ce simplement l'attirance du chasseur pour l'odeur du sang et de la poudre ? Perrella devine d'autres motivations, plus secrètes, que Pinault ne lui livrera pas.

Le lendemain, Pinault s'envole aux États-Unis pour y traiter ses affaires personnelles. Il y restera une semaine. À

New York, il rencontre à nouveau les dirigeants de Morgan Stanley et, en compagnie de Patricia Barbizet, part visiter incognito la boutique Gucci de la 5e Avenue, s'imprégner de son style dépouillé, de ses produits phares, de son marketing postmoderne. Sa décision est prise. Revenu le samedi 6 mars à Paris d'un coup de Falcon 900, il s'entretient aussitôt avec Serge Weinberg, le PDG de Pinault Printemps Redoute (PPR), son groupe de distribution qui, à ses yeux, devra piloter l'opération. Weinberg est un calme, à la manière de son ami Laurent Fabius, dont il a emprunté le look et les manières. Il a compris au quart de tour que la décision de Pinault est prise et qu'il ne servirait à rien d'ergoter. Prudent, il exprime donc son accord, mais aussi ses réserves : exactement ce que Pinault attendait de lui.

Le surlendemain, lundi 8 mars, la première rencontre entre Pinault et De Sole est organisée sous l'égide de Michel Zaoui, responsable des fusions-acquisitions de Morgan Stanley pour l'Europe, au siège londonien de la banque, dans un hôtel particulier simple et élégant. Patricia Barbizet a potassé, depuis quelques jours, tout ce qu'elle a pu lire sur Gucci, à commencer par les comptes. De Sole ne fait pas de cinéma. D'emblée il reconnaît son absence de marge de manœuvre : « Gucci a une corde autour du cou, le nœud est serré et le compte à rebours a commencé, ce n'est plus qu'une question de temps avant que la société ne devienne un département de LVMH. » Mais il explique à Pinault comment Tom Ford et lui ont, en cinq ans, fait passer les ventes de Gucci de 200 millions à 1 milliard de dollars. Tout en reconnaissant que les mêmes recettes ne leur permettront pas de franchir la barre des 2 milliards de dollars. De Sole se présente comme un gestionnaire habité de la passion créative, tout le contraire d'un Bernard Arnault qu'il décrit comme un simple prédateur, qui profite du travail des autres. Son seul souhait est de continuer à travailler, avec Tom Ford, en toute indépendance. Exactement ce que Pinault avait envie d'entendre. « J'aime bâtir », dit De Sole. « Moi aussi », répond Pinault, qui suggère la transformation de Gucci en une entreprise de luxe multimarques, comme LVMH. Les deux hommes se serrent la main. L'accord est scellé, même s'il reste beaucoup de choses à régler, en termes de prix et de protection juridique de l'indépendance promise à Gucci.

Pour se donner le temps de conclure, les deux hommes décident d'endormir celui qui est désormais leur adversaire commun. Le lendemain de leur accord de principe à Londres, Gucci, en toute duplicité, transmet à LVMH un protocole d'accord pour une éventuelle alliance ! LVMH n'en espérait pas tant. Réponse immédiate de Pierre Godé : rendez-vous le 19 mars, à Amsterdam, date à laquelle la cour de justice d'Amsterdam, qui a gelé l'ESOP, a demandé aux deux protagonistes de négocier un nouvel accord. À ce moment, Bernard Arnault est convaincu d'avoir gagné, comme le veut l'ordre naturel des choses entre un propriétaire et un manager : parce qu'il est d'une autre carrure qu'Alain Chevalier, Domenico De Sole a compris plus vite que lui où se situait le pouvoir, affirme-t-il à ses proches.

Le pouvoir ? Le 12 mars, il est chez Pinault, rue de Tournon, à mi-chemin du boulevard Saint-Germain et du Sénat. Pendant qu'Arnault dort sur ses deux oreilles et que Pierre Godé s'apprête à ne pas renouveler le contrat passé sur Gucci avec Kroll Associates, le patron de PPR a invité à dîner tous les protagonistes dans son hôtel particulier, encombré de toiles de maîtres. Il y a là De Sole et Ford, Weinberg et Patricia Barbizet, ainsi que Michel Zaoui. Tom Ford et Domenico De Sole se lancent et « les Français écoutent, fascinés, la description de cette mécanique de précision qu'est Gucci, où le marketing, la création, la communication, le merchandising et la publicité s'emboîtent parfaitement dans un ballet à la fois merveilleusement huilé, ultra-centralisé et incroyablement rentable », écrit Stéphane Marchand dans *Les Guerres du luxe*. Mais la fascination n'est pas à sens unique. De Sole est bluffé par les manières de Pinault, « direct, franc, l'esprit ouvert sans langue de bois, à mille lieues des feintes et esquives de Bernard Arnault », relate Sara Gay Forden dans *The House of*

Gucci. « J'ai aimé ses yeux, ce fut un rapport instantané », confiera même De Sole à la journaliste américaine, ajoutant que « Pinault écoute et respecte l'opinion de ses subordonnés, tout en gardant son autorité : il acceptait même de se laisser contredire ».

Mais la soirée avance et il faut entrer dans le concret. Au café, pris dans le salon, De Sole donne son prix :

— L'augmentation de capital réservée doit se faire, à mon avis, à 75 dollars l'action, ce qui, pour 40 % du capital, représente quelque 3 milliards de dollars.

Serge Weinberg s'étouffe :

— Mais c'est énorme !

— Oui, mais c'est Gucci.

François Pinault va tenter de faire baisser ce prix. Il lui semble d'autant plus élevé que PPR accepte de ne pas prendre la majorité des sièges au conseil de surveillance avant 2004. Mais De Sole ne cède pas d'un pouce. Il est en situation de demandeur, face à un calibre comme Pinault, et c'est lui qui mène le jeu ! Sans doute a-t-il senti à quel point le patron breton était ferré, même s'il ne sait toujours pas pourquoi. Il est vrai aussi que Michel Zaoui cautionne ce prix de 75 dollars l'action, assurant aux Français qu'il offre la perspective de fortes plus-values. Finalement, Weinberg, soutenu par Pinault, ne fixera qu'une condition : tout doit être conclu avant le vendredi suivant, dans une semaine jour pour jour. Pourquoi cet empressement ? Parce que le 19 mars est le jour où doivent reprendre les négociations entre Gucci et LVMH, et Weinberg ne veut pas que De Sole, à qui il fait moyennement confiance, fasse monter les enchères en jouant l'un contre l'autre Pinault et Arnault. Il sait trop où cela pourrait les conduire !

L'accord est ainsi conclu sur les bases fixées par De Sole. Les banquiers ont huit jours pour le mettre en musique. Pour éviter toute fuite, des noms de code seront utilisés dans les documents préparatoires : Gold pour Gucci, Platinum pour Pinault et... Black pour Bernard Arnault.

Mais Pinault va plus loin. À tant faire que d'entrer dans le luxe en défiant Bernard Arnault, autant que ce soit par la plus grande porte possible. Il s'est souvenu de la mauvaise manière faite par Bernard Arnault à son ami Jean-François Dehecq lorsqu'il lui avait refusé, au dernier moment, de lui racheter Sanofi Beauté dans les conditions initialement prévues. Et s'il faisait d'une pierre deux coups ?

Jamais affaire ne sera aussi rondement menée. Le jeudi 18 mars, en milieu d'après-midi, Jean-François Dehecq appelle son banquier et ami François Polge de Combret :

— Je viens de recevoir un coup de fil de François Pinault au sujet de Sanofi Beauté.

— Il est acheteur ?

— Peut-être. Il faut que tu l'appelles immédiatement.

Combret appelle Pinault qui lui dit :

— Passez me voir dans dix minutes.

Combret enfourche son scooter, garé sur le trottoir devant la banque Lazard, et fonce aussitôt chez Artémis, où François Pinault le reçoit et lui dit :

— J'ai eu Dehecq. Nous sommes d'accord. Votre affaire m'intéresse.

— Parfait. Quand voulez-vous que nous engagions les négociations et avec qui ? Et quelle est votre position de départ ?

— Je ne discute pas le prix, ni les conditions de paiement, ni les autres détails. Il vous suffira de reprendre le protocole de vente signé avec LVMH avant son retrait et de changer les noms. Je ne pose qu'une condition : il faut que le dossier soit bouclé et signé avant demain matin à 9 heures.

Le banquier saute en l'air :

— Mais ce n'est pas possible : il est 5 heures de l'après-midi !

— Je suis désolé, mais cette condition est impérative.

Changer les noms ? Rien n'est jamais si simple. La machine Lazard travaillera donc toute la nuit, avec les avocats des deux parties qui grignoteront des pizzas tièdes. Patricia Barbizet ira dormir de 3 heures à 5 heures, pendant la rédaction du projet d'accord, qu'elle reviendra discuter puis valider.

Alors que les bureaux de François Pinault, boulevard de La Tour-Maubourg (dans l'ancien siège de LVMH), ont pris des airs de ruche, alors que Kroll est censé surveiller Ford et De Sole comme leur ombre et rapporter tout ce qui se trame chez Gucci, Bernard Arnault, une fois n'est pas coutume, ne sait rien, n'est informé de rien, ne se doute de rien. Ce 18 mars, il participe à une réunion d'analystes financiers, au cours de laquelle il réaffirme qu'il n'a aucune intention de lancer une OPA sur la totalité du capital de Gucci et se montre totalement optimiste sur l'issue de son opération.

Après avoir reçu Combret, François Pinault appelle Anne Méaux, sa conseillère en communication qui, elle non plus, ne se doute de rien : « Je voudrais dîner avec vous ce soir. » Dans ces cas-là, on ne discute pas. Elle se libère. Rendez-vous est pris chez l'Ami Louis, un restaurant gastronomique, rue du Vert-Bois, dans un coin bien caché de Paris. Après avoir entretenu un moment le suspense, il lui lâche :

— Demain matin, j'annonce que j'achète Gucci et Saint Laurent.

— Ce n'est pas possible !

— Si. Et ça va tanguer. Désormais, vous allez être en plein conflit d'intérêts entre Bernard Arnault et moi-même. Il va falloir abandonner l'un de nous deux. Je serais très triste si vous me quittiez, mais vous avez évidemment le choix.

Lorsque Anne Méaux avait pris son contrat avec Bernard Arnault, sept ans plus tôt, elle avait demandé la permission à Pinault, dont elle était déjà cliente. Il lui avait dit : « C'est bizarre que vous alliez chez lui, mais cela ne me pose aucun problème. » Mais il avait ajouté : « Si un jour il y avait un conflit d'intérêts, j'espère que vous me serez fidèle. » Mais c'était plus un besoin d'engagement affectif qu'autre chose. Entre-temps, LVMH est devenu le plus gros client d'Image 7, la société de communication que préside Anne Méaux. Mais celle-ci n'a pas le temps d'hésiter :

— François, dit-elle, je reste à vos côtés. Je vous demande simplement que vous me laissiez annoncer moi-même à Arnault votre accord avec Gucci et en même temps mon choix en votre faveur.

— D'accord, mais je vous demande de ne le faire que lorsque j'aurai obtenu l'accord de mon conseil d'administration, demain matin. Je vous préviendrai aussitôt.

Les administrateurs de PPR ont été appelés au téléphone, en fin d'après-midi, pour une réunion impromptue du conseil le lendemain, vendredi 19 mars, à 8 heures du matin, sans autre information. Ambroise Roux, le président du conseil de surveillance, a été prié de venir à 7 heures. L'ancien patron de la CGE n'a jamais été un lève-tôt. Il y a longtemps qu'on ne lui avait pas fait un coup pareil ! Le parrain du capitalisme français à l'ancienne arrive donc à 7 heures pile, rasé de frais et tout émoustillé. À cet âge, l'ennui n'est jamais bien loin et, là aussi, on aime bien l'odeur de la poudre. Qui appelle celle du sang. François Pinault lui dévoile son projet qu'en tant que président en titre du conseil il devra présenter à 8 heures aux autres administrateurs. En quelques minutes, Ambroise absorbe tout le schéma, avec l'opération Saint Laurent. Et, un peu plus tard, entouré de François Pinault, vice-président, et de Serge Weinberg, administrateur, Ambroise Roux fera un topo brillant devant le conseil, comme s'il avait lui-même mitonné cette opération de longue date... Sacré Ambroise, sacré cabot ! Pinault apprécie la performance de son vieux complice tandis que tous les autres administrateurs votent, en applaudissant, l'ensemble du projet. Enfin, on va s'amuser !

À 9 heures, toujours sur son scooter, François Polge de Combret, teint verdâtre et valises sous les yeux, arrive chez Artémis, avec les documents prêts à être signés. Dès que Pinault a apposé son paraphe, Combret ne peut s'empêcher de le féliciter :

— Bravo ! Faire un deal de 6 milliards de francs dans

ces conditions, comme ça, je ne l'avais jamais vu. Je vous tire mon chapeau.

— Merci. Vous savez, j'aime les affaires rondement menées.

François de Combret, mis en confiance par Pinault qu'il connaît à peine, se jette à l'eau :

— Maintenant, vous devriez vous occuper de Gucci, ça ferait un bel ensemble !

— Vous croyez ?

Combret apprendra, quelques minutes plus tard, que Pinault avait en même temps pris 40 % du capital de Gucci à la suite d'une augmentation de capital réservée ; Gucci à qui il allait revendre Saint Laurent, qu'il venait, en quelques heures, d'acheter 1,12 milliard d'euros[1]. En sortant du bureau de François Pinault, le banquier croisera, au milieu de la ruche, Anne Méaux, son portable à l'oreille, le visage décomposé. Elle venait de joindre Arnault au séminaire d'Eurodisney. Et là, c'était Pierre Godé qui l'appelait, depuis Amsterdam, pour lui rappeler qu'elle avait des relations contractuelles avec LVMH et pour la mettre en garde sur les conséquences juridiques et financières de son choix en faveur de François Pinault.

---

1. La revente de Saint Laurent à Gucci se révélera, en réalité, beaucoup plus compliquée que prévu. Pour concrétiser le deal, François Pinault devra séparer Saint Laurent (prêt-à-porter et accessoires), vendue à Gucci, de Saint Laurent Couture, qui sera achetée par sa holding personnelle Artémis. La prestigieuse maison de haute couture demeurera sous la coupe d'Yves Saint Laurent et de son compagnon Pierre Bergé. Après leur avoir versé 78 millions d'euros pour s'approprier tous les droits sur la griffe, il leur garantit des millions d'euros de royalties sur les ventes de parfums Saint Laurent, jusqu'en... 2016 ! Par surcroît, François Pinault s'engage à financer les déficits de la maison de couture jusqu'en 2006, soit 36,6 millions d'euros en six versements, jusqu'en 2006. C'est ainsi qu'Yves Saint Laurent et Pierre Bergé auront vendu leur nom pour la deuxième fois : déjà, en 1993, lors de l'achat de Saint Laurent par Sanofi, ils avaient touché 300 millions de francs comme prix du renoncement au statut de société en commandite. Finalement, Pinault mettra la clé sous la porte de la célèbre mais dispendieuse maison de couture.

CHAPITRE 16

Kroll contre Pinault

Dans la voiture qui le ramène d'Eurodisney à l'avenue Hoche, après qu'il eut quitté le séminaire en lançant, avec un mépris non dissimulé : « La Redoute se lance dans le luxe », Bernard Arnault est animé de sentiments divers où se mêlent fureur, détestation de soi et des autres, volonté de vengeance, mais aussi l'étrange satisfaction de celui qui trouve dans l'agression dont il est l'objet la justification de toutes ses angoisses et de tous ses comportements antérieurs. Vis-à-vis de son agresseur, avant la haine, domine d'abord l'incompréhension. Une montagne d'incompréhension. Pourquoi François Pinault, que l'on disait assagi, est-il venu le défier ? Comment a-t-il osé ? Quelle sourde vengeance est-il venu accomplir ? Qu'a-t-il donc fait à cet homme pour qu'il vienne se mettre, de façon aussi agressive et spectaculaire, en travers de son chemin ? Avec une naïveté dont on ne peut croire qu'elle est complètement feinte, Bernard Arnault dira, près de deux ans plus tard, que François Pinault « a fait preuve d'une hostilité incroyable à l'égard de [son] groupe : je ne m'y attendais pas. Ce genre d'attitude est contraire à ma philosophie des affaires [1] ». Sans doute a-t-il oublié les riches heures de son combat contre Chevalier et Racamier. Trois ans plus tard,

1. *L'Express*, 16 novembre 2000.

celui qui se décrit encore comme l'« ange du siècle » n'a toujours pas les réponses à ses questions. Il n'a toujours pas compris pourquoi le milliardaire breton, son aîné et son challenger, était venu lui donner un coup de poing en pleine figure, comme cela, sans raison.

Entre milliardaires, il se croyait sur la même longueur d'ondes, dans une stimulante concurrence : quel sera le premier à détrôner l'inexpugnable Liliane Bettencourt pour être catalogué comme la plus grosse fortune française, au hit-parade plus qu'approximatif des magazines économiques, qui ont fait de ce thème leur marronnier ? Un jour, après un dîner où ils s'étaient côtoyés, Arnault avait demandé à Pinault, sur le ton de la plaisanterie :

— Comment se fait-il que vous soyez plus riche que moi ?

— Tout simplement parce que je suis plus âgé que vous !

Jusque-là, les deux grands fauves battaient la savane en prenant soin de ne pas se rencontrer, pour ne pas avoir à s'affronter. Leurs rapports n'avaient jamais été, aux yeux d'Arnault, véritablement conflictuels.

Leur première rencontre a eu lieu en juillet 1991. Bernard Arnault avait fait le choix du luxe et, tout excité par ce monde de paillettes et de marges, avait décidé de vendre Conforama, l'une des pépites trouvées dans la corbeille de Boussac, pour rembourser une partie de sa dette. Ce distributeur de meubles, qui s'adresse à un public populaire, était de plus en plus éloigné des activités de prestige qui le flattent, l'amusent et le passionnent. François Pinault, qui venait du négoce du bois et cherchait à se diversifier dans la distribution, était immédiatement apparu comme l'acheteur idéal. Les deux poulains du Crédit lyonnais avaient été réunis quelques années plus tôt au cours d'un déjeuner organisé par Jean-Paul Amiel, directeur général de la banque. Seul lien, jusque-là, entre les deux hommes : c'est François Pinault qui a repris le bail de l'immeuble du boulevard de La Tour-Maubourg, éphémère siège de LVMH, à mi-chemin entre les troupes de Racamier et celles de

Chevalier, pour y installer sa holding personnelle, Artémis. Au plus fort de la bataille LVMH, averti du niveau d'endettement déraisonnable de Bernard Arnault, François Pinault lui avait envoyé des émissaires pour lui proposer de racheter Conforama. Arnault n'avait pas dit non, mais il en voulait 6 milliards. Trop cher. La bataille gagnée, le nouveau patron de LVMH a revu ses prétentions à la baisse.

L'accord avait alors pu se faire, bien dans la manière de ces deux personnages hors norme. La veille, au cours d'un déjeuner réunissant les dirigeants de LVMH, Jean-Claude Taté, le président de Conforama, s'était inquiété auprès de Bernard Arnault :

— On me dit, président, que vous allez vendre Conforama, est-ce vrai ?

— Vous n'y pensez pas ! avait répondu Arnault. Je peux vous assurer qu'il n'en est pas question.

Le lendemain, Conforama était vendu. La vente s'était réglée au cours d'un entretien d'homme à homme, hors banquiers et avocats, qui avait duré une heure à peine ! Arnault avait besoin de cash pour se désendetter tandis que Pinault, lui, était en train de construire son empire en s'endettant. La transaction ne s'est donc pas résumée à une simple vente. D'une extrême complexité, elle a fait intervenir le Crédit lyonnais, et les analystes mettront plusieurs jours à la décortiquer et à la comprendre. Arnault a cédé Conforama pour 4,25 milliards de francs (648 millions d'euros) et Pinault n'a déboursé, à court terme, que 750 millions (114 millions d'euros). « Du grand art. C'est le genre d'opération qu'affectionne Pinault », écrit Nazanine Ravaï dans *La République des vanités* ; journaliste au *Figaro*, elle rejoindra plus tard le staff du patron breton.

Pourtant, quelque chose va clocher, aux yeux de Pinault. Alors que le marché avait été topé et qu'il pensait l'affaire conclue, il aura la surprise de voir Pierre Godé intervenir, au dernier moment, en demandant une rallonge de plusieurs dizaines de millions de francs. Cela ne se fait pas. Pinault hésite, puis accepte, avec des versements étalés sur plus de dix ans[1]. Surtout, après la séance de signatures, Bernard Arnault est parti sans serrer les mains, sans boire un verre, contrairement à tous les usages, sans donner un mot d'encouragement au nouveau propriétaire, sans exprimer le moindre remerciement pour les équipes qui ont travaillé à la conclusion du deal. Pinault n'avait jamais vu cela. Plus surprenant, de son point de vue : Bernard Arnault n'a pas accordé un franc de prime à Jean-Claude Taté, président de Conforama depuis 1979, qui a géré l'entreprise au mieux de l'intérêt de ses actionnaires successifs. Ce n'est pas l'usage, en particulier pour un bien qu'Arnault a trouvé dans une corbeille et revendu 4,25 milliards de francs, sans jamais y avoir mis sa patte[2]. Quelle est la part d'arrogance, de mépris des autres dans ce comportement d'Arnault ? Quelle est la part de la timidité, qui l'entraîne parfois sur les chemins de l'autisme ? Pinault ne se pose alors pas ces questions. Il s'étonne simplement d'avoir acheté Conforama à un... Martien.

Tout sépare déjà les deux hommes. À la différence du petit-bourgeois polytechnicien élevé dans un cocon que fut Bernard Arnault, François Pinault est né dans une ferme bretonne, envoyé à onze ans en pension à Rennes, où il subit les moqueries des fils de bourgeois vis-à-vis des petits campagnards qui roulent les « r », arrête ses études en seconde pour aller apprendre les métiers du bois, puis part sur un coup de tête comme engagé volontaire pour trois

---

1. En décembre... 2001, Godé lui réclamera de solder complètement la transaction de 1991 !

2. Jean-Claude Taté, lui, ne s'en offusque pas. Cette bonne nature est l'un des rares dirigeants qui a eu comme actionnaires à la fois les Willot, Bernard Arnault et François Pinault. Il estime que tous ses actionnaires successifs lui ont délégué leur pouvoir et se sont montrés respectueux de son indépendance et, s'il juge François Pinault nettement plus chaleureux que Bernard Arnault, il l'a trouvé tout aussi exigeant. Et ne s'en plaint pas.

ans faire la guerre en Algérie. Pierre-Angel Gay et Caroline Monnot ont parfaitement raconté les étapes de cette vie d'ombre et de lumière, construite à l'énergie, dans un livre[1] qu'ils ont consacré au milliardaire breton. Celui-ci a débuté sa vie professionnelle comme chef d'exploitation dans une petite entreprise de négoce de bois appartenant à son beau-père. Trois ans plus tard, à la retraite de ce dernier, il fondait les Établissements Pinault, une société en nom personnel. En achetant directement son bois aux Scandinaves, par-dessus la tête des importateurs patentés, en innovant, en se battant avec les dockers, en trichant sur les quantités fournies, en sachant se montrer exigeant et parfois dur, il parvient à bâtir une belle PME régionale. Le jeune industriel se révèle un habile financier : il vend 80 % de son entreprise à un groupe anglais, spécule sur le sucre, gagne des fortunes. C'est alors qu'en faisant courir le bruit d'un éventuel dépôt de bilan de l'Anglais, il parvient, à l'intimidation, à racheter les Établissements Pinault, devenus Pinault France SA, aux Anglais pour 10 millions de francs, dont 5 cash, alors qu'il avait vendu son entreprise 25 millions deux ans auparavant et qu'entre-temps elle avait quadruplé de volume ! Il y a aussi le Pinault repreneur d'affaires, qui écume les tribunaux de commerce pendant près de douze ans, ce qui lui vaudra d'être appelé le « Bernard Tapie du bois ». Mais lui évite d'apparaître en première ligne : quatre collaborateurs à la réputation controversée font le sale boulot à sa place.

Au début des années quatre-vingt, François Pinault aura des ennuis fiscaux : sur dénonciation de la Fédération des importateurs de bois du Nord, les fonctionnaires des impôts apprennent qu'il a ouvert un compte bancaire personnel en Suède, approvisionné par des surfacturations de ses fournisseurs locaux. L'argent était ensuite transféré dans un compte en Suisse qui lui appartenait. Avec l'aval du nouveau gouvernement socialiste, François Pinault s'en

1. Pierre-Angel Gay et Caroline Monnot, *François Pinault milliardaire, les secrets d'une incroyable fortune*, Balland, 1999.

est sorti en versant 2,25 millions de francs. Mais Pierre-Angel Gay et Caroline Monnot révéleront dans leur livre que « ce faux pas était loin d'être isolé ». C'est tout un système d'évasion fiscale et d'enrichissement personnel qui était alors en place : des sociétés étrangères, simples boîtes aux lettres qui appartenaient à François Pinault, achetaient les cargaisons de bois et les revendaient plus cher à Pinault France. Deux sociétés offshore, Pan Atlantic et Seabex, alimentaient des comptes en Suisse. Au centre de ce dispositif, apparaissent deux personnages qui resteront au cœur de la galaxie Pinault et qui, vingt ans plus tard, passionneront Bernard Arnault, les enquêteurs de Kroll Associates et, à nouveau, le fisc français : le Canadien John Irving et l'Américain John J. Ryan.

Bref, alors que Bernard Arnault ne perd pas une année et s'offre Boussac à l'âge de trente-cinq ans, François Pinault, partant de plus bas, mettra plus de temps à se faire sa place au soleil en utilisant, lui aussi, des méthodes de hussard : « J'ai perdu dix à quinze ans en ramant comme un soutier », dira-t-il un jour. Et aussi en flirtant avec les lignes jaunes, comme il le reconnaîtra lui-même par la suite, après l'avoir longtemps nié. Au seuil des années quatre-vingt, Pinault et Arnault, tous deux animés d'une folle ambition, se retrouvent sur la même ligne de départ. Jusque-là très divergents, leurs chemins vont devenir parallèles.

Comme Arnault, Pinault va faire son miel de la prétention et de l'incompétence des socialistes qui viennent d'arriver au pouvoir et ont de la politique industrielle une vision toute théorique. En proposant de prendre en charge le redressement de la filière bois, Pinault s'attire les bonnes grâces d'Alain Boublil et facilite le règlement de sa transaction fiscale. Mais c'est sous la droite, revenue au pouvoir en 1986, qu'il va réaliser les deux grosses opérations qui le projetteront au devant de la scène : il reprend Isoroy, une société en déconfiture issue de la fusion de trois fabricants de panneaux de bois, en bénéficiant d'une subvention de 250 millions de francs et d'une exonération fiscale du même montant. Deuxième opération : la reprise du fabricant de papier journal La Chapelle Darblay, l'un des sinistrés industriels les plus importants de la République, situé près du Havre, dans le fief électoral de Laurent Fabius. La société a reçu, en pure perte, plus de 2,5 milliards de francs de subventions sous diverses formes. Un repreneur canadien est trouvé par Alain Madelin, ministre de l'Industrie. Il se présente associé à François Pinault. L'affaire leur est confiée. Aussitôt, contrairement à ce qui était prévu, François Pinault dépose le bilan. Le Canadien est marginalisé. Les créanciers crient au vol. Le retour au pouvoir des socialistes permet à Pinault d'évincer le Canadien, qui n'est pas autorisé à participer à une augmentation de capital. Et en 1990, La Chapelle Darblay sera revendue au Finlandais Kymmene pour 1,3 milliard de francs. Entre-temps, Pinault SA s'est arrogé ses approvisionnements en bois...

Après quoi, à la différence d'un Bernard Tapie, François Pinault comprend que, s'il veut entrer dans la cour des grands, il va devoir rompre avec son passé et s'acheter une conduite. Ce qui prenait trois générations au XIXe siècle se fait en une vie à la fin du XXe... Il écarte ses anciens associés, s'éloigne du monde des tribunaux de commerce, se blanchit en faisant appel à Alain Minc pour ses conseils, à Anne Méaux pour sa communication. Sur ces nouvelles bases, il reprendra la CFAO, la SCOA, Conforama, Le Printemps, La Redoute, la FNAC. Autant d'exercices de haute voltige, en sautant de branche en branche entre ses différentes sociétés, au grand dam des actionnaires minoritaires et en s'appuyant sur la générosité du Crédit lyonnais...

En commun, Bernard Arnault et François Pinault ont eu un administrateur : Antoine Bernheim, le tout-puissant associé-gérant de la banque Lazard que Pinault avait choisi comme vice-président et administrateur, en même temps qu'Ambroise Roux, au moment où, après la conquête du Printemps, il décidait de s'entourer de personnalités dignes de son nouveau rang. Antoine Bernheim aurait rêvé d'être un pont entre les deux hommes mais il n'en a pas eu l'occasion : un jour, Pinault l'a viré, sans préavis, de son conseil[1].

Autre point commun entre Pinault et Arnault : tous deux sont des enfants du Crédit lyonnais mais tout deux lâcheront sans hésiter son président en difficulté. Fin août 1993, Jean-Yves Haberer les appelle l'un et l'autre au secours pour empêcher Edmond Alphandéry, le ministre des Finances d'Edouard Balladur, de le chasser de la présidence. Tous deux se défilent, alors qu'ils doivent tout au Lyonnais, la banque qui, grâce à ses largesses, les a faits rois. Ils refuseront l'un et l'autre d'intervenir. Pinault parce qu'il est furieux contre Haberer qui a, dans un premier temps, refusé de lui céder la FNAC. Le refus d'Arnault est de principe. Il répondra à Haberer qu'il est « peu porté à la médiation », ce qui est indéniable. En réalité, Arnault a joué la carte de son successeur. Après Jean-Maxime Lévêque en 1988 et Jean-Yves Haberer en 1990, Jean Peyrelevade prêtera à son tour une dizaine de milliards de francs (1,5 milliard d'euros) à Arnault, en 1994, pour permettre à LVMH de sortir Guinness de Jacques Rober en lui rachetant ses actions.

Pinault et Arnault ne s'aiment pas, mais ils se respectent. Ils n'ont jamais été intimes. Ils se croisent mais s'ignorent. Sauf dans les salles de ventes où ils se rendent tous les deux et où, à l'occasion, ils s'accrochent. C'est ainsi qu'en 1995, à Drouot, les deux milliardaires se battront aux enchères pour un secrétaire en laque du Japon qu'Arnault emportera finalement pour 6,3 millions de francs. Ce n'est pas encore un *chicken out*, mais c'est une source d'agacement pour Pinault. L'été, à Saint-Tropez, ils ne s'invitent qu'une seule fois chez l'un, puis chez l'autre. Mais puisque le Tout

1. Pinault a reproché à Bernheim d'avoir conseillé à Pierre Blayau (futur patron de Moulinex), candidat à la présidence du Printemps, de se faire « signer un bon contrat », accréditant ainsi la réputation de coupeur de têtes alors accolée au patron breton. Blayau sera embauché, mais vite débarqué et remplacé, cette fois pour longtemps, par Serge Weinberg.

Paris les met dans le même sac, ils donnent volontiers le change. Le 30 juin 1996, François Pinault marie son fils et successeur désigné, François-Henri, au château de la Mormaire, à proximité de Montfort-l'Amaury, dans l'Ouest parisien. Après une semaine de pluie et de froid, le ciel s'est miraculeusement dégagé. Dans cette demeure du XVIIIe siècle, les jarres sont pleines de caviar, le Château-Latour coule à flots. Les Pinault ont invité 800 personnes, dont presque tous les patrons du CAC 40, des artistes et des journalistes en vue, mais aussi tous les anciens copains de François, ceux qui l'ont connu alors qu'il n'était rien. Pour une fois, on s'amuse à repérer non pas qui est là, mais qui est absent. Alain Delon et les Chirac arrivent en hélicoptère. Les tables et les chaises sont recouvertes de tissu spécialement imprimé aux initiales des mariés.

François Pinault s'est personnellement occupé de faire sa table et celle de Maryvonne, son épouse. À la sienne, il y a, bien entendu, le couple présidentiel ami, Jacques et Bernadette, mais aussi quelques-uns de ses vieux amis bretons, ainsi qu'Ambroise Roux et... Bernard et Hélène Arnault. « Le parrain et le pair, le seul de cette assemblée avec, peut-être, Albert Frère, qu'il considère comme étant capable de rivaliser avec lui », écrit Nazanine Ravaï dans *La République des vanités.* François Pinault et Bernard Arnault « suivent à la trace leurs faits et gestes respectifs, écrit-elle. Ils s'apprécient et s'estiment. Normal, ce sont les deux seules grandes réussites personnelles françaises de cette fin de siècle ». On est là dans l'ordre du symbole. Pinault, Arnault : la proximité de leur patronyme les enchaîne dans une compétition qui s'impose à eux. D'autant que leur nom résonne comme celui de Marcel Dassault, le grand capitaliste mythique des décennies précédentes. Dassault appelle un successeur et un seul. Qu'ils le souhaitent ou non, les voici tous deux, placés à cette table, comme les finalistes naturels de l'inévitable tournoi du pouvoir de l'argent. Un tournoi de mort. Déjà, l'ambiguïté : François Pinault, en plaçant Bernard Arnault à sa table, dans ce qui ressemble à un Camp du Drap d'or, marque aux yeux de tous qu'il traite désormais son cadet comme son égal. Alors que tout laisse à penser que Bernard Arnault, avec sa fortune voisine mais ses dix ans de moins et la belle Hélène à ses côtés, se considère déjà supérieur.

C'est en tout cas ce que ressent François Pinault qui, en différentes occasions, va s'agacer de constater que Bernard Arnault ne lui renvoie jamais l'ascenseur, comme cela se fait dans le monde des affaires. En voilà un qui ne chasse pas en bande et méprise même la plupart de ses concurrents[1]. Or, dans le petit monde des milliardaires, lorsqu'un des acheteurs, pour une raison ou pour une autre, décide de se désister, l'usage veut qu'il le fasse savoir à ses concurrents, a fortiori lorsqu'ils sont proches ou de même nationalité. L'objectif est bien entendu d'enlever au vendeur sa principale arme – la mise en concurrence – pour lui faire baisser son prix.

C'est ce qui s'était passé pour Yves Saint Laurent. Depuis longtemps, une diversification dans le luxe tentait Pinault, à qui le dossier de Sanofi Beauté avait été présenté. Après l'avoir étudié, en 1998, il décide de ne pas y aller, jugeant le prix élevé et surtout faute d'avoir sous la main l'homme idoine pour redresser la boutique. Après une journée en mer passée à Saint-Tropez sur le bateau qu'avait loué Arnault, en juillet, Pinault prend sa décision. Il appelle le patron de LVMH :

— J'ai décidé de ne pas y aller. Je n'ai pas les hommes qu'il faut, vous les avez. Je voulais vous en informer, Bernard, comme cela, vous ferez ce que vous voulez.

— François, je vous remercie de me prévenir.

---

1. À cette époque, Bernard Arnault entretient de meilleures relations avec François Pinault qu'avec Lindsay Owen Jones, le patron de L'Oréal, qu'il ne supporte pas. Il s'est brouillé également avec Alain-Dominique Perrin, alors patron de Cartier, qui n'a pas supporté de le voir chercher à débaucher ses collaborateurs. Après plusieurs accrochages directs, Perrin écrira dans *L'Express* : « Si j'en juge par le nombre de personnes qu'il cherche à me piquer, Bernard Arnault ne doit pas être bien entouré. »

C'est ainsi que LVMH pourra conduire sa négociation exclusive avec Sanofi, avant de rompre au dernier moment.

Idem avec Château Cheval-Blanc. Ce premier grand cru classé de Bordeaux est à vendre. Tous les grands acheteurs potentiels ont, bien sûr, été contactés : Arnault, qui contrôle Château-d'Yquem, Pinault, qui possède Château-Latour, mais aussi Albert Frère, la plus grande fortune belge, Liliane Bettencourt, la plus grande fortune française, et quelques autres. Début août, toujours à Saint-Tropez, Albert Frère invite François Pinault et Bernard Arnault, en voisins, dans sa propriété. À un moment, Pinault les prend tous les deux par le bras et s'éloigne dans le jardin, de façon à ne pas être entendu des autres invités :

— Qu'est-ce que vous faites pour Cheval-Blanc ?

— C'est cher, pour du vin, répond Frère, qui a toujours eu la tête près du bonnet.

Arnaud acquiesce :

— C'est un vin magnifique, mais il n'est pas unique, comme l'est Château-d'Yquem. Le prix proposé est vraiment trop élevé.

— Oui, bien sûr, c'est toujours cher, confirme Pinault. Mais on perd rarement sa mise avec ce genre d'acquisitions.

Puis il ajoute :

— En ce qui me concerne, je n'ai pas l'intention de collectionner les grands vins. J'ai réfléchi. Moi, je me retire. Je vous laisse le terrain libre. Allez-y, je pense que ça vaut le coup.

Et c'est ainsi que Bernard Arnault et Albert Frère achèteront ensemble Château Cheval-Blanc, pour 860 millions de francs. « Quand on a la possibilité d'acheter son vin rouge préféré, pourquoi hésiter ? » commentera, quelques jours plus tard, le patron de LVMH.

Même démarche à propos du champagne Krug, mis en vente par Rémy Cointreau, alors pressé par ses banques. Début 1999, Pinault étudiait le dossier, pour voir si, avec Château-Latour, se lancer dans le champagne avait du sens.

Il estime qu'il n'y en a pas. À nouveau, il appelle Arnault et lui dit :

— Vous êtes seul, Bernard, la voie est libre.

Cette fois, Arnault ne le remercie que du bout des lèvres. Et, le 21 janvier 1999, LVMH annonce l'achat du champagne Krug, pour 1 milliard de francs.

C'était encore une bonne manière, mais ce sera la dernière. Pinault, cette fois-ci, est franchement agacé d'être systématiquement le dindon de la farce. Jamais Arnault ne l'a prévenu de rien, jamais il ne l'a mis sur un coup. Il se renseigne : tout le monde lui dit que cette incapacité à donner quoi que ce soit aux autres, ne serait-ce qu'une information, est la marque de fabrique du jeune milliardaire. « Il considère que tout lui est dû, affirme un de ses proches : il n'a pas su maîtriser psychologiquement sa réussite financière. »

Pas de quoi se brouiller, tout de même. Début février 1999, François Pinault appelle Bernard Arnault pour l'inviter à une visite privée de l'exposition Rothko qu'il sponsorise. Les deux hommes échangent quelques amabilités au téléphone et se mettent à converser sur l'opération Gucci, qui fait désormais la Une de l'actualité :

— Joli coup, bravo, dit Pinault.

— Oui, c'est une superbe entreprise, qui aurait sa place au sein de LVMH. Mais on n'en est pas là. Car ma démarche auprès de ses dirigeants est très clairement amicale. Je dois les en convaincre.

— Sans doute, Bernard, répond Pinault qui, évidemment, n'est pas dupe. En tout cas, soyez certain de mon soutien amical. C'est une superbe opération pour vous et pour la France.

Tout va basculer quelques jours plus tard, lorsque Serge Weinberg vient voir son actionnaire. Il lui dit :

— François, on a un problème avec Vuitton.

— Lequel ?

— Ils ne veulent pas venir au Printemps.

Toutes les grandes marques sont accueillies dans les grands magasins qui leur réservent des espaces de vente sous leur nom. Mais elles vont soit aux Galeries Lafayette, soit au Printemps, jamais aux deux. Compte tenu des liens qu'il supposait étroits entre les deux milliardaires en « ault » de cette fin de siècle, Serge Weinberg pensait que la préférence apparente de Louis Vuitton pour les Galeries Lafayette résultait d'un malentendu. Il en avait lui-même parlé à Bernard Arnault, mais son plaidoyer s'était révélé sans effet. Il y avait une mauvaise volonté indéniable en face. Weinberg suggère donc à son actionnaire d'intervenir. Un peu agacé de devoir régler lui-même un problème de cette nature, François Pinault appelle donc Bernard Arnault :

— Bonjour, Bernard, je vous appelle parce que nous avons un petit problème.

— Lequel, François ?

— Serge Weinberg me dit que Louis Vuitton ne veut pas s'installer au Printemps où le meilleur emplacement lui est, me dit-il, réservé.

— Ah bon ? Je ne suis pas au courant. Vous savez, en ce qui me concerne, je ne m'occupe pas de ce genre de choses.

Exactement la réponse que François Pinault ne souhaitait pas entendre. Parce que cette dénégation hautaine le rabaisse au rang d'un vulgaire démarcheur du Printemps. Et que cette ignorance affichée est un pur mensonge, à peine diplomatique : quel que soit le degré d'autonomie accordé à Louis Vuitton, ce genre de décision, qui met en cause les relations avec le groupe Pinault, ne peut être prise sans le feu vert d'Arnault qui, de toute façon, a été alerté par Weinberg, les yeux dans les yeux. Pinault, soudain, se fait cassant :

— Écoutez, Bernard. Je pense que vous devriez vous mettre au courant et donner des instructions pour arranger ce problème qui, pour moi, n'est pas subalterne, car il constitue un test sur la manière dont nos deux groupes peuvent travailler ensemble. À mon avis, nous y avons tous les deux intérêt. Et je me permets de vous rappeler que je vous ai facilité plusieurs de vos acquisitions récentes en vous annonçant mon retrait.

— Sans doute, François, je ne l'ai pas oublié. Mais ce problème n'est pas de même nature. Ces décisions commerciales ne sont pas prises à mon niveau. Vous savez que nos marques sont gérées en toute indépendance. Je ne m'en occupe pas. Il m'est difficile de renoncer à un principe général de gestion en obligeant les dirigeants de Vuitton à revenir sur leur choix.

C'est clairement une fin de non-recevoir, prononcée en des termes polis mais que François Pinault considère comme parfaitement insultants, venant, en particulier, d'un homme de dix ans son cadet :

— Faites comme vous voulez, Bernard, mais je m'en souviendrai.

— Ne le prenez pas mal, François, mais...

François Pinault a raccroché. Furieux. Et bien décidé à rendre à Bernard Arnault la monnaie de sa pièce...

Il n'aura pas à attendre longtemps. Quelques jours plus tard, le 23 février 1999, quand François Pinault reçoit le coup de fil de Joseph Perrella qui, au nom de Morgan Stanley, lui propose tout simplement d'être le chevalier blanc de Gucci contre Bernard Arnault, il y voit un signe du destin. Pinault a une âme de parrain. Le blanc-bec lui a manqué : il va lui en cuire. Et c'est ainsi, sans doute en raison d'un ego blessé, que va s'engager la bataille la plus folle, la plus féroce, la plus destructrice qu'ait jamais connue le capitalisme français. Un combat public, sans merci, qui n'oppose pas deux groupes, mais deux hommes au caractère d'acier.

Broutilles ? Sans doute. Encore qu'un autre élément ait joué : il a été rapporté à François Pinault des propos méprisants qu'Hélène Arnault aurait prononcés sur Maryvonne Pinault. Vrai ou faux ? Nous n'en savons rien. Ce qui est sûr, en revanche, c'est que François Pinault les a pris pour argent comptant. Et qu'il en a été profondément blessé, plus encore que Maryvonne, une maîtresse femme qui en a vu d'autres et des beaucoup moins drôles, sans jamais se départir de son optimisme et de sa bonne humeur. Cette blessure est toujours à vif : il ne pardonnera pas.

François Pinault a-t-il été l'agresseur ? Nul ne peut le contester : dans ce western moderne, c'est bien lui qui a dégainé le premier, en tout cas publiquement. Mais tout laisse à penser que l'autre s'apprêtait à faire de même. Pinault l'a-t-il senti ? L'a-t-il su ? Peu avant le coup de feu du 19 mars, Arnault a acheté en secret des actions de Bouygues. Or c'était la chasse gardée de Pinault qui, en décembre 1998, avait repris le paquet de 15,2 % d'actions Bouygues détenu par Vincent Bolloré. Enlevant ainsi à la famille Bouygues une sacrée épine du pied, il avait signé avec elle un pacte d'actionnaire strict et contraignant, qui lui interdit de monter sensiblement plus haut. Le groupe Bouygues avait fait entrer des représentants de Pinault à son conseil d'administration, marquant par là le caractère amical et solidaire de cette participation. Pinault préparait-il une embuscade, comme tout le monde l'a cru alors ? Si c'est le cas, elle est de longue durée. Car le pacte, reconduit à l'échéance prévue, a été intégralement respecté.

Était-ce une réponse à l'attaque sur Gucci ? Immédiatement après l'irruption de La Redoute dans son pré carré, Arnault va se mettre à acheter plus massivement des actions Bouygues, comme une réponse du berger à la bergère. Dès le 23 mars, Groupe Arnault (une des holdings personnelles de Bernard Arnault) annonce avoir acquis 4 % de Bouygues « au cours des dernières semaines », pour 1,15 milliard de francs (175 millions d'euros). « Cette démarche s'inscrit dans le cadre d'une politique d'investissements financiers, affirme le groupe, qui précise : ces participations, à caractère minoritaire, sont réalisées dans diverses entreprises dont la stratégie est convaincante et le management reconnu. Elles ont un caractère totalement amical... » Air connu. Le 1er avril, Groupe Arnault annonce détenir au moins 6,3 % du capital de Bouygues. Difficile, désormais, de croire à l'investissement purement financier et surtout amical. Il s'agit manifestement d'une offensive parallèle pour faire monter la pression sur Pinault. Bernard Arnault aurait choisi cette option après avoir envisagé de s'intéresser directement au capital de PPR.

Les achats se poursuivront et, en décembre suivant, Groupe Arnault fera sa déclaration obligatoire de franchissement de seuil : il détient 10,36 % des actions et 9,5 % des droits de vote. Le conseil des marchés financiers dit que Groupe Arnault « n'exclut pas d'acheter de nouvelles actions Bouygues ». Arnault fait savoir qu'il ne prévoit pas de demander un siège au conseil d'administration du propriétaire de TF1 : « Néanmoins, si une proposition était faite en ce sens, Groupe Arnault se réserve la possibilité d'accepter. » Les porte-parole affirment imperturbablement qu'il s'agit d'un « placement financier amical » même s'il n'est pas sollicité, que Bernard Arnault agit « à titre personnel ». « Amical » ? François Pinault et Martin Bouygues n'y croient pas une seconde : « Arnault peut acheter tout ce qu'il veut, c'est parfait, ça fera encore monter le cours, dira Martin Bouygues en privé : mais il faut qu'il sache qu'il restera à la porte du conseil ! » « À titre personnel » ? On découvrira plus tard que l'achat des actions Bouygues s'est fait avec le soutien, masqué mais massif, de LVMH. Bernard Arnault continue donc de jouer avec les cascades du haut et celles du bas, dans une totale opacité.

Cette offensive sur Bouygues – qui coûtera cher à Bernard Arnault – va avoir une conséquence indirecte : Nicolas Sarkozy est à la fois l'ami et l'avocat de Martin Bouygues, tout en faisant, en même temps, partie du cercle étroit des amis de Bernard Arnault. Il aurait eu à connaître du dossier fiscal d'Arnault lorsqu'il était secrétaire d'État au Budget, dans le gouvernement Balladur de la deuxième cohabitation. Il lui faut choisir son camp. Ce sera Bouygues, alors même que Nicolas Bazire, ancien directeur de cabinet de Balladur, rejoindra, lui, Bernard Arnault, officiellement pour remplacer Jean Dromer, décédé brutalement en novembre 1998. Voilà les deux Nicolas de Balladur séparés par le capital ! Le choix de Nicolas Sarkozy sera conforté par la suite : il reprochera à Bernard

Arnault de l'avoir laissé tomber pendant sa traversée du désert, après son échec cinglant comme tête de liste RPR aux élections européennes de juin 1999. Mais la réalité est que, dans sa volonté politique de se rapprocher de Jacques Chirac, il se devait, entre Arnault et Pinault, de choisir son milliardaire.

Avant même de tenter une contre-attaque bravache sur Bouygues, Bernard Arnault, dès le lendemain du 19 mars – qui est un peu, toutes proportions gardées, son 11 septembre à lui –, va tenter de contrer François Pinault sur le plan juridique. Il demande à la cour d'Amsterdam d'annuler l'opération PPR et annonce, pour faire bonne mesure, une OPA sur la totalité du capital de Gucci. Et, pour bien montrer qu'il se donne les moyens de son action, il annonce le 26 mars avoir vendu 4 % de Diageo, le groupe issu de la fusion Guinness GrandMet, pour 10 milliards de francs (1,5 milliard d'euros), avec 2 milliards (300 millions d'euros) de plus-values[1]. Toutefois, LVMH demande, par écrit, au conseil de surveillance de Gucci un délai de sept jours pour lancer effectivement son OPA sur 100 % du capital, délai qui lui est bien entendu accordé. Lorsqu'elle arrivera, l'offre de Bernard Arnault sera aussitôt rejetée par le conseil d'administration de Gucci : celui-ci affirme qu'il n'est pas en mesure de « retenir » Tom Ford, une exigence formulée par LVMH pour lancer son OPA.

Le lundi 19 avril, un mois jour pour jour après l'attaque de Pinault, Arnault réitère néanmoins les modalités de son OPA sur Gucci qui, de son côté, se dit prêt à recommander à ses actionnaires de l'accepter sans conditions, sur la totalité de son capital, à 88 dollars l'action. Ce ne sont là que chausse-trapes et faux-semblants : vis-à-vis de ses actionnaires, De Sole ne peut refuser, par principe, une OPA qui les

1. LVMH en a encore 6,8 % et dispose, en outre, d'une capacité d'endettement de 20 milliards de francs (3 milliards d'euros), selon les indications données lors de la présentation des résultats 1998.

enrichirait. Mais il sait qu'Arnault est coincé. Une OPA sur la totalité de Gucci coûterait au moins 10 milliards de dollars (11 milliards d'euros) à LVMH, alors que De Sole et Tom Ford toucheraient leurs stock-options et tireraient leur révérence pour s'en aller chez Saint Laurent avec, pour conséquence, un effondrement immédiat de la valeur de Gucci. Quant à Pinault, non content de récupérer la *dream team*, il enregistrerait, en un mois, une plus-value de 13 dollars par action, soit 1,2 milliard d'euros (7,9 milliards de francs) !

La position d'Arnault est d'autant plus difficile que, dans un premier temps, la cour va rendre des jugements régulièrement favorables à son adversaire. Il dépose alors recours sur recours, devant la District Court d'Amsterdam et devant la Cour suprême des Pays-Bas. Aucun de ces recours n'étant suspensif, LVMH joue de l'intimidation. Le groupe avertit les membres du conseil de surveillance de Gucci, ainsi que Serge Weinberg, « qu'ils seront tenus pour responsables de toute conséquence préjudiciable qui pourrait résulter de leur fait, notamment en cas de mise en œuvre des accords du 19 mars ». À quoi Weinberg répond benoîtement : « LVMH a fini par reconnaître qu'il avait perdu devant la cour d'appel. Pour autant, le groupe de Bernard Arnault persiste dans sa lecture autiste du jugement. »

LVMH assigne à nouveau Gucci devant la District Court d'Amsterdam pour « obliger PPR à lancer une OPA sur Gucci ». LVMH fonde son action sur une directive approuvée par tous les États membres de l'Union européenne, « y compris les Pays-Bas », visant à obliger un attaquant qui veut prendre le contrôle d'une société cotée à lancer une OPA. Une obligation qu'a instaurée la France... au lendemain de la prise de contrôle, sans OPA, de LVMH par Bernard Arnault ! De toute façon, chacun sait bien que cette directive n'est pas encore appliquée dans le droit hollandais et qu'elle ne sera pas rétroactive. Domenico De Sole parle de « harcèlement » et commente : « Cette nouvelle procédure n'appelle aucune mesure et n'a pour objet que de porter atteinte à l'annonce des résultats de Gucci, qui aura lieu le 22 mars prochain. »

À côté de la guerre officielle, la guerre secrète. Tandis qu'ils bataillent, pour l'instant en vain, sur le plan juridique, mobilisant des batteries d'avocats internationaux, les dirigeants de LVMH vont, parallèlement, recourir à d'autres méthodes pour disqualifier leur adversaire. Il vont encore utiliser les services de Kroll Associates, mais cette fois-ci de façon massive. Il ne s'agit plus d'obtenir rapidement des renseignements utilisables pour repérer les points de faiblesse d'une cible et mieux conduire une négociation, mais de ratisser longuement, largement, profondément pour recueillir une somme considérable d'informations et de documents sur François Pinault. Collectés, analysés, ils seront ensuite fournis à l'état-major de LVMH. Cette vaste opération de renseignement va être menée selon deux axes de travail. D'une part, l'investigation documentaire, à partir de banques de données, d'archives publiques, d'entretiens confidentiels avec toutes sortes de gens, y compris des fonctionnaires et des journalistes [1], qui permet d'élaborer des analyses, des mémos et de chercher de nouvelles pistes. D'autre part, les recherches opérationnelles, essentiellement les fouilles de poubelles, appelées *black forests* (forêts noires), selon la terminologie employée dans les agences anglo-saxonnes, et réalisées par une société anglaise tierce. À aucun moment, dans tous les documents que nous avons pu consulter, on ne trouve la trace d'activités clairement illégales, comme les écoutes téléphoniques sauvages, le vol de document dans des locaux privés ou la violation de domicile.

Mais les recherches opérationnelles iront tout de même

1. Il apparaît que plusieurs journalistes américains ont travaillé en étroite relation avec Kroll, notamment pour aller chercher des informations, pour le compte de l'agence, auprès des procureurs et des juges locaux.

très loin. Une opération immobilière rocambolesque sera même envisagée : afin de tout savoir de François Pinault et de ses collaborateurs et pour traiter, sur place, leurs poubelles, des démarches seront entreprises, fin 1999, pour louer un appartement situé au rez-de-chaussée d'un immeuble du boulevard de La Tour-Maubourg, presque en face de l'hôtel particulier qui abrite sa holding Artémis, au n° 5. Conduite par H.A., une société anglaise, dirigée par M.C., un Anglais d'origine italienne, l'opération n'aboutira pas, en raison des difficultés juridiques rencontrées pour louer cet appartement en toute confidentialité.

Ce genre d'opérations chaudes, réalisées par des sous-traitants, sociétés officielles ayant pignon sur rue, qui donnent lieu à des factures en bonne et due forme, montre bien l'ampleur des investigations qui vont être conduites en France, mais aussi en Grande-Bretagne, en Italie, en Suisse et aux États-Unis.

L'élargissement de la cible des investigations de Kroll à François Pinault intervient au lendemain de sa prise de participation dans Gucci, comme en témoigne un fax, daté du 30 mars 1999, adressé à Pierre Godé et James Lieber, dans lequel Kroll leur indique qu'il va leur transmettre « les informations préliminaires concernant M. Pinault [...] parvenues de notre bureau de New York cet après-midi ». C'est ainsi que le projet Valse qui, au départ, visait De Sole, Ford et Gucci, va s'étendre, sous le nom de Valse 2, dès avril 1999, à François Pinault. Le 4 mai, à la demande des dirigeants de LVMH, Kroll entame des recherches plus ciblées aux Pays-Bas, sur différentes sociétés et personnes physiques susceptibles de jouer un rôle dans le processus de décision judiciaire, et suggère d'approfondir ses investigations en Angleterre, où se trouvent l'état-major et le centre de décision de Gucci. C'est toujours le cabinet qui va exécuter les missions *black forests* (masquées sous les initiales BF dans les documents échangés entre les différents protagonistes), aux domiciles de Domenico De Sole et de Tom Ford et devant les bureaux de Gucci, Old Bond Street et Grafton Street. La mission s'étendra du 11 mai 1999 au

29 juin 2000, sera interrompue puis réactivée quelques semaines plus tard. Ces *black forests* sont pilotées, exploitées et payées au cabinet H.A. par Kroll Londres, qui les refacture à Kroll Paris. Leurs résultats, expédiés à Paris par DHL, sont jugés satisfaisants par les dirigeants de LVMH qui décident donc de demander à Kroll d'élargir les recherches à la fois dans l'espace et dans le temps.

À la mi-juin 1999, Pierre Godé demande à Kroll France de vérifier si l'un des bureaux de Kroll aux États-Unis n'a pas travaillé sur le dossier Executive Life Crédit lyonnais et s'il n'y aurait pas des informations à exploiter concernant François Pinault. Cette affaire empoisonne, depuis l'année 1998, les relations franco-américaines. Tout est parti d'une dénonciation anonyme d'un homme d'affaires français. Le Crédit lyonnais est accusé d'avoir monté, avec l'appui de MAAF Assurances, un système de portage pour reprendre, en 1991, une partie des actifs de Executive Life, compagnie d'assurances américaine en faillite, en particulier son portefeuille de junk bonds (obligations pourries) fortement déprécié. Or la loi américaine, à l'époque, interdisait à une banque de posséder des actifs dans l'assurance. De plus, les lois californiennes interdisent à des États étrangers (le Crédit lyonnais était nationalisé) de posséder des assurances. La compagnie et ses junk bonds ont été repris, au fil des ans, par François Pinault qui a réalisé par la suite une plus-value phénoménale sur la vente de ses actifs estimée à 10 milliards de dollars. À partir de février 1999, plusieurs procédures sont engagées, au civil, au pénal ainsi que devant la Federal Reserve Board (Fed), autorité de tutelle des banques. Bien qu'acheteur de seconde main, François Pinault est accusé d'avoir été partie prenante de la « conspiration ». En théorie, les sanctions peuvent être terribles : le Crédit lyonnais risque d'être chassé des États-Unis tandis que des milliards de dollars sont réclamés au CDR, c'est-à-dire à l'État, ainsi qu'à François Pinault !

Pierre Godé avait vu juste : le bureau de Kroll à Los

Angeles est bien chargé, depuis 1996, d'un dossier « Altus-Crédit lyonnais ». Problème : Kroll risque d'être en plein conflit d'intérêts, en transmettant les informations qu'il détient à deux clients différents. La société va plus ou moins le résoudre en dissociant Executive Life du cas Pinault, qui sera traité et... facturé à part. Mais l'exercice est délicat. Au lendemain d'une entrevue avec les dirigeants de LVMH, le 21 juillet 1999, Kroll France adressera à Kroll États-Unis une mise en garde, qui fait référence à des articles parus dans la presse française en mai : dans la mesure où François Pinault et certains journaux français subodorent que Kroll travaille pour LVMH, il est impératif que ni le nom de Kroll ni celui de LVMH n'apparaissent dans aucun document portant sur les investigations concernant le patron de PPR en Californie.

Aux États-Unis, où Kroll Associates dispose d'une force d'investigation et de frappe considérable, tout particulièrement vis-à-vis des intérêts étrangers, l'agence va très vite se focaliser sur un point de faiblesse supposé de François Pinault : le rôle qu'a joué le milliardaire américain John Ryan au sein de la galaxie du Français. Ce septuagénaire discret, dont la photo n'a jamais été publiée, est un citoyen américain que Pinault a connu au début de sa carrière quand il a fait fortune dans l'importation du bois. Pendant longtemps, avec sa société Forest Product International, il détenait, en tout cas sur le papier, un quart de la fortune de François Pinault. Le fisc français cherchait depuis longtemps à démontrer que John Ryan, naturalisé citoyen suisse et passant le plus clair de son temps à Genève, n'était en réalité qu'un prête-nom et que tous les montages compliqués autour de FPI (comme... François Pinault International) n'avaient qu'un seul objectif : loger à l'étranger une part importante de la fortune de l'entrepreneur breton et lui permettre d'échapper partiellement à l'impôt. Pendant des années, le secret a été bien gardé en France, où le pouvoir politique a, semble-t-il, beaucoup fait pour que le fisc ne pousse pas trop les feux sur ce dossier.

Conséquence imprévue : en 1994, les Américains soupçonnent FPI et John Ryan d'être des faux-nez du... Crédit lyonnais. Autant dire le diable, dans le contexte américain. François Pinault avait alors dû faire, sur l'honneur, toute la lumière sur ses affaires personnelles, ce à quoi il n'avait jamais été poussé en France. Et il avait signé une lettre, qui aurait dû rester confidentielle, dans laquelle il expliquait que ce n'était pas le Crédit lyonnais qui se cachait derrière John Ryan, mais lui-même. Un montage fiscal qui n'intéressait pas les Américains dans la mesure où François Pinault est imposé en France.

Seul Kroll Associates avait les moyens de relever le double langage de François Pinault, en France et aux États-Unis, en croisant ses sources et ses dossiers. Dès la mi-2000, cette lettre dans laquelle Pinault reconnaît être derrière Ryan et Forest Product International est envoyée au fisc et son existence est évoquée dans la presse, mais sans conséquences autres que médiatiques. L'affaire Executive Life met alors en danger tout l'establishment français, de la direction du Trésor à François Pinault en passant par Jean Peyrelevade, plusieurs cadres du Crédit lyonnais, la banque elle-même ainsi que le CDR. Le risque de voir le contribuable français devoir payer une deuxième fois les folies du Lyonnais est réel : ce n'est pas le moment, pour le fisc, de semer la zizanie dans le bloc français.

Un an plus tard, en octobre 2001, c'est le ministre des Finances Laurent Fabius lui-même qui recevra, à son domicile personnel, un dossier résumant le montage fiscal mis en place par Pinault, un dossier que le fisc avait reçu six mois plus tôt. Mais c'est par une autre voie – elle ne surprendra que les non-initiés – que la pression sur Pinault va monter.

À la fin de l'an 2000, un ancien dirigeant de la CFDT dans le nord de la France, Paul Destrailleur, reçoit dans sa boîte aux lettres le dossier, envoyé depuis la Suisse. Début décembre, celui que l'on appellera vite « le Jean Sornay du Nord » (du nom de ce petit actionnaire de LVMH qui avait attaqué Racamier avant qu'Arnault ne le fasse lui-même) transmet le dossier à la justice. Il porte plainte, au nom de l'association de défense des salariés, demandeurs d'emplois, des contribuables et des citoyens (ADSDEEC), fondée, pour l'occasion, avec quelques salariés de La Redoute (du groupe Pinault). Le parquet de Paris attendra août 2001 pour s'en saisir et attendra la décision du fisc avant de se prononcer. Cette épée de Damoclès va conduire François Pinault à entamer une négociation globale avec le fisc, portant à la fois sur le redressement fiscal demandé et sur sa succession, entièrement payée par anticipation. Dans le même temps intervient la création, pour 6 milliards de francs (914 millions d'euros) de la Fondation Pinault, qui réunira sans doute un jour, dans l'île Seguin, à la place des usines Renault, sa collection d'art contemporain.

Celle-ci sera conclue avant la fin de l'année : habilement, Pinault a préféré traiter avec Laurent Fabius plutôt que d'attendre l'éventuelle victoire de Jacques Chirac à l'élection présidentielle, convaincu qu'une transaction de cette nature aurait fait scandale si elle avait lieu alors que son ami était reconduit aux commandes. De fait, en dépit des liens connus entre Serge Weinberg et Laurent Fabius et de la présence, au cabinet du ministre, de Bruno Cremel, venu de PPR et prêt à y retourner, l'affaire passera comme une lettre à la poste : seuls *Le Canard enchaîné* et *Le Nouvel Observateur* en feront état, en termes modérés, mêlant le règlement du problème de Pinault à la révélation d'un contentieux, lui aussi fiscal, de Bernard Arnault.

La pression du dénonciateur anonyme et persévérant a conduit François Pinault à mettre ses affaires en ordre et à mettre un terme à sa vulnérabilité, moyennant un chèque de plusieurs centaines de millions d'euros, le plus élevé jamais réglé au fisc français après celui de Liliane Bettencourt, qui avait payé 9 milliards de francs (1,37 milliard d'euros) au début des années quatre-vingt-dix, en règlement, par anticipation, de ses droits de succession. Qui est ce dénonciateur ? « Aux impôts, certains voient derrière cet indic la main du groupe concurrent LVMH », écrit *Le Nouvel Observateur* dans un article consacré à John Ryan,

« l'oncle d'Amérique de François Pinault[1] ». Un soupçon que démentent les hommes d'Arnault qui nient, toujours selon *Le Nouvel Obs*, « toute implication, passée ou récente, dans ces révélations ».

Quel crédit apporter à ces dénégations ? Les opérations que mène Kroll Associates pour le compte de LVMH dans le cadre du projet Valse 2 sont, cette fois-ci, clairement dirigées contre François Pinault. Fin septembre 1999, au cours d'une réunion organisée entre les dirigeants de LVMH et ceux de Kroll, il est décidé d'étendre à Paris les recherches opérationnelles qui continuent à Londres sous le nom de code Valse (avec ses phases 3, 4 et 5, qui font l'objet de facturations séparées) et d'ouvrir à cet effet un autre projet. Nom de code : Opus.

Ces investigations, qui débutent en octobre 1999, visent à mettre à plat l'ensemble de la galaxie Pinault. C'est dans ce cadre qu'aura lieu la tentative avortée de louer un appartement en face du siège d'Artémis boulevard de La Tour-Maubourg. Pour ce travail, le cabinet H.A. a été épaulé par des officines françaises. Les cibles, outre le siège d'Artémis, sont celui de PPR ainsi que les adresses personnelles de certains de leurs dirigeants. Les documents collectés font l'objet d'un tri grossier en France puis sont envoyés à Londres pour être exploités avant d'être renvoyés, sous forme de synthèse, aux dirigeants de LVMH.

Deux autres projets sont alors lancés, sous les noms de code Concert et Orchestre[2], qui porte, cette fois, sur la Suisse. Les investigations *black forests* y seront conduites par un cabinet d'investigation genevois dirigé par M.B., un Italo-Suisse. Elles visent les adresses des sociétés Shepton Corp., Experco, Corporate & Investment Services SA

1. *Le Nouvel Observateur*, 1er novembre 2001.

2. Le projet Concert débute en février 2000 et se termine en juin de la même année. Il est facturé 1 586 310 francs (241 800 euros) à LVMH ; le projet Orchestre débute en mars et se termine, lui aussi, en juin 2000. Il est facturé 882 096 francs (134 475 euros).

(CISA) qui sont toutes dans la mouvance de John Ryan, dont le domicile est lui aussi mis sous surveillance.

Cette superposition de projets aux noms de codes différents est devenu un fatras ingérable. LVMH va exiger un regroupement général. Le 19 juin 2000, la décision est prise de clore le projet Opus, mais de poursuivre les projets Concert (à Paris), Valse (à Londres) et Orchestre (à Genève) et de les regrouper dans un nouveau dossier baptisé Symphonie, peut-être en clin d'œil non seulement aux goûts musicaux de Bernard Arnault, mais aussi à l'ampleur des moyens qui vont être mis en œuvre [1]. Au 30 novembre 2000, la facturation de Kroll à LVMH, pour le projet Symphonie, s'élevait à 2 546 882 francs (388 270 euros). Il était toujours actif en juin 2001.

Au total, sur la base des facturations de Kroll Associates à LVMH dont nous avons eu connaissance, auxquelles s'ajoutent des confidences recueillies au sein même de Kroll Associates et de LVMH, l'entreprise aurait dépensé entre 16 et 18 millions de francs (entre 2,44 et 2,74 millions d'euros) pour ses activités de renseignement sur Gucci et ses dirigeants, puis sur François Pinault et sa galaxie secrète, assurant pendant trois ans plus du tiers du chiffre d'affaires de Kroll en France [2]. Un ballon d'oxygène bienvenu alors que la branche française de Kroll était dans une situation financière délicate. Le bureau français de l'agence a d'ailleurs vu partir, entre mai 2000 et février 2002, neuf de ses collaborateurs, dont un directeur général adjoint.

Encore ces sommes ne tiennent-elles pas compte des dépenses engagées sur des dossiers subalternes. Car Gucci,

1. Le même jour est décidée l'ouverture d'un projet très court, baptisé Pape, facturé 169 197,09 francs (25 885 euros), dont nous n'avons pu identifier l'objet.

2. Rappelons la leçon de morale que nous avait donnée Pierre Godé lorsque nous lui avions demandé de commenter le rapport Gaudino. Celui-ci, l'air grave, s'était déclaré « choqué du procédé qui consiste à payer très cher une œuvre de destruction ».

De Sole, Ford, Ryan et Pinault n'ont pas été les seuls visés : parmi d'autres, Anne Méaux, la directrice d'Image 7, sera, elle aussi, mise sous surveillance. Peu après le 19 mars 1999 et son choix en faveur de Pinault, il lui a fallu rompre son contrat avec Arnault. Dans un premier temps, celui-ci a tenté de la convaincre d'inverser sa décision en utilisant toute la gamme des arguments, du plus simple : « Je vous triple vos honoraires », au plus brutal : « Écoutez, Anne, nous sommes jeunes, Pinault est vieux, vous n'avez aucun intérêt à rester avec lui, tandis que nous, nous allons pouvoir faire beaucoup de choses » ; en passant par l'affectif : « Anne, j'ai besoin de vous, vous ne pouvez pas me quitter. » Finalement, Arnault abandonne, beau joueur : « J'espère qu'un jour vous pourrez contribuer à nous réconcilier. » Une semaine plus tard, Anne Méaux recevra sa première lettre recommandée de Pierre Godé, qui commence étrangement par « Monsieur » et l'accuse de fournir à Pinault les informations accumulées pendant les années passées à conseiller Arnault. Pour nourrir ce dossier, LVMH fera appel à des cabinets français spécialisés dans l'« intelligence économique », comme ils se qualifient avantageusement. En vain.

Faut-il s'étonner de cette débauche d'argent et de moyens ? Et surtout, comme Godé, du principe même de l'utilisation de telles méthodes ? Des méthodes qui, il faut le répéter, sont toujours restées, à notre connaissance, dans le strict cadre de la légalité [1]. Les faits sont là : l'espionnage industriel est devenu une composante essentielle des rapports entre les entreprises, en particulier lors des grandes batailles industrielles où il est devenu de règle. C'est en

1. La récupération du contenu des poubelles, par exemple, n'est pas pénalement répréhensible si leur contenu est soustrait alors qu'elles sont sur le trottoir. En revanche, si elles sont situées dans les parties communes d'un immeuble, le délit de vol est constitué. En l'occurrence, ce n'était pas le cas.

particulier le cas aux États-Unis, où Kroll et ses concurrents utilisent des moyens d'investigation généralement interdits en Europe. De plus, des enquêtes approfondies sont menées sur la vie privée des dirigeants, y compris économiques, dont les résultats sont utilisés par les donneurs d'ordre qui peuvent faire du chantage ou les donner en pâture dans la presse si cela sert leurs intérêts. Sans aller jusque-là, Nicolas Waldmann reconnaîtra et revendiquera lui-même l'activité de Kroll Associates en France : « Nous jouons un rôle de maître d'œuvre en matière d'investigation, explique-t-il au *Monde*[1]. Ici, nous ne pouvons pas mener directement des investigations, car nous n'avons pas d'agrément préfectoral. Alors nous sous-traitons à des investigateurs de terrain. » Dans le même article, Waldmann reconnaît mener des enquêtes sur la fortune des personnes visées, en « passant au crible » leurs « comptes bancaires en France et à l'étranger ».

Dans le cas présent, ces recherches se sont révélées fructueuses : elles ont permis à Bernard Arnault de prendre connaissance de documents internes de Gucci qu'il saura parfaitement exploiter, comme on le verra, le moment venu. En mettant au jour des pans entiers de l'affaire Executive Life ainsi que le rôle de John Ryan au cœur de la galaxie Pinault, ces recherches ont réveillé le fisc et placé le Breton sur la défensive. Elles ont permis à Bernard Arnault (dont ni le nom ni la signature n'apparaissent jamais, répétons-le, dans les documents et les échanges de correspondance avec Kroll que nous avons pu consulter) de porter sensiblement atteinte aux intérêts et à l'image de son adversaire. Car il faut bien constater qu'à mesure qu'avançaient les investigations de Kroll Associates sur les dossiers Executive Life et John Ryan, fleurissaient dans la presse, aussi bien française qu'anglo-saxonne, de nombreux articles à charge, d'une précision aussi remarquable qu'inhabituelle...

1. *Le Monde*, 24-25 septembre 2000.

« Comme j'ai le sens des responsabilités, de la droiture [...] on me demande souvent si je ne suis pas protestant[1] », affirme Bernard Arnault, paraphrasant son livre *La Passion créative* : « Je crois à la rigueur, à la droiture, ce qui me vaut parfois des réflexions sur mon austérité [...]. C'est ce qui me reste de ma grand-mère qui m'avait inculqué ces valeurs. »

Dans cette affaire, plus que les faits eux-mêmes, ce qui peut choquer ou faire sourire, c'est avant tout le décalage inouï entre les méthodes secrètes, souterraines et sourdes employées par les dirigeants de LVMH et l'image élégante, sereine, pacifique, généreuse, citoyenne et « créative » que Bernard Arnault veut donner de son groupe et de lui-même à l'extérieur.

---

1. *Le Figaro Madame*, 2 décembre 2000.

CHAPITRE 17

Boulimie

En cette fin d'après-midi glaciale de 1999, la nuit tombe sur New York, qui brille de toutes ses lumières. Les Twin Towers défient l'éternité. Plus haut, dans Manhattan, en costume Dior anthracite, Bernard Arnault jubile. Hillary Clinton, radieuse, est à ses côtés. Ce 7 décembre, la première dame des États-Unis appuie sur le bouton qui va embraser la tour qu'inaugure LVMH. Haute de 112 mètres, conçue par l'architecte français Christian de Portzamparc, dans le style Art Déco, elle représente un drapé de haute couture Christian Dior, dont le magasin occupe tout le rez-de-chaussée. Cette petite folie de verre et d'acier a coûté 25 millions de dollars (27 millions d'euros). Bernard Arnault a suivi, jusque dans les moindres détails, la conception de ce chef-d'œuvre architectural. Un jour, à Paris, son entourage avait demandé à Christian de Portzamparc d'apporter les maquettes de la tour au siège de LVMH. L'architecte avait répondu qu'il y en avait cinq, qu'elles étaient fragiles et qu'on ne pouvait les déplacer. Et que si Arnault voulait les voir, il fallait qu'il vienne lui-même dans son atelier. Panique dans l'entourage : dans le monde des multimilliardaires, on ne se déplace pas, on se fait projeter les films chez soi et parfois même on fait venir des musiciens ou des artistes... Arnault, pourtant, n'avait fait aucune difficulté. Il s'était rendu, seul, chez Portzamparc. Et avait longtemps discuté avec lui des moindres détails, allant, devant ses yeux ébahis, jusqu'à se mettre à quatre pattes pour regarder les maquettes sous tous les angles. Avec la fraîcheur et l'enthousiasme d'un enfant face à un nouveau jouet. Que ne brise-t-il plus souvent son armure !

Bernard Arnault est un perfectionniste. Il a attaché une importance considérable à cette tour qui doit symboliquement marquer, aux yeux de la terre entière, son leadership mondial sur l'univers du luxe. Elle doit aussi effacer l'échec de sa première aventure américaine, entre 1981 et 1984, dont il ne parle jamais, mais qui reste une blessure secrète. Elle doit enfin montrer que LVMH est en pleine forme et que l'affaire Gucci, qui agite tant les médias, n'est qu'un épiphénomène dans sa marche triomphale.

Et de fait, LVMH est, à cette époque, vraiment au sommet. En tout cas vu de l'extérieur. Le groupe, depuis des mois, a avalé d'innombrables entreprises, dans le luxe, la distribution ainsi que dans un secteur dont on dit qu'il va révolutionner le monde et enrichir tous ceux qui y investissent : Internet. Avant le 19 mars, on l'a vu, Bernard Arnault multipliait déjà les acquisitions, en mélangeant les bons et les mauvais choix.

Mais à partir du 19 mars, probablement en réponse à l'agression dont il a été l'objet et l'atteinte à son image qui s'en est suivie, Bernard Arnault va se livrer à une véritable frénésie d'achats. L'élégant et longiligne PDG est devenu boulimique ! Directement, en haut, par ses sociétés de tête, Groupe Arnault, LV Capital et Europ@web ou, en bas, par LVMH, Bernard Arnault va multiplier, presque chaque semaine, les acquisitions.

Pour le fun, en voici une liste non exhaustive, car de nombreuses acquisitions de start-up américaines, via la Hollande et les paradis fiscaux, n'ont jamais été annoncées : en mars, LVMH achète les cosmétiques Bliss World et LV Capital prend Gant (mode) ; en mai, Groupe Arnault achète Datek, une société Internet ; LVMH achète Hard Candy, une start-up américaine de cosmétiques destinée aux douze - dix-huit ans. Créée en 1995 par une étudiante de vingt-deux ans, Dineh Mohajer, et son petit ami musicien Benjamin Einstein, elle a pour spécialité des vernis à ongles aux couleurs criardes (jaune-violet ou métallisés) portant les doux noms de Porno, Bidonville, Fétichisme, Luxure ; en juin, LV Capital achète Apache (distribution). En juillet, Groupe Arnault achète Nomade et investit plus de 700 millions de francs (105 millions d'euros) chez l'Américain MP3, leader mondial du téléchargement de musique sur Internet. En septembre, après les vacances, ça recommence : LVMH lance une OPA amicale sur le fabricant suisse de montres Tag Heuer contrôlé par le play-boy Mansour Ojjeh. Arnault se lance dans le secteur de la montre, jusque-là dominé par Rollex, Swatch (Omega) et Vendôme, filiale de la compagnie financière Richemont qui possède déjà Piaget, Baume & Mercier, Vacheron-Constantin. Selon Daniel Piette, PDG de LV Capital, il s'agit de devenir le « troisième grand horloger mondial ». LVMH vend déjà des montres sous les griffes Loewe, Givenchy, Christian Dior, Céline et Fred (horlogerie de joaillerie) mais ne les fabrique pas. Le même mois, LVMH annonce l'achat de Benefit Cosmetics, Thomas Pink (mode) et Inter Parfums. LV capital prend 10 % de Prost Développement (accessoires de mode sous le nom du coureur automobile) et signe un partenariat commercial pour commercialiser les produits de l'ancien champion, devenu patron d'une éphémère écurie de F1. Groupe Arnault achète le site d'enchères en ligne Aucland. En octobre, LV Capital prend 36,4 % de Regina Rubens. Titre prémonitoire du *Journal du textile*[1] : « Une alliance sous le signe du circuit court. » Plus tard, Regina Rubens déposera son bilan et la société devra faire face à l'accusation d'avoir présenté des comptes inexacts, qui masqueraient des détournements[2].

---

1. *Le Journal du textile*, 25 octobre 1999.

2. Le 24 janvier 2001, le titre Regina Rubens sera suspendu, à la demande de la COB, en raison de la découverte d'irrégularités commises sur les comptes. Regina Rubens démissionne de la présidence, confiée à Michel Piétrini, ex-président de Chanel, ancien conseiller d'Arnault au moment de la prise de contrôle de LVMH, mais elle continue d'assurer la direction artistique de l'entreprise. Le 10 avril, c'est le dépôt de bilan. La COB enquête sur d'éventuels détournements, initialement estimés à 13,3 millions de francs et qui pourraient s'élever à près de 45 millions. LV Capital porte plainte contre X pour faux, usage de

Pour ses concurrents dans la mode et le luxe, l'achat de Thomas Pink est perçu comme un signal : Bernard Arnault, désormais, avale n'importe quoi ! Cette maison anglaise, spécialisée dans les chemises pour hommes, a été achetée sur la base de trois fois son chiffre d'affaires alors que ses coûts fixes sont si élevés qu'il faudrait multiplier celui-ci par trois pour espérer atteindre l'équilibre. Idem pour Regina Rubens, dont ses concurrents assurent, après coup, qu'ils savaient que ses comptes étaient douteux. « C'est le problème des groupes géants qui donnent à des cadres la liberté d'acheter, sans contrôle, au-dessous de certains seuils de prix », affirme un grand patron du secteur. L'exemple vient d'en haut et les barons sont trop contents qu'on leur lâche la bride. Le luxe brasse tant d'argent et dégage de si fortes marges qu'il faut toujours se garder de l'euphorie et de la folie des grandeurs. Mais en cette année 1999, dans le groupe LVMH, les verrous semblent bien avoir sauté !

Toujours en octobre, Groupe Arnault met la main sur la start-up AXS Telecom, tandis que pour 1 milliard de francs (150 millions d'euros), LVMH achète au groupe à capitaux arabes Investcorp deux marques de prestige dans le secteur de l'horlogerie-joaillerie : Chaumet et Ebel. Encore un nouveau métier !

Mais le gros morceau d'octobre, c'est la maison italienne Fendi, connue pour son très chic sac baguette, objet culte des *fashion victims.* En association à 50/50 avec Prada, LVMH achète 51 % de la maison à Carla, Anna, Paola, Alda et Franca Fendi. Les sœurs ont parfaitement négocié en mettant en concurrence LVMH et Gucci. Les deux groupes ont surenchéri l'un sur l'autre quatre fois de suite. Le prix payé valorise Fendi à 1,1 milliard de dollars (1 milliard d'euros). Alors que la maison ne possède que quatre magasins en propre et que les sœurs gardent la présidence, la

---

faux et diffusion d'informations erronées, et se dit prêt à faire une croix sur les 30 millions de francs investis, aux côtés du publicitaire Bernard Brochand, ami de Regina Rubens.

direction générale, le style, la conception des produits, ainsi que la communication ! « À ce niveau de prix, plus de sept fois le chiffre d'affaires et plus de cinquante fois le résultat d'exploitation, cet investissement n'avait aucun intérêt pour nous [1] », commente Serge Weinberg. Réponse de Bernard Arnault, dans son livre *La Passion créative* : « Jusqu'à la dernière minute, nos amis de Gucci faisaient de la surenchère (ils s'en défendent, bien sûr, maintenant qu'ils ne l'ont pas réussie, mais c'est le jeu médiatique). Ce qui a été décisif, c'est l'intervention de Karl Lagerfeld, créateur des collections Fendi depuis trente-cinq ans [...]. Il a préféré travailler avec l'équipe LVMH-Prada, avec notre style de gestion décentralisée et le respect de la liberté de création auquel nous sommes si attachés. Un personnage de cette dimension ne pouvait être bridé par qui que ce soit. » L'attaque est de bonne guerre. Mais la vérité, c'est que Gucci a décroché en raison d'un prix devenu fou. Il n'empêche : c'est un nouveau *chicken out* que vient, cette fois, de gagner Arnault sur Pinault.

Voilà qui flatte sans doute l'ego du patron de LVMH mais fait froncer les sourcils de Standard & Poor's, qui abaisse la note à court terme de LVMH. Selon l'agence de contrôle, les investissements n'ont été que partiellement compensés par la vente, en mars, pour 10,4 milliards de francs, des 4 % de Diageo : « La capacité d'autofinancement devrait représenter moins de 20 % de la dette nette à la fin 1999 », souligne-t-elle. C'est un mauvais ratio, mais il n'est pas facile de vendre le reste quand le cours de Diageo a chuté d'un tiers en six mois. « En dix mois, Bernard Arnault, par différents canaux, a déjà dépensé 17 milliards de francs, plus de trois fois le bénéfice de LVMH attendu cette année [2] », remarque *Le Nouvel Observateur* qui évoque « le malaise des créateurs étiquetés LVMH ». Dans le *New York Times*, Robert Duffy, patron de Marc Jacobs, affirme : « Mon souhait est que LVMH investisse l'argent chez nous

1. *Le Figaro*, 13 octobre 1999.
2. *Le Nouvel Observateur*, 28 octobre 1999.

et développe notre marque. » Christian Lacroix renchérit : « M. Arnault est formidable, mais il préfère de loin partir au combat que promouvoir une marque qu'il a déjà conquise. » N'en jetez plus : voilà Bernard Arnault accusé de donjuanisme par son propre protégé, l'homme qui lui a fait perdre près de 150 millions d'euros et qu'il soutient envers et contre tout !

Bernard Arnault, pourtant, ne doute pas. En novembre, pour plus de 70 millions de livres (105 millions d'euros), il achète la maison d'enchères Phillips, fondée en 1796. Le signal est clair : il s'agit de contrer François Pinault qui, en avril 1998, a pris Christie's, le n° 1 mondial, pour 721 millions de livres (1,1 milliard d'euros). Faute de pouvoir acheter le n° 2, Sotheby's, Arnault s'est rabattu sur le n° 3, qui végète loin derrière les deux autres [1]. Officiellement, il s'agit de conforter les investissements Internet : Bernard Arnault a des intérêts dans plusieurs sociétés spécialisées dans le commerce et la vente aux enchères en ligne d'œuvres d'art. Y compris la start-up Artprice que Groupe Arnault achète le même mois.

Avant la fin de l'année 1999, LVMH se portera encore acquéreur de Make Up for Ever (cosmétiques), de l'horloger suisse Zénith (qui fabrique des mouvements, pour elle et pour les autres), tandis que Groupe Arnault prend les start-up Oxygen et Sportal. Merrill Lynch évalue à 9 milliards de francs le total des acquisitions de Bernard Arnault et de son groupe, depuis le 30 juin. Sans compter les investissements dans la distribution sélective et le rachat par LVMH de ses propres actions, pour renforcer la participation du patron.

Les achats, en toutes directions, vont se poursuivre au même rythme en 2000 et 2001. En janvier, LVMH se lance

1. Arnault fera venir à la tête de Phillips l'élégant commissaire-priseur Simon de Pury, un ancien administrateur de... Gucci. Pour cela, LVMH rachètera la société De Pury et Luxembourg, qui sera fusionnée avec Phillips. Simon de Pury et Daniella Luxembourg assureront ensemble la présidence de la nouvelle société.

dans les ventes hors taxes sur les paquebots de croisière qu'adorent les retraités américains, en achetant Miami Cruiseline Services, qui fournit ses services à 100 bateaux de 26 compagnies maritimes américaines, ainsi que Tajan, leader des commissaires-priseurs français. En février, Sephora achète l'italien Boïdi, spécialiste de la distribution de parfums et cosmétiques, tandis que LVMH acquiert Urban Decay (« décrépitude urbaine »), spécialiste du vernis à ongles. C'est la quatrième société de cosmétiques acquise par LVMH depuis un an aux États-Unis. Comme Hard Candy, elle témoigne de l'étrange fascination qu'exerce sur Bernard Arnault son exact contraire : l'exubérant, le flamboyant, avec John Galliano ; le trash, le crade et le vulgaire avec Urban Decay et Hard Candy. « Urban Decay est rapidement devenu une marque culte aux États-Unis et s'exporte avec beaucoup de succès », affirme LVMH dans un communiqué. Ses vernis ont des noms imagés : Toxine, Rouille, Gangrène, Balafre, Cafard écrasé...

En mars, le rachat de 33,3 % du Tanneur & Cie, qui fabrique des articles de maroquinerie pour les grandes marques et aussi sous ses propres couleurs, est officialisé, tout comme celui de la société italienne Pucci, dirigée par la fille du fondateur Emilio Pucci. La marquise Laudomia Pucci di Barsento continuera à s'occuper de la création, promet LVMH. En mai, Bernard Arnault annonce l'acquisition d'Omas, société italienne qui fabrique des stylos haut de gamme. « L'équivalent des Mont Blanc », explique Bernard Arnault... dont le tropisme italien ne cesse de croître !

L'appétit d'Arnault est tel qu'il ne supporte pas de se voir enlever une de ses proies de la bouche. C'est ce qui se passe en juillet 2000. Depuis quelques mois, l'ancien groupe sidérurgiste allemand Mannesmann, en pleine restructuration vers les activités high-tech, avait mis en vente son pôle horloger qui regroupe les marques (Jaeger-Le Coultre, IWC, Lange & Söhne). Des négociations très avancées ont lieu avec Bernard Arnault qui est convaincu d'avoir emporté l'affaire lorsque Mannesmann, sans le prévenir, annonce qu'il a fait affaire avec le groupe franco-suisse à capitaux sud-africains Richemont (marques Cartier, Van Cleef & Arpels, Alfred Dunhill, Mont Blanc, Lancel, Vacheron-Constantin, Piaget, Baume & Mercier) pour 2 milliards d'euros. Bernard Arnault n'accepte pas l'échec. Il dit partout que le marché a été truqué et menace Richemont d'une action judiciaire. Cette menace revient aux oreilles d'Alain-Dominique Perrin, le PDG de Richemont, qui, un peu inquiet, appelle Johan Ruppert, son actionnaire principal. Ruppert se contentera de deux commentaires, l'un en forme de jeu de mots, qui vise les Français (appelés *Froggies* par les Anglo-Saxons) en général : « *When I empty the pond, I don't consult the frogs* » (« Quand je vide la mare, je ne consulte pas les grenouilles ») ; l'autre qui s'adresse à Bernard Arnault lui-même, avec tout le mépris dont est capable l'Anglo-Saxon quand on lui chauffe les oreilles : « *Cow-boys don't crie* » (« Les cow-boys ne pleurnichent pas »). Quelques jours plus tard, apprenant que François Pinault, battu, comme Nicolas Hayek, le patron du groupe Swatch, ont néanmoins pris la peine de complimenter Ruppert, Bernard Arnault lui enverra à son tour un télégramme de félicitations.

Cet échec ne porte guère à conséquence, car en ce mois de juillet LVMH publie ses résultats semestriels qui laissent prévoir une année de tous les records. Croissance interne et ouverture de boutiques sont à l'origine d'une hausse de 40 % de ses ventes. Celle-ci atteint même 68 % aux États-Unis, en partie, il est vrai, à cause de la montée du dollar par rapport à l'euro. Le groupe vante les succès de Sephora qui a multiplié les ouvertures de magasins et de DFS dont le chiffre d'affaires croît de 31 %. Mais c'est Louis Vuitton qui mène la danse avec une progression de 50 %. L'action LVMH atteint son plus haut : l'assemblée générale décide de la diviser par cinq pour qu'à moins de 100 euros l'unité elle soit à nouveau accessible aux tout petits portefeuilles.

Comme LVMH, le monde baigne alors dans l'euphorie d'une croissance dont nul n'imagine la fin. Dans les salles de marché, on s'est remis à croire que les arbres pouvaient grimper jusqu'au ciel et l'on en veut pour preuve qu'ils ont déjà fait une bonne partie du chemin. Les rentiers lâchent leurs obligations pour acheter des start-up de gamins boutonneux qui ne produisent que des pertes et se vendent à prix d'or. Personne n'écoute plus les mises en garde d'Alan Greespan, le président de la Federal Reserve Board. L'économie casino est à son zénith. Par chance ou par flair, c'est à ce moment que Jean-Marie Messier, le patron de Vivendi, réussit à fusionner, par échanges de titres, avec l'Américain Universal. En apportant Canal + et en valorisant très cher du vent et du vide, comme son portail d'accès Vivazzi, J6M obtient la majorité et la présidence du nouvel ensemble Vivendi Universal, s'introduit à Hollywood et devient le premier producteur et distributeur de musique du monde, avant de sombrer dans son océan de dettes, lorsque les marchés auront pris conscience de la vraie valeur de ses actifs. Bernard Arnault, qui est administrateur de Vivendi comme Messier l'est de LVMH, va faire la même erreur, à une moindre échelle il est vrai : toujours pour contrer Pinault, pour exorciser le diable, il va continuer d'acheter, alors qu'il était grand temps de vendre.

En novembre, LV Capital prend 35 % du capital de Micromania, n° 1 français de la distribution des jeux vidéo, implanté en priorité dans les centres commerciaux. LVMH prend ainsi pied dans la distribution sélective des jeux, pour contrer la FNAC de François Pinault. Peu après, Arnault achète La Samaritaine, ce grand magasin mythique, avec sa façade Art Déco inscrite à l'inventaire des monuments historiques, qui surplombe la Seine et le Pont-Neuf. Commentaire acerbe de *Libération* : « Bernard Arnault, le nabab luxueux de LVMH [...] a mis sur la Samar ses pognes manucurées [1] », écrit Pierre Marcelle, qui y voit la fin de « l'histoire zolesque, très *Au bonheur des dames*, d'Ernest Cognacq, petit marchand lassé d'être

1. *Libération*, 23 novembre 2000.

ambulant et pressé de devenir gros, qui ouvre la boutique en 1870 et mariera Marie-Louise Jay, vendeuse au Bon Marché ».

En décembre, LVMH annonce l'achat de la société américaine de prêt-à-porter Donna Karan, pour 645 millions de dollars (700 millions d'euros), ce qui lui permettra, dixit Arnault, de « devenir un acteur major de la mode aux États-Unis » et y réaliser « le tiers de ses ventes » (contre 22 % en 1999). Fondée en 1984 par Donna Karan, la maison de couture DKI est devenue rapidement l'une des plus en vogue pour son style chic, sobre et épuré, aux côtés de Calvin Klein et de Ralph Lauren. Introduit à Wall Street avec succès en 1996, DKI a plongé dans le rouge l'année suivante, avant de retrouver l'équilibre en 1998. Mais Donna Karan a perdu sa magie et sa rentabilité est loin d'atteindre celle des stars du secteur.

Au même moment, paraît aux États-Unis un des premiers articles critiques sur la stratégie de Bernard Arnault. Sous le titre « Crise d'identité à LVMH [1] ? », *Business Week* craint que « l'effort dans la distribution puisse polluer l'image du fabricant de luxe ». Le magazine des affaires rappelle que les marges de DFS, acquise pour 2,5 milliards de dollars, restent inférieures à ce qu'elles étaient en 1997 et que les 10 % assignés sont loin des 40 % offerts par Louis Vuitton. « Plus ils vont dans la distribution sélective, plus grand est le risque qu'ils abaissent le taux de profit de l'entreprise », affirme Claire Kent, analyste du luxe chez Morgan Stanley à Londres, à qui Bernard Arnault, on le verra, gardera un chien de sa chienne.

Mais rien ne peut plus arrêter l'ogre Bernard Arnault. Il lui faut sa ration mensuelle. En janvier 2001, c'est un gros morceau. Le mardi 16, le voilà assis aux côtés de Nicky Oppenheimer, héritier du légendaire Harry Oppenhei-

1. *Business Week*, 11 décembre 2000.

mer, dans le bunker du siège londonien du groupe sud-africain De Beers. Arnault dissimule mal son plaisir de prendre en charge la marque de la première société mondiale d'exploitation de diamants, fondée en 1888. LVMH et De Beers créent une société commune pour commercialiser « des diamants taillés de très haute qualité », sous la marque De Beers que LVMH gérera et développera. LVMH vendra des diamants taillés et de la joaillerie sous la marque De Beers, dans quelques boutiques de Paris, Londres, New York et Tokyo pour commencer. C'est la première fois que LVMH vend une marque qu'il ne contrôle ni ne fabrique. Bernard Arnault, devant la presse, évoque « l'expertise de LVMH dans le développement de marques de luxe et la création de nouveaux concepts de distribution ». Il annonce que l'accord doit permettre l'accès direct de De Beers au marché américain où il était interdit d'activité en raison de la loi antitrust[1]. La partie, pourtant, n'est pas gagnée. Malgré les 400 millions de dollars que les deux sociétés promettent d'investir en cinq ans, le marché de la vente aux particuliers de la joaillerie haut de gamme est bien encombré, avec Tiffany, Harry Winston, Bulgari et Van Cleef & Arpels. Avant LVMH, l'accord avait été proposé à Richemont, en raison de la proximité des deux groupes sud-africains. Mais Alain-Dominique Perrin n'en a pas voulu, persuadé que c'est une erreur de confondre un nom prestigieux dans un domaine (l'extraction et la taille de diamants) avec une marque de joaillerie qui a été construite pendant des dizaines d'années, souvent plus de cent ans, et qui fait rêver les femmes, parle à leur inconscient. « Les bijoux De Beers, c'est comme une voiture Michelin », a-t-il résumé à ses conseils, en leur donnant instruction de ne pas donner suite.

1. Pieux mensonge : c'est en raison de l'embargo américain sur les sociétés ayant soutenu l'apartheid. Au demeurant, celui-ci sera bientôt levé.

Distribution, luxe, mode, horlogerie, joaillerie : pendant ces années 1999 et 2000, Bernard Arnault a avalé tout ce qui passait à portée de sa fourchette, comme pour faire la nique à son ennemi. Mais la façon dont il s'est lancé dans l'achat de nombreuses start-up d'Internet, peu avant la déclaration de guerre de Pinault, procède d'une tout autre démarche. Celle-ci est tout entière réunie dans une anecdote que racontent Doan Bui et Grégoire Biseau dans le livre qu'ils ont consacré à la folie Internet[1] : une nuit de l'hiver 1998, à 3 heures du matin, deux hommes croquent un Big Mac en trempant leurs frites dans le ketchup, dans un McDo de Manhattan, à deux pas du chantier de la future tour LVMH. L'un des deux hommes est particulièrement disert. « En pantalon et en polo, il a l'accoutrement typique des *dotcomers.* D'ailleurs l'homme parle d'Internet, de business model, de Nasdaq, d'IPO. Seule étrangeté : il parle français. » Sous la lumière blafarde des néons, autour d'une table à peine nette, c'est Bernard Arnault qui discute des nouvelles opportunités Internet avec Gilles de Dumast, du Crédit suisse First Boston (CSFB) ! Le PDG de LVMH est méconnaissable. Malgré le décalage horaire, ce couche-tôt qui éteint les feux à 23 heures n'a plus du tout sommeil. Et semble bien plus à l'aise dans sa tenue décontractée que dans ses éternels costumes Dior gris. À Paris, il est méfiant, taciturne et avare de ses mots. À New York, dans ce McDo, il est décontracté, souriant et intarissable sur les projets Internet. Heureux et détendu. Internet le fait vibrer. Il a été initié par son fils Alexandre, dix ans. Tandis que la plupart de ses pairs, en France, restent allergiques aux ordinateurs, Bernard Arnault est connecté en permanence sur la Toile. Le prototype du premier Palm Pilot n'était pas sorti qu'il avait demandé à Vuitton de créer au plus vite des étuis pour ces nouveaux organisateurs personnels. La folie de la prétendue nouvelle économie, il va la vivre de

---

1. *Milliardaires d'un jour, Splendeurs et misères de la nouvelle économie,* Grasset, 2002.

l'intérieur. À cinquante ans, alors qu'il ne supporte pas de se voir vieillir, Bernard Arnault a trouvé dans ce monde de demi-fous, toujours créatifs, parfois géniaux, une nouvelle fontaine de jouvence. Le contact des start-uppers lui permet de sortir du cadre empesé dans lequel, par la force des choses, il s'est enfermé. De revivre une jeunesse que lui, enfant sage et conformiste, n'a jamais eue. Car il existe un autre Bernard Arnault, que le premier, patron de Férinel, de Boussac et de LVMH, n'a jamais cessé de brider. Un Bernard Arnault naturel, drôle et décontracté, tel qu'il se découvre avec un nombre très limité de personnes : sa femme et ses enfants, mais aussi l'industriel milliardaire belge Albert Frère, avec lequel il entretient des relations presque filiales. Tous ceux qui les ont vus ensemble, à Saint-Tropez, chez l'un, chez l'autre ou sur un court de tennis, témoignent de la force des sentiments qu'ils se portent – ainsi que de l'ascendant qu'exerce Frère sur Arnault.

C'est le Bernard Arnault enfoui qui éclate de rire devant Béatrice Bongibault quand il se lance à l'assaut de LVMH, qui se met à quatre pattes pour regarder les maquettes de Christian de Portzamparc, dans son atelier. Ou qui s'éclate dans des doubles endiablés aux côtés de Guillermo Vilas, contre Jean-Luc Lagardère et John McEnroe, au Paris Country Club. Organisées chaque année par l'ancien champion français Pierre Barthès, ces joutes, auxquelles participe notamment Pierre Bellon, le président de la Sodexho, donnent lieu à de sympathiques agapes d'après-match, dans lesquelles Bernard brise sa carapace. Il se montre alors sous un jour complètement différent : simple, naturel et même enjoué. Mais après la douche, lorsqu'il remet son costume de PDG, il s'emmure aussitôt.

Pour Bernard Arnault, la nouvelle économie est d'abord un plaisir. Mais c'est aussi une possibilité fantastique de faire exploser sa fortune. Comme beaucoup, il est persuadé qu'Internet est une révolution technologique majeure, au même titre que l'électricité ou les chemins de fer, et que son irruption va modifier en profondeur toutes les bases du capitalisme mondial. Il est fasciné par l'envolée du Nasdaq, l'indice boursier américain des valeurs technologiques. Très tôt, dès 1995, il a investi dans une petite start-up américaine qui fabrique des équipements pour les réseaux. En quelques années, Cisco deviendra une major des télécoms. Avec elle, il a gagné beaucoup d'argent. D'autres ont fait mieux : ceux qui ont acheté des actions de Yahoo ! ont déjà multiplié leur mise par mille.

Bernard Arnault réussit un nouveau coup de Bourse particulièrement juteux : au cours de l'été 1998, il mise 10 millions de dollars sur e-Bay, la star des sites d'enchères américains. C'est le jack-pot ! C'est décidé : il va se lancer à corps perdu et à titre personnel dans la nouvelle économie. Pour cela, il va emprunter plusieurs véhicules financiers. Dans une première phase, pour les achats de *dotcoms*, essentiellement aux États-Unis, il va principalement passer par Arkaro Holding BV et Markas Holding BV, deux sociétés implantées aux Pays-Bas, et Pilinvest SA et Waelinvest SA, deux autres sociétés implantées en Belgique. Cette délocalisation lui permet de s'exonérer de l'impôt sur les plus-values. Et celles-ci, espère-t-il, vont se compter en milliards... de dollars !

Encore qu'il a pris le train en marche. Manquant d'informateurs pointus dans ce monde américain en pleine ébullition qui lui est étranger, Bernard Arnault s'est le plus souvent contenté de prendre des parts dans les start-up sélectionnées par les grands fonds de capital-risque américains comme Benchmark ou Sequoia[1]. Mais le Frenchie

---

1. Sur la base des informations diffusées par les autorités boursières américaines, voici quelques-unes des start-up dans lesquelles Bernard Arnault a placé ses billes à travers ses sociétés hollandaises : 1800 Flowers (site marchand fleurs-cadeaux) ; Ashford (site marchand de produits culturels) ; Boo (site marchand vestimentaire) ; Boxman (site marchand disquaire) ; Cryo Networks ; Datek Online (courtier en ligne) ; e-Bay (enchères en ligne) ; e-loan (crédit immobilier) ; epo.com (site financier) ; Firstmark (boucle locale radio), dans lequel Groupe Arnault a mis 120 millions de dollars ; Furniture (site marchand d'ameublement de bureau) ; FusionOne (technologie sans fil) ; LeisurePlanet (tourisme) ; Mercata (achats groupés) ; Mortgage (prêts et crédits) ; MotherNature (santé et

arrive après les autres. Partageant, là encore, une idée largement répandue, Bernard Arnault se convainc que la fièvre Internet va s'étendre avec la même force à l'Europe, jusque-là restée quelque peu en retrait. Et qu'il suffit d'acheter un maximum de nouvelles entreprises naissantes pour ramasser dans ses filets les futures Cisco, Yahoo ! et e-Bay européennes.

Pour conduire cette stratégie, au moment même où François Pinault est venu piétiner son jardin, il crée Europ-@web, une société holding, elle aussi de droit néerlandais, chargée de coiffer la plupart des activités Internet européennes du groupe, dont il a confié la direction à Chahram Becharat, trente-deux ans, mécanique intellectuelle de précision formée à Polytechnique et à Harvard, recruté un peu plus tôt. Celui-ci s'entoure d'une cinquantaine de jeunes loups qui ont quitté sans se retourner les cabinets de consultants et les banques d'affaires où ils travaillaient, troquant leurs salaires confortables contre des promesses de plus-values. Dotée d'un fonds de 500 millions d'euros (3,28 milliards de francs), Europ@web va racheter une cinquantaine de « dotcoms ». Les méthodes sont celles que

---

beauté) ; Pilinvest ; MP3.com (musique en ligne) ; MyFamily.com (site communautaire) ; Netflix (location de DVD) ; Oxygen Media (Internet et TV féminins), dans lequel Groupe Arnault a investi 122 millions de dollars ; Petopia (site animalier) ; PlanetRX (santé) ; VideoNet (Internet interactif) ; Webvan (épicerie en ligne).

Parmi les autres investissements connus, on trouve Acticall, Adonsale, Alafolie.com, AlaXis, Amadeis, Artprice.com, Aucland, Camdens.com, Compilo, Cynobia, e-Luxury, Eachnet, eQuesto.com, Flutter.com, Gate5, Globeflow, HomeVillage, Icollector, Iflyoutravel.com, ImmoStreet, Ipseo.com, Jakala.com, KangarooNet, Linbox, Liquidation.com, LogMetrix, Lokau, Marketo.com, Metamarkets.-com, Moonfruit.com, MZZ, N4S, Nctraverse, NetValue, Peoplesound, Proxchange, Quios, QXL.com, Rools, Sportal.com, Submarino, Ukibi, Webhelp, WineandCo, Zebank, Zooba, Zurban. Ainsi que Bigvine, Blue Gate, Cisco, Excite@home, Healthallis, KLE-Line, Museum Network, Insight Markets, Magex...

permet la puissance financière face à des gamins exaltés et naïfs.

Pour attirer dans leurs filets un entrepreneur sans l'effaroucher, les équipes d'Arnault commencent à discuter d'une prise de participation minoritaire. Puis elles l'épuisent par des jours et des jours de négociations. Et, in fine, elles arrachent, pour le même prix, le 1 % décisif qui, entre 49,5 % et 50,5 %, fait toute la différence. Dans le petit monde des *dotcoms*, on dit que signer avec Arnault, c'est signer avec son sang.

Bernard Arnault est d'autant plus convaincant qu'il signe d'énormes chèques, sans sourciller. Peu de dotcomers osent résister. Pourtant, le piège se referme vite sur eux. Car les contrats d'apport de fonds comprennent toujours une clause qui prévoit une introduction en Bourse au bout de quelques mois. Pas facile à monter. À l'expiration du délai, ou bien la société est cotée et la participation d'Arnault se valorise aussitôt et devient liquide ; ou bien elle ne l'est pas, comme c'est le plus probable, et Arnault oblige le fondateur à lui racheter sa participation, évaluée par des « experts », sans appel et sans possibilité de trancher le litige devant les tribunaux. Mais l'argent a été dépensé et l'entrepreneur n'en a plus pour racheter ses parts à Bernard Arnault. La voie est libre pour une prise de contrôle total, le fondateur étant cantonné à la représentation. « Cette stratégie du nœud coulant, un classique du groupe Arnault, admise dans le secteur du luxe, est un piège dans les sables mouvants du Net », écrit Olivier Toscer dans *Le Nouvel Observateur*[1].

Dès sa création, en avril 1999, Europ@web va réaliser un superbe coup. En coopération avec Kingfisher, la société de distribution britannique qui contrôle notamment Darty, Chahram Becharat achète le portail d'accès gratuit à Internet LibertySurf. C'est la folie du moment. Le schéma est simple : les clients ne payent que leurs communications

1. *Le Nouvel Observateur*, 24 septembre 2000.

téléphoniques, dont une partie est reversée aux fournisseurs d'accès. Ceux-ci, en théorie, espèrent équilibrer leurs comptes en vendant de la publicité, sous forme de bandeaux qui apparaissent sur les écrans pendant que l'on navigue sur la Toile. Mais la rentabilité est, au printemps 1999, le cadet des soucis des créateurs de ces portails d'accès comme de ceux qui leur proposent des centaines de millions de francs pour acheter leur nom et le fichier de leurs clients. Car ce qui compte, ce sont les parts de marché. On s'achète et on se vend sur la base du nombre de clients, voire du nombre de clics.

L'objectif de tous les créateurs de start-up est de devenir multimillionnaires, tout en gardant le contrôle de leur société, en introduisant une partie de leurs titres en Bourse. Bernard Arnault poursuit exactement le même objectif, à une plus grande échelle. Il veut introduire LibertySurf en Bourse, ainsi qu'Europ@web, pour monter des cascades, en s'appuyant sur les petits actionnaires, comme il l'a fait, quinze ans plus tôt, avec la Financière Agache, Dior et Le Bon Marché... Cette fois-ci, l'effet de levier peut être démentiel. Avec sa mise initiale de 5 milliards de francs – aucun patron européen n'a investi, à titre personnel, autant d'argent dans la nouvelle économie –, Bernard Arnault caresse alors un projet fou, digne de ses ambitions sans limites : devenir l'un des hommes les plus riches du monde.

L'introduction en Bourse de LibertySurf, le 16 mars 2000, est le premier étage de la fusée qui doit emporter Bernard Arnault au septième ciel. Jusque-là, chaque fois qu'une entreprise Internet s'était présentée sur le marché, les petits et gros porteurs s'étaient bousculés pour trouver du papier. Les cours avaient flambé. Peu à peu, dans le grand public, s'est accréditée l'idée qu'à l'économie casino, on gagnait à tous les coups. Bernard Arnault, lui, veut frapper très fort. Il veut que LibertySurf soit introduite au plus vite à la Bourse de Paris et exige même d'être coté directement sur le marché à règlement mensuel, où se trouvent les plus grandes sociétés françaises, en parfaite contradiction avec les règles strictes qui régissent la Bourse de Paris. Il faut normalement trois ans d'existence et de résultats positifs pour pouvoir être proposé aux petits porteurs. Et si des dérogations sont possibles dans des cas spécifiques, l'entreprise doit, de toute façon, passer par le purgatoire du second marché.

Mais Bernard Arnault va faire un forcing du diable auprès des autorités de marché, en menaçant tout simplement d'aller faire coter LibertySurf à... la Bourse d'Amsterdam. Une nouvelle fois, cette démarche d'intimidation sur la COB et le Conseil des marchés financiers, avec lesquels il entretient toujours d'étroites relations, va produire tous ses effets. Les autorités de marché cèdent en rase campagne, se contentant d'exiger que les risques inhabituels de l'opération soient signalés dans la notice officielle d'introduction. La presse ne bouge pas plus que les associations de défense des actionnaires. Cette transgression des règles établies pour servir les intérêts d'un cas particulier donne la mesure du sérieux de la place de Paris et de ses institutions de contrôle, dès lors qu'il s'agit d'entreprises importantes et de patrons influents. Au mépris des règles élémentaires de prudence, LibertySurf est donc introduit sur le marché à règlement mensuel, ce qui signifie, aux yeux des petits porteurs, la garantie d'un placement sinon sûr, du moins qui a obtenu la caution des autorités de marché. Tout se passe à merveille pour Arnault et, dans un premier temps, pour les petits porteurs. Ceux-ci s'arrachent LibertySurf qui, introduit à 41 euros, va flamber aussitôt pour monter jusqu'à 80 euros au bout de quelques semaines[1]. Du point de vue de Bernard Arnault, l'introduc-

1. On apprendra, mais plus tard, que des irrégularités ont été commises lors de cette introduction en Bourse. Réuni en formation disciplinaire le 21 juin 2001, le Conseil des marchés financiers (CMF) prononcera des sanctions. Trois sociétés de Bourse, dont le nom n'est pas révélé, seront accusées d'avoir transmis au marché « des ordres irréguliers ou insuffisamment couverts et en acceptant des annulations de la part de clients, postérieures à l'introduction ». Les sanctions, qui figurent dans le rapport du CMF de novembre 2001, seront extrêmement légères : les trois sociétés recevront un

tion en Bourse de LibertySurf est un succès total : sa plus-value est évaluée entre 700 et 800 millions de francs (107 millions d'euros et 122 millions d'euros) [1].

Bernard Arnault est alors convaincu que la nouvelle économie va écraser l'ancienne, en particulier dans des secteurs comme le commerce ou la banque. En conséquence de quoi, en association avec Dexia, un établissement spécialisé dans le financement des collectivités locales, il a décidé de créer sa propre banque en ligne, drôlement baptisée Zebank [2], avec un budget d'investissement initial de plus de 500 millions de francs (76 millions d'euros). L'idée est simple : puisque les banques traditionnelles sont lestées par les coûts immobiliers et en personnel de leurs réseaux d'agences qu'elles entretiennent sur tout le territoire, il suffit d'éliminer ces frais inutiles pour rendre, en ligne, le même service pour bien moins cher. Nombreux sont ceux qui le mettent en garde, à commencer par Michel Pébereau, le patron de BNP-Paribas. Ou Antoine Bernheim pour qui le piratage, toujours possible, des transmissions en ligne va à l'encontre du secret bancaire auquel sont attachés les gros clients. On lui dit qu'il est impensable que les grandes banques laissent venir s'installer un outsider dans leur pré carré. Mais Arnault n'écoute rien. Il croit

---

avertissement, deux d'entre elles étant, de plus, condamnées à des amendes de 430 000 et 36 225 euros.

1. Avant l'introduction en Bourse, LibertySurf a surfé au sein du groupe. La société a été constituée en avril 1999 par LVMH Finance, qui cède sa participation, le 11 mai, à Markas Holding BV. Cette société de droit néerlandais contrôlée par Financière Agache la revendra à Europ@web pour partie en juillet puis en totalité en octobre 1999, six mois avant l'introduction en Bourse. Difficile, dans ces conditions, de déterminer les plus-values réelles et dans les mains de qui elles ont été réalisées.

2. De la même manière, Arnault baptisera Zurban le cityguide qu'il lancera, en papier et en ligne, pour concurrencer *Première* et *Pariscope*.

dur comme fer à son projet. Le lancement de Zebank est annoncé pour mars 2000, puis pour le mois de juillet.

Fin 1999, le PDG de LVMH, seul Français à faire partie du palmarès, a été élu par le magazine américain *Business Week* comme l'une des 25 personnalités du Net les plus influentes de la planète. Six mois plus tard, il est convaincu qu'il a tous les atouts en main pour devenir le roi du monde, ou peu s'en faut. LVMH est dans une forme éblouissante et ajoute de nouvelles marques, mois après mois, à son catalogue ; ses propres affaires sont florissantes ; et il a placé tant d'argent dans la nouvelle économie qu'il peut envisager le doublement de sa fortune, voire beaucoup plus. Il va devenir banquier. Bernard Arnault se voit tout simplement en futur Bill Gates européen.

Pour que son bonheur soit parfait, un seul problème reste à régler : celui que lui pose François Pinault avec Gucci. Désormais, il est prêt à négocier la tête haute. C'est ce que Pierre Godé expliquera à Serge Weinberg, au cours de la première réunion de conciliation entre les deux groupes : « Depuis un an, nous avons multiplié les acquisitions, élargi la base de notre groupe. Bernard a fait beaucoup de choses, il a réussi quelque chose de fantastique dans Internet, il est désormais en situation psychologique de passer l'éponge sur l'affront de François Pinault. »

CHAPITRE 18

Guerre et paix

Malgré les bonnes dispositions annoncées d'Arnault, la première prise de contact, entre Godé et Weinberg, en mars 2000, ne débouchera sur rien. Sinon sur le fait que la porte de la négociation n'est plus complètement fermée. De mars 1999 à mars 2000, elle l'était, et à double tour : ni Pinault ni Arnault ne voulaient en entendre parler, convaincus de leur bon droit et persuadés qu'ils gagneraient sur le tapis vert. Pendant un an, la bataille n'a été que juridique, avec un avantage clair pour le clan Pinault puisque la chambre des entreprises d'Amsterdam – l'équivalent du tribunal de commerce – a validé, dans un premier temps, la prise de contrôle de Gucci par PPR.

Mais Arnault a multiplié les recours, au risque d'apparaître mauvais perdant, et les journaux se sont délectés du bras de fer des deux milliardaires, au point d'inquiéter l'establishment des affaires qui déteste ces batailles de chiffonniers au grand jour. Les mises en garde se sont multipliées et les propositions d'arbitrage aussi. Depuis la mort d'Ambroise Roux, en 1999, plusieurs grands patrons français rêvent en effet d'être adoubés comme le prochain parrain du monde des affaires. Jean-Marie Messier qui, en juin 2000, ne qualifiait pas encore la France de « petit pays exotique » et était bien loin d'envisager sa chute, était de ceux-là. Comme Pinault, il a fait partie de l'écurie d'Ambroise. Mais il est aussi administrateur de LVMH alors qu'Arnault l'est de

Vivendi. Il a surtout un grand talent de négociateur, un culot sans pareil et une incroyable capacité à se dédoubler et à se distancier : il s'impliquera à fond pour régler cette affaire au moment même où il conclut sa fusion avec Seagram qui donne naissance à Vivendi-Universal !

C'est donc J6M (Jean-Marie Messier Moi-Même Maître du Monde), son surnom à l'époque, qui parvient à réunir les deux ennemis dans son bureau avec terrasse et vue directe sur l'Arc de Triomphe. Pinault et Arnault se saluent à peine et s'asseyent chacun à l'extrémité de deux canapés de cuir rouge qui se font face, autour d'une table basse, séparés par un fauteuil dans lequel s'installe Messier, à égale distance de l'un et de l'autre. Tout a été calculé dans les moindres détails, comme lors du débat télévisé qui oppose les deux candidats, avant le deuxième tour de l'élection présidentielle. Mais, ici, point de débat entre les deux milliardaires : tous les échanges se font, de façon bilatérale, avec le meneur de jeu. Très vite, d'ailleurs, c'est J6M qui accapare la parole. Il avance le chiffre rond d'une sortie d'Arnault à 100 dollars l'action, pour éviter toute discussion de bout de chandelle, et fait admettre aux deux ennemis le principe d'une double OPA, une incongruité que seul permet le très laxiste droit hollandais des sociétés. Pour simplifier, une première OPA serait lancée au prix de 100 dollars, permettant à Bernard Arnault de sortir la tête haute, en dégageant une solide plus-value ; une deuxième OPA serait lancée plus tard, permettant aux autres actionnaires de se dégager à leur tour. Le principe d'une nouvelle rencontre, pour aller plus avant, est accepté.

Cette fois-ci, Serge Weinberg et Pierre Godé sont associés à la discussion. Alors que leurs patrons s'assoient à la même place, toujours face à face et à égale distance de notre J6M international, leurs n° 2 prennent place à l'autre bout des canapés, eux aussi face à face. Le prix de sortie d'Arnault à 100 dollars est entériné, ainsi que le principe de la double OPA. Mais Bernard Arnault, qui craint par-dessus tout de perdre la face, soulève une objection :

— Il ne peut être question que je sois le seul à sortir à

100 dollars, si les autres actionnaires, plus tard, bénéficient d'un prix plus élevé.

Messier avance une nouvelle proposition :

— Vous pourriez, vous aussi, vendre vos titres en deux temps, en partie à la première OPA et le reste à la seconde, avec les autres. François, y verriez-vous une objection ?

— Non, je pense que cette solution est envisageable. Il faut l'étudier de plus près.

Les principes d'un accord se dessinent. Mais Arnault ne s'est pas vraiment engagé. Quant à Pinault et Weinberg, en s'adressant toujours exclusivement à Messier, ils font savoir à Arnault que le processus de décision, de leur côté, est plus compliqué. Une clause du rachat des actions Gucci stipule en effet que PPR ne peut monter au-delà de 42 % du capital qu'avec l'accord du conseil de surveillance de Gucci, c'est-à-dire celui des administrateurs indépendants, représentant les actionnaires minoritaires. Face aux quatre administrateurs représentant le clan Pinault, ils sont cinq : Adrian Bellamy, qui préside le conseil ; Karel Vuursteen, président des bières Heineken, Reto Domeniconi, ancien n° 2 de Nestlé, Charles Mackay, président d'Eurotunnel, et Aureliano Benedetti, président de la Caisse d'épargne de Florence. Et ce ne sont pas des potiches, comme c'est encore trop souvent le cas en France. Ils vont s'impliquer d'autant plus que De Sole va beaucoup les consulter.

Effectivement, à la grande surprise des uns et des autres, De Sole et le conseil de surveillance de Gucci vont manifester leur opposition à l'opération telle qu'elle a été envisagée. Il ne peut être question, selon eux, d'accepter la prise de contrôle de Gucci par PPR à un prix de 100 dollars l'action. Le groupe Pinault doit payer ce qu'on appelle une prime de contrôle. Cette fois-ci, la négociation, tout aussi âpre, a lieu entre François Pinault et Serge Weinberg d'un côté, les administrateurs et les dirigeants de leur filiale Gucci de l'autre. Les premiers proposent que le rachat partiel des titres d'Arnault par PPR n'entraîne pas la prise de contrôle de Gucci : la composition du conseil de surveillance ne serait pas modifiée avant la deuxième OPA. Les discussions à trois semblent avoir abouti, quand, soudain, Bernard Arnault, qui croit discerner la faille entre ses deux adversaires, se rappelle au bon souvenir du tandem franco-italien. Il refuse de signer. Il réfute le communiqué préparé parce que celui-ci indique que le conseil d'administration ne recommandera pas aux actionnaires de vendre au prix offert à Bernard Arnault ; et que ni Tom Ford ni Domenico De Sole n'apporteront leurs actions à 100 dollars. Si rien n'avait été précisé, peut-être Arnault aurait-il accepté. Mais son principal souci est de ne pas passer pour un imbécile. Il considère comme une provocation cette façon de vouloir montrer à tout le monde qu'il va sortir seul, à des conditions particulières, moins avantageuses que celles qui seront proposées plus tard. Pas question de perdre la face, même si la proposition lui permet de sortir avec une plus-value de 1 milliard d'euros. Pas question de perdre son *chicken out* avec François Pinault. Il retourne donc le compliment. Et pose, à l'envers, les deux mêmes conditions[1] dont il sait qu'elles sont inacceptables pour ses adversaires : que Domenico De Sole et Tom Ford apportent, en même temps que lui, leurs titres à la première offre ; et que le conseil de surveillance recommande à tous les actionnaires de faire de même. Réaction immédiate de François Pinault : « Arnault nous prend pour des cons, on arrête tout. Et si ça l'amuse de rester collé, qu'il le reste ! »

Le mardi 20 juin 2000, Pinault-Printemps-Redoute et LVMH annoncent donc qu'ils ne sont pas parvenus à régler leur différend sur Gucci. Les trois protagonistes se lancent dans une bataille de communiqués. Le conseil de surveillance de Gucci indique que l'offre n'incluait pas de prime de contrôle et propose une alternative : soit une OPA immédiate à « un prix supérieur à celui du marché », soit une sortie sous forme de seconde offre, dans un délai

1. Il niera, plus tard, les avoir posées.

de dix-huit mois à quatre ans, à un prix fixé par des banques indépendantes. Pinault, de son côté, assure que « l'impossibilité de parvenir à un texte commun, notamment du fait des demandes nouvelles de LVMH, a contraint PPR à mettre fin à ces discussions ». LVMH affirme enfin qu'il « était prêt à apporter ses actions Gucci » à l'offre de PPR, mais que « Gucci et PPR ne sont pas parvenus à se mettre d'accord sur les termes de cette OPA ». Il relève par ailleurs que « le conseil de surveillance et le directoire de Gucci ont clairement exprimé qu'ils n'autoriseraient pas PPR à franchir le seuil de 50 % [...] sans que PPR ne lance une offre publique à 100 % du capital incluant une prime de contrôle ». Gucci dément aussitôt tout désaccord avec son actionnaire PPR. Dans une déclaration intitulée « La vérité sur les discussions entre LVMH et PPR », il estime que le groupe Arnault « déforme les faits ».

Arnault se rue dans la brèche. Avec Godé et ses chargés de communication, il va partout disant que De Sole a sévèrement contré Pinault, qu'il cherche à garder son pouvoir et son indépendance de manager en jouant ses deux actionnaires tour à tour l'un contre l'autre et qu'en tout état de cause le ver est dans le fruit. Cette thèse est largement relayée dans la presse et trouve des défenseurs jusque dans l'entourage proche de François Pinault, qui le met en garde contre les manœuvres du patron de Gucci. Nourries par le passé tumultueux de Gucci, par l'assassinat de son patron Maurizio Gucci, en mars 1995[1], et par les origines calabraises de De Sole, les rumeurs de liens avec la Mafia qui, sans autres bases que celles-ci, courent à intervalles réguliers sur Gucci et sur son patron, sont puissamment réactivées[2]. Les accusations portées sur De Sole sont, bien

1. Même si des mystères demeurent, le procès démontrera que le commanditaire du crime était son ex-femme, Patrizia Gucci.

2. *Paris Match* sera condamné pour avoir fait état de l'appartenance possible de De Sole à la Mafia, fausse information sortie avec aplomb de la bouche même d'un des plus éminents membres du clan Arnault, au cours d'un déjeuner au siège du magazine. Son nom ne sera pas cité au procès.

entendu, infondées. En cherchant à défendre les intérêts des petits actionnaires et les siens en même temps, cet ancien avocat d'affaires a adopté le comportement normal d'un manager américain aux États-Unis. Loin des pratiques françaises, dans les sociétés anglo-saxonnes, le président, mandataire de tous, ne peut couvrir de son autorité une quelconque inégalité de traitement entre les actionnaires, qui peut même revêtir un caractère pénal. Au demeurant, sur un dossier comme celui-là, ce n'est pas De Sole qui décide mais le conseil de surveillance, avec ses administrateurs indépendants.

Pour François Pinault, néanmoins, le coup est rude. Il avait estimé qu'en raison de sa politique d'acquisitions débridée, Bernard Arnault avait un besoin pressant de liquidités et que cette situation le conduirait à récupérer, à tout prix, les milliards immobilisés chez Gucci. Il s'est trompé. Et il n'a pas mesuré à quel point il s'était affaibli en négociant avec Arnault sans avoir pris la précaution de verrouiller au préalable son propre camp.

Le coup va se révéler d'autant plus rude qu'à Amsterdam la situation juridique va peu à peu évoluer. En novembre 2000, en effet, la Cour suprême des Pays-Bas accède à la demande de LVMH et casse le premier jugement de la chambre des entreprises d'Amsterdam, pour une question de forme : celle-ci n'aurait pas dû évoquer d'éventuelles « fautes de gestion » sans avoir ordonné une enquête préalable. Bernard Arnault crie aussitôt victoire tandis que Serge Weinberg donne le change : « J'ai une totale confiance dans la situation juridique, affirme-t-il : l'augmentation de capital ne sera pas annulée. Tout le reste n'est que bruits de fond. » Sans doute, mais ce sont tous les accords entre PPR et Gucci qui vont être réexaminés, sous l'œil vigilant de LVMH, dans un climat d'insécurité juridique croissante.

Rapidement, le clan Pinault va tenter d'allumer des contre-feux. Gucci présente, le 11 octobre, un mémoire devant la District Court d'Amsterdam, en réponse aux différentes actions entreprises par LVMH. Le groupe demande à la justice hollandaise de forcer LVMH a céder ses parts. Parce qu'en tant que leader mondial de la maroquinerie de luxe, LVMH est un concurrent direct qui se sert de sa position d'actionnaire pour « exercer une influence contraire aux règles de la concurrence sur les activités de Gucci ». Gucci reproche officiellement à LVMH de mener une campagne « dans le but de contrecarrer sa stratégie d'acquisitions, de lui interdire l'utilisation de ses fonds et de perturber son partenariat stratégique ». Conclusion : « Cette attitude viole le droit européen de la concurrence et entrave les efforts de Gucci pour maximaliser la valeur pour l'actionnaire. » En réponse, LVMH nie avoir quelque influence que ce soit sur Gucci, « n'ayant aucun représentant dans les organes de direction ». Le groupe français ajoute : « Si Gucci ou PPR souhaitent que les minoritaires vendent leurs actions, il leur incombe de lancer une OPA et d'offrir un juste prix. C'est à cette seule condition que LVMH pourrait accepter de céder sa participation. » En parallèle, Gucci a saisi les services de la concurrence à Bruxelles pour leur dénoncer la position dominante de LVMH dans la maroquinerie de luxe. Une plainte que LVMH qualifiera de « manœuvre de diversion juridique et médiatique ». Et toujours la menace : « Gucci tente ainsi de jeter la confusion dans l'esprit du public au moment où ses dirigeants vont avoir à répondre des conditions dans lesquelles ils ont [...] passé le contrôle de Gucci à Pinault Printemps Redoute. »

C'est alors que, pour la première fois, les *black forests* opérées au siège de Gucci à Londres vont donner des résultats concrets et immédiatement exploitables. Le 27 novembre 2000, LVMH accuse officiellement Gucci et PPR d'avoir octroyé « en secret » 8 millions de stock-options (soit près de 1 milliard d'euros) à Domenico De Sole et Tom Ford. L'argumentaire n'est pas poussé à son terme mais l'accusation, bien que voilée, est claire : De Sole et Ford auraient lâché Arnault et se seraient jetés dans les bras de Pinault, le 19 mars 1999, tout simplement parce qu'ils ont été achetés ! Gucci, sur la défensive, doit réagir dès le surlendemain. Le groupe italien reconnaît avoir attribué des stock-options mais ses chiffres sont différents. Il annonce avoir distribué 4 millions de stock-options à Tom Ford et 1 million à Domenico De Sole. Soit l'équivalent de 3,75 milliards de francs (572 millions d'euros) pour Tom et 750 millions (114 millions d'euros) pour Domenico. C'est près de moitié moins que les chiffres avancés par Arnault, mais cela reste monumental.

Le coup a porté. Gucci précise que ces options ont été attribuées au prix de 65 dollars (pour des prix d'exercice qui varient entre 75 et 135 dollars) « lors du renouvellement de leur contrat ». Et que ce plan a été approuvé par les actionnaires, lors de l'assemblée du 22 juin 2000, en même temps que l'attribution d'un autre million de stock-options à l'ensemble des cadres dirigeants. Adrian Bellamy, le président du conseil de surveillance, est obligé de se justifier auprès des actionnaires, « en tant que membre du comité des rémunérations de Gucci ». Il leur explique que le « paquet d'options attribué à MM. De Sole et Ford était destiné à faire concorder leurs intérêts avec ceux de leurs actionnaires ». Et souligne que le prix d'achat des options était très proche du cours de 1999.

« Gucci confirme en creux ce que nous avons dénoncé[1] », clame aussitôt LVMH qui jette une nouvelle pierre dans le jardin de son adversaire : « Nous fournirons à la justice les éléments montrant que ces stock-options ont été attribuées le 22 juin 1999, lors de la mise en œuvre des accords avec PPR. » L'accusation se fait plus précise : Pinault aurait ainsi acheté pour quelques milliards, dans le plus grand secret, la docilité de De Sole et Ford au moment où il volait au secours de Gucci. LVMH annonce saisir la SEC, Gucci étant coté à la fois à Amsterdam et à Wall Street. De son côté, Gucci engage des poursuites judiciaires en France pour diffamation contre LVMH, estimant que ses accusations sont « sans fondement ». Bernard Arnault

1. *Libération*, 30 novembre 2000.

fait alors savoir qu'il détient des documents qui apporteront la preuve des allégations de LVMH.

Pendant que LVMH peaufine son offensive judiciaire, en s'appuyant sur les documents que lui a fournis Kroll Associates, Gucci marque un point sur un tout autre terrain, en annonçant le débauchage du gestionnaire de Céline, Thierry Andretta, et surtout l'acquisition de 51 % de la société personnelle d'Alexander McQueen, trente et un ans, le styliste de Givenchy, dont le contrat avec Bernard Arnault courait jusqu'en octobre 2001. Aussi exubérant que son compatriote John Galliano, McQueen le bien nommé est le fils d'un chauffeur de taxi londonien, dont il a gardé l'accent cockney à couper au couteau. Ancien élève de la Martin School of Arts, il a commencé classiquement, en habillant le prince Charles et Gorbatchev. Bernard Arnault lui avait confié la succession d'Hubert de Givenchy, en 1996, pour réveiller la maison endormie et surtout braquer les projecteurs sur elle. Alors qu'il l'avait jusque-là royalement traité pour se l'attacher, avec un superbe appartement à Paris, une Mercedes avec chauffeur, Bernard Arnault se sent trahi mais joue au bel indifférent. « On lui souhaite bonne chance », indique LVMH, en précisant qu'Arnault n'a jamais voulu investir dans sa société personnelle, comme il l'a fait pour Christian Lacroix et John Galliano. Sans dire, évidemment, que leurs maisons personnelles ne font de l'ombre à personne ! De Sole affirme en revanche que « les perspectives de développement de la marque à l'échelle mondiale sont immenses ».

La bataille se déroule aussi dans la presse, à colonnes ouvertes. Dès que l'un parle, l'autre le contre. *Le Journal du dimanche* publie ainsi une interview de Domenico De Sole titrée : « Gucci accuse : "Bernard Arnault est déloyal"[1]. » De Sole y affirme que « Bernard Arnault mène une campagne de déstabilisation de Gucci ». À propos de

1. *Le Journal du dimanche*, 10 décembre 2000.

ses stock-options : « C'est un non-sujet que M. Arnault a agité à tort. D'après les classements publiés par la presse, il possède une fortune de 80 milliards de francs, pourquoi nous reproche-t-il de gagner de l'argent grâce à notre travail ? » Réponse même lieu, même place, le dimanche suivant sous le titre : « Pierre Godé : "C'est Pinault qui a agressé LVMH"[1]. » Godé affirme : « Ce dont il est question depuis le début de cette affaire, c'est de dissimulations et de manquements à la parole donnée commis par les dirigeants de Gucci ». Menace voilée ? « Nous sommes les premiers distributeurs de produits Gucci en Asie, via notre filiale Duty Free Shoppers. En France, nous vendons ses produits chez Sephora et au Bon Marché. » Sur les débauchages de Gucci : « La nomination chez Gucci de Thierry Andretta intervient cette semaine, alors même qu'il terminait son préavis chez nous. Quant au styliste Alexander McQueen, c'est le seul pour qui nous n'avons pas investi dans sa propre maison de couture, et nous lui avions annoncé que nous ne lui renouvellerions pas son contrat parce que les ventes de Givenchy n'ont pas décollé avec lui. » C'est pas moi, c'est toi : on se croirait dans une cour de récréation...

La bataille entre les deux hommes est totale. Elle va se porter dans un domaine que l'on imaginait à l'abri de toutes ces chamailleries : l'art. Et, en particulier, la peinture contemporaine, qui fascine tous les milliardaires de la planète et avec laquelle nos deux héros ont des rapports très différents, presque antagonistes. François Pinault l'a découverte progressivement, alors que son environnement culturel, à la ferme, en Bretagne, et ensuite dans le négoce du bois, était à mille lieues de l'esthétisme. Son approche est spontanée, physique : il n'a toujours acheté que ce qui lui plaît, sans retenue, sans référence ni révérence. Alors

1. *Le Journal du dimanche*, 17 décembre 2000.

que le fils de famille Bernard Arnault a grandi entouré de peintures flamandes, dans un univers convenu et socialement marqué, avec des critères établis de beauté et de goût bourgeois. François Pinault a toujours acheté pour lui-même, alors que Bernard Arnault, dont l'intérêt pour la peinture est plus récent, achète pour la galerie, pour les plus-values, pour le statut, mais aussi pour... contrer François Pinault, qu'il marque à la culotte. En particulier lorsqu'il a acheté la maison d'enchères Phillips pour concurrencer – on verra plus loin de quelle invraisemblable manière – Christie's, leader mondial, propriété de son ennemi juré.

Force est de reconnaître qu'entre les deux, dans ce domaine, il n'y a pas photo. Prenez l'œuvre de Mark Rothko. Le tableau que Bernard Arnault a acheté chez Christie's, en 1996 (avant que Pinault n'en soit propriétaire), parce qu'il avait appris que c'était le peintre préféré de l'autre, ne restera pas dans l'histoire : il est rose et bleu, couleur layette, beau mais tendre, alors que le sens de l'œuvre admirable de Rothko, c'est justement sa désespérance progressive qui l'a conduit à mettre fin à ses jours et que l'on voit parfaitement dans l'évolution de sa peinture, aspirée vers le noir, jusqu'à la tragédie finale. Les tableaux de Pinault recouvrent cette évolution. Il possède notamment l'un des derniers, peint peu avant le suicide du peintre.

Après l'avoir installé chez lui, Arnault a maintenant accroché son joli Rothko dans son bureau. Un jour où il le montrait à un visiteur, il a prononcé cette phrase, étonnante de naïveté et de suffisance : « Il est plus beau que celui de Pinault, n'est-ce pas ? » Un peu plus tard, il expliquait les choix de Pinault : « 80 % de ce qu'il a dans le moderne est à mettre au panier ; bientôt, ça ne vaudra plus rien ! » Significatif : les vrais collectionneurs, les vrais amateurs ne tiennent jamais ce genre de propos, même en privé. Les choix des autres ne les intéressent pas. Ils prennent des risques, ils achètent ce qu'il aiment et se fichent du reste.

Lorsque Bernard Arnault visite une exposition – en privé

comme il se doit –, il se balade d'une salle à l'autre, en manifestant un intérêt poli mais distant. Hélène n'est pas plus enthousiaste. Alors que le couple visitait l'exposition Dora Maar, il s'arrête devant un tableau où la maîtresse de Picasso a les yeux mouillés de larmes. Commentaire lapidaire d'Hélène, avant de passer à autre chose : « Moi, je n'aime pas les femmes qui pleurent[1]. » Tous deux sont des musiciens de talent : pourquoi s'aventurent-ils dans un domaine qui, manifestement, n'est pas le leur ? Par conformisme ? Par suivisme ? François Pinault annonce son intention de créer un musée à sa gloire, au bout de l'île Seguin, là où Renault assemblait ses voitures jusqu'à la fermeture de Billancourt. Aussitôt, Bernard Arnault sort de son chapeau un projet analogue[2]. Si analogue que lorsqu'on lui demande quels artistes il compte réunir dans sa propre fondation, il reprend la liste citée par Pinault dans une interview parue quelques jours plus tôt ! Y compris Damien Hirst, un jeune peintre anglais de trente-cinq ans que Pinault venait de découvrir.

Les spécialistes ricanent. Pourtant, l'intérêt récent que Bernard Arnault porte à la peinture a au moins un mérite : il en fait profiter beaucoup de monde. Il se comporte comme un grand mécène à l'italienne. LVMH organise et sponsorise de grandes expositions qui font le bonheur de tous les amateurs. Bien sûr, il y a dans cette démarche une part d'« échange marchandise », comme l'a dit Pierre Rosenberg, alors conservateur du musée du Louvre.

1. Hélène Arnault est une femme de caractère. Un jour, elle avait fait appel au célèbre paysagiste Louis Benech pour décorer le jardin d'une de ses maisons. Celui-ci devait faire des massifs avec 300 impatiens. Mais Hélène les a comptées, il n'y avait pas le compte exact. Elle l'a reproché à Benech qui, vexé, a cessé immédiatement de travailler pour la maison Arnault.

2. Il a envisagé d'installer une fondation dans l'immeuble de La Samaritaine qui se situe face au Pont Neuf, en bordure de Seine, « sur le même axe que le Louvre », comme il l'a dit à son architecte Christian de Portzamparc.

Arnault organise des soirées spéciales pour les politiques, pour les autres grands patrons, pour les journalistes. Et même pour les magistrats, qu'il invite à part et soigne tout particulièrement[1]. Mais ce que l'on sait moins, c'est que Bernard Arnault fait ouvrir, le mardi, les grandes expositions qu'il organise pour permettre aux écoles et aux enfants isolés de les visiter. Et là, cela lui coûte très cher (le personnel est payé en supplément) et cela ne lui rapporte rien !

Seul point commun, en définitive, d'Arnault et de Pinault vis-à-vis de la peinture contemporaine : elle leur fait rencontrer, à l'un et à l'autre, des personnalités comme l'Aga Khan, le sultan de Brunei ou autres qu'ils n'auraient jamais eu l'occasion de fréquenter autrement. C'est, de ce point de vue, un véritable instrument de puissance.

Bernard Arnault, Pierre Godé et James Lieber ont-ils eu des informations en provenance d'Amsterdam ? LVMH a, en tout cas, manifestement repris du poil de la bête le jeudi 25 janvier 2001, en se rendant à nouveau devant la chambre des entreprises d'Amsterdam, qui doit, après le renvoi de la cour suprême, réexaminer la demande de LVMH d'annuler les accords de mars 1999. Car Pierre Godé a invité, pour l'occasion, plusieurs journalistes (dont les « correspondants de guerre » des *Échos*, de *La Tribune* et du *Figaro*) qui sont venus la veille, avec lui, dans l'avion privé de LVMH et qui sont descendus dans le même hôtel. Ce

1. Les filiales de LVMH passent régulièrement de la publicité dans leurs revues. LVMH a, en particulier, souscrit des abonnements à *Enjeu et justice*, revue de l'Association professionnelle des magistrats (APM, droite), alors présidée par Georges Fenech, aux cotés d'AXA, de la Compagnie des signaux et de la société Brenco, de l'homme d'affaires Pierre Falcone. Cet intérêt pour les revues professionnelles des magistrats est sans doute un effet de la féminisation accélérée de cette profession et de son attirance nouvelle pour le luxe.

genre d'invitation est fréquent lorsque les grands groupes souhaitent présenter un produit, une usine, ou lorsqu'ils signent un accord important, mais le fait est, à ma connaissance, sans précédent lorsqu'il s'agit d'assister à un procès ! Le clan Pinault en tirera la conclusion immédiate qu'Arnault tient la presse. Conclusion hâtive car les journalistes concernés feront une présentation à peu près équilibrée des deux thèses en présence. À leurs yeux, l'invitation de LVMH a seulement permis d'économiser des frais à leur journal !

Ils ne regrettent en tout cas pas leur déplacement. Dans la salle d'audience de la chambre située dans un bâtiment banal au bord d'un canal, c'est une véritable pièce de théâtre qui se joue. Domenico De Sole et Serge Weinberg plaident leur dossier en s'efforçant de ne pas laisser transparaître la moindre émotion. Mais, comme acteur, Pierre Godé les surclasse, dans le genre bon-Dieu-sans-confession : il a la raie sur le côté, son visage est avenant, habité par un regard clair et franc, il balance son mètre quatre-vingt-quinze en tenant sagement ses mains dans le dos, l'air presque timide et désolé devant cinq juges impavides. Ceux-ci vont assister à un étonnant déballage de linge sale entre Français, à des années-lumière de l'image que se fait le Batave moyen de l'univers du luxe parisien. Car les avocats de LVMH, comme ils l'avaient laissé entendre, présentent un document inattendu dont ils disent qu'il a été reçu par hasard, dans le courrier de LVMH, accompagné d'une lettre anonyme « d'une personne ayant sans doute des problèmes avec sa conscience ». Autant dire, un original ! Ce document est une note interne d'Alan Tuttle, directeur juridique de Gucci et vieil ami de De Sole, que Godé semble sincèrement désolé de devoir produire devant le tribunal. Cette note semble prouver que l'octroi de 5,2 millions de stock-options à De Sole et Ford a été validé dès juin 1999 et non pas entre décembre 1999 et juin 2000, comme l'avait jusque-là affirmé Gucci. Un flou qui laisse supposer, selon l'argumentation de LVMH, que les discussions sur les stock-options ont commencé avant l'accord PPR-Gucci du 19 mars 1999. Et que l'octroi de ces stock-options constituait bien une monnaie d'échange du soutien des deux dirigeants à l'accord avec PPR. Façon de dire que De Sole et Ford ont cédé le contrôle de Gucci au plus offrant, non pour les actionnaires mais en fonction de leur seul intérêt personnel !

Face à Pierre Godé, toujours si calme et qui fait mine d'être gêné de devoir produire la note Tuttle, Domenico De Sole perd son sang-froid. « Ce document a été volé », fulmine-t-il devant la cour. Mais il n'en conteste pas l'authenticité. « Tout cela est une pure calomnie, clame-t-il : il n'y a jamais eu d'accord secret entre PPR et nous. » Serge Weinberg, de son côté, affirme aux juges : « Il n'y a jamais eu d'accord, secret ou pas, oral ou écrit, de quelque nature que ce soit, avec Domenico De Sole ou Tom Ford » sur leurs stock-options avant l'entrée de PPR dans Gucci[1]. Et d'ajouter qu'en juin 1999, au moment de la négociation sur les stock-options, il n'y avait aucun représentant de Pinault au conseil de Gucci. L'un des porte-parole du groupe a beau préciser que « les discussions sur les stock-options n'ont commencé qu'en juin 1999, soit trois mois après l'accord, et n'ont abouti que plusieurs mois plus tard », le mal est fait.

Comment la note d'Alan Tuttle s'est-elle retrouvée entre les mains de LVMH puis devant la chambre des entreprises de la cour d'appel d'Amsterdam ? Très vite, Domenico De Sole exclut l'hypothèse d'une trahison interne. Si les équipes de création et leurs nombreux modèles occupent les caves voûtées du sous-sol du 4, Grafton Street, le bureau d'Alan Tuttle se trouve au troisième étage de cet élégant hôtel particulier, qui n'est occupé que par de hauts diri-

1. La seule discussion que reconnaissent les dirigeants de PPR, avant l'accord du 19 mars, c'est celle qu'ils ont conduite avec Tom Ford pour geler les stock-options qu'il avait déjà et que, par contrat, il pouvait lever si un seul actionnaire dépassait la barre des 35 % du capital de Gucci. François Pinault ne pouvait prendre le risque de voir, fortune faite, l'oiseau s'envoler vers d'autres cieux.

geants. Une rapide enquête montre qu'Alan Tuttle a rédigé une première version de sa note, qui n'a été lue que par Bob Singer, le directeur financier, comme le rapporte Stéphane Marchand dans *Les Guerres du luxe.* Cette note comportait plusieurs erreurs de syntaxe et Alan Tuttle rassemble ses souvenirs, pour Stéphane Marchand : « J'avais imprimé mon mémo une première fois. Quand j'ai vu les fautes, j'ai mis la feuille à la poubelle et j'ai corrigé. La seule version que j'ai ensuite faxée à certaines personnes est celle sans fautes. Ce qui est parvenu à LVMH est donc une copie de la version que j'avais jetée à la poubelle. » Pour les dirigeants de Gucci, la preuve est faite : leurs poubelles ont bel et bien été fouillées, sans que la loi britannique ait été violée.

Après le coup vicieux du document Tuttle, LVMH va faire, de façon inattendue, patte de velours, maniant avec habileté le chaud et le froid. Devant les cinq juges, le groupe demande à PPR de lancer deux OPA sur Gucci, dans les mêmes conditions que celles qui avaient été mises au point en juin 2000. C'est-à-dire une première OPA à 100 dollars l'action, à laquelle LVMH aurait apporté ses titres ; puis une seconde, de dix-huit mois à quatre ans plus tard. Bernard Arnault exigeait que le conseil d'administration de Gucci recommande la première OPA et que le management apporte ses titres ? Le voilà qui conteste formellement avoir formulé cette deuxième exigence. De toute façon, ses avocats font savoir, depuis Amsterdam, qu'il ne pose plus, désormais, la moindre condition. « Nous ne comprenons pas la logique de Bernard Arnault, affirme un porte-parole de PPR : pourquoi ce qui n'était pas acceptable il y a six mois, à savoir la double OPA, l'est-il devenu aujourd'hui ? » Sans doute l'effondrement de la nouvelle économie, dans laquelle notre héros s'est engagé jusqu'aux yeux, n'est-elle pas étrangère à ce revirement. En tout cas, Jean-Michel Darrois, avocat du groupe de distribution, lui oppose une fin de non-recevoir : « Une telle proposition, faite à la toute dernière minute, est tactique ; elle est un aveu de faiblesse de LVMH. » Plus question d'OPA. « Cette offre est définitivement caduque », affirme Serge Weinberg qui laisse néanmoins une petite ouverture : « Nous ne sommes pas hostiles à la recherche d'une solution négociée, à condition qu'elle repose sur des bases nouvelles. » C'est une clause de style : Weinberg explique alors, en privé, qu'il est impossible, en tout cas médiatiquement, de ne pas laisser la porte ouverte à une négociation.

Le blocage de PPR est dû à un veto soudain de François Pinault. Lui aussi pense qu'Arnault est financièrement aux abois. Surtout, l'utilisation devant la justice d'un document interne qui pourrait être sorti des poubelles l'a mis hors de lui. Il sait désormais d'où viennent toutes les informations qui circulent, en France et en Angleterre, sur Forest Product International, sur ses relations avec John Ryan, sur ses rapports, anciens et actuels, avec le fisc ; il sait qui met de l'huile sur le feu dans le conflit qui oppose la France et les États-Unis à propos du dossier Executive Life. « Je ne signerai jamais un accord avec ce voyou », affirme-t-il alors à ses collaborateurs, à ses avocats et à ses visiteurs.

La bataille est devenue paroxystique. Les deux milliardaires expriment désormais ouvertement leur haine et leur mépris réciproques. À quoi s'ajoute, de la part d'Arnault, une petite tendance parano : il voit partout la main de Pinault. D'où la savoureuse histoire du maître d'hôtel que Maryvonne Pinault embauche par l'intermédiaire d'une agence parisienne spécialisée dans la fourniture de personnel de maison haut de gamme. La patronne de l'agence lui explique que ce maître d'hôtel n'a pas voulu aller au-delà de son engagement de six mois chez son employeur précédent, tant il y était malheureux. En six mois, il n'avait pas échangé un mot avec ses patrons ni même croisé une seule fois leur regard. Maryvonne embauche donc le jeune maître d'hôtel et apprend, un peu plus tard, de sa bouche, que son précédent employeur était... Bernard Arnault. Celui-ci découvre au même moment que son ancien employé sert désormais, si l'on peut dire, la soupe chez

Pinault. Il croit aussitôt au coup monté, se convainc que François Pinault a envoyé ce maître d'hôtel six mois chez lui pour l'espionner, avec la complicité de l'agence de placement. C'est son intendant qui avait embauché le maître d'hôtel. Apprenant que les deux hommes avaient un rendez-vous, Bernard croit qu'ils sont de mèche. Que l'intendant balance ses secrets d'alcôve à son ennemi via le maître d'hôtel. Au retour de l'intendant, les gardes du corps saisissent donc son attaché-case et son téléphone portable, pour y découvrir la preuve de ses contacts avec la maison Pinault. Ce qui n'était évidemment pas le cas...

Le jeudi 8 mars 2001, la chambre des entreprises d'Amsterdam prononce son jugement : elle ordonne la tenue d'une enquête sur les conditions de l'entrée de PPR dans Gucci en 1999. LVMH crie victoire : « L'enquête va permettre de faire la lumière sur toute cette affaire et de rétablir les minoritaires de Gucci dans leurs droits légitimes. » La réaction de PPR au jugement de la chambre est contradictoire. D'un côté, le groupe de François Pinault indique qu'il « apportera sa pleine coopération à l'enquête », tout en considérant « que les motivations invoquées par la chambre des entreprises pour ordonner une enquête ne sont pas suffisantes ». Mais de l'autre, Gucci, puis PPR vont faire appel l'un après l'autre, pour éviter cette enquête qui leur pollue la vie.

Désormais, le clan Pinault est sur la défensive. Le 20 juin, au cours de l'assemblée générale de Gucci qui se tient à l'hôtel Amstel International d'Amsterdam devant 300 personnes[1], l'avocat James Lieber, représentant de LVMH, vote contre toutes les résolutions proposées. Colette Neuville nie avoir été envoyée en service commandé au Plat Pays par Bernard Arnault. On aurait pu l'imaginer car la présidente de l'Association de défense des actionnaires minoritaires (Adam) et son homologue hollandaise, Caro-

---

1. Elle ratifie l'entrée de François-Henri Pinault, le fils de François, cogérant de la Financière Pinault, au conseil de surveillance.

line Van der Giessen, vont interpeller vigoureusement le conseil de surveillance de Gucci à propos de l'attribution des stock-options à Ford et De Sole, qui correspondent à 8 % du capital du groupe. Autre critique : la sous-utilisation des 3 milliards de dollars de cash dont dispose Gucci : « Vous n'aviez pas besoin de l'argent de PPR pour procéder à de si petites acquisitions », déclare Caroline Van der Giessen, évoquant les acquisitions de Bottega Veneta ou les montres Bedat. Sur le premier point, Adrian Bellamy, président du conseil de surveillance, leur répond que la part du capital réservée aux dirigeants est en dessous de la barre des 12,5 % détenus par la direction des 50 plus grosses entreprises, selon une étude de l'agence Standard & Poor's. Sur le deuxième, il explique que ce n'est pas parce que l'on a de l'argent qu'on est obligé de le dilapider dans des achats inconsidérés. Suivez mon regard...

Alors que les deux clans continuent de s'envoyer des coups en public, les discussions ont repris secrètement, début mars, sous la pression d'un certain nombre de grands patrons pour qui cette affaire a pris un tour préoccupant : les cours de Gucci ont baissé de 5,9 % depuis le début de l'année, ceux de LVMH de 23,6 % et ceux de PPR de 37,5 %. Surtout, l'establishment pressent que tout cela peut finir très mal, non seulement pour les deux milliardaires, mais pour lui-même. Chacun a en tête le précédent de Philippe Jaffré qui, en déposant une plainte pénale qui visait Loïk Le Floch-Prigent, son prédécesseur à la présidence d'Elf, a ouvert la boîte de Pandore : c'est tout le big business, mais aussi la classe politique française et un certain nombre de chefs d'États étrangers qui ont été éclaboussés par cette énorme affaire, mal instruite, tandis qu'Elf, avalée par Total, disparaissait en même temps que Philippe Jaffré[1] ! En dépit de leurs professions de foi sur les

1. Provisoirement récupéré par Bernard Arnault à la présidence du conseil de surveillance de Zebank, Jaffré a fini par se recaser chez Alstom.

bienfaits de la transparence, la plupart des grands patrons tiennent à un certain nombre de leurs petits secrets : rémunérations occultes, montages sophistiqués, stock-options touchées dans des filiales non cotées, arrangements avec le fisc, sociétés personnelles à l'étranger, espionnage, utilisation intensive des paradis fiscaux, etc. Généralement, les conflits entre patrons ne vont jamais jusqu'à les conduire à porter sur la place publique ce genre de secrets : la guerre économique, elle aussi, a ses lois, non écrites mais connues de tous. Et tous, en ce printemps 2001, ont pris conscience du caractère dangereux, parce que totalement irrationnel, du conflit entre François Pinault et Bernard Arnault, avec les risques de dérapage qu'il implique.

Pour les deux milliardaires aussi, le vent a tourné : quelques mois plus tôt, ils étaient sûrs de gagner ; aujourd'hui, ils ont peur de perdre. Les experts désignés par la chambre d'Amsterdam les mettent régulièrement en garde, disant à chacun que son dossier n'est pas bon. Ils savent tous deux qu'il y a là une grande part de tactique : la Hollande, qui joue dans cette affaire sa crédibilité de place financière confortable et de pôle de délocalisation, veut, presque à tout prix, que les deux adversaires signent un compromis. Les experts, en réalité, ont été mandatés pour cela. Leur travail de sape fait son effet. D'autant plus que, sur l'un comme sur l'autre, les nuages s'amoncellent. Tout le bel édifice de Bernard Arnault, on le verra au chapitre suivant, est en passe de s'effondrer comme un château de cartes. Quant à François Pinault, il doit se garder d'être emporté dans le conflit entre le Crédit lyonnais et les autorités judiciaires et le Trésor américains à propos du dossier Executive Life, cette société d'assurances rachetée en sous-main en 1991 et dont il a récupéré les meilleurs morceaux. Tout le monde lui dit qu'au civil, les plaignants américains visent toujours la *deepest pocket* : or, celui qui a la poche la plus profonde, le bénéficiaire de la plus-value finale, c'est lui et personne d'autre ! Pinault doit aussi régler ses problèmes fiscaux en France, révéler qu'il était lui-même derrière le mystérieux John Ryan et qu'il ne possédait pas 75 %, mais bien 100 % de sa société de tête ! Les articles, bien informés, qui sortent, à intervalles réguliers, dans *The Economist*, *Le Nouvel Observateur*, *Le Monde*, le *Financial Times* ou le *Wall Street Journal*, et qui viennent compléter les informations contenues dans le livre sans complaisance que Pierre-Angel Gay et Caroline Monnot[1] lui ont consacré, font, sur lui, l'effet d'un poison : où cela s'arrêtera-t-il ?

Pendant tout le printemps et jusqu'à la fin août, les discussions vont cependant rester à peu près vaines. Jean-Marie Messier, tout à ses affaires américaines, n'est plus dans le coup, même s'il aura la tentation de se mettre en avant en organisant quelques fuites. Trois négociateurs sont désignés dans chaque camp : Serge Weinberg, Patricia Barbizet et l'avocat Jean-Michel Darrois côté Pinault, Pierre Godé, Nicolas Bazire et l'avocat Jean-François Prat côté Arnault. Tandis que Michel Zaoui, de Morgan Stanley, surveille le tout en défendant les intérêts des actionnaires minoritaires de Gucci. Pinault et Arnault ne participent pas à ces négociations. Ils n'apparaissent même pas : le premier a délégué son conseiller Alain Minc pour le représenter, le second Albert Frère, son seul vrai ami. C'est par leur intermédiaire que tout passera et, in fine, ce sont eux qui prendront les choses en main. Ce choix est habile : Alain Minc, qui se présente comme le chef des colombes, est l'ami de tous ceux qui lui donnent de l'importance. Jamais aussi à l'aise que dans les contradictions, il aimerait tant conseiller à la fois Pinault et Arnault ! Quant à Albert Frère, c'est un vrai grand patron, incontesté et incontestable, la tête près du bonnet, qui ne se laisse jamais emporter dans ses affects et semble être revenu de tout, après le décès accidentel de son fils. Cet homme simple, solide et de bon sens, est l'ami, le père en affection, de Bernard

1. *François Pinault milliardaire, les secrets d'une incroyable fortune*, *op. cit.*

Arnault, mais il y a en même temps du François Pinault en lui. Il connaît, comprend et respecte l'adversaire.

Dans un premier temps, les négociateurs envisagent de créer une structure extérieure tierce qui achèterait les titres Gucci détenus par Arnault et que PPR rachèterait plus tard, lorsqu'il aurait la faculté juridique de prendre le contrôle réel de sa filiale. Des mécanismes extrêmement compliqués sont envisagés et les grandes feuilles de papier, couvertes de schémas abscons, sont déroulées les unes après les autres. L'un d'entre eux paraît envisageable, mais les équipes de Pinault vont commettre la même erreur que lors des premières négociations. Elles ne trouvent pas de terrain d'entente avec Gucci, qui est tenu au courant de l'avancée des discussions. Morgan Stanley, banquier d'affaires de Gucci, veut barder de protections les minoritaires, mieux traités qu'Arnault. Michel Zaoui est un personnage décisif. Il faut qu'il avalise l'accord. Il ne le fera pas. Tandis que De Sole se montre conciliant, Serge Weinberg et Adrian Bellamy, le président du conseil de surveillance, n'arrivent pas à s'entendre sur les conditions du portage des titres vendus par Arnault. La question est la suivante : d'Arnault, de PPR ou de Gucci, qui assumera les risques des variations de cours des titres ainsi gelés et dans quelles proportions ?

Les discussions avec le clan Arnault sont alors interrompues et, à nouveau, le clan Pinault doit les reprendre avec les dirigeants de Gucci, pour définir les bornes d'un futur accord avec LVMH. Elles s'ouvrent le 12 juin, pendant le week-end de la Pentecôte. Elles portent d'abord sur le prix de la transaction et sur le partage du pouvoir au sein de Gucci. La difficulté d'aboutir est telle que le découragement saisit les négociateurs. Au point que Jean-Michel Darrois soumet à Serge Weinberg une idée décoiffante :

— Puisque les experts menacent d'annuler la transaction initiale par laquelle nous avons pris 42 % de Gucci, pourquoi ne pas les prendre au mot ?

— Comment cela ?

— On reprend nos billes, on récupère les milliards investis dans Gucci.

Weinberg ne comprend pas où l'avocat, ami proche, comme lui, de Laurent Fabius, veut en venir :

— Et alors ?

— Eh bien, on croule sous le cash tandis qu'Arnault se retrouve avec 35 % de Gucci. C'est-à-dire actionnaire minoritaire d'une coquille vide puisque, bien entendu, on emmène avec nous De Sole et Ford qui, chez Saint Laurent, recommenceront ensemble une nouvelle carrière !

Serge Weinberg éclate de rire :

— Ton idée est drôle, mais elle ne tient pas debout. Nous nous sommes engagés si loin auprès des marchés, nous avons dit tant de bien de Gucci que personne ne comprendrait un tel retrait. C'est toute notre crédibilité qui serait remise en cause. En plus, rien ne dit que la chambre d'Amsterdam nous autoriserait à reprendre nos billes. On pourrait être collé chez Gucci avec nos droits de vote gelés. Et là, tu vois le désastre...

Weinberg a cru que son copain Darrois plaisantait. Ce n'était pas le cas. La vision des avocats n'est pas celle des chefs d'entreprise.

Prix et pouvoir : les discussions piétinent jusqu'à l'été. Entre De Sole et Ford, c'est l'artiste, non le patron, qui se montre, de loin, le plus rapace. Entouré d'une nuée d'avocats américains, il se méfie de tout, consigne tout. Et fait passer ses intérêts personnels – liberté de création, autorité incontestée sur l'ensemble Gucci-Saint Laurent et... montagne d'or – avant toute autre considération. Finalement, PPR et Gucci vont abandonner le schéma farfelu de la double OPA. Après différents ajustements, il est décidé de proposer à Arnault de lui racheter purement et simplement ses parts après, sophistication suprême, avoir versé un dividende spécial à tous les actionnaires – sauf à PPR ! Et à s'engager sur une OPA plus tard, à un prix légèrement plus élevé. Cette proposition est présentée au clan Arnault fin juillet. La plupart des échanges, entre les différents protagonistes et leurs mandants, Alain Minc et Albert Frère, auront lieu par téléphone, pendant tout le mois d'août. Frère vient rendre compte à Arnault en voisin, à Saint-Tropez, où les deux hommes passent leurs vacances et ne rateraient pour rien au monde leurs parties de tennis. Mais cet été-là, Arnault passera peu de temps dans sa maison des Parcs de Saint-Tropez.

Les prix sont négociés entre Pinault et Arnault, via Minc et Frère. Pour le reste, pour les détails du montage, ce sont les avocats qui s'en chargent. Les négociations finales ont lieu à Paris, au cours des tout premiers jours de septembre, au cabinet de Jean-Michel Darrois, avenue Victor-Hugo. Elles se poursuivent tard dans la nuit, autour de plateaux de nourriture libanaise que livre un restaurant proche.

Au cours de cette négociation, les émissaires de Bernard Arnault ont formulé une exigence insolite qu'ils ont posée, un moment, comme une condition à la signature de l'accord puis comme un gage de bonne volonté : ils ont tout simplement demandé que François Pinault obtienne, de moi-même ou de mon éditeur, l'interruption de l'écriture du présent livre ! Comme si Pinault en avait le pouvoir... Il est extravagant qu'Alain Minc, auteur et homme de presse [1], n'ait pas rejeté aussitôt cette demande incongrue. Il est tout aussi insolite que Bernard Arnault ait pu mettre un instant en balance un accord de cette ampleur et ce livre. Cela donne en tout cas la mesure de l'importance presque maladive qu'il attache à donner de lui une image parfaite, sans la moindre aspérité et surtout totalement contrôlée ; et qu'il ait pu imaginer que son adversaire disposait des moyens d'en interrompre l'écriture éclaire crûment l'idée qu'il se fait de l'indépendance de la presse et de l'édition.

Heureusement, on en reviendra sans tarder aux choses sérieuses. Tout va alors aller très vite. Trop vite, sans doute, compte tenu de ce que dix-neuf fanatiques musulmans préparent simultanément à Miami, Washington et à Boston, sur les instructions illuminées d'Oussama Ben Laden. L'ac-

---

1. Alain Minc, auteurs de nombreux essais, est président du conseil de surveillance du *Monde*.

cord est conclu le mardi 4 septembre, dans les bureaux de Jean-Michel Darrois, sans que François Pinault et Bernard Arnault se soient rencontrés ni même téléphoné une seule fois. Alain Minc et Albert Frère auraient rêvé de mettre en scène une réconciliation publique, d'organiser un déjeuner dans un restaurant en vue, en prévenant un photographe de *Paris Match,* comme les politiques savent si bien le faire quand ils veulent faire savoir que la hache de guerre est enterrée. Pinault et Arnault s'y sont opposés l'un et l'autre. À Albert Frère qui lui proposait d'organiser une rencontre avec Arnault « un peu plus tard, quand les tensions se seront apaisées », François Pinault a répondu par un « peut-être » de politesse qui voulait dire : jamais. Nos deux héros ont décidé d'arrêter les frais d'une bataille devenue ridicule, mais ils tiennent à faire savoir que leur animosité reste entière. Et le mépris qu'ils se portent intact.

L'annonce de l'accord et l'essentiel de son contenu sont publiés le jour même de sa conclusion dans le site Internet du *Financial Times* et repris les jours suivants dans toute la presse française et internationale. Les principes en sont les suivants : sur les 20,6 % des actions de Gucci que possède LVMH, PPR en achète immédiatement 8,1 %, soit 8 579 337 actions, au prix de 94 dollars l'action (elle vaut, ce jour-là, 78 dollars en Bourse), ce qui permet à Pinault de prendre immédiatement, avec 50,1 %, le contrôle de la maison italienne. En novembre, Gucci versera un dividende de 7 dollars à tous ses actionnaires, à l'exclusion de PPR : c'est, en creux, la prime que réclamaient les minoritaires pour la prise de contrôle de PPR. Troisième volet : en mars 2004, PPR s'engage à lancer une offre d'achat au prix minimum de 101,5 dollars. Jusqu'à cette date, la composition du conseil de surveillance de Gucci sera paritaire, entre les représentants de PPR et les administrateurs indépendants[1]. Bien entendu, l'accord implique que tou-

1. Il y aura quatre représentants de Pinault et quatre indépendants, Charles McKay (Eurotunnel) ayant été écarté.

tes les procédures judiciaires, une quinzaine au total, en Hollande, aux États-Unis et en France, soient abandonnées.

En première analyse, le compromis paraît équilibré. Arnault a été obligé de lâcher Gucci, son objectif premier, mais, comme à l'époque des *greenmails* avec Jacky Letertre, il s'en sort avec une plus-value qu'il évalue lui-même à 5 milliards de francs (760 millions d'euros) : il avait acheté ses 20,6 % à 67,5 dollars et les revendra à près de 98,5 dollars en moyenne. Pinault, de son côté, obtient finalement le contrôle de Gucci dans des conditions qu'il jugeait alors bonnes. Le prix moyen de ses 50,1 % du capital est de 78 dollars, soit l'exact cours de Bourse de la veille. Mais il a accepté que soit suspendue une épée de Damoclès au-dessus de lui : si le cours de Gucci ne dépasse pas les 101,5 dollars en mars 2004, tous les autres actionnaires apporteront leurs titres à l'OPA et il devra débourser 5 milliards de dollars pour se retrouver avec 100 % du capital de la maison de luxe.

Quant aux actionnaires minoritaires, ils bénéficient d'une véritable garantie de cours à 101,5 dollars, celle-ci offrant par surcroît à Domenico De Sole et à Tom Ford la certitude de pouvoir exercer leurs stock-options au moins à ce prix. Soit une plus-value garantie de 36,5 dollars par action !

Pour l'opinion, aucun doute : le gagnant est Arnault, qui a remonté la pente et sauvé les meubles. Après le 19 mars, François Pinault avait mis les rieurs de son côté, mais c'est bien fini. Il a dû se résoudre à un compromis sans gloire. Il le sait maintenant : « On ne se paie pas impunément la tête de Bernard Arnault, écrit ainsi Nathalie Bensahel dans *Libération*[1] : car le PDG de LVMH est féroce, cruel même, terriblement teigneux. Et il a surtout horreur d'être humi-

1. *Libération*, 6 septembre 2001.

lié. » Alors que les deux parties s'étaient engagées à ne pas faire de commentaire, les hommes de LVMH n'hésitent pas à crier victoire. « Si PPR a accéléré les négociations de paix, c'est que le groupe craignait les échéances judiciaires, forcément défavorables, qui arrivent à Amsterdam », affirment, sur le ton de la confidence, les chargés de communication.

Il faudra près d'une semaine pour peaufiner tous les textes, les faire rédiger, lire et relire par les avocats qui, à l'américaine, s'efforcent de coucher sur papier toutes les hypothèses possibles, même les plus farfelues. Aussi, ce n'est que le lundi 10 septembre que l'accord, paraphé, devient officiel. « Gucci, LVMH et Pinault Printemps Redoute ont trouvé un accord pour mettre fin à leurs différends », indique un communiqué conjoint des trois entreprises qui affirment que ce compromis « est équilibré et satisfaisant pour toutes les parties qui l'ont négocié et signé ».

Seule surprise : LVMH annonce d'emblée son intention de sortir complètement de Gucci, sans attendre l'échéance prévue de 2004. Bernard Arnault veut céder sa participation « avant la fin 2001 ». Les banques, qui seront prêtes à s'en porter acquéreurs, ne prennent aucun risque : elles bénéficieront en 2004 du prix garanti de 101,5 dollars par action, lors de l'OPA programmée par PPR sur la totalité de Gucci. Ainsi, LVMH va recevoir une injection immédiate de près de 14 milliards de francs (2,13 milliards d'euros) de cash, moins les commissions et les intérêts, avant la fin de l'année. « Ce qui prouve qu'Arnault avait un besoin pressant d'argent », affirme un négociateur du clan Pinault qui exprime un regret : « Nous nous en doutions ; nous le savions ; nous aurions dû nous presser un peu moins dans la recherche du compromis. »

Moins se presser ? À l'évidence, pour Pinault, il aurait mieux valu. Car le lendemain, mardi 11 septembre, en direct devant les télévisions du monde entier, l'effondrement des Twin Towers va plonger le monde dans l'effroi, obliger Wall Street à fermer jusqu'au lundi suivant pour la première fois de son histoire, accélérer la chute des Bourses mondiales et entraîner l'industrie du luxe dans une crise sans précédent. Malgré la baisse brutale de toutes les valorisations des entreprises du secteur, l'accord sera respecté scrupuleusement, tel quel, par toutes les parties [1]. Difficile de faire autrement. Les avocats de Pinault et de Gucci avaient bien prévu des clauses d'annulation pour force majeure, en citant explicitement la guerre ou le terrorisme, mais seulement pour la mise en œuvre de la deuxième OPA, en 2004. Même les plus précautionneux n'avaient pu imaginer inscrire de telles clauses le 10 septembre, qui auraient été applicables dès le lendemain !

1. Le 22 octobre, PPR annoncera détenir non pas 50,1 % mais 53,2 % de Gucci après avoir racheté à LVMH, comme prévu, 8 579 337 actions pour 896 millions d'euros.

CHAPITRE 19

Indigestion

Bernard Arnault a-t-il gagné son combat contre François Pinault ? Il a en tout cas évité l'humiliant *chicken out* que chacun lui promettait. Et cela, pour lui, c'est déjà une victoire. Car le président de LVMH déteste perdre, aussi bien dans la vie que sur un terrain de tennis. Attentats du World Trade Center ou pas, il en administrera une nouvelle fois la preuve au Paris Country Club, au lendemain du 11 septembre, lors de ces parties qui, organisées chaque année par l'ancien champion Pierre Barthès, l'opposent en double à Jean-Luc Lagardère, avec Guillermo Vilas, John McEnroe et autres champions des années quatre-vingt[1]. Au cours de ces parties, comme sur son court de tennis de Saint-Tropez où, à cinquante ans, il alterne les leçons avec son professeur et les matchs avec Albert Frère, ses enfants et ses invités de passage, Bernard Arnault dévoile son irré-

1. Interviewé avec Hélène par Christine Orban et Catherine Schwaab dans *Paris Match* (le 14 octobre 1999), Bernard Arnault laisse croire qu'il a affronté McEnroe... en simple :

Hélène Arnault : — Il a une détermination et une ténacité hors du commun ! Dans les affaires comme au tennis...

Bernard Arnault : — Cela ne m'a pas empêché de perdre contre McEnroe !...

Petite et innocente coquetterie : perdre contre McEnroe, même s'il n'est plus, depuis quelques années, le n° 1 mondial, c'est déjà une performance !

pressible envie de gagner. C'est un joueur de surface rapide. Il tire parti d'un coup droit tendu, précis et violent, toujours placé près des lignes, celui d'un joueur de deuxième série dont ce serait le point fort. Alors que Jean-Luc Lagardère lui livrait une balle un peu facile en coup droit, il a même eu la surprise de clouer McEnroe sur place ! Son service est bon, il ne fait pratiquement pas de doubles fautes. Il a, en outre, une excellente intelligence du jeu. « Avec lui, il ne faut à aucun moment relâcher son attention, il se rappelle à votre bon souvenir immédiatement », affirme un de ses partenaires. Seuls points de faiblesse : son revers. Ce qui permet à Jean-Luc Lagardère, pourtant de vingt et un ans son aîné, de l'emporter le plus souvent lorsqu'ils se battent, cette fois en simple, sur les cours en terre battue du Polo de Bagatelle, un club huppé du Bois de Boulogne. Les deux patrons sont de vrais sportifs, qui adorent le tennis, avec toute sa symbolique : battre l'autre par la force, mais surtout par l'intelligence, la patience et le self-control.

Et du self-control, Bernard Arnault en a à revendre, en ce mois de septembre 2001. Au lendemain des attentats, le cours de Bourse de LVMH est tombé à près de 40 euros. « Sous le choc », Bernard Arnault affronte la presse et les analystes financiers. Au premier semestre, le groupe a déjà enregistré une baisse de 15 % de son résultat net, en raison de ses activités de distribution sélective (DFS, Sephora, Miami Cruiseline) dont la perte semestrielle a quadruplé. Officiellement, « en raison d'investissements de développement ». Le chiffre d'affaires a continué de progresser de 15 %, tiré par le succès de Louis Vuitton, devenue la seule vache à lait du groupe. Curieusement, les prévisions de chiffre d'affaires et de résultat pour 2001 sont à peine révisées à la baisse. « Soldes avenue Montaigne », titrent le lendemain *Les Échos* qui évoquent « les doutes du marché sur la capacité du groupe à générer de la croissance après les événements ». La Bourse, en pleine tourmente, réagit sévèrement. Jusqu'au vendredi noir du 21 septembre où le marché s'effondre de 7 % avant de se reprendre, dans le sillage de Wall Street, pour finir à –2,5 %. Ce jour-là, LVMH accuse l'une des plus fortes baisses : le premier groupe de luxe mondial perd 12,26 % pour tomber à 28,4 euros. Le jour même où les autorités de surveillance boursière néerlandaises viennent d'autoriser l'accord LVMH-PPR-Gucci ! Vous avez dit victoire ?

Ces événements dramatiques et la chute des cours de Bourse de LVMH marquent un retournement de tendance profond. Au moins vont-ils permettre à Bernard Arnault d'augmenter à bon compte son contrôle de LVMH. Le 17 septembre, profitant de la baisse des cours, Groupe Arnault franchit le seuil des 2/3 de Christian Dior, passant de 62,82 % à 67,15 %. Il lui en a coûté 1,6 milliard de francs (245 millions d'euros). Dior contrôle désormais 43 % de LVMH. Si l'on aplatissait la cascade, la Financière Agache contrôlerait désormais 34 % de LVMH. La fusion Dior LVMH est devenue possible : Bernard Arnault détient désormais la minorité de blocage de l'ensemble.

La chute brutale des cours de LVMH est évidemment liée à la crise du luxe qui s'annonce après les attentats du 11 septembre. Mais la perte de confiance d'un certain nombre d'investisseurs vis-à-vis des affaires de Bernard Arnault est antérieure. C'est l'effondrement de la nouvelle économie qui a rompu le charme. Le patron de LVMH avait été le plus engagé, en Europe, dans la folie du Net. Il va, plus que les autres, être affecté par son effondrement, à partir du printemps 2000. C'est la spectaculaire faillite de Boo.com, un site suédois de vente de vêtements à la mode, qui va dessiller les yeux du monde entier sur la réalité concrète de ces fameuses *dotcoms* ainsi que sur la clairvoyance supposée de Bernard Arnault. Début mai, l'Europe enterre en effet son premier cadavre de start-up. Boo est la *dotcom* qui a fait le plus parler d'elle. Le couple glamour qui le dirige a fait la Une de tous les magazines. « Jambes fuselées gainées de noir, port altier : ex-mannequin, Kajsa est une blonde glacée, à la distinction toute hitchcockienne, écrivent Doan Bui et Grégoire Biseau dans *Milliardaires d'un jour.* Lunettes en écaille, chevelure décolorée, costume noir et baskets Nike, Ernst, le dandy branché, cultive de faux airs d'Andy Warhol. » Avec Bernard Arnault et la famille Benetton comme actionnaires, le tour de table de Boo était le plus chic d'Europe. Boo était un symbole de ces mois de folie pendant lesquels on jugeait les start-up sur leur capacité à dépenser au plus vite l'argent qui leur était confié. L'important étant de prendre des parts de marché, chacun jouait la prime au premier entrant. En un an, Boo a ouvert six bureaux en Europe. L'intendance ? Tout le monde s'en moquait. Le site fonctionnait par intermittence, les livraisons étaient hypothétiques et la comptabilité approximative.

Sur le coup, chacun tente de se rassurer en stigmatisant les folies de Boo, en se persuadant que le marché allait enfin se purger pour repartir sur de bonnes bases.

Mais le voile s'est bel et bien déchiré. Et les sociétés Internet que tout le monde recherchait brûlent soudain les doigts. Les unes après les autres, elles voient leurs cours s'effondrer. Bernard Arnault est pris à revers. Réalisant le retournement de tendance, il lui faut, au plus vite, réussir l'introduction en Bourse d'Europ@web, seule façon de sauver sa mise, voire de réaliser une plus-value aux dépens des petits actionnaires qui achèteront ses titres avant qu'ils ne s'effondrent. L'opération avait bien marché pour LibertySurf qui, introduite en Bourse à 41 euros, s'était envolée jusqu'à 80 euros, permettant à Bernard Arnault de se dégager partiellement avant la débandade : quelques mois plus tard, la valeur du portail gratuit tombera à 10 euros, puis à 5,8 euros, ruinant des centaines de milliers de petits porteurs venus, après la fête, se fracasser sur le miroir aux alouettes[1].

1. Ni leurs associations, ni Colette Neuville, ni a fortiori la justice ne demanderont de comptes aux autorités de marché qui ont permis, en transgressant leurs propres règles, d'appauvrir autant de petits actionnaires pour en enrichir un seul. Que n'ont-elles laissé Bernard Arnault aller inscrire LibertySurf à la Bourse d'Amsterdam plutôt qu'à celle de Paris, comme il les en avait menacés !

Depuis le début de l' nnée 2000, les équipes d'Europ@-web ne vivent donc que pour cette introduction en Bourse qu'ils ont préparée en un temps record. La charge de travail a été démentielle. Ils ont multiplié les répétitions avant le coup d'envoi des *roadshows*, ces tournées internationales où l'on vante la marchandise auprès des analystes financiers et des investisseurs. Pierre Louette, proche collaborateur de Chahram Becharat, le directeur d'Europ@web, a travaillé nuit et jour pour monter toute la communication financière. Des doubles pages entières de publicité ont été achetées dans les journaux économiques. Mais en trois mois, tout a changé. Avec LibertySurf, Arnault avait pris l'un des derniers wagons. Cette fois-ci, le train est passé et ne reviendra pas de sitôt. En cet après-midi de juin, la petite équipe spécialisée dans les nouvelles technologies du Crédit suisse First Boston (CSFB) a demandé à voir d'urgence Arnault au sujet de l'introduction en Bourse d'Europ@web, prévue pour la fin du mois. Les banquiers lui expliquent que la valeur des incubateurs[1] américains comparables à Europ@web s'est effondrée, qu'il n'y a plus aucune référence possible... Arnault les interrompt sèchement :

— Où voulez-vous en venir ?

— Nous avons retourné le problème en tous les sens. Notre conclusion ne vous fera pas plaisir. Nous pensons qu'il faut différer cette introduction en Bourse jusqu'à ce que le climat de défiance actuel se soit dissipé.

— Elle doit avoir lieu, c'est impératif. Il faut, au contraire, l'accélérer.

— Ce n'est plus possible. Nous sommes dans l'irrationnel. Les marchés ne veulent plus entendre parler de nouvelle économie, les investisseurs s'enfuient. Nous courons à la catastrophe.

Arnault insiste :

---

1. Entreprises qui couvent de nombreuses start-up en espérant détenir, parmi le tout-venant, une ou plusieurs perles rares.

— Il faut définir un nouveau prix qui soit clairement attractif.

— Ce n'est plus une question de prix. Les gens ne veulent tout simplement plus de papier. On ne peut faire boire un âne qui n'a pas soif. C'est votre crédit et celui de notre banque qui sont en cause.

Arnault a compris que les spécialistes de la nouvelle économie du Crédit suisse First Boston, avec qui il travaillait depuis deux ans, n'avaient plus aucune marge de manœuvre. L'ordre de se retirer est venu de la direction de la banque. Son visage est pâle, ses yeux d'acier. Il met un terme à l'entretien d'une voix glacée, sans élever le ton :

— Je pense tout simplement, messieurs, que vous êtes des incompétents.

Prononcée sous l'emprise de la colère froide, cette phrase n'a aucun sens. Le patron de LVMH sait parfaitement qu'aucune autre banque ne peut ni ne veut se charger, aujourd'hui, de vendre Europ@web sur les marchés. Il est coincé.

Le lundi matin du 18 juin, Pierre Louette est au comptoir d'enregistrement de l'aéroport Roissy Charles-de-Gaulle. Il s'apprête à partir pour Londres rencontrer des investisseurs, lorsque son portable sonne. D'une voix blanche, Chahram Becharat lui dit : « Pierre, reviens, on annule tout. »

Pour Bernard Arnault, c'est un véritable désastre : alors que, trois mois plus tôt, il aurait pu gagner des milliards d'euros en vendant une partie d'Europ@web, le voilà collé avec des titres de sociétés dont la valeur baisse chaque jour et qu'il ne peut plus vendre à personne. De plus – ce n'est jamais négligeable pour lui –, il craint de perdre la face, car les journaux, dont il est sûr qu'ils guettent ses faux pas, suivent au jour le jour les faits et gestes d'Europ@web. Ils ont déjà raillé le retard pris pour cette introduction en Bourse. Avec cette annulation soudaine, il faut s'attendre à un massacre.

Vendre au plus vite : parmi les grands investisseurs de la nouvelle économie, Bernard Arnault est le plus touché.

Car, fidèle à la stratégie qu'il poursuit depuis Férinel, il a fait l'erreur d'investir de préférence sur les sites commerciaux à destination du grand public, persuadé que c'est là que se feraient les plus fortes marges, comme dans l'économie réelle. Mais le B2C (*business to consumers*, à opposer à B2B, *business to business*) sera le premier à s'effondrer : adieu les sites de bigoudis.com, cages à serin.com, vide-greniers.com ou autres croquettes pour chiens.com ! Vendre à tout prix, en limitant au maximum les pertes ? Arnault se métamorphose. L'homme en polo, l'air juvénile, qui discutait tard dans la nuit dans un McDo de Manhattan, cède la place au patron glacial, entouré d'une nuée d'avocats, qui va écraser autant qu'il le peut ceux qu'il avait jusque-là adorés.

Fabrice Grinda en sait quelque chose : le fondateur du site d'enchères en ligne Aucland a vendu, en 1999, 51 % de sa société à Europ@web, pour 60 millions de francs (9,15 millions d'euros). L'argent n'a pas été dans sa poche, mais dans Aucland, ainsi valorisée à 120 millions de francs (18,3 millions d'euros). À vingt-six ans, il a fait fortune, en tout cas virtuellement. Les magazines people s'emparent de lui : c'est le nouveau petit génie du Net. Bernard Arnault, qui l'a reçu en personne pour qu'il accepte de céder la majorité d'Aucland, n'est pas en reste : « Dans un ou deux ans, nous aurons l'équivalent de e-Bay pour le reste du monde », dit-il à *Business Week*. Près de deux ans plus tard, c'est un gosse en larmes qui réunit les employés d'Aucland pour leur annoncer qu'il est renvoyé, sur décision du même Bernard Arnault. Dès qu'il a fait affaire avec l'ange exterminateur, son titre de PDG ne signifiait plus rien. Début 2000, il a même dû se plier aux exigences d'Arnault qui a refusé de vendre, alors qu'un acheteur présentait une offre qui valorisait Aucland à 1 milliard de francs (152 millions d'euros). Jamais il ne sera milliardaire. Il a été brouillon ? Pendant deux ans, dans un geste très nouvelle économie, il ne s'est pas fait verser le moindre salaire. « C'est son directeur financier qui lui avance, sur les fonds de la société, de quoi subvenir à ses besoins, écrivent Doan

Bui et Grégoire Biseau dans *Milliardaires d'un jour.* Ceux-ci sont au demeurant limités, puisqu'il dort en général au bureau ! » Pour faire pression sur lui, les hommes d'Arnault ont menacé de mettre en cause sa responsabilité financière, voire pénale. In fine, Europ@web lui accordera royalement 5 millions de francs (762 000 euros), soit ce que lui et sa famille avaient investi dans Aucland. Et pas un sou pour ses deux années de salaires non payés[1].

Pour se dégager du piège numérique dans lequel il s'est enfermé, Bernard Arnault va faire feu de tout bois. Il avait, par exemple, pris une participation dans le site MP3, qui permettait de charger sur son ordinateur toutes les musiques du monde, sans prévoir l'inévitable réaction de l'industrie du disque et de ses grandes majors, au premier rang desquelles Vivendi Universal. Celle-ci a été musclée. Au terme d'un procès avec le géant Universal Records, MP3 a même été condamné à verser une amende de près de 53 millions de dollars ! Résultat : le titre que Bernard Arnault avait acheté 28 dollars est tombé à 1,6 dollar, en avril 2001. Le mois suivant, Vivendi Universal a racheté MP3 pour 5 dollars par action, ce qui se traduit, pour Arnault, par une moins-value de 79 millions de dollars. Mais il avait imprudemment engagé LVMH à acheter à MP3.com pour 120 millions de dollars de publicité sur trois ans[2], se liant ainsi par contrat à ce *Titanic* numérique. Au troisième trimestre 2000, les revenus de MP3 provenaient à 56 % du groupe Arnault contre 12 % au troisième trimestre 1999[3]. C'étaient principalement Sephora et

1. En mars 2001, Doan Bui croisera Fabrice Grinda, assis sur un banc à la station de métro Strasbourg-Saint-Denis, walkman sur les oreilles. Pendant leur trajet commun, elle ne lui tirera pas un mot sur Bernard Arnault ou sur Europ@web. Il avait signé une clause de confidentialité. Il était toujours vert de trouille. Et malheureux comme une pierre.

2. Le contrat initial, signé en juillet 1999, était de 150 millions de dollars ; il a été révisé à la baisse en septembre 2000.

3. *Source :* Rapports trimestriels de MP3 en 1999 et 2000. Le rapport du troisième trimestre 1999 précise qu'« une partie substan-

Sephora.com qui passaient la pub, alors que le chiffre d'affaires de cette dernière société dépassait à peine les 10 millions de dollars en 1999 ! À nouveau renégocié pour tomber à 60 millions de dollars, voilà un contrat qui témoigne de la facilité avec laquelle mélangent parfois le haut et le bas de la cascade, là où Bernard Arnault est seul et là où il n'est que le chef de file d'un actionnariat nombreux et diversifié, qui a mis son argent dans LVMH et n'a que faire de MP3. Les actionnaires minoritaires de LVMH sont en droit de se demander quelle était la pertinence, pour leur entreprise, de placer 864 millions de francs (131,7 millions d'euros) de publicité sur un site Internet, si ce n'est pour valoriser l'investissement de son actionnaire principal, à titre personnel. Il y a en tout cas contradiction, puisque d'un côté l'intérêt de Bernard Arnault était que MP3 continue, tandis que de l'autre celui de LVMH était qu'il fasse au plus vite faillite, pour mettre un terme à ce contrat publicitaire coûteux. Le risque total de cette opération se chiffre à 1,5 milliard de francs (228,7 millions d'euros), se décomposant en 630 millions de francs en moins-values latentes et 864 millions de francs d'engagements publicitaires...

Comment se dégager d'Europ@web dans son ensemble ? Ce que Bernard Arnault n'a pu réaliser en allant sur le marché, il va y parvenir, du moins partiellement, grâce à Gérard Mestrallet, le patron de Suez-Lyonnaise. Le 20 novembre 2000, les deux groupes annoncent une alliance globale dans Internet et la téléphonie mobile. Suez prendra 30 % d'Europ@web délesté de quatre sociétés sur cinquante : LibertySurf, Zebank, e-luxury et Akka Technologies (création de sites Internet). En sens inverse, Groupe Arnault prendra 10 % de la part de Suez-Lyonnaise dans ST3G, l'un des quatre consortiums alors candidats à une

---

tielle de nos revenus et du financement de notre croissance repose, au moins pour les trois ans à venir, sur le Groupe Arnault ».

licence de téléphone mobile de nouvelle génération (UMTS). Dans chaque sens, il s'agira d'un apport de 300 millions d'euros (1,97 milliard de francs), sous forme d'augmentation de capital réservée, ce qui donne à cet Europ@web amaigri la valeur de... 1 milliard d'euros (6,56 milliards de francs). Soit l'équivalent de tout ce qu'aurait investi Bernard Arnault dans la nouvelle économie ! « Les banquiers d'affaires s'étonnent du ticket d'entrée dans Europ@web trop élevé payé par Suez, d'autant que les sociétés Internet du pôle ont continué à perdre de la valeur », écrivent *Les Échos.* Mais tout ceci reste virtuel. L'opération, en effet, ressemble étrangement à ce qui s'est passé lors de la crise de l'immobilier du milieu des années quatre-vingt-dix : les banques s'échangeaient des immeubles à des prix toujours très élevés, en toute connaissance de cause, simplement pour ne pas faire apparaître leur dépréciation, donc des pertes, dans leur bilan. C'est l'intérêt d'Arnault de montrer qu'Europ@web vaut 1 milliard d'euros.

Qui a convaincu Mestrallet de se prêter à cet arrangement ? Arnault aurait gardé un ascendant certain sur Mestrallet depuis l'époque de Boussac : le patron de Suez était alors conseiller technique de Jacques Delors au ministère des Finances et, à ce titre, avait étudié le dossier du jeune provincial ambitieux. Lui aussi avait été bluffé par sa volonté et son professionnalisme.

Cet accord hors norme prendra tout son sel le mercredi 24 janvier 2001. En même temps que Bouygues, après un long suspense, Suez-Lyonnaise annonce, ce jour-là, son refus d'être candidat à une licence UMTS, en raison de son coût jugé prohibitif, depuis l'effondrement des valeurs technologiques et de la nouvelle économie : leur valeur a été fixée par l'État, en période d'euphorie, à 32 milliards de francs (4,88 milliards d'euros) auxquels s'ajoute la nécessité d'un investissement de même ampleur. Suez a jugé tout cela impossible à rentabiliser, en tout cas que le risque était hors de sa portée. Bernard Arnault publie aussitôt un communiqué pour dire que ses accords avec Suez-

Lyonnaise restent valables. On apprend alors qu'aucune clause de révision de l'accord entre les deux partenaires n'avait été prévue en cas de jet d'éponge de Suez dans la téléphonie mobile. De virtuel, l'accord est devenu carrément déséquilibré : Suez met 300 millions à haut risque dans Europ@web, tandis que Groupe Arnault n'a plus d'argent à mettre pour épauler Suez, ni aucun risque à prendre !

Gérard Mestrallet est obligé de négocier avec Arnault en situation de faiblesse, en menaçant... de ne pas appliquer l'accord qu'il a pourtant signé. Les négociations dureront trois mois, au terme desquelles Arnault finira par mettre un peu d'eau dans son vin. Suez n'apportera que 132 millions d'euros au lieu de 300 dans Europ@web, ce qui ramènera sa participation de 33 à 18 %. Bernard Arnault est ainsi privé de 168 millions d'euros (1,1 milliard de francs). Surtout, il ne peut plus rêver d'une quelconque logique industrielle autour d'Internet. « Nous sommes passés d'une logique industrielle à une logique de capital-risque », reconnaît d'ailleurs un porte-parole d'Europ@web. L'incubateur français est passé à la paille de fer. L'équipe de 70 personnes a fondu de moitié. Les bureaux ouverts dans le monde entier ont, pour la plupart, baissé leur rideau. La société ne regarde plus les nouveaux projets. Au contraire, elle multiplie les cessions. Bertelsmann a repris celle détenue dans Zooba. Vivendi Universal a racheté des participations dans Ukibi, Globflow, Quios et KangarooNet et Marketo.com.

LibertySurf a été sortie du périmètre parce que Mestrallet n'en voulait pas. Jean-Marie Messier non plus : il avait mieux à faire. Pour Arnault, le problème est crucial. Car il reste le principal actionnaire, avec Kingfisher, d'une entreprise dont la valeur ne cesse de diminuer. Fin mai 2000, LibertySurf revendiquait 515 464 « utilisateurs actifs » en France, ce qui le plaçait en deuxième position derrière Wanadoo. Le groupe a acheté plusieurs sociétés Internet

(Respublica, Nomade, iBazar) pour étoffer ses contenus. Il a créé des filiales en Grande-Bretagne, Suède, Norvège, Pays-Bas, Allemagne, Espagne, représentant, selon lui, près de 2 millions d'abonnés en Europe. Grâce à cette stratégie d'expansion, le chiffre d'affaires progresse toujours rapidement, mais les pertes, plus vite encore !

Les actionnaires « ont décidé d'arrêter les frais au moment où la surenchère bat son plein dans l'Internet gratuit avec des offres impossibles à rentabiliser, de l'avis même des opérateurs [1] », affirment *Les Échos.* Car personne ne croit plus au modèle d'accès à Internet gratuit, c'est-à-dire payé par la publicité. La curiosité passée, les gens regardent de moins en moins les bandeaux qui polluent leurs écrans. Trois mois plus tard, en janvier 2001, Arnault se débarrassera enfin de LibertySurf. L'acheteur est le concurrent italien Tiscali, présidé par le Sarde Renato Soru, un adepte de la fuite en avant que la presse locale présente comme « le Bill Gates de Cagliari [2] ». Kingfisher et Arnault se font payer en actions Tiscali, avec une rallonge de 71 millions d'euros en cash pour chacun. Bernard Arnault se retrouve ainsi avec 3,56 % de la star italienne de l'Internet, dont il se débarrassera au plus vite. L'opération valorise LibertySurf à un peu plus de 7 euros par action, proche de ses cours du moment, six fois moins que lors de son entrée en Bourse. Créée en mai 1999, la société aura ainsi passé moins d'un an sur le marché le plus prestigieux de la Bourse de Paris, où on lui a déroulé le tapis rouge. Les mœurs boursières façon Panama ont toujours cours et chacun semble s'en accommoder. Y compris les défenseurs des petits actionnaires, lorsqu'il s'agit d'Arnault.

Depuis Courchevel, Pierre Besnainou envoie, le 14 février, sa lettre de démission de la présidence de LibertySurf. Réfutant l'intérêt de la fusion avec Tiscali, qui se

1. *Les Échos*, 14 septembre 2000.
2. Le cours de Bourse de Tiscali a, lui aussi, chuté de 90 % par rapport à ses plus hauts mais, à la différence de LibertySurf, il se traite tout de même au double de son cours d'introduction.

contente d'« empiler les abonnés en Europe », il affirme, dans une interview au *Figaro*, qu'en raison du 1,5 milliard de francs de trésorerie encore dans les caisses de LibertySurf, Tiscali « a fait une excellente affaire ». Le parcours boursier ? Il s'exonère : « La société cristallise aujourd'hui toutes les rancœurs car nous avons été le symbole de la nouvelle économie en France. » Symbole ou pas, le vendredi 27 avril, dernier jour de l'offre publique d'échange de l'italien Tiscali, LibertySurf plonge de 23,64 % en Bourse à 5,04 euros, après un record plus bas encore à 4,34. « C'est la fin de l'histoire », affirme un analyste financier cité par Reuters. Triste histoire dont se souviendront longtemps les petits actionnaires français.

Pierre Besnainou, qui a empoché 100 millions de francs d'indemnités, n'a jamais revu Bernard Arnault, avec lequel, à la grande époque, il prenait son petit déjeuner tous les lundis et qui l'appelait plusieurs fois par jour au téléphone pour se tenir au courant des performances de leur bébé. C'était un étrange mais prometteur attelage, entre le grand patron coincé, issu de la petite bourgeoisie catholique, et l'entrepreneur juif, volubile et chaleureux. Mais l'attelage n'a pas résisté. Grinda, Besnainou, Becharat et bien d'autres : Arnault aimerait pouvoir éliminer de sa biographie officielle tous ceux qui ont croisé sa route pendant ces trois années. Ils sont devenus des témoins embarrassants.

Alors que tout s'effondre, Bernard Arnault va s'acharner à donner vie à son projet de banque en ligne, prévue pour mars 2000, mais dont l'ouverture a été repoussée, d'abord à juin, puis « à la fin de l'année ». Ses concepteurs avaient largement sous-estimé les problèmes informatiques, ainsi que la nécessité d'une confidentialité absolue des transactions. Mais la difficulté était aussi juridique. Les équipes d'Arnault et celles de Sema Group, prestataire technique du site, se sont opposées sur les droits de propriété intellectuelle de la plate-forme informatique. « Selon nos informations, faute d'avoir épluché correctement le contrat au départ, Europ@web va devoir débourser une indemnité de 250 millions de francs pour garder ses droits ! Une pierre dans le jardin de Pierre Godé [1] », affirme *Le Nouvel Observateur.* Autre incongruité, qui fait rire le Tout Paris : pour coiffer Olivier de Montéty, fondateur et président du directoire, Bernard Arnault ne trouve rien de mieux que de placer Philippe Jaffré à la présidence du conseil de surveillance. Avant de présider Elf, où son goût pour l'informatique lui avait valu le surnom de Macintosh, ce personnage fantasque et provocateur avait piloté le Crédit agricole. Ces présumés talents croisés, son statut d'inspecteur des finances sans emploi, à quoi s'ajoute la puissance persistante des anciens réseaux balladuriens, suffisent à expliquer le choix d'Arnault. Pourtant, celui-ci n'a sans doute pas mesuré quelle était l'image publique de Philippe Jaffré. Ce parangon de vertu, donneur de leçons, aussi intolérant à l'égard des autres qu'il est conciliant vis-à-vis de lui-même, parti avec plus de 250 millions de francs (38 millions d'euros) de stock-options d'Elf, qu'il venait de couler, est devenu un repoussoir pour certains, un sujet de moqueries pour d'autres. Bref : alors que le nom de Zebank était un clin d'œil amusant, la nomination de Philippe Jaffré est perçue comme un mauvais gag.

C'est finalement le mardi 13 février 2001 que Zebank ouvrira au public son guichet virtuel. La mise initiale d'Europ@web (80 %) et de Dexia (20 %) est de 754 millions de francs (115 millions d'euros). Ses dirigeants reconnaissent d'emblée qu'il leur faudra trouver 260 000 clients avant d'espérer gagner de l'argent. « Nos actionnaires savent que ce ne sera pas avant trois ans », déclare Olivier de Montéty. Le démarrage est particulièrement poussif. Deux mois après son ouverture, « la banque en ligne de Bernard Arnault n'a séduit que 2 750 clients, malgré une importante campagne de publicité. Zebank va devoir accélérer la cadence pour parvenir à son objectif de 60 000 à

1. *Le Nouvel Observateur*, 24 septembre 2000.

la fin de l'année[1] », écrit *Le Journal du dimanche.* Et la plupart des comptes appartiennent à des salariés du groupe LVMH ! Jaffré a compris. Alors que Michel Pébereau, le patron de BNP Paribas, lui a laissé entendre que son poste d'administrateur était incompatible avec celui de président du conseil de surveillance de Zebank, il lui demande de ne pas trancher tout de suite, en lui faisant passer le message suivant : « Zebank va dans le mur. » Deux mois plus tard, tandis que Paris ne bruisse que de la fin prochaine de Zebank, Olivier de Montéty dresse pourtant devant la presse un bilan « extrêmement encourageant ». Il annonce que 35 000 comptes ont été ouverts fin juin, en ligne avec les objectifs. Philippe Jaffré ajoute que les effectifs vont passer de 200 à 350 personnes à la fin de l'année. Gage de confiance : Groupe Arnault et Dexia remettent 65 millions d'euros (426 millions de francs) au pot. À partir de septembre, Zebank fait du matraquage publicitaire et multiplie campagnes promotionnelles et offres choc, comme la carte de crédit à 50 francs (7,62 euros) et le livret à 5,1 %. En cadeau de bienvenue : 500 francs par ouverture de compte et 250 francs par parrainage. Mais rien n'y fait : attirés par les cadeaux, les nouveaux clients n'utilisent pas l'ensemble des services qui assurent la rentabilité des banques. Le modèle ne fonctionne pas, car les banques traditionnelles offrent un service complet : contact humain dans les agences pour les dossiers importants, les crédits immobiliers, etc., et Internet pour la consultation des comptes et autres opérations courantes. En octobre, Arnault jette l'éponge. Zebank annonce vouloir s'adosser « à une institution financière de large envergure ».

« Dans le mur. » Philippe Jaffré avait été clairvoyant. Après un an de négociations, Europ@web et Dexia doivent se résoudre, le 29 janvier 2002, à vendre Zebank, au bord de la cessation de paiement, à son homologue britannique

1. *Le Journal du dimanche*, 1er avril 2001.

Egg[1], filiale de l'assureur Prudential, pour la somme dérisoire de 8 millions d'euros. De plus, nouvel avatar du mélange des genres, LVMH s'engage à continuer à distribuer les produits financiers d'Egg en France par l'intermédiaire de La Samaritaine et de Sephora, au demeurant elle aussi en vente...

Arnault a-t-il réellement vendu Zebank ou bien a-t-il trouvé en Prudential le partenaire qui, moyennant contreparties, se chargera de mettre lui-même la clé sous la porte, à la manière des usines textiles de Boussac avec Gilbert Benattar et ses compères ? Le Britannique s'en défend. S'il élude les questions sur le maintien des effectifs, il assure, au contraire, vouloir investir 170 millions d'euros (1,1 milliard de francs) dans les trois prochaines années pour atteindre la rentabilité en 2004. Ce qui n'est pas si loin des objectifs initialement fixés par Bernard Arnault. Alors, de deux choses l'une : soit les chiffres annoncés par Arnault, Jaffré ou Paul Gratton, le PDG d'Egg, sont faux et les perspectives annoncées mensongères ; soit Bernard Arnault n'a, tout simplement, plus les moyens financiers de porter à son terme le projet initial. En s'en débarrassant de la sorte, en affichant une perte nette de 150 millions d'euros (1 milliard de francs)[2], Bernard Arnault, pour la première fois, perd publiquement la face. C'est, à l'évidence, parce qu'il y a été forcé.

La fin de l'aventure Internet – et de l'engagement de

---

1. Leader européen de la banque en ligne, Egg a drainé 1,6 million de clients et accumulé 580 millions d'euros (3,8 milliards de francs) de pertes, depuis sa création, en 1998 ! Mais elle a dégagé ses premiers bénéfices en novembre 2001 et pourrait, si les courbes se prolongent, devenir très rentable. Le succès d'Egg s'explique par le mauvais rapport qualité-prix des banques de détail britanniques.

2. Egg se substituera à Bernard Arnault et à Dexia pour verser la dernière tranche, de 30 millions d'euros, de l'augmentation de capital prévue en octobre 2001. La perte apparente est de 120 millions d'euros (787 millions de francs) pour Arnault (à titre personnel puisque Europ@web est logée dans ses sociétés de tête) et de 30 millions d'euros pour Dexia.

Bernard Arnault – avait été symbolisée quelques mois plus tôt. Le 20 août 2001, *The Industry Standard*, le magazine américain phare de la nouvelle économie, créé en 1998 et basé à San Francisco, arrête brutalement sa publication et licencie ses 180 salariés. Ni l'actionnaire majoritaire, un groupe de média américain, ni Bernard Arnault, actionnaire minoritaire, n'ont accepté d'injecter de nouveaux fonds. Quand on ferme la Bible, c'est qu'on n'a plus la foi.

Ni les moyens de l'entretenir. Le vendredi 28 décembre 2001, peu avant la vente de Zebank, Europ@web vend le cityguide Zurban à Hachette Filipacchi Média où il rejoint *Pariscope* et *Première*. Si la diffusion affichée est de 60 000 exemplaires dès la première année, le titre reste déficitaire. Le prix, semble-t-il dérisoire, n'est pas communiqué. Encore un beau projet que Bernard Arnault ne pourra faire aboutir.

D'autres signes, dès le printemps 2000, montrent que la situation financière de LVMH est devenue serrée, en raison des dépenses inconsidérées et des 1,5 milliard d'euros (10 milliards de francs) immobilisés dans Gucci, qui manquent à l'appel[1]. Ballon d'oxygène : la vente de 4 % du capital de Diageo, pour près de 1,2 milliard d'euros (8 milliards de francs), annoncée en mai 2000. Arnault avait manifestement besoin de cet argent car LVMH ne réalise à cette occasion qu'une toute petite plus-value – s'il y en a une. En mars 1999, LVMH en avait vendu 4 % pour 10 milliards, avec une plus-value de 300 millions d'euros (2 milliards de francs). Dans cet environnement devenu difficile, Bernard Arnault devient de plus en plus irascible. Il ne

1. En dépit d'un doublement de son chiffre d'affaires, Gucci affiche des résultats en recul de 6 %. Ceux-ci semblent être systématiquement minorés, comme s'il s'agissait de peser sur les cours de Bourse et de limiter les dividendes. Une manière comme une autre d'assécher Bernard Arnault, actionnaire sans pouvoir. Et de lui faire perdre patience.

supporte pas que les journaux osent critiquer sa stratégie ou, tout simplement, décrivent une situation qu'il ne veut pas regarder en face. « Bernard Arnault : le milliardaire s'est pris les pieds dans la Toile » : pour avoir publié, sous ce titre, un article d'Olivier Toscer décrivant l'« impasse stratégique » dans laquelle le patron de LVMH s'était enfermé avec ses investissements débridés dans Internet, *Le Nouvel Observateur*[1] sera aussitôt puni, comme le révélera *Le Journal du dimanche*[2] dans un entrefilet intitulé : « Arnault colère. » « Furieux d'un article du *Nouvel Observateur* critiquant sa stratégie Internet, Bernard Arnault a suspendu les campagnes publicitaires de plusieurs filiales de LVMH dans le magazine, écrit l'hebdomadaire qui ajoute : le groupe est l'un des principaux annonceurs du *Nouvel Obs.* » En réalité, les pages retirées reviendront vite : difficile, pour un groupe qui est bâti sur l'image et la publicité, de faire l'impasse sur deux des trois grands news magazines français, puisque *Le Point* est boycotté, au prétexte qu'il serait un magazine trop masculin. En réalité, les consignes sont fermes et précises : il faut donner le minimum pour ce journal dont François Pinault est actionnaire !

Lorsque le vent tourne, les coups viennent de là où on ne les attend pas. Les solides inimitiés qu'a suscitées Arnault quand tout lui réussissait remontent à la surface. C'est en particulier le cas dans le domaine des ressources humaines. On se souvient qu'un jeune chasseur de têtes spécialisé dans le secteur du luxe, Michaël Boroian, avait annoncé en 1998 ne pas vouloir travailler avec LVMH. « Ses confrères ne donnaient alors pas cher de l'avenir de cet Américain polyglotte, raconte *Le Point* dans un portrait qui lui est consacré[3]. Sa déclaration tonitruante lui a pourtant valu plus de quatre cents lettres de candidature de

1. *Le Nouvel Observateur,* 24 septembre 2000.
2. *Le Journal du dimanche,* 22 octobre 2000.
3. *Le Point,* 18 février 2000.

cadres de LVMH, souvent brillants, mais tous désireux de quitter le n° 1 mondial du luxe ! [...] “Ces dirigeants exprimaient dans leurs lettres leur lassitude pour la culture de la terreur instaurée chez LVMH.” Exagéré ? Boroian a chassé, en tout cas, en 1999, quatorze têtes de LVMH, embauchés depuis à des postes de direction chez Armani, PPR, Saint Laurent, Balmain... Et l'exode des cerveaux de LVMH pourrait ne pas en rester là. “Nous avons même reçu l'état-major entier d'une filiale du groupe, dont tous les responsables étaient en quête d'autres horizons.” » L'article ajoute que le cabinet a refusé des offres de LVMH : « “Déontologie oblige” [...] assure Michaël Boroian qui avoue chasser seulement avec qui [...] il “partage les mêmes valeurs”. » L'acrimonie de Michaël Boroian vis-à-vis de LVMH est sans doute liée au fait qu'il a postulé pour entrer chez Lacroix et a été barré par Concetta Lanciaux, sans le minimum d'égards : elle l'a fait attendre une heure et demie et a reçu et passé treize coups de fil pendant son entretien. Il n'empêche : l'attaque est sans précédent, en particulier venant d'un chasseur de têtes. Elle démontre la naissance d'un front anti-Arnault au sein du petit monde du luxe. Pas question de faire sauter la pub au *Point* : LVMH n'en fait pratiquement pas. Après une demande de rectificatif que refusent *Le Point* et Boroian, LVMH attaque aussitôt l'auteur de l'article et le journal pour diffamation.

Pendant quelque temps, Michaël Boroian est convaincu qu'il est suivi. Il reçoit des candidats spontanés qui viennent en service commandé pour le faire parler. Il surprend une jeune postulante avec un magnétophone qui tournait dans son sac à main. Il apprend que Concetta Lanciaux a organisé une réunion au cours de laquelle elle a demandé de trouver quelque chose sur lui, en prévision du procès. Mais c'est Boroian qui prend l'avantage. Par constat d'huissier, il offre la preuve que ce ne sont pas 400, mais 479 salariés de LVMH qui ont fait acte de candidature chez lui pour changer de maison. Les huissiers ont masqué les noms pour éviter toute mesure de rétorsion sur les candidats. Il a des témoignages. Finalement, un an plus tard, le

2 mars 2001, après sept reports, LVMH se désistera de son action contre Michaël Boroian, à la veille du jugement prévu pour le 15 mars.

Pour redresser son image qu'il constate fortement déclinante ; pour imiter Jean-Marie Messier qui fait un tabac avec son livre *J6M.com* au style enlevé, écrit par la journaliste Christine Mital ; et pour couper l'herbe sous le pied du présent ouvrage dont il pense qu'il s'agit d'un brûlot écrit à la va-vite, sous le contrôle de François Pinault, le patron de LVMH décide, en juin 2000, d'écrire son propre livre et dire ainsi sa vérité. La seule qui vaille. La seule, croit-il naïvement, qui fera date. Il fait appel à un journaliste de talent, Yves Messarovitch, qui a déjà rédigé deux livres importants : avec le raider franco-anglais Jimmy Goldsmith et avec François Michelin, et qui, plus tard, cosignera le brûlot de Jean-Marie Messier [1]. Un troisième avec Arnault, pourquoi pas ? Messarovitch se rendra à plusieurs reprises dans sa maison des Parcs de Saint-Tropez pour recueillir ses propos au magnétophone. Là-bas, le journaliste tombe de haut. Pour accomplir le même travail, Jimmy Goldsmith l'avait reçu dans son ranch mexicain, près d'Acapulco, perché sur une falaise qui dominait l'océan Pacifique où, arrivé un jour plus tôt que prévu, il avait eu la surprise de tomber sur un invité prestigieux : Ronald Reagan en personne. Jimmy n'avait pas fait de chichis : Yves était resté et Ronald, en l'honneur du *Frenchie,* avait même chanté *La Marseillaise,* en français approximatif ! Rien de tout cela avec Bernard Arnault, qui ne lui fera pas une seule fois les honneurs de sa table et ne le mêlera pas à ses invités. Logé dans une annexe, servi seul, il y fera antichambre, relégué, comme scribe, au même rang que

1. Respectivement : Jimmy Goldsmith, *Le Piège : entretiens sur quelques idées reçues,* Fixot, 1994 ; François Michelin, *Et pourquoi pas ?,* avec Ivan Levaï et Yves Messarovitch, Grasset, 1998 ; Jean-Marie Messier, *Mon vrai journal,* avec Yves Messarovitch, Balland, 2002.

les professeurs de tennis ou de natation... Il lui faudra vite louer une moto pour aller dîner et se détendre en ville.

Mais la déception tiendra plus au fond qu'à la forme. Conformisme, platitude du style et pauvreté de la pensée : Bernard Arnault est un homme de pouvoir et d'action, incapable de prendre de la distance avec lui-même ou de se remettre un tant soit peu en cause. Face au vide, Messarovitch se rend vite compte qu'il n'aura pas la tâche facile pour écrire un ouvrage à la hauteur de ceux de Goldsmith ou de Michelin. Le journaliste fera de son mieux. Cela donnera *La Passion créative*, qui sort en librairie le 16 novembre 2000. C'est une succession de lieux communs et de phrases convenues que Bernard Arnault égrène à sa propre gloire [1]. Le rôle de tous ceux qui l'ont aidé dans sa marche vers la fortune est systématiquement minoré, voire occulté. Il va ainsi choquer et décevoir plusieurs personnalités, à commencer par Antoine Bernheim, toujours administrateur et vice-président de LVMH. À l'ancien associé-gérant de Lazard qui lui a donné les moyens financiers de ses ambitions, a forgé sa crédibilité dans le microcosme des affaires et dans le monde politique, et qui l'a aidé tout au long de son ascension, il ne consacre que quelques lignes. En revanche, la dédicace du livre qu'il lui fait parvenir est dithyrambique : sur toute la page de garde, il lui écrit que, sans lui, il ne serait rien et que sa reconnaissance est totale. Bernheim le remerciera, en ajoutant toutefois qu'il aurait préféré lire ce morceau de gloire dans le corps du livre plutôt que dans la dédicace [2]...

---

1. Ce livre offre néanmoins un intérêt d'ordre psychanalytique. Car Bernard Arnault s'efforce de s'y construire un personnage qui est, presque systématiquement, l'exact contraire de ce qu'il est dans la réalité. À commencer par le titre, *La Passion créative*, alors que le reproche qui lui est généralement fait et qu'il ne supporte pas, c'est celui d'être un financier de haut vol, un raider brillant, mais de n'avoir jamais rien créé lui-même.

2. À qui veut l'entendre, Antoine Bernheim vante toujours avec application les mérites de Bernard Arnault, sans parvenir toutefois à masquer son amertume. Depuis qu'Arnault a atteint les sommets, et depuis que lui-même a été mis en semi-retraite, victime des luttes de clan qui déchirent Lazard, Arnault ne lui demande plus le moin-

Malgré sa platitude, le livre de Bernard Arnault fait néanmoins le bonheur des journaux et des magazines people qui, depuis l'irruption de Jean-Marie Messier dans leur sphère, se découvrent une passion pour les propos et les photos des grands patrons et ne leur refusent plus rien. Pour en assurer la promotion, l'auteur va ainsi occuper les ondes et les pages pendant plusieurs semaines, ce qui permettra à *La Passion créative* d'apparaître fugacement, le 7 décembre, en quatorzième position dans la liste des meilleures ventes de *L'Express* (catégorie essais et documents). Face à cette déferlante éditoriale patronale, rares sont les journaux qui prennent du recul. *Libération* est de ceux-là. Il consacre un article à « ces patrons qui jouent les têtes de gondole [1] » et affirme : « Officiellement, Bernard Arnault a accepté [*sic*] la publication de ce livre d'entretiens pour couper l'herbe sous le pied aux méchants journalistes qui sortent des “biographies incontrôlables”. Pour lancer son livre, poursuit *Libé*, Bernard Arnault pose avec madame, la pianiste Hélène Mercier, dans la chambre du petit dernier, toujours pour le journal officiel de la jet-set », en l'occurrence *Paris Match*.

Bernard Arnault prend tout cela très à cœur. Le même jour, il appelle lui-même plusieurs journalistes (dont certains, à maintes reprises) pour leur crier son indignation : il affirme avoir été censuré par Pinault, sur LCI, la chaîne d'information continue, filiale de TF1. L'histoire ne tient pas debout, mais elle sera pourtant reprise par *Le Canard enchaîné* sous le titre : « Pinault joue les censeurs [2]. » Que

---

dre conseil et ne lui fait même plus signe à titre amical. Bien que vice-président de LVMH, il ne participe plus aux dîners de gala qu'organise Arnault. Il n'est plus invité, l'été, à Saint-Tropez. « La reconnaissance est une maladie du chien non transmissible à l'homme », lâche parfois le vieux lion à ses interlocuteurs, en précisant : « La seule façon de conserver de bonnes relations avec Bernard Arnault est de rester à l'écart. Il ne faut pas être son obligé. »

1. *Libération*, 4 décembre 2000.
2. *Le Canard enchaîné*, 6 décembre 2000.

s'est-il passé ? Bernard Arnault a été invité au *Club de l'économie* par Jean-Marc Sylvestre sur LCI le vendredi 1er décembre, en direct, face à Christine Mital et Éric Izraelevitch. L'émission a été rediffusée le samedi, mais elle ne l'a pas été le dimanche à 9 h 10, comme initialement prévu. Selon *Le Canard enchaîné*, Pinault a donné « un coup de téléphone furibard » à Le Lay, patron de TF1. Et d'expliquer que Pinault, via Bouygues, est actionnaire de TF1, et surtout de TV Breizh, si chère à Le Lay. Chez Pinault, on en rigole encore. Parler de censure, demandée au grand patron de TF1, à propos de la troisième diffusion d'une émission sans relief, à une heure où personne ne regarde LCI, est jugé assez farce. L'information, version Arnault, sera pourtant reprise, telle quelle, dans *Libération*. Et puis par *Le Nouvel Observateur* qui place François Pinault le censeur parmi les personnalités en baisse !

Un livre pour rien : *La Passion créative* n'enrayera ni ne ralentira la dégradation du crédit de LVMH et de l'image de Bernard Arnault. Le désastre Internet n'est pas seul en cause : Bernard Arnault y a cru. Il a joué, il a perdu, limitant d'ailleurs la casse grâce à LibertySurf. Mais il n'est évidemment pas le seul à s'être fait piéger sur l'émergence d'un « nouveau monde ». Il a simplement joué plus gros que les autres. Les critiques les plus acerbes et les plus recevables viennent de la stratégie adoptée dans l'économie traditionnelle, les diversifications hasardeuses dans la distribution, l'horlogerie, l'irruption dans le marché de l'art, autant de choix de croissance à tout prix qui semblent plus motivés par la lutte personnelle que mène Bernard Arnault contre François Pinault que par son intérêt bien compris et celui de ses actionnaires. Beaucoup d'acquisitions ont en effet porté sur des affaires peu rentables et à faible retour sur investissement, d'autant qu'elles ont généralement été achetées trop cher, comme DFS ou Fendi.

En mars 2001, LVMH reconnaît que la croissance des ventes s'est ralentie début 2001 et que ses profits ont été affectés par le doublement de ses frais financiers. Pour rassurer la communauté financière, Bernard Arnault annonce une pause dans les acquisitions, pour se concentrer sur la rentabilité. C'est une véritable volte-face. Elle est inévitable. Car deux ans tout juste après l'attaque de Pinault sur Gucci, le constat est sévère. En deux ans, LVMH a dépensé plus de 3 milliards d'euros (20 milliards de francs) pour acquérir près de 25 marques de luxe, souvent plus brillantes que profitables. Cette dépense a porté la dette à 7 milliards d'euros (46 milliards de francs), dont plus de la moitié à court terme. Les frais financiers nets ont presque doublé en 2000, de 227 à 421 millions d'euros (1,49 à 2,76 milliards de francs). La valeur de l'action a baissé de 37,2 % au cours des douze derniers mois, contre 4 % seulement pour l'indice de produits de luxe de Morgan Stanley.

L'expansion forcenée de Sephora, qui ouvre magasin sur magasin, se révèle très coûteuse. En particulier au Japon et aux États-Unis où le concept ne fonctionne pas du tout comme l'espérait Arnault. Sous la pression des grands magasins, les fournisseurs concurrents comme Chanel, Estée Lauder ou Lancôme ont refusé de vendre leurs produits par ce canal. Inauguré en grande pompe en octobre 1999, le grand magasin de Time Square, au cœur de Manhattan, qui devait devenir le vaisseau amiral de Sephora aux États-Unis, reste désespérément vide. Et les chalands passent, regardent, se parfument un petit coup et s'en vont. Sans acheter. Idem au Japon où le premier magasin de 900 m² avait été ouvert le mois suivant. À Tokyo, c'est encore pire : les Japonaises, qui se parfument peu, sont folles de crèmes et de soins de beauté. Mais elles attendent d'être prises en main et conseillées [1].

1. Les difficultés de Sephora sont d'autant plus mal vécues par Bernard Arnault que la chaîne concurrente, Marionnaud, est en pleine forme. En mai 2001, elle annonce être devenue la première en France et la deuxième en Europe, en dégageant une marge de 7,8 %. Autant l'image de Sephora est branchée mode, autant celle de Marionnaud est ringarde. Son PDG, Marcel Frydman, privilégie les boutiques de proximité au style bonbonnière.

Alors que la presse française reste toujours très discrète sur les déboires de LVMH, le *New York Times* va jeter un pavé dans la mare [1]. Dans un long article, le journal se montre d'une sévérité sans précédent vis-à-vis de la stratégie d'Arnault. « Bien qu'il ait investi l'argent dans ses nouveaux trésors – souvent sans compter –, M. Arnault dirige un empire décentralisé, sans plus de synergies que s'ils étaient autonomes, écrit le journal : plusieurs marques sont en concurrence les unes avec les autres, conduisant les sceptiques à se demander si M. Arnault n'a pas fait la collection de noms connus pour des raisons de vanité personnelle. »

Le journal passe en revue ce qu'il appelle les principaux « sinistres ». Fendi était mal géré quand LVMH en a pris le contrôle. Rien ne s'est amélioré, au contraire. Car l'accord signé avec les cinq sœurs Fendi, qui gardent 49 % du capital, garantit leurs postes dans l'entreprise. Dans ces conditions, trouver un manager relevait d'une mission impossible. Et seule l'ouverture (coûteuse) de nombreux magasins a empêché les ventes de s'écrouler, en particulier au Japon, après l'éclipse du sac baguette, introduit en 1997, qui a fait la gloire de la marque italienne.

« Une autre raison d'avoir la migraine » est Donna Karan International, affirme le *New York Times* qui estime que « les vêtements dessinés par Mme Karan étaient beaucoup plus excitants il y a quelques années qu'aujourd'hui : elle a, depuis, dessiné plusieurs collections qui étaient sans vie ni formes et mal reçues ». Quelques jours plus tôt, Donna Karan a annoncé des bénéfices trimestriels en baisse de 11 % pour une chute de ses ventes de 6 %. Malgré cela, LVMH sera obligé de relever son offre de près de 10 % pour enlever l'affaire.

Le *New York Times* critique ensuite quelques-unes des acquisitions plus modestes de LVMH, dont les fabricants

1. Le *New York Times*, dimanche 25 mars 2001.

de montres et de parfums. Les marges opérationnelles de TAG Heuer, Zénith et Chaumet sont d'environ 7 %, loin derrière les 37 % générés par la division mode et articles de cuir et en dessous des 10 % de ses rivaux comme Bulgari et Tiffany. Le journal montre encore du doigt DFS ou la maison d'enchères Phillips. Il reconnaît cependant que LVMH n'est pas à cours de cash, avec ses 20 % de Gucci « qui valent 2 milliards de dollars », tandis que « Louis Vuitton génère près de la moitié du profit opérationnel de 1,96 milliard d'euros ».

Cet article met en émoi Bernard Arnault, lui qui était jusque-là adulé par la presse anglo-saxonne : son effet sur les investisseurs anglo-saxons est ravageur. LVMH contestera certains points de détail, mais ne peut réfuter l'essentiel des critiques. Il faut un bouc émissaire : ce sera l'Américain Myron Ullman, ancien président de Macy & Co, directeur général de DFS, dont Bernard Arnault a fait son n° 2 (Pierre Godé est hors catégorie), avec le titre de directeur général, en juillet 1999. Après avoir truffé le groupe d'hommes de marketing venus de la grande distribution, il retournera aux États-Unis, en septembre 2001, et sera remplacé par Antonio Belloni, quarante-sept ans dont vingt-cinq passés chez Procter & Gamble.

C'est sans doute dans le domaine de l'art que la fureur destructrice qui anime Bernard Arnault vis-à-vis de François Pinault l'a emmené le plus loin, au point de se retourner contre lui-même. Comment qualifier les méthodes qu'a utilisées Bernard Arnault pour concurrencer Christie's dans le domaine de l'art ? Folie des grandeurs ? Conquête à tout prix de parts de marché ? Étonnamment, ce n'est pas Bernard Arnault lui-même, mais LVMH, qui va sonner la charge. En novembre 1999, le groupe de luxe a en effet acheté, pour 90 millions d'euros, la petite maison d'enchères britannique Phillips puis, trois mois plus tard, l'étude Tajan, leader des commissaires-priseurs français avec plus de 150 ventes organisées chaque année et un chiffre d'affaires de 467 millions de francs (71,2 millions d'euros) en 1999. « L'adossement à LVMH m'apporte l'alliance avec Phillips, mais aussi le prestige et le soutien financier dont j'ai besoin pour me développer à l'étranger », explique alors Jacques Tajan qui ajoute : « L'avantage du rapprochement avec Phillips, c'est que nous pourrons contourner une fiscalité française particulièrement pénalisante[1]. » Très vite, Bernard Arnault réalise que cet attelage ne suffit pas pour jouer dans la cour des grands. « Après avoir vainement tenté de concurrencer Christie's et Sotheby's [...] Bernard Arnault aurait décidé de se concentrer sur le segment haut de gamme[2] », écrit *The Guardian.* Il absorbe De Pury & Luxembourg, une toute petite maison suisse, et nomme Simon de Pury et Daniella Luxembourg à la tête de Phillips. Qui débauche à grands frais des cadres et des experts de Christie's et de Sotheby's, et se lance dans une stratégie tout à fait insolite : Phillips devient le champion de ce qu'on appelle la garantie. Lorsqu'un vendeur cherche à écouler au meilleur prix une collection importante, les maisons d'enchères, pour l'attirer, lui garantissent un prix minimum pour chaque tableau ou chaque objet proposé. Si les enchères n'atteignent pas ce prix, c'est la maison d'enchères qui paie la différence. La garantie était une assurance : Phillips va en faire un argument de conquête commerciale. En promettant aux vendeurs des revenus plancher deux fois plus élevés que ceux offerts par Christie's ou Sotheby's. Et en payant la différence lorsque les enchères ne montent pas assez haut. Bernard Arnault présente volontiers cette débauche de moyens comme un « investissement commercial » pour conquérir des parts de marché sur ses concurrents. Mais le marché de l'art, au niveau planétaire, est un tout petit monde, où tout se sait. Et où chacun profite, évidemment, de l'effet d'aubaine : le raider Henry Kravitz (celui qui, avec KKR, a réalisé sur Nabisco la plus grande OPA de tous les temps) a ainsi mis

1. *Les Échos*, 21 février 2000.
2. *The Guardian*, 7 juillet 2001.

en vente ses tableaux chez Phillips, alors qu'il est membre du conseil (*advisory board*) de Sotheby's ! Tout cela, évidemment, n'a eu qu'un temps. Dès que Simon de Pury a dû se résoudre à annoncer l'arrêt de ces pratiques, les vendeurs sont aussitôt repartis chez Christie's et Sotheby's.

Fin 2001, Phillips est allé au-delà de tout ce qu'on avait pu imaginer en offrant une garantie de plus de 185 millions de dollars pour arracher la collection d'un promoteur immobilier de Pasadena, Nathan Smooke, composée de Picasso, de Modigliani ou de Kandinsky. Le contrat avait été signé avant les attentats du 11 septembre et la vente, le 5 novembre, a permis de recueillir à peine la moitié de la garantie ! La perte encaissée par Phillips a atteint, en une seule soirée, près de 100 millions de dollars. Perte financée, évidemment, par la maison mère LVMH, sans que les actionnaires minoritaires n'y trouvent rien à redire.

Au cours de ces ventes prestigieuses, il arrive à Bernard Arnault de se porter acquéreur de tableaux mis en vente par Phillips, que contrôle LVMH. « L'affaire de la *Composition suprématiste*, de Malevitch, est révélatrice de ces acrobaties financières, écrit *Libération* : le tableau de Malevitch a été ainsi adjugé le 11 mai 2000 au prix record de 17,2 millions d'euros. Vraisemblablement à Bernard Arnault, le patron de la société, pour sa propre collection. Un faux prix donc, même si la transaction est légale [1]. » Un an plus tard, le marchand Heinz Berggruen met en vente cinq Cézanne et deux Van Gogh, avec une garantie de 100 millions de dollars. « Cette vente aurait été un désastre si Bernard Arnault, murmure-t-on, ne s'était porté acquéreur de la pièce phare de la collection, la *Montagne Sainte-Victoire* de Cézanne [2] », écrit *Le Figaro*. Le journal publiera un démenti catégorique trois jours plus tard, sans convaincre, apparemment, les spécialistes de ce petit monde discret, qui ne cachent pas leur inquiétude : le krach du marché de l'art,

1. *Libération*, 23 octobre 2001.
2. *Le Figaro*, 9 mai 2001.

en 1990, avait été, en partie, entraîné par des manipulations de prix.

Les actionnaires minoritaires de LVMH n'auraient sans doute pas accepté beaucoup plus longtemps que Phillips jette leur argent par les fenêtres. Résultat de tous ces égarements : en février 2002, Bernard Arnault a dû se résoudre à vendre la majorité de Phillips à Simon de Pury et Daniella Luxembourg, LVMH restant (provisoirement ?) à 27,5 %. Aussitôt, une partie des employés parisiens est licenciée. Cette vente est symbolique : dans le domaine de l'art, Bernard Arnault a dû abandonner, au vu de tous, son combat contre François Pinault. S'il a perdu ce *chicken out*, c'est bien parce qu'il a été contraint de décrocher, pour d'évidentes raisons financières. Mais il ne passera qu'une grosse centaine de millions d'euros de provisions pour dépréciation de Phillips dans ses comptes 2001. Alors que, dans les milieux de l'art, certains évaluent entre 600 et 800 millions d'euros le total des pertes qui pourraient résulter de la courte irruption de Bernard Arnault dans le pré carré de Christie's et Sotheby's. Son explication sera brève : « Nous avons monté cette structure dans le cadre de LVMH, entraînant une confusion malheureuse aux yeux de la clientèle, affirme-t-il au *Monde* : beaucoup ont pensé aux “poches profondes” de LVMH et ont demandé des garanties financières plus lourdes que prévu[1]. » Il eût effectivement mieux valu, sur tous les plans, qu'à l'instar de son ennemi Pinault, Arnault se lance dans l'art, métier à haut risque, avec ses deniers personnels.

Quand on vide un canal, on découvre toujours dans la fange des tas de choses insolites. De même, le reflux des activités de Bernard Arnault va permettre de découvrir les moyens curieux qu'il a utilisés lors de ses achats d'actions Bouygues. On ne saura sans doute jamais s'il s'est invité

1. *Le Monde*, 9 mars 2002.

– massivement – au capital de Bouygues pour y contrer François Pinault ou, plus simplement, pour réaliser une belle opération financière. Ou les deux à la fois. Mais dans toutes les hypothèses, il y a investi 956 millions d'euros (6,3 milliards de francs), soit près de la moitié des disponibilités du groupe et il a... raté son coup. Car si la valeur des titres Bouygues, actionnaire principal de TF1, s'est envolée en même temps que toutes les actions technologiques et de médias, elle s'est normalement effondrée, avec elles, pour tomber, début 2002, à son plus bas. Avant même l'accord avec François Pinault sur Gucci, Bernard Arnault va amorcer la réduction de sa participation chez Bouygues. Le 21 mars 2001, selon la déclaration (obligatoire) de franchissement de seuil publiée par le conseil des marchés financiers, le groupe Arnault franchit en baisse le seuil de 10 % du capital et des droits de vote de Bouygues. Dans un courrier adressé au CMF, Montaigne participation et gestion, une des sociétés de tête de la galaxie Arnault, précise qu'elle ne détient plus que 32 687 795 actions, soit 9,82 % du capital. Les journaux ne retiennent que ce recul global qu'ils interprètent chacun à sa façon. Personne ne sait – car Arnault, comme le CMF, se sont bien gardés de le dire – que la lettre officielle contient des informations qui se révéleront fort délicates, quand elles seront publiées : alors que Bernard Arnault avait laissé dire qu'il avait lui-même acheté les actions Bouygues à travers ses sociétés personnelles (en haut de la cascade), il apparaîtra que LVMH (en bas de la cascade) a participé massivement à l'opération. Ce qui pose d'abord un problème de fond : par principe, la prudence voudrait qu'une entreprise industrielle ne place pas sa trésorerie dans une société cotée[1]. Les actionnaires de LVMH ont investi leur argent

---

1. Le groupe Arnault fonctionne sur le principe d'un pool de trésorerie, contrôlé et géré par la Financière Agache : toutes les entreprises, du haut en bas de la cascade, apportent des fonds ou les retirent en fonction de leurs besoins. En 1999, Montaigne participation et gestion (MPG), société de tête de Bernard Arnault, a emprunté 3 milliards de francs au pool de trésorerie. Markas BV, l'une des sociétés

dans le luxe, pas pour détenir les titres d'une autre société, avec d'autres types de risques. Il y a des sociétés financières ou des holdings pour cela. En tout cas, le débat mérite d'être posé.

Les actionnaires de LVMH peuvent d'autant plus se sentir amers que l'achat d'actions Bouygues s'est fait à leur insu. Le soutien de LVMH à cette opération a été soigneusement masqué. La déclaration au CMF indique simplement que la société Gestion mobilière patrimoniale et immobilière (GPMI) détient 4,27 % du capital de Bouygues et Saint-Jacques finances 5,55 %. Il est précisé que ces deux sociétés sont « contrôlées par Montaigne participation et gestion [1] ». Tout le monde peut donc en conclure que les achats ont été réalisés par deux sociétés de tête, appartenant en direct à Bernard Arnault. Or ce n'est pas le cas : Saint-Jacques finances est contrôlée à 100 % par LVMH, tout en bas de la cascade ! Interrogé par *Le Nouvel Observateur*, Pierre Godé se justifie en faisant valoir que LVMH étant elle-même contrôlée par Montaigne participation et gestion (à travers la cascade), il est légitime d'écrire que Saint-Jacques finances, filiale de LVMH, est contrôlée par Montaigne participation et gestion. « Certains petits actionnaires déplorent la discrétion avec laquelle le groupe de luxe a été mis au service de la croisade anti-Pinault de son patron, même si ce dernier a scrupuleusement respecté la lettre de la réglementation boursière [2] », écrit alors *Le Nouvel Observateur*. Mais l'esprit de la réglementation a-t-il été respecté ? En tout cas, avec une indication de « contrôle » aussi extensive, les déclarations de franchissement de seuil et les transferts de titres entre les sociétés d'un

---

hollandaises qui détient les participations dans les sociétés Internet, a reçu 4,3 milliards de France. On est donc à la limite, dans la confusion des genres, même s'il n'y a rien d'illicite puisque les taux d'intérêt versés ou payés par les unes et par les autres sont les mêmes.

1. Introuvable au registre du commerce français, GPMI pourrait être le nouveau nom donné à Groupe Arnault.

2. *Le Nouvel Observateur*, 13 septembre 2001.

même groupe, tels qu'ils sont déclarés officiellement au CMF, n'ont plus la moindre signification. Ouvrant la porte à toutes les dérives imaginables. C'est « la pertinence du système actuel de déclaration des franchissements de seuil[1] » qui est en cause, affirment *Les Échos.*

Comment se fait-il que LVMH ne soit pas apparu lors des déclarations de seuil au moment de la vague d'achat d'actions Bouygues, en 1999 ? Déjà, sa présence a été masquée par un tour de passe-passe. En décembre 1999, LVMH a prêté à Financière Agache, une autre société de tête détenue à 100 % par Groupe Arnault, les 3,11 % de Bouygues acquis cette année-là. « Lorsque LVMH, société cotée et vedette du CAC 40, a franchi le seuil des 5 % dans Bouygues, il n'y a pas eu de déclaration puisque ses titres étaient assimilés à ceux de Groupe Arnault, qui contrôle indirectement LVMH et avait déjà franchi ce seuil[2] », écrivent *Les Échos.* En conséquence, LVMH n'apparaissait pas dans l'avis du Conseil des marchés financiers mentionnant, fin 1999, le franchissement du seuil de 10 % du capital de Bouygues par Groupe Arnault.

Vous avez dit transparence ? Bernard Arnault va une nouvelle fois, le 25 mai 2000, modifier les noms de ses sociétés de tête, une pratique peu habituelle dans les grands groupes cotés et dont Bernard Tapie, à ses débuts, s'était fait une spécialité pour embrouiller les anciens actionnaires des sociétés dont il prenait le contrôle. Ce jour-là, la Compagnie financière du Nord change de dénomination pour devenir Groupe Arnault qui, le même jour, prend le nom de Montaigne participation et gestion[3] !

1. *Les Échos*, 17 juillet 2001.

2. Interrogé par *Les Échos*, qui ont soulevé ce lièvre, sur la raison d'un tel prêt, un responsable du groupe répondra que c'était « pour réduire l'endettement de LVMH à la clôture de l'exercice ». Avec de telles pratiques, on peut se demander quel crédit accorder aux instruments de communication financière.

3. Mais dans un document adressé au CMF le 29 mars 2001, il est indiqué, à propos de la société GMPI, que c'est l'ex-Groupe Arnault SA.

Créée en 1971, la société Montaigne participation et gestion a, elle aussi, changé plusieurs fois de nom : Arnault et associés jusqu'en 1995, à nouveau Montaigne participation et gestion de 1996 à janvier 1999, Groupe Arnault de janvier 1999 à mai 2000, et à nouveau Montaigne participation et gestion à compter du 25 mai ! Bien malin qui peut s'y retrouver en essayant d'y voir clair dans les organigrammes successifs de la maison Arnault qui, depuis l'origine, ressemblent à des usines à gaz.

Pourquoi toutes ces complications ? Y a-t-il des secrets à cacher ? Celles-ci ont un inconvénient : l'absence d'informations claires laisse la porte ouverte à toutes les rumeurs. C'est exactement ce qui s'est passé à propos de Bouygues. Pendant plusieurs mois, on a entendu dans les banques, chez les analystes financiers et dans les rédactions des journaux spécialisés que Bernard Arnault avait acheté des actions Bouygues bon marché et les avait revendues à LVMH lorsqu'elles étaient au plus haut. On ne prête qu'aux riches : pour nombre de spécialistes, l'affaire Bouygues n'aurait été que le dernier avatar d'une méthode pratiquée systématiquement par Bernard Arnault depuis la prise de contrôle de Boussac et qui expliquerait son enrichissement phénoménal. Mais aucune preuve n'est avancée. À ces rumeurs, Pierre Godé m'a apporté un démenti formel, au cours du seul entretien qu'il m'ait accordé : « Bernard Arnault ou ses sociétés personnelles n'ont ni acheté ni vendu une seule action Bouygues à LVMH. » Ni à Saint-Jacques finances ou à une autre filiale inconnue ?

S'il n'y a pas eu de ventes d'actions Bouygues entre le haut et le bas de la cascade d'Arnault, il y a eu, en tout cas, des achats décalés dans le temps entre le haut et le bas : « Les actionnaires minoritaires – qui détiennent 69 % des capitaux investis – peuvent regretter que, pour cet investissement parallèle, les holdings de Groupe Arnault aient acheté les premiers, lorsque le cours de Bouygues était le plus faible et aient commencé à se désengager aussi les premiers lorsqu'il était très haut, LVMH étant, dans les deux cas, intervenu avec un certain décalage[1] », écrivent *Les Échos.* Quel décalage ? Le 11 mars 2002, Montaigne participation et gestion annonçait au Conseil des marchés financiers qu'elle ne détenait plus que 5,76 % de Bouygues. En un an, Arnault a vendu 4 % du capital, soit 13 millions de titres. Ce sont les holdings de tête qui se sont dégagées en priorité : LVMH conserve 4,6 % du capital de Bouygues.

Les faits sont là : alors qu'avec Bouygues, Bernard Arnault voulait gagner de l'argent, il en a perdu beaucoup. Le bilan 2000 de LVMH fait apparaître un prix de revient de 57 euros par action. Or, en février 2002, le titre Bouygues cotait 32 euros, tombant ensuite à près de 20 euros en août. Pour LVMH et surtout pour Groupe Arnault, la moins-value dépasse sans doute les 300 millions d'euros (2 milliards de francs). Il a joué, il a perdu. Mais qu'il ait vendu avec une telle moins-value conduit à s'interroger sur d'éventuelles difficultés financières.

Bernard Arnault n'a plus guère le choix : il lui faut se recentrer sur ses métiers principaux, la maroquinerie et la mode d'un côté, les vins et spiritueux de l'autre, comme dix ans plus tôt, lorsqu'il a pris le contrôle de LVMH. Il s'est résolu à abandonner le terrain de la distribution dans son combat avec François Pinault pour se concentrer dans le luxe. Curieusement, dans un moment de sincérité, il l'a d'ailleurs avoué, dans une interview au *Financial Times*[2]. Démentant toutes ses déclarations précédentes, Bernard Arnault y explique benoîtement qu'il pourrait céder son pôle de distribution « d'ici deux à trois ans », car celui-ci « ne fait pas partie du cœur de métier de LVMH ». DFS, Sephora, mais aussi Le Bon Marché et La Samaritaine sont concernés. C'est évidemment un faux pas : la meilleure façon de dévaloriser un bien est de montrer qu'on est

1. *Les Échos,* 7 juillet 2001.
2. Le *Financial Times,* 21 novembre 2001.

décidé à le vendre. Aussi, la direction de LVMH revient-elle, le jour même, sur les déclarations du patron. « Il n'est pas question de nous séparer de notre pôle distribution, déclare un porte-parole : au contraire, le groupe a engagé des actions pour améliorer durablement la contribution de ce pôle aux résultats du groupe. » Pieux mensonge, cette fois-ci. Car DFS et Sephora seraient bel et bien en vente, si l'on en croit des banquiers d'affaires. Peu à peu, les dirigeants du groupe le reconnaissent à demi-mot. Arnault attend simplement que le plus dur de la crise d'après le 11 septembre soit passé, que les coûts aient été réduits et la rentabilité améliorée pour négocier la cession de DFS. Il attend surtout un acheteur. Quant à Sephora, le processus est lui aussi en marche. Fin novembre 2001, il a pris la décision soudaine de fermer, au 31 décembre, les sept magasins que la chaîne avait ouverts au Japon depuis deux ans. « Le ralentissement économique durable nous a conduits a réévaluer nos projets d'expansion », a déclaré, sans rire, le directeur de la filiale, Jeff Daggett. Mais les difficultés du Japon n'empêchent pas Louis Vuitton d'y réaliser la moitié de son chiffre d'affaires et les deux tiers de ses profits, ni Hermès d'y faire un tabac ! La raison de cette fermeture de Sephora Japon, aussitôt suivie par l'Allemagne, est plus prosaïque : Bernard Arnault a décidé de purger les comptes en éliminant l'un des plus gros foyers de pertes, afin de vendre la chaîne en limitant sa moins-value.

Le seul domaine où Bernard Arnault ne baisse toujours pas les bras, c'est le luxe. LVMH et la maison italienne Prada avaient acheté, à 50/50, la majorité (51 %) du capital de Fendi, tant et si bien qu'on ne savait plus qui commandait, entre les cinq sœurs et le tandem d'actionnaires franco-italien. Toujours au cours du même mois de novembre, l'occasion se présente de racheter à Prada ses 50 %. Ayant raté son introduction en Bourse à cause du 11 septembre, pressé par ses banquiers d'alléger sa dette de 1,2 milliard d'euros contractée pour conduire, là aussi, une politique d'acquisitions débridée, Patrizio Bertelli, le patron de Prada, était aux abois. Bernard Arnault saute sur l'occasion : LVMH lui rachète ses parts pour 295 millions d'euros (1,93 milliard de francs), versés en cinq tranches, jusqu'à fin 2005. LVMH fait valoir qu'avec le décalage dans le temps, il achète le contrôle de Fendi pour « le même prix qu'il y a deux ans, alors que la société s'est considérablement étoffée depuis ». Fendi comptait 4 magasins en propre en 1999 et en possède 83 aujourd'hui. Mais il n'y a pas de quoi pavoiser. Car là encore, il s'agit d'une expansion aux forceps : malgré tous ces nouveaux magasins, le chiffre d'affaires 2001 a stagné, tandis que le résultat opérationnel chutera lourdement. À nouveau, LVMH surpaie Fendi, estiment *Les Échos* qui commentent sévèrement l'opération[1]. Bernard Arnault a peut-être perdu la foi dans Internet, dans la distribution et dans le marché de l'art : il donne ici la preuve que sa dévotion au luxe – en particulier italien – reste entière !

Arrive un moment où il faut payer la note. Les comptes 2001 de LVMH, présentés le 8 mars 2002, auraient pu fournir l'occasion d'une opération vérité. Pourtant, même s'ils sont conformes aux normes comptables, ils ne refléteront que partiellement le désastre financier provoqué par la frénésie d'achats de Bernard Arnault avant et surtout après le 19 mars 1999. D'abord parce qu'une grande partie des acquisitions – celles qui promettaient les plus belles plus-

1. Tout se passe « comme si après avoir payé, à deux, une prime de contrôle aux sœurs Fendi, LVMH en payait une nouvelle à Prada, écrit le quotidien économique : la valeur de Fendi a augmenté de 30 % en deux ans, alors que la capitalisation de LVMH est en retrait de 21 % sur son niveau d'octobre 1999. Or la forte croissance de Fendi, due à la multiplication des magasins détenus en propre [...], a pour corollaire d'accroître les coûts fixes à un moment où la clientèle se fait plus rare ».

values – ont été réalisées non par LVMH mais par les sociétés de tête, non cotées, de Bernard Arnault. C'est en particulier le cas pour les achats de sociétés Internet, via Europ@web et diverses sociétés d'investissement hollandaises, ou pour la moitié des titres Bouygues achetés. Mais surtout, à la différence d'Alcatel ou de Vivendi Universal qui n'ont pas hésité à afficher des records de pertes historiques dans l'histoire industrielle française pour nettoyer leur bilan de leurs achats inconsidérés, Bernard Arnault n'a pas voulu franchir le pas symbolique en annonçant des pertes : LVMH fait état d'un bénéfice symbolique de 10 millions d'euros (contre 722 millions l'année précédente). Le total des provisions pour restructurations et dépréciations d'actifs a ainsi été limité à 1,1 milliard d'euros. Une somme que la presse jugera considérable, mais qui aurait pu être supérieure. Le boulet des acquisitions payées trop cher devra être traîné plus longtemps. En tout cas, c'est toute la plus-value enregistrée sur les actions Gucci (864 millions d'euros) qui a été engloutie, et bien au-delà.

Épilogue

Maudite année 2002. Ce que l'on craignait est arrivé. Après le 11 septembre 2001, plus rien ne sera comme avant. Un pétrolier français au Yémen, un massacre à Bali, un autre à Mombassa, un cow-boy à la Maison-Blanche, une guerre programmée en Irak : terrorisme et intégrisme angoissent la planète. L'économie trébuche pour la première fois en même temps en Amérique, en Europe et au Japon : le monde n'a plus de locomotive. Partout, les consommateurs, même les plus fortunés, ont perdu le goût de la fête et de l'achat passion. Le luxe, bien sûr, s'en ressent, puisque sa démocratisation a accru sa vulnérabilité à la conjoncture économique. À quoi s'ajoute une réalité jusque-là sous-jacente qui devient brutalement très tendance : aux États-Unis comme en Europe, on sonne le tocsin des marques. Les vrais riches, les élites et même les people s'en détournent, en tout cas ne veulent plus en faire la promotion en portant des vêtements griffés. C'est aussi la contrepartie de la démocratisation : lorsque les secrétaires portent des tee-shirts Dior ou voyagent avec des sacs Vuitton traditionnels, les femmes du monde et les *business women* cherchent, à tout prix, à s'en différencier.

LVMH va souffrir. Aussi, en gestionnaire soudain avisé, Bernard Arnault va serrer les coûts, tailler dans les investissements pour solder ses erreurs passées et rester rentable, en attendant le rebond. Son cours de Bourse avait frôlé les

100 euros pendant l'été 2000 et était tombé à 30 au lendemain du 11 septembre 2001. Il est remonté à 60 avant de retomber lourdement et de se stabiliser entre 40 et 50 euros. Seul réconfort : ses concurrents, et d'abord Gucci, ont souffert autant que lui. François Pinault semble dans une situation encore moins confortable puisqu'une épée de Damoclès pèse au-dessus de sa tête : si, en mars 2004, le cours de Gucci ne dépasse pas 101,5 dollars par action, il devra payer 5 milliards de dollars pour en prendre le contrôle intégral. La vente – à bon prix – de plusieurs activités de PPR montrent que ses dirigeants se préparent à cette échéance.

En même temps qu'il réduit la toile, Bernard Arnault se fait oublier. LVMH ne fait plus les gros titres. Pas d'achats significatifs, pas de ventes symboliques non plus, et pas de déclarations. Le félin fait-il mine de dormir en attendant de bondir ? Deux événements ont montré que, s'il a su revenir sur terre et faire le dos rond pendant un an, ses traits de caractère, au fond, n'ont guère changé. D'abord cette froideur et cette capacité à s'inscrire aux abonnés absents dans les situations où il y a des coups à prendre. Jean-Marie Messier, administrateur de LVMH, était son ami – c'est en tout cas ce qu'il disait. Lui-même était administrateur de Vivendi Universal, renouvelé lors de l'assemblée générale du 24 avril 2002. Pendant les deux terribles mois au cours desquels Messier va faire l'objet d'attaques ciblées visant à le faire tomber de son piédestal, il ne recevra pas le moindre soutien de Bernard Arnault. Celui-ci est paniqué par le risque d'être mis en cause, en tant qu'administrateur, dans la débâcle programmée de Vivendi Universal. Pas question, non plus, de se mouiller dans l'autre sens, c'est-à-dire d'écarter Messier et de lui trouver un remplaçant, comme c'est le rôle des administrateurs lorsqu'un patron n'a plus la confiance de ses pairs, du marché et des banques.

Courage, fuyons. Bernard Arnault, tout simplement, se débrouille pour ne participer à aucun des nombreux conseils d'administration qui ont ponctué la chute de la maison Messier. Et il porte le coup de grâce à son « ami » le 25 juin 2002 en annonçant sa démission du conseil d'administration, à la veille d'une réunion décisive. Ce lâchage en rase campagne sonne l'hallali. « Où était l'urgence impérative ? » demande Jean-Marie Messier qui parle de « coup de poignard dans le dos » et révèle dans son deuxième livre[1] ce que Bernard Arnault lui a écrit deux jours après sa démission : « Le moment n'était certes pas bien choisi, mais ne l'aurait jamais été. » Que pèse l'amitié face aux intérêts ? Jean-Marie Messier écrira quelques lignes féroces sur Bernard Arnault, sans citer son nom – à la demande d'Yves Messarovitch, son coauteur. En souvenir de son précédent livre écrit avec Arnault, le journaliste est parvenu à contenir la fougue vengeresse du patron déchu.

Bernard Arnault sait prendre du recul lorsque le contexte lui paraît dangereux, mais il n'hésite pas à dégainer lorsque le moment lui paraît favorable. En 1999, il avait boycotté l'analyste financier Jean-Noël Vieille, allant jusqu'à faire pression sur la Société française des analystes financiers pour lui interdire de participer à une réunion sur LVMH qu'elle organisait[2]. Pressions efficaces dans le microcosme français, porté à la complaisance, où nul n'ose résister aux intimidations de l'ange exterminateur. Début novembre 2002, Bernard Arnault va plus loin. Devant le tribunal de Paris, LVMH réclame à la banque Morgan Stanley... 100 millions d'euros de dommages et intérêts pour la publication d'analyses boursières « biaisées et incomplètes », du fait des relations privilégiées avec son concurrent Gucci dont elle est la principale banque conseil. Dans l'entourage de Bernard Arnault, on affirme que Claire Kent, l'analyste de Morgan Stanley qui suit le secteur du luxe, s'est montrée pendant plusieurs mois systématiquement positive sur Gucci et systématiquement négative sur LVMH. Le groupe s'appuie notamment sur un rapport publié en juillet 2002 dans lequel Claire Kent « fait valoir le risque

1. *Mon vrai journal*, Balland, 2002.
2. Voir *supra*, chap. 14.

de dégradation de la cote de LVMH, ce qui n'a jamais été confirmé et qui n'a fait l'objet d'aucun avertissement de la part des agences de notation ». Et le groupe laisse entendre à certains journalistes qu'il dispose d'autres éléments probants qu'il rendra publics en temps utile.

Aussitôt, Morgan Stanley « rejette catégoriquement les accusations de LVMH et garantit l'intégrité de ses recherches », et rappelle que Claire Kent a été classée au premier rang des analystes dans le secteur du luxe huit années de suite. Celle-ci prévoyait pour LVMH, dans sa dernière étude, des performances en ligne avec la moyenne de l'industrie du luxe et celles de Gucci supérieures. En même temps, elle recommandait de vendre Hermès. Au même moment, l'agence Bloomberg recensait, parmi les banques qui suivent la valeur, 22 recommandations d'achat, 4 à la vente et 17 à conserver, c'est-à-dire neutres. Cette attaque d'une analyste anglo-saxonne réputée, accusée de biaiser ses rapports pour servir les intérêts de sa banque, est un pavé jeté dans la mare. *Les Échos* s'étonnent qu'« un chef d'entreprise aussi rompu que Bernard Arnault au fonctionnement du marché boursier puisse se livrer à un raccourci aussi manichéen ». Et, constatant que le marché a laissé l'action LVMH perdre la moitié de sa valeur en deux ans, lui conseille « de le laisser fonctionner normalement, sans laisser croire qu'il n'est l'objet que de sombres manipulations ou le terrain de guerres picrocholines ».

Réaction mesurée. En réalité, Bernard Arnault, comme d'habitude, a fait preuve d'opportunisme. Quelques mois ou quelques années plus tôt, une initiative de cette nature contre une grande banque internationale aurait fait scandale et disqualifié son auteur. Mais le débat fait rage aux États-Unis, traumatisés par la chute de la Bourse, sur le rôle des analystes financiers, accusés d'aller très rarement dans un sens opposé aux intérêts globaux des banques qui les emploient. Une reprise en main est-elle possible ? Bernard Arnault est le premier à la tenter en Europe, au risque de s'aliéner la communauté des analystes. Cette attaque a aussi valeur de signal. Elle indique à la communauté financière, mais aussi aux journalistes – et peut-être à nous-mêmes –, qu'il ne laissera pas passer sans réagir toute critique, tout jugement, toute appréciation négative sur sa gestion ou sur sa stratégie, sans parler de sa personne. Au-delà, cette opération d'intimidation montre que Bernard Arnault reste écorché vif dès qu'il s'agit de Gucci. Et que, dès lors que ses intérêts sont en cause, il n'a rien perdu de sa détermination.

Détermination pour quoi faire ? Après vingt ans au cours desquels il a bâti le premier groupe de luxe mondial, quel sera son modèle pour la deuxième partie de sa vie professionnelle ? Se voit-il un avenir à la Donald Trump, ce milliardaire américain inquiet et susceptible, à qui on l'a souvent comparé ? Évoluera-t-il comme Howard Hughes, aviateur génial qui a fini sa vie cloîtré, enfermé dans la peur et la haine des autres ? Ou bien comme Marcel Boussac, l'homme dont il a récupéré l'empire, celui qu'il a vu, enfant, depuis la 203 de son père, et qui a accumulé les richesses pour les perdre toutes au soir de sa vie ? À cinquante-trois ans, Bernard Arnault offre l'exemple d'une réussite totale. Décoré, adulé, craint, il possède tout, dispose de tout et de tous. Mais il lui manque encore l'épaisseur, le recul vis-à-vis de lui-même, la tolérance, la décontraction, voire l'humour qui sont la marque des hommes accomplis. À l'ange exterminateur, il reste à apprendre le goût des autres.

Bibliographie

Bernard Arnault, *La Passion créative*, entretiens avec Yves Messarovitch, Plon, 2000.

Nadège Forestier et Nazanine Ravaï, *Bernard Arnault ou le goût du pouvoir*, Olivier Orban, 1990.

Pierre-Angel Gay et Caroline Monnot, *François Pinault milliardaire, les secrets d'une incroyable fortune*, Balland, 1999.

Sara Gay Forden, *The House of Gucci, a Sensational Story of Murder, Madness, Glamour and Greed*, HarperCollins, 2000.

Christine Kerdellant, *Les Nouveaux Condottieres, dix capitalistes des années Mitterrand*, Calmann-Lévy, 1992.

Patrick Lamm, *Enquête sur l'affaire Boussac*, Robert Laffont, 1985.

Alexandre de Lur Saluces, *La Morale d'Yquem*, entretiens avec Jean-Paul Kauffmann, Grasset-Mollat, 1999.

Stéphane Marchand, *Les Guerres du luxe*, Fayard, 2001.

Jean-Marie Messier, *Mon vrai journal*, Balland, 2002.

Michel Pinçon et Monique Pinçon-Charlot, *Nouveaux patrons, nouvelles dynasties*, Calmann-Lévy, 1999.

Gisèle Prévost, *Voyage au pays du luxe*, Le Cherche Midi, 2001.

Jean-Michel Quatrepoint, *Histoire secrète des dossiers noirs de la gauche*, Alain Moreau, 1986.

Nazanine Ravaï, *La République des vanités, petits et grands secrets du capitalisme français*, Grasset, 1997.

Hugh Sebag-Montefiore, *King of the catwalks, LVMH affair*, Chapmans, 1992.

Olivier Toscer, *Argent public, fortunes privées*, Denoël, 2002.

Claude Vincent et Philippe Monnin, *Guerre du luxe, l'affaire LVMH*, François Bourin, 1990.

Table

DU MÊME AUTEUR

La République des loups
Calmann-Lévy, 1989

avec Omar Bongo
Blanc comme neige
Grasset, 2001

avec Valérie Lecasble
Le Flambeur.
La vraie vie de Bernard Tapie
Grasset, 1994

Forage en eaux profondes
Grasset, 1998

Cet ouvrage composé
par Nord Compo
a été achevé d'imprimer sur Roto-Page
par l'Imprimerie Floch à Mayenne,
pour les Éditions Albin Michel
en janvier 2003.

N° d'édition : 21026.
N° d'impression : 56174.
Dépôt légal : février 2003.
Imprimé en France.